Jean-François Parot

Commissaire LE FLOCH

und die silberne Hand

W0172455

Jean-François Parot

Commissaire LE
FLOCH

und die silberne Hand

Roman

Aus dem Französischen von
Michael von Killisch-Horn

BLESSING

Titel der Originalausgabe: Le crime del 'hôtel Saint-Florentin
Verlag der Originalausgabe: Edition Lattès, Paris

Verlagsgruppe Random House FSC® N001967

1. Auflage, 2019
Copyright 2004, Edtion Lattès
Copyright © 2019 der Übersetzung by Karl Blessing Verlag, München,
in der Verlagsgruppe Random House GmbH,
Neumarkter Str. 28, 81673 München
Satz: Leingärtner, Nabburg
Druck und Einband: CPI books GmbH, Leck
Printed in Germany
ISBN: 978-3-89667-650-4

www.blessing-verlag.de

Für Arlette und Richard Benais

Inhalt

Liste der handelnden Personen   9

Prolog   13

    I Der Lauf der Tage   21
  II Das Hôtel Saint-Florentin   55
 III Schlangennest   87
 IV Verwirrung   117
  V Zwischen Stadt und Faubourg   157
 VI Ablenkungen des Herzens   193
 VII Diese Welt   223
VIII Navigation   257
 IX Annäherungen   289
  X Bicêtre   319
 XI Manöver   349
 XII Erklärungen   377
XIII Fallen   411

Epilog   435
Danksagung   463

Liste der handelnden Personen

Nicolas Le Floch, Marquis de Ranreuil:
Polizeikommissar im Châtelet

Louis Le Floch: sein Sohn

Antoine-Gabriel De Sartine, Comte d'Alby:
Marineminister

Jean-Charles Le Noir: Polizeipräfekt,
Lieutenantgénéral de police

Charles Henri Sanson: Henker von Paris

Augustin Testard du Lys: Lieutenant criminel

Louis-Phélypeaux de Saint-Florentin: Duc de La Vrillière:
Minister der Maison du Roi

Amalie-Ernestine de Saint-Florentin:
Duchesse de La Vrillière

Victor-Scipion de La Garde: Marquis de Chambonas,
Schwiegersohn des Duc de La Vrillière

Jean-Frédéric Phélipaux: Comte de Maurepas,
Erster Minister

Marie-Jeanne Phélipaux: Comtesse de Maurepas, Schwester
des Duc de La Vrillière

Louis François De Vignerot Du Plessis:
Duc de Richelieu, Marschall von Frankreich

Pierre Bourdeau: Polizeiinspektor

Père Marie: Amtsdiener im Châtelet

Rabouine: Spitzel

Aimé de Noblecourt: ehemaliger Staatsanwalt

Marion, Poitevin und Catherine:
Bedienstete von Noblecourt

Guillaume Semacgus: Marinewundarzt

Thierry de Ville d'Avray: Erster Kammerdiener
des Königs

Jean-Benjamin de La Borde: sein Vorgänger

La Satin: Mutter von Louis Le Floch

La Paulet: Bordellbesitzerin

Jacques de Vaucanson: Erfinder von Automaten

Monsieur de Gévigland: Arzt

Monsieur Bourdier: Ingenieur und Erfinder

Comte d'Arranet: Marineadmiral

Aimée d'Arranet: seine Tochter

Anselme Vitry: Gärtnerjunge

Marguerite Pindron: Kammerzofe

Jean Missery: Maître d'hôtel

Eugénie Gouet: Kammerfrau der Duchesse
de La Vrillière

Marie Meunier: Geliebte des Duc de La Vrillière

Jeanne Le Bas, genannt Jeannette: Kammerzofe

Charles Bibard, genannt Provence:
Kammerdiener des Duc de La Vrillière

PIERRE MIQUETE: Schweizer des Hôtel Saint-Florentin

JACQUES BLAIN: Concierge

JACQUES DESPIARD: Küchenjunge

GILLES DUCHAMPLAN: älterer Bruder der verstorbenen Madame Missery

NICOLE DUCHAMPLAN: seine Frau

HÉLÈNE DUCHAMPLAN: Schwester Louise de l'Annonciation, ältere Schwester der verstorbenen Madame Missery

EUDES DUCHAMPLAN: jüngerer Bruder der verstorbenen Madame Missery

NICOLAS EDME RESTIF DE LA BRETONNE: Publizist, Schriftsteller

MADELEINE JOSSE: La Roussillon, Prostituierte

PÈRE LONGÈRES: Viehzüchter

CLAUDE UND ANTOINE RICHARD: Gärtner des Trianon

LORD ASHBURY: englischer Spion

11

Prolog

Die dunkle Nacht nahm den Dingen alle Farben.

MAURICE SCÈVE

Sonntag, den 2. Oktober 1774

Was bedeutete dieses ungewöhnliche Rendezvous? Sie würde ihm derartige Launen austreiben, er würde schon sehen. Was bildete er sich ein! Die Etage der Dienerschaft bot genügend Gelegenheiten, um sie nicht zu unwillkommenen nächtlichen Eskapaden zu zwingen. Ein Glück, dass ihre Aufgaben in den Gemächern von Madame diesen gut aussehenden Weiberhelden für einen Großteil des Tages von ihr fernhielten. Er nutzte häufig ihren Aufenthalt in den Gemeinschaftsräumen des Hôtel Saint-Florentin aus, um ... Nun ja, der Mann war eben unersättlich. Aber was konnte sie ihm schon mit Recht verweigern? Sie verdankte ihm schließlich ihre Stelle und damit eine gewisse Sicherheit.

Die Wartezeit verlängerte sich, und der Kerzenstummel, der die Fleischküche spärlich beleuchtete, würde nicht mehr lange brennen. Es handelte sich um einen großen, dunklen Raum mit Kaminen aus geschwärzten Steinen, auf deren vorgebauten Simsen allerlei Gerätschaften wie Bratspieße, Zahngestänge und Fettpfannen standen und lagen.

13

Sie musste lachen über ihre Dreistigkeit: Jeden Tag stahl sie Kerzenstummel in den Gemächern der oberen Etagen und vermehrte dadurch ihren Vorrat. Ein paarmal wäre sie beinahe ertappt worden. Sie musste sich nicht nur vor ihrer stets wachsamen Herrin in Acht nehmen, sondern auch vor den anderen Dienstboten, die ihr Konkurrenz beim Klauen machten und wie sie hinter allem her waren, was einen einträglichen Wiederverkauf versprach. Das Kerzenwachs wurde dabei nach Gewicht berechnet.

Ein metallisches Klirren zerriss die Stille. Ihr Herz schlug so wild, dass es wehtat. In banger Erwartung hielt sie den Atem an, ohne dass etwas geschah. Wieder eine dieser Ratten, dachte sie, die man einfach nicht loswurde. Eines dieser räudigen und satten grauen Viecher, die sich von den Küchenabfällen und den Resten ernährten, die in der großen Vorratskammer aufbewahrt wurden. Dort fanden sich ebenfalls genügend Sachen, mit denen sich gute Geschäfte machen ließen. Die besten Stücke verkaufte sie an ein paar Wirtshäuser und die Essensreste an einen dieser Hersteller von Suppen aus Abfällen, deren dampfende Wagen den Ärmsten auf den Straßen für ein paar Kupfermünzen einen Augenblick des Trostes schenkten. Eine Erfahrung, die sie vor gar nicht so langer Zeit selbst gemacht hatte, nachdem sie aus ihrem Elternhaus geflohen war. Noch immer meinte sie, diesen säuerlichen und fauligen Nachgeschmack im Mund zu haben, den kein Gewürz zu übertönen vermochte. Allein beim Gedanken daran wurde ihr übel.

Nach wie vor spitzte sie die Ohren in der Hoffnung, den schweren Schritt ihres Liebhabers zu hören. Ein fernes Miauen ertönte. Sie konnte sich ein spöttisches Lachen nicht verkneifen;

die Kater hier waren zu nichts nutze, gemästet, wie sie von den Resten eines reich gedeckten Tisches waren. Lediglich ihre Augen, die in der Dunkelheit leuchteten, vermochten jemanden zu erschrecken, öfter hingegen erschraken sie selbst. Wenn sich eine Ratte von beachtlicher Größe, die gelblichen Zähne gefletscht, vor ihnen aufrichtete, traten sie kampflos den Rückzug an. Aber es waren nicht die Katzen, die ihr Angst machten. In den Ställen ihres Vaters, eines Viehzüchters im Faubourg Saint-Antoine, trieben sich die furchterregendsten Katzen herum, angelockt von den unzähligen Mäusen, die sich dort im Stroh und im Futter verbargen.

Sie wollte nicht mehr an die Vergangenheit denken, versuchte sie vielmehr auszulöschen. Doch es half alles nichts, sie sah die letzten Momente, die sie mit ihrer Familie verbrachte hatte, immer wieder vor sich. Ihr Vater wollte sie unbedingt mit dem Sohn eines Nachbarn, einem Gärtner, verheiraten. Obwohl durchaus gut gebaut, war dieser Junge mit den vorstehenden Augen nicht nach ihrem Geschmack. Seine Art, ihr den Hof zu machen, war mehr als merkwürdig, denn sie bestand fast ausschließlich in langatmigen Aufzählungen von Salaten oder von Regeln für den Anbau in Frühbeeten, das Ganze ausgeschmückt mit Überlegungen, ob man Alleen lieber mit Hecken, Spalieren oder einem Zaun aus Rebpfählen säumen sollte. Der Antrittsbesuch bei den Vitrys hatte sie in ihrer Ablehnung bestärkt.

Deren Haus bestand unten aus einem einzigen großen Raum, in dem die Familie lebte und aß. Der Boden bestand aus gestampfter Erde, kein Vergleich also zu den gewachsten Fliesen in der elterlichen Wohnküche. Strohstühle, ein großer Tisch aus verwittertem Holz, ein Kachelofen, ein Springbrunnen aus Kupfer und ein schäbiges Buffet bildeten die ganze Einrichtung. Im ersten Stock gab es zwei Schlafzimmer mit einfachen Betten, von denen eines, in dem der Sohn schlief, das Nest des künftigen Paares werden sollte. Mutter Vitry, eine große, schwarzhaarige, dürre Frau mit Fingernägeln, die schmutzig und schadhaft vom Wühlen in der Erde waren, zählte ihr in schroffem Ton die Pflichten einer Gärtnersfrau auf. Sie müsse bei jedem Wetter und zu jeder Jahreszeit um fünf Uhr morgens aufstehen und bis acht Uhr abends arbeiten. Mit einer einzigen Pause, um schnell und ohne Zeit zu verlieren eine Suppe oder einen Brotkanten zu essen. Und selbstverständlich müsse sie den Eltern ihres Mannes gehorchen, als wären es ihre eigenen.

Ihr Widerwille nahm zu, als man auf den Ehevertrag zu sprechen kam und auf das, was die Eheleute einzubringen hatten. Für sie war das neben einer Mitgift, deren Höhe die Augen der künftigen Schwiegereltern leuchten ließ, eine sich über Monate hinziehende Lieferung von frischem Dung für die Beete der Vitrys.

Am Tag der Verlobung und der Unterschrift vor dem Notar suchte sie, gequält von der Aussicht auf ein Leben an der Seite dieses Tölpels, aus einer plötzlichen Anwandlung heraus das Weite und ließ Kälber, Kühe, Ochsen, Misthaufen und Salate, einen verdatterten Verlobten und zwei bekümmerte Familien einfach stehen. Da sie fürchtete, gesucht zu werden, tauchte sie in der Großstadt unter, um sich im Meer der Menschenmassen zu verlieren.

Vater Pindron, tief gekränkt von der Handlungsweise seiner Tochter, unternahm nichts, um sie zu finden. Sie hatte die Familie entehrt, für ihn war sie gestorben und wurde sofort enterbt. Ihn selbst brachte die Schmach um. Er wurde krank, legte sich ins Bett und starb ein paar Tage später, während seine Witwe sich ins heimatliche Burgund zurückzog. Den Hof samt Inventar und Vieh hatte sie zu einem guten Preis einer vermögenden Familie von Viehzüchtern aus dem Faubourg verkauft, die sich notariell verpflichtete, ihr bis zu ihrem Tod eine Pension zu zahlen.

Ihre Tochter Marguerite hingegen irrte monatelang durch Paris, schlief auf den Quais und richtete sich Verstecke in den Pyramiden des Port au Bois ein, entweder am Quai Saint-Paul oder zwischen den Fässern am Quai de la Rapée. Das vom Fluss angeschwemmte Holz war teilweise zu vier- oder dreieckigen Pyramiden aufgeschichtet worden, ein großer Teil indes war unordentlich gestapelt oder willkürlich hingeworfen worden, sodass ein Labyrinth mit geheimnisvollen Ecken und Winkeln, Biegungen und Gässchen entstanden war, in dessen Innerem des Nachts ein bunt zusammengewürfeltes Völkchen unterkroch und frühmorgens verstört und müde wieder zum Vorschein kam.

Die wenigen Louisdor, die Marguerite ihrem Vater gestohlen hatte, waren schnell aufgebraucht, aber da sie lesen und schreiben konnte, nutzte sie diese Kenntnisse bei den Ärmsten, um bis zum Winter durchzukommen. Eines Abends, an dem sie verzweifelt war und Hunger und Kälte sie quälten, begegnete sie einem gut gekleideten jungen Mann, der sie in seine Wohnung mitnahm und sie, nachdem sie sich gewaschen hatte, zu seinem willenlosen Geschöpf und Lustobjekt machte. Er kleidete sie ein, gab ihr zu essen und stellte sie seinem Schwager vor, der Maître d'hôtel beim Duc de La Vrillière war. Ihre Freude, eine Arbeit gefunden zu haben, verflog schnell. Sie war dort die Letzte in einer Armee von Dienstmädchen, die die Nachttöpfe und Eimer leerten, die ekelhaftesten Arbeiten erledigen und die bittersten Abfuhren einstecken mussten.

Sie brauchte nicht lange, um zu begreifen, dass sie dem Schwager zu Willen würde sein müssen. Dieser, seit zwei Jahren Witwer, ertrug die Einsamkeit nicht und war hinter allem her, was im Hôtel Saint-Florentin Röcke trug. Sogleich entbrannte er für ihre Schönheit und Jugend. Anfangs widersetzte sie sich seinen Avancen, doch die Angst, wieder auf der Straße zu landen, war groß. Und so vertraute sie sich ihrem angeblichen Wohltäter, dem ebenso gut aussehenden wie skrupellosen jungen Mann, an, der sie auslachte und sie zusätzlich auszunutzen begann. Immer häufiger lieh er sich kleine Summen von ihrem Lohn.

Marguerite wusste nicht mehr, wie sie die Fesseln, die sie einschnürten, trotz ihrer Zwangslage abstreifen und sich der ständigen Avancen eines alten Knackers erwehren sollte. Alle möglichen Launen und Listen bot sie auf, um ihn sich vom Hals zu schaffen, scheute selbst vor flüchtigen Affären mit jüngeren Domestiken nicht zurück und machte keinen Hehl aus ihren Seitensprüngen, alles in der Hoffnung, dass er sich angewidert von ihr abwandte. Vergeblich. Damit steigerte sie sein Verlangen nach ihr nur. Unaufhörlich quälte ihn die Eifersucht, und es kam zu schrecklichen Szenen zwischen ihnen.

Tränen traten ihr in die Augen. Das alles war nämlich nicht das Schlimmste. Die Ereignisse, die sich drei Tage zuvor abgespielt hatten, wollten ihr nicht aus dem Kopf. Ihr junger Liebhaber war am Abend nach seinem Dienst erschienen, um sie abzuholen. Sie hatte durch eine Hintertür das Haus verlassen müssen, um zu ihm in seine Kutsche zu steigen. Nach einer langen Fahrt hatte er sie in ein ihr unbekanntes Haus geschleppt und sie gezwungen, eine mehr als unanständige Kleidung anzuziehen. Warum hatte sie das mit sich machen lassen? Sie versuchte zu verdrängen, was dann gefolgt war, und die schrecklichen Bilder zu löschen. Wie hatte es dazu kommen können? Sie hatte nicht protestiert, war gleichsam verblüfft und gefesselt gewesen von der rauschhaften Wildheit der irrwitzigen Szenen ringsum.

Ein leichter Luftzug drückte die Flamme nieder, die Kerze flackerte einen Augenblick und erlosch, einen scharfen Geruch verbreitend. Das hatte gerade noch gefehlt! Es gab keine Möglichkeit, sie wieder anzuzünden. Ganz allein an diesem menschenleeren Ort, wurde sie von Angst gepackt, bildete sich sogar ein, dass sich um sie herum etwas bewegte. Tiere und zahllose Insekten suchten häufig zu Beginn des Herbstes die Wärme der Küchenräume. Hinter ihr knackte irgendetwas, gefolgt von einem Geräusch, als würde etwas über den Boden gleiten oder gezogen werden.

Widerwillig zwang sie sich, sich umzudrehen, konnte aber nichts erkennen. Sie hatte das Gefühl, dass ihr das Atmen schwerfiel, dass sie keine Luft mehr bekam und zunehmend von Panik ergriffen wurde. Als sie in einer spontanen Anwandlung in Richtung der Treppe stürzte, die nach oben führte, wurde sie von einem unsichtbaren Arm gepackt und gegen einen Körper gepresst. Ein furchtbarer Schmerz durchzuckte den Ansatz ihres Halses, das Blut floss in Strömen, und sie brach zusammen, ohne zu spüren, dass sie starb.

Am frühen Morgen entdeckte ein Küchenjunge zwei leblose Körper, den von Marguerite Pindron, deren Kehle durchschnitten worden war, und den von Jean Missery, dem Maître d'hôtel, der bewusstlos und verletzt war. Ein Messer lag neben ihm auf den Fliesen, inmitten einer Blutlache.

I

Der Lauf der Tage

Die Zeit enthüllt die Geheimnisse; die Zeit bringt
Gelegenheit hervor; die Zeit bestätigt gute Ratschläge.

JACQUES BÉNIGNE BOSSUET

Sonntag, den 2. Oktober 1774

Nicolas betrachtete verstohlen das Gesicht seines Sohnes. Genauso hatte er in seiner Jugend ausgesehen, mit diesem lebhaften Gesichtsausdruck seines Vaters, des Marquis de Ranreuil, wenn er sich aufgerichtet hatte, um seinem Gesprächspartner in die Augen zu blicken. Die Satin, seine Mutter, schimmerte in der unbestimmten Sanftheit der noch nicht voll ausgebildeten Gesichtszüge durch. Insgesamt hatte die noble und ungezwungene Haltung des Jungen nichts von der für dieses Alter typischen linkischen Art. Er diskutierte mit Monsieur de Noblecourt unter Verwendung von griechischen und lateinischen Zitaten, in denen der ehemalige Staatsanwalt bisweilen mit einem Lächeln sprachliche Fehler und Barbarismen korrigierte.

In dessen Wohnung in der Rue Montmarte wurde die Vorstellung von Louis Le Floch mit einem festlichen Souper gefeiert. Ruhig und glücklich, spürte Nicolas die Wärme, die seine Freunde Semacgus, Bourdeau und La Borde mit ihrer Anwesenheit ausstrahlten. Er selbst mischte sich nicht ins Gespräch ein, wünschte sich vor allem, dass Louis, der zu seiner Freude sehr entspannt wirkte, ganz ungezwungen seinen Platz fand. In diese Vaterrolle, die ihn zugleich überwältigte und ängstigte, hatte er sich erst nach und nach eingefunden.

Das Jahr endete besser, als es begonnen hatte. Die Erinnerungen an die Verschwörungen und Ermittlungsverfahren, die ihm nach dem Tod von Madame de Lastérieux, seiner Geliebten, das Leben schwer gemacht hatten, wurde allmählich schwächer. Ebenso wie die Trauer um den verstorbenen König, die sich in eine Art sanften Schmerz zu verwandeln begann. Diese aufregende Zeit seines Lebens hatte ihn überdies die Existenz eines Kindes entdecken lassen, das vor fünfzehn Jahren aus seiner Liaison mit der Satin hervorgegangen war.

Seitdem war es turbulent zugegangen, und die Ereignisse hatten sich überstürzt. Kaum hatte sie davon erfahren, dass Louis der Sohn der Satin war, hatte die alte Paulet sich eingeschaltet und ihren Landsitz in Auteuil verlassen, wo sie seit der Aufgabe ihres Bordells ein frommes Leben führte. Sie war nach Paris gefahren, um Monsieur de Noblecourt aufzusuchen und bei ihm dafür zu plädieren, dass Louis offiziell einen Vater bekam. Der alte Staatsanwalt hatte die Angelegenheit sehr ernst genommen und mit den Eltern gesprochen.

Dabei waren von beiden Seiten Bedenken geäußert worden. Von der Satin, weil sie Nicolas' Reaktion gefürchtet hatte, denn zu gut erinnerte sie sich, dass er sie vor vielen Jahren nach dem Vater ihres Kindes gefragt und sich bereit erklärt hatte, gegebenenfalls die Verantwortung zu übernehmen. Daraufhin hatte sie seine Vaterschaft verneint, um ihm keine Schwierigkeiten zu machen. Und nach wie vor fürchtete sie, dass die Anerkennung dieses Sohnes aus einer illegitimen, als unehrenhaft betrachteten Beziehung gesellschaftliche und berufliche Nachteile für Le Floch nach sich ziehen würde.

Nicolas hingegen, der immer noch zärtliche Gefühle für diese Frau hegte, die er gleich nach seiner Ankunft in Paris kennengelernt hatte, war von Skrupeln geplagt worden, weil er die neue Besitzerin des *Dauphin couronné*, eben die Satin, dadurch verletzen würde, dass er den gemeinsamen Sohn von ihrem unehrenhaften und verdorbenen Milieu fernhielt. Unter keinen Umständen hatte er die natürlichen Bindungen zwischen einem Sohn und seiner Mutter zerschneiden wollen.

Diese Quadratur des Kreises wurde von Monsieur de Noblecourt gelöst, indem er mit der Feder in der Hand daranging, die Interessen und Gefühle der anwesenden Parteien in Einklang zu bringen, so heikel sie sein mochten. Die Satin würde wieder ihren Mädchennamen Antoinette Godelet annehmen und ihre derzeitige Beschäftigung aufgeben. Mithilfe von Nicolas sollte sie von einem Paar, das sich zurückziehen wollte, ein Geschäft für Mode- und Toilettenartikel in der Rue du Bac erwerben. Das Schwierigste war gewesen, die Paulet zu überzeugen, die, ihrer Nachfolgerin im Bordell beraubt, getobt und in ihrem Zorn zu der Wortmächtigkeit eines Marktweibs zurückgefunden hatte, wie Nicolas es noch von früher kannte.

Monsieur de Noblecourt hatte gewartet, bis der Wutausbruch

vorbei war, und sodann ein Wunder bewirkt. Es war ihm gelungen, seinen beruhigenden Einfluss auf die gute Dame zu nutzen und mit höflichen Komplimenten ihr Wohlwollen zu erringen. Nach und nach hatte sie sich beruhigt und murrend allem zugestimmt, ja, sie tat sogar noch mehr. Da ihr Etablissement florierte und zunehmend durch seine Eleganz an Renommee gewann, hatte sie beschlossen, um der Satin zu danken, ihr als Ergänzung zu dem Geschäft in der Rue du Bac das kleine Zwischengeschoss zu kaufen.

Damit hatte dem endgültigen Schritt nichts mehr im Wege gestanden. Nicolas erkannte vor dem Notar seinen unehelichen Sohn an, der sofort seinen Namen bekam, und nutzte seinen Einfluss, um im Polizeiarchiv alles verschwinden zu lassen, was auf die frühere Tätigkeit der Satin hinwies. Nachdem das geschehen war, konnte endlich Louis über diese für seine Zukunft so entscheidenden Ereignisse informiert werden. Eine überaus heikle Sache, weil sie den Jungen durcheinanderzubringen drohte. Monsieur de Noblecourt hatte angeboten, die Aufgabe zu übernehmen, doch Nicolas war es lieber gewesen, seine Vaterrolle in einer Atmosphäre völliger Offenheit zu beginnen und seinem Sohn die Wahrheit zu sagen. Im Übrigen hatte er sich nichts vorzuwerfen, da er noch nicht lange von der Existenz seines Sohnes wusste. Die Frage war gewesen, was Louis zu dem Ganzen und den sich daraus ergebenden Konsequenzen sagen würde und zu den Entscheidungen, an denen er nicht einmal beteiligt gewesen war.

Bevor sie sich zum ersten Mal unter vier Augen trafen, hatte Nicolas sich überlegt, wie er selbst in diesem Alter gewesen war, und hatte das ferne Bild seiner selbst heraufzubeschwören versucht. Gleich das erste Treffen war zu seiner Beruhigung gut verlaufen. Unter den Bäumen des Hauses der Paulet in Auteuil hatte er von seinem Leben erzählt, dabei allerdings vermieden, etwas zu sagen, was die Liebe des Jungen für seine Mutter tangiert hätte. Louis' Reaktionen waren erstaunlich offen und vernünftig gewesen, und er hatte Nicolas sofort mit einer langen Reihe von Fragen bestürmt. Es war der Auftakt für ihre Vater-Sohn-Beziehung gewesen. In der Folge hatten sie sich häufig getroffen, vor allem in Vaugirard bei seinem Freund Semacgus, und mittlerweile war eine liebevolle Vertrautheit entstanden. Sobald Nicolas über den Wissensstand seines Sohnes im Bilde war, hatte er ihn im Collège des Oratoriens de Juilly angemeldet. Zu seinem Bedauern waren seine jesuitischen Lehrer inzwischen aus dem Königreich ausgewiesen worden, aber zum Glück entsprach die zugleich moderne wie klassische Erziehung, die dieses von den französischen Oratorianern geleitete Kolleg vertrat, durchaus den Ideen, mit denen Nicolas in seiner Jugend durch seinen Vater in Guérande inspiriert worden war. Man legte in diesem Orden insbesondere großen Wert auf die moderne Literatur und den Fremdsprachenunterricht. Die Ferien würde Louis in Paris verbringen, die eine Hälfte der Zeit in der Rue Montmarte und die andere in der Rue de Bac.

»Wann werde ich den König sehen, Vater?«

Aus seinen Gedanken an die Vorgeschichte dieses Abends gerissen, zuckte Nicolas zusammen und wurde sich bewusst, wo er war. Das Essen begann. Marion und Catherine hatten soeben ein dampfendes Omelett mit Kalbsnieren aufgetragen.

»Ich werde dich an irgendeinem Sonntag nach Versailles mitnehmen«, erwiderte er. »Wir werden der Messe beiwohnen, wo du in aller Ruhe Seine Majestät beobachten kannst, anschließend wirst du ihn in der Grande Galerie aus noch größerer Nähe sehen.«

Louis lächelte. Sein Gesichtsausdruck versetzte Nicolas einen Stich ins Herz, weil er für einen kurzen Augenblick denjenigen von Isabelle, seiner Halbschwester, darin wiederfand.

»Wie geht es Monsieur Le Noir?«, fragte La Borde, der ehemalige Erste Kammerdiener des verstorbenen Ludwig XV.

»Wenn ich ihn mal sehe, geht es ihm so weit gut«, erwiderte er mit einem Anflug von Bitterkeit.

»Ich bin es der Wahrheit schuldig zu betonen«, sagte La Borde, »dass es niemanden gibt, der sich mehr als er für die Oper interessiert.«

»Ich fürchte«, sagte Semacgus mit einem ironischen Unterton, »dass sein Wunsch, sich vertreten zu lassen, bei unserem Freund die Loyalität gegenüber dem Nachfolger des schmerzlich vermissten Sartine überwiegt.«

Nicolas nickte.

»Das ist einer dieser Sätze«, schaltete sich Noblecourt ein, »die zu viel oder zu wenig andeuten. Die Sentenz ist ein wenig kurz für eine so beträchtliche Macht. Sartine hatte die Befugnisse seines Amtes noch vergrößert. Was wird der Neue daraus machen?«

»Oh, er ist ein wichtiger Mann geworden, ohne einen Titel zu tragen«, meinte Bourdeau. »Sie kennen seinen außergewöhnlichen, verborgenen Einfluss. Er schlägt zu, oder er rettet. Er verbreitet Finsternis oder Licht. Seine Autorität ist ebenso taktvoll wie ausgedehnt. Er fördert und demütigt nach Lust und Laune, ganz, wie es ihm beliebt.«

Nicolas nickte.

»Sartine liebte Perücken, Le Noir liebt wappengeschmückte Einbände.«

»Das Problem ist«, warf Louis schüchtern ein, »dass weder die einen noch die anderen die Leere zu überdecken vermögen.« Alle applaudierten, während Nicolas lächelte.

»Wie unser verstorbener König zu sagen pflegte«, bemerkte La Borde, »guter Rassejagdhund.«

»Das hat er von seinem Großvater, der Marquis war nie um eine geistreiche Bemerkung verlegen.«

»Meine Herren«, sagte La Borde, »erlauben Sie mir, Sie den Wohlgerüchen dieses köstlichen Omeletts zu überlassen. Ich will noch die Zartheit der Nieren betonen. Ich habe zu Ehren des jungen Ranreuil mit Hand angelegt wie einst im Trianon und will zusammen mit Catherine meine Überraschung vollenden. Semacgus, bereiten Sie unseren Gastgeber darauf vor, der Versuchung zu widerstehen? Louis, begleiten Sie mich, ich brauche einen Küchenjungen.«

Der Junge erhob sich, er war groß für sein Alter. Wie viele Dinge er noch zu lernen hatte, dachte Nicolas. Reiten, Jagen, Fechten ... Schließlich war er vom Geblüt der Ranreuils. Er verfiel wieder ins Nachdenken.

Gewiss, er war vom neuen Polizeipräfekt rasch empfangen worden, nachdem er, Sartines Rat folgend, gleich in den ersten Tagen um eine Audienz gebeten hatte. Hinter dem Schreibtisch stehend, an dem sich sein Vorgänger mit seinen Perücken zu beschäftigen pflegte, hatte Le Noir sich in seiner ganzen Größe und Leibesfülle präsentiert. Eine kräftige Nase überragte einen Mund mit fleischiger Unterlippe, deren Bewegungen Ablehnung und Verachtung ausdrückten und den Blick auf ein

Doppelkinn lenkten. Seine lebhaften Augen, die den Gesprächspartner fixierten, ließen einen leichten Hochmut, einen unbestreitbaren Skeptizismus und eine Selbstgefälligkeit ahnen, aus denen er keinen Hehl machte. Eine Allongeperücke unterstrich das makellose Weiß eines Beffchens aus Batist, das sich wie eine wogende Flut über seine schmucklose Robe ergoss. Das Gespräch, durch die Ankunft eines Besuchers abgekürzt, war nicht sonderlich ersprießlich und nicht seinen Erwartungen entsprechend verlaufen.

»Monsieur le Commissaire«, hatte Le Noir gesagt, »mein Vorgänger hat Sie empfohlen. Ich habe mir kürzlich selbst ein Bild machen können von dem Geschick und der Berufserfahrung, die Sie in heiklen Angelegenheiten bewiesen haben. Andererseits hat die Erfahrung mich gelehrt, dass die persönlichen Methoden, so nützlich und wirksam sie sein mögen, nichtsdestotrotz intrigante Adelsspiele gewesen sind, derer die Macht letztlich überdrüssig wurde. An meiner Seite werden Sie nicht die gleiche Position wie bei Monsieur de Sartine innehaben. Ich beabsichtige, die Verfahrensweisen bei Anklageerhebungen neuen Regeln zu unterwerfen, die meinen eigenen Vorstellungen mehr entsprechen.«

»Ich stehe im Dienste des Königs, Monseigneur.«

»Er schätzt Sie, Monsieur, er schätzt sie sehr«, hatte Le Noir mit einer Spur Gereiztheit zugegeben, »das wissen wir. Doch die Regeln sollten für alle gleich sein. Ältere Kommissare könnten sich gekränkt fühlen …«

Hätten sie es mal getan, war es Nicolas durch den Kopf geschossen.

»Konkret ausgedrückt, würden sie es nicht goutieren, wenn einer ihrer jüngeren Kollegen die Aufmerksamkeit und Gunst von oben monopolisiert. Könnten wir Ihnen ein spezielles Viertel anvertrauen? Das scheint nicht sehr ratsam, denn Sie haben andere Kommissare ziemlich schikaniert ...«

»Monseigneur!«

»Ich weiß, was ich sage, unterbrechen Sie mich nicht. Zahlreiche Klagen und Beschwerden sind bereits bis zu mir gedrungen. Es wäre klug, Monsieur, wenn Sie sich ein angenehmes Leben machen, sich ausruhen, jagen und abwarten würden, bis die Zeiten wieder günstiger für Sie werden. Das Amt eines Polizeikommissars im Châtelet kann übrigens zu einem guten Preis weiterverkauft werden. An Interessenten mangelt es nicht. Denken Sie darüber nach. Ich empfehle mich, Monsieur le Commissaire.«

Nicolas hatte nichts unternommen, um dieser eisigen Ungnade entgegenzutreten. Das widerstrebte seinem rechtschaffenen Wesen, dem es fernlag, Unterwürfigkeit zu heucheln. Zudem war er mehr um Bourdeau als um sich selbst besorgt. Immerhin hatte sein Assistent eine Reihe jüngerer Kinder und war für deren Versorgung allein auf die Bezüge seines Amtes angewiesen, zumal die damit verbundenen und nicht unbeträchtlichen Nebeneinkünfte ebenfalls wegfallen würden. Deshalb hatte Nicolas Vorkehrungen getroffen, um seinem Freund eine ansehnliche Unterstützung zukommen zu lassen, die er, um ihn nicht zu kränken, als Nachzahlungen vergessener Spesen bei früheren Untersuchungen deklarieren würde. Er selbst hatte sich in einer Art quasi religiösem Fatalismus verschlossen, da seine Zukunft sich sowieso nicht ändern ließ, und nur zögerlich mit Noblecourt und La Borde darüber gesprochen.

Ersterer bestärkte ihn in dem Entschluss, sich von den vorübergehenden Wechselfällen, die jede Karriere im Dienst des

Königs prägten, nicht irritieren zu lassen. Die Zeit sei ein großer Meister im Regeln der Dinge, fasste der alte Staatsanwalt seine Lebenserfahrungen zusammen, und unter diesen Umständen habe ein anständiger Mann lediglich eine Pflicht, nämlich den Schein zu wahren. Auf diese Weise werde er beweisen können, dass er sich nicht unterkriegen lasse von etwas, das ein gewöhnlicher Sterblicher als Katastrophe ansähe.

Monsieur de Noblecourt, der das Jahrhundert und die Menschen kannte, war überzeugt, dass Le Noir seine anfänglichen Vorurteile überdenken würde. Das sei die erste, ganz natürliche Reaktion eines Mannes, der die anderen und sich selbst beeindrucken wolle. Nicolas dürfe nicht vergessen, dass er der Protégé und Freund von Monsieur de Sartine sei und dass dieser intrigiert habe, um ihn auf seine Stelle berufen zu lassen, in der Hoffnung, im Hintergrund weiterhin die Maschinerie des Staates beeinflussen zu können und zugleich ein herausragendes Instrument der Einflussnahme auf den König in der Hand zu haben. Die Reaktionen auf den neuen Polizeipräfekten, die ihm, Monsieur de Nobelcourt, zu Ohren kämen, würden eine ganz andere moralische Landschaft zeigen als jene, die Nicolas beschreibe. Man spreche von einer großen Klarheit der Ideen, von angenehmer Unterhaltung, großer Verstandesschärfe und einer hervorragenden Urteilsfähigkeit. Seine gründlichen und ernsthaften Studien hätten die Anmut seines überaus liebenswürdigen Geistes nicht beeinträchtigt. Außerdem sei er ein aufgeklärter Liebhaber der Künste und der Literatur. Kurz, er halte es für dringend geboten abzuwarten, weil Ereignisse, von denen wir unseren Ruin erwarten, manchmal zu unserer Rettung führen würden.

Was La Borde ihm gesagt hatte, ging in die gleiche Richtung. Er habe gleich am Tag nach dem Tod des Königs beschlossen, eine glückliche, nunmehr abgeschlossene Vergangenheit zu vergessen und sich damit abzufinden, dass er künftig zum alten Eisen gehöre. Er selbst beschäftige sich jetzt mit Dingen, die er aufgrund seines Amtes beim König vernachlässigt habe. Unter dem Siegel der Verschwiegenheit vertraute er Nicolas an, dass der verstorbene König versprochen habe, ihn für ein finanzielles Opfer zu entschädigen, zu dem er einst bereit gewesen sei, um in seinen Dienst zu treten.

Mehr noch: Er gestand Nicolas, der nicht schlecht staunte, dass er den Entschluss gefasst habe, nach einem oberflächlichen und undisziplinierten Leben solide zu werden. Dazu gehöre, dass er soeben Adélaïde-Suzanne de Vismes geheiratet habe, die neunzehn Jahre jünger sei als er. Die Zeremonie, die für den ersten Juli geplant gewesen sei, sei auf den September verlegt und wegen der Staatstrauer im kleinen Kreis gefeiert worden. Seine Frau, aufgrund der Ereignisse, die ihre Hoffnungen auf ein glanzvolles Fest enttäuscht hätten, am Boden zerstört, jammere und weine in einem fort. Und da er gerade in redseliger Stimmung war, vertraute La Borde Nicolas, vermutlich unter dem Eindruck von dessen plötzlicher Vaterschaft, an, dass er vor vier Jahren eine uneheliche Tochter aus seiner Liaison mit der Guimard, einer berühmten Schauspielerin, anerkannt habe. Dieses Geständnis schien ihn erleichtert zu haben, und für einen Augenblick seine eigenen Sorgen beiseiteschiebend, hatte er sich erneut denen seines Freundes zugewandt.

Mit flammenden Worten hatte er versucht, Nicolas aus seiner trüben Stimmung zu holen. Man habe ihm eine Auszeit geschenkt, und jetzt solle er sie verdammt noch mal auch nutzen und seinen Sohn mit seiner ganzen Liebe und Zuneigung verwöhnen! Ein Mann, der die Welt studiert habe, wisse, wann es Zeit sei zu handeln. Er müsse seine Mittel anpassen und seine Einsichten in den Dienst dessen stellen, was ihm am Herzen liege. Sein Rat lasse sich in der Formel »offenes Gesicht und geheime Gedanken zusammenfassen. Verschleierung und Geheimnisse müssten gepflegt werden, und deshalb solle Nicolas eine Zeit lang hinter dem Marquis de Ranreuil zurücktreten. Er, La Borde, empfehle ihm, die unangenehmen Begleiterscheinungen einer scheinbaren Ungnade zu nutzen und sie wie einen Panzer zu tragen in einer Gesellschaft, in der die geringste Schwäche bemerkt werde und Waffen bereitgehalten würden, um einen zu verspotten oder zu zerstören. Er solle sich an den richtigen Orten blicken lassen und dafür sorgen, dass er dem König durch seine regelmäßige Anwesenheit und seine Erfahrung bei der Jagd auffalle, an denen er dank der Gunst Ludwigs XV. teilnehmen dürfe. Keine dieser Aktivitäten werde Monsieur Le Noirs Vorhaben, ihn auszugrenzen, rechtfertigen oder ihn darin bestärken können. Man kläre nichts durch Reden. Zum Schluss hatte La Borde noch betrübt angemerkt, dass die Zeiten sich geändert hätten – ein witziger Einfall von Monsieur de Maurepas zähle in der Umgebung des Thrones mehr als der Schutz eines treuen Dieners.

Nicolas hatte sich die klugen Ratschläge seiner Freunde zu Herzen genommen und war zu der Überzeugung gelangt, dass die Rettung in der Mehrdeutigkeit seines Verhaltens lag. Trotz des Geredes und der Gerüchte würden sich die Hartherzigen und Heuchler der Stadt und des Hofes vergeblich abmühen, über ihn zu tratschen. Jeder würde sich seine eigene Meinung über den Fall des »kleinen Ranreuil« bilden, jeder allerdings eine andere. Er musste das Bild nur noch mit ein paar Pinselstrichen für die Klatschkolumnisten, die ständig auf der Lauer lagen, vollenden, um die weniger Leichtgläubigen zu überzeugen: eine schmeichelhafte, flüchtige Affäre mit einer indiskreten Dame, ein wenig höfliche Herablassung und vor allem deutliche Aufmerksamkeiten des Königs. Amüsiert stellte er fest, dass er sich als Höfling nicht schlecht machte. Während des Aufenthalts des Hofes in Compiègne im August hatte er beim Halali mehrmals direkt hinter dem König gestanden und von der guten Laune seines Herrn profitiert. Sie waren vom Gefolge beobachtet worden, wie sie angeregt über die Qualität eines Tieres oder über die Taktik seiner Verfolgung plauderten. Hatten sie ihr Opfer gestellt, schoss er bewusst daneben, wohl wissend, dass es Ludwig XVI. erfreute. So sehr, dass er ihm als Zeichen seiner Wertschätzung die Gewehre des verstorbenen Königs schenkte, die dieser bei einer seiner letzten Jagden dem Kommissar geliehen hatte.

All das erregte Aufsehen am Hof, wo sein Stern, den man bereits für erloschen gehalten hatte, plötzlich wieder in hellem Glanz erstrahlte, sodass sogar diejenigen herbeieilten, um ihn zu beglückwünschen, die ein paar Tage zuvor noch geflissentlich durch ihn hindurchgesehen hatten. Er zweifelte nicht daran, dass das Gerücht dieses großen Erfolgs Monsieur Le Noir zu Ohren kommen werde – immerhin verfügte er über genug Spitzel am Hof, um ihn über jede Einzelheit zu informieren, die sich in der Welt der Höflinge und im Umkreis des Königs ereignete. Die letzten turbulenten Monate, in denen das Schicksal alles heftig durcheinandergewirbelt hatte, waren in der Tat sehr schnell vergangen. Ein Ruf riss ihn aus seinen Gedanken.

»Die gefüllte Lammkeule à la royale, begleitet von mit Knoblauchpilzen gefüllten Teigtaschen«, posaunte La Borde und präsentierte mit ausgetreckten Armen eine Silberplatte, von der duftende Dampfkringel aufstiegen.

»Man könnte meinen, er sei ein Herold, der das französische Wappen zur Schau stellt«, rief Noblecourt, dessen Augen vor Gier leuchteten. »Es fehlt ihm nur noch der Tappert, dieser wunderschöne alte Waffenrock, der leider aus der Mode gekommen ist.«

»Und was ist *das?*«, fragte La Borde pikiert und deutete auf die weiße Schürze, die er umgebunden hatte.

Hinter ihm erschien jetzt Louis, das Gesicht gerötet von der Hitze der Feuerstellen in der Küche, mit einer Porzellanschüssel, die gefüllt war mit einer Pyramide aus Teigtaschen.

Nicolas stimmte in die allgemeine Fröhlichkeit ein. »Und was werden wir dazu trinken?«

Bourdeau holte zwei Flaschen unter dem Tisch hervor. »Einen pflaumenfarbenen Saint-Nicolas de Bourgeuil.«

»Meine Herren, meine Herren«, meldete sich Noblecourt zu Wort, »während Poitevin aufschneidet, schlage ich vor, dass Monsieur de La Borde uns zum Aperitif den üblichen erklärenden Vortrag hält.«

»Darf ich Sie, Monsieur«, warf Louis ein, »nach dem Grund für diesen Brauch fragen?«

»Junger Mann, seit Ihr Vater die Freude in dieses Haus zurückgebracht hat, eine Freude, die Ihre Anwesenheit in unserem Kreis noch steigert, ist es eine Tradition, die an einem Feiertag wie diesem nicht zu respektieren ich mir übel nehmen würde. Die unter diesem Dach zubereiteten köstlichen Gerichte verdienen es, nicht allein mit dem Gaumen, sondern desgleichen mit den Ohren gekostet zu werden.«

»Und den Augen«, rief Semacgus. »Das ist übrigens der einzige Sinn, den ich akzeptiere.«

»Und ich«, konterte Noblecourt, »versichere, dass ich heute Abend meinem Arzt nicht gehorche, sondern entschlossen bin, meine drei Sinne in gebührender Weise zu befriedigen.«

»Meine Herren«, begann La Borde, »darf ich Sie zunächst darauf hinweisen, dass ich die Ehre hatte, dieses Gericht vor dem verstorbenen König zuzubereiten, und dass Madame de Pompadour es sich trotz ihres kranken Magens hat schmecken lassen?«

»Die gute Dame war sehr nachsichtig«, sagte Semacgus.

»Keineswegs, sie nahm ein zweites Mal.«

»Meine Herren, lassen Sie die Scherze«, flehte Noblecourt, »das Essen wird kalt.«

»Stellen Sie sich eine schöne Lammkeule vor«, fuhr La Borde voller Emphase fort, »ein paar Tage im Kühlen aufbewahrt, damit sie zart und mürbe wird. Zunächst muss man den Knochen durchbrechen und das Fleisch herausschneiden, ohne die Hülle zu verletzen. Dafür habe ich auf das Können eines Meisters zurückgegriffen.«

»Ein Rotisseur aus der Rue Saint-Honoré?«, fragte Nicolas.

»Keineswegs. Ein Marinewundarzt, der ein wahrer Meister im Schneiden und Aushöhlen ist.«

»Es stimmt, dass meine Klingen sehr nützlich gewesen sind«, erklärte Semacgus und schloss dramatisch die Augen.

»Pfui, Sie Schlimmer!«, rief Noblecourt. »Sagen Sie mir nicht, dass Sie Ihre Instrumente benutzt haben, die dazu dienen ...«

»Ich sollte es Sie glauben lassen, um Ihnen den Appetit zu verderben.«

»So werde ich nie weiterkommen«, seufzte La Borde, »wenn Sie mich ständig unterbrechen. Das aus dem Inneren geholte Fleisch müssen Sie fein hacken und mit ein wenig Speck, Kalbsnierenfett, Pilzen, Eiern, Salz, Pfeffer und Gewürzen mischen, dann alles sorgfältig durchkneten, um sicherzustellen, dass die Würze sich gleichmäßig verteilt. Anschließend füllen Sie die Haut mit der Masse, damit die Keule wieder ihre natürliche Gestalt bekommt, binden sie von allen Seiten mit einem Bindfaden zusammen und braten sie an, bis sie eine schöne Bräune hat. Dann geben Sie sie in einen Topf mit einer guten Bouillon double und einem Stück halb gebratenem Rindfleisch, das seine Säfte an sie abgeben und ihr mehr Geschmack verleihen wird. Fügen Sie mit Nelken gespickte Zwiebeln und ein Bouquet garni hinzu und drehen Sie die Keule nach einer guten Stunde im Topf um. Um festzustellen, ob sie gar ist, überprüfen Sie mit der Fingerkuppe die Weichheit des Fleisches. Wenn Sie die Sauce reduziert haben, übergießen Sie die fachgerecht aufgeschnittene Keule mit dieser köstlichen, sämigen Flüssigkeit.«

Vivatrufe begleiteten Monsieur de La Bordes Ausführungen. Alle schickten sich an, ein Gericht zu würdigen, das sich besser mit dem Löffel als mit Messer und Gabel essen ließ. Nicolas beobachtete aus den Augenwinkeln seinen Sohn, glücklich, dass er mit geübter Eleganz aß, worin sich wie in anderen Verhaltensweisen das Erbe des Marquis de Ranreuil, aber auch die angeborene Anmut seiner Mutter widerspiegelte.

»Das ist ein Gericht«, sagte Noblecourt, »wie geschaffen für meine alten Zähne.«

»Die knusprige Kruste verbindet sich prächtig mit der weichen Füllung«, fügte Semacgus hinzu. »Und dieses violette Getränk harmoniert gut mit dem Lamm.«

»Nicht wahr?« Bourdeau war hocherfreut. »Ich finde, dass die Knoblauchpilze in diesem dünnen Teig ihren vollmundigen Geschmack und alle Düfte des Waldes bewahren.«

Noblecourt wandte sich an Louis. »Das«, sagte er, »ist ein Souper, an das Sie sich im Collège erinnern werden und das Ihnen schöne Träume schenken wird.«

»Ich werde mit Dankbarkeit daran denken, Monsieur«, versicherte der Junge, »wenn ich zähes gekochtes Rindfleisch und stinkenden Hering essen werde. Hoffentlich stärkt es wenigstens meinen Mut.«

Alle lachten. Derweil stellte Catherine eine Platte mit Krapfen, die mit kandierten Quitten gefüllt und mit Zucker bestäubt waren, auf den Tisch. Der alte Staatsanwalt lächelte und gab Poitevin ein Zeichen, der daraufhin verschwand und mit zwei Päckchen zurückkam.

»Junger Mann.« Noblecourt öffnete das größere. »Ich litt als Schüler ebenso wie Sie unter harter Disziplin und Hunger. Meine Mutter, die Mitleid mit mir hatte, gab mir Quittengelee mit, den ich jeden Abend lutschte, um meinen Heißhunger zu stillen.« Er nahm eine Reihe runder, flacher Holzdosen aus dem Päckchen. »In diesen kleinen Behältern finden Sie mit ein wenig Weißwein vermischtes Quittengelee, das Ihren Hunger stillen und zugleich Bauchschmerzen lindern wird, die das schlechte Essen im Kolleg zweifellos auslösen dürfte. Sie müssen sie allerdings sorgfältig verstecken, da Diebstahl in derartigen Institutionen an der Tagesordnung ist. Wenn Sie maßvoll damit umgehen, sollte der Vorrat bis Weihnachten reichen.«

Nach dieser Ansprache des Hausherrn an seinen jungen Gast wandte sich die Unterhaltung allgemeineren Themen zu.

»Trägt man am Hof immer noch Trauer für unseren König?«, fragte La Borde mit dieser gespielten Gleichgültigkeit, die kaum verbarg, wie sehr es ihn betrübte, nicht mehr im Mittelpunkt der Welt von Versailles zu leben.

Nicolas antwortete ihm. »Man empfiehlt einen Anzug aus Tuch oder Seide, je nach Wetter, schwarze Seidenstrümpfe, Degen und Silberschnallen, an den Fingern nicht mehr als ein Diamant. Und ein Hemd mit schmalen, gesäumten Manschetten. All das bis zum ersten November; ab der Vigil vor Weinachten wird es dann weniger strenge Vorschriften geben.«

»Sie wissen eine ganze Menge dafür, dass Sie bei Hof nicht besonders wohlgelitten sind«, merkte La Borde an.

»Ich habe dort nach wie vor meinen Platz, da ich dem Rat meiner Freunde gefolgt bin.«

»Man berichtete mir«, sagte Noblecourt, »der König habe Monsieur de Maurepas, seinem wichtigsten Berater, befohlen, gewisse Missbräuche abzuschaffen. Merkt man schon etwas davon?«

»Man hat hundertdreißig Pferde und fünfunddreißig Stallburschen für die königliche Parforcejagd gestrichen«, erklärte La Borde.

»Großartig«, sagte Bourdeau spöttisch. »Man reduziert die Pferde, und gleichzeitig gibt der König den Launen der Königin nach und vergrößert seinen Haushalt, obwohl er weiß Gott genug Personal hat. Und zu allem Überfluss braucht sie noch einen Großalmonesier speziell für das religiöse Leben bei Hof und einen Bediensteten für das Siegelwachs!«

»Man sieht, dass Bourdeau ebenfalls gut unterrichtet ist«, spottete Semacgus.

»O nein«, erwiderte der Inspektor. »Ich beobachte lediglich aufmerksam, wo das Geld des Volkes verschwendet wird.«

»Es ist lange her, dass Sie Ihre bissige Kritik geäußert haben.«

»Ich sage und behaupte«, echauffierte sich der Inspektor, »dass die Schaffung von Hofämtern einen Haushalt belastet, der durch die militärischen Operationen auf Korsika ohnehin überstrapaziert ist. Denken Sie allein daran, dass die Inselbewohner nicht ermessen, was für ein Glück sie haben, Franzosen zu sein. Rebellen und Banditen verwüsten die Landschaft und erpressen unter massiven Drohungen Geld.«

»Das nimmt in der Tat täglich größere Ausmaße an. Unser Befehlshaber vor Ort, Monsieur de Marbeuf, hat soeben die Hochebene des Niolo befriedet. Man hat vor den Kirchen Delinquenten gerädert, in Anwesenheit der Bevölkerung. Sechshundert Gewehre sind in einer Klostergruft beschlagnahmt worden, was eine furchtbare Vergeltung zur Folge hatte: Zwei Mönche wurden auf der Stelle gehängt. Es ist vorherzusehen, dass die Sache sich hinziehen wird, und wer weiß, ob wir das Ende erleben werden.«

»Blasen wir nicht Trübsal«, schaltete Noblecourt sich ein. »Reden wir von Erfreulicherem. La Borde, ich bin sicher, dass Sie die erste Vorstellung von *Orphée et Eurydice* von Monsieur Gluck gesehen haben. Was sagen Sie dazu, Sie, der Sie sich in diesen Dingen auskennen?«

»Um die Wahrheit zu sagen«, erwiderte der ehemalige Erste Kammerdiener, der die Ironie nicht bemerkte, die in der Stimme des Staatsanwalts mitschwang, »diese Tragédie-opéra hat das Publikum begeistert, und der Erfolg hat denjenigen von *Iphigénie en Aulide* im letzten April übertroffen.«

»Genau das habe ich auch festgestellt«, stimmte Noblecourt zu und genoss die Überraschung seiner Freunde, die wussten, dass der alte Staatsanwalt das Haus so gut wie nicht mehr verließ. »Nun, in Abwesenheit von Nicolas, der auf der Jagd nach schönen Damen und Tieren in den Wäldern von Compiègne war, habe ich anspannen lassen. Poitevin hat seine neueste Livree angezogen, und ab ging die Post.«

Er betrachtete Nicolas aus den Augenwinkeln und zwinkerte ihm zu.

»Als ich in die Oper kam, hat Monsieur Balbastre, unser serviler Leiter der Concerts Spirituels des Tuileries, mir honigsüß geholfen, meinen Platz zu finden. Überaus liebenswürdig, an der Grenze zur Scheinheiligkeit. Kurz, ich habe mir die Vorstellung angesehen und bestätige den Erfolg. Nur was für einen Erfolg? Bei wem? Abgesehen von Ihnen, La Borde, der fachmännisch zu urteilen vermag, selbst wenn ich in diesem Fall Ihren Geschmack nicht teile. Was habe ich gesehen? Einen Saal, gefüllt zu drei Vierteln mit alten Galanen und jungen Stutzern von der Art, die ihre Zeit damit verbringen, in den Modesalons Zuschnitte aus Papier zu machen. Diese Meute gerät aus dem Häuschen, sobald ein neuer Kopf auftaucht, sofern dieser mehr oder weniger aus dem allgemeinen Gedränge herausragt. Und was ich gehört habe, war nichts als ein Sammelsurium höchst unterschiedlicher Dinge. Ein katastrophaler Mischmasch von Tönen und Eindrücken, der den Verstand verspottet und lähmt, um die Einfallslosigkeit eines Komponisten zu kaschieren, der Gott um ein bisschen Inspiration anflehen sollte. O ja! Da gehe ich lieber zu den Klarissen in Longchamp, um mir dort die *Leçons des ténèbres* anzuhören. Für mich, meine Herren, ist mit diesem Christoph Willibald Gluck keinerlei Staat zu machen.«

Die Verblüffung nutzend, die sein drastisches Urteil bei den Anwesenden ausgelöst hatte, schnappte er sich mit der einen Hand eine Scheibe Lammkeule, während er mit der anderen in aller Eile sein Glas griff und es austrank.

La Borde schüttelte den Kopf.»Mein lieber Noblecourt, erlauben Sie, dass ich Ihnen widerspreche. Ich für mein Teil bin der Ansicht, dass der feinste Pinsel nicht ausreicht, die Details einer unvergesslichen Vorstellung wiederzugeben. Ja, Monsieur, endlich etwas Neues. Schluss mit der Vokalität à l'italienne! Schluss mit den traditionellen Automaten des Genres und ihren quälenden Rezitativen!«

»Und zugunsten von was?«, entgegnete Noblecourt.»Lauter falsche Töne und Spatzengesang! Wie es dieser Haute-contre bewiesen hat, der die Rolle des Orpheus gesungen hat.«

»Monsieur«, meldete Louis sich schüchtern zu Wort,»dürfte ich es wagen, Sie zu bitten, mir zu erklären, was ein Haute-contre ist?«

»Ich gratuliere Ihnen, dass Sie diese Frage stellen. Man darf seine Wissenslücken niemals verbergen. Das ehrt Sie, und es wird uns stets eine Freude sein, Sie weiterzubilden, mein Junge. Es ist das Wissen, das den anständigen Menschen ausmacht, und nicht der brillante, dabei hohle Geist. Wer sein Thema beherrscht, wird immer ernst genommen und geschätzt. Monsieur de La Borde, der sich selbst an Opern versucht, wird Ihnen antworten, das verschafft mir eine kleine Pause, um Luft zu schnappen.«

»Luft ja, doch nicht noch ein Stück Lammkeule und keinen Saint-Nicolas mehr«, warf Semacgus ein. »Als Arzt verbiete ich Ihnen das aufs Nachdrücklichste.«

Noblecourt machte ein zerknirschtes Gesicht, während am Tischrand schnuppernd das Köpfchen von Mouchette, Nicolas' Katze, auftauchte, angelockt von den verführerischen Düften.

»Ein Haute-contre«, erklärte La Borde, »ist eine hohe Tenorstimme, die vor allem in der französischen Oper vorkommt. Ihre Besonderheit besteht darin, dass die Höhe durch die Bruststimme erzeugt wird. Um auf unsere Diskussion zurückzukommen: Ich bin erstaunt, dass Sie diese Wahl für die Rolle des Orpheus kritisieren. Es ist schließlich eine Verbeugung vor den französischen Gewohnheiten, die Sie so lieben. All das, werden Sie mir sagen, zugunsten von was?«

»Ja, von was. Ich warte ungeduldig auf Ihre Antwort.«

»Na, zugunsten eines natürlichen Gesangs«, fuhr La Borde fort, »stets geleitet von dem wahrsten, empfindsamsten Ausdruck, mit einer überaus betörenden Melodie, einer unvergleichlichen Vielfalt in den Ausdrucksweisen und den größten harmonischen Wirkungen, die gleichermaßen für Schreckliches, Pathetisches und Anmutiges verwendet werden. Mit einem Satz, es ist echte musikalische Tragödie in der Linie von Euripides und Racine. In Gluck erkenne ich einen Mann von Genie und Geschmack, bei dem nichts schwach oder nachlässig ist.«

»Wenn man Sie beide so hört«, bemerkte Semacgus, »meine

ich, das gleiche Diskussionsschema wiederzuerkennen, das unser Gastgeber so häufig anwendet, wenn er sich über die neuen Gepflogenheiten in der Küche auslässt.«

»Sie haben vollkommen recht. Abgesehen davon, dass unser Freund in der Küche das Natürliche und Wahre schätzt und in der Musik das Gekünstelte, Hohle und Geschminkte verteidigt.«

»Ich bin keineswegs überzeugt.« Noblecourt wiegte nachdenklich den Kopf. »Ich muss meine Widersprüche nicht rechtfertigen. So, wie ich der Meinung bin, dass Fleisch Fleisch sein und nach Fleisch schmecken muss, so entzückt mich in der Kunst die Fantasie. Eine geregelte und strukturierte Fantasie, die einen zum Träumen bringt.«

»Dafür regt einen die Tiefe des neuen Stiles zum Nachdenken an«, hielt ihm La Borde entgegen, »indem sie die Emotion der Tragödie mit dem Liebreiz und der Leidenschaft der Melodie verbindet.«

»Ich sehe darin nichts als Mängel und bloßen Schein. Weder Fisch noch Fleisch, falsch und trügerisch.«

»Erlauben Sie mir die Bemerkung, dass Sie reden wie die Direktoren unserer Académie Royale de musique, die sich kaum für die ausländische Kunst interessieren, aus Furcht, sie würde die ihre vom Sockel stürzen.«

»Friede, meine Herren«, mahnte Semacgus. »Im Grunde haben Sie beide recht, aber aus einem perversen Vergnügen heraus treiben Sie Ihre Argumente mit noch mehr Boshaftigkeit auf die Spitze als der Präsident der Akademie.«

»Ach, darin besteht ja gerade das Vergnügen«, sagte Noblecourt und ließ ein Lachen hören. »Das Unhaltbare zu verteidigen, die Argumentation über das vernünftige Maß hinaus zuzuspitzen und ungeheuerliche Argumente vorzubringen, all das macht die Diskussion erst zu einem Vergnügen.«

»Sie geben es also zu?«

»Keineswegs. Ich sage bloß, dass man die Kontroverse verschärfen und seinen Ausführungen ein wenig Würze verleihen muss. Das Gegenteil würde darauf hinauslaufen, eine langweilige Doktorarbeit vor den Professoren der Sorbonne zu verteidigen.«

Marion näherte sich Louis, der sich kaum noch wach halten konnte, und gab ihm einen Beutel mit frischen Haselnüssen von einem Baum im Garten. Auch Nicolas bemerkte die Müdigkeit seines Sohnes.

»Ich glaube, meine Freunde«, sagte er und blickte auf seine Repetieruhr, »dass es Zeit wird, diesen denkwürdigen Abend zu beenden. Unser Gastgeber muss sich ausruhen nach diesem königlichen Festmahl und nach seinen Exzessen als Staatsanwalt.«

»So früh?«, protestierte Noblecourt. »Sie wollen diesen köstlichen Moment jäh beenden?«

»Es ist weit nach Mitternacht, und Louis muss zu seiner Mutter zurück, die auf ihn wartet. Morgen in aller Früh fährt er mit der ersten Postkutsche nach Juilly in sein Kolleg.«

»Bevor er uns verlässt, möchte ich ihm ein Geschenk machen«, sagte der Staatsanwalt, öffnete das zweite Päckchen und nahm zwei kleine Bücher heraus, die in Maroquinleder mit seinem Wappen gebunden waren.

»Das«, sagte er mit aufgeräumt würdevollem Ernst, »sind die *Metamorphosen* von Ovid, übersetzt vom Abbé Banier von der Académie Royale des inscriptions et belles lettres. Diese schönen Bücher sind mit Frontispizen und Illustrationen geschmückt. Mein lieber Louis, ich schenke sie Ihnen von ganzem Herzen ...«

Und wie zu sich selbst fügte er leiser hinzu:»Die einzigen Geschenke, die zählen, sind die, von denen man sich schwer und mit Bedauern trennt.«

Dann, wieder lauter:»Mögen diese Fabeln mit ihren Göttern, die sich verwandeln, Sie zum Träumen bringen und die Liebe zur Literatur in Ihnen wecken. ›Hier wird, um uns zu entzücken, jede Möglichkeit nutzbar gemacht: Allen Dingen Körper und Seele, Gesicht und Geist verliehen.‹ Möge ihre Lektüre Sie davon überzeugen, dass das, was auf Lateinisch elegant klingt, nicht unbedingt auf Französisch genauso elegant ist, sondern dass jede Sprache einen Ton, eine Ordnung und ein Genie hat, die für sie charakteristisch sind. Wenn Sie übersetzen müssen, vergessen Sie nicht, dass Sie einfach, klar und korrekt bleiben, um die Gedanken eines Autors exakt wiederzugeben, ohne die Feinheit und Eleganz seines Stils zu vernachlässigen. Denn alles ist miteinander verbunden. Wie im Leben wird man in der Übersetzung hart und herzlos, wenn man sich zu sklavisch an die Prinzipien hält, und der Ton wird spröde und trocken, wenn man seine Gedanken über die des Autors stülpt.«

»Monsieur«, wandte Louis, wieder ganz wach, sich an seinen Gönner,»ich weiß nicht, was ich sagen soll, und möchte Sie auf keinen Fall eines Schatzes berauben, von dem ich weiß, dass Sie sehr daran hängen. Mein Vater hat mir von Ihrer besonderen Liebe zu den Büchern in Ihrer Bibliothek erzählt.«

»Absolut nicht, es ist mir eine Freude, Ihnen etwas davon zu schenken! Seien Sie unbesorgt, ich bewahre sorgfältig die große

Folioausgabe mit prachtvollen Kupferstichen von Monsieur Burman auf, veröffentlicht 1732 von Westein et Smith …«

»Herzlichen Dank, Monsieur. Diese Bücher werden mir lieb und teuer sein, da Sie von Ihnen kommen«, sagte Louis, öffnete einen der Bände und blätterte aufmerksam und respektvoll darin. »Monsieur, was bedeuten diese kleinen handschriftlichen Anmerkungen?«

»Es handelt sich um die Übersetzungen, die meine Wenigkeit. von den lateinischen Zitaten im Vorwort gemacht hat«, erwiderte der alte Staatsanwalt, der sichtlich seine Freude am Interesse des jungen Mannes hatte. »Sie können ihre Korrektheit überprüfen.«

»Louis«, mischte sich Nicolas ein, »das ist ein wertvoller Begleiter, den unser Freund Ihnen anvertraut. Befolgen Sie seine Ratschläge. Ich bin immer gut damit gefahren. Er war nämlich mein Lehrer, als ich nach Paris kam, und ich war damals höchstens ein paar Jahre älter als Sie.«

Alle erhoben sich, und die Verabschiedungen zogen sich noch eine Weile hin. Semacgus würde Louis mitnehmen und ihn auf der Rückfahrt nach Vaugirard in der Rue du Bac bei seiner Mutter absetzen. Nicolas gab seinem Sohn noch letzte Ermahnungen mit auf den Weg. Insbesondere wollte er, dass dieser ihm jede Woche einen Brief schrieb, und sei er noch so kurz. Als er seine Arme ausbreitete, warf Louis sich ihm an den Hals. Der Kommissar hatte das merkwürdige Gefühl, er sei in eine ferne Vergangenheit zurückgekehrt und sein Vater, der Marquis de Ranreuil, in der Person seines Enkels wiederauferstanden.

Nachdem die Gäste sich verabschiedet hatten, ging er in seine Gemächer hinauf, erfüllt von einer ruhigen Wehmut. Das Leben war ein Kampf voller Zufälle, und das Schicksal versetzte einem häufig mehrere Schläge hintereinander. Diesmal indes war es anders: Dass er in Ungnade gefallen war, wog nichts angesichts der Tatsache, dass das Schicksal ihm Entschädigungen angeboten hatte, die die Bilanz ausglichen. Hinzu kam, dass er die Entdeckung von Louis als unerwarteten Glücksfall betrachtete, für den er der Vorsehung sehr dankbar war.

Montag, den 3. Oktober 1774

Nachdem Mouchette ihn wie gewohnt geweckt hatte, indem sie ihm ins Ohr pustete, galt Nicolas' erster Gedanke seinem Sohn, für den an diesem Morgen ein neues Leben begann. Er hatte ihm erklärt, dass er bei der Abfahrt der Postkutsche nicht dabei sein könne, weil er fürchte, seine Mutter in eine noch größere Gefühlskrise zu stürzen als die, in welche sie durch die ganzen Veränderungen geraten war. Zum Glück hatte Antoinette, wie die Satin fortan wieder hieß, sich bereit erklärt, die Vergangenheit zu löschen und ihrem Sohn eine Mutter zu sein, derer er sich nicht schämen könnte. Statt weiterhin ein zwielichtiges Etablissement zu betreiben, führte sie jetzt ein ehrbares Leben. Dabei fiel es ihm nach wie vor schwer, die Frau von damals mit der von heute in Übereinstimmung zu bringen.

Als er die Rue Montmartre verließ, hüllte ein herbstlicher Nebel die Passanten und Kutschen ein. Wo sollte er mit den Besorgungen anfangen, die er sich vorgenommen hatte? Er musste Benzin kaufen, um Flecken von Stoffen zu entfernen, und würde es Louis zukommen lassen. Internatsschüler hatten bekanntlich keine Möglichkeit, ihre Kleidung zu reinigen, lediglich die

Leibwäsche wurde von der Schule gewaschen. Außer dem Vorteil, dass es die Farben der Stoffe nicht veränderte, hatte das Benzin die schätzenswerte Eigenschaft, Wanzen und ihre Eier, Schmetterlinge und Wolle fressende Insekten zu töten. Nicolas hatte den Erfinder dieses wertvollen Produkts in Versailles in der Rue de Conti entdeckt. Der Erfolg der Formel hatte den Händler veranlasst, ein Lager für sein Produkt in Paris im Grand-Cour des Quinze-Vingt einzurichten, bei einem Kurzwarenhändler. Nicolas wusste, dass jede Flasche in einen Hinweiszettel gewickelt war, der seinen Sohn darüber aufklären würde, wie er dieses Benzin anzuwenden hatte.

Anschließend wollte er bei Madame Peloise vorbeischauen, die gegenüber der Comédie-Française ein Geschäft mit einer Vielzahl künstlicher Steine in verschiedenen Farben hatte, die Halbedelsteine imitierten. Er würde einen aussuchen und die Initialen seines Sohnes eingravieren lassen, damit er den Stein als Stempel benutzen konnte. Einen Augenblick lang ging ihm der Gedanke durch den Kopf, das Wappen der Ranreuils eingravieren zu lassen, um den Enkel in eine genealogische Linie mit dem Großvater zu stellen. Ein unbewusster Instinkt ließ ihn zögern. Es war, als fürchtete er, dieses Herausstellen hochadlige Abstammung könnte sich womöglich nachteilig für den Jungen auswirken.

Nicolas dachte lange darüber nach. Warum befanden sowohl sein Vater als auch er sich in der Situation, einen unehelichen Sohn zu haben? Einfach Zufall oder eine Art schicksalhafter Wiederholung, deren Grund ihm verborgen blieb? Als Letztes beschloss er, bei den Bouquinisten vorbeizuschauen, um ein paar wertvolle Bücher aufzustöbern, die er dem Paket beifügen würde, das er Louis in nächster Zeit ins Collège de Juilly schicken wollte.

Erfreut stellte er fest, dass seine geplanten Einkäufe ihn alle in dasselbe Viertel führen würden, in die Rue Saint-Honoré und die Gegend um den Louvre. Nach einem belebenden Marsch begann er seine Runde bei Madame Peloise. Eine geschickte Verkäuferin, die es fertigbrachte, dass er viel mehr ausgab als geplant. Ein antikes Intaglio, ein Schmuckstein, in den ein römisches Profil eingeschnitten war und der auf einem silbernen Griff stand, ließ ihn die ursprüngliche Idee eines Stempels mit Initialen vergessen. Das hier war nicht nur eleganter und weniger banal, sondern auch ungewöhnlicher. Von dort aus begab er sich zu dem Erfinder des Fleckenbenzins, der ihm die Sache insofern vereinfachte, als er ihm anbot, die gewünschte Menge nach Juilly an Louis Le Floch zu liefern.

Er verließ das Labyrinth der alten Straßen um den Grand-Cour des Quinze-Vingt herum, um sich zu den Galeries du Louvre zu begeben. Mit Bedauern stellte er fest, dass der alte Palast der Könige immer stärker durch alle möglichen Auswüchse entstellt wurde. Kaum war die Kolonnade freigeräumt worden, wurde sie sofort von einer Vielzahl von Trödlern mit Ständen voller Lumpen und Schund verunstaltet. Zudem hatte die Nähe der Akademien dazu geführt, dass einige ihrer Mitglieder auf das Palastgelände gezogen waren und in den Höfen überall Häuser aus Balkenwerk mit klobigen Treppen aus dem Boden schossen. Die einstige Majestät des Gesamtkomplexes war verloren.

Nicolas erinnerte sich an eine Unterhaltung zwischen Monsieur de La Borde und dem Marquis de Marigny, dem Bruder der

Pompadour und Obersten Verwalter der königlichen Gebäude, in der es um den großzügigen Plan gegangen war, den Palast in seiner alten Pracht wiederherzustellen. Dabei war Voltaire zitiert worden, der darüber gejammert hatte, dass der Louvre,»Denkmal der Größe von Ludwig XIV., des Eifers von Colbert und des Genies von Perrault durch Gebäude von Goten und Wandalen« verdeckt werde.

Eine Vielzahl von Buden und Ständen hatte sich mittlerweile in Höfen und Durchgängen und vor allem in den Kolonnaden des riesigen Gebäudes eingenistet. Viele Händler verhökerten Bilder und Stiche, dabei übertraf die Zahl der Fälschungen diejenige der echten Werke bei Weitem, und die Polizeipräfektur war ständig damit beschäftigt, einige üble Affären aufzuklären, insbesondere wenn reiche Ausländer Opfer der berufsmäßigen Halsabschneider geworden waren und sich mit diplomatischem Geschick an ihre Botschafter gewandt hatten. 1772 war es Nicolas gelungen, eine Gruppe von Fälschern zu entlarven, und dieser Erfolg hatte der Szene einen empfindlichen Schlag versetzt.

Die Händler, anständig oder nicht, kannten ihn, und sein Auftauchen ließ sie stets vor Angst erzittern. Das Interesse ihrer aufgeklärten Klientel nutzend, machten die Bouquinisten neuerdings gemeinsame Sache mit den Verkäufern von Druckgrafik und Bildern, wobei sie manchmal weniger gute Ware und manchmal die beste anboten. Nicolas erinnerte sich an ein paar hervorragende Entdeckungen wie die einer Originalausgabe des *Pâtissier Français* von François-Pierre de la Varenne. Dieses kleine, in rotes Maroquin gebundene, 1655 in Amsterdam von Louys und Daniel Elzévir veröffentlichte Buch hatte Monsieur de Noblecourt an den Rand einer Ohnmacht gebracht, als er es ihm geschenkt hatte.

Im Übrigen waren die Bouquinisten immer zur Stelle, wenn es einen Trauerfall gab, und kauften den in Tränen aufgelösten Familien ganze Bibliotheken ab. Da jedoch nichts verborgen blieb, waren die seltenen Bücher schnell weg, und mit der Zeit stiegen wegen der hohen Nachfrage die Preise. Nichts, was ein Vermögen wert war, wurde mehr zu einem Spottpreis verkauft. Gefragte Objekte waren außerdem verbotene Bücher, die mit Verschwörermiene zu Wucherpreisen unter dem Ladentisch angeboten wurden. Ein gefährliches Geschäft, denn an diesen Ständen trieben sich bevorzugt die Polizeispitzel herum, um jene Leute zu identifizieren und zu denunzieren, die unerlaubte Broschüren und Bücher zum Verkauf anboten oder die Schmähschriften suchten, die dem Scheiterhaufen entgangen waren.

Bei einem dieser Bouquinisten entdeckte Nicolas einen Plautus, einen Terenz, die gesammelten Werke von Racine und einen Le Sage, die einen Schüler glücklich machen sollten. Amüsiert beobachtete er die Bücherfreunde um sich herum, die von der Vielfalt der angebotenen Auswahl magnetisch angezogen wurden. Sie bedrängten den Händler, der stets fürchtete, dass ihm ein wertvolles Buch gestohlen werden könnte, und blätterten stundenlang in den Büchern oder stöberten in den Kisten, ohne dass diese Suche immer zu einem Kauf führte.

In den Bericht einer Reise nach Westindien vertieft, spürte Nicolas plötzlich, wie eine Hand ihn an seiner Anzugjacke zog. Als er sich umdrehte, erkannte er die zerknirschte Miene eines Polizisten, der der Dienststelle des Polizeipräfekten in der Rue Neuve-Saint-Augustin zugeteilt war. Der Mann war nicht allein;

ein zweiter Uniformierter, an dessen Gesicht er sich nicht erinnern konnte, beobachtete die Szene.

»Monsieur le Commissaire«, sagte der erste, »Sie müssen uns folgen.«

»Was heißt das?«

»Wir haben den Befehl, Sie unverzüglich zu Monsieur Le Noir zu bringen.«

Nicolas bemühte sich, seine Verblüffung zu verbergen. »Sie erlauben hoffentlich, dass ich zunächst meine Käufe bezahle.«

Nachdem das erledigt war, fand er sich mit den beiden Polizisten in einer Kutsche wieder. Die Fenster waren geschlossen und die Vorhänge vorgezogen. In der stickigen Luft stiegen ihm die Gerüche ungewaschener Körper besonders unangenehm in die Nase. Er nahm seinen Hut ab und zog sich in sich selbst zurück, um nachzudenken über das, was ganz wie eine Verhaftung aussah. Schließlich kannte er die Vorgehensweise und die Gewohnheiten einer Behörde, für die er viele Jahre gearbeitet hatte, allzu gut, hatte an so vielen Untersuchungen teilgenommen und so viele Geheimnisse geteilt, dass er nicht umhinkonnte, sich Gedanken zu machen.

Alles war möglich, das wusste er. Eine Verbannung in die Provinz? Eher nicht, er war ihnen zu unwichtig, um ihm eine so große Ehre zuteilwerden zu lassen. Eine Abschiebung in irgendein Gefängnis schien ihm wahrscheinlicher. Allerdings musste man Gründe finden, die eine solche Behandlung rechtfertigen würden. Obwohl … Er lachte, und seine beiden Begleiter warfen ihm einen überraschten Blick zu. So viele Leute waren verhaftet worden, ohne zu wissen, warum. Er würde nicht der Erste und nicht der Letzte sein! Besser, er bewahrte einen kühlen Kopf;

lange würde er ohnehin nicht warten müssen, um Näheres über sein weiteres Schicksal zu erfahren.

Nach wie vor bewacht von seinen beiden Höllenhunden, ließ man ihn im Vorzimmer warten, bis sich endlich die Tür öffnete und das freundliche Gesicht des ihm bekannten alten Dieners erschien. Er forderte Nicolas auf einzutreten und flüsterte ihm, sich zu ihm herabbeugend, ins Ohr:»Er weiß selber nichts!« Der alte Marie meinte natürlich Le Noir. Was wusste der Polizeipräfekt worüber nicht? Nicolas näherte sich dem Schreibtisch. Sein Vorgesetzter kritzelte etwas auf ein Papier, ohne den Kopf zu heben.

»Ich bin Ihnen dankbar, Monsieur le Commissaire«, sagte er nach einer Weile,»dass Sie so schnell zu mir gekommen sind.«

»Man hat kaum die Möglichkeit, Monseigneur, sich dem zu entziehen, wenn man von zwei Polizisten eskortiert wird. Schöne Ehre!«

»Ich glaube«, fügte Le Noir unbeeindruckt hinzu,»dass man sich nicht an meine Anweisungen gehalten hat.«

»Man hat mich zu finden gewusst, das ist vermutlich die Hauptsache. Unsere Polizei hat wie immer bewiesen, wie leistungsfähig sie ist.«

Le Noir faltete die Hände.»Ich bin beauftragt, Sie …« Er suchte nach dem richtigen Wort.»Sie, sagen wir … aufzufordern, sich sofort im Hôtel Saint-Florentin einzufinden. Der Duc de La Vrillière, Minister der Maison du Roi, verlangt nach Ihnen.« Der Polizeipräfekt schien von dieser Anweisung selbst überrascht zu sein.»Ich hoffe, dass es keinen besonderen Grund gibt, sich über Sie zu beschweren. Sie sind seit drei Monaten mit keiner Untersuchung betraut gewesen. Oder haben Sie sich wider Erwarten dennoch in irgendeiner Affäre engagiert, in Ihrer unkonventionellen Art, die zu beklagen ich bei unserer ersten Begegnung Gelegenheit hatte?«

»Keineswegs, Monseigneur«, erwiderte Nicolas, »ich habe Ihre Befehle in allen Punkten gewissenhaft befolgt und mir ansonsten ein angenehmes Leben gemacht, beispielsweise gejagt. Mit Seiner Majestät.«

Er sagte das in einem so süffisanten Ton, dass Le Noir verärgert seufzte. »Gehen Sie und erstatten Sie mir über alles Bericht, was den Umkreis des Königs interessieren könnte.«

»Sie können sich darauf verlassen«, gab Nicolas sich verbindlich. »Ich nehme die Kutsche, die mich hierhergebracht hat, um mich zum Minister zu begeben.«

Damit verabschiedete er sich, eilte die große Treppe hinab, unter den perplexen Blicken der beiden Polizisten, und sprang in den Wagen.

Es ging wieder los, dachte er. Seine Intuition sagte ihm, dass der Duc de La Vrillière ihn brauchte.

II

Das Hôtel Saint-Florentin

*Es herrschte weder Tumult noch Ruhe, sondern
eine Stille wie diejenige einer großen Angst oder
einer großen Wut.*

Tacitus

So, wie der Reiter sich vor dem Hindernis sammelt, so wollte
Nicolas für einen Augenblick in sich gehen, bevor das aktive Leben ihn wieder in Beschlag nahm. Er hielt diese Pause für
notwendig, um gelassener zu werden. Er ließ sich an der Place
Louis XV. absetzen und hockte sich auf einen Grenzstein, um
das Hôtel Saint-Florentin, wo sich vielleicht sein Schicksal entscheiden würde, in seiner Gesamtheit zu betrachten. Auf ein
paar Minuten mehr oder weniger kam es nicht an, nachdem man
ihn drei Monate lang hingehalten hatte. Er bewunderte das klassische Aussehen des Gebäudes, das der Pracht des benachbarten
Hôtel du Garde-Meuble nicht nachstand.

Innerhalb weniger Sekunden zog die Vergangenheit an ihm
vorbei mit den Bildern der verhängnisvollen Nacht von 1770,
die Schreie, der Rauch, die zertrampelten Körper, als auf dem

großen Platz durch ein verunglücktes Feuerwerk eine schreckliche Katastrophe ausgebrochen war, deren Zeuge er wurde. Inzwischen war davon nichts mehr zu sehen. Die Fassade des Hôtel Saint-Florentin ging auf einen kleineren, seitlich von der Place Louis XV. gelegenen Platz. Sie bestand aus zwei Stockwerken und einer Balustrade, die den Dachfirst krönte. Rechtwinklig dazu verlief in der Rue Saint-Florentin eine hohe Mauer, in der ein prächtiges Eingangsportal mit einem steinernen Wappen prangte, das von zwei Gottheiten gehalten wurde und dessen mit goldenen Arabesken und Hermelinen übersätes Blau der Phélypeaux sich mit den Holzhämmern der Maillys verband, den beiden Herkunftsfamilien des Erbauers und seiner Ehefrau.

Nicolas kannte den Marquis de Saint-Florentin, seit 1770 zudem Duc de La Vrillière, der eine verblüffende Karriere vorweisen konnte. Vor fünfzig Jahren hatte sie im Königlichen Rat begonnen und gründete auf einer unerschütterlichen Treue zu Ludwig XV., der viele politische Feinde hatte, was ihn weder bei Hof noch in der Bevölkerung sonderlich beliebt machte. Man war neidisch auf seinen Einfluss und prangerte seine Laschheit in manchen Dingen an. Dabei war er andererseits durchaus ein Mann der Willkür und der *lettres de cachet*, jener vom König unterzeichneten versiegelten Schreiben, die oft eine Inhaftierung ohne Prozess zur Folge hatten. Madame Victoire, die älteste Tochter des verstorbenen Ludwig XV. und Tante des jungen Königs, hielt Saint-Florentin für dumm, andere betonten dagegen sein ausgleichendes Wesen, das immer Mittel und Wege finde, Zwistigkeiten zu schlichten, ohne die Autorität des Thrones zu gefährden. Bei zahlreichen Gelegenheiten hatte er Nicolas sein Vertrauen bewiesen, aber eine Affäre in jüngster Zeit, in die der Duc d'Aiguillon, sein Cousin, verwickelt war, der vor Jahren als Kommandant der Bretagne einen Aufstand niedergeschlagen und das dortige Parlament entmachtet und seitdem durch immer neue politische Ränkespiele auf sich aufmerksam gemacht hatte. Schien dazu geführt zu haben, dass er bei ihnen in Ungnade gefallen war.

Nicolas richtete seinen Blick auf das Gebäude, dessen Größe und Erhabenheit das Bild eines veritablen Schlosses boten und eine recht gute Vorstellung vom Vermögen desjenigen vermittelten, der es erbaut hatte. Klatschgeschichten über die zweifelhafte Moral des Besitzers fielen ihm wieder ein. Angeblich führte er zumindest in Paris ein Lotterleben mit liederlichen Frauenzimmern und vernachlässigte seine Frau zugunsten seiner Geliebten, Marie-Madeleine de Cusacque, Marquise de Langeac, die er anhimmelnd die schöne Aglaé nannte. Böse Zungen am Hof behaupteten, diese Frau schlage Gewinn aus dem Einfluss ihres Mäzens und handle mit Lettres de cachet.

Wie es aussah, war etwas dran an dem Gerücht. Saint-Florentin hatte allen Kindern der Dame seines Herzens einträgliche Pfründen verschafft, doch seit dem Tod Ludwigs XV. war er gezwungen, sich den strengeren Geboten des Anstands, die jetzt gefordert wurden, zu unterwerfen und diese illegitimen Nachkommen nicht mehr zu sehen. Marie-Madeleine hingegen war weiterhin in Erscheinung getreten, in skandalöser Weise indes. Sie forderte einen Edelmann auf, sich ihretwegen zu duellieren, und beleidigte ein Gericht. Seitdem durfte sie sich dem Hof auf höchstens fünfzig Meilen nähern und hatte sich deshalb nach Caen in der Normandie zurückgezogen. Das Befinden ihres Liebhabers hatte sich seit dieser erzwungenen Trennung zunehmend verschlechtert.

Schließlich rang sich Nicolas dazu durch, das Palais zu betreten. Ein Schweizer von gewaltiger Statur empfing ihn herablassend, wurde erst freundlicher, als Nicolas seinen Namen nannte und sich als Commissaire Le Floch vom Châtelet vorstellte, und führte ihn durch den Ehrenhof und über ein paar Stufen in ein Vestibül, wo ihn ein Diener empfing. Es überraschte ihn, wie wenig Betriebsamkeit um diese Tageszeit herrschte. Mehrere Domestiken kamen ihm mit verschlossener Miene entgegen, ohne ihn zu grüßen. Schließlich wurde er nach oben geführt. Auf der großen Treppe bewunderte er eine allegorische Darstellung der Klugheit und der Tapferkeit, bevor er im ersten Stock durch eine Flucht von Vorzimmern zum Allerheiligsten des Hausherrn geleitet wurde. Der Diener klopfte an, eine vertraute Stimme antwortete, jemand öffnete die Tür und ließ ihn herein. Der Duc de La Vrillière saß in grauem Anzug ohne Perücke zusammengesunken vor dem großen Kamin aus gesprenkeltem Marmor und warf Nicolas einen ausdruckslosen Blick zu. Er hatte sich seit ihrer letzten Begegnung erschreckend verändert. Abgemagert, gebeugt, hohlwangig, hatte er nichts mehr von dem fülligen, gestandenen Mann von einst an sich.

»Ach, da ist ja der kleine Ranreuil«, brummte er. »Es ist ganz schön kalt.«

Er seufzte, als würde allein durch diese Feststellung der Geist des verstorbenen Königs, dessen Günstling er gewesen war, wieder auftauchen. Nicolas dachte bei sich, dass die Begrüßung schlimmer hätte ausfallen können.

»Monsieur«, sagte La Vrillière, »ich habe Sie immer geschätzt und verstehe, wenn Sie glauben, dass Sie mein Vertrauen – wie soll ich sagen? – verloren haben. Da irren Sie sich gründlich.«

»Ich habe es in der Tat geglaubt, Monseigneur«, erwiderte Nicolas, »ohne allerdings Argumente zu kennen, die es mir erklärt hätten. Andere haben das besorgt und es mich spüren lassen.«
»Na, na … Le Noir? Er hat es höchstens angenommen. Ein Wort von mir wird ihn eines Besseren belehren. Man kann nicht lange auf Ihre Dienste verzichten. Sartine hat mich schon vor langer Zeit davon überzeugt. Und heute brauche ich Sie erneut.«

Nicolas hatte sich also nicht geirrt: Es ging wieder los, er war wieder im Spiel.

»Monseigneur«, sagte er, »zu Ihren Diensten.«

Der Duc hob eine mit grauer Seide behandschuhte Hand und schlug heftig auf die Lehne seines Sessels, richtete sich auf und war aufs Neue der Mann, der er gewesen war und der gleichermaßen Gutmütigkeit und Autorität verkörpert hatte.

»Zur Sache, zur Sache … Gestern war ich in Versailles, und als ich frühmorgens zurückkam, habe ich meinen Haushalt in völliger Auflösung vorgefunden. Um die Wahrheit zu sagen, Monsieur, man hat meinen Maître d'hôtel getötet.« Erbost schüttelte er den Kopf. »Nein, ich irre mich. Man hat eine der Kammerzofen meiner Frau getötet, der Maître d'hôtel wurde verletzt und bewusstlos aufgefunden, mit einem Messer neben sich. Alles deutet darauf hin, dass er das Mädchen ermordet hat und sich anschließend selbst umbringen wollte.«

»Was für Maßnahmen sind ergriffen worden?«, erkundigte sich Nicolas sachlich, wieder ganz der Berufspolizist, der es nicht mochte, dass man voreilige Schlüsse zog, bevor er sich ein Bild von der Situation gemacht hatte.

»Wie? Maßnahmen? Ja, Maßnahmen … Ich habe verboten,

dass man den Körper der Zofe anfasst. Der Maître d'hôtel ist nach wie vor bewusstlos. Er wurde in sein Zimmer im Zwischengeschoss gebracht, und ein Arzt kümmert sich um ihn. Was die Küchenräume betrifft, wo das Drama stattfand, so habe ich Anweisung gegeben, sie nicht zu betreten und die Türen bis zu Ihrer Ankunft abgeschlossen zu lassen.«

»Kannten Sie das Opfer?«

Dem Duc schien fast übel zu werden. »Eine Kammerzofe. Eine der letzten, die eingestellt worden sind. Was wollen Sie? Ich weiß nicht einmal ihren Namen.«

Nicolas dachte bei sich, dass die Dienstboten häufig wie Möbelstücke behandelt wurden. Man gab ihnen oft sogar neue Namen, ohne dass die Herrschaft ihren richtigen gekannt hätte. Sie interessierte allein, ob sie die Tätigkeit, für sie bezahlt wurden, ordentlich verrichteten.

»Monseigneur«, sagte er, »darf ich mir die Kühnheit herausnehmen, völlige Handlungsfreiheit in diesem Fall zu verlangen, der umso schwerwiegender ist, als er sich bei Ihnen ereignet hat? Keine Einmischung, keine Behinderung, die Möglichkeit, alle – ich sage bewusst alle – Bewohner dieses Hauses zu befragen, dazu die uneingeschränkte Erlaubnis, mich frei bewegen und eine Hausdurchsuchung durchführen zu dürfen.«

»Gut, gut«, brummte der Duc unwirsch, »das wird sich wohl nicht vermeiden lassen. Sartine betonte gelegentlich, wie kompromisslos Sie manchmal sein können.«

»Die Tatsachen erfordern ein entschlossenes Vorgehen. Und das ist nicht meine einzige Bedingung, Monseigneur. Ich möchte, dass Bourdeau mir assistiert. Wenn Sie so gut sein wollen zuzustimmen.«

»Dieser Name sagt mir etwas. Ist das nicht einer unserer Polizisten?«

»Einer unserer Inspektoren, Monseigneur.«

»Ach ja.« La Vrillière schlug sich an die Stirn. »Ihr treuer Assistent. So etwas schätze ich. Es versteht sich also von selbst, dass ich einverstanden bin.«

»Und Monsieur Le Noir?«

»Um den kümmere ich mich. Ich werde Sie miteinander versöhnen. Er wird informiert, dass dies meine Angelegenheit ist und dass Sie allein mir unterstellt sind. Es handelt sich um eine Privatsache, die mit größter Diskretion behandelt werden muss. Der Polizeipräfekt wird den Befehl erhalten, Ihnen jede Hilfe und Unterstützung, um die Sie ihn gegebenenfalls bitten werden, zu gewähren. Ich möchte, dass Sie in dieser Angelegenheit größtes Engagement beweisen. Im Zwischengeschoss wird Ihnen ein Arbeitszimmer zur Verfügung gestellt, und ich werde den Befehl erteilen, Ihren Anweisungen in allem zu gehorchen. Provence, mein Kammerdiener, wird Ihr Führer in diesem Haus sein. Sie können ihm vertrauen, er dient mir seit zwanzig Jahren. Tun Sie Ihre Arbeit, Monsieur.«

Der Duc wusste stets den richtigen Ton zu treffen. Nicolas hatte in der Haltung dieses nicht sonderlich beliebten kleinen Mannes bereits früher eine Größe bemerkt, die gelegentlich zum Vorschein kam und sich vermutlich der Protektion des inzwischen verstorbenen Monarchen verdankte. Auf diese Weise verwandelte er sich für kurze Augenblicke in einen Wahrer und Verteidiger der Ordnung und der Grundsätze der absolutistischen Monarchie.

Da das Wesentliche gesagt war, verbeugte Nicolas sich und

folgte dem Diener denselben Weg zurück, auf dem sie gekommen waren, ins Erdgeschoss und dort in eine große Halle, von der es durch eine weitere Flucht von Räumen zu einem geräumigen Arbeitszimmer ging, in dem er sich offenbar einrichten sollte. Ein Feuer brannte in einem Kamin aus weißem Marmor, auf dessen Sims eine Büste von Ludwig XV. stand. Er betrachtete sie einen Augenblick, setzte sich sodann an den mit Intarsien aus Bronze und Lack verzierten Schreibtisch, auf dem Papier, Federn, Tinte und Bleistifte bereitlagen, und holte sein kleines schwarzes Heft hervor, das für seine Ermittlungen unerlässlich war. Eine Welle der Erregung erfasste ihn, das Fieber des Jägers, der die Fährte aufnahm. Es war die gleiche Leidenschaft, die ihn durch das Unterholz des Waldes von Compiègne galoppieren ließ. Sein Geist beschäftigte sich schon mit dem Fall, der ihm übertragen worden war, und seine Intelligenz und Intuition erwachten.

Aus Neugier öffnete er eine Tür, hinter der er einen Salon, ein prachtvoll eingerichtetes Schlafzimmer sowie ein Badezimmer samt dieser Örtlichkeit entdeckte, die er seit seiner Reise nach London nicht mehr gesehen hatte. Zurück im Arbeitszimmer, läutete er. Der Diener trug eine graue Perücke, war schmächtig, hatte ein faltiges Gesicht, helle Augen und wirkte recht unscheinbar. Seine blaue, silberbestickte Livree schien ihm zu groß zu sein.

»Wie heißen Sie, mein Freund?«

Der Mann wich seinem Blick aus. »Provence, Monsieur le Commissaire.«

»Wie lautet Ihr richtiger Name?«

»Charles Bibard.«

»Wo wurden Sie geboren?«

»In Paris, 1725 oder 1726.«

»Und warum dann Provence?«

»Das war der Name meines Vorgängers. Der Vater von Monseigneur, in dessen Dienst ich zunächst stand, wollte seine Gewohnheiten nicht ändern.«

»Gut. Können Sie mir erzählen, was hier heute Morgen passiert ist?«

»Offen gesagt, weiß ich nicht viel. Ich war in den Gemächern von Monseigneur beschäftigt, der aus Versailles zurückerwartet wurde, als ich kurz vor sieben Schreie und Rufe hörte.«

»Wo befanden Sie sich?«

»Im Schlafzimmer. Ich bin daraufhin ins Erdgeschoss hinuntergegangen. Der Küchenjunge, der heute Morgen mit Aufschließen dran war, schrie immer noch und rang seine Hände.«

»War er allein?«

Der Kammerdiener zögerte. »In der Unordnung, die herrschte … Warten Sie, ich glaube, dass der Schweizer da war. Ja, ich sehe ihn wieder vor mir, wie er seine Livree zuknöpfte.«

»Was ist in diesem Augenblick geschehen?«

»Jacques Despiard, der Küchenjunge, sprach so schnell, dass man kein Wort verstand, und zappelte wie ein Besessener. Als der Concierge kam, haben wir ihn seiner Obhut anvertraut, während wir in die Küche hinuntergingen.«

»Die Tür war also offen?«

»Ja, weil Jacques von dort gekommen war. Der Schlüssel steckte noch in der Tür am Ende des Ganges, der dorthin führt.«

»Und was haben Sie festgestellt?«

Nicolas konzentrierte sich. Aus Erfahrung wusste er, dass die ersten Wahrnehmungen der Zeugen sich häufig als besonders aufschlussreich erwiesen.

»Es war noch dunkel, und der Küchenjunge hatte die Kerze fallen lassen. Wir haben deshalb einen Kerzenleuchter geholt und angezündet. In der Fleischküche war nichts außer blutigen Fußspuren zu sehen. Als Erstes haben wir – man konnte ihn von der Tür aus erkennen – Monsieur Missery gefunden, der in einer Blutlache mit dem Gesicht nach unten auf dem Boden lag. Wir sind zu ihm geeilt, und da habe ich das Küchenmesser neben ihm bemerkt.«

»Welche Position hatte der Kopf?«

»Die rechte Wange lag auf dem Fliesenboden.«

»Und das Messer?«

»Ebenfalls auf der rechten Seite. Er atmete noch, und während wir ihm Hilfe leisteten, hat der Schweizer den Körper der jungen Kammerzofe entdeckt, der vor der Arbeitsplatte auf die Knie gesunken war. Es sah fast aus, als wäre ihr Kopf vom Rumpf abgetrennt worden. Oh Monsieur, was für eine schreckliche Wunde, wie bei einem Schwein, dem man die Gurgel durchgeschnitten hat.«

»Und dann?«

»Wir haben Jean Missery in sein Zimmer im Zwischengeschoss gebracht.«

»In dem Stockwerk, in dem wir uns gerade befinden?«

»Ja, Monsieur le Commissaire, aber auf der anderen Seite des Hofes. Dort befinden sich Zimmer für einen Teil des Personals wie für den Maître d'hôtel, den Schweizer und den Concierge, der übrigens einen Arzt aus der Rue Saint-Honoré geholt hat. Genau in diesem Augenblick ist Monseigneur heimgekommen und hat die Dinge in die Hand genommen. Er ist sofort in die Küche hinuntergegangen.«

»Allein?«

»Ja. Als er wieder heraufkam, bat er mich um den Schlüssel, den ich aus der Tür gezogen hatte, und hat alles doppelt abgeschlossen. Hier ist der Schlüssel, er hat mich beauftragt, ihn Ihnen zu geben.«

Der Diener reichte ihm einen Umschlag, versiegelt mit dem prachtvollen Wappen der Saint-Florentins, das ihm bereits am Portal aufgefallen war. Nicolas erkannte die Vorgehensweise des Duc, der trotz gelegentlichen Zauderns schnelle Entscheidungen zu treffen vermochte und ein Auge fürs Detail hatte.

»Was hat der Arzt gesagt?«

»Dass er durchkommen werde. Er hat die Wunde verbunden und angeordnet, dass man ihn schlafen lassen und überwachen solle. Im Laufe des Tages wird er ein weiteres Mal vorbeikommen.«

»In Ordnung, wir werden unser Gespräch später fortsetzen. Diese ersten Angaben reichen mir für den Moment. Wenn Sie mich nun bitte in die Küche führen würden.«

Als den Raum verließen, bemerkte Nicolas, dass die Schuhe des Kammerdieners einschließlich der Sohlen makellos sauber waren. Hatte er sie gewechselt, nachdem er über den blutbesudelten Küchenboden gelaufen war? Eine geistreiche Bemerkung von Semacgus fiel ihm ein, ohne dass ihm spontan klar war, ob sie zu seiner Beobachtung passte. Sein Freund hatte gesagt: »Man verweigert nicht denen den Eintritt in die goldenen Salons, deren Geist voller Müll ist, sondern man jagt diejenigen davon, die welchen an den Schuhen haben.« Er merkte sich diesen Spruch, um ihm eventuell bei Bedarf nachzugehen.

Provence stieg vor ihm eine schmale Holztreppe hinunter, die vermutlich für das Küchenpersonal sowie für die Diener gedacht war, die die Mahlzeiten servierten. Nicolas, der den Kopf senkte, um in der Dunkelheit keinen falschen Schritt zu machen, bemerkte bräunliche Abdrücke auf einer der Stufen und hatte sogleich eine ironische Bemerkung über eine mangelnde Reinigung in diesem sich ansonsten so glanzvoll präsentierenden Haus auf den Lippen, verkniff sie sich aber. Im Erdgeschoss durchquerten sie ein kleines, innen gelegenes Gewächshaus, wo augenscheinlich Küchenkräuter wuchsen, und gelangten nach dem Passieren weiterer Räume und Flure schließlich in einen Gang, der links in den Hof und rechts zu den Küchenräumen führte. Nicolas öffnete den Umschlag und nahm einen großen Schlüssel heraus. Er würde überprüfen müssen, ob es Zweitschlüssel gab. Sich um derartige Details zu kümmern machte eine gute Polizeiarbeit aus, da diese sich oft als unerwartet aufschlussreich erwiesen. Er drehte den Schlüssel im Schloss und betrat den ersten Raum, der von deckenhohen Fenstern hell erleuchtet wurde.

»Das ist die eigentliche Küche«, erklärte Provence und ging weiter zu einem anderen Raum.»Und das ist die Fleischküche, dort …«

Nicolas ließ ihn nicht ausreden und wandte sich mit einem liebenswürdigen Lächeln zu ihm um.»Danke, ich würde jetzt gerne allein sein. Ach, noch etwas: Könnten Sie eine Nachricht ins Grand Châtelet bringen lassen, ins Bereitschaftsbüro der Kommissare und Inspektoren?«

Er riss eine Seite aus seinem Heft und schrieb eilig, an die Wand gelehnt, eine Notiz für Inspektor Bourdeau, in der er ihn bat, unverzüglich zu ihm ins Hôtel Saint-Florentin zu kommen.

Mit einem Karren, Polizisten und allem, was für den Transport der Leiche nötig sei. Er wusste, dass sein Assistent seit Wochen jeden Vormittag in dem alten Gemäuer, das außerdem das Gefängnis und die Leichenhalle beherbergte, in der vergeblichen Hoffnung darauf wartete, dass man ihn mit einer Mission betraute. Mit einem Stück Siegelbrot, das er in seiner Tasche fand, verschloss er die Nachricht, signierte sie mit seinem Bleistift, um jeden Versuch der Indiskretion zu vereiteln, und übergab das Ganze dem Kammerdiener, der gekränkt zu sein schien, weil er von der Untersuchung des Tatorts ausgeschlossen wurde. Diese Reaktion überraschte ihn, da die Erfahrung ihn eher gelehrt hatte, dass die Zeugen einer Bluttat die Rückkehr zum Ort des Grauens möglichst vermieden. Ein Detail, dass er sich ebenfalls merkte. Vielleicht, dachte er, hatte der Mann ja vom Duc den Auftrag erhalten, ihm auf den Fersen zu bleiben, um minuziös über seine Untersuchungen Bericht erstatten zu können.

Der Boden der Fleischküche sah aus wie der einer Metzgerei, nachdem ein Tier geschlachtet worden war. Aus den Spuren in dem blutigen Schlamm auf den schwarzen und weißen Fliesen würde sich kaum etwas Stichhaltiges schließen lassen. Nicolas kam es allerdings so vor, als wäre ein Körper, vermutlich derjenige von Jean Missery, des Maître d'hôtel, über den Boden geschleift worden. Ein Küchenmesser mit hölzernem Griff und einer einzigen Niet, das auf dem Boden lag, erregte seine Aufmerksamkeit. Es war eines dieser gängigen Taschenmesser, die man Eustache nannte, von mittlerer Größe mit einer Klinge und nur wenig länger als eine Hand. Der Geruch in dem Raum war schwer definierbar, wenngleich der süßlich-metallische des Blutes dominierte. Der Kommissar stieg auf einen Schemel, um sich einen Überblick zu verschaffen.

Das Bild, das Provence ihm beschrieben hatte, war zutreffend. Zunächst war da der Körper einer zusammengesackten Frau, die vor der Arbeitsplatte zu knien schien. Der Kopf bildete einen merkwürdigen Winkel zum übrigen Körper, das Opfer war ausgeblutet und von einer bräunlichen Blutlache umgeben. Ein ungewöhnliches Detail fiel ihm ins Auge: Die Beine waren weiß wie Elfenbein, als wären sie von der Flut des aussickernden Blutes verschont geblieben. Ein paar Schritte entfernt sah er eine andere Sache von kräftigem Rot. Man musste kein Hellseher sein, um zu erkennen, dass sich zwei Ströme unterschiedlichen Ursprungs und unterschiedlicher Länge, die der beiden Opfer, auf dem Boden ausgebreitet hatten. Eine gewisse Zeitspanne trennte sie, der Konsistenz nach zu urteilen. Erneut versuchte er, etwas aus dem Durcheinander der Fußabdrücke herauszulesen, vermochte jedoch nichts anderes zu erkennen als die Spuren eines panischen Getrampels. Deshalb wandte er sich wieder den Körpern zu.

Die junge Frau trug einen Rock, eine Bluse und eine Schürze, die in der Taille sowie im Nacken gebunden war, was auf ihre Funktion als Kammerzofe hinwies. Das zu einem Knoten hochgesteckte Haar ließ einen schmalen Hals frei, fast denjenigen eines Kindes. Die Spitzenhaube war auf den Boden geglitten und von Blut durchtränkt. Überrascht stellte Nicolas fest, dass zwei Schuhe ein paar Schritte von der Leiche entfernt lagen. Es handelte sich nicht um die schlichte Fußbekleidung eines jungen Dienstmädchens, sondern um luxuriöse, ja kostspielige Ballschuhe, wie sie die Damen der besseren Gesellschaft trugen.

Er stieg vom Schemel und versuchte, zwei diffuse Gefühle zu unterdrücken: die Furcht vor dem Kontakt mit dem toten Körper und das Mitleid mit diesem abgeschlachteten Wesen. Er kam nicht darum herum, den Zustand der Leiche zu überprüfen und den Zeitpunkt des Todes abzuschätzen. Verärgert stellte er fest, dass er seine Uhr in der Rue Montmartre vergessen hatte. Früher wäre ihm das nicht passiert, erst seit ihn nichts mehr drängte, leistete er sich derartige Nachlässigkeiten. Jetzt musste er versuchen, die verstrichene Zeit im Kopf zu überschlagen. Gegen neun hatte er das Hôtel de Noblecourt verlassen, seine Besorgungen hatten zwei Stunden in Anspruch genommen, vielleicht etwas mehr durch das Umherschlendern und Herumstöbern bei den Bouquinisten. Es müsste also gegen Mittag gewesen sein, als die Polizisten ihn aufgegriffen hatten. Da die Kutsche aufgrund des dichten Verkehrs nur langsam vorangekommen war, hatte er das Büro von Monsieur Le Noir mit ziemlicher Sicherheit nicht vor zwölf Uhr dreißig betreten. Gespräch, Kutschfahrt und Begegnung mit dem Duc de La Vrillière und Führung durch das Haus waren gefolgt, also dürfte es inzwischen kurz vor zwei sein.

Bekanntermaßen trat die Leichenstarre schrittweise ein. Je später sie sich bemerkbar machte, desto länger hielt sie an. Wobei die Lage der Räume und ihre Temperatur keine geringe Rolle spielten. In den Küchen war es im Oktober nachts in der Regel kalt, die Kälte setzte spätestens ein, wenn die Feuer erloschen waren. Man nahm an, dass die Leichenstarre in feuchter, warmer Luft weniger lang dauerte als in trockener, kalter Luft. Und gewöhnlich begann die Leichenstarre sehr viel später, wenn der Tod schnell eingetreten war, wie es hier der Fall gewesen zu sein schien. Als er den Leichnam betastete, stellte er noch einen Rest von Leichenstarre fest. Daraufhin schätzte er, dass der Mord zwischen zehn Uhr und Mitternacht stattgefunden haben musste. Widerwillig beugte er sich vor, um die schreckliche Wunde am Halsansatz zu betrachten. Hätte jemand einen Holzkeil unter dem rechten Ohr hineingestoßen, wäre das Fleisch nicht weniger verletzt und zerstört worden. In der Wunde steckte ein Stück Spitzenbesatz vom Hemd. Wie auch immer: Das Leben war in einer endlosen Blutung entwichen. Die Augen des armen Mädchens waren blicklos, denn die Hornhaut war schon von einer schleimigen Membran überzogen. Ihn schauderte beim Anblick dieses Gesichts, das der Tod bereits grausam zerstörte: Die Stirn schrumpelte, die Nase schrumpfte, die Lippen hingen über einem offenen Kiefer, und die Haut, trocken und fahl, verlieh dem Ganzen ein verzerrtes Aussehen, geprägt von einem Ausdruck stumpfsinniger Verblüffung. Er suchte in den Taschen der Schürze und des Rocks, fand aber nur ein Taschentuch und eine kleine Metallkette mit einem zerbrochenen Kreuz.

Es gab nichts mehr zu tun bis zum Eintreffen der Polizisten, die die Ermordete in die Basse-Geôle, die Leichenhalle im Châtelet, bringen würde. Vielleicht würden weitere Befunde den Ermittlungen neue Wege weisen. Ihm blieb vorerst einzig die Aufgabe, die unmittelbare Umgebung des Tatorts näher in Augenschein zu nehmen. Dort würden die Spuren besser zu unterscheiden und zu interpretieren sein, weil sie weiter auseinanderlagen.

Sowohl die Hauptküche wie die Fleischküche waren mit Fußabdrücken übersät, was ganz normal war aufgrund der vielen

Dienstboten, die herbeigeeilt waren, um den verletzten Maître d'hôtel in seine Unterkunft zu bringen. In der Küche entdeckte er zudem eine ganze Reihe Messer, die mit dem, das er auf dem Boden gefunden hatte, identisch waren, also gehörte dieses vermutlich hierher. Und in einem ordentlichen Haus konnte man überdies davon ausgehen, dass die Küche täglich sorgfältig gereinigt wurde. Vielleicht würde ein Inventar ...

Eine Idee führte zur nächsten, und plötzlich fiel es ihm wie Schuppen von den Augen: Diese breite, tiefe und klaffende Wunde am Hals der Kammerzofe konnte nicht von einem Eustache-Messer verursacht worden sein. Man würde die Verletzung von Jean Missery untersuchen müssen, um herauszufinden, ob das Messer, das man bei ihm benutzt hatte, überhaupt bei der Kammerzofe zum Einsatz gekommen war. Wenn nicht, würde das den Blickwinkel der Untersuchung gewaltig verändern.

Nicolas wandte sich wieder dem Problem der Fußabdrücke zu. Ihm wollten diejenigen nicht aus dem Kopf, die ihm auf der Hintertreppe zwischen Zwischengeschoss und Erdgeschoss aufgefallen waren. Auf Zehenspitzen tappte er weiter, und obwohl er versuchte, die beschmutzten Bereiche zu vermeiden, fügte er den Abdrücken noch seine eigenen hinzu. Da er in der Spülküche und im angrenzenden kleinen Hof nichts sah, ebenso wenig auf der Treppe in den Keller, beschloss er, noch einmal zur Hintertreppe zu gehen, und reinigte sorgfältig die Sohlen seiner Schuhe mit dem Wasser aus einer Gießkanne, die er in dem kleinen Gewächshaus fand. Auf der Treppe angekommen, kniete er sich hin und stellte fest, dass es sich bei den Flecken um inzwischen schwärzlich verfärbte, blutige Fußabdrücke handelte.

Im Zwischengeschoss zögerte er einen Augenblick, ob er seine Ermittlungen auf den ersten Stock ausdehnen sollte, wo sich die Gemächer des Duc befanden. Immerhin würde er nichts riskieren, und niemand würde es ihm vorwerfen. Und falls Provence nach der Entdeckung des Leichnams diese Treppe benutzt hatte, hatte er, als er feststellte, dass seine Schuhe schmutzig waren, diese sofort gewechselt. Während er über diese Hypothese nachdachte, flüsterte ihm eine innere Stimme zu, dass er recht habe und seiner Intuition folgen solle, die seit vielen Jahren zusammen mit seinem scharfen Verstand seine Ermittlungen präge. Entschlossen stieg er über eine schmale Dienstbotentreppe, die vermutlich Provence benutzt hatte, nach oben.

Die Spuren setzten sich fort, wenngleich immer undeutlicher, aber Nicolas wusste, dass Blut, fett und klebrig, lange Zeit sichtbar blieb. Beim Betreten eines Zimmers entdeckte er eine Fenstertür, vor der sich ein Balkon befand. Ein kalter Luftzug wehte durch einen schmalen Spalt herein und ließ ihn frösteln. Als Nicolas die beiden Flügel weiter öffnete, peitschte ein scharfer Wind in sein Gesicht.

Die Tür führte auf einen Balkon mit Balustrade, von dem aus man auf die Rue de Saint-Florentin blickte. Auf dem steinernen Boden waren deutlich blutige Fußabdrücke zu sehen, die zur Ecke des Gebäudes führten und von dort aus rechtwinklig über eine hohe Mauer zum Portal des Ehrenhofs weitergingen. Ohne zu zögern, schwang er sich auf den schmalen Mauersims, um sich aus der Nähe anzuschauen, wohin ihn das führen würde.

Glücklicherweise litt er nicht unter Schwindelgefühl wie sein Freund Semacgus, der während seiner Reisen auf den Schiffen des Königs nie auf den Großmast hatte klettern können. Allerdings, pflegte er lachend zu sagen, verlangten die Aufgaben eines Chirurgen höchst selten diese Art von Übung. Nicolas hingegen, der das Eingesperrtsein in engen Räumen nicht ertrug, verspürte keinerlei Höhenangst und kletterte geschickt wie eine Katze. Vorsichtig schob er sich weiter vom Balkon weg, fest an die Hauswand gedrückt, bis zur Ecke, von wo er nach rechts über die Mauer, die den Innenhof zur Straße abgrenzte, bis zum Portal balancierte.

Durch einen starken Windstoß hätte er beinahe das Gleichgewicht verloren, hielt sich in letzter Minute fest und arbeitete sich weiter vor. Oberhalb des Portals bemerkte er mit einem Mal, dass die Spuren verschwunden waren. Er setzte sich und ließ die Beine baumeln, legte sich sodann auf das Gesims, um die Unterseite zu untersuchen, und machte eine interessante Entdeckung. Wenn er den Stein umklammerte und sich ein Stück herabließ, würde er die Spitzen des Eisentors erreichen und konnte daran hinunter auf den Boden gleiten. Trotzdem verzichtete er darauf, weil das schlammige Pflaster unten auf dem Boden ihm keine weiteren Hinweise geben würde.

Nicolas resümierte: Jemand hatte den Tatort verlassen, sich in den ersten Stock des Hauses begeben, hatte dort die Fenstertür geöffnet und war unter akrobatischen Umständen entkommen. Dieses Prozedere setzte mehrere Dinge voraus. Der Unbekannte besaß eine genaue Kenntnis der Räumlichkeiten, seine Flucht hatte in der Nacht stattgefunden, wenn das Risiko, überrascht zu werden, geringer war, und vor allem handelte es sich um eine junge Person, die eine so schwierige Übung zu bewältigen vermochte. Immerhin bestand die Gefahr, abzugleiten und von den Spitzen des Eisengitters vor dem Portal aufgespießt zu werden.

Das führte ihn zu entscheidenden Fragen über den Ablauf der Ereignisse und schien die erste Hypothese zu widerlegen, dass der Maître d'hotel das Verbrechen begangen und sich anschließend umzubringen versucht hatte.

Genauso vorsichtig, wie er gekommen war, kehrte Nicolas auf den Balkon zurück, doch zwischenzeitlich war die Fenstertür von innen geschlossen worden. Ob das nun bewusst geschehen war, um ihn auszusperren, oder nicht – er musste sich etwas einfallen lassen. Einen Augenblick dachte er daran, wie der geheimnisvolle Fassadenkletterer den gefährlichen Weg über das Tor zu nehmen, verwarf den Gedanken aber. Das fehlte gerade noch, dass er abstürzte! Ein solches Risiko konnte er nicht eingehen. Er machte ein paar Schritte zur Seite, um einen Blick durch die nächste Fenstertür zu werfen, und erblickte den Duc de La Vrillière reglos und nachdenklich in einer Art Boudoir. Falls er keine Scheibe einschlagen wollte, blieb ihm nichts anderes, als sich bemerkbar zu machen. Erst nach einer Weile gelang es ihm, die Aufmerksamkeit des Hausherrn zu erregen.

»Monsieur, um Himmels willen«, rief der Duc, »man hat mir ja gesagt, dass Sie durch die Türen hinausgehen und durch die Fenster eintreten! Gut, keine Erklärung. Das ist Ihre Sache.«

Er schien einen Augenblick nachzudenken und wandte sich seufzend einem großen Porträt von Ludwig XV. zu, einem Geschenk des Königs an Monsieur de Saint-Florentin von 1756, wie ein auf dem unteren Teil des Rahmens befestigtes Täfelchen erklärte.

»Was für ein guter Herrscher«, murmelte er betrübt. »Er liebte uns wirklich. Was für eine Karriere hätten Sie machen können, Monsieur le Marquis, wenn ...« Er beendete seinen Satz nicht und fuhr nach einer kurzen Pause fort:»An Ihnen schätzte er das schöne Gesicht, die seltene Gabe, ihn zu zerstreuen, und die noch ungewöhnlichere Eigenschaft, ihn niemals um etwas zu bitten. Und ich spreche nicht von den Diensten, die Sie ihm stets unter schwierigen, heiklen Umständen geleistet haben und dabei wahre Wunder vollbrachten, manchmal unter Lebensgefahr. Es gab nicht so viele Tapfere und Treue ...«

Nicolas nutzte die Gunst der Stunde.»Monseigneur, erlauben Sie mir, Ihnen eine Frage zu stellen. Wie schätzen Sie Jean Missery, Ihren Maître d'hôtel, ein?«

»Zu sagen, dass er mein Haus mit fester Hand geleitet hat, wäre untertrieben«, erwiderte der Duc.»Er ist seit fünfzehn Jahren bei mir, als Nachfolger seines Vaters, und für alles zuständig, was den Haushalt betrifft. In besonderer Weise für das Personal, das er auswählt und über das er uneingeschränkte Autorität besitzt, einschließlich des Rechtes, Personal zu entlassen, falls nötig. Ihm obliegt ferner der Einkauf sämtlicher Lebensmittel und die Verhandlung mit den Händlern. Außerdem muss er sich darum kümmern, dass nichts fehlt: Seien es Kerzen, Leuchter, Öle und was weiß ich noch alles. Holz, Geschirr, Heu, Stroh und aller möglicher Flitter gehören ebenfalls in seinen Zuständigkeitsbereich. Schließlich und vor allem – und das in erster Linie – muss er den Service für die Mittagessen, Abendessen und Mitternachtssoupers, die ich gebe, planen und regeln.«

»Halten Sie ihn für ehrlich?«

»Das tue ich, wobei ich es nicht wirklich weiß. Ich mache mir nicht die Mühe, einen Angestellten zu kontrollieren, und sei er noch so korrupt. Man muss manchmal die Augen verschließen, um gut bedient zu werden. Und jetzt lassen Sie mich bitte allein, ich habe zu arbeiten.«

Nicolas wusste, dass er nicht weiter in ihn dringen durfte, verließ das Zimmer und entschied sich auf dem Weg nach unten, dem Verletzten einen Besuch abzustatten. Zu diesem Zweck musste er sich zunächst ins Erdgeschoss begeben, wo in einem anderen Flügel die Hintertreppe ins Zwischengeschoss abging. Nachdem er ein paar Minuten durch dunkle Korridore geirrt war, entdeckte er ein Zimmer, dessen Tür offen stand.

Ein großer Raum erstreckte sich vor ihm, erhellt von drei Fenstern, die auf einen Innenhof gingen. Die Wände waren mit Bergamostoff bespannt. In einem Kamin aus Marmor, über dem ein dreigeteilter Spiegel mit vergoldetem Holzrahmen hing, brannte ein warmes Feuer. Auf einem Bett mit geblümten roten Damastvorhängen lag, die Beine halb bedeckt von einer gesteppten Tagesdecke, ein korpulenter Mann, dessen Oberkörper in Tücher gewickelt war, die Blutflecken aufwiesen. Seine Kleidung, ein rotbraunes Jackett, eine Hose von gleicher Farbe, ein weißes Hemd und eine gelbe Krawatte, war achtlos auf den Boden geworfen worden. Das Mobiliar bestand aus einem großen Eichenschrank, einem Tisch mit Intarsien, zwei mit gelbem Serge bezogenen Sesseln, einer Kommode, einem kleinen mit Papieren bedeckten Schreibtisch und eben dem Bett. Das Ganze vermittelte einen Eindruck von Komfort, ja sogar von Luxus, der noch verstärkt wurde durch einen türkischen Teppich auf dem Parkett. Auf einem Stuhl neben dem Bett saß eine Person in schwarzem Anzug und mit grauer Perücke, die den Puls von Jean Missery fühlte. Als der Mann sich umdrehte, sah Nicolas ein fein geschnittenes Gesicht.

»Monsieur, mit wem habe ich die Ehre?«, fragte der etwa sechzigjährige Mann.

»Commissaire Nicolas Le Floch. Ich bin mit der Untersuchung des Falles beauftragt, Monsieur ...?«

»Docteur de Gévigland. Ich bin heute Morgen gerufen worden, um diese Katastrophe zu begutachten. Für die junge Frau konnte ich leider nichts mehr tun. Was ihn hier betrifft, hat er Glück gehabt, dass die Klinge des Messers auf einer Rippe abgerutscht ist, ohne wichtige innere Organe zu verletzen. Meiner Einschätzung nach wird er sich schnell wieder erholen.«

»Ist er zwischenzeitlich mal zu Bewusstsein gekommen?«

»Nein, und genau das beunruhigt mich. Die Verletzung selbst war nicht so schwer, um ihn in diesen Zustand zu versetzen. Ich fürchte, dass da noch etwas anderes ist. Ein Aufprall beim Sturz, eine Gehirnerschütterung. Was weiß ich. Unsere Wissenschaft tappt bei dieser Art von Symptomen noch im Dunkeln.«

Nicolas nahm diese Worte mit Genugtuung zur Kenntnis. Es war erfreulich und lobenswert, dass ein Arzt einmal nicht versuchte, ihm etwas vorzumachen, sondern ohne die pedantische Überheblichkeit vieler Kollegen bescheiden und vernünftig die unergründlichen Geheimnisse ansprach, die er zu diagnostizieren und zu behandeln hatte.

»Kann ich die Verletzung sehen?«

»Es spricht nichts dagegen. Sie werden feststellen, dass die Blutung begrenzt und die Wunde sauber ist. Sie brauchen nur den Verband leicht anzuheben. Sehen Sie, es ist alles sauber.«

Nicolas beugte sich über das Bett. Eine schräge Wunde verlief über den Körper in Höhe der letzten Rippen. Das hatte nichts gemeinsam mit dem klaffenden Loch im Nacken der Kammerzofe, dachte er. Und hier passte auch das Küchenmesser.

»Das Eustache hat genau die richtige Größe«, erklärte der Arzt. »Es scheint offensichtlich, dass seine scharfe Klinge benutzt wurde, um ihm diese Wunde zuzufügen.«

»Und die Verletzung der jungen Frau?«

»Die Waffe zu finden, die in diese Wunde passt, ist Ihre Aufgabe, mein Lieber.«

»Ich muss Ihnen eine vertrauliche Frage stellen, Doktor«, fuhr Nicolas fort. »Lassen Ihre Beobachtungen bezüglich der Verletzung des Maître d'hôtel auf einen Selbstmord schließen, wie manche Zeugen andeuten?«

Der Arzt verzog den Mund und schüttelte den Kopf. »Wie immer schwatzen die Leute drauflos, ohne Ahnung zu haben. Ich sage dazu bloß eines: Würde ein Mann, der die Absicht hat, sich umzubringen, rechts zustechen auf die Gefahr hin, die Leber zu verletzen und erst fürchterliche Qualen zu riskieren, bevor der Tod eintritt? Nein. Die Wahl, durch eine Klinge zu sterben, bedeutet, dass man ins Herz sticht, also links. Wenn er es nicht selbst getan hat, bieten sich natürlich verschiedene Hypothesen an. Stellen wir uns vor, er wäre angegriffen worden, jemand hätte ihn von hinten gepackt, den Kopf wie in einem Schraubstock mit dem linken Arm festgehalten und mit der rechten Hand zugestochen. Da das Opfer viel Blut verloren hat und demzufolge ohnmächtig wurde, hätte der Angreifer denken können, ihn tödlich getroffen zu haben. Aber er war nicht tot. Denkbar ist überdies, dass er einfach außer Gefecht gesetzt werden sollte, damit er nicht entkommt, weil der Angreifer ihn als Mörder des Mädchens in Verdacht bringen wollte.«

»Monsieur, das klingt durchaus überzeugend. Was Sie da sagen, ist sehr aufschlussreich.«

Im Grunde hatte Docteur de Gévigland nichts anderes gesagt als das, was Nicolas sich bereits gedacht hatte. Vor seinem inneren Auge überlagerten sich die Bilder wie auf einer Laterna magica. Waren Marguerite Pindron und der Maître d'hôtel beide Opfer ein und desselben Angreifers, dessen Spuren er bis zu dem monumentalen Portal des Hôtel Saint-Florentin verfolgt hatte? Was es möglich, dass der Täter zweimal hintereinander zugestochen hatte? Warum waren dann jedoch die beiden Verletzungen so unterschiedlich und ganz offensichtlich von zwei verschiedenen Waffen verursacht worden? Und warum lag eine auf dem Boden, während die andere bislang nicht aufgefunden wurde? Nicolas dachte angestrengt nach. Jemand hatte eine Situation schaffen wollen, von der er hoffte, sie sei so eindeutig, dass sie fraglos akzeptiert würde: Ein Mann tötet eine Frau und bringt sich anschließend um. Erneut tauchten die beiden so unterschiedlich aussehenden Blutlachen in der Fleischküche flüchtig vor seinem inneren Auge auf. Nicolas gelangte zu einem Entschluss. Es war unabdingbar, den Körper der Kammerzofe zu öffnen, denn von den Ergebnissen einer Obduktion versprach er sich viel. Das reinigende Feuer des Verstandes würde helfen, die verschiedenen Hypothesen auf ihre Wahrscheinlichkeit zu prüfen.

»Ich wäre Ihnen dankbar, Monsieur«, sagte Nicolas, »wenn Sie mir Bescheid geben würden, sobald Ihr Patient wieder bei Bewusstsein ist. Ein Polizist wird bald hier sein, um ihn zu bewachen und dafür zu sorgen, dass er zu niemandem Kontakt aufnimmt. Im Augenblick ist er schließlich unser einziger Verdächtiger.«

Als Nicolas das große Vestibül betrat, fuhren gerade mehrere Kutschen im Hof vor. Einer entstieg Bourdeau, der sich aufgeregt die Hände rieb. Uniformierte Polizisten folgten ihm mit einer Trage. Nicolas ging ein paar Stufen hinab, um seinen Assistenten zu begrüßen.

»Donnerwetter«, sagte sich der Inspektor, »da haben wir ja das große Los gezogen! Das Hôtel Saint-Florentin. Bei einem Minister des Königs! Es sieht ganz so aus, als wären wir aufs Neue im Spiel.«

»Ganz recht, mein lieber Pierre«, erwiderte Nicolas lachend. »Man kann auf unsere Dienste nicht verzichten, und ich garantiere Ihnen, dass der Fall, der uns beschäftigt, keine Lappalie ist.«

»Und was sagt unser Freund Le Noir dazu?«

»Ich fürchte, er wird von den Ereignissen überrollt werden. Als nette Kerle indes werden wir ihn informieren. Man sollte sich die Zukunft nicht unnötig verbauen.«

»Sie sind sehr nachsichtig heute Morgen!«

»Ich bin einfach glücklich, wieder arbeiten zu können.«

Nachdem er den Polizisten befohlen hatte, einen Augenblick zu warten, ging er mit Bourdeau zu den Ställen, wo sie ungestört waren und er seinen Assistenten über alle Einzelheiten des Falles in Ruhe unterrichten konnte. Zu seinem Erstaunen äußerte er sich dahingehend, er halte das Drama möglicherweise für banal, weshalb er die Einschaltung so erfahrener Experten eigentlich übertrieben finde. Das sei ja, als würde man eine Tür mit einer Tonne Schießpulver aufsprengen. Nicolas schüttelte den Kopf und wies ihn auf die nicht eindeutigen Indizien hin wie die Fußspuren, die sich rätselhaft verteilten, und auf weitere verdächtige Details, die seine Aufmerksamkeit erregt hatten. Am Ende des Gesprächs musste Bourdeau zugeben, dass die Angelegenheit seiner ersten Eischätzung zum Trotz sehr wohl heikel war und Scharfsinn wie Fingerspitzengefühl verlangte. Lachend fügte er hinzu, dass sie vielleicht sogar begnadigt würden, vorausgesetzt, das Glück sei ihnen hold auf den verschlungenen Pfaden dieser neuen Ermittlung. Hocherfreut, seinen Assistenten so munter zu erleben, flüsterte er ihm zu, die Wahrheit ein wenig verbiegend, dass der Duc de La Vrillière ihn ausdrücklich an seiner Seite habe sehen wollen. Bourdeau sagte nichts, aber sein stolzer Gesichtsausdruck sprach Bände.

Sie setzten sich an die Spitze einer Karawane, die sich in die Küchenräume begab. Bevor der Leichnam fortgebracht wurde, bat Nicolas seinen Assistenten, den Tatort zu inspizieren, in der Hoffnung, sein frischer Blick werde Details erkennen, die ihm entgangen waren. Dem Inspektor, wie alle anderen überrascht von der brutalen Verletzung der jungen Frau, fiel auf, dass sie zwei kleine Ohrringe mit Granaten trug – ein Detail, das von Bedeutung sein konnte, da eine Kammerzofe im Dienst niemals offen Schmuck trug. Was vermuten ließ, dass das Mädchen sich an dem Abend eigens zurechtgemacht hatte, vielleicht für ein Rendezvous mit einem Kavalier? Darüber hinaus machten ihn wie seinen Chef die Schuhe stutzig, die viel zu luxuriös für eine Kammerzofe waren. Man müsse die Herkunft dieser Objekte feststellen, meinte er. Im Großen und Ganzen deckten sich seine Beobachtungen mit denen von Nicolas, und er beendete seine Untersuchung damit, nach der Waffe Ausschau zu halten, die eine so furchtbare Verletzung hatte verursachen können. Vergeblich. Am Ende hob er vom Rand der hölzernen Arbeitsplatte vorsichtig mit zwei Fingern ein kleines Stück Metallfaden hoch und reichte es Nicolas.

»Es muss sich um einen Silberfaden handeln. Was meinen Sie?«

»Das sehen Sie richtig. Jemand ist gegen diese beschädigte Ecke der Platte gestoßen. Der Betreffende könnte mit einer bestickten Jacke oder Weste hängen geblieben sein, ohne es zu bemerken.«

Wer trug häufig silberbestickte Kleidungsstücke? Der verstorbene König natürlich. Noch jemand? Verzweifelt kramte er in seinem Gedächtnis. Der Duc de La Vrillière? Er kopierte häufig die Kleidung seines Herrn. Heute Morgen hatte er einen grauen Anzug getragen, wobei Nicolas sich an die Art der Stickerei nicht erinnerte. Selbst wenn sie aus Silber gewesen wäre, bewies das nichts. Als Saint-Florentin den Schauplatz des Verbrechens besichtigt hatte, konnte er sich an der Arbeitsplatte einen Faden gezogen haben. Nun ja, das musste überprüft werden.

Eines war jedenfalls sicher: Vom Anzug des Maître d'hôtel stammte das kleine Stück nicht. Vorsichtig legte Nicolas das Silberfädchen zwischen die Seiten seines schwarzen Heftes und gab das Signal, den Leichnam der Kammerzofe fortzubringen. Er selbst und Bourdeau würden sich erst mal in dem ihnen zugeteilten Büro im Zwischengeschoss einrichten, bevor sie die Verhöre fortsetzten. Auf dem Weg dorthin begegneten sie Provence, der sich in den Schatten der Wände drückte.

»Monsieur Bibard«, sagte Nicolas, »was trug Ihr Herr, als er heute Morgen aus Versailles zurückkam?«

Der Mann hatte eine undefinierbare Miene aufgesetzt, die schwer zu entschlüsseln war. »Einen schwarzen Mantel über einem schwarzen Seidenanzug, Monsieur. Wir halten uns streng an die Trauervorschriften des Hofes.«

»Tatsächlich? Mir kam es so vor …«

»Monseigneur hat sich nach seiner Rückkehr umgezogen. Er trägt jetzt einen grauen Anzug.«

»Ist dieses Kleidungsstück bestickt?«

»Ja, mit Silberornamenten.«

»Also doch! Sehen Sie, Bourdeau, ich habe mich nicht geirrt. Der verstorbene König besaß genau den gleichen. Die Treue des Ministers ist wirklich rührend. Danke, Provence.«

Der Mann verbeugte sich erleichtert und entfernte sich.

»Noch etwas«, fügte Nicolas hinzu. »Würden Sie bitte zunächst den Schweizer, den Concierge und den Kutscher von Monseigneur schicken. Ich möchte sie in Anwesenheit von Inspektor Bourdeau vernehmen.«

Sie gingen in den ihnen als Büro zugewiesenen Raum, dessen Pracht der Inspektor halb bewundernd, halb spöttisch betrachtete. Vergeblich wartete Nicolas auf eine seiner üblichen bissigen Bemerkungen, was ihn vermuten ließ, die Rückkehr zur Arbeit habe einen entschieden vorteilhaften Einfluss auf den Charakter seines Assistenten ausgeübt.

»Zur Sache, Nicolas, haben Sie bemerkt, dass unsere Kammerzofe merkwürdige Dessous getragen hat? Bitte sehen Sie nichts Frivoles in dieser Frage.«

»Gott bewahre, dazu kenne ich Sie gut genug! Aber was wollen Sie damit sagen?«, fragte Nicolas erstaunt nach.

»Also, es ist so. Die Sitten haben sich geändert, und Sie wissen besser als ich, dass vieles inzwischen erlaubt ist, was früher als schamlos galt. Etwa beim Aussteigen aus der Kutsche Bein sehen zu lassen. Waden zu zeigen gilt sogar als so selbstverständlich, dass man es geradezu darauf anlegt. Jede Dame, die nicht prüde ist, benutzt ein Band, das an ihrem Gürtel befestigt wird und das Unterhemd hinten hochzieht, sodass die Beine bis zur Kniekehle entblößt sind.«

»Interessant, ich folge Ihnen«, sagte Nicolas lächelnd, »ohne allerdings zu wissen, worauf Sie hinauswollen.«

»Belassen wir es dabei. Eigentlich wollte ich Ihnen lediglich sagen, dass unsere Kammerzofe eine knielange Unterhose trug, ein unzweifelhaftes Zeichen für einen eher lockeren Lebenswandel. Wenn man dann diese außergewöhnlichen Schuhe hinzunimmt, verstehen Sie sicher, wohin meine Überlegungen mich führen.«

»Im Zuge unserer Ermittlungen werden wir bestimmt noch einiges über das arme Mädchen erfahren. Dieses Haus ist eine geschlossene Welt. Oh, ich sehe es schon vor mir! Jeder wird auf der Hut sein und der Lust zu klatschen widerstehen. Wir werden auf eine Mauer aus Schweigen und Misstrauen treffen. Bis am Ende alle Hemmungen fallen und alle ein Wörtchen mitreden wollen und sich gut oder schlecht über die anderen äußern. Sie kennen die Lebensumstände des Personals. Die Welt der Dienstboten ist wie die der anderen voller Hass, Eifersucht, Groll und Liebschaften. Ein fruchtbares Feld tut sich vor uns auf, das wir bloß abzuernten brauchen. Alles kommt im richtigen Moment, wir müssen einfach abwarten und dürfen niemanden einschüchtern.«

»Das überzeugt mich.«

»Also dann, Pierre, lassen Sie unseren Freunden Sanson und Semacgus eine Nachricht überbringen. Ich möchte, dass das Opfer so schnell wie möglich obduziert wird, und brenne darauf, deren Meinung über diese merkwürdige Verletzung zu erfahren. Und schicken Sie einen Polizisten ins Zimmer des verletzten Verdächtigen, um ihn zu bewachen.«

Kaum war Bourdeau zurück, öffnete sich mit lautem Getöse die Tür des Arbeitszimmers, und eine nicht mehr ganz junge Dame kam schwankend herein, behindert vom voluminösen Reifrock ihres altmodischen Kleides, das der Hoftrauer entsprach. Sie trug eine Kette aus schwarzem Gagat um ihren mageren Hals, auf dem ein ungeschminktes rotes, blau geädertes Gesicht saß, das unverhohlene Entrüstung ausdrückte. Ein schwarzer Seidenfächer, den sie heftig hin und her bewegte, verstärkte noch den Eindruck ihrer dramatischen Erscheinung.

»Madame«, sagte Nicolas und deutete eine Verbeugung an.

»Monsieur, man sagte mir, dass Sie der Commissaire im Châtelet seien und beauftragt seien, den schrecklichen Mord an diesem unglücklichen Geschöpf zu untersuchen. Gott, wie war das möglich? Was sagte ich gleich? Ja, ich weiß, Sie ermitteln, Monsieur. Ihr Name ist mir nicht unbekannt. Sind Sie der verstorbenen Königin vorgestellt worden? Nein, also dann den Töchtern?«

»Ich hatte das Glück, Madame Adélaïde zu dienen, die mir häufig die Ehre erwies, mich zu ihren Jagden einzuladen«, erwiderte Nicolas.

»Genau! Sie sind der kleine Ranreuil, den der alte König so schätzte. Was für ein Glück, es mit jemandem aus gutem Hause zu tun zu haben, selbst wenn ... Monsieur, Sie müssen mich anhören.«

Sie warf einen skeptischen Blick auf Bourdeau. »Wer ist dieser Herr?«

»Mein Assistent, Inspektor Bourdeau. Gewissermaßen mein zweites Ich.«

»Wenn Sie das sagen! Monsieur le Commissaire, das alles ist schrecklich. Das musste so kommen. Ich habe es seit Langem befürchtet. Man lebt nicht so, ohne Gefahr zu laufen, dass irgendwann ein derartiges Drama geschieht.«

»Madame, darf ich Sie bitten, mir zu sagen, mit wem ich die Ehre habe?«

»Und ob, Monsieur, und ob! Ich bin die Duchesse de La Vrillière, und Sie befinden sich in meinem Haus.«

III

Schlangennest

*Es gibt keine wirkliche Freundschaft zwischen
denjenigen, die in ein und demselben Haus dienen.*

LOPE DE VEGA

Die hoheitsvolle Mitteilung der Dame überraschte Nicolas, der
sich inzwischen seine Meinung gebildet hatte, nur halb. Er hatte
die Duchesse mehrmals in Versailles gesehen, wo sie als bigott
und griesgrämig galt, aber er wusste die Hofgerüchte, die häufig
ungerecht und parteiisch waren, richtig zu gewichten und hatte
sich eine gehörige Portion Gleichgültigkeit als Schutzpanzer zu-
gelegt. Für ihn eine Art seelischer Aderlass.

»Madame, ich stehe zu Ihren Diensten …« Und ohne sie Luft
holen zu lassen, fuhr er fort: »Ich glaube verstanden zu haben,
dass Marguerite Pindron zu Ihrer Entourage als Kammerzofe
gehörte.«

»Monsieur, Sie machen mir Spaß. Entourage ist ein großes und
edles Wort. Sie gehört zu meinem Personal und da zu den unbe-
deutendsten der Kammerzofen, von denen ich so einige habe.
Sie wurde erst kürzlich eingestellt, ohne meine Zustimmung. Ich

weiß nicht einmal, wie und warum sie eigentlich in mein Haus kam.«

Nicolas wusste, dass sich gegenüber dieser Art von Zeugen zwei Haltungen anboten: entweder ihren natürlichen Wortschwall einzudämmen oder ihnen freien Lauf zu lassen und zu hoffen, dass der Lavastrom ihrer Worte Interessantes zutage förderte.

»Es ist wahr«, fuhr die Dame fort, »dass ich in diesem Haus nie etwas zu sagen gehabt habe und die meisten Mädchen aus Gründen eingestellt wurden, die ich nicht kenne und die ich lieber gar nicht wissen will. Ach, Monsieur, was für ein Unglück, bedient werden zu müssen …«

Komisch, dachte Nicolas, wie sich in diesem Punkt die Gefühle des erlauchten Paares glichen.

»Die Domestiken, Monsieur«, fuhr sie fort, »sind abscheulich. Sogar mit ihrem Eifer stoßen sie einen vor den Kopf und bedienen einen immer schlecht. Sie beklagen sich, ohne sich je Vorstellungen von den Sorgen zu machen, die sie einem bereiten. Immerhin befinden sie sich in dieser Lage, weil Gott sie als Dienstboten erschaffen hat, um unserer Hilflosigkeit abzuhelfen, während wir gleichzeitig etwas gegen ihr Elend tun. Um die Wahrheit zu sagen, verschaffen wir ihnen einen Platz im Himmel, indem wir sie vor einem sittenlosen und verbrecherischen Dasein auf der Straße bewahren und sie zu einem anständigen, gottgefälligen Lebenswandel anhalten – was uns wiederum von unserem himmlischen Vater als Verdienst angerechnet wird, der auch uns einen Platz an seiner Seite sichert.«

»In gewisser Weise, Madame«, sagte Bourdeau ihr zu, »sind diese benachteiligten Geschöpfe also Privilegierte, die Ihnen ihre Rettung verdanken?«

Die Duchesse blickte ihn verblüfft an. »Dieser Herr hat recht, das ist ein sehr vorteilhafter Stand für arme Leute. In reichen Häusern kommen sie in den Genuss von allem, was sie sich sonst nie leisten könnten: täglich gutes Fleisch und guten Wein, freie Kost, Logis, Kleidung und Wäsche und ein leichter Dienst mit vielen Mußestunden. Kann man sich vorstellen, dass sie nicht zufrieden sind, frage ich Sie? Und wenn sie ihre Pflichten nicht erfüllen oder zu ungeschickt sind, sollen wir dann freundlich sein und weder zu schnell noch zu laut sprechen, wie mein Beichtvater mir einreden will?«

Sie ließ sich mit einem tiefen Seufzer ihres aus Fischbein gefertigten Reifrocks in einen Ohrensessel fallen und fächelte sich hektisch Luft zu. Nicolas nutzte die Gelegenheit, das Wort zu ergreifen.

»Dürfte ich erfahren, Madame, unter welchen Umständen Sie von den Ereignissen, die sich heute Nacht in Ihrem Haus abspielten, Kenntnis erhalten haben?«

»Durch den Tumult natürlich, den meine Leute kurz vor sechs veranstaltet haben. Ich muss dazusagen, dass ich sehr schlecht schlafe. Leider! Aber wie soll man in meiner Situation ruhig schlafen?« Sie blickte an die Decke und schüttelte ihre Hände, die um den Elfenbeingriff ihres Fächers geschlossen waren. »Auf den Rat meines Arztes hin nehme ich regelmäßig Hoffmannstropfen sowie Eibisch- und Orangenblütensirup. Und falls sich diese Mittel als unwirksam erweisen, greife ich zu etwas Wirksamerem, einer Mischung aus Äther und Alkohol. Dann muss man schon viel Krach machen, um mich zu wecken, so wie heute Morgen.«

»Sind Sie sich hinsichtlich der Uhrzeit wirklich sicher, Madame?«

»Monsieur, ich kann durchaus die Uhr in meinem Schlafzimmer lesen.«

»War es Nacht?«

»Tiefe Nacht.«

»Und was ist daraufhin passiert?«

»Meine Kammerfrau, der all die anderen Mädchen unterstehen, ist in panischer Aufregung in mein Zimmer gestürmt und hat mir gemeldet, dass sich ein Drama in der Küche ereignet habe.«

»Erinnern Sie sich, was genau sie Ihnen sagte?«

»Monsieur, mein Gedächtnis ist ebenso gut wie meine Augen. Als ich sie nach dem Lärm fragte, stieß sie nach Luft ringend hervor, das habe ja so kommen müssen. Offenbar war irgendwas mit dieser kleinen Pindron, das auf ein böses Ende hingedeutet hatte.«

»Ist das alles?«

»Monsieur!«

»Verzeihen Sie, dass ich nachbohre, Madame. Es ist wichtig, dass ich so präzise und ausführlich wie möglich erfahre, was geschehen ist. Hat Ihre Kammerfrau ebenfalls den Maître d'hôtel erwähnt?«

»Warum hätte sie das tun sollen?«

»Weil man seinen Körper verletzt und bewusstlos neben dem der Zofe gefunden hat und weil wir bislang nicht ganz auszuschließen vermögen, dass er der Mörder ist und sich nach der Tat selbst umbringen wollte.«

Die Duchesse wirkte so überrascht, dass man, falls sie nicht eine perfekte Schauspielerin war, kaum an ihrer Aufrichtigkeit zweifeln konnte.

»Haben Sie Ihre Kammerfrau seitdem noch einmal gesehen?«

»Ich brauchte sie nicht mehr und habe ihr erlaubt, sich auszuruhen. Eine meiner Zofen, die ein kleines Zimmer in meiner Nähe hat, weil ich sie den anderen vorziehe, half mir später beim Ankleiden, nachdem der Höllenlärm bei der Rückkehr meines Gatten aus Versailles mich ein weiteres Mal geweckt hatte. Das war gegen Mittag.«

»Und wie heißt sie?«

»Jeannette?«

»Ihr Name?«

»Machen Sie sich über mich lustig, Monsieur? Glauben Sie etwa, ich stopfe mir den Kopf mit den Namen der Domestiken voll?«

»Mir scheint, Madame, dass Sie denjenigen von Marguerite Pindron kennen.«

»Das ist möglich, Monsieur. Meine Kammerfrau erwähnte sie gelegentlich.«

»Und sie, wie heißt sie?«

»Eugénie.«

»Hat Jeannette mit Ihnen über das Drama der Nacht gesprochen?«

»Wie sollte sie, sie wusste von nichts, hat mein Appartement nicht verlassen und niemanden gesehen.«

»Madame, darf ich Sie bitten, mir zu sagen, was die Worte bedeuten, die Sie zu Beginn des Gesprächs gesagt haben: ›Das musste ja so kommen.‹«

Die Duchesse stand auf und schloss mit einer heftigen Bewegung geräuschvoll ihren Fächer.

»Natürlich, Monsieur. Ich habe Eugénies Worte wiederholt, ohne mir groß was dabei zu denken.«

Nicolas ließ nicht locker. »Ich muss leider nachfragen, Madame. Sie haben hinzugefügt: ›Ich habe es seit Langem befürchtet.‹«

»Monsieur, machen Sie sich nicht zu viele Gedanken. Die Hand Gottes senkt sich immer auf die Häuser, in denen seine Gebote nicht befolgt werden.«

»Das ist sehr allgemein ausgedrückt und lässt sich auf alles anwenden. Glauben Sie, Madame, dass diese Aussage einen Beamten überzeugen würde, ich meine einen Lieutenant criminel beispielsweise, der weitgehende Befugnisse hat und in seiner Funktion Aufgaben des Staatsanwalts, des Anklägers und des Richters vereint? Mit ihm ist nicht zu spaßen, zumal er nicht unbedingt mit dem König d'accord geht.«

»Sind das Drohungen? Unter meinem Dach! Wissen Sie eigentlich, mit wem Sie sprechen?«

»Es ist eine Warnung, mehr nicht.«

»Das reicht. Ich weiß, was ich zu tun habe.«

Mit beiden Händen raffte sie ihren Reifrock und rauschte unter seidigem Geraschel hinaus. Nicolas seufzte. Je höher man die Leiter der Gesellschaft hinaufstieg, desto weniger wurden Ordnung und Justiz respektiert.

»Was für eine dickfellige Brut«, knurrte Bourdeau.

»Seien wir nachsichtig«, beschwichtigte Nicolas ihn. »Vergessen wir nicht, was für ein Leben sie führt. Monsieur de Saint-Florentin benimmt sich nicht gerade vorbildlich als Ehemann, und sie muss vermutlich viel ertragen. Dennoch spricht ihre Reserviertheit Bände. Bringt sie die Ursachen dieses Dramas vielleicht mit dem Zustand ihres Haushalts in Zusammenhang?«

»Die Frage ist«, erwiderte Bourdeau, »ob es sich um das ausschweifende Leben ihres Gatten handelt oder ob es mit internen

Zwistigkeiten und Intrigen innerhalb der Dienerschaft zu tun hat. Ich bin nicht überzeugt, dass diese selbstgefällige Dame dem Treiben ihrer Leute allzu große Aufmerksamkeit schenkt. Allenfalls hört sie sich mit halbem Ohr den Klatsch ihrer Kammerzofen bei der Morgentoilette an.«

»Wir werden sehen. Holen Sie mir die Kammerfrau, die wichtigste Person unter den Zofen und Dienstmädchen. Provence wird Ihnen helfen, sie zu finden. Er hält sich in den Vorzimmern zu unserer Verfügung bereit.«

Nicolas näherte sich dem Kamin, in dem ein knisterndes Feuer brannte. Er fröstelte. Was für ein merkwürdiger Fall! So grausig die Tatsachen sein mochten, auf den ersten Blick wirkte er unbedeutend und banal. Steckte womöglich eine Affäre zwischen einem alten Mann und einem jungen Mädchen dahinter? Noch fügten sich die Details und die bisherigen Erkenntnisse nicht mit den Zeugenaussagen zusammen, die scheinbar in die gleiche Richtung wiesen, und das Bild, von dem man ihn überzeugen wollte, ließ unter seinem einheitlichen Firnis merkwürdige Retuschen und Ausbesserungen erahnen. Und was war von der geheimnisvollen Person zu halten, die sich in der Finsternis des Hôtel Saint-Florentin herumgetrieben hatte und nach einer letzten blutigen Umarmung einer der Säulen des Portals verschwunden war?

Bourdeaus Rückkehr in Begleitung einer jungen Frau mit Schürze und Haube riss ihn aus seiner Grübelei. Er fragte sich sofort, warum sie versuchte, sich älter und hässlicher zu machen. War es Usus in diesem Haus, um die dahinwelkende Madame nicht zu provozieren? Die unter der Haube nach hinten frisierten Haare ließen die Vorzüge der Bediensteten, die regelmäßigen Gesichtszüge und den zarten, milchigen Teint, vergessen. Schmale Lippen, die wie zusammengepresst wirkten, machten sie angespannt und ablehnend. Als Nicolas sie bat, sich zu setzen, lehnte sie mit einer Kopfbewegung ab und blieb stehen, die Hände auf die Lehne eines Sessels gestützt. Der Nachmittag war bereits fortgeschritten, und das Licht wurde allmählich schwächer. Die flackernden Flammen erzeugten helle Reflexe auf ihrem Gesicht oder tauchten es in wabernde Schatten. Er schwieg erst einmal, um der Zeugin Gelegenheit zu geben, ihr Unbehagen zu überwinden und Emotionen zu zeigen, falls sie welche hatte. Immerhin knetete sie nervös ihre Finger.

»Sie sind Eugénie, die Kammerfrau der Duchesse de La Vrillière und sind für sämtliche Mädchen im Dienst Ihrer Herrin zuständig?«

»Ja, Monsieur le Commissaire. Eugénie Goulet, zu Ihren Diensten.«

»Ihr Alter? Sind Sie verheiratet?«

»Dreißig seit dem Michaelistag. Ich bin ledig.«

»Seit wann arbeiten Sie hier?«

»Im Dienst von Madame seit 1762. Damals war das Hôtel noch nicht erbaut, und ich war noch ein Kind ...«

»Dann gehören Sie zu den Hausangestellten, die am längsten hier sind?«

»Ja. Mit Provence, dem Kammerdiener von Monsieur.«

»Erzählen Sie mir, was heute Morgen passiert ist.«

»Ich kleidete mich in meinem Zimmer im zweiten Stock an, als Schreie meine Aufmerksamkeit erregten. Sofort eilte ich nach unten, wo ich Jacques, Provence, den Concierge und den Schweizer vorfand, die sich gerade anschickten, nach unten zu gehen, weil der Küchenjunge dort zwei Körper in ihrem Blut entdeckt hatte: den von Marguerite, die anscheinend tot war, und den von Monsieur Missery, der noch atmete. Da ich annahm, dass dieser Lärm Madame aufgeweckt haben könnte, bin ich hinaufgegangen, um sie zu informieren.«

»Wo befinden sich die Gemächer Ihrer Herrin?«

»Im ersten Stock, im linken Flügel, während Monseigneur den rechten bewohnt.«

»Gut. Gehen wir der Reihenfolge nach vor. Wie spät war es, als Sie hinuntergegangen sind?«

»Ungefähr sieben«, gab sie ganz spontan an, ohne zu überlegen.

»War es noch dunkel?«

»Tiefe Nacht.«

Ein Punkt, in dem sich alle einig waren. Trotzdem stellte Nicolas ihr eine Falle.

»Natürlich«, sagte er. »Provence war mit einer Blendlaterne hinuntergegangen.«

Sie war irritiert. »Ich weiß nicht … der Anblick des Blutes hat mich verwirrt. Es war alles beleuchtet. Wie, das kann ich nicht sagen, daran erinnere ich mich nicht.«

Nicolas ließ es dabei bewenden, andernfalls hätte er seine arglistigen Absichten zu erkennen geben müssen.

»Hat Ihre Herrin geschlafen, als Sie zu ihr ins Zimmer kamen?«

»Nein, Sie stand neben ihrem Bett, war sehr wütend und verlangte die Gründe für dieses Chaos – das war ihr Wort – zu erfahren.«

»Hatte sie am Abend zuvor nicht einen starken Trank genommen?«

Sie blickte ihn einen Augenblick aus ihren grauen Augen an, die schön waren in ihrer traurigen Strenge.

»Madame nimmt ihn, Madame nimmt ihn nicht«, sagte sie etwas zu lebhaft. »Sie erinnert sich, sie erinnert sich nicht, sie nimmt noch etwas davon. Das verstehe, wer mag!«

»Wenn sie das Medikament genommen hat, wie sie behauptet, dann hätte dieser Lärm sie eigentlich nicht wecken dürfen. Sie haben ihn ihr gestern Abend jedenfalls zubereitet und gebracht?«

Diese auf gut Glück geäußerte Behauptung, für die er keinen Beweis hatte, verunsicherte die Kammerfrau; er hatte ins Schwarze getroffen.

»Nein ... ja ... Na ja, was noch übrig war.«

»Was heißt das?«

»Die Fläschchen waren zerbrochen, sodass ich nicht mehr viel retten konnte. Ich wollte heute einen neuen Vorrat bei unserem Apotheker besorgen.«

»Können Sie uns die Scherben dieser Fläschchen zeigen?«

Eine präzise Frage, die keine Ausflucht erlaubte. Nicolas war überzeugt, den Finger auf eine wunde Stelle gelegt zu haben, die vielleicht in keinem Zusammenhang mit dem Fall stand, Eugénie jedoch ganz offensichtlich aufs Höchste verunsicherte.

»Ich habe sie in die Senkgrube geworfen, aus Furcht, jemand könnte sich verletzen«, erwiderte sie. »Und damit Madame sich nicht aufregt, schließlich bin ich für ihre Ruhe verantwortlich.«

Diese geschickte Rechtfertigung erübrigte jeden Kommentar. Schön, dachte Nicolas bei sich, eine Kämpferin, geübt im Erfinden von Auswegen aller Art, die es verstand, sogar ihre Verunsicherung als Stärke zu nutzen. Er wechselte das Thema. »Was können Sie uns über Jean Missery sagen?«

Eugénies Gesicht überzog sich mit leichter Röte. »Ich bin Kammerfrau, er ist Maître d'hôtel. Wir hatten ganz verschiedene Aufgaben, die uns voneinander fernhielten. Und über ihre direkten Bediensteten gebietet Madame selbst. Es kam allerdings vor, dass er uns zurechtwies.«

»Weswegen?«

»Was weiß ich? Kerzengeschichten. Dass unsere Herrschaft uns ihre Macht spüren lässt, ist eine Sache, aber Dienstmädchen eines Dieners zu sein, das geht wirklich zu weit.«

Bourdeau, der hinter Eugénie stand, begleitete ihren Temperamentsausbruch mit einem vielsagenden Zwinkern.

»Gut, gut«, sagte Nicolas. »Ich nehme an, dass dies die häufigen und normalen Animositäten sind, die in den großen Häusern an der Tagesordnung sind. Und das Opfer? Ihre Meinung? Sie arbeitete wie Sie für Madame, Sie kannten sie gut. Vermutlich war sie Ihre Freundin, und Sie hatten ähnliche Interessen.«

Diesmal verzog Eugénie verächtlich das Gesicht. »Es steht Ihnen frei, das zu denken! Wie könnte ich etwas gemeinsam haben mit dieser eingebildeten Person, deren Arbeit teilweise darin bestand, in Madames Appartement die Eimer zu leeren und die Parkettböden zu schrubben? Sie ist auf Empfehlung des armen Missery hergekommen. Gott allein weiß, wie sie ihn kennengelernt hat. Alles an ihr deutete darauf hin, dass sie aus der Gosse kam. Sie hatte ihn bestimmt um den kleinen Finger gewickelt. Dass sie eingestellt wurde, war eine abgekartete Sache, auf die unser Maître d'hôtel reingefallen ist. Sie hatte ihm den Kopf verdreht, und er hat das Vertrauen von Monseigneur ausgenutzt, um Madame ein derartiges Mädchen unterzujubeln. Wenn sie sich ihm gegenüber wenigstens anständig benommen hätte! Nicht einmal das tat sie. Denken Sie nur, Monsieur le Commissaire, sie empfing hier, im Hôtel Saint-Florentin, einen Liebhaber. Und sie ging nachts aus, obwohl Madame von uns ein absolut solides und geregeltes Leben verlangt. Dabei hatte sie hier im Haus den verwitweten Maître d'hôtel am Haken, einen so guten und vertrauensseligen Mann. Aber sie hatte keinen Respekt vor ihm.«

»Kurzum, Sie beschreiben Marguerite Pindron als die Geliebte von Jean Missery?«

»Ich beschreibe nicht, ich behaupte. Erkundigen Sie sich. Er war zum Gespött des Hauses geworden. Das hatte er nicht verdient – nicht er, der …«

Sie hatte eigentlich noch etwas sagen wollen.

»Der?«

»Das ist meine Sache.«

»Halten Sie ihn für fähig, sich selbst zu bestrafen?«

»Er war ein impulsiver Mensch, jähzornig und manchmal zu irrationalen Handlungen fähig. Bei ihm war alles irgendwie extrem.«

»Noch eine letzte Sache«, sagte Nicolas. »Was meinten Sie, als Sie zu Ihrer Herrin sagten: ›Das musste ja so kommen.‹«

Eugénie hob gleichermaßen energisch wie provozierend den Kopf. »Dass Lasterhaftigkeit verhängnisvolle Konsequenzen hat, genau wie Gott uns lehrt.«

Nicolas musterte sie. »Ich sehe, dass wir uns in einem sehr religiösen Haus befinden. Danke für ihre Auskünfte.«

Hastig zog sie sich zurück, rempelte dabei Bourdeau ohne ein Wort der Entschuldigung an. Die beiden Polizisten sahen sich an, jeder sortierte für sich seine Eindrücke.

»Eine starke Persönlichkeit mit einem spröden Charme und einem wunderschönen Teint«, war die Meinung des Kommissars.

»Ich bin weniger elegisch«, konterte der Inspektor. »Auf mich wirkt sie nicht, als könnte sie kein Wässerchen trüben. Mein Eindruck: Selbstbeherrschung, Meisterin in der Kunst der Andeutung, Hass auf das Opfer, Bewunderung für Missery. Achtung: Von der Bewunderung zur Liebe ist es manchmal lediglich ein kleiner Schritt … Und dieser Schritt ist vielleicht gemacht worden.«

»Das habe ich ebenfalls bemerkt, dazu eine Menge anderer Widersprüche«, bestätigte Nicolas. »Er ist ein Mann, dessen Autorität verachtet wird, während seine Erscheinung, Güte und Vertrauenswürdigkeit gepriesen werden. All diese Bemerkungen sind nicht grundlos vorgebracht worden, und ich würde wetten, dass andere uns durchaus etwas über die Beziehungen zwischen der Kammerfrau und dem Maître d'hôtel zu sagen haben. Ich schließe nicht aus, dass mehr dahintersteckt. Holen Sie diese Jeannette herein. Sie ist im Vorzimmer, nehme ich an. Ich hoffe, dass sie weniger unter irgendeinem Einfluss steht.«

Gleich beim Eintreten erkannte er, dass die junge Kammerzofe verunsichert war. Ihre verstörte Miene, ihr tränenüberströmtes Gesicht und ihre Hände, die ein Taschentuch zerknüllten, verrieten panische Angst, die durch nichts gerechtfertigt war. Zumindest nicht durch die Aufforderung, zu einer Vernehmung zu kommen. Nicolas hatte Mitleid mit ihr, sie war fast noch ein Kind.

»Meine Tochter«, begann er in väterlichem Ton, »wir brauchen deine Hilfe. Wie heißt du, und wie alt bist du?«

»Jeannette«, murmelte das junge Mädchen mit ersterbender Stimme. »Jeannette Le Bas. Ich wurde in Yvetot in der Normandie geboren und bin siebzehn.«

»Seit wann bist du hier im Dienst?«

»Seit zwei Jahren, Monsieur. Seit dem Johannistag.«

»Setz dich und hab keine Angst. Erzähl mir, was passiert ist.«

Sie sah sich mit dem Blick eines in die Falle gegangenen Tieres um.

»Ich habe nichts zu sagen ... Monsieur, bitte, man kann uns hören.«

»Na, na, keine Kindereien.« Bourdeau ging zu den Türen und öffnete sie. »Siehst du, da ist niemand, der uns belauscht. Was erschreckt dich so?«

Sie hob den Kopf und begann zu reden wie ein Wasserfall. »Niemand. Es ist einfach so, dass ich Derartiges nicht gewohnt bin. Heute Morgen hab ich Lärm im Zimmer von Madame gehört, und da ...«

»Warte, nicht so schnell. Wo schläfst du?«

»Meist auf einer Liege in der Garderobe.«

»Hat dieser Raum eine Öffnung?

»Ja, Monsieur. Ein Fenster zum Ehrenhof.«

»Und hat deine Herrin dich geweckt?«

Jeannette errötete verlegen. »Na ja, sie hat ihren Nachtstuhl benutzt, der in der Garderobe steht.«

»Um welche Uhrzeit ungefähr?«

»Weiß ich nicht, es war noch dunkel. Irgendwann ist dann Eugénie gekommen und hat so geschrien, dass ich ihre Worte kaum verstanden hab.«

»Was hast du gehört?«

»Dass Schreckliches passiert ist. Sie stotterte was von Blut und von einem Messer. Da bekam ich solche Angst, dass ich mir die Ohren zugehalten hab.«

»Und danach?«

»Madame legte sich wieder hin. Ich hab mich nicht gerührt und gewartet, dass sie nach mir verlangt. Was sie gegen Mittag tat.«

»Ich möchte mir einer Sache sicher sein.« Nicolas sah ihr ernst ins Gesicht. »War deine Herrin wirklich wach, als Eugénie aufgetaucht ist?«

»Sehr wach, ich hatte sie ja gerade erst in der Garderobe gesehen. Was hab ich gesagt? Was Falsches? Mein Gott, beschützen Sie mich! Ich will meine Stellung nicht verlieren.«

»Du wirst nichts verlieren, wenn du uns die Wahrheit sagst. Das verspreche ich dir. Kanntest du Marguerite?«

»Na klar.« Jeannette zog die Nase hoch. »Sie war sehr nett und lieb zu mir. Sie wollte mir sogar Lesen und Schreiben beibringen. Ich mochte sie, vielleicht sollte ich das besser nicht sagen.«

»Warum nicht?«

»Madame und Eugénie hielten sie für ein schlechtes Mädchen.«

»Und was ist deine Meinung?«

»Ich denke, dass sie viel Unglück erlebt hat, aber ein gutes Herz hatte. Alles andere kann ich nicht beurteilen.«

»Hat sie sich dir anvertraut?«

»Sie sagte, sie hätte es satt, das Ganze.«

»Ihre Arbeit?«

»Nicht bloß die. Vor allem, wie ihr Liebhaber sie behandelte.«

»Jean Missery?«

Das junge Mädchen riss erstaunt die Augen auf und begann zu zittern. »Nein, nicht der! Der junge Kerl, der sie in manchen Nächten besuchte.«

»Kennst du seinen Namen?«

»Nein, sie nannte ihn Aide.«

»Aide? Das ergibt keinen Sinn. Bist du dir sicher?«

»Ja.«

»Und was war mit dem Maître d'hôtel?

»Oh! Er verfolgte sie ständig und ...«

Plötzlich wurde sie von einem anfallartigen Zittern überfallen, warf ihren Kopf nach hinten, und ihre Glieder verkrampften sich. Mithilfe von Bourdeau legte er sie auf eine Bank. Nach und nach ließen die Krämpfe nach, und sie war wieder klar bei Verstand und wunderte sich, die beiden Männer über sich gebeugt zu sehen.

»Mein Kind«, wandte Nicolas sich an sie, »du musst dich ausruhen. Beruhige dich, es kann dir nichts geschehen. Ich habe versprochen, auf dich aufzupassen, und ich halte mein Wort. Pierre, seien Sie so liebenswürdig, sie zu begleiten.«

Als er allein war, dachte er nach. Gewiss, seine Ermittlungen machten Fortschritte, gleichzeitig schien der Fall immer komplexer, immer undurchsichtiger zu werden. Die Wege, die zur Wahrheit führten, konnten ganz schön unerforschlich, weil verworren und widersprüchlich sein. Warum hatte der epileptische Anfall die arme Jeannette so brutal gepackt, als er den Maître d'hôtel erwähnt hatte? Anscheinend ließ Jean Missery die Frauen und

Mädchen des Hôtel Saint-Florentin nicht gleichgültig? Er nahm sich vor, mit seinem Freund Semacgus darüber zu sprechen. Frühere Gespräche über seltsame Fälle von Mädchen, die Anfällen dieser Art ausgesetzt waren, fielen ihm ein. In diesem Moment tauchte Bourdeau wieder auf, gefolgt von einem jungen Mann mit Watschelgang und einem pickligen Gesicht. Seine Stirn war schweißbedeckt. Er zog an den Aufschlägen seiner Leinenjacke, als versuchte er, sie zu schließen.

»Sie sind Jacques Despiard, der Küchenjunge?«, begann Nicolas seine Vernehmung ohne Vorwarnung. »Wie alt sind Sie?«

»Ich bin fünfundzwanzig.«

»Unter welchen Umständen haben Sie die Leichen entdeckt?«

»Ich öffne morgens oft die Küchenräume und mache Feuer in den Herden und Kaminen der Fleischküche. Man muss wissen, dass es eine gewisse Zeit braucht, um eine gute Glut zu erzielen und vor allem den Rauch abzuleiten. Mit Rauch kann man nicht arbeiten. Ich fange immer in dieser Küche an, dort braucht das Feuer am längsten, bis es richtig brennt. Als ich heute Morgen hineinging, habe ich gleich all das Blut und die beiden Körper gesehen.«

Er fuhr sich mit der Hand über das Gesicht, als wollte er eine grauenvolle Vision verscheuchen. Nicolas nutzte diese Pause.

»Es war also hell in der Küche?«

Der junge Bursche wurde unsicher. Verwirrt sah er abwechselnd den Kommissar und den Inspektor an, als suchte er Hilfe oder Inspiration.

»Verstehen Sie meine Frage? Um welche Uhrzeit öffneten Sie die Küchenräume?«

»Um sechs Uhr, glaube ich.«

»Gut. Es war also Nacht.«

»Wenn Sie das sagen.«

Bourdeau mischte sich gereizt ein. »Monsieur le Commissaire sagt gar nichts. Sie stehen unter Verdacht, und wir wären Ihnen dankbar, wenn Sie sich erinnern würden.«

»Der Inspektor hat recht. Wie konnten Sie die Körper um sechs Uhr morgens sehen, zu dieser Jahreszeit?«

»Hatten Sie einen Kerzenleuchter?«, fragte Bourdeau.

»Das weiß ich nicht mehr ..., ich weiß nichts. Sie verwirren mich. All dieses Blut ... Hören Sie auf!«

»Beruhigen Sie sich. Wir werden darauf zurückkommen, sobald Sie sich wieder gefasst haben. Erzählen Sie mir lieber zunächst von dem Opfer.«

Jacques' Augen leuchteten trotz der Tränen auf. »Sie war so schön und hatte immer ein nettes Wort für einen. Was für ein Ungeheuer!«

»Von wem sprechen Sie?«

»Na, von dem Maître d'hôtel, diesem Missery. Er hat sie getötet, dabei sagte man ...«

»Was sagte man?«

»Nichts.«

»Sie müssen begreifen, dass dieses untaugliche Spiel von Zögern und Verschweigen Sie auf das Stroh eines Kerkers im Châtelet bringen könnte, wo es andere Mittel gibt, Sie zum Reden zu bringen. Also, was haben Sie über Missery zu sagen?«

»Er war richtig bösartig, legte sich mit allen an und stellte uns Fallen, damit wir hineintappten und er uns auf die Straße setzen konnte. Vermutlich um uns durch seine Protegés zu ersetzen. Er hatte sogar Monsieur Charles gedroht.«

»Dem Kammerdiener?«

»Ja, Monsieur le Commissaire. Charles Bibard. Missery wollte ihn bei Monseigneur denunzieren wegen des Weiterverkaufs der Kerzenstummel und Leuchter des Hauses.«

»Vielleicht war er einfach ehrlich und duldete gewisse Auswüchse nicht.«

Entrüstung breitete sich auf dem geröteten Gesicht des Burschen aus. »Er und ehrlich! Ausgerechnet er, der Geschäfte mit allen Lieferanten machte und eine Provision bei jeder Lieferung kassierte – damit sparte er sich ein hübsches Sümmchen zusammen. Als hätte ihm das Vermögen seiner Frau nicht gereicht. Vielleicht hat er ihr nachgeweint, was ihn jedoch nicht gehindert hat, sich ganz schön zu trösten.«

»Was wissen Sie über dieses Erbe?«

»Das, was alle sagen. Seine Frau hatte ihm per Testament ihr ganzes Vermögen vermacht, wobei es nach Misserys Tod an ihre Familie zurückfallen sollte. Außer natürlich, er würde noch einmal heiraten und Kinder kriegen.«

»Ich danke Ihnen für Ihre Angaben, wir werden uns wiedersehen.«

Während der Küchenjunge davonlief, als wären hundert Teufel hinter ihm her, erschien Provence.

»Monsieur le Commissaire, der Arzt lässt Ihnen ausrichten, dass Monsieur Missery das Bewusstsein wiedererlangt hat.«

Nicolas und Bourdeau eilten hinter ihm her in das Zwischengeschoss des anderen Flügels und fanden den Maître d'hôtel in seinem Bett sitzend vor, von Kissen gestützt und den Oberkörper mit Streifen seines zerrissenen Hemdes verbunden. Seine

Augen waren geschlossen, und sein Kopf war auf die Brust gesunken. Docteur de Gévigland fühlte seinen Puls, während er ihm mit der anderen Hand ein Riechfläschchen unter die Nase hielt.

»Ich dachte, Ihr Patient habe das Bewusstsein wiedererlangt.«

»So sah es auch aus, aber kaum war er bei Bewusstsein, ist er erneut in Ohnmacht gefallen. Ein kleiner Rückfall. Anscheinend hat er Mühe, den Schlaf endgültig abzuschütteln und aufzuwachen.«

Mit einem Mal nieste der Patient, öffnete die Augen und schloss sie gleich wieder, geblendet vom Licht. Stöhnend tastete er mit der Hand nach seiner Verletzung, als er zusätzlich einen Hustenanfall erlitt. Erst als ihm das Atmen leichter fiel, beruhigten sich seine Atemzüge. Währenddessen inspizierte Bourdeau das Zimmer bis in alle Winkel, und als der Arzt ihm den Rücken zuwandte, nahm er, Nicolas zuzwinkernd, mehrere Gegenstände aus einer Schublade der Kommode an sich. Sein Assistent war wirklich einmalig, dachte Nicolas, er versäumte keine Gelegenheit, die Ermittlungen diskret und manchmal eigenmächtig voranzutreiben. Missery starrte erstaunt die über ihn gebeugten Gesichter an.

»Ich habe Schmerzen«, sagte er mit belegter Stimme.

Nicolas schnupperte, ein merkwürdiger Geruch drang aus dem Mund des Verletzten.

»Was machen Sie in meinem Zimmer?«, fragte der Maître d'hôtel erstaunt. »Was ist los?«

Die grauen Barthaare, die ihm wuchsen, ließen sein abgespanntes Gesicht älter wirken, was seine Glatze noch verstärkte, die nicht mehr als ein schütterer Haarkranz umrahmte. Seine

Blicke wanderten von einem zum anderen wie die eines verängstigten Tieres. Er biss sich auf die Lippen, wodurch er den Eindruck erweckte, sein noch von den Nebeln der Ohnmacht umhüllter Geist würde intensiv nachdenken.

»Mein Lieber«, sagte der Arzt, »es ist an Ihnen, uns aufzuklären. Man findet Sie ...«

Nicolas packte ihn am Arm, um ihn am Weiterreden zu hindern. ... im Schlaf und verletzt. »Mein Name ist Le Floch, ich bin Commissaire im Châtelet. Können Sie uns erklären, was mit Ihnen geschehen ist?«

»Leider kann ich mich nicht erinnern«, erwiderte der Maître d'hôtel. »Ich bin sehr spät schlafen gegangen, und jetzt sind Sie da: Hat mich jemand angegriffen, während ich schlief?«

»Kommen Sie«, ermahnte Nicolas ihn, »strengen Sie sich ein wenig an, sammeln Sie Ihre Gedanken und erzählen Sie uns in allen Einzelheiten, was Sie am vergangenen Abend gemacht haben.«

»Monseigneur war abwesend. Er befand sich in Versailles, beim König. Madame, die indisponiert war wie so häufig, hat kaum etwas gegessen. Gegen elf bin ich, nachdem ich eine Runde durchs Haus gemacht hatte, in mein Zimmer gegangen, um mich schlafen zu legen.«

»Waren Sie vorher in den Küchenräumen?«

»Nein.« Der Mann ließ keine besondere Gefühlsregung erkennen. »Ich hatte keinen Grund dazu, die Feuer waren seit Samstag erloschen. Deshalb bin ich gleich auf mein Zimmer gegangen.«

»Mit einem Kerzenleuchter in der Hand?«

»Ja, dem Leuchter, den Sie dort auf dem Schreibtisch sehen.«

»Und dann?«

»Ich habe mich ausgezogen, habe die Kerze ausgeblasen und bin eingeschlafen.«

»Die Kerze steckte im Leuchter?«

»Natürlich.«

»Wo befand er sich?«

»Dort.«

Er deutete auf einen Nachttisch mit Intarsien zu seiner Linken, der halb von den Vorhängen des Bettes verdeckt wurde.

»Und wie ist er auf den Schreibtisch gekommen?« fragte Nicolas. »Haben Sie ihn dorthin gestellt?«

Missery schüttelte den Kopf.

»Sie, Doktor?«

»Sicher nicht.«

»Fahren Sie fort«, forderte Nicolas den Verletzten auf.

»Ich bin eingeschlafen.«

»Und Sie haben niemanden empfangen?«

Er bemerkte ein unmerkliches Zögern in der Art, wie der Maître d'hôtel antwortete. »Niemanden.«

»Doktor«, sagte Nicolas, »kann ich Sie einen Augenblick unter vier Augen sprechen?«

Er zog ihn in den Korridor. »Hat diese Verletzung, die Sie als nicht schlimm bezeichnen, Ihrer Meinung nach zu einem großen Blutverlust geführt?«

»Es ist seltsam, dass Sie mich das fragen«, erwiderte der Arzt. »Als ich vorhin den Verband erneuerte, habe ich den Schnitt nochmals untersucht. Keine wichtige Ader und kein wichtiges Gefäß sind verletzt worden. Es hat keine nennenswerte Blutung gegeben. Im Übrigen weist seine Hose kaum Blutspuren auf«.

»Das hatte ich ebenfalls bemerkt. Woher rührt also diese Bewusstlosigkeit?«

»Oh, machen Sie sich wegen dieses Details nicht allzu viele Gedanken. Manche sensible Naturen werden bei der geringsten Lappalie ohnmächtig. Warum auch immer. Zumindest scheint sich unser Mann nicht bewusst zu sein, wie ernst die Situation ist, und reagiert überhaupt nicht wie jemand, der einen Selbstmordversuch unternommen hat.«

Sie kehrten ins Zimmer zurück.

»Wie kommt es, Monsieur«, sagte Nicolas, »dass Sie kein Nachthemd tragen?«

Der Maître d'hôtel betastete sich, als entdeckte er erst jetzt, was er wirklich trug.

»Das ist mir schleierhaft. Ich habe gestern Abend ein frisch gebügeltes Nachthemd angezogen.«

»Wir haben es nirgends gefunden«, erklärte Bourdeau.

Missery schien diese Feststellung zu erschrecken.

»Monsieur«, schaltete sich Nicolas ein, »in welcher Beziehung standen Sie zu Marguerite Pindron, der Kammerzofe der Duchesse de La Vrillière?«

Zum ersten Mal seit Beginn der Vernehmung hob der Mann den Kopf in einer Art unterdrückter Wut.

»Sie war meine Geliebte. Man wird es Ihnen ohnehin sagen, und ich fordere jeden heraus, der …«

»Der was?«, hakte Nicolas nach.

»Ich weiß nicht.«

»Jean Missery, man muss den Tatsachen ins Auge blicken. Sie werden beschuldigt und verdächtigt, Ihre Geliebte Marguerite Pindron ermordet und versucht zu haben, sich selbst zu töten, um sich der gerechten Strafe für dieses Verbrechen zu entziehen. Sie befinden sich ab sofort in den Händen der Justiz. Da ihr Zustand es erlaubt, werden Sie auf meinen Befehl in das Gefängnis im Châtelet gebracht, um dort die Entscheidung des Lieutenant criminel und die Untersuchung Ihres Falles abzuwarten. Diese Festnahme erfolgt unabhängig davon, wie das Urteil über Ihre Taten letztlich ausfallen wird, sie gehört zu den notwendigen Vorsichtsmaßnahmen bei einer Bluttat. Ich kann Ihnen versichern, dass wir alles unternehmen werden, um die Tatsachen und die Vermutungen zu überprüfen und zu einer abschließenden Beurteilung zu kommen.«

Je länger er Nicolas' Worten zuhörte, desto mehr sackte Missery in seinem Bett zusammen, schluchzte und war bald nicht mehr als ein händeringendes Häufchen Elend.

»Bourdeau«, wies Nicolas seinen Assistenten an, »man rufe die Polizisten, um diesen Mann in Fesseln abzuführen.«

Der traurige Fall eines Verdächtigen, der in seinem Kerker Selbstmord begangen hatte, fiel ihm wieder ein, und er würde die Wärter eingehend instruieren, worauf sie zu achten hatten, damit sich ein solches Drama nicht wiederholte.

Monsieur de Gévigland und Bourdeau halfen Missery aufzustehen. Man zog ihm seinen Anzug an, den Nicolas für einen Augenblick aufmerksam betrachtete, während Bourdeau seine Schuhe inspizierte und dem Maître d'hôtel half, sie anzuziehen. Der Polizist, der an der Tür Wache stand, rief seine Kollegen herbei, und der Verdächtige wurde unter strenger Bewachung durch die Männer des Châtelet abgeführt.

Nicolas wandte sich an den Arzt. »Monsieur«, sagte er, »ich danke Ihnen für Ihre wertvolle Hilfe und Ihre so hilfreichen

Bemerkungen. Wir werden sicher später noch Ihre Aussage brauchen.«

»Zu Ihren Diensten, Monsieur le Commissaire. Ich versichere Ihnen, dass ich Ihnen jederzeit zur Verfügung stehe. Im Übrigen wäre ich geehrt und erfreut, wenn Sie an einem Tag Ihrer Wahl zum Mittag- oder Abendessen zu mir kommen würden. Ich wohne in der Rue Saint-Honoré, vor dem Kloster der Kapuziner. Meine Frau und ich würden uns glücklich schätzen, Sie künftig zu den Stammgästen unseres Hauses zählen zu dürfen.«

Er hüllte sich in seinen Mantel, setzte seinen Zweispitz auf, verbeugte sich und ging hinaus. Als der Arzt gegangen war, deutete Bourdeau eine Verbeugung an.

»Die Komplimente gebühren Ihrem Rang. Kaum sieht man Sie, errät man ihre edle Abstammung. Gévigland ist Ihnen ins Netz gegangen, Monsieur le Marquis.«

Nicolas reagierte nicht auf diese Bemerkung, die sein Freund sich nicht hatte verkneifen können, wobei seine Qualitäten zum Glück seine Fehler ausglichen, sodass die Bilanz günstig ausfiel. Außerdem trug dazu bei, dass sein Inspektor ihm wirklich ergeben war und ihm zweimal das Leben gerettet hatte. Er war sogar bereit gewesen, dafür seine Karriere aufs Spiel zu setzen, und hatte es hingenommen, gemeinsam mit Nicolas in Ungnade zu fallen. Ein Erlebnis, das sie noch stärker zusammengeschweißt hatte. Desungeachtet fragte er sich, welcher aufgestaute Groll, welche unbewältigte Bitterkeit diese Anfälle von Bissigkeit auslösten, die Bourdeau nicht zu kontrollieren imstande zu sein schien. Der tragische Tod seines Vaters, der während einer königlichen Jagd von einem Wildschwein zerfleischt worden war, erklärte nicht alles.

Eher war es das grausame Wechselspiel von Wertschätzung und Verachtung, das eine Gesellschaft prägte, die auf den Privilegien der Geburt gründete und das ihm absolut unerträglich war. Womöglich mischte sich auch ein Hauch besitzergreifender Eifersucht auf diejenigen hinein, die sich Nicolas andienten und vor ihm katzbuckelten. Ihre servilen Aufmerksamkeiten widerten den Inspektor an, dem so etwas nicht lag und der Nicolas gerne in der Weise freundschaftlich verbunden wäre wie Noblecourt, La Borde und Semacgus. Vielleicht sollte er sich dazu durchringen, mit Bourdeau darüber zu sprechen. Irgendwann, nicht jetzt. Nicht, wenn sie mitten in einer komplizierten und anstrengenden Ermittlung steckten.

»Haben Sie die Schuhe gesehen?«, fragte Bourdeau. »Nicht die geringste Spur von Blut. Nichts. Sauber und gewachst.«

»Unter Umständen sind sie geputzt worden, wir müssen uns danach erkundigen.«

Nicolas notierte etwas in seinem kleinen schwarzen Heft und fragte Bourdeau nach der Uhrzeit.

»Das dachte ich mir, es ist bereits spät. Was nichts daran ändert, dass wir heute noch alle Zeugen befragen müssen. Wir werden uns die Aufgabe teilen. Ich übernehme den Schweizer, und Sie werden ein wenig mit dem Concierge plaudern. Anschließend werden wir Bilanz ziehen.«

In der Dunkelheit des Korridors trafen sie auf Provence, der dort auf sie wartete. Nicolas hatte erneut den Eindruck, dass er ihnen nicht von der Seite wich. War das Teil seiner kriecherischen Beflissenheit, oder befolgte er den Befehl seines Herrn, jeden ihrer Schritte zu kontrollieren? Er zeigte Bourdeau die Tür zum Zimmer des Concierge, bevor er Nicolas über eine schmale Treppe nach unten zum Wachraum des Schweizers unmittelbar hinter dem Eisentor im Durchgang zum Hof führte. Der große Soldat mit den gebeugten Schultern hatte seine Perücke abgenommen, und sein kahler Schädel glänzte im Licht einer Kerze. Nicolas erinnerte sich, dass die größten Häuser der Stadt bevorzugt diese Hünen als Bewacher aussuchten.

»Sie wissen, wer ich bin, schließlich haben Sie mich vorhin empfangen. Wie heißen Sie, und wie alt sind Sie?«

»Pierre Miquete, ungefähr vierzig«, sagte der Mann, setzte seine Perücke auf und redete sogleich ungefragt weiter. »Also, was ich Ihnen sagen kann, ist, dass es einen lauten Schrei im Hof gab. Ich aß gerade meine Morgensuppe, in die ich übrig gebliebenes Brot hineinbröckele, das ich vom Küchenjungen bekomme. Ach so, der Schrei … Ich bin hingerannt und sah als Erstes Jacques. Jacques, den Küchenjungen, nicht Jacques, den Concierge. Alle schrien: ›Ein Mord! Ein Mord!‹«

»Alle?«

»Provence, Eugénie, der Concierge und Jacques.«

»War es mittlerweile hell?«

»Ich erinnere mich nicht. Die Aufregung, wissen Sie. Ich glaube …«

»Haben Sie die Körper gesehen?«

»Das hätte noch gefehlt! Ein Tropfen Blut, und ich werde ohnmächtig.«

Nicolas riskierte etwas, das manchmal erfolgreich war. »Waren Sie verliebt?«

Die Antwort kam schnell, ohne dem zu entsprechen, was er erwartet hatte.

113

»In dieses junge Ding? Sicher nicht. Ich muss Ihnen sagen, Monsieur le Commissaire, dass ich ein bisschen Geld habe, seit ich im Dienst von Monseigneur stehe. Ich brauche etwas Besseres als eine Straßendirne. Aber die will mich nicht. Sie haben alle ihm das Bett gewärmt. Ich hätte weinen können, und wenngleich ich vernarrt in Eugène bin, will sie nichts von mir wissen.«

»Von wem sprechen Sie?«

»Von Eugénie. Sie hat ein ausschweifendes Leben mit Missery geführt, bis er sie hat sitzen lassen. Dennoch beachtet sie mich nicht.«

Zum Teufel, dachte Nicolas, ohne es auszusprechen. »Und wo waren Sie heute Nacht?«

»In meinem Zimmer.«

Nicolas kehrte in sein Arbeitszimmer im Zwischengeschoss zurück. Er fragte sich, ob er den Duc schon jetzt über die ersten Ergebnisse informieren sollte. Nichts von dem, was er ihm berichten konnte, schien ihm geeignet, sein Interesse zu erwecken. Sollte er ihn mit einem Haufen seltsamer Details und widersprüchlicher Zeugenaussagen belästigen? Der Duc interessierte sich ebenso wenig wie Monsieur de Sartine für das Wie der polizeilichen Ermittlungen, er brauchte stichhaltige Argumente. Insofern war es zweifellos das Beste, sich fürs Erste bedeckt zu halten.

Nicolas vertiefte sich in die Betrachtung des Feuers. Im Geist kehrte er kurz in seine Kindheit zurück und sah sich wieder in Guérande, mit der Nase dicht an den Scheiten, die funkenstiebend zusammenbrachen. Die Nacht brach herein, als er wieder in die Wirklichkeit zurückkehrte. Dieses Haus war ein beklemmender Ort des Betrugs und des Hasses, der alle Zutaten für ein ausgemachtes Drama lieferte. Sämtliche Zeugen hatten Gründe, das Opfer zu hassen, und zugleich sprachen alle bis auf Eugénie geringschätzig vom Maître d'hôtel. War die Lösung überhaupt innerhalb der Mauern des Hôtel Saint-Florentin zu finden, fragte er sich und dachte an den geheimnisvollen Unbekannten, dessen blutige Spuren bis auf die Mauer oberhalb des Portals führten, von wo er sich vermutlich nach unten gehangelt hatte. Es sei denn, sie dienten dem Zweck, den Verdacht von den Bewohnern des Hauses abzulenken und den Ermittler auf eine falsche Fährte zu locken. Nicolas dachte lange nach. Als Bourdeau den Raum betrat, der noch schwach vom letzten Glimmen des erlöschenden Feuers erhellt wurde, saß er da, das Kinn auf die Hand gestützt und starrte ins Leere.

»Gute Jagd, Pierre?«

»Der Concierge, Jacques Blin, achtundzwanzig und gut aussehend, ein kleiner Dorfcasanova, war heiß auf die Kammerzofe«, erklärte der Inspektor. »Hat nichts gesehen, hasst Missery und die ganze Hausgemeinschaft. Dieses Haus sei eine wahre Kloake der Schlechtigkeit, sagt er.«

»Und sonst?«

»Sonst? Ein Kaninchenpfeffer von drei Tieren für einen einzigen Mann. Ich habe die Felle an seinem Fenster hängen sehen. Er hat mich gnädig davon kosten lassen.«

»Hat es Ihnen geschmeckt?«

»Die Sauce war ein wenig dünn. Sie blieb nicht am Fleisch haften.«

»Und welche Schlüsse ziehen Sie daraus?«

»Bei meinem Rezept vermischt man das Blut mit etwas Essig,

um das Kaninchenpfeffer im letzten Augenblick anzudicken und der Sauce die richtige Konsistenz zu verleihen. Egal, drei Kaninchen sind einfach zu viel für einen einzigen Mann.«

»Verfügt das Haus über einen Kaninchenstall?«

»Ja, im Innenhof.«

»Den werden wir uns anschauen. Weitere Entdeckungen?«

»Sie haben sicherlich bemerkt, dass ich heimlich Gegenstände aus der Kommode des Maître d'hôtel entwendet habe. Hier sind sie.«

Der Inspektor stellte zwei Dosen auf ein Tischchen. Nicolas beugte sich darüber. »Sieh mal an! Arabische Aphrodisiaka und Spanische-Fliegen-Pastillen. Sollte Monsieur Missery Potenzstörungen gehabt haben?«

»Und das ist nicht alles«, fügte Bourdeau hinzu. »In Marguerites Zimmer habe ich, versteckt in einem Wandschrank, ganze Säcke mit Kerzenstummeln und Leuchtern gefunden. Es gab durchaus Handel mit Diebesgut, und die Hauptschuldige war sie.«

»Drei Kaninchen für einen einzigen Mann, ein Don Juan, der Potenzmittel braucht, und Wachs in Hülle und Fülle! Unsere Untersuchung wird immer undurchsichtiger.«

IV

Verwirrung

Ab hoc cadavere quidquam mihi opis expetebam?
Welche Hilfe bietet mir dieser unbeerdigte Leichnam?

<small>CICERO</small>

An einem Tischchen im Zimmer von Monsieur de Noblecourt sitzend, verspeiste Nicolas seine dritte Scheibe Mainzer Schinken. Er schenkte sich ein weiteres Glas leichten Rotweins ein. Als er spät am Abend heimgekommen war, hatte Catherine diesen kräftigen Mitternachtsimbiss für den Hausherrn vorbereitet und wollte alles gerade in Noblecourts Zimmer tragen, als dieser Nicolas' Rückkehr bemerkt und ihn zu sich bestellt hatte. In seinem Alter schlief er wenig, sei es, weil die Schmerzen ihn wach hielten, sei es, dass er, halb im Schlaf, die glücklichen oder bitteren Erinnerungen seines Lebens an sich vorbeiziehen ließ.

Diese abendlichen Zusammenkünfte, bei denen Nicolas ihm vertrauensvoll sein Herz ausschüttete und sich aufmerksam seine stets klugen Bemerkungen anhörte, bereiteten ihm ein einzigartiges Vergnügen. Das Leben des ehemaligen Staatsanwalts beschränkte sich mittlerweile auf sein Haus, mit Ausnahme formeller Besuche, seiner täglichen Spaziergänge, die Tronchin, sein Genfer Arzt, ihm verschrieben hatte, und der wenigen großen Abendgesellschaften, an denen er seine Freunde mit Köstlichkeiten verwöhnte. Nachdem er den Schinken aufgegessen hatte, machte Nicolas sich über die Gimblettes à l'orange her, Kringel aus Marzipan mit glänzender Zuckerglasur.

Lüsterne Blicke richteten sich auf dieses Meisterwerk, der des Hausherrn, dessen halb offener Mund seine Gier verriet, und der von Mouchette, der Katze, die auf seinen Knien saß. Von den schwierigen Anfängen ihres Lebens hatte sie einen unstillbaren Appetit zurückbehalten, der vor nichts zurückschreckte und selbst an Speisen Geschmack fand, die von ihren Artgenossen eher verschmäht wurden. Der alte Hund wachte über seine junge Freundin, der er eine zweite Jugend verdankte, und brachte ihr sanft, aber bestimmt gute Manieren bei. Monsieur de Noblecourt hingegen schüttelte griesgrämig den Kopf, weil ihm diese Köstlichkeiten versagt waren, und schenkte sich stattdessen ein wenig bernsteinfarbenen Tee aus einer kleinen chinesischen Porzellankanne ein, die von einer doppelwandigen, mit heißem Wasser gefüllten Schale auf der idealen Temperatur gehalten wurde.

»Ach«, sagte er seufzend und nahm einen Schluck des Getränks, »jetzt bin ich auf die Diät des großen Königs gesetzt. Pflaumenmus und Salbeitee. Fagon, der Leibarzt des Königs, hätte nichts daran auszusetzen.«

»Mittags und abends essen Sie vermutlich üppiger«, bemerkte Nicolas süffisant.

»Sicher, aber die wundervollen Exzesse von früher sind vorbei! Eines Tages werden Sie erfahren, was es einen kostet, sich einschränken zu müssen.«

»Ja, beklagen Sie sich getrost! Die Welt geht über Sie hinweg und hinterlässt kaum Spuren. Wenn Sie den Versuchungen nicht nachgeben, werden Sie jung bleiben.«

»Elender Schmeichler. Erzählen Sie mir lieber von Ihrem Tag. Aber vorher muss ich Ihnen die Neuigkeit des Tages erzählen. Ein Freund von mir war zum Abendessen da ...«

»War das ein formelles Abendessen?«

»Ich habe mich zurückgehalten«, sagte Noblecourt lachend, »und er auch. Dieser Freund von mir kennt immer die neuesten Gerüchte aus Versailles, ganz zu schweigen von dem, was von den Botschaftern der ausländischen Höfe erzählt wird, und er glaubt, dass die Königin nicht sehr erfreut war, dass Monsieur de Sartine zum Minister der Kriegsmarine ernannt wurde. Sie protegierte ihn aus Rücksicht auf Choiseul, dessen Freund er war, und hätte ihn gerne als Nachfolger des Duc de La Vrillière gesehen, der das Amt eines Ministers der Maison du Roi inzwischen seit mehr als zwanzig Jahren ausübt. Wahrscheinlich hat Marie Antoinette sich etwas mehr Schwung für die Organisation des königlichen Haushalts gewünscht. Nebenbei hat sie bekümmert, dass dem ehemaligen Polizeipräfekten ein Amt zugewiesen wurde, das seinen Talenten so wenig entspricht.«

»Ich denke, La Vrillière ist nicht wirklich in Ungnade gefallen«, wandte Nicolas ein. »Es heißt zwar, der König nehme ihm übel, dass er überhaupt lebe, doch Maurepas ist sein Schwager, und das schützt ihn. Was Sartine betrifft, so empfehlen ihn seine Talente für alle Ämter, selbst für solche, die nicht unbedingt zu seinen Vorlieben zählen.«

»Gewiss«, stimmte der Staatsanwalt zu. »Ein weiteres Gerücht besagt, dass sich die Launen von Mesdames und vor allem von

Madame Adélaïde ständig verschlechtern, weil sie so wenig Vertrauen genießen und kaum mehr Einfluss haben. Die Königin soll keine günstige Meinung von ihnen haben, und es heißt, sie dulde die exzessive Überheblichkeit und die Prahlereien nicht, zu denen die Tanten des Königs sich bisweilen hinreißen ließen.«

»Mesdames sind schlecht gealtert«, bemerkte Nicolas. Wehmütig erinnerte er sich an die strahlende Amazone in Jagdkleidung von einst … Vierzehn Jahre waren seit seiner ersten Begegnung mit Madame Adélaïde, der Lieblingstochter von Ludwig XV., während eines stürmischen Ausflugs vergangen.

»Drittens«, fuhr Monsieur de Noblecourt fort, »deutet alles darauf hin, dass die Königin sich ihren beiden Schwägern gegenüber ebenso verhält. Der Comte de Provence, zurückhaltend und bedächtig, ja fast verschwiegen, benimmt sich recht rücksichtsvoll, der Comte d'Artois dagegen überhaupt nicht; er verfällt ständig in eine Vertraulichkeit, die er für erlaubt hält, weil sie bislang geduldet wurde. Und der König wird trotz seines strengen Lebens für sanftmütig und schwach gehalten. Diese Situation lässt viel Ärger befürchten.«

»Und, Sie sind der Überbringer all dieser Nachrichten?«

»Lachen Sie nicht, ein Pamphlet ist aufgetaucht, über dessen Autor man sich streitet. Verdächtigt wird der Sieur de Beaumarchais, der schließlich für derartige Ergüsse bekannt ist. Es richtet sich vor allem gegen Choiseul und die Königin, deren Entourage denunziert wird, sich an den ehemaligen Außenminister und seine politischen Winkelzüge verkauft zu haben.«

Er senkte die Stimme so sehr, dass die Katze beunruhigt zu miauen begann.

»Ruhig, Mouchette!«, schimpfte Noblecourt. »Man geht so

weit zu behaupten, der Staat sei verloren, wenn der König nichts gegen den Ehrgeiz und die Eitelkeit seiner Frau unternehme. Und das Hauptthema ist – halten Sie sich fest –, dass Ludwig XVI. angeblich keine Kinder zeugen könne und die Prinzen, seine Brüder, sich gegen eine neue infame Intrige wappnen sollten, für die Marie Antoinette sich womöglich benutzen lasse.«

»Das ist ein neuerlicher Beweis für die Vergiftung des Jahrhunderts und den daraus resultierenden Wust von Schandtaten, gegen die wir unermüdlich Schranken errichten und die sich stets als illusorisch erweisen«, empörte sich Nicolas.

»Ich fürchte, dass die bedauerlichen Verirrungen, die dem verstorbenen König zugeschrieben werden, Rädelsführern und Dunkelmännern aller Art den Weg geebnet haben«, meinte Noblecourt. »Unruhen, Skandale, Ungerechtigkeiten waren an der Tagesordnung und haben alles erschüttert. Sitten und Prinzipien waren beim Teufel, alles war ungewiss. Allein die Skrupellosen konnten sich halten angesichts einer schwachen Regierung und entwickelten einen Sinn für Intrigen und Kabalen, der sich mit einer geballten Gewalt äußerte, wie es sie in diesem Königreich nie zuvor gegeben hat. Die heiligsten Pflichten werden vergessen, und nichts wird mehr respektiert und vor den schlimmsten Gräueln geschützt.«

»Ihr Freund scheint gut informiert und daneben sehr verbittert zu sein«, sagte Nicolas, der sich an einem Kringel verschluckt hatte.

Nach einer Pause erklärte Monsieur de Noblecourt schließlich: »Ich verhehle Ihnen nicht länger, dass es der Maréchal de Richelieu war, der mich mit seinem Besuch beehrt hat. Er ist fast zwei Stunden geblieben.«

Nicolas dachte bei sich, dass der Duc de Richelieu, ein Großneffe des berühmten Kardinals und als Marschall von Frankreich ein angesehener Kriegsheld, derzeit weit weg vom Schuss war, obwohl er sich eifrig bemühte, in Versailles als Erster Kammerjunker akzeptiert zu werden. Abfuhren und Missachtung konnten ihn nicht schrecken: Er fuhr fort, dem neuen König seine Anwesenheit aufzudrängen, der indes durch ihn hindurchsah und ihm keinerlei Aufmerksamkeit schenkte. Unter diesen Umständen war es nicht überraschend, dass er sich seiner alten Freunde erinnerte, und Monsieur de Noblecourt, stets empfänglich für die Aufmerksamkeiten des Grandseigneurs, bot ihm die Gelegenheit, die Illusion seiner Wichtigkeit zu nähren.

Nicolas runzelte die Stirn. »Ich verstehe, der Maréchal schluckt seinen Ärger hinunter und erhofft sich unermüdlich etwas, das nicht mehr kommen wird. Wissen Sie, dass ein von ihm angestrengter Prozess sich vor unserem Gerichtshof, dem Parlament von Paris, dem immerhin seit der Verfügung des jungen Königs wieder die Gerichtsbarkeit unterliegt, sich endlos dahinschleppt?«

»Aus gutem Grund.« Noblecourt senkte erneut die Stimme. »Er wird von seinen Gegnern der Lüge und Bestechung von Zeugen bezichtigt. Es heißt, das Verfahren sei schrecklich und die Länge der Klageschriften unvorstellbar.«

Die Kerze in einem der Leuchter erlosch zischend und ließ das Zimmer im Halbdunkel versinken.

»Allzu wahr. Macht er denn wenigstens noch eine gute Figur?«

»Die Verbitterung über die ganze Geschichte schlägt ihm aufs Gemüt, und das macht ihn zunehmend unausstehlicher. Bis zum Überdruss wiederholt er die immer gleichen bitterbösen Spitzen und gibt manchmal unglaubliche Dinge von sich.« Noblecourt hob belehrend den Zeigefinger. »Ein falsches Wort sagt uns manchmal mehr als zehn schöne Sätze. Er hat sein ganzes Leben davon geträumt, in den Königlichen Rat aufgenommen zu werden. *Aut causa, aut nihil.*«

»Alles oder nichts, nur welches geistige Gebrechen lässt ihn glauben, dass er in seinem Alter noch eine Zukunft hat? Warum begnügt er sich nicht mit der Geschichte, die er mitgestaltet hat, mit seinen glanzvollen Siegen und dem damit verbundenen Ruhm?«

»Leider fehlen ihm zwei wesentliche Qualitäten: Tugend und eine Perspektive«, argumentierte der alte Staatsanwalt. »Er, der immer so besorgt um den Eindruck war, den er machte, sollte auf seine schlechte Laune und seine Kritik an den Schwächen der Zeit verzichten. Die ruhige Gelassenheit wohnt einzig in der Seele des anständigen Menschen, und der Maréchal ist alles andere als das. Aber kommen wir wieder zu Ihnen, erzählen Sie mir von Ihrem Tag.«

Monsieur de Noblecourt lehnte sich in seinem Sessel zurück, die Augen halb geschlossen. Mouchette, die nichts Anständiges zu fressen bekommen hatte, fing an, sich gründlich zu putzen, als Nicolas, sorgsam darauf bedacht, kein Detail auszulassen, da er auf die Intuition und den Scharfsinn seines alten Freundes hoffte, der ihm bereits öfter bei der Lösung eines Falles geholfen hatte, zu berichten begann. Als er fertig war, saß Noblecourt eine ganze Weile schweigend da, während Nicolas, den das Reden und das Salz des Schinkens durstig gemacht hatten, die Flasche Wein aus der Champagne leerte, einen hellen Roten, der von belebender Leichtigkeit war.

»Zunächst einmal Glückwunsch«, begann Noblecourt. »Ihre Entbindung vom Dienst, die sich unglücklichen Umständen verdankte, hat sich zum Guten gewendet. Viele würden sich das wünschen! Sie sitzen wieder im Sattel, und seien Sie versichert, dass Monsieur Le Noir, von dessen Aufrichtigkeit ich nach wie vor überzeugt bin, sein Vorurteil überdenken wird. Gebe der Himmel, dass der Fall, in den Sie da hineingezogen wurden, keine Falle ist, die die schönsten Hoffnungen erneut zunichtemacht! Sie schütteln den Kopf? Überlegen wir einmal. Er zieht Sie in ein Verbrechen hinein, das sein Haus und sein Personal betrifft. Seine Situation bei Hof ist nicht die beste, und lediglich seine Verwandtschaft mit dem Ersten Minister bewahrt ihn vor dem Exil, das mit jeder Woche bedrohlicher wird. Folgen Sie daher meinem Rat: Erstatten Sie Monsieur Le Noir immer ganz genau Bericht. Er wird es Ihnen danken, und Ihre gemeinsamen Interessen werden den Stürmen trotzen. Lassen Sie sich weiterhin in Versailles blicken und versuchen Sie, den König regelmäßig zu informieren. Was im privaten Bereich der Hofgesellschaft geschieht, kann ihn nicht gleichgültig lassen. Auf diese Weise halten Sie sich den Rücken frei und beugen jeder Eventualität vor.«

»Ich denke, das ist ein kluger und guter Rat, und ich werde ihn befolgen«, stimmte Nicolas zu.

»Was Ihren Fall betrifft, so ist er äußerst heikel. Solche, die das Personal betreffen, sind es stets. Das ist eine Welt, in der die Perfidie vorherrscht. Nehmen Sie die Kammerfrau und die Zofen: Frauen, die einer Herrin dienen, müssen sehr viel geschickter und flexibler sein als ein Mann in der gleichen Situation. Sie befinden sich in einer Situation schmeichelhafter Vertrautheit oder extrem demütigender Anhängigkeit. Wenn ein Domestik sich behaupten will, muss er stets eine Antwort parat haben, er darf keine Launen haben und muss Aufrichtigkeit heucheln. All das geht nicht ohne Falschheit und Täuschung. Ein vornehmes Haus ist ein Staat im Kleinen mit seinen Komplotten, seinen Bündnissen, seiner Heuchelei und bisweilen seiner demutsvollen Ergebenheit.«

Nicolas, der aufmerksam zugehört hatte, nickte, und Noblecourt sammelte sich einen Augenblick, bevor er zu sprechen fortfuhr.

»Und dann stellt sich noch eine wesentliche Frage. Warum wünschte der Duc de La Vrillière, dass Ihnen der Fall übertragen wurde? Er weiß, dass Sie momentan kaltgestellt sind, und ruft sie des ungeachtet zu sich. Warum? Hat er sich gedacht, dass alles käuflich ist und dass ein kaltgestellter Mann, der ein Verbrechen untersucht, das im Haus eines Ministers begangen wurde, die Augen vor gewissen Dingen verschließen könnte?«

»Halten Sie Saint-Florentin dessen für fähig?«

Der alte Staatsanwalt richtete sich auf und schlug mit den Händen auf die Lehnen. »Ich bin erstaunt, mein Lieber, dass Sie sich nach so vielen Jahren bei der Kriminalpolizei immer noch diese Naivität bewahrt haben, die Ihrem Herzen Ehre macht, Ihre Klarsicht hingegen trübt. Was wollen Sie? Ihr alter Freund ist es sich schuldig, den Advocatus Diaboli zu spielen, das Schlimmste ist stets möglich und kann nicht a priori ausgeschlossen werden. Erinnern Sie sich, wie bekümmert Sie waren, als ich Ihre Lage analysiert habe? Nicht, dass ich Sie für schuldig gehalten habe, doch um in Kenntnis der Sachlage das Wahre vom Unwahren zu unterscheiden, muss man sich von dem Gedanken verabschieden, dass man im Besitz der Wahrheit ist.«

Monsieur de Noblecourt überraschte Nicolas immer wieder. Dieser liebenswürdige Mann besaß eine erstaunliche Stärke und Autorität, wenngleich er sie eher selten offen zeigte.

»Um auf unser Opfer zurückzukommen«, spann er seine Gedanken weiter, »finden Sie heraus, woher es kommt, das rate ich Ihnen als Staatsanwalt. Es gibt Regeln für das Personal: Ein Domestik kann seine Stellung nicht antreten, ohne seinen Namen oder Beinamen, seinen Geburtsort und seine vorige Arbeitsstelle zu nennen. Er muss die Kündigung seines letzten Herrn vorlegen, darf nichts verheimlichen und kann ihn nicht ohne dessen Einwilligung und ohne ein Zeugnis verlassen. Die unverheirateten Bediensteten beiderlei Geschlechts dürfen ohne schriftliche Erlaubnis ihres Herrn nicht privat Zimmer mieten. Es ist ihnen verboten, Vagabunden oder verdächtige Leute zu empfangen oder ihnen ihre Unterkunft zur Verfügung zu stellen. Die Polizei, sofern sie nicht korrupt ist, hält sich an diese Vorgaben. Dort, wo sie umgangen werden, beginnt ein schwankendes, unsicheres Terrain, auf dem häufig merkwürdige Phänomene zutage treten. Die Tat ist selten sinnvoll, der Mut zur Lücke manchmal durchaus.«

Ein langes Schweigen folgte. Monsieur de Noblecourt seufzte zufrieden. Mit nach innen gerichtetem Blick schien er sein Leben zu analysieren.

»Ich bin ein glücklicher Mann, trotz allem und trotz meines Alters. Sterben ist keine große Sache, das Schwierigste ist, sich von den Menschen, die man liebt, und den Gegenständen, die einen umgeben, zu lösen. Mein Vater erzählte mir oft von den letzten Tagen des Kardinals Mazarin. Dieser fand die Kraft, sich von seinen Sammlungen zu verabschieden. Ach, meine Bücher, mein Kabinett, wer wird euch so ansehen, so begehren, wie ihr es von mir gewohnt seid?«

»Oh«, sagte Nicolas, »ich liebe Sie nicht wegen dieser Schwächen. In der Regel kündigen sie einen schlimmen Anfall an.«

»Das ist nichts als herbstliche Wehmut«, erwiderte der Staatsanwalt lächelnd. »Wie heißt es so schön bei Malherbe:

> *Aber könnte ich nicht dem Schicksal*
> *Gehorchen, dessen Kompass*
> *Eines jeden Abenteuer prägt …*
> *Was es bedeutet, mich mir selbst zu entreißen,*
> *Mich von euch zu trennen.*

Nicolas merkte, dass sein alter Freund müde wurde, was oft von einem Anfall von Trübsinn begleitet wurde, verabschiedete sich und ging in seine Gemächer. Mouchette folgte ihm, ein altes Paradekissen diente ihr als Lager neben seinem Bett.

Dienstag, den 4. Oktober 1774

Er erwachte, lange bevor das Tageslicht ins Zimmers fiel. Jeden Tag wiederholte sich die gleiche Geschichte, wenn Mouchette, noch schläfrig, jedoch hungrig und fordernd, auf das Bett ihres Herrchens sprang, um auf ihm herumzutappen. Mit ihrem Schnurren holte sie den Schläfer aus seinen Träumen, damit er ihr die Tür öffnete und sie mit hoch erhobenem Schwanz zu den Köstlichkeiten eilte, die Catherine, die immer als Erste aufstand und geräuschvoll das Feuer entfachte, für sie bereitzustellen pflegte.

Nicolas ließ es sich nicht nehmen, in den Hof zu gehen und

sich dort mit kaltem Wasser zu waschen. Es erinnerte ihn an seine Jugend, an den brutalen Schock, der ihm neue Energie gab. Anschließend ging er wieder hinauf, um sich zu rasieren und zu frisieren. Meist trug er sein Haar mit einem Band zusammengebunden, außer bei feierlichen Anlässen oder wenn er sich nach Versailles begeben musste.

An diesem Morgen beschloss er, einen langen Spaziergang an den Ufern der Seine zu machen und dabei in Gedanken seinen Tagesablauf vorzubereiten. Bourdeau würde ihn informieren, wann die Leichenöffnung stattfand. Vorher wollte er Monsieur Le Noir Bericht erstatten, einerseits um dessen Wunsch zu entsprechen und um sich damit andererseits gegen eine Zurechtweisung zu wappnen, weil der Polizeipräfekt sich übergangen fühlte. Er musste seinen Bericht geschickt auf möglichst neutrale Weise präsentieren, um niemandem zu nahe zu treten.

Eine helle Herbstsonne verschönerte alle Dinge, indem sie sie in ein strahlend goldenes Licht tauchte. Nicolas betrachtete die Gesichter der Passanten. Die Menge wogte um ihn herum und bescherte ihm zahlreiche flüchtige Begegnungen. Dieses Spiel faszinierte ihn ebenso wie das der kurz gewechselten Blicke, geschenkt, angenommen oder zurückgewiesen, Zeichen, dass alles möglich war. Ohne dass es ihm immer gelang, versuchte er, sich über jedes Gesicht ein moralisches Urteil zu bilden, Ausdruck seiner Freude am Sammeln von Seelen. Er räumte sie in eine Ecke seines Gedächtnisses, aufgespießt wie die Insekten in den Sammlungen des Jardin du Roi. Dabei wusste er um die Sinnlosigkeit dieses Ansatzes, da er die Verfolgung der Verbrecher nicht zu erleichtern vermochte. Der Lauf der Welt zeigte, dass die meisten Erscheinungen sich als Täuschungen und Illusionen erwiesen.

Er drehte sich für einen Augenblick um und betrachtete am Anfang des Pont-Neuf die Bronzestatue von Heinrich IV., die resolute Gestalt eines Steuermanns, der das Schiff der Stadt auf die offene See lenkte. Er passierte den Quai du Louvre, dann den Quai des Tuileries. Als er in Richtung Jardin weitergehen wollte, um zur Terrasse des Feuillants zu gelangen, erregte ein Menschenauflauf seine Aufmerksamkeit. Eine kleine, aufgeregte Menge drängte sich um eine Gestalt, die auf einer Bank an der Böschung lag. Er ging näher heran. Ein Spitzel, der regelmäßig in den Gärten patrouillierte, um die Unterhaltungen zu belauschen, informierte ihn sofort. Ein Binnenschiffer hatte etwas entdeckt, das im Wasser trieb, und mit seinem Bootshaken einen Körper herausgefischt. Ein Lastträger drehte die leblose Masse mit dem Fuß um, sodass das entstellte Gesicht eines alten Mannes sichtbar wurde. Die Zuschauer wichen entsetzt zurück. Das rechte Auge des Ertrunkenen war ausgestochen und der Augenbrauenbogen gebrochen. Nicolas nickte. Der Anblick war ihm vertraut, die meisten Binnenschiffer konnten nicht schwimmen und ertranken, sobald sie ins Wasser fielen. Und wenn es darum ging, einen Ertrinkenden zu retten und ihn erst mal über Wasser zu halten, passierte es leicht, dass der Haken im Auge oder an einer anderen empfindlichen Stelle des Kopfes landete. Selbst wenn das Opfer zunächst überlebte, vollendete der Bootshaken des Retters oft blutig, was Kälte, Angst und reißende Strudel nicht geschafft hatten.

Der Spitzel nahm die Sache in die Hand, sodass Nicolas weiter seines Weges gehen konnte. Er durchquerte den Jardin des Tuileries und erreichte die Place Louis-le-Grand und die Rue Neuve-des-Capucines, in der sich das Hôtel de police befand.

Dort begrüßte ihn der Hausdiener wie einen alten Bekannten und führte ihn sogleich in das Arbeitszimmer des Polizeipräfekten. Dass er so schnell empfangen wurde, war ein gutes Zeichen, zumal er überdies höflicher behandelt wurde als sonst. Allerdings registrierte er eine Spur von Unruhe. Monsieur Le Noir hatte vermutlich nicht erwartet, dass er seine Erwartungen so schnell erfüllte.

»Ich bin zu Ihnen geeilt, Monseigneur«, sagte Nicolas mit einer Verbeugung, den Zweispitz in der Hand, »um Ihrem Wunsch nachzukommen und Ihnen ordnungsgemäß Neuigkeiten zu überbringen, die Sie interessieren dürften.«

»Seien Sie versichert, mein lieber Commissaire, dass ich Ihren Pflichteifer und Ihre Schnelligkeit zu schätzen weiß. Ich nehme an, dass Ihre Beflissenheit den Fall betrifft, wegen dem der Minister sie durch meine Vermittlung zu sich hat rufen lassen?«

Le Noir betonte das Wort Vermittlung wie ein Schauspieler. Vermittlung war etwas übertrieben, dachte Nicolas bei sich, aber an irgendetwas musste sein Chef sich ja klammern, um sein Image aufzuwerten, das ein paar Kratzer abbekommen hatte. Immerhin hatte der Duc de La Vrillière ihn vermutlich letztlich sehr gegen den Willen des Polizeipräfekten aus der Verbannung geholt. Deshalb absolvierte Nicolas jetzt eine Übung, die er meisterhaft beherrschte und die ihm einst die Gunst von Ludwig XV. eingebracht hatte: erzählen, ohne zu langweilen, und die Beobachtungen dadurch suggestiv oder aufschlussreich zu machen, indem man sich auf das Wesentliche beschränkte. Er hielt sich streng an die Fakten und hütete sich wohlweislich, die verschiedenen Hypothesen zu erwähnen, die er und Bourdeau aufgestellt hatten.

Le Noir hörte ihm mit einem leicht gezwungenen Lächeln zu,

ohne Fragen zu stellen, und strich sich unaufhörlich mit der Spitze seiner Schreibfeder über die Wange. Ein Wust von Papieren bedeckte seinen Schreibtisch. Nicolas erinnerte sich wehmütig, wie der Schreibtisch zu Zeiten von Sartine ausgesehen hatte: nie mehr als ein Papier, dazu höchstens der Almanach royal des jeweiligen Jahres oder Perücken, aneinandergereiht wie zu einer Parade. Schließlich hob Le Noir den Kopf.

»Monsieur Le Floch, ich würde es begrüßen, wenn Sie mit Ihrem gewohnten Scharfsinn neben der Ermittlung in der Rue Saint-Florentin zusätzlich ein paar andere dringende Fälle untersuchen würden, die mir angesichts ihrer Bedeutung Bauchschmerzen bereiten und keinesfalls dem Erstbesten anvertraut werden dürfen.«

»Ich erwarte Ihre Befehle, Monseigneur«, erwiderte Nicolas knapp.

Le Noir räusperte sich. »Also, mir wurde soeben eine Depesche unseres Gesandten in Brüssel übermittelt, der unsere Aufmerksamkeit auf das Verschwinden zweier junger Mädchen aus guter Familie lenkt. Sie sind vor ein paar Tagen ihrer Mutter weggelaufen. Die eine ist zwanzig und die andere siebzehn. Die Ältere ist ein wenig pockennarbig ...«

Er vertiefte sich in das Dokument, während Nicolas sein Heft öffnete und zu schreiben begann.

»Gut, Sie haben recht, die Details zu notieren ... Was sagten wir? Ja, pockennarbig, gut gebaut, blaue Augen und schwarze Haare. Genauso wie die Jüngere, die allerdings hübscher und etwas größer ist. Beide sprechen Französisch und ziemlich schlecht Flämisch. Die Ältere beherrscht Englisch, die Jüngere so gut wie nicht. Sie verfügen über eine große Auswahl an Kleidung von guter Qualität. Die Rede ist von zwei Negligés aus Leinen, zwei bestickten Miedern aus Musselin, zwei Negligés aus gelber Seide, einem aus blau-grau gestreiftem Satin, einem Kleid aus weißem Wollstoff mit rotem Blumenmuster, einem aus braun-gelb kariertem Taft, einem weiteren aus gelbem Damast, zwei weißen Baumwollkleidern, zwei Négligés aus Baumwolle mit blauen Linien, schwarz-weißen englischen Hüten und Muffs aus rosablauem Satin. Es könnte jedoch sein, dass sie als Männer verkleidet sind. Sie wurden gesehen, wie sie die französische Postkutsche nahmen, und alles deutet darauf hin, dass sie nach Paris wollten. Danach verliert sich ihre Spur. Ich will mir die Gefahren gar nicht ausmalen, die ihrer Unschuld in der Hauptstadt drohen … Sehen Sie zu, was Sie tun können, und berichten Sie mir.«

»Wenn ich sie finde«, bemerkte Nicolas, »sollte man sie festsetzen, damit sie nicht mehr entwischen können.«

»Gewiss. Man wird sie in einem Kloster unterbringen, bis die Familie sie nach Hause holt. Wir werden mit unseren Leuten in Brüssel in Kontakt bleiben.«

Nicolas wollte sich schon verabschieden, als sein Chef ihn mit einer Handbewegung zurückhielt.

»Noch etwas. Wenn ich dem Glauben schenken darf, was Sartine über Sie gesagt hat, waren Sie lange Zeit für die Sicherheit des Königs und der königlichen Familie zuständig.«

»Der Anschlag Damiens auf den verstorbenen König hatte himmelschreiende Mängel bei der Überwachung offenbart«, gab Nicolas ausweichend zurück.

»Zufällig hat die Königin sich bei Seiner Majestät über die Anwesenheit geheimnisvoller Fremder im Garten des Trianon beklagt …« Er blickte auf seine Unterlagen. »Am zehnten August sind Claude Richard, der Obergärtner, und sein Sohn Antoine zwei Frauen begegnet, die merkwürdig gekleidet waren und eigenartige Kopfbedeckungen trugen. Ein Vertrauter der Königin hat die gleiche Begegnung gehabt. Der König hat mir gestern nach der Messe davon erzählt.«

Nicolas verzog missmutig das Gesicht. »Warum verständigt man uns so spät? In derartigen Fällen kann man allein durch sofortiges Handeln etwas ausrichten.«

»Was weiß ich?« Le Noir bewegte die Feder hin und her, die er nicht aus der Hand gelegt hatte. »Die Königin hat dem König davon erzählt, der zunächst die Achseln zuckte. Sie hingegen hat nicht lockergelassen. «

Waren etwa die Polizisten knapp geworden oder massenweise gestorben, dass an einem einzigen Tag alles ihm aufgebürdet wurde, fragte Nicolas sich verärgert. Wobei diese Angelegenheit erfreulicherweise bedeutete, dass er direkt mit der Königin zu tun haben würde.

»Außerdem«, fuhr Le Noir feierlich fort, »schicke ich Sie im Auftrag des Staates zu den Viehzüchtern im Faubourg Saint-Antoine außerhalb der Stadtmauern. Treffen Sie sich dort mit den wichtigsten von ihnen, um entsprechende Maßnahmen zu ergreifen. Das allgemeine Interesse verlangt diskretes und sofortiges Handeln, bevor irreparabler Schaden entsteht. Ich wiederhole, tun Sie Ihr Bestes, und zwar schnell. Sie müssen wissen, dass der König, der über die Situation informiert ist, die Sache persönlich verfolgt.«

Die Ermahnung wurde begleitet von einem Schlag mit der flachen Hand, während sein Gesprächspartner, der nicht das Geringste verstanden hatte, fand, dass ihm entschieden zu viel aufgehalst wurde. Wenn er wenigstens erkennen könnte, um was es bei dieser neuen Mission ging, mit der sein Chef ihn zu betrauen wünschte!

»Monseigneur, ich bin Ihr gehorsamer Diener und folge den Befehlen des Königs. Wenn ich Sie trotzdem bitten dürfte, mir genauer zu sagen ...«

»Ach!« Le Noir deutete lachend eine anmutige Verbeugung an. »Wie unbesonnen von mir. Ich sprach zu Ihnen wie zu mir selbst. Es ist so, dass unsere südlichen Provinzen von einer scheußlichen Seuche heimgesucht werden, die das Vieh vernichtet. Und sie tritt seit 1714 immer wieder sporadisch auf.«

»Ist es das, was man Milzbrand nennt?«

Le Noir sah ihn leicht erstaunt an. »Es scheint so. Diese Pest befällt nicht nur die Tiere, die medizinische Fakultät hat festgestellt, dass die Bevölkerung ebenfalls von ihr infiziert werden kann. Woher kommt sie, werden Sie fragen. Wie gelangt sie in unsere Provinzen? Diesmal hat sie zehn Meilen von Bayonne entfernt begonnen, in dem Dorf Villefranque, das wohlgemerkt nur dank der Gerbereien überlebt.«

»Dann wären die Tierhäute also die Ursache?«

Zum zweiten Mal blickte Le Noir Nicolas eindringlich an. »Sie denken schnell und richtig. Diese Häute, die meist aus Guadeloupe und manchmal aus Holland kommen, werden gewöhnlich im Hafen von Bayonne ausgeladen. Jedenfalls grassiert die Krankheit seit Jahren bei den Holländern, und auf unserer Karibikinsel hat sie mittlerweile den größten Teil des Hornviehs vernichtet. Daneben besteht ein zusätzliches Problem darin, dass die Kadaver von den Eingeborenen wieder ausgegraben werden, um an die Häute zu gelangen. Und diese verunreinigten

Häute stellen eine Gefahr dar für diejenigen, die sie bearbeiten.

Ein Brief des Pfarrers von Salce in der Diözese Mende in Gévaudan berichtet, dass zwei Abdecker innerhalb weniger Tage an Karbunkeln im Gesicht und monströsen Schwellungen am Kopf, am Hals und auf der Brust gestorben seien.«

»Und es gibt kein Medikament dagegen?«

»Man probiert, versucht, experimentiert. Die Direktoren der Écoles Royales vétérinaires haben eine Darstellung der Symptome verfasst, die frappierende Ähnlichkeiten mit den Beschreibungen aufweist, die sich in alten Schriften finden. Und daraus schließen unsere Gelehrten, dass wir auf diesem Gebiet nicht viel weitergekommen sind als zu Zeiten von Lukrez, Virgil und Ovid und dass es absolut notwendig ist, den Forschungsgeist unserer Physiker auf dieses wichtige Problem zu lenken. Die Medizin behauptet immerhin, einen Patienten mit einem Arzneitrank aus rotem Bourdeauxwein, Thériaque d'Andormaque, Chinarindenextrakt, Contra-Herva, Virginischer Schlangenwurzel, Succinöl, gesüßtem Salpetergeist, Eau de Luce und was weiß ich kuriert zu haben. Ein wahrer Zaubertrank.«

»Ist denn, Monseigneur, für Paris Gefahr im Verzug, wenn die Krankheit auf den Süden begrenzt ist?«

»Man muss davon ausgehen, dass die Seuche sich ausbreitet. Es wird berichtet, dass in der Bretagne, in Ploërmel, mehrere Bauern an ähnlichen Symptomen gestorben seien, nachdem sie ihre Tiere, die an Faulfieber verendet waren, gehäutet haben.«

»Gibt es kein Mittel, die Ausbreitung der Infektion zu verhindern?«

Der Polizeipräfekt strich die Spitze seiner Krawatte glatt. »Natürlich hat man sich darum bemüht. Derzeit gibt es keine andere Waffe, als die erkrankten Tiere zu töten. Das ist das einzige Mittel, den ganzen Staat vor einer verheerenden Geißel zu retten. Die Regierung wird den Tierhaltern, deren Vieh geopfert werden muss, eine Entschädigung zahlen, um das notwendige Opfer verschmerzbarer zu machen. Sich auf dieser Vorsichtsmaßnahme auszuruhen wäre jedoch ein verhängnisvoller Fehler. Damit würde man sich zum Komplizen eines verblendeten Pöbels machen, der sich selbst wie dem Gemeinwohl schadet.«

»Das verlangt sehr weitreichende Maßnahmen«, wandte Nicolas ein.

»In der Tat. Man kann nicht allein durch Absperrungen und Kontrollen verhindern, dass die Tiere von einer Provinz in die nächste gelangen. In den Dörfern, die betroffen sind, muss das Vieh darüber hinaus beschlagnahmt und isoliert werden. Die Erfahrungen der Nachbarstaaten lehren, dass durch das Schlachten der kranken Tiere die anderen gerettet werden können. Folglich ist es wichtig, die Bauern oder die Gutsherren von dieser Notwendigkeit zu überzeugen. Schwierigkeiten gibt es, wenn die versprochene Entschädigung auf sich warten lässt, denn das veranlasst manche, die Seuche nicht zu melden in der vergeblichen Hoffnung, ihr Vieh könne die Krankheit überleben. Deshalb müssen strenge Maßnahmen von den örtlichen Intendanten ergriffen werden, wobei sie von Truppen oder Brigaden der Gendarmerie Unterstützung finden. Alles hängt von einer gut funktionierenden Polizei sowie der Wachsamkeit, der Genauigkeit und der Aktivität derjenigen ab, die mit der Durchführung dieser Maßnahmen beauftragt werden. Von wesentlicher Bedeutung ist ferner, dass weder der Transport noch der Verkauf der Tiere dort, wo die Krankheit wütet, gestattet wird. Bereits der

Schmuggel eines einzigen kranken Tieres kann katastrophale Folgen haben, weil es unter Umständen den Ruin einer ganzen Provinz verursacht und den allgemeinen Wohlstand bedroht.« »Was erwarten Sie von mir?«, erkundigte sich Nicolas.

»Ich will, dass Sie mit den wichtigsten Vertretern dieses Berufsverbands sprechen. Die Versorgung von Paris fällt in meinen Zuständigkeitsbereich. Es muss ihnen ganz diskret klargemacht werden, dass das allgemeine Wohl von ihnen verlangt, dass sie die Anweisungen Seiner Majestät, wie sie in den südlichen Provinzen veröffentlicht wurden, wie das Evangelium befolgen. Und dass die Leute das nicht bloß zur Kenntnis nehmen, sondern es verinnerlichen. Sollten sie die Argumentation dieser Vorschriften nicht begreifen, zögern Sie nicht, deutlicher zu werden und ihnen unmissverständlich ihre Verantwortung vor Augen zu führen. Konfrontieren Sie sie mit dem Schreckgespenst ihrer getöteten Tiere, ihrer leeren Ställe und ihres verlorenen Vermögens. Malen Sie das Bild eines Paris, das hungert oder, schlimmer noch, von dieser Pest dezimiert wird, an der auch sie sterben werden. Geben Sie ihnen zu verstehen, dass die Wut, die sich im Volk aufgestaut hat, sich gegen die Viehzüchter richten könnte. Und wenn das alles nicht reicht, drohen Sie ihnen mit Lettres de cachet und mit der Bastille, in die sie zu werfen ich nicht zögern würde, falls sie nicht gehorchen. Aber ich bin mir sicher, dass Sie die Keule mit diplomatischem Geschick schwingen werden, ohne gezwungen zu sein, sie niedersausen zu lassen.«

Nicolas, der keine Möglichkeit sah, sich zu wehren, seufzte insgeheim. Wo sollte er die Zeit hernehmen, seine Ermittlungen im Hôtel Saint-Florentin fortzusetzen, wenn er sie damit verschwenden musste, unverzüglich die drei neuen Aufträge des Polizeipräfekten zu erledigen? Ohne sich sicher zu sein, verdächtigte er Le Noir, ihn bewusst zum Widerspruch provozieren zu wollen, was er ihm sogleich als Gehorsamsverweigerung auslegen und entsprechend abstrafen könnte. Dennoch blieb er ruhig, grüßte und zog sich ohne ein Wort zurück. Die Hand auf dem Türgriff, hörte er, wie sein Chef ihm noch eine weitere Empfehlung mit auf den Weg gab.

»Ach, ich vergaß, Monsieur. Wenn Sie den Viehzüchtern meine Befehle überbringen, vergessen Sie nicht, sie zu Marguerite Pindron zu befragen. Sie werden feststellen, dass sie im Faubourg Saint-Antoine im Milieu der Viehzüchter bekannt ist wie ein bunter Hund. Und noch etwas! Ich muss eine vornehme Person bewirten. Man sagte mir, dass Ihr Gefallen an den Freuden der Tafel unvergleichlich sei. Darf ich Sie um Ihre Meinung bitten? Ich habe für viel Geld Gänseleberpastete aus Straßburg kommen lassen, zubereitet nach dem Rezept des Maréchal de Contades. Was soll ich dazu servieren?«

»Ein Tokaier aus Ungarn böte sich an, Monseigneur oder, sofern Sie es vorziehen, in Frankreich zu bleiben, ein paar Flaschen Quarts-de-Chaume, den man im Anjou findet und den Madame Catherine, die Witwe von Heinrich II., mit Vorliebe trank.«

»Ich danke Ihnen, Monsieur Le Floch. Meine Empfehlung.«

Nicolas biss die Zähne zusammen, ohne mit der Wimper zu zucken. Machte man sich über ihn lustig? Oder wollte Le Noir einen Untergebenen mit einem Ansinnen blenden, das er mühelos selbst oder auf andere Weise hätte lösen können? Da indes die Unterhaltung ohne Aggressivität oder Herablassung verlaufen war, neigte er dazu, die Frage eher als eine Art Neckerei denn als willkürliche Bosheit zu bewerten.

Während er durch den Hof des Hôtel de Gramont ging, zog jemand ihn unvermittelt an den Rockschößen. Überrascht drehte Nicolas sich um und entdeckte den Botenjungen vom Grand Châtelet, der in den letzten Jahren oft die Zügel seiner Pferde gehalten und ihm Schreiben überbracht hatte. Er war größer geworden, wobei seine bräunliche Jacke eindeutig nicht mitgewachsen war und den größten Teil seiner Unterarme freiließ.

»Monsieur Nicolas«, sagte er, »der Polizeipräfekt wünscht, Sie zu sprechen.«

»Ich komme gerade von ihm«, wunderte Nicolas sich.

»Nicht der«, korrigierte ihn der Junge. »Es handelt sich um Monsieur de Sartine.«

Kaum hatte er es ausgesprochen, sprang er davon wie ein Zicklein und führte Nicolas zu einer Tür in der Mauer, die sich auf einen Park öffnete. Sartine hatte dort ein Haus gemietet und war gleich nach seiner Berufung zum Marineminister dort eingezogen. Er liebte dieses Viertel, das ruhig und dennoch nicht weit vom lebendigen Zentrum der Stadt entfernt war. Jenseits der Bäume erkannte Nicolas ein elegantes Gebäude, auf dessen Stufen er von einem alten Kammerdiener in Empfang genommen wurde, der aus seiner Freude, ihn wiederzusehen, keinen Hehl machte. Er führte ihn in den ersten Stock und ließ ihn in ein prächtiges Arbeitszimmer aus heller Eiche eintreten, dessen Deckengemälde das Urteil des Paris darstellte. Sartine, der hinter einem Schreibtisch mit Intarsien stand, bemerkte den bewundernden Blick des Besuchers.

»Was sagen Sie dazu, Nicolas? Das Urteil des Paris für den ehemaligen Lieutenant-criminel und Chef der Pariser Polizei, ist das nicht gelungen? Man wollte mir wohl schmeicheln ...« Als

Nicolas lächelte, fügte er hinzu:»Beruhigen Sie sich, ich habe das bei meinem Einzug so vorgefunden.«

Sartine schien die Aufnahme in den Königlichen Rat gutzutun, fand sein ehemaliger Untergebener, dem zudem auffiel, dass der Minister statt des schwarzen Anzugs jetzt, Zufall oder Treue, einen perlgrauen seidigen Anzug trug, welcher der Garderobe des Monarchen ähnelte.

»Ich verdanke Ihnen meine letzte Freude«, fuhr er fort.»Was sagen Sie zu diesem Meisterwerk?«

Er hob eine prachtvolle Masse weißer Locken hoch, die weich auf seine Arme floss wie Rosshaar.

»Habe ich etwas damit zu tun?«

»Sie vergessen, dass Sie mich vor gar nicht so langer Zeit auf dieses unvergleichliche englische Geschäft hingewiesen haben. Unser Botschafter auf der Insel hat mir dieses Exemplar nun besorgt. Die Perücke soll in allen Punkten derjenigen gleichen, die der Lord Mayor von London bei Feierlichkeiten trägt.«

Er legte die künstliche Haarpracht auf den Schreibtisch zurück, drehte sich um und machte einen kleinen Hüpfer, mit dem er vor dem verblüfften Nicolas landete, packte ihn bei den Schultern und führte ihn zu einer der Wände des Kabinetts. Dort stand ein Möbelstück, das reich mit Bronze und Marmorintarsien verziert war. Das Erstaunlichste indes waren Dutzende von Ebenholzknöpfen, jede mit einer Zahl aus Elfenbein versehen, und Nicolas fühlte sich unwillkürlich an eine Orgel erinnert. Stolz wie ein Kind über sein neues Spielzeug, drückte Sartine auf einen der Knöpfe. Es klang, als würde Luft entweichen. Dann folgten ein schnarrendes Geräusch und fröhliche Musik, anschließend entwich wiederum pfeifend Luft, woraufhin eine Art

Schiebetür langsam zur Seite glitt und ein Kopf mit einer rotbraunen Perücke erschien.

»Das ist die Württembergerin«, erklärte Sartine strahlend. »Was sagen Sie zu meiner neuen Perückenbibliothek? Ich finde keine andere Bezeichnung. Ich muss die Mitglieder der Académie fragen. Haben Sie schon einmal ein solches Wunder gesehen? Sie sind in einer unveränderlichen Reihenfolge angeordnet wie die Karteikarten der Polizei, geschützt vor Staub und Licht, und bei Bedarf immer verfügbar.«

»Wer besitzt eine solche Meisterschaft, um ein derartiges Wunder der Uhrmacherkunst zu ersinnen und herzustellen?«

»Und Musik! Musik! Sie werden *Air pour les Pagodes* aus Rameaus Oper *Les Paladins* erkannt haben. Und das ist noch nicht alles. Der Kunsthandwerker hat weitere Eisen im Feuer. Dieser Meister, der dem Comte d'Artois, dem Bruder des Königs, verbunden ist und unter seinem Schutz steht, arbeitet außerdem an einer Art stenografischer Geheimlehre, einem Arkanum, das ausschließlich Eingeweihten zugänglich ist. Eine erste Untersuchung wurde unter dem Titel *Unum toti*, Einer für alle, 1769 dem Duc de Choiseul vorgelegt, der dem Autor sechshundert Livres dafür zahlte. Als Vater von vier Kindern schlägt er sich mehr schlecht als recht durch und sucht immer zusätzliche Beschäftigungen.«

»Welcher Art?«

»Eine für uns äußerst interessante. Ihm schwebt vor, einen Schreibtisch zu konstruieren, in dessen Innerem sich ein zehneckiger Zylinder befindet, der mithilfe von zehn Pedalen betätigt wird. Er behauptet, auf diese Weise die Verschlüsselung von Nachrichten ebenso schnell und leicht wie mit einer Tabelle durchführen zu können, mit mehr als sechzigtausend Varianten. Sie verstehen, worauf ich hinauswill?«

Nicolas verstand überhaupt nichts, aber er wollte eine derart fantasievolle Stimmung nicht trüben.

»Gewiss, Monsieur.«

»Vom Sekretär des Kardinals de Rohan, unserem Botschafter in Wien, haben wir erfahren, dass unsere verschlüsselten Nachrichten geknackt worden sind. Abbé Georgel hat einem Denunzianten entlockt, dass Maria Theresia seit Monaten unsere Botschaften studiert und auf diese Weise unsere politischen Überlegungen und Pläne durchschaut, sie gewissermaßen wie ein offenes Buch lesen kann. Ihre demonstrative Abneigung gegen Rohan ist daher nicht verwunderlich, der nebenbei gesagt mit seinen Eskapaden die Sache nicht besser gemacht hat. Kurz, ich interessiere mich für diese Maschine und möchte Sie um mehrere Dinge bitten. Stellen Sie Nachforschungen an über diesen Erfinder, der Bourdier heißt. Es fehlte noch, dass wir es mit jemandem zu tun bekommen, der vom Ausland gedungen ist und uns eine Maschine baut, deren Geheimnis sich in den Händen unserer Feinde befindet. Und das ist nicht einmal das Heikelste, was ich von Ihnen erwarte. Sie kennen den Hof und die Stadt und wissen, wie die Lage ist. Ich spreche ganz offen mit Ihnen …«

Ein Schauer durchlief Nicolas, als er das hörte.

»Seine Majestät mag durchaus Vorstellungen und Urteilsvermögen haben, was leider eingezwängt in die Apathie des Körpers und des Geistes ist. Gewiss, es mangelt ihm nicht an gesundem Menschenverstand, wenn auch gehemmt durch eine gewisse Trägheit in der Auffassung und eine Unbeholfenheit, die ihn beide lähmen. Schon die kleinste Schwierigkeit, der geringste Einwand verwirren ihn und machen ihn bockig. Was ihm vor allem und ganz entschieden fehlt, sind Charakterstärke und ein fester Wille, die beiden Kardinaltugenden eines Herrschers. Jeder, der sich ihm nähert, kann sich leicht davon überzeugen. Natürlich besitzt er Kenntnisse, zumindest auf manchen Gebieten ...«

»Er erledigt viele Dinge mit Intelligenz und umfangreichem Wissen, ich habe es selbst erlebt«, gab Nicolas zu bedenken.

»Das stimmt, aber da ist immer noch der Mann, dem der Wille fehlt. Sein Bruder, der Comte de Provence, sagte einmal scherzhaft über ihn, als er noch Dauphin und Comte de Berry war: ›Louis ist wie diese eingeölten Elfenbeinkugeln, die man nicht zusammenhalten kann.‹ In der Tat fehlen ihm Egoismus und Härte in höchstem Maße. Er ist ein Anhänger von idyllischen und moralischen Geschichten, nicht gerade das, was die Franzosen erwarten ...«

Erschrocken über Sartines Worte, stellte Nicolas fest, dass der Tod von Ludwig XV. einen Zeitenwechsel beschleunigt hatte. Dieses unnachsichtige Urteil war Ausdruck von Zynismus, was er bei einem anderen Thema nicht verwerflich gefunden hätte, in Bezug auf den jungen Herrscher sehr wohl.

Im Zimmer hin und her gehend, dozierte Sartine weiter, als wäre er allein.

»Bei seinem Regierungsantritt hat der König verkündet, da ihm nichts beigebracht worden sei, habe er ein wenig in der Geschichte gelesen, und das Unglück dieses Staates seien die Ehefrauen und die Maitressen gewesen. Gebe der Himmel, dass er sich selbst an diese Erkenntnis hält! Ich mag die Königin, unter deren Schutz ich stehe. Wobei ich für sie und für uns Auswirkungen ihrer Unerfahrenheit und Unbesonnenheit fürchte. Die Zukunft sieht düster aus, und ich glaube nicht, dass er die erforderlichen Eigenschaften besitzt, um die Dynastie durch mögliche Wirren zu führen oder sie gar inmitten der Unruhen zu stärken.«

»Und was für Lehren ziehen Sie aus alldem, Monseigneur?«, hakte sein junger Gast nach.

»Mein lieber Nicolas, zwei Namen stehen heute im Brennpunkt. Der eine ist der Duc d'Aguillon, der Neffe des Maréchal de Richelieu, dessen schmutzige Machenschaften Sie am eigenen Leib zu spüren bekommen haben. Der andere ist der Duc de Choiseul, der Aiguillon ebenfalls von seiner intrigantesten Seite kennengelernt hat, denn er war maßgeblich für seine Entlassung als Minister verantwortlich. Sehr zu meinem Leidwesen, denn Choiseul war mein Förderer, dem ich, seit er in Ungnade gefallen ist, insgeheim treu geblieben bin. Sein Talent und seine Intelligenz sind überragend, und er hat die unschätzbare Erfahrung einer langen und ruhmreichen Zeit als Minister, vor allem für das Äußere.«

Nicolas sah das anders, denn was könnte an dem Verlust Kanadas und Indiens, der unter seiner Ägide stattfand, so ruhmvoll sein?

»Außerdem«, fuhr Sartine fort, »hat er die Unterstützung der Gerichtshöfe, sprich der Parlamente, was nicht unterschätzt werden darf, und die philosophische Partei beweihräuchert ihn pausenlos. Lediglich der König, dem man eingeredet hat, Choiseul habe seinen Vater vergiftet, ist gegen ihn. Tratsch, den Madame de Marsan, die Gouvernante des Königs und seiner Geschwister, aufgeschnappt hat und den seine Tanten nachgeplappert haben. Mesdames sind für solche Streiche berüchtigt. Verrückte Auswüchse ihrer Spatzenhirne!«

»Und Maurepas?«

»Er hat kein Gewicht in dieser Debatte, die irgendwann explodieren wird. Maurepas ist eine Marionette, ein Relikt aus der Vergangenheit. Schmeichlerisch und beweglich, Erfinder scherzhafter Anekdoten. Ein Blender. Er wird sich nicht lange halten können als Erster Minister und Berater, er hat die gleichen Fehler wie der König. Man wird sich entscheiden müssen. Die Königin wird den Ausschlag geben, sie hasst Aiguillon und betreibt seine Entlassung.«

Sartine ließ sich in seinen Sessel fallen und tauchte sofort die Hände in die Haarmasse der neuen Perücke, als wollte er die Locken entwirren.

»Viele Minister des verstorbenen Königs, die noch im Amt sind«, fuhr er fort, »bilden Hindernisse, die aus dem Weg geräumt werden müssen. Der Duc de La Vrillière als Erster. Man versicherte mir, dass er Sie damit beauftragt hat, einen Todesfall zu untersuchen, den es in seinem Haus gegeben hat? Die über Sie verhängte Ungnade hat nicht lange gedauert, Sie steigen gleich ganz oben wieder ein.«

»Ja, Monseigneur.«

»Ja für die Untersuchung oder Ja für den Wiedereinstieg?« Der Ton war inquisitorisch, es war der des früheren Polizeipräfekten. »Dann sage ich Ihnen etwas: Entgegen dem, was Sie denken, war Saint-Florentin in jener Nacht nicht in Versailles, wie er behauptet, sondern in Paris wegen einer Liebesaffäre, wenn ich richtig informiert bin. Was, wie Sie besser wissen als jeder andere, in der Regel der Fall ist.«

»Ich nehme die Information zur Kenntnis«, erwiderte Nicolas vorsichtig.

»Es genügt nicht, es zur Kenntnis zu nehmen, mein lieber Monsieur Le Floch, man muss auch tätig werden und mich, sofern Sie auf mich hören wollen, in die Lage versetzen, Ihnen zu helfen.«

»Zu Ihren Diensten.«

»Dieser Fall betrifft unsere Interessen. Alles, was La Vrillière herabsetzt, begünstigt Choiseuls Rückkehr, was mir natürlich sehr genehm wäre. Daher zähle ich auf Sie und auf Ihre Treue, dass Sie mich über die Einzelheiten Ihrer Untersuchung auf dem Laufenden halten. Es geht um das Wohl des Staates. Und falls Ihnen Bedenken kommen sollten, erinnern Sie sich, wie schändlich diese hinterhältige Person Sie nach dem Tod des Königs behandelt hat.«

Nicolas, der sich sein unabhängiges Urteil bewahrt hatte, dachte bei sich, dass Ludwig XV. ihn persönlich zum Werkzeug einer letzten Intrige gemacht hatte und dass La Vrillière nur dem Beispiel seines Herrschers gefolgt war. Obwohl er seit Langem mit den Wechselfällen des Geheimdienstes vertraut war, machte Sartines Vorschlag ihn sprachlos. Sein alter Mentor ging zum Kamin, nahm den Schürhaken und begann, in einer nicht vorhandenen Glut herumzustochern. Nicolas interpretierte dies als Ausdruck von Verstörtheit, die vielleicht ebenso groß war wie seine. Der Minister kannte seine Loyalität und seine Rechtschaffenheit und vermochte sich daher sicher vorzustellen, wie sehr sein Vorschlag ihn anwiderte, und bedauerte vielleicht, sich eine solche Blöße gegeben zu haben.

Nicolas schwankte zwischen widersprüchlichen Gefühlen. Sicher, er konnte die Sache auf die leichte Schulter nehmen und darin ein Zeichen sehen, dass Monsieur de Sartine ihm erneut sein Vertrauen schenkte. Allerdings erinnerte er sich an unerfreuliche Vorfälle, die beispielhaft waren für die Neigung seines ehemaligen Vorgesetzten, seine Macht auszuspielen und Menschen zu manipulieren. Hinter der Fassade des Höflings, hinter der Courtoisie des Edelmanns, der Härte und Kälte des Staatsanwalts kamen manchmal wie nächtliche Tiere dunkle Dinge zum Vorschein. Trotz Zuneigung und Dankbarkeit, die er für den Mann empfand, verdächtigte er ihn, dass sich durch seinen intensiven Umgang mit dem Verbrechen und der menschlichen Niedertracht eine skrupellose und auf Kontrolle bedachte Seite in ihm herausgebildet hatte, und manchmal kam er ihm vor wie ein Dompteur mit einer Peitsche. Egal, wie er sich entschied, was er antwortete, es würde ihn in eine zwiespältige Lage bringen. Denn ob er sich Sartines Anweisungen beugte oder nicht, die Gründe, die man ihm unterstellen würde, wären nicht die richtigen, und die plausibelsten die am wenigsten überzeugenden. Der Bitte seines ehemaligen Chefs nachzugeben würde ihn überdies sofort seiner Selbstachtung berauben. Schließlich war er Polizeibeamter, kein Denunziant. Er beschloss, er selbst zu bleiben und sich vertrauensvoll in die Hand des Schicksals zu begeben.

»Ich habe Ihnen eine Frage gestellt«, durchbrach Sartine das Schweigen zwischen ihnen.

»Es besteht kein Zweifel, Monseigneur, dass Sie wie kein Zweiter in der Lage sind, allen Faktoren Rechnung zu tragen.«

»Was wollen Sie damit sagen?«

»Sie haben soeben wieder Ihre Fähigkeit bewiesen, als Erster über alles informiert zu sein. Wie groß der zeitliche Rahmen sein mag, es wäre überflüssig, Ihnen zu berichten. Und nebenbei gesagt kann ich mir nicht vorstellen, dass der Polizeipräfekt, der Ihnen alles verdankt, sich nicht beeilen wird, bis ins Kleinste jeder Ihrer Bitten nachzukommen. Welches Recht hätte ich kleines Rädchen, mich zwischen zwei so mächtige Persönlichkeiten wie Sie beide zu drängen?«

Sartine wurde blass, und sein Gesicht spiegelte seine Enttäuschung wider. Nicolas meinte, ihn ein paar schmähende Worte murmeln zu hören wie »Schüler von Loyola« und »Jünger der Jesuiten von Vannes«, doch er beherrschte sich und sah ihn mit einer Art nachsichtigem Mitleid an.

»Sie werden sich niemals ändern. Vierzehn Jahre bei der Kriminalpolizei, und Sie sind immer noch wie früher, durchdrungen von Ehre, Skrupeln und stillen Vorbehalten. Dabei nicht ohne Geschick, absolut nicht! Oh, der Marquis könnte stolz sein, wenn er das sähe. Das Aussehen und die Eleganz eines Ranreuil, verbunden mit einem bretonischen Schädel und Bauernschläue. Dickköpfig und ein wenig naiv nach außen hin ...«

»Das ist das zweite Mal innerhalb von zwei Tagen.«

»Wie bitte?«

»Dass man mich naiv nennt. Monsieur de Noblecourt ...«

»Mein alter Freund hat hundertmal recht. Nun gut. Versprechen Sie mir wenigstens, mir Bescheid zu geben, sollte dieser Fall den Thron in den Schmutz ziehen. Dieser Bitte können Sie sich nicht entziehen.«

»Sie können sich auf mich verlassen, Monseigneur.«

»Also gehen Sie schon, Sie Schlitzohr. Ich nehme an, dass Sie jetzt unverzüglich zu einer Ihrer blutigen Leichenfleddereien mit Ihren üblichen Komplizen eilen werden, die Sie so nötig brauchen, um Ihre Intuition anzuregen.«

»Man kann Ihnen nichts verbergen«, erwiderte Nicolas lachend, »nicht einmal die Zukunft.«

Sartine drohte ihm halb lächelnd, halb böse mit dem Finger.

Mit gerötetem Gesicht ging Le Floch in Richtung Fluss. Trotz des versöhnlichen Endes hatte das Gespräch einen bitteren Nachgeschmack hinterlassen. In die Freude darüber, seinen alten Chef wiedergesehen zu haben, mischte sich Angst. Wie schwierig das Leben war! Schattenhaft tauchte der Marquis de Ranreuil, sein Vater, vor seinem inneren Auge auf, wie er mit großen Schritten in dem niedrigen Saal des Familienschlosses hin und her marschiert war. Vor dem kleinen Jungen, der sich unter den Rauchfang des Kamins duckte, hatte er gegen die Mittelmäßigkeit der Zeiten gewettert, er, der sich ihren Veränderungen schließlich so gut anzupassen verstand, und ihn daran erinnert, dass in heroischen Epochen die Geschichte mit dem Schwert geschrieben werde und die einzige Geschicklichkeit darin bestehe, anständig zu sterben. Und er hatte den degenerierten Adel gebrandmarkt, der abgeschnitten von seinen Wurzeln sei und dessen Horizont sich auf Spötteleien und Streit um die Etikette in den Salons von Versailles beschränke.

Erneut empfand Nicolas dieses Gefühl von Leere, das ihn seit dem Tod von Ludwig XV. häufig überkam. Jeder handelte, als ob sein Nachfolger kein großes Gewicht hätte. Sartine selbst vermittelte den Eindruck, als würde er das heilige Band zerreißen, das ihn mit dem neuen Herrscher verband. Er war nicht mehr derselbe, und sein Blick, sein Interesse richteten sich jetzt auf Choiseul, geblendet von einem Stern, der sich für Nicolas, der nüchterner dachte und weniger engagiert war, seit Langem auf einer sinkenden Bahn befand. Er würde nicht einen Sou darauf wetten, dass der Eremit von Chanteloup, wie man den ehemaligen Außenminister spöttisch nannte, in die Politik zurückkehrte. Alle kannten die Distanz, um nicht zu sagen, die Abneigung, die der Monarch für den Duc de Choiseul empfand. Wer war also naiv unter diesen Umständen? Sartine strebte vermutlich den Posten des Ministers der Maison du Roi an, den er beim ersten Mal nicht bekommen hatte, und hoffte, ihn dank der Königin und Choiseuls irgendwann doch noch zu erlangen. Die Götter blendeten bisweilen diejenigen, die sie ins Verderben stürzen wollten. Wenn er, Nicolas, seinem Mentor neue Enttäuschungen ersparen könnte, würde er es ohne zu zögern tun.

Die Seine, schaumbedeckt und ockerfarben, transportierte in ihren Fluten alle möglichen Abfälle, unter denen er einen Tierkadaver erkannte, der sich in einem Strudel um sich selbst drehte. Seine Unterhaltung mit Le Noir fiel ihm wieder ein. War es möglich, dass diese pestartige Krankheit sich auf das ganze Königreich übertrug und Tiere und Menschen infizierte? Er hing diesen Gedanken nach, bis er die Gitter des Châtelet erreichte, und seufzte, denn in Erwartung dessen, was sich gleich im Keller der Basse-Geôle abspielen würde, überfiel ihn Widerwillen. Im Vorbeigehen warf er einen zerstreuten Blick auf das steinerne Podest, auf dem nass und traurig die letzten aufgefundenen Leichen lagen, darunter der arme Teufel, der in der Nähe des Quai des Tuileries mit entstelltem Gesicht aus dem Wasser gefischt worden war. In einiger Entfernung vernahm er die Stimmen seiner Freunde.

»Da kommt ja unser Nicolas!«, rief Docteur Semacgus mit seiner Bassstimme und zog sein Wams aus.

Seit er sich auf die zärtliche Diktatur einer Liaison mit einem

Dienstmädchen eingelassen hatte, war der Wundarzt immer wie aus dem Ei gepellt und achtete wie ein junger Mann auf sein Äußeres. Neben ihm rauchte Bourdeau, auf einem Schemel sitzend, in aller Ruhe eine Pfeife. Nicolas zog seine Tabakdose aus der Tasche, um eine Prise zu nehmen. Bei ihrem Anblick krampfte sich sein Herz zusammen – es war ein Geschenk von Madame du Barry, und vom Deckel lächelte ihn ein junger Ludwig XV. an. Er schüttelte Sanson die Hand und bot ihm eine Prise an.

»Bei diesem feuchten und kühlen Wetter«, sagte der Henker von Paris belehrend, »schützt der Tabak vor Schlaganfällen und Katharren. Nicolas, Madame Sanson hat mich gebeten, Ihnen auszurichten, dass unser Haus Ihnen offen steht und dass es Ihr eine große Ehre wäre, Sie, wann immer es Ihnen passt, zum Abendessen oder Mittagessen bei uns zu begrüßen.« Er errötete und zögerte. »Und ich füge hinzu, dass die Kinder sich ebenfalls freuen würden, den Freund ihres Vaters einmal wiederzusehen.«

»Meinen herzlichen Dank an Ihre Frau«, erwiderte Nicolas. »Ich komme sehr gern, sobald dieser Fall aufgeklärt ist.«

»Nun, meine Herren«, meldete sich Semacgus zu Wort, »genug geplaudert. Wir müssen langsam mit der Leichenöffnung beginnen.«

Mit einer weit ausholenden Geste packte er den Jutefetzen, der den Körper des Opfers bedeckte, und alle beugten sich über den Eichentisch, auf dem Marguerite Pindron lag. Die Fackeln warfen lange, tanzende Schemen an die dunklen Mauern. Nicolas ergriff das Wort, um die Umstände des Verbrechens zu schildern und den anderen seine Einschätzung des ungefähren Todeszeitpunkts mitzuteilen.

»Ein hübsches Mädchen«, sagte Semacgus. »Was für eine

Temperatur herrschte in den Küchenräumen des Hôtel Saint-Florentin?«

»Es war genauso kalt wie draußen«, erwiderte Bourdeau.

»Am Tag zuvor, Sonntag, war die Küche geschlossen geblieben, und die Backöfen, Kamine und Herde waren alle seit Samstagabend erloschen.«

Die beiden Ärzte betasteten den Körper. Semacgus blickte auf seine Uhr, flüsterte ein paar Worte mit Sanson und schien nachzudenken. Dann räusperte sich der Henker.

»Wir vermuten, dass der Tod zwischen zehn Uhr und Mitternacht eingetreten ist.«

Nicolas nickte. »Ich freue mich, dass Ihr Fachwissen meine Eindrücke bestätigt. Wäre es Ihnen eventuell möglich, diesen Zeitrahmen noch stärker zu präzisieren? Sie werden verstehen, dass von Ihren Feststellungen das Wohl und Wehe von Unschuldigen abhängt.«

»Er will uns unseren Beruf beibringen, dieser verflixte Kerl«, schimpfte Semacgus. »Dabei haben wir ihn in die Grundlagen der Gerichtschirurgie eingeführt.«

Alle lachten. Bourdeau zog ein paarmal genüsslich an seiner Pfeife, während Nicolas lange und ausgiebig nieste. Es zeigte sich wieder einmal, dass die Tuchfühlung mit den greifbarsten und schrecklichsten Formen des gewaltsamen Todes häufig zu Anfällen gekünstelter und gezwungener Ausgelassenheit führte. Jeder suchte eine Gelegenheit, seine Gefühle und bisweilen sein Entsetzen in den Griff zu bekommen.

»Leider eher nein«, antwortete Sanson auf die Frage des Kommissars. »Die niedrigen Temperaturen am Tatort haben gewisse natürliche Phänomene verlangsamt. Dieser Umstand erschwert die exakte Einschätzung des Todeszeitpunkts und die Genauigkeit unseres Urteils.«

»Machen wir weiter«, drängte Semacgus.

Er hatte mehrere glänzende Instrumente aus einem kleinen Kasten aus lackiertem Holz genommen, die Nicolas neugierig betrachtete.

»Sie bewundern meinen Kasten. So etwas haben Sie noch nie gesehen, nicht wahr? Ich habe ihn bei einem Zwischenstopp in Niederländisch-Indien erworben. Es ist ein Einzelstück, maßgefertigt aus einem einzigen Stück fäulnisbeständigem Eisenholz.«

»Geeignet, nehme ich an«, ergänzte Nicolas den Satz seines Freundes, »über die Meere und Ozeane zu reisen, ohne von der Feuchtigkeit und dem Salz angegriffen zu werden.«

»Ganz genau, es war mir wichtig, meine Instrumente vor Rost zu schützen. Machen wir weiter mit der Todesursache, sie springt geradezu ins Auge. Was meinen Sie, verehrter Kollege?«

Sanson lächelte, geschmeichelt von dieser Anrede. Gemeinsam beugten sich beide über den Leichnam. Wie bei jeder Obduktion konnte Nicolas nicht anders, als sie mit zwei Raben zu vergleichen, die er als Kind auf einem Pfad am Ufer der Vilaine beobachtet hatte, wie sie sich über ein totes Tier hermachten. Der Marinearzt und der Henker folgten einem oft erprobten Prozedere, richteten ihr besonderes Augenmerk auf die Verletzung am Hals, ohne den Rest des Körpers zu vernachlässigen.

»Nicolas und Sie, Pierre«, sagte Semacgus, »kommen Sie näher. Was stellen wir fest? Eine trichterförmige Wunde am Schulteransatz, tief und aufgrund ihrer Beschaffenheit tödlich. Betrachten Sie die zerrissenen Wände und das zusammengedrückte und zerquetschte Fleisch. Was schließen Sie daraus?«

»Dass man die Verwendung eines scharfen Instruments ausschließen kann«, meinte Nicolas.

»Dass der benutzte Gegenstand eine so spezielle Form hatte«, ergänzte Bourdeau, »dass er eine Art birnenförmiges Loch erzeugt hat.«

»Besser könnte man es nicht beschreiben.«

Sanson flüsterte dem Arzt etwas ins Ohr.

»Dem stimme ich zu«, sagte dieser, »aber ich fürchte, dass unsere Freunde das Experiment nicht besonders schätzen werden.«

»Wir akzeptieren alles, was zur Wahrheit führt«, beteuerte Nicolas, »Lehrlinge und Schüler, die wir sind.«

»Bourdeaus Tabak und das grobe Salz, das ich in Nicolas' Tasche vermute, werden Ihnen die Sache erträglicher machen.«

Semacgus spielte auf eine Praxis von Fine an, Nicolas' Amme in Guérande, mit der sie sich vor dem bösen Zauber der Dämonen schützte. Eine Bemerkung, die erneut Fröhlichkeit auslöste. Als der Anfall vorbei war, tauchte der Wundarzt entschlossen die Hand mit zusammengepressten Fingern in die Wunde am Hals. Sie passte ziemlich genau hinein. Die Polizisten beobachteten ihn mit schockierter Verblüffung. Bourdeau brach als Erster das Schweigen.

»Bedeutet das, dass dieses arme Geschöpf mit bloßen Händen getötet wurde?«

Sanson schüttelte den Kopf. »Eine Hand, und sei sie noch so stark, wäre nicht in der Lage, das Fleisch zu durchbohren und die festgestellten Schnitte und Quetschungen zu verursachen.«

Nicolas dachte nach. »Wenn ich recht verstehe, dann ist das Verbrechen mit einem Gegenstand verübt worden, der die Form einer Hand hat und kräftig genug ist, ins Fleisch einzudringen?«

»Das Eindringen ist nicht so wichtig«, erklärte Semacgus. »Vergessen wir die Risse und Quetschungen nicht. Beachten Sie, dass die Verletzung die rechte Schulter betrifft. Daraus schließe ich, dass das Opfer entweder von vorn angegriffen wurde, was nicht zur Beschreibung des Tatorts passt, oder von hinten, was bedeutet …«

Er stellte sich hinter Sanson, drückte ihn mit seinem linken Arm gegen seine Brust und täuschte einen Stich mit der rechten Hand vor.

»Dass der Angreifer mit einem unbekannten Gegenstand bewaffnet war.«

»Könnte die Verletzung«, fragte Bourdeau zweifelnd, »nicht das Ergebnis wiederholter Messerstiche sein?«

»Nein, Schnittwunden würden anders aussehen.«

»Mich erinnert das an die Holzdübel, mit denen man bei mir zu Hause die Fässer verschließt«, warf Semacgus ein.

»Da spricht der Mann aus der Touraine!«

Der Marinewundarzt ließ Sanson los, der seinen dunkelvioletten Anzug glatt strich, der von dem eisernen Griff in Mitleidenschaft gezogen worden war.

»Wenn die Ärzte zum Schluss kommen wollen«, mahnte Nicolas ungeduldig.

»Diese junge Frau starb durch einen tödlichen Schlag am Halsansatz, der die Gefäße der großen Arterie am Schlüsselbein zum Platzen gebracht hat. Durch die daraus resultierende heftige Blutung ist der sofortige Tod eingetreten.«

»Die Blutung war vor allem innerlich«, fügte Sanson hinzu. »Sie hat zum Ersticken geführt, weil die Flüssigkeit, die sich in großer Menge ergoss, die Lunge zusammengedrückt hat.«

»Auf diese Weise«, ergänzte Semacgus, »hat er dem Opfer keine Chance gelassen zu überleben.«

»Und sonst?«, frage Nicolas.

»Oh! Das Mädchen führte ein lockeres Leben, erst kürzlich noch. Gewisse Befunde sprechen eine deutliche Sprache.«

»Am Abend des Verbrechens?«

»Nein, am Tag zuvor oder an den vorhergehenden Tagen. Ich erspare Ihnen die Einzelheiten. Es sind die gleichen, wie man sie bei den Dirnen aus den untersten Schichten findet, die sich sozusagen pausenlos verkaufen.«

»Sie führte also ein ausschweifendes Leben?«

»Der schlimmsten Art, daran besteht kein Zweifel. Wir haben bedeutsame Gewebeschäden gefunden und zudem Spuren einer adstringierenden Lotion, die es erlaubt, jede Spur exzessiver und wiederholter männlicher Penetration zu beseitigen.«

»Es handelt sich mehr um eine Salbe, die aus der Wurzel eines Rosengewächses, des Silbermantelkrauts, gewonnen wird«, dozierte Sanson. »Es wird von den Mädchen benutzt, um Beschwerden zu kurieren.«

»Und zum Schluss schauen Sie sich das an.« Semacgus zeigte den beiden Polizisten mit einer Pinzette eine kleine braune Masse. »Dieser Intimschwamm beweist auf jeden Fall eines, nämlich dass Ihre Klientin darauf vorbereitet war, einen Liebhaber zu treffen.«

Ein langes Schweigen senkte sich über die Versammlung, das von Nicolas' resoluter Stimme unterbrochen wurde.

»Pierre«, wandte er sich an seinen Assistenten, »wenn wir die Mordwaffe gefunden haben, wird der Schuldige nicht weit sein.«

V

Zwischen Stadt und Faubourg

Und die Zunge ist auch ein Feuer.

JACOBUS III, 6

Nach der Leichenschau machten Bourdeau und Le Floch sich auf den Weg zurück ins Bereitschaftsbüro. Der eine stopfte seine Pfeife, während der andere über einem Schlachtplan grübelte.

Nicolas überlegte, dass man ihn zu nichts zwingen könne und er nach seinem Kopf entscheiden werde. Bedrängt von Bitten und überhäuft mit Missionen, würde er mit aller Entschiedenheit den Weg einschlagen, den er für richtig und geboten hielt. Er kam nicht umhin, Prioritäten zu setzen, sich auf das Vordringlichste zu konzentrieren und das weniger Wichtige erst mal zur Seite zu schieben. Dabei musste er danach gehen, was er für das Wichtigste hielt. Er sprach mit dem Inspektor darüber, berichtete ihm kurz von seinem Gespräch mit Le Noir, verschwieg hingegen Sartines eigenartige Bitte. Lediglich dessen Vermutung, dass der Duc de La Vrillière in der Nacht des Verbrechens gar nicht in Versailles gewesen sei, erwähnte er.

»Selbst wenn man uns mit Aufgaben überhäuft, wir müssen in erster Linie die Tatwaffe finden oder das, was als solche benutzt wurde. Leider mache ich mir diesbezüglich keine Illusionen. Vermutlich wurde sie in die Kanalisation oder den Fluss geworfen. Weiterhin ist es wichtig, die Angehörigen des verletzten Maître d'hôtel zu befragen. Vielleicht lässt sich da einiges in Erfahrung bringen.«

»Ich habe die Namen und Adressen der Familie seiner verstorbenen Frau. Es handelt sich um drei Personen. Zunächst ist da seine Schwägerin, Nonne im Kloster der Filles de Saint-Michel de Notre-Dame de la Charité in der Rue des Postes ...«

»Wie heißt diese Person?«

»Hélène Duchamplan. Oder Schwester Louise de l'Annonciation. Dann haben wir den ersten Schwager, Gilles Duchamplan, und seine Frau Nicole. Und schließlich Eudes, seinen zweiten Schwager, den Jüngsten, der bei ihnen in der Rue Christine wohnt. Er ist übrigens nach dem Gründer der Kongregation von Jesus und Maria benannt, zu der das Kloster gehört, einem Mann namens Johannes Eudes.«

»Versuchen Sie, mehr über diese Leute herauszufinden, und vernachlässigen Sie nicht die Hausangestellten des Hôtel Saint-Florentin; es wird sich sicher einer finden, der irgendwann das entscheidende Wort zu viel sagen wird. Wir treffen uns in der Rue Montmartre zur Abendessenszeit. Es müsste mit dem Teufel zugehen, wenn Catherine und Marion nicht etwas zu unserer Stärkung finden würden.«

»Sie fürchten nicht, Monsieur de Noblecourt zu stören?«

»Gewiss nicht, sein Abendessen besteht aus ein paar Pflaumen und Tee, den er bestimmt gern in unserer Gesellschaft trinken wird. Und vor allem wird er dankbar für die Gelegenheit sein, ein paar wohlformulierte Sentenzen zum Besten zu geben.«

Als er sich von Bourdeau trennte, blickte Nicolas auf die Uhr; die Zeiger standen auf Mittag. Unter dem Portal des Polizeigebäudes trat er zur Seite, um den Leichenzug eines Häftlings vorbeizulassen. Mit Schaudern dachte er an diesen abgeblätterten schwarzen Holzsarg, der, wie erzählt wurde, seit einem Jahrhundert im Châtelet dazu diente, die verstorbenen Gefangenen zu ihrer letzten Ruhestätte in einem Massengrab zu bringen, wo man eine Wand der Holzkiste öffnete und den Toten herausgleiten ließ. Die Leichen Ertrunkener dagegen wurden auf einer Bahre zu den Filles-Hospitalières de Sainte-Catherine gebracht, die aufgrund ihrer Regeln verpflichtet waren, die armseligen Überreste zu waschen, in ein Leichentuch zu hüllen und auf dem Cimetière des Saints-Innocents beizusetzen.

Zwischen den Marktständen auf der Straße mit ihrem lebhaften Treiben hielt er eine dieser zweirädrigen Droschken an, die im Volksmund Nachttopf genannt wurden, um sich so schnell wie möglich in die Rue Neuve-Saint-Augustin zu begeben. Eingezwängt auf dem abgewetzten Samt sitzend, überließ er sich einer Art träumerischen Dösens, obwohl er es sich bequemer gewünscht hätte. Durchs Fenster sah er die Fassaden der Häuser mit ihren lustigen bis dämonischen Figuren, die Balkone, die Gitter und Erker. Wenn er zu Fuß unterwegs war, konzentrierte er sich auf die Betrachtung der Gesichter, richtete den Blick aber nie zu lange nach oben, denn das war gefährlich. Eine Unachtsamkeit, und man konnte von einer Kutsche oder einem Fuhrwerk erfasst werden. Keiner der Lenker hielt es für nötig, auf

Fußgänger zu achten. Manchmal half es nur, sich an eine Hauswand zu drücken oder in eine Verkaufsbude zu springen.

Im Hôtel de police wies ein Bürovorsteher, den er auf die Viehhändler ansprach, ihn überheblich darauf hin, dass man zwischen lebenden Tieren und Schlachtfleisch unterscheiden müsse und man daher den Verkauf und die Kontrolle der Zuchttiere nicht mit dem Metzgergeschäft in einen Topf werfen könne. Außerdem sei hier niemand zuständig, er müsse sich zu Monsieur Poisson in die Rue Saint Marc begeben.

Nicolas beschloss, sich in den Ställen des Polizeipräfekten ein Pferd zu leihen, wie er es in den letzten vierzehn Jahren regelmäßig getan hatte. Als er nach längeren Querelen mit einem jungen Stallburschen, der ihn nicht kannte und ihm Schwierigkeiten machte, endlich im Sattel saß, bereute er, nicht die Kutsche genommen zu haben. Das Tier, das man ihm gegeben hatte, erwies sich als heimtückisch und hätte ihn beinahe abgeworfen, indem es jäh stehen blieb und in alle Richtungen ausschlug oder so dicht an den Hauswänden entlangtrabte, dass nicht viel fehlte, und das Bein des Reiters wäre zerquetscht worden.

In der Rue Saint-Marc erwartete ihn die nächste Überraschung: Monsieur Poisson beschäftigte sich ausschließlich mit Wein, Obst und Gemüse, für die Metzgerei und das Vieh war Monsieur Imbert zuständig, dessen Räumlichkeiten sich in der Rue de Richelieu befanden. Bis dahin waren es bloß ein paar Schritte, und Nicolas machte sich sofort auf den Weg. Dort stellte sich unglücklicherweise heraus, dass Monsieur Imbert zwar in der Tat für das Fleisch und für das Vieh zuständig war, doch ausschließlich für jenes, das die Schranken passiert hatte und bereits Eigentum der Metzger war. Um die gesuchten Auskünfte zu bekommen, müsse er sich daher an Monsieur Collart du Tilleul in der Rue de la Soudière wenden, in der Nähe des Marché des Saints-Innocents. Seufzend gab Nicolas seinem Pferd die Sporen. Den Zugang zu seinem neuen Gesprächspartner musste er sich regelrecht erzwingen, nachdem dieser ihm hatte ausrichten lassen, er sei nicht zu sprechen. Daraufhin drang Nicolas mit hochmütiger Miene ein und bedauerte sehr, keine Reitgerte dabeizuhaben. Trotzdem flüchtete der Gehilfe sich hinter einen Schreibtisch und versteckte sich hinter Bergen von Papierkram, sodass nichts als seine schwarze Kappe hervorragte.

Sein Herr, der sich schlussendlich herbeibequemte, erklärte ihm, dass auf der Place de Popincourt Monsieur Longères aufgrund seines Alters sowie aufgrund der allgemeinen Achtung seiner Kollegen als höchste Autorität bei den Viehzüchtern der Gegend gelte und als derjenige, der die Fragen der Behörden am besten beantworten könne. Nicolas dankte ihm kühl und gab ihm den Befehl, die störrische Schindmähre zum Hôtel de police zurückbringen zu lassen. Er selbst musste daraufhin ein Stück zu Fuß gehen, bis er in der Rue Saint-Honoré eine Kutsche auf Kundensuche fand, die so schmutzig und deren Bezug der Bank so eklig war, dass er sich an den äußersten Rand drückte, zumal sein Polizistenblick überall schlecht entfernte Blutspuren entdeckte. Wen mochte dieser Phaëton wohl transportiert haben? Irgendeinen Verletzten, der in der Gosse aufgelesen und betrunken nach Hause gebracht worden war? Er öffnete das Fenster, um frische Luft zu atmen.

Das stinkende Gefährt lavierte sich mehr oder weniger geschickt durch eine wogende Menge. Vor einer Ansammlung fröhlicher Mädchen und Jungen, die mitten auf der Rue du Faubourg

Saint-Antoine zur schnellen Musik eines Drehleierspielers tanzten, mussten sie anhalten. Nicolas betrachtete die Szene etwas wehmütig. Was war ihm von seiner Jugend geblieben? Er erinnerte sich an seine Ausflüge in die Sümpfe mit Lausbuben seines Alters. Gefolgt war die endlose Hölle eines einengenden Studiums, als er, der arme Waisenjunge, bei den Burschen, die aus den besten Familien der Bretagne stammten, nicht zählte. Dann seine schwierige Lage in der Notarkanzlei in Rennes, in der er wegen seiner inzwischen offenbar gewordenen Verbindungen zur Aristokratie von den anderen Eleven einerseits beneidet und andererseits verachtet wurde. In all diesen Jahren hatte ihn Einsamkeit begleitet, die allein erhellt worden war von den Personen, die schützend ihre Hand über ihn hielten, dem Stiftsherrn Le Floch und dem Marquis de Ranreuil, seinem Vater, sowie, bewegend und dennoch fern, von seiner Halbschwester Isabelle. Er betete zu Gott, dass er seinem Sohn Louis solche Umwege ersparen möge.

Ein weiteres Mal überraschte ihn die Fahrt durch den Faubourg Saint-Antoine unterhalb der Bastille mit der Vielfalt, die seinem Blick geboten wurde. Die verschiedensten Bevölkerungsschichten mischten sich dort: friedliche Bürger, die mit der Familie spazieren gingen, Arbeiter aus den Manufakturen, reiche Bauern, die stolz ihre Sonntagskleidung zur Schau trugen, schamlose Dirnen und ein Heer von Bettlern und Krüppeln, echten oder vorgetäuschten, die aus den Provinzen in die Hauptstadt des Königreichs strömten. Täglich kamen arme Schlucker hinzu, die, angezogen von den Verlockungen und Trugbildern, darauf hofften, in Paris aus ihrem Elend und ihrer Armut herauszufinden.

Tatsächlich verschärfte der Existenzkampf der Tagelöhner die Situation in der Stadt zusätzlich und trieb viele zu den Banden von Straßenräubern und Dieben, die selbst vor Morden nicht zurückschreckten. Nicht wenige endeten in den Kerkern, auf den Galeeren des Königs oder, schlimmer noch, gleich am Galgen oder auf dem Schafott. Er ließ den Kutscher nach Popincourt abbiegen. Sobald man die Hauptstraße verließ, machte das hektische Treiben einer provinziellen Atmosphäre Platz, der eines Städtchens auf dem Land. Es gab Werkstätten verschiedener Handwerker, vor allem solche, die Möbel herstellten, Läden, die alles Mögliche verkauften, getrennt durch Gärten und Höfe. Nicolas erinnerte sich verdrießlich, dass er einmal in einer dieser Werkstätten einen kleinen Sekretär gekauft hatte. Monsieur de Noblecourt war, neugierig, wie er war, sogar zu ihm hochgestiegen, aber seine Reaktion, ein geringschätziges, unterdrücktes Lachen, hatte ihn enttäuscht. Er war so glücklich über einen Kauf gewesen, dessen Preis ihm vernünftig vorgekommen war, bis das Möbelstück ein paar Wochen später ganz plötzlich zusammenbrach. Seitdem wusste er, dass die Gauner und Blender in diesem Metier Legion waren und den Ruf der ehrlichen und gewissenhaften Kunsthandwerker zu schädigen drohten. Während die einen ihrem Berufsstand alle Ehre machten und wahre Kunstschreiner waren, fabrizierte der Abschaum unkontrolliert minderwertiges Zeug, das einer normalen Benutzung nicht standhielt.

In einer kleinen, mit Linden bestandenen Sackgasse entdeckte Nicolas schließlich eine Gruppe von bäuerlich einfachen Gebäuden, die umgeben waren von Ställen, Gärten und Obstgärten. Eine ältere Frau, die auf einem Grenzstein saß, betrachtete ihn neugierig und bestätigte ihm, dass er vor dem Haus des alten Longère stehe.

Als er daraufhin aus der Kutsche stieg, bemerkte er, dass der Wagen die Nummer 34 trug, gefolgt von einem N und den beiden vorschriftsmäßigen Großbuchstaben PP für Préfecture de police auf weißem Hintergrund. Er musste lachen über den Zufall, der die Initiale seines Vornamens mit seinem Alter verband. Kurz schwankte er, ob er dem Transportamt den verdreckten Zustand des Gefährts melden sollte, verzichtete dann aber großzügig darauf. Zu sehr hoffte er, dass das Nummernschild ihm Glück bringen werde. Er hatte nämlich die Schwäche, an Zeichen zu glauben, vermutlich ein Erbe seiner keltischen Seele.

Er betrat das Bauernhaus, wobei er einen Bogen um den gelben Hund machte, der aggressiv an seiner Leine zerrte. Ein alter Mann mit krummem Rücken kam aus einem Schuppen. Er hatte ein von tiefen Falten durchzogenes, wettergegerbtes Gesicht, und ein Kranz schütteren weißen Haares umrahmte einen mit braunen Flecken übersäten Schädel. Seine Kleidung bestand aus einer braunen Jacke mit Hornknöpfen, einer grauen Leinenhose, Strümpfen aus ungebleichter Wolle und kräftigen, eisenbeschlagenen Holzpantinen. Mit beiden Händen auf einen knorrigen Stock gestützt, betrachtete er den Eindringling, ohne ein Wort zu sagen.

Nicolas täuschte Gleichgültigkeit vor und fragte ganz unschuldig:»Können Sie mir sagen, wo ich Monsieur Longères finden kann?«

Der Mann spuckte zur Seite.»Wollen Sie den jungen oder den alten sprechen? Wenn es der alte is, der steht vor Ihnen.«

Zu Nicolas Verwunderung trat er plötzlich wütend mit dem Fuß auf die gestampfte Erde des Hofes.»Nicht schon wieder diese verdammte Geschichte! Hab ich euch nicht gesagt, dass wir die Sache geregelt haben. Ich hätte gedacht, der Kommissar wär zufrieden. Diese Sache schadet unserem Ort. Um ganz offen zu sein, ich kontrollier persönlich, was mich nicht gerade populär macht trotz meiner weißen Haare ...«

Er warf einen Stein nach dem Hund, der aufheulte. »Ruhig, Sartine!«, rief er und blickte Nicolas provozierend an.

»Macht nichts. Der is ebenfalls ein guter Wachhund.«

Der Alte lachte laut und schlug sich mit der Hand auf den Schenkel. Nicolas schmunzelte. Er hatte mal einen Papageien gekannt, der wie der Hund den Namen des ehemaligen Polizeipräfekten getragen hatte. Er tat so, als verstünde er den Sinn des Wortschwalls, den der Mann gerade auf ihn losließ – manchmal zeigte die Wahrheit sich sogar in der Unordnung der Worte.

»Ich kann mir gut vorstellen«, sagte er mit verständnisvoller Miene, »dass Ihre Aufgabe unter diesen Umständen nicht einfach gewesen ist. Mir ist allerdings nicht klar, wie Sie davon erfahren haben.«

»Ich gar nich. Es gab welche, die zu viel geredet haben, und da is die Polizei gekommen. Normal regeln wir die Dinge unter uns, wenn Sie verstehen. Wenn man nicht mit offenen Karten spielt, darf man sich nicht wundern, dass die andern den Fall aufzuklären versuchen, die Pfeife zum Schweigen bringen und den Mann ohne Prozess oder Ähnlichem davonjagen.«

»Reden wir mal Klartext«, unterbrach Nicolas ihn. »Wenn ich Sie recht verstehe, verhält es sich folgendermaßen: Wenn Sie einen Übeltäter in Ihren Kreisen entlarven, besteht Ihre erste Reaktion darin, ihm den Prozess zu machen, egal wie sehr er sich wehren mag?«

»Ganz richtig! Sie begreifen schnell, Donnerwetter!«

»Und was dachten Sie, warum ich hier bin?«

»Dass Sie von der Polizei sind und den Schwarzhandel mit Biertreber untersuchen.«

»Biertreber?«

»Ja! Biertreber. Man besorgt ihn sich bei den Brauereien, die ihn nur zu gern loswerden wollen. Sind geschrotete Gerstenkeime, die man hat gären lassen. Tja, und manche von uns, die größten Lumpen, reißen sich das Zeug billig unter den Nagel und füttern das Vieh mit diesem Mist ...«

»Na und?«

»He, spielen Sie nicht den Scheinheiligen! Das Tier schwillt an, sein Fleisch is verdorben und der Käufer der Betrogene. Verlierer sind alle, außer dem Betrüger!« Er stampfte erneut mit den Füßen auf vor Empörung. »Ich, Monsieur, lieb meine Tiere und ernähr sie wie meine Kinder. Na ja, das is Vergangenheit. Warum sind Sie überhaupt hier? Was wollen Sie von mir?«

»Beruhigen Sie sich, Monsieur Longères, mein Besuch hat nichts mit der betrügerischen Verwendung des Biertrebers zu tun. Monsieur Le Noir, der Polizeipräfekt, hat mich beauftragt, Ihre ehrenwerte Gilde vor der Gefahr einer Milzbrandepidemie zu warnen, die sich in mehreren Provinzen des Königreichs auszubreiten droht.«

Nicolas überlegte fieberhaft, wie er von diesem Thema auf den Fall von Marguerite Pindron zu sprechen kommen konnte. Er erklärte ausführlich den Grund für seinen Besuch in Popincourt, das Ausmaß der Epidemie, ihre Konsequenzen, die Risiken, wobei er den Willen der Regierung unterstrich, entsprechende Vorsichtsmaßnahmen zu ergreifen. Er würzte seine Ausführungen mit verhüllten Drohungen und Ermahnungen, sodass der alte Longères, entsetzt über das, was er da hörte, über seinem Knüppel zusammensackte. Jede Überheblichkeit war wie weggeblasen.

»Daher«, fuhr Nicolas fort, »muss unverzüglich, allerdings diskret und ohne Alarm zu schlagen, da jede Panik Ihnen angelastet würde, der Berufsstand der Viehzüchter über die drohende Gefahr und die Risiken informiert werden, wobei die erforderlichen Vorsichtsmaßnahmen nicht heruntergespielt werden dürfen.«

Dann erwähnte er noch, wie besorgt sich die Blicke des Königs auf sein Volk richteten, ebenso die der Minister, des Polizeipräfekten und des Parlaments. Immerhin sei das eine Angelegenheit, die schwerwiegende Folgen für das Leben der Bürger und das reibungslose Funktionieren des Königsreichs haben könnte.

Er begleitete seine Worte mit energischen Gesten und richtete absichtlich eindringliche Blicke auf die Ställe, als wollte er sich einen Überblick über den Viehbestand verschaffen oder irgendwelche Unregelmäßigkeiten feststellen. Demonstrativ marschierte er mit großen Schritten zu einem Gebäude, änderte aber sofort die Richtung und bog anders ab, immer gefolgt von dem Alten, den diese Inspektion zusammen mit den dramatischen Ausführungen aufs Höchste beunruhigte.

»Versammeln Sie, rufen Sie zusammen, berufen Sie ein, erklären Sie«, forderte Nicolas ihn energisch auf, »damit die Information sich verbreitet und alle Mitglieder Ihrer Gilde erreicht, von Popincourt bis Ivry, wo es viele Molkereien gibt, und von Vincennes bis Chaillot. Ach, übrigens …« Er sparte sich alle weiteren Umwege. »Wie geht es Père Pindron?«

Der Alte blieb stehen, fassungslos, als hätte Nicolas etwas Ungehöriges gesagt. »Pindron? Der Arme is letztes Jahr gestorben. Eine traurige Geschichte, Monsieur, eine sehr traurige Geschichte. Is ein braver Mann gewesen. Ja. Leider nicht lustig. Nein, wirklich nicht lustig, war immer verschlossen und verstockt, hat nie mittrinken wollen. Dafür mutig und ehrlich, ein Meister seines Faches. Und dann dieses Unglück. Er wurde von seiner Tochter getötet oder so gut wie, müssen Sie wissen. Sie kennen die Geschichte vermutlich?«

»Nein, zumindest keine Einzelheiten.«

Nicolas gratulierte sich zu seiner List, er hatte auf Anhieb ins Schwarze getroffen.

»Eine eingebildete Pute, hat zwei Familien ins Unglück gestürzt. Ich zögere nicht, das zu behaupten. Ja, sie hat den Mann getötet und einen armen Kerl unglücklich gemacht.«

»Erzählen Sie mir das ausführlicher, falls Sie etwas Zeit haben.«

»Ihr Diener, Monsieur ...?«

»Nicolas Le Floch, Commissaire im Châtelet.«

»Potztausend, ich hätte drauf wetten können! Erlauben Sie, dass ich Sie auf ein Glas einlade. Reden macht Durst, zuhören auch. Um ganz ehrlich zu sein, mit dem Alter werden meine Beine schwer, und längeres Stehen bereitet mir Mühe.«

Der alte Longères ging zu einem länglichen, einstöckigen Wohngebäude. Sie stiegen ein paar Stufen hinauf in einen großen Raum, dessen Boden aus gestampfter Erde bestand und dessen Wände weiß gekalkt waren. Eine Anrichte, ein langer Eichentisch mit zwei parallelen Bänken, ein Wandbrunnen aus hell glänzendem Kupfer und ein Kamin mit Kesselhaken waren die ganze Einrichtung. Eine alte Dienerin erschien humpelnd, um die Befehle ihres Herrn entgegenzunehmen. Durch eine Tür, die sich in einer Ecke öffnete, ging sie in den Keller hinunter und kehrte mit einem Krug und zwei plumpen Gläsern zurück. Sie setzten sich an den Tisch, und der Gastgeber schenkte einen erdbeerfarbenen Wein ein.

»Das ist ein Suresnes frisch vom Fass«, sagte er und schob eine Schale mit Nüssen in Richtung Nicolas, nahm zwei und knackte sie mit einem einzigen Faustschlag, wobei die Schalen auf seine braune Jacke fielen.

»Sie können sich vorstellen, wie diese Geschichte im Faubourg kommentiert worden is«, begann er. »Dass ein schönes Mädchen aus gutem Haus die Hand eines angesehenen Verehrers ausschlägt, Gärtner wie sein Vater, war ein echter Skandal. Wie konnte sie die Verbindung von Garten und Bauernhof ablehnen? Außerdem waren die Pindrons wie die Vitrys wohlhabend, zusammen hätte das ein fettes Vermögen ergeben. Warum hat sie sich eine solche Chance entgehen lassen? Ich schätze, sie hatte, mit Verlaub gesagt, ganz schön Feuer im Arsch! Oh, ich weiß, was man gesagt hat: Der Verehrer is ein bisschen einfältig, hat es nicht geschafft, sie zu verführen und ihr die verrückten Ideen auszutreiben. Doch is es nicht das Los von allen, sich zu paaren? Man muss sich klar sein, dass die Vorteile die Leidenschaft ersetzen. So is das hier im Faubourg: Alles für das Tier, und alles für die Pflanze! Was die Weiber wollen, zählt nich. Glauben Sie mir, auf diese Weise entstehen nicht die schlechtesten Ehen.«

»Dann hat das also zu einem Drama geführt?«

»Viel schlimmer! Pindron ist daran gestorben. Er hatte seine

Ehre verloren, so sah er das. Seine Frau hat nach seinem Tod alles verkauft, hat Rentenpapiere erworben und ihre einzige Tochter enterbt. Dann is sie in ihre heimische Provinz zurückgekehrt, weit weg von dem Skandal.«

»Und die Tochter?«

»Verschwunden. Keine Nachrichten mehr. Nur Gerüchte da und dort. Die einen sagten, sie is im Zuchthaus, andere behaupteten, sie haben sie mit 'nem Bär auf einem Jahrmarkt tanzen sehen, und manche wollten wissen, dass sie sich in der Gegend beim Quai Pelletier herumtreibt und Freier in den Holzpyramiden am Flussufer anlockt, einem berüchtigten Straßenstrich. Fragt sich, was an dem Gerede dran ist.«

»Und der Verehrer?«

»Der kleine Vitry? Der Anselme? Er hat seinen Garten und seine Gemüse, die er so geliebt hat, aufgegeben, ohne auf seine Eltern Rücksicht zu nehmen. Angeblich is er im Faubourg Saint-Marcel herumgeirrt und in der Gosse gelandet, hat sich eine schlimme Krankheit eingefangen und so viele Dummheiten und verrückte Gewalttaten begangen, dass man ihn in Bicêtre eingesperrt hat. Wirklich ein großes Unglück! Die Vitrys wollen nichts mehr davon hören.«

Nicolas hatte genug erfahren. Um sich nicht zu verraten, kam er noch einmal auf die Epidemie zurück, leerte ein paar Gläser, knabberte ein paar Nüsse und verabschiedete sich nach einer Weile von seinem Gastgeber, der sich hoch und heilig versprechen ließ, dass Monsieur le Commissaire mal wieder vorbeikomme. Er gab ihm sein Wort, jeder würde darüber wachen – Gott segne den jungen König –, dass alle ihre Pflicht täten und sich bemühen würden, die Stadt vor der angekündigten Katastrophe zu bewahren. Er persönlich werde denen in den Arsch treten, die sich sträubten. Er lege aber Wert auf die Feststellung, ohne jemandem schaden zu wollen, dass man die Metzger nicht vergessen dürfe und überprüfen müsse, ob sie die von der Polizei verlangten Bescheinigungen und Quittungen der Käufer ihrer Tiere erhalten hätten. Und nicht vergessen dürfe man, dass dieses Gesindel verpflichtet sei, das Vieh innerhalb von vierundzwanzig Stunden nach dem Kauf zu schlachten.

Nicolas versprach ihm alles, was er wollte.

Zurück auf der Straße, bereute er es, die Kutsche weggeschickt zu haben. Er sah sich gezwungen, in die Rue du Faubourg-Saint-Antoine zurückzukehren, wo er ein anderes Gefährt finden würde. Als Erstes wollte er die Nonne, die Schwägerin von Jean Missery, befragen. Er konnte die Route wie im Schlaf aufsagen. Nachdem sie die Bastille hinter sich gelassen hätten, würde der Kutscher die Rue Saint-Antoine nehmen, um von dort in die Rue Saint-Honoré zu gelangen. An der Kreuzung mit der Rue Saint-Jacques müssten sie linker Hand in die Rue Planche Mitray einbiegen, in der es dermaßen widerlich stank, dass man sich die Nase zuhalten musste. Über den Pont Notre-Dame und den Petit Pont ginge es weiter bis zur Rue de l'Estrapade, danach vorbei an der Abtei Sainte-Geneviève bis zur Rue des Postes, wo sich, ein paar Meter von der Place de la Vieille-Estrapade entfernt, das Haus der Filles de Saint-Michel befand.

Er hielt eine frisch lackierte zweirädrige Kutsche an, rief dem Lenker sein Ziel zu und hing dann mit halb geschlossenen Augen seinen Gedanken nach. Sein Besuch in Popincourt hatte sich als sehr aufschlussreich erwiesen. Er hatte zum einen aufs

Beste seine Mission erfüllt, was den Schutz des Pariser Viehs betraf, und nebenbei eine Menge Neues erfahren. Nicolas kam in den Sinn, dass sich um den Milzbrand im Grunde jeder andere kümmern könnte, und fragte sich, was das bedeutete. Wusste Le Noir mehr, als er zugeben wollte, und steckte noch etwas anderes hinter diesem Auftrag? Gab es, allem Anschein zum Trotz, eine geheime Absprache zwischen ihm und Saint-Florentin? Wollte der Duc möglicherweise die Fortschritte seiner Ermittlung kontrollieren? Wenn man hingegen Sartine glaubte ... Aber sagte der die Wahrheit, oder hatte er ein paar Karten in der Hand, deren Verschwinden die Ausgangssituation ändern würde?

Nicht aufregen, der Vorstellungskraft nicht freien Lauf lassen, dachte Nicolas. Stattdessen die reinen Tatsachen in der Reihenfolge ihres Auftauchens sortieren, vergleichen und den neuen Wegen folgen, die sich auf diese Weise eröffneten. Die Tochter Pindron hatte das väterliche Haus verlassen, um einer arrangierten Ehe zu entgehen. Alles deutete darauf hin, dass sie durch Paris geirrt war und sich nach weiß der Teufel was für Begegnungen und Katastrophen als Kammerzofe bei der Duchesse de La Vrillière wiedergefunden hatte. Die Widersprüche, die durch die hasserfüllte Atmosphäre, die in diesem Haus herrschte, noch größer wurden, ließen ihm keine Ruhe.

Nicolas nahm sich vor, die verwickelten Beziehungen zwischen den Bewohnern des Hôtel Saint-Florentin noch einmal genauer unter die Lupe zu nehmen. Er zog sogar in Erwägung, in schriftlicher Form ein detailliertes Bild der bisherigen Zeugenaussagen zu erstellen. Und er würde einen Gerichtsdiener losschicken, um die Familie Vitry zu befragen, die anscheinend

Gemüseanbauer im Faubourg Saint-Antoine waren. Selbst die kleinsten Informationen könnten zur Zusammensetzung des Mosaiks beitragen. Und er würde persönlich Bicêtre aufsuchen, eine Einrichtung, die er noch nicht kannte und die nach den Aussagen von Monsieur de Sartine in ihrer Grauenhaftigkeit der Hölle Dantes kaum nachstünde.

Die Rufe, mit denen der Kutscher sein Pferd antrieb, rissen Nicolas aus seinen Überlegungen. Der Anstieg zur Place de la Vieille-Estrapade, dem höchsten Ort der Stadt, war steil. Die Preise der Wasserträger stiegen ständig zulasten der Ärmsten, denn dort oben gab es keinen Brunnen. Die zuständigen Stellen prüften gerade den Plan eines hydraulischen Systems, um Wasser der Seine vom Port-à-l'Anglais nach oben zu pumpen. Am Beginn der Rue des Postes gab es ein Büro, wo man Kinder mieten konnte, die Pariser, die sich nachts auf die Straße wagten, mit Handlaternen begleiteten. Diese hatten Nummern, und ihre Träger besaßen eine ordnungsgemäß gestempelte Erlaubnis der Polizei. Es verstand sich von selbst, dass diese Kinder und Jugendlichen als Informanten dienten, ihre täglichen Berichte waren Teil des gigantischen Spinnennetzes, dessen Fäden alle beim Polizeipräfekten zusammenliefen. An einem schmucklosen Gebäudekomplex mit Fenstergaden an den Dächern, in dessen Mitte sich ein trauriger Glockenturm erhob, hielt die Kutsche an. Ihr Ziel, das Haus der Filles de Saint-Michel, war erreicht.

Diesmal gab Nicolas wohlweislich den Befehl, auf ihn zu warten, und versprach ein königliches Trinkgeld, da er dem Lumpenpack, zu dem er auch die Kutscher zählte, nicht traute. An dem massiven Portal bediente er einen Griff, der vermutlich irgendwo ein Glöckchen klingeln ließ, und war überrascht, als er den Klang alter Bronze vernahm, gegen die ein schwerer Klöppel schlug. Nach einer Weile öffnete sich ein Fensterchen in der Tür. Er stellte sich vor und bat darum, Schwester Louise de l'Annonciation sehen zu können, woraufhin die vergitterte Luke zugeschlagen wurde und das Warten begann. Endlich öffnete sich das große Eingangsportal ein Stück, und im Gegenlicht erschien die Gestalt einer hochgewachsenen Schwester. Sie bat ihn herein, nicht ohne einen misstrauischen Blick auf die Welt draußen zu werfen. Während er ihr folgte, stellte er fest, dass ihr Gang irgendwie schwebend war, als sie sich über den gewachsten Fliesenboden des langen, dunklen Korridors bewegte, der von einem hohen Kirchenfenster mit dem Bild des heiligen Michael, der den Drachen tötete, spärlich erhellt wurde. Die Schwester führte ihn linker Hand in eine Art Sprechzimmer, in dem nicht mehr als zwei mit einem abgewetzten roten Stoff bezogene Stühle standen.

»Monsieur le Commissaire, ich höre«, hörte er plötzlich eine hohe Stimme hinter sich. »Ich bin Schwester Louise de l'Annonciation.«

Unbemerkt war eine winzige Nonne hereingekommen, die so lang wie breit war. Sie erschien ihm fast wie eine Zwergin und erinnerte ihn an eine Kleinwüchsige, die er mit einem wie ein Marquis gekleideten Kerl auf dem Jahrmarkt von Saint-Germain hatte tanzen sehen. Nicolas sah von ihr kaum mehr als das Oval eines feisten, geröteten Gesichts, dessen halb geschlossene Augen wie ins Fleisch eingesunken wirkten. In den Händen hielt sie einen Rosenkranz mit schwarzen Perlen, und mit einer Kopfbewegung forderte sie ihn auf, sich zu setzen.

»Schwester«, begann er, »ich nehme an, Sie kennen die Gründe für meinen Besuch, die mich zwingen, Ihre heiligen Beschäftigungen zu stören?«

»Die Welt, Monsieur, ist jenseits dieser Mauern. Nichts vermag den Frieden dieses Ortes zu stören. Müssen wir vermuten, dass Ihr Besuch mit einer unserer Bewohnerinnen zu tun haben könnte? Diese Sünderinnen waren manchmal lange den Anfechtungen des Teufels ausgesetzt.«

»Beruhigen Sie sich, darum geht es nicht. Haben Sie keine Nachrichten von Ihrem Schwager, Jean Missery, Maître d'hôtel des Duc de La Vrillière?«

Die schmalen Augen der Nonne verengten sich noch mehr, wie diejenigen einer Katze, die vorgab zu schlafen.

»Ich habe ihn seit dem Tod meiner Schwester kaum gesehen, außer bei den Gedenkgottesdiensten. Und selbst davor ...«

Sie ließ den Satz unvollendet. Nicolas schwieg, er verstand es zu warten.

»Ich habe diese Verbindung immer bedauert«, fuhr sie fort. »Meine Schwester hat nicht auf mich hören wollen. Leider ist sie daran gestorben.«

Die Behauptung machte ihn stutzig. »Was meinen Sie damit?«

»Dass der Herr diese Verbindung nicht gesegnet hat und dass seine tot geborene Frucht meine Schwester getötet hat.«

Sie öffnete die Hände, und der Rosenkranz fiel zu Boden, ohne dass sie darauf achtete. Nicolas hob ihn auf und reichte ihn ihr, woraufhin sie wieder das Wort ergriff.

»Glauben Sie, dass er deswegen Gewissensbisse hatte oder zerknirscht war? Gewiss nicht. Vermutlich verdiente er diese Gnade nicht. Anfangs hat er eine Trauer vorgetäuscht, die niemand, der ihn kannte, für aufrichtig hielt. Was unter dem Schein der Nächstenliebe nicht selten vorkommt, darunter lassen sich unchristliche Empfindungen durchaus verbergen. Doch der Herr sieht unsere Verfehlungen, und die ewige Verdammnis ist den Bösen gewiss, die sich ohne Reue versündigen. Und wir jammern insgeheim, dass es uns nicht erlaubt ist zu verdammen ...«

Was bedeutete dieses unverständliche Gerede? Nicolas verstand höchstens die Hälfte davon. Warum orakelte sie auf diese Weise? Welch finsterer Groll bewog die Schwester zu Worten voller Bitterkeit und dubiosen Andeutungen? Er musste sie in die Wirklichkeit zurückholen.

»Schwester, Jean Missery ist heute Nacht niedergestochen worden.«

»Dann ist er also tot«, kam es wie aus der Pistole geschossen.

Nicolas antwortete nicht. Der Satz war mehrdeutig. Handelte es sich um eine Frage, eine Behauptung, eine Art Leugnen oder um die Bestätigung eines Ereignisses, das man sich gewünscht hatte und bereits kannte?

»Ich würde mich offen zu der Freude bekennen, die ich empfinde«, fuhr sie fort. »Möge Gott ihm gnädig sein: ›Die Himmel sind nicht rein vor ihm, und er hat Verdorbenheit sogar bei seinen Engeln gefunden‹, heißt es bei Hiob.«

Er vermochte nicht mit Sicherheit zu sagen, ob sie das Ereignis kannte oder nicht. »Finden Sie Ihren Groll nicht überraschend, Schwester, Sie, die Sie dieses Kleid des Mitleids und des Mitgefühls tragen?«

Die kleinen Augen bekamen einen kalten Glanz, und ihre Stimme wurde schrill. »Mitleid, Mitgefühl! Hat er das für meine

Schwester gehabt? Hat er im Geringsten ihr Andenken geehrt? Er hat lieber dem Laster gefrönt, in ihm ist sofort das Tier erwacht …« Sie rang die Hände. »Ich sage es ganz deutlich: Selbst wenn er Gott gebeten hätte, von den Leidenschaften befreit zu werden, die ihn beherrschten, glauben Sie, dass er gehofft hätte, erhört zu werden? Was er wollte, wollte er höchst halbherzig. Und halbherzig zu wollen bedeutet im Endergebnis, nicht zu wollen.«

»Ich verstehe Ihre Erregung, Schwester, aber wogegen richtet sie sich genau?«

»Ich spreche von den kriminellen Beziehungen, die mein Schwager seit dem Tod meiner Schwester unterhalten hat. Sein Herz war erfüllt von dem perversen Interesse an Dirnen. Er hat mit allen Sinnen seiner animalischen Wollust gefrönt und obendrein für Skandale durch die öffentlichen Exzesse seines Verhaltens gesorgt. Selbst die Mauern dieses Hauses haben gebebt.«

»Trotzdem: Hat er es wegen dieser sehr menschlichen Fehler verdient, sein Leben zu verlieren? Hätte er sich nicht bessern können?«

Sie sah ihn argwöhnisch an. »Es gibt zahllose Menschen, bei denen einem nichts anderes übrig bleibt, als sie mit Schweigen oder Missbilligung zu strafen. Was immer Sie sagen oder tun mögen, Sie werden sie nie ändern.«

»Was ich nicht verstehe«, sagte Nicolas, »ist dieser Hass auf einen Mann, der Ihnen nichts mehr bedeutet.«

»Die Heirat meiner Schwester kam einer Mesalliance gleich. Bedenken Sie das. Sie hat praktisch einen Dienstboten geheiratet.«

Die untersetzte Frau richtete sich zu ihrer geringen Größe auf.

»Hätte man nicht einer von aufrichtiger und gegenseitiger Zuneigung geheiligten Verbindung die Gnade der Demut gewähren sollen?«, fragte Nicolas.

»Das ist eine recht oberflächliche Betrachtungsweise. Nicht zufrieden damit, sich eine beachtliche Mitgift unter den Nagel zu reißen, hat er von meiner Schwester ein Vermögen geerbt, das bei seinem Tod an seinen rechtmäßigen Ursprung zurückfallen müsste.«

»An seinen rechtmäßigen Ursprung?«

»An uns, die Duchamplans.«

Nicolas wartete kurz, bevor er erklärte:»Schwester, um uns zu verstehen, müssen wir, denke ich, ein paar Punkte präzisieren.«

Sie setzte sich, holte den Rosenkranz wieder aus ihrem Ärmel, und ihr Gesicht spiegelte eine Art lächelnder innerer Ruhe wider.

»Wenngleich die Worte der Schrift Sie erbauen«, fuhr Nicolas fort,»sie genügen nicht, um konkretere Tatsachen zu erklären. Wer hat Sie eigentlich über das zügellose Leben, das Ihr Schwager führte, seit er Witwer geworden ist, informiert?«

Angeekelt schüttelte sie den Kopf, als wollte sie zu verstehen geben, dass es diese Ausschweifungen bereits vor dem Tod ihrer Schwester, vielleicht sogar schon zum Zeitpunkt ihrer Vermählung gegeben hatte.

»Meine Familie hat mir als Ältester davon berichtet, wie es sich gehört.«

»Noch einmal, Schwester. Sie scheinen sehr gut über seinen Alltag im Hôtel Saint-Florentin unterrichtet zu sein.«

Sie sah ihn schweigend mit einem verächtlichen Gesichtsausdruck an, als würde er Unsinn reden.

»Madame«, erklärte Nicolas, »ich erinnere Sie daran, dass Sie die Fragen eines Staatsanwalts beantworten müssen, der in einem Mordfall ermittelt. Ich habe die Befugnis, Sie zu verhaften, wenn ich der Meinung bin, dass Sie nicht so aufrichtig sind, wie es meinen Erwartungen entspricht. Begreifen Sie das?«

»Drohen Sie mir nicht, Monsieur. Muss ich, eine arme Ordensschwester, Sie daran erinnern, dass Ihre Autorität dort endet, wo die der Kirche beginnt?«

»Und das bedeutet?«

»Dass ich als Nonne dieses Hauses dem Abt von Sainte-Geneviève unterstehe, der die niedere, mittlere und hohe Gerichtsbarkeit in seinem Bezirk ausübt. Und sagen Sie mir nicht, dass diese Rechte von Ludwig XIV. 1674 abgeschafft wurden, denn spätere Erlasse haben sie ihrem rechtmäßigen Inhaber zurückgegeben.«

»Ich sehe, Sie sind sehr gut informiert, streitlustig und pedantisch, Schwester, und verfügen über Kennnisse, die wenig zu dem Kleid, das Sie tragen, passen.«

»Mein verstorbener Vater, Monsieur le Commissaire, war im Châtelet für die Versiegelung des Schriftverkehrs zuständig.«

»Sehr gut, warum schlagen Sie dann einen so scharfen Ton an? Sie werden nicht beschuldigt, soviel ich weiß. Hingegen weiß ich, dass Ihre Argumentation Schwachstellen aufweist, denn die Rückgabe der Rechte bezieht sich auf in den Texten genau definierte Grenzen der Einfriedungen, Höfe und Klöster. Und Ihr Haus befindet sich eindeutig in der Rue des Postes und nicht innerhalb der Abtei. Damit unterstehen Sie also von Rechts wegen meiner Autorität.«

Die Schwester muckte sofort auf, hochrot vor Wut.»Ich wende mich ans Offizialat, an Monseigneur.«

»Ich kenne Monseigneur de Beaumont sehr gut. Seine Eminenz wird kaum eine unbedeutende Schwester anhören, die sich der Gerichtsbarkeit seines Königs widersetzt.« Erneut errötete sie unter der Kränkung.»Ich werde nicht nachgeben.«

»Nun, wenn Sie sich weiter so sperren, werde ich einen Richter bitten, eine Vorladung zu beantragen, kraft derer Sie gezwungen werden, Ihren Oberen alles zu enthüllen, was Sie über ein Verbrechen wissen. Nach drei Vorladungen ohne Antwort erfolgt die Exkommunikation.«

»Was wollen Sie denn wissen?«

»Wer Sie über die Lebensgewohnheiten von Jean Missery im Hôtel Saint-Florentin informiert hat.«

»Es fällt mir schwer, über eine hochgestellte und mächtige Dame zu sprechen, die Duchesse de La Vrillière, die, wie Sie vermutlich nicht wissen ...« Ihre Stimme bekam einen leicht spöttischen Klang.»Also vermutlich wissen Sie nicht, dass sie die Förderin dieses Hauses ist. Ohne diese wohltätige Unterstützung könnten wir für unsere Bewohnerinnen nichts tun.«

»Und sie war es, die Sie informiert hat?«

»Ja, sie hat mir anvertraut, dass er seit Monaten wahnsinnig in ein liederliches Frauenzimmer vernarrt sei, ein Straßenmädchen, das als Kammerzofe in ihren Dienst gebracht wurde. Sie habe sein Ansinnen zunächst zurückgewiesen, angesichts der Hartnäckigkeit ihres Mannes indes nachgegeben. Sie weinte über die Demütigung und trug ihren Schmerz vor unsere Altäre für das Seelenheil des Duc. Ich betete mit ihr, denn auch er ...«

Schwester Louise de l'Annonciation schloss schmerzerfüllt die Augen.

»Ihre Brüder haben nichts versucht, den Witwer zu mehr Zurückhaltung zu ermahnen?«

»Der Ältere ist charakterschwach, und der Jüngere ist ein leichtsinniger, hübscher Kerl. Und meine Schwägerin jammert in einem fort, anstatt mir Neffen zu schenken, in deren Adern mein Blut fließt.«

»Ein letzter Punkt. Was haben Sie in der Nacht von Sonntag auf Montag gemacht, sagen wir zwischen zehn Uhr abends und sieben Uhr morgens?«

»Ich habe in meiner Zelle geschlafen bis zur Prim. Das kann Ihnen jede von uns bestätigen.«

»Schwester, ich verlasse Sie und bitte Sie, die Güte zu haben, darüber nachzudenken, was Sie verschwiegen haben oder was Ihnen noch einfällt zu Punkten, die mich interessieren könnten.« Als er fast an der Tür war, wandte er sich ein letztes Mal um. »Ich vergaß, eines zu erwähnen: Ihr Schwager ist nicht tot und seine Verletzung nicht schwer, ein größerer Kratzer. Seine Geliebte dagegen ist ermordet worden.«

Sie drehte sich um die eigene Achse wie ein Kreisel und verschwand durch eine andere Tür, während die Klosterpförtnerin, die ihn empfangen hatte, herbeieilte, um ihn zum Ausgang zu begleiten.

»Warum rennt Schwester Louise so eilig davon, wo sie sonst sehr auf vornehme Zurückhaltung bedacht ist?« Er glaubte ein leises Kichern zu hören und fuhr fort: »Schwester, wie lange liegt der letzte Besuch der Duchesse de La Vrillière in Ihrem Kloster zurück?«

»Madame Saint-Florentin? Merkwürdig, dass Sie mich danach fragen. Sie ist erst heute Morgen da gewesen und hat sich mit Schwester Louise unterhalten ...« Sie lachte. »Das wird ihr noch zu Kopf steigen, und sie wird es uns bezahlen lassen.«

»Wann geht die Gemeinschaft schlafen?«

»Und acht Uhr.«

»Schwester Louise auch?«

»Oh! Sie hat ein paar Privilegien. Ihre Familie hat dem Haus so viel gespendet, dass sie manchmal in der Stadt zu Abend isst.«

»An welchem Tag?«

»Sonntagabend. Es heißt, bei ihrem Bruder.«

»Und letzten Sonntag?«

»Da desgleichen.«

Nicolas dankte ihr und fand in der Rue des Postes seinen Kutscher vor, der ungeduldig auf ihn wartete.

Die Nacht brach langsam herein. Er stand noch unter dem Schock dessen, was er soeben gehört hatte. Louise de l'Annonciation war also über alles informiert und hatte ihn gründlich in die Irre geführt. Was für eine Heuchlerin! Mit größter Unschuldsmiene hatte sie eine perfekte Vorstellung geliefert und sich obendrein einen Spaß daraus gemacht, ihn lächerlich dastehen zu lassen.

Mit einer Mischung aus Wut, Verschweigen und spärlichem Entgegenkommen hatte sie ihn verwirrt und erreicht, dass er sich unbehaglich fühlte. Der Unterschied zwischen wahrheitsgemäßen Aussagen und einem subtilen, geschickten Verschleiern war sehr gering gewesen. Immerhin hatte sie ihm verraten, dass die Duchamplans ein Interesse an Misserys Tod hatten. Das musste die Besorgnis verstärkt haben, die die glühende Zuneigung des

Witwers zu einem jungen Ding wie Marguerite Pindron auslöste. Ob nun dieser von Verlangen verzehrte Mann sie zu überzeugen vermochte oder sie selbst entdeckte, was zu ihrem Vorteil wäre, den Erwartungen der Familie Duchamplan lief eine Heirat auf jeden Fall zuwider, und insofern hatte Marguerite eine Bedrohung für sie dargestellt.

Natürlich beseitigte ihr Tod das Problem nicht. Sollte sich der Witwer erneut in jemanden verlieben und heiraten, würde das von seiner Frau geerbte Vermögen schmelzen wie Schnee in der Sonne. Beispiele gab es reichlich, am Hof wie in der Stadt, von Männern seines Alters, die so sehr Gefangene ihrer Sinne waren, dass sie die verrücktesten Forderungen gieriger junger Damen zu erfüllen bereit waren, die ihrerseits nichts Eiligeres zu tun hatten, als das Sümmchen irgendeinem gut aussehenden und heißblütigen Liebhaber in den Rachen zu werfen. Auf diese Weise zerrann ein Vermögen im Handumdrehen.

Deshalb sprach eigentlich alles eher dafür, den Witwer als seine Geliebte zu beseitigen. Nicolas vergegenwärtigte sich noch einmal die Reaktion von Schwester Louise, als er ihr mitgeteilt hatte, der Schwager sei lediglich verletzt. Was hatte sie gewusst? Was hatte ihr die Duchesse während ihres langen Gesprächs am Morgen berichtet? Er erinnerte sich, dieser dünkelhaften Person während ihrer Befragung im Hôtel Saint-Florentin gesagt zu haben, dass der Maître d'hôtel verletzt sei und dass es so scheine, als hätte er die Waffe, mit der er seiner Geliebten womöglich die Kehle durchgeschnitten habe, anschließend gegen sich selbst gerichtet. Die Reaktion der Nonne war irgendwie seltsam gewesen. Wusste sie Bescheid, oder hatte sie einen Grund, nicht an die Selbstmordthese zu glauben?

Es war tiefe Nacht, als die Kutsche Nicolas in der Rue Montmartre absetzte. Sein plötzliches Auftauchen beendete die Neckereien, mit denen die Lehrlinge der Bäckerei im Erdgeschoss dem Totenglöckner zusetzten. Der alte Mann, der eine Dalmatik trug, ein liturgisches Gewand, das mit einem Kreuz, Schädeln und Gebeinen aus Silberfäden bestickt war, hielt in der einen Hand seine Glocke, in der anderen eine Laterne. Mit dünner Stimme plärrte er seinen düsteren Refrain: »Wacht auf, Ihr Schlafenden, betet zu Gott für die Verstorbenen!«

Nicolas steckte ihm einen Écu zu, bevor er die Bäckerlehrlinge lächelnd ausschalt. Als er die Küche betrat, beschlich ihn sofort das Gefühl, dass sich ein Drama abgespielt hatte. Marion saß, den Kopf in den Händen, zusammengesackt auf einer Bank, und Poitevin polierte mit pedantischer Sorgfalt eine Wasserkanne aus Zinn. Erst der Anblick von Bourdeau, der zum Abendessen eingeladen war und sich mit Catherine gelassen über den Backofen beugte, beruhigte ihn ein wenig.

»Was ist los?«, fragte er trotzdem.

»Ach, Monsieur Nicolas«, jammerte Marion, »unser Herr hat sich nicht wohlgefühlt, als er von Saint-Eustache zurückkam. Sie wissen ja, dass er Gemeindevorsteher seiner Pfarrei ist, und heute Abend hatte sich der Gemeinderat versammelt. Er ist ganz rot im Gesicht nach Hause gekommen, und auf der Stirn traten die Adern hervor. Und dann ist er über die Türschwelle gestürzt.«

»Ich habe den Arzt geholt«, fuhr Poitevin fort. »Gott sei Dank war Docteur Dienert zu Hause und ist sofort herbeigeeilt. Er hat zuerst einen Schlaganfall befürchtet und hat Monsieur in Wasser aufgelöste Alkalifluoridtropfen und einen Tamarindenabsud trinken lassen. Außerdem hat er seine Strumpfbänder enger gezogen, damit das Blut langsamer zum Kopf hochsteigt. Inzwischen geht es ihm besser. Er lässt Ihnen ausrichten, sich nicht über seinen Zustand zu beunruhigen, und er erwartet Sie und Monsieur Bourdeau, sobald Sie zu Abend gegessen haben.«

Nicolas war schon auf dem Sprung, sich auf der Stelle zu ihm zu begeben, aber Catherine hielt ihn mit einem eindringlichen Blick zurück.

»Rühr dich nicht von der Stelle, er würde nur glauben, es gehe ihm sehr schlecht. Ihm fehlt nichts. Ich kenne mich weiß Gott damit aus. Er hat sich lediglich zu sehr aufgeregt. Bourdeau war dabei, er wird Ihnen das Gleiche sagen.«

Er seufzte. Die elsässische Köchin, die einst Marketenderin in den Armeen des Königs war und sich auf Hexenkünste verstand, besaß die Gabe, zahlreiche Krankheiten zu kurieren, was er gelegentlich am eigenen Leib erfahren hatte.

»Ich habe ihm von meinem Allheilmittel gegeben, das du ja kennst«, flüsterte sie ihm ins Ohr.

Nicolas ging in sein Zimmer, um sich nach diesem Tag des ständigen Hin- und Herfahrens umzuziehen. Mouchette lief ihm voraus und wälzte sich auf den Stufen. Sobald er sie packen wollte, sprang sie davon. Als er in die Küche zurückkam, wurde er Zeuge eines einzigartigen Schauspiels. Bourdeau hüpfte auf der Stelle, stöhnte in einem fort und legte dabei kleine dampfende Brötchen, die verführerisch dufteten, auf den großen Küchentisch, die ihm offensichtlich die Finger verbrannt hatten. Catherine war am Herd zugange, und der Wohlgeruch des gebratenen Geflügels erinnerte ihn daran, wie ausgehungert er war.

»Uh! Uh!«, stöhnte der Inspektor. »Das ist mehr als heiß.«

»Die Vögelchen scheinen mir gar zu sein«, spottete Catherine. »Ich hole die Terrine aus dem Ofen.«

»Bitte den Deckel nicht abnehmen, der köstliche Geschmack würde wie der Dampf verfliegen! Man muss sie in Ruhe in ihrem Saft abkühlen lassen.«

»Maria und Joseph!«, rief Nicolas. »Was für ein Festmahl kündigt sich hier an? Man kommt sich vor wie im besten Wirtshaus! Befinden wir uns in der Küche von Gargantua oder in seinem gemalten Keller in Chinon?«

»Er hat den Nagel auf den Kopf getroffen«, bestätigte Bourdeau, während Marion einen Finger auf ihre Lippen legte.

»Mein Gott, nicht so laut! Ihr werdet noch Monsieur wecken.«

»Ein Cousin von mir aus Chinon besucht uns gerade«, erklärte der Inspektor. »Da wir ein Schlemmermahl geplant hatten und ich Marion und Catherine nicht überrumpeln wollte, habe ich die Vorräte meiner Frau geplündert und alles Notwendige mitgebracht. Catherine hat mir bei den Brötchen geholfen.«

»Den Brötchen?«

»Ja, hier liegen sie, ganz heiß. Bei mir zu Hause nennt man sie auch Fouées.«

Bourdeau holte einen großen Weidenkorb unter dem Tisch hervor, aus dem er einen Topf hervorholte, der mit eingeöltem Papier und einem verknoteten Strohhalm verschlossen war, und drei Flaschen Wein herausnahm.

»Die Fouées sind wie Brot, bloß viel besser. Steingemahlenes Mehl, Sauerteig, Salz, Wasser. Nachdem alles gut durchgeknetet ist, muss der Teig etwas ruhen. Dann formen Sie mit der Hand Brötchen, und hopp in den Ofen! Dort bewegen sie sich, zittern, gehen hoch, blähen sich auf, bilden Blasen, sacken zusammen, gehen wieder hoch, entspannen sich und werden endlich goldbraun. Man holt sie heraus und verbrennt sich die Finger. Das ist die ganze Geschichte!«

Er nahm eine dieser Delikatessen, spaltete sie mit einem Messerschnitt und öffnete den Tontopf. Eine Schicht weißes Fett wurde sichtbar, die er entfernte, um etwas Rillette herauszunehmen und damit das Brötchen zu füllen. Nicolas lief allein vom Zuschauen das Wasser im Mund zusammen; das Knusprige und das Weiche verbanden sich so wunderbar, dass man vor Lust dahinschmelzen konnte.

»Das Geheimnis von gutem Rillette«, erklärte Bourdeau mit gesenktem Blick, »liegt in der Mischung der Schweinefleischstücke. Ich nehme Schulter, Schweinekamm, Filet und Brust. Salz, Pfeffer, Kräuter, Gewürze, ohne zu sparen. Und, mein Geheimnis, ein Löffel Honig und ein Spritzer Weißwein. Mit Wasser bedecken und sechs Stunden köcheln lassen. Wenn alles abgekühlt ist, zerkleinere ich es und vermische das Fleisch mit dem Fett.«

»Sie sind ein Heiliger, mein lieber Pierre …«

Bourdeau füllte weiter Brötchen.

»In der Tat«, ließ sich plötzlich eine Grabesstimme vernehmen, »das ist ein echtes Gedicht.«

Monsieur de Noblecourt war erschienen, gekleidet in einen weinroten Morgenmantel aus Kattun und auf dem Kopf ein verknotetes Tuch aus Madras.

Alle lachten und brachen in Rufe der Bewunderung aus. Man rückte ihm einen Sessel zurecht, in den der Ankömmling sich majestätisch fallen ließ. Marion beklagte lauthals seinen

Leichtsinn, Catherine indes, entzückt über die Wendung, die der Abend nahm, beruhigte die alte Haushälterin.

»Ich bin sehr hungrig«, erklärte Noblecourt. »Mein Zimmer füllte sich immer mehr mit verführerischen Düften, die meine Nase kitzelten. Cyrus' Schnauze ebenfalls, glaube ich.« Der Hund, der sich unter den Sessel gelegt hatte, kläffte erfreut, als er die Stimme seines Herrchens hörte. Weitere Fouées wurden gefüllt, die der Staatsanwalt gierig verschlang. Anschließend verlangte er nach Wein.

»Woher kommt dieser Nektar?«

»Von einem kleinen Weinberg in sonniger Lage, bedeckt mit Kieselgestein. Dort wachsen zwischen den Rebstöcken kleine Pfirsichbäume. Ihre Früchte, deren Fleisch weiß-rosa ist, strotzen vor dickem, aromatischem Saft ...«

»Was die Früchte angeht«, sagte Nobelcourt, »zum Teufel heute Abend mit Pflaumen und Salbeitee. Ich esse und trinke, was ich mag. Glaubt dieser brave Dienert etwa, ich wüsste nicht, dass er an einen Schlaganfall dachte? Warum sollte ich von leichten und wenig nahrhaften Lebensmitteln leben und auf starke alkoholische Getränke und kräftig gewürzte Speisen verzichten? Von nun an werde ich der Völlerei frönen ohne Rücksicht auf Verluste.«

Er sah die Anwesenden mit einem provozierenden Blick an.

»Ja, ja«, gab Catherine beifällig hinzu. »Wenn der Appetit zurückkehrt, besteht keine Gefahr mehr.«

»Ehrlich gesagt dämpft die Freude, mit meinen Freunden zusammen zu sein, meinen Ärger.«

»Erzählen Sie uns davon«, bat Nicolas. »Nichts vertreibt Ärger und Sorgen besser, als ganz ungezwungen darüber zu reden.«

»Das ist eine Bemerkung, die von gesundem Menschenverstand zeugt. Sie wissen alle, dass ich Gemeindevorsteher in meiner Pfarrei Saint-Eustache bin, der Älteste im Rat. Um sechs Uhr sprach ich also über die Angelegenheiten der Kirchengemeinde, und da tauchte ein gewisser Bouin auf, der auf der Stelle angehört werden wollte. Er machte einen solchen Rabatz, dass wir ihn schließlich empfingen. Strotzend vor Überheblichkeit, stellte er sich als ehemaliger Pauker der Kompanie der Königlichen Gendarmen vor.«

»Daneben«, warf Nicolas ein, »gibt es noch vier Kompanien von Leibwächtern: Charost, Noailles, Villeroi und d'Harcourt.«

»In schrillem Ton gab er uns unmissverständlich zu verstehen, er könne, da der König durch den Erlass von 1756 den Paukern seiner Gendarmen nach zwanzig Jahren Dienst das Recht auf Kommensalität zugestanden habe, folglich die Ehren, Rechte, Privilegien, Gebührenbefreiungen, Freiheiten, Garantien, Erträge und Gewinne, Einkünfte und Bezüge seines Ranges in Anspruch nehmen. Er spickte seine Tirade mit Sätzen, die den Zorn der Versammlung erregten, ich erspare Ihnen die schlimmsten.«

»Das ist offenbar der Tag der Streithähne«, seufzte Nicolas in Erinnerung an seine Erlebnisse.

»Und der Wichtigtuer, die sich aufplustern wollen«, fügte Noblecourt hinzu. »Ohne Luft zu schnappen, hat er uns in einem Atemzug aufgefordert, ihn in den Genuss aller Ehren kommen zu lassen: vorrangiger Zutritt zu den Versammlungen unmittelbar nach den Beamten des Königs und das Privileg, sich von den Kirchenvorständen, können Sie das glauben ...« Er erstickte fast an seinem Zorn und schlug sich mit geballten Fäusten gegen die Brust. »Sich von uns, den Kirchenvorständen, sofort nach dem Chor und dem Adel und vor allen anderen, das geweihte Brot bringen zu lassen. Nicht zufrieden mit dieser Forderung, fügte er den Anspruch hinzu, seinen Rang bei Versammlungen und Prozessionen der Pfarrgemeinde zu würdigen, und bezog sich dabei auf eine königliche Erklärung aus dem Jahre 1686. Kurz, ich glaubte fast, die bissigen Beschwerden meines Freundes, des Duc de Saint-Simon, zu hören, wenn er uns von Streitereien über die Rangordnung und die Wahl der Schemel am Hof des großen Königs erzählte.«

Er trank sein Glas in langen Zügen aus und schielte nach der Terrine, aus der jetzt ein leises Pfeifen vernehmbar war.

»Wie konnte diese unbedeutende Person sich Derartiges einbilden? Weiß dieser Halunke nicht, dass das geweihte Brot immer unterschiedslos ausgeteilt wird, ohne Drängelei, nach dem Platz, den jeder in der Kirche einnimmt? Wenn unser Herr Jesus es verteilte, hatte er sich vorher etwa eine Liste von bevorzugten Personen gemacht? Hat er nicht gesagt: ›Die Ersten werden die Letzten sein.‹?« Was für eine Dummheit von diesem Bouin, zu behaupten, dass man in einer Versammlung jeden verpflichten könne seinen Namen und Stand zu nennen. Wozu beim Abendmahl die Oblaten gemäß den jeweiligen Ansprüchen verteilen, was die einen demütigen und Eifersucht bei den anderen wecken würde.«

»Wer hat ihm überhaupt diese fixe Idee in den Kopf gesetzt?«, erkundigte sich Bourdeau.

»Das fragen Sie? Ein hervorragender Kasuist, Saujac, der Präsident unseres Parlaments, das sich ja inzwischen für alles und jedes zuständig fühlt. Seine sprichwörtliche Bösartigkeit hat, kaum dass er berufen wurde, sogleich ohne Sinn und Verstand sonderbare Blüten getrieben. Allerdings soll er ganz passabel dichten, sagt man mir. Jedenfalls sind die Worte dieses Herolds für den schlichten Pauker das Evangelium.«

»Und prompt fallen wir alle wie ein junger Mann auf die Provokation rein, das Blut in Wallung und Schweiß auf der Stirn.«

»So ist es«, bestätigte Noblecourt würdevoll, »ich bin sehr jung geblieben, wie mir allgemein gerne gesagt wird.« Sobald das Gelächter abgeebbt war, fuhr er, unruhig auf seinem Sessel zappelnd, fort: »Gibt es nicht noch etwas anderes zu essen? Diese dampfende und ächzende Terrine fürchtet sonst, dass man sie vergisst.«

»Gott behüte«, sagte Bourdeau, »das ist mein Meisterwerk. Sie werden mir beipflichten, wenn Sie probiert haben. Es sind zwei Géline-Hühner aus meiner Heimat. Meine Cousins haben sie liebevoll aufgezogen. Gestern Abend hat Madame Bourdeau sie in einer kräftigen, gut gewürzten Geflügelbouillon pochiert, und ich habe sie heute in einer großen, sorgfältig geschlossenen Terrine im Ofen geschmort. Diese Methode hat den doppelten Vorteil, dass das Fleisch nicht trocken wird und zugleich eine knusprige Haut bekommt.«

»Und ich«, fügte Catherine hinzu, »habe, damit die armen Tiere nicht so allein sind, dazu Nudeln aus meiner Heimat, Spätzle, gemacht, schön in Butter angebraten mit einer Spitze Muskatnuss.«

Bourdeau nahm das Geflügel mit einer Behutsamkeit heraus, die man diesem sanguinischen Mann gar nicht zugetraut hätte, und tranchierte sie mit einem Silbermesser, das Poitevin ihm reichte. Bei jedem Schnitt der Klinge spritzten Fleischsaft und Fett wie duftende Fontänen heraus. Die drei Tischgenossen stürzten sich auf ihre Teller, und kurz darauf breitete sich eine genießerische Stille am Tisch aus, lediglich unterbrochen vom Knacken der Hühnerknochen, von Cyrus' leisem Jaulen und Mouchettes bettelndem Miauen, die beide ihren Teil des Schlemmermahls forderten.

»Sie sehen, ich bin vernünftig«, sagte Nobelcourt, der sich mit einem Flügel begnügt hatte, »und der Erste, der wieder das Wort ergreift. Danken wir Bourdeau für dieses köstliche Mahl. Versichern Sie Ihre Frau unseres gefräßigen Dankes. Meine Empfehlungen an sie. Und nun, meine Kinder, was gibt es Neues von unserer Untersuchung?«

Bourdeau schlug sich an die Stirn. »Ich hätte es Ihnen sagen müssen, Nicolas ...«

»Was denn? Es sei Ihnen im Voraus verziehen, dieses Géline-Huhn spricht zu Ihren Gunsten.«

Bourdeau ignorierte das Kompliment, seine Miene drückte deutlich aus, dass die Zeit für Scherze vorbei war.

»Die Nachtwache hat heute Morgen in der Rue Glatigny an den Stufen, die zum Fluss hinunterführen, bei der Klosterkirche Saint-Denis de la Charte, die Leiche eines jungen Mädchens gefunden. Ihr wurde die Kehle durchgeschnitten, ich habe sie in der Basse-Geôle gesehen. Die gleiche Verletzung wie bei der jungen Pindron! Genauso ein merkwürdiger blutiger Trichter ...«

VI

Ablenkungen des Herzens

*Das Gras hätte ihn getragen; eine Blume hätte nicht
Den Abdruck seiner Schritte erhalten.*

JEAN DE LA FONTAINE

Alle waren erstarrt in dem Raum, in dem einen Augenblick zuvor noch größte Fröhlichkeit geherrscht hatte. Es war Nicolas, der das Schweigen brach.

»Viele Verbrechen werden in dieser Stadt begangen, es könnte sich auch um einen Zufall handeln.«

»Das ist wenig wahrscheinlich«, widersprach Bourdeau. »Ich habe mich in die Basse-Geôle begeben und konnte eine erste Begutachtung vornehmen. Sanson, der sich wegen eines anderen Falles gerade dort aufhielt, war so freundlich, mir mit seiner Erfahrung beizustehen. Nachdem er lange nachgedacht hatte, verschwand er und kam einen Augenblick später mit etwas Gips zurück, rührte rasch eine Paste an und beugte sich über den Leichnam aus der Rue Saint-Florentin.«

Marion stieß einen Schrei des Entsetzens aus.

»Catherine«, sagte Noblecourt, »ich glaube, es wird Zeit, dass

Marion sich ausruht. Das war heute ein anstrengender Tag für sie. Die Abende sind nichts mehr für ihr Alter, das muss sie jungen Männern wie mir überlassen. Gehen Sie, ich wünsche Ihnen eine angenehme Nacht.«

»Was mich betrifft, so habe ich auf den Schlachtfeldern ganz andere Dinge gesehen, ohne gleich zu schreien«, schimpfte Catherine, die darauf brannte, die Fortsetzung von Bourdeaus Bericht zu hören.

Dennoch gehorchte sie und begleitete Marion in ihre Zimmer, war aber schnell wieder zurück.

»Warum interessierte Sanson sich ein weiteres Mal für den Leichnam von Marguerite Pindron?«, fragte Nicolas. »Was hatte er vor?«

»Mit dem Gips hat er einen Abdruck von der Verletzung am Hals gemacht. Wie für Totenmasken.«

»Werden die nicht normalerweise aus gelbem Wachs geformt?«, fragte sein Chef verwundert.

Noblecourt mischte sich mit einem verschmitzten Lächeln ein. »Sie haben beide recht. Bevor meine Familie durch den Kauf eines Amtes auf so großartige Weise in den Amtsadel eintrat, waren meine Vorfahren Wachsformermeister …«

»Jetzt verstehe ich besser Ihr Interesse an den Szenen der Verwesung in Ihrem Kuriositätenkabinett«, sagte Nicolas.

»Einer meiner Vorfahren half 1559 bei der Anfertigung der Totenmaske von König Heinrich II., der während eines Turniers tödlich verletzt worden war. Das ist ihm in schrecklicher Erinnerung geblieben, da die Maske mit grausamer Deutlichkeit das Leiden abbildete, das vorausgegangen war. Ein Splitter der gegnerischen Lanze war durch sein Visier ins Auge gedrungen. Um auf das zurückzukommen, was ich sagen wollte: Wenn man einen Abdruck macht, braucht man feste Stoffbahnen, die das Oval des Gesichts umschließen und auf die man die Gipspaste gießt. Sobald sie getrocknet ist, hat man einen Abdruck der Gesichtszüge, von dem man dann eine Wachsmaske herstellen kann.«

»Und was macht man mit diesen Masken?«

»Meine Herren! Wissen Sie nicht, dass man die Körper unserer Könige aufbahrt, damit das Volk an ihnen vorbeiziehen kann – mit Ausnahme des letzten wegen seiner Pockeninfektion? Dabei ist es in Wirklichkeit eine Puppe, der man die Wachsmaske aufsetzt, sie in Prunkgewänder kleidet und ihr die königlichen Insignien beilegt. Was den Abdruck betrifft, so wird er anschließend in Saint-Denis aufbewahrt, dort können Sie die Sammlung bewundern. Aber wir schweifen ab.«

»Man kann immer wieder lernen von Ihrer Erfahrung, Monsieur.«

Noblecourt nickte, während er von dem Teller, den Catherine auf den Tisch gestellt hatte, ein paar Quittenwürfel stibitzte, die frisch aus der Form kamen und auf kleine rautenförmige Oblaten gelegt worden waren.

»Er nutzt es aus, dass Marion nicht da ist«, brummte die Köchin.

»Kehren wir zu unseren Leichen zurück«, unterbrach Bourdeau das Geplänkel, der im Übrigen an diesem Abend, wie häufiger im privaten Kreis, seinen Vorgesetzten mit Vornamen anredete.

»Sanson hat den Abdruck von Marguerites Leichnam in die Verletzung der Unbekannten aus der Rue de Glatigny gesteckt. Es ist kein Zweifel möglich. Erinnern Sie sich, Nicolas, an diesen furchtbaren Trichter. Der Abdruck passt praktisch genau hinein und zeigt die gleichen Risse und Quetschungen. Und er sieht aus wie eine unförmige Hand.«

»Sonst noch was?«

»Ja. Das Opfer ähnelt sehr stark Marguerite Pindron. Ich meine, es ist der gleiche Typ junger Frau, obwohl sich die beiden in manchen Details unterscheiden.«

»Interessante Bemerkung! Weiß man etwas über den Todeszeitpunkt? Es ist von wesentlicher Bedeutung, ihn zu bestimmen. Wir haben immerhin schon mehrere Verdächtige für das Verbrechen im Hôtel Saint-Florentin. Und unversehens gibt es einen Mord nach dem gleichen Muster, und die Opfer ähneln sich überdies. Wir müssen herausfinden, welcher der möglichen Verdächtigen des ersten Verbrechens der mutmaßliche Täter des zweiten sein könnte. Die Tatzeit zu wissen ist sehr wichtig, um sie mit den Tagesabläufen der Verdächtigen abzustimmen.«

»Das wird nicht leicht sein, Nicolas«, erwiderte Bourdeau. »Der Leichnam ist sehr beschädigt. Und das nicht so sehr durch das Wasser des Flusses, von dem er unmittelbar am Ufer liegend sicher teilweise überspült wurde, vielmehr ist es das Werk von Hunden, Ratten und Raben. Unter Berücksichtigung all dieser Elemente ist Sanson zu dem Schluss gekommen, dass der Tod nicht später als vor vierundzwanzig Stunden eingetreten ist. Diese Feststellung hat er gegen ein Uhr mittags getroffen, also wäre der äußerste Todeszeitpunkt gegen ein Uhr mittags am Vortag gewesen.«

»Könnte der Leichnam lediglich bei der Fundstelle angeschwemmt worden sein?«, überlegte Noblecourt.

»Das denke ich nicht. Ich habe mich dorthin begeben, wo man die Tote entdeckt hat. Schleifspuren im Schlamm lassen eher vermuten, dass der Körper von irgendwoher ans Ufer gezogen und dort abgelegt wurde. Die Gegend ist nachts fast menschen-leer.«

»Also keine deutlicheren Hinweise?«, fragt, Nicolas. »Spuren von Schritten, Schuhabdrücke vielleicht?«

»Mengen. Mir wurde gesagt, heute Morgen habe es bei der Auffindung an der Fundstelle einen ziemlichen Menschenauf-lauf gegeben. Da ließ sich nicht mehr viel unterscheiden, alles war zertrampelt.« Er kramte in seinen Taschen. »Das hier habe ich auf den Stufen gefunden, die zum Fluss hinunterführen.«

Bourdeau reichte Nicolas einen kleinen Stein, der im Kerzen-schein schimmerte.

»Ein Edelstein, der zu einem Anzugknopf verarbeitet wurde …«

»Ein falscher Edelstein«, beeilte sich Bourdeau zu präzisieren. »Ich habe es durch einen Juwelier überprüfen lassen. Es ist ein-faches buntes Glas.«

»Der Gegenstand steht möglicherweise in keinem Zusam-menhang mit unserem Fall.«

»Das kommt darauf an, wir werden sehen«, erwiderte Nicolas und steckte den Knopf in seine Tasche.

»Ich wollte nicht so schnell aufgeben«, spann Bourdeau seine Vermutungen weiter. »Weil ich irgendwann zu der Überzeugung kam, dass das Verbrechen nicht vor Ort begangen wurde …«

»Wieso denken Sie das?«

»Kein oder ganz wenig Blut auf den Stufen, und das bei einer so massiven Verletzung. Außerdem weiß ich, dass gestern, am Montag also, am Ufer noch nichts gelegen hat. Überdies würde niemand am helllichten Tag jemanden dort so öffentlich umbringen, höchstens hätte das zwischen ein Uhr nachts und dem frühen Morgen, bevor mit Passanten zu rechnen war, passieren können. Doch wie gesagt, es gibt keine Spuren …«

»Wer hat Ihnen das gesagt, dass dort am Ufer keine Tote lag?«

»Ein Privatier aus dem Viertel, der jeden Tag mit seinem Hund Gassi geht. Über jeden Verdacht erhaben, ich habe mich erkundigt.«

»Und das Opfer?«

»Wenig Hinweise. Ein Taschentuch, ein Schlüssel, ein Kamm aus Bein. Ein junges Mädchen aus dem Volk. Immerhin habe ich fünfundzwanzig Livres und sechs Sous in ihrer Tasche gefunden.«

»Donnerwetter, das ist nicht wenig für ein Mädchen aus dem Volk. Trug sie Schuhe?«

»Nein, wir haben gesucht. Einschränkend muss gesagt werden, dass bei den vielen Menschen, die sich dort herumtrieben, die Schuhe ohne Weiteres gestohlen worden sein könnten.«

»Wer hat den Leichnam gefunden?«

»Der alte Gärtner der Klosterkirche Saint-Denis-de-la-Chartre. Er war gekommen, um Wasser zu schöpfen.«

»Gibt es im Garten keinen Brunnen?«

»Er ist kürzlich eingestürzt.«

»Hübsch, das Opfer?«

»Nach dem zu urteilen, was vom Gesicht übrig ist, muss sie hübsch gewesen sein.«

»Eine Dirne?«

»Aus einfachen Verhältnissen, das ja, und sicherlich kokett.«

»Setzen Sie Ihre Spitzel darauf an«, befahl Nicolas. »Reden Sie mit Tirepot. Er wird älter und ist immer weniger unterwegs, aber sein Netz von Informanten ist nach wie vor unvergleichlich. Ich brauche so viel wie möglich über dieses Mädchen, und zwar schnell! Für alles Übrige verlasse ich mich, mein lieber Pierre, auf Ihren Scharfsinn. Und bitte übernehmen Sie die routinemäßige Überprüfung der Alibis unserer Verdächtigen. Was mich betrifft, ich muss morgen nach Versailles fahren.«

»Werden Sie Seine Majestät sehen?«, fragte Noblecourt.

»Den König, wenn ich kann, die Königin, wenn ich muss, und zwei Gärtner. Im Übrigen werde ich Monsieur de Maurepas meine Aufwartung machen.«

»Alt und Jung an einem Ort vereint, wie interessant«, scherzte Bourdeau.

»Spotten Sie nicht«, tadelte Noblecourt ihn amüsiert, »es ist klug, sich hier zu benehmen. Nicolas, bringen Sie mich bitte bei Monsieur de Maurepas in Erinnerung. Ich kannte ihn in meiner Jugend. In den Dreißigerjahren bewunderte ich mit ihm und anderen jungen Chevaliers, verkleidet mit Gehröcken und runden Hüten, die Paraden auf der Foire Saint-Germain ...« Er schenkte sich ein randvolles Gas Wein ein, das er auf einen Zug austrank. »Vor allem diejenigen der Figuren des Theaterrepertoires«, fuhr er träumerisch fort, »alle überaus drollig durch die Art, wie sie dargestellt wurden. Ah, mit was für einer unverhohlenen Fröhlichkeit die Gaukler zu Werke gingen, munterer Schwung, fehlerhafte Aussprache. Mein Gott, was haben wir gelacht! Mit offenem Mund und aufgeknöpfter Oberschenkelhose ...«

Nicolas unterbrach seine sentimentalen Erinnerungen, er hatte es eilig, auf das neue Verbrechen zurückzukommen.

»Noch etwas, Pierre?«

Bourdeau nickte. »Ich hielt es für notwendig, eine detaillierte Übersicht über die Aktivitäten besagter Verdächtiger in der Nacht des Verbrechens zu erstellen.«

Er befreite die Rockschöße seines Anzugs von seiner weißen Küchenschürze und zog ein langes Dokument aus der Westentasche heraus, dessen einzelne Teile durch Siegelbrot miteinander verbunden waren. Als Nicolas das sah, stand er auf, nahm seinen Inspektor in die Arme und küsste ihn zur großen Verblüffung der Anwesenden auf beide Wangen. Bourdeau errötete vor Freude über diesen unerwarteten Gefühlsausbruch seines Chefs.

»Ich sage Ihnen«, rief Nicolas, »er ist weiß Gott einzigartig, was Rillette, Géline-Hühner und Ermittlungen betrifft. Jetzt hat er sogar das vorausgesehen, worum ich ihn bitten wollte.«

»Fünfzehn Jahre in enger Zusammenarbeit ist gleichbedeutend mit gewachsener Komplizenschaft«, kommentierte Noblecourt gerührt.

»In der ersten Spalte«, fuhr der Inspektor mit gesenkter Stimme fort, »finden Sie die Namen des Opfers und der Zeugen einschließlich derjenigen des Duc und der Duchesse de La Vrillière.«

»Das haben Sie ganz richtig gemacht«, lobte Nicolas. »Ich habe nämlich aus gut informierter Quelle erfahren, dass der Monsieur de Saint-Florentin Sonntagabend nicht in Versailles gewesen ist, wie er behauptet hat, sondern dass er die Nacht in Paris verbrachte.«

»Bei der schönen Aglaé?«

»Das würde mich wundern, sie lebt im Exil in der Normandie.«

Bourdeau nickte wissend. »Die zweite Spalte verzeichnet, was jeder am Sonntag zwischen zehn Uhr und Mitternacht gemacht hat. Die dritte führt ihre Aktivitäten am nächsten Morgen auf. In der vierten finden sich Ihre Beobachtungen und in der fünften meine eigenen Feststellungen, in der sechsten die Indizien vom Tatort, die siebte enthält die Urteile über das Opfer und die achte und letzte Spalte die Diagnose des Arztes bezüglich Jean Missery und seiner Verletzung.«

Nicolas vertiefte sich eine ganze Weile in die Lektüre des Dokuments.»Das ergibt ein faszinierendes Bild. Welche vorläufigen Schlüsse ziehen Sie daraus?«

»Nichts passt wirklich zusammen, weder die Zeiten noch die Zeugenaussagen. Wo befindet sich die Grenze zwischen den verwirrenden Aussagen, der Wahrheit und der Verzerrung der Wahrheit? Das alles ist nichts als Vorspiegelung falscher Tatsachen und ein wüstes Durcheinander.«

»Das Gleiche«, fügte Nicolas hinzu,»gilt für die Nonne, die Schwägerin des Maître d'hôtel. Der würde ich nicht meinen Beichtzettel geben. Sie scheint mal die Wahrheit zu sagen, um an anderer Stelle besser lügen zu können, schläft außerhalb des Klosters, heimlich, und hatte heute Morgen, halten Sie sich fest, eine lange Unterhaltung mit der Duchesse de La Vrillière. Rechnen Sie das mal alles zusammen ...«

»Ist sie eine Karmelitin?«

»Nein, eine Fille de Saint-Michel, eine Eudistin. Warum diese Frage?«

»Der große König hat einmal zu Monsieur, seinem Bruder, gesagt, er wisse zwar, dass die Karmelitinnen boshaft und intrigant seien, aber er hätte nicht geglaubt, dass sie Giftmörderinnen seien. Angeblich haben sie seine Nichte mit einem ihrer Medikamente um ein Haar umgebracht!«

Nach diesem Bonmot aus dem Schätzkästchen des alten Staatsanwalts berichtete Nicolas weiter über seinen Tag, speziell über seine Entdeckungen in Popincourt. Noblecourt klatschte in die Hände. »Der Himmel hat Sie auserwählt, um die kompliziertesten Fälle sowie die gefährlichsten zu lösen. Derjenige, der zu Ihnen spricht, ist ein Einzelgänger, da er kaum Umgang mit den Menschen pflegt, hat er …«

Bourdeau unterbrach den alten Staatsanwalt und beendete den Satz: »… weniger Gelegenheiten, sich mit ihren Vorurteilen vollzusaugen, wie Rousseau behauptet.«

Zum zweiten Mal errötete der Inspektor unter den anerkennenden Blicken seiner beiden Freunde.

»Sie lesen und schätzen also Jean-Jacques?«, rief Noblecourt erstaunt.

»Ich gebe zu, ich bin ganz hin und weg von ihm. Glauben Sie mir, seine Ideen werden unsere Welt verändern. Man findet bei ihm eine tiefe Inbrunst: ›Der Große wird klein, der Reiche wird arm, der Monarch wird Untertan. Wir nähern uns dem Krisenzustand und dem Jahrhundert der Revolutionen.‹«

»Schön.« Noblecourt wiegte skeptisch den Kopf. »Der philosophische Bourdeau sollte allerdings aufpassen. Der leidenschaftliche Mensch argumentiert schlecht und gegen die Gesetze der Logik, während der Verrückte die Vernunft in denselben Quellen findet, indes sein Verhalten ist kalt. Meine Kinder, ich danke Ihnen für diesen Abend, der Schlaf übermannt mich.«

Er stand auf und ging zur Treppe, begleitet von Cyrus und Mouchette. Auf der letzten Stufe drehte er sich um. »Vergessen Sie nicht, dass Sie in Ihrem Fall das am wenigsten Wahrscheinliche in Erwägung ziehen müssen, auch wenn es Ihnen mit dem normalen Leben nichts zu tun zu haben scheint. Guten Abend, meine Herren, guten Abend ...«

Sobald die vertraute Gestalt verschwunden war, wandte sich Bourdeau mit leicht besorgter Stimme an Nicolas. »Finden Sie ihn heute Abend nicht ein wenig merkwürdig? Dieser Sturz, seine Äußerungen ...«

»Machen Sie nicht so ein gequältes Gesicht«, erwiderte sein Chef lachend, »Sie kennen ihn nicht so gut wie ich. Er hat eine erstaunliche Fähigkeit, die mir bereits häufig von großem Nutzen war und die darin besteht, dass er die dunklen Wolken eines Falles durchdringt, lange bevor wir die Gegebenheiten klären. Das schlägt sich wie vorhin in schulmeisterlichen Sätzen nieder, deren Sinn sich zunächst nicht erschließt, die aber stets eine Wahrheit enthalten, die ihm auf geheimnisvolle Weise enthüllt wurde. Außerdem hat er heute Abend ordentlich Ihrem Wein aus Chinon zugesprochen und mehr als sonst getrunken. Daher seine heitere und zu Scherzen aufgelegte Gesprächigkeit.«

Sie plauderten noch ein Weilchen und stellten Hypothesen auf, die alle an irgendeinem vergessenen Detail krankten. Gerade formuliert, stürzten sie sogleich wieder wie ein Kartenhaus zusammen. Catherine saß stopfend auf einem Strohstuhl, der eher wie ein Betstuhl aussah, am Herd, wärmte ihre Knochen, die durch langes Biwakieren im eisigen Regen auf den Schlachtfeldern Europas in Mitleidenschaft gezogen waren. Auf dem Herd kochte eine Bouillon aus drei Fleischsorten und Wurzelgemüse, deren Reduktion für die Speisen des nächsten Tages als Sauce dienen sollte. Bourdeau verabschiedete sich, und Nicolas begleitete ihn hinaus auf die Rue Montmartre. Zusätzlich zu seinem Korb mit der Terrine und den Flaschen gab er ihm eine Handlaterne mit. Um diese Uhrzeit genügte manchmal der Abstand zwischen zwei Laternen, um die Straßendiebe in Versuchung zu führen.

Nicolas ging in sein Zimmer hinauf und legte sich in sein Bett. Mouchettes regelmäßiges Schnarchen erinnerte ihn an den Mechanismus eines Automaten und an das Monsieur de Sartine gegebene Versprechen, Nachforschungen über Bourdier anzustellen, den Hersteller der Perückenbibliothek und Erfinder einer neuen Dechiffriermaschine. Er durfte es nicht vergessen.

Mittwoch, den 5. Oktober 1774

Monsieur de Sartine verzog das Gesicht, während er auf die Knöpfe aus Elfenbein und Ebenholz seiner Bibliothek drückte. Die Mechanik spielte nicht mehr die fröhliche Musik von Rameau, sondern stattdessen einen schrillen Singsang, der wie *Dies irae* klang.

Eine Schublade sprang mit einem knallenden Geräusch auf. Sartine klammerte sich an Nicolas, der entsetzt den blutigen Körper einer jungen Frau anstelle der erwarteten Perücke entdeckte. Er drehte sich um. Der Minister war verschwunden, und Schnittblumen lagen verstreut auf dem Boden. Erschrocken bemerkte er einen Mann, der mit der Axt auf den Stamm einer großen Eiche einschlug. Er schien durch Fäden bewegt zu werden wie die Marionetten, die auf der Pont-Neuf verkauft wurden. Der Holzfäller hatte das unbewegte Gesicht Bourdeaus. Nicolas sah den Blitz der Klinge, die seine Brust traf. Dennoch spürte er nichts außer einem sanften Trommeln. Er öffnete die Augen;

Mouchette bewegte sich auf ihm und stieß mit der Nase liebevoll gegen sein Kinn.

Während seiner Morgentoilette ging ihm dieser Albtraum, dessen Bedeutung ihm unverständlich blieb, die ganze Zeit nicht aus dem Kopf. Er packte seinen Koffer, überprüfte die Gewehre von Ludwig XV., die der König ihm geschenkt hatte, und bürstete die Garderobe zum Wechseln, dazu den Frack sowie seine Jagdanzüge. Seit Monsieur de La Borde keine Wohnung mehr im Schloss hatte, stieg Nicolas im Hôtel de la belle Image in Versailles ab. Vorher hatte er alles, was er für Einladungen beim König brauchte, bei seinem Freund deponiert, jetzt musste er es hin und her schleppen. Eine Unannehmlichkeit, die ihn insgeheim ärgerte. Er bewegte sich leise, um die Hausbewohner nicht zu wecken, selbst Catherine schlief noch. Ein Lehrling der Bäckerei im Erdgeschoss besorgte ihm eine Kutsche. Der Tag war noch nicht angebrochen, und Regen kündigte sich an. Er setzte ein, als er die Porte de la Conférence erreichte, und hörte nicht mehr auf, gleichzeitig erhob sich ein böiger Wind.

Nicolas, den trübe Gedanken und düstere Vorahnungen quälten, dachte über Monsieur de Noblecourts Unwohlsein nach. Er vergegenwärtigte sich, was er dem alten Staatsanwalt verdankte und wie sehr er ihm verbunden war. Angst vor der Vergänglichkeit des Lebens überkam ihn. Von denen, die für ihn gezählt hatten, waren viele inzwischen gestorben. Sein Vormund, der Stiftsherr Le Floch, dessen Zuneigung und Aufmerksamkeit er sein moralisches Gewissen verdankte. Sein Vater, der Marquis de Ranreuil, ein Vorbild an Intelligenz und Mut. Und sogar Commissaire Lardin, der ihm, ohne irgendeine Freundschaft für ihn zu empfinden, ein kompetenter, anspruchsvoller und gestrenger Lehrer gewesen war.

Die Kutsche fuhr über die Champs-Élysées, die im bleichen Licht des trüben Morgens unwirtlich und unheimlich wirkten. Der verstorbene König hatte durch sein Wohlwollen seine Ergebenheit, die er schon als Kind für das Gesicht auf den Louisdors empfunden hatte, noch verstärkt. Sartine, Bourdeau und Semacgus hatten ihn, jeder auf seine Weise, geprägt und ihn zu dem Mann gemacht, der er jetzt war. Und nicht zuletzt hatte Noblecourt eine nicht geringe Rolle für die Entwicklung seiner Persönlichkeit gespielt. Mit einem fast heiligen Schrecken bemerkte er, dass sie alle eine Art Kette von Vätern mit verschiedenen Gesichtern um ihn herum bildeten. Alle hatten ihn für das Leben mit seinen Bedrohungen gewappnet. Ja, er verdankte ihnen wirklich viel. Ein Gedanke, der seine Katerstimmung vertrieb und ihn veranlasste, sich seinem Schicksal zu stellen, im Dienste des Königs und mithilfe Gottes und der heiligen Anna.

Kurz vor Versailles, während die Kutsche in Schrittgeschwindigkeit durch den Forêt de Fausses Reposes fuhr, nahm das Unwetter an Heftigkeit zu. Einer dieser gnadenlosen Herbstregen, begleitet von Sturmböen, peitschte und verwüstete alles. Nicolas betrachtete fasziniert diesen Aufruhr der Natur, als eine merkwürdige Szene seinen Blick anzog. Sie wirkte zunächst unscharf, wie durch die Linse eines schlecht eingestellten Fernrohrs gesehen. Irgendetwas war ein paar Meter entfernt zu Boden gesunken. Er klopfte an die Trennwand, um das Gespann anhalten zu lassen. Unter heftigem Schlingern kam die Kutsche schließlich unter lauten Kommandos des Kutschers und nicht weniger lautem Gewieher der Pferde zum Stehen.

Nicolas stürzte hinaus. Eine bewusstlose Frau lag auf der Erde. Er beugte sich über sie und hob sie auf seine Arme. Sie kam ihm leicht wie eine Feder vor, als er sie in die Kutsche trug. Ihr blasses, fein geschnittenes Gesicht war von wirren braunen Locken umgeben, und von ihrem nassen Körper stieg ein kaum wahrnehmbarer Duft von Eisenkraut auf. Er nahm sein Taschentuch, um ihre vom Kies aufgeschürften Hände abzuwischen. Sie bewegte sich, stöhnte und schmiegte sich an ihn. Ihr Mund stieß gegen sein Kinn. Er dachte an Mouchette, ein so zartes Wesen ... Sie war mittlerweile bei vollem Bewusstsein, ihr Gesicht bekam wieder Farbe, und neugierig öffnete sie die Augen, die grau mit dunkelblauen Flecken waren.

»Monsieur, Sie sehen mich verwirrt. Was ist mit mir passiert?«, fragte sie und richtete sich auf.

Nicolas musterte sie eingehend, schätzte sie auf etwas über zwanzig Jahre.

»Madame, ich habe undeutlich gesehen, wie Sie gestürzt sind, und meine Kutsche anhalten lassen, um Ihnen zu Hilfe zu kommen.«

Sie lächelte und zeigte dabei strahlend weiße Zähne.

»Wem muss ich danken, mein Herr Retter?«

»Nicolas Le Floch, Commissaire im Châtelet.«

Nichts zwang ihn, Ämter zu verschweigen. Hätte er es getan, zöge das, wie die Erfahrung lehrte, mit Sicherheit andere Unannehmlichkeiten nach sich.

»Aha«, sagte sie sichtlich interessiert, »der kleine Ranreuil.«

Sofort verfinsterte sich Nicolas' Miene. Sie hatte da etwas

berührt, das persönlich war und das er als einen Eingriff in seine Privatsphäre empfand. Diese Benennung stand allein der königlichen Familie zu. Der verstorbene König, der derzeitige, Mesdames und früher die Favoritinnen benützten diese Anrede nach Lust und Laune, wobei sie es nicht etwa spöttisch, sondern durchaus ehrenvoll meinten. Die junge Frau warf ihm einen Blick von der Seite zu, als würde sie seine Verärgerung erraten. Verlegen rollte sie eine Strähne ihres Haares ein, um das Wasser herauszudrücken, das sogleich auf ihr Kleid tropfte.

»Wir haben einen gemeinsamen Bekannten, Monsieur de La Borde«, erklärte sie. »Seine Frau ist eine enge Freundin von mir. Er ist voll des Lobes über Sie, spricht in den höchsten Tönen von Ihnen, sodass man seine hymnischen Äußerungen fast vertonen möchte.« Sie erhob sich halb und deutete eine Verbeugung an. »Aimée d'Arranet, Ihre Dienerin.«

Er entspannte sich, und seine Verärgerung wich plötzlich einem verwirrenden Wohlbefinden. Sie drückte sich in die Ecke der Kutsche. Während das Schweigen zwischen ihnen andauerte, ließ Nicolas voller Bewunderung ihre Anmut und Sanftmut auf sich wirken. Er wurde wieder zu einem jungen Mann.

»Und was hatten Sie vor mitten in diesem Unwetter?«

»Monsieur, Sie sind sehr indiskret. Natürlich wäre es nicht sehr freundlich von mir, Ihre Neugier nicht zu befriedigen ...«

Sie öffnete eine Stofftasche, die an ihrem Gürtel hing. »Ich habe, mit Verlaub, Kastanien gesammelt, als der Regen mich überrascht hat.«

»So früh am Morgen?«

Sie verzog verärgert das Gesicht. »Sie können es nicht lassen! Ich bin bei Tagesanbruch spazieren gegangen, und um auf Ihre

Frage zu antworten, Monsieur le Commissaire, das eigentliche Ziel meines Spaziergangs waren Pilze. Wussten Sie, dass die besten mit dem Morgentau aus dem Boden kommen?«

Die Unterhaltung über dieses Thema schien ihm unsinnig, sie führte zu nichts. War sie womöglich jünger, als er angenommen hatte, und ihre Selbstsicherheit täuschte über ihr wahres Alter hinweg? Er tadelte sich: Was kümmerte ihn das überhaupt? Wieso fühlte er sich plötzlich zu einer Fremden hingezogen? Etwas Vergleichbares hatte er seit Langem nicht mehr erlebt, nicht mehr seit einem gewissen Konzert. Die Erinnerung an Julie de Lastérieux, süß und bitter zugleich, und an die unglücklichen Umstände ihres Todes, die ihn selbst in Verdacht brachten, drängten sich ihm machtvoll wieder auf.

»Monsieur, Sie sind mit einem Mal ganz schön schweigsam geworden«, sagte die junge Frau. »Und außerdem sind Sie durch mich ganz schön nass geworden.«

Ohne dass er sich wehren konnte, hatte sie aus ihrem Ärmel ein Spitzentaschentuch gezogen und wischte ihm die Stirn ab. Es kam ihm wie eine Liebkosung vor. Er musste sich beherrschen, nicht ihre Hand zu nehmen.

»Mademoiselle, wie besorgt Sie um mich sind … Wohin darf ich Sie fahren, denn der Regen wird stärker?«

Sie lächelte erneut. »Meine Gesellschaft ist Ihnen lästig, glaube ich, und ich habe Sie aufgehalten. Na, na, werden Sie nicht rot. So bin ich eben, frech und schelmisch von Natur aus. Das Haus meines Vaters, des Comte d'Arranet, befindet sich ein paar Schritte von hier, an der Avenue de Paris. Darf ich Sie vielleicht vorher bitten, meine Schuhe zu holen, sofern sie nicht in dem durchweichten Boden untergegangen sind?«

Nicolas stieg aus, hob die beiden mit Wasser gefüllten Schuhe auf, leerte sie und brachte sie ihr.

»Vielleicht setzen Sie mich lieber am Fuß der Freitreppe ab, damit ich diese durchweichten Exemplare nicht mehr anziehen muss, sondern auf Strümpfen hinausspringen kann.«

Sie lachte laut los, und Nicolas gab den Befehl weiterzufahren. Sie schwiegen, während die junge Dame sich bemühte, ihre Kleidung in Ordnung zu bringen. Auf der breiten Avenue, die zum Schloss führte, rief Mademoiselle d'Arranet dem Kutscher ein paar Anweisungen zu, woraufhin dieser nach rechts in eine Allee mit alten Linden einbog und zu einem eleganten eingeschossigen Haus aus Quadersteinen fuhr. Kaum hielt er an, erschien eine Schar von Dienern, um seiner Gefährtin beim Aussteigen zu helfen. Aimée d'Arranet drehte sich um.

»Monsieur, tausend Dank. So leicht kommen Sie mir nicht davon. Ich eile, um mich umzuziehen. Tribord wird Sie unterdessen in die Bibliothek führen, denn ich möchte unbedingt, dass mein Vater meinen Retter kennenlernt.«

»Die Sache ist nicht der Rede wert, das scheint mir etwas übertrieben«, wiegelte Nicolas ab.

Als sie ihm einen Finger auf den Mund legte, gab er seinen Protest auf und stieg ebenfalls aus, um dem Diener in grau-rosa Livree, der ein völlig vernarbtes Gesicht hatte, zu folgen. Als er seinen neugierigen Blick bemerkte, verzog sich sein Gesicht zu einer furchtbaren Grimasse, die ein Lächeln andeuten sollte, und erklärte ihm, dass er bei dem Comte gedient habe.

Nachdem er die Stufen hinaufgestiegen war und die doppelflügelige, mit Reliefs geschmückte Bronzetür durchschritten hatte, betrat er ein helles Vestibül mit schwarzen und weißen

Marmorfliesen. Der Diener geleitete ihn in die Bibliothek, deren Bücherregale bis zu den grau und golden gestrichenen Zierleisten der Decke reichten. Einzig der Kamin und zwei Fenster unterbrachen die gleichmäßigen Bücherreihen. An der Stelle, wo normalerweise ein Spiegel hing, wurde ein Gemälde präsentiert, das einen General in voller Größe zeigte. Offensichtlich einen Marineoffizier, wie die Szenen einer Seeschlacht im Hintergrund vermuten ließen. Sessel, runde einbeinige Tischchen und Spieltische verteilten sich zudem im Raum, was darauf hindeutete, dass die Bibliothek gleichzeitig als Salon genutzt wurde.

Ein merkwürdiges Möbelstück, das in der Mitte stand, erregte seine besondere Aufmerksamkeit. Es war ein niedriger Tisch, auf dem mit farbigem Gips eine Schlacht nachgestellt war. Nicolas beugte sich darüber, um die Details besser betrachten zu können. Sechs Schiffe mit den englischen Farben schienen zwei andere zu belagern, die fast ganz zerstört waren und die weiße Fahne gehisst hatten. Alles war bis ins kleinste Detail dargestellt. Jedes Schiff hatte seine Segel, Locken aus Werg bildeten den Rauch der schießenden Kanonen und kleine Bleikügelchen die Geschosse, die auf den Decks verstreut waren. Nicolas erkannte sogar Leichenteile sowie auf einem Hüttendeck einen Offizier mit einem Fernrohr unter dem Arm und einem erhobenen Säbel in der Hand.

» Monsieur, Sie beugen sich über die Reling eines Schauspiels, das Sie, wie ich vermute, überrascht«, hörte er eine raue Stimme hinter sich.

Als er sich umdrehte, stand er vor einem großen, kräftigen Mann, dessen graue, lebhafte Augen große Herzlichkeit ausstrahlten. Das Modell für das Porträt über dem Kamin trug einen

dunkelblauen, militärisch geschnittenen Anzug mit Kupfer-
knöpfen und einem Ordensband des Ordre Royal et Militaire de
Saint-Louis, dazu eine gepuderte Perücke, die der männlichen
Energie seines wettergegerbten, zerfurchten Gesichts keinen Ab-
bruch tat. Er stützte sich auf einen Stock, vermutlich wegen einer
früheren Verletzung, und reichte Nicolas die Hand.

»Danke, dass Sie meine gedankenlose Tochter zurückgebracht
haben, die sich trotz meiner Warnungen in das Unwetter gewagt
hat, um im Wald umherzustreifen.«

Nicolas verbeugte sich. »Jeder andere hätte genauso reagiert.«

»Meine Tochter scheint sich zu freuen, dass Sie es waren … Ich
bin Ihnen sehr dankbar. Sind Sie ein Freund von La Borde? Ein
charmantes Paar. Seine Frau war zusammen mit meiner Tochter
im Kloster. Ich habe Ihren Vater gut gekannt, von Begegnungen
am Hof und in den Feldlagern … Sie sehen ihm ähnlich. Ein tap-
ferer Mann und ein brillanter Geist!«

Unter seiner rauen Schale mangelte es dem Mann nicht an
Umgangsformen und Feingefühl. Nichts an seinen offenen Worten war verletzend gewesen.

»Ich bin der Comte d'Arranet, Marinegeneral. Nicht im Dienst.
Zumindest im Augenblick nicht.«

»Darf ich Sie bitten, Monsieur le Comte, so liebenswürdig zu
sein, mich über dieses Modell aufzuklären, das, wie ich gestehen
muss, mein Interesse geweckt hat … und meine Neugier. Wenn
es nicht zu indiskret ist.«

Seine Bitte erfüllte seinen Gastgeber mit Genugtuung. »Monsieur, bitte nehmen Sie Platz. Ihr Wunsch ehrt mich.«

Er zog einen Ohrensessel zu sich heran, der unter seinem Gewicht ächzte, als er sich hineinsetzte.

»Dieses Modell stellt die zweite berühmte Schlacht beim spanischen Kap Finisterre dar. 1747 sollte mein damaliger Vorgesetzter, François des Herbiers, Marquis de l'Estanduère, einen Konvoi von Schiffen, die mit Lebensmitteln beladen waren, zu den Antillen eskortieren. Stellen Sie sich den langen Zug von zweihundertfünfzig Handelsschiffen vor, die begleitet und geschützt wurden von acht bewaffneten Linienschiffen und einer Fregatte ... Bei Gott, ich zittere heute noch! Sobald wir die Reede von Brest verlassen hatten und in spanischen Gewässern die Atlantiküberquerung beginnen wollten, versuchte die englische Flotte unter Konteradmiral Edward Hawke, uns auf hoher See den Weg abzuschneiden.«

»War diese Flotte zahlenmäßig überlegen?«

»Leider verfügte sie über fast doppelt so viele Schiffe! Vierzehn große Kriegsschiffe bildeten eine Linie. Der Marquis, ein ausgezeichneter Seemann, beeilte sich, seine acht Schiffe den englischen Angreifern entgegenzustellen. Es gelang uns, ihnen lange genug Widerstand zu leisten, um dem Konvoi zu erlauben, die Flucht zu ergreifen und sich aus dem Staub zu machen.«

»Und der Feind ließ sich das gefallen?«

»Was glauben Sie, natürlich nicht! Hawke begriff, dass er das Scheitern seiner Mission riskierte. Er schicke die *Lion* und die *Princesse Luisa* los, den Konvoi zu verfolgen. Ein gewagtes Manöver, zumal gerade heftiger Seegang herrschte. Als würden wir sie an unserer Linie vorbeilassen. Wir belegten sie mit Barrengeschossen und zerstörten die beiden Schiffe so sehr, dass sie praktisch keine Chance mehr hatten. Zum Teufel, das Reden macht mich durstig! Während das Fohlen sich schön macht, wollen wir die Zeit nutzen. Meine verstorbene Frau ist in der Obhut Gottes und hat mir die Überwachung unserer Tochter überlassen. Das Schlimmste, was einem Mann wie mir passieren kann. Sie hat nämlich die Hosen an, müssen Sie wissen.«

Der Comte hinkte zu einer Bücherreihe. Ein falscher Einband enthielt eine Kristallkaraffe und zwei Becher. Nachdem er eine bernsteinfarbene Flüssigkeit eingeschenkt hatte, reichte er Nicolas einen der Becher.

»Ein alter Rum von der Île Bourbon. Mögen Sie den?«

»Ich liebe ihn, Monsieur. Ein Freund von mir, seines Zeichens Marinewundarzt, hat mich mit diesem Getränk bekannt gemacht.«

»Wie heißt er?«

»Guillaume Semacgus.«

Monsieur d'Arranet schlug sich auf den Schenkel. »Nicht möglich! Guillaume! Ich verdanke ihm, dass ich mein Bein behalten habe. Er hat mir eine gefährliche Spiere herausgezogen, die die Wade durchbohrt und einen Knochen gebrochen hatte. Ich würde mich freuen, Monsieur, ihn wiederzusehen. Seien Sie mein Botschafter.«

Sie stießen an. Der Alkohol war stark und aromatisch.

»Zurück zu meinem Bericht. Hawke war fuchsteufelswild und hetzte sein Geschwader auf uns, das unsere Linie an einem Ende umfuhr. Mehrere unserer Schiffe waren nach einem furchtbaren achtstündigen Gefecht gezwungen, die Kämpfe einzustellen.«

Der Comte schenkte sich ein zweites Glas ein, während Nicolas ablehnte.

»Wie Sie wollen! Als die Sonne unterging, waren von dem französischen Geschwader allein die *Tonnant*, die dem Admiral unterstellt war, und die *Intrépide*, kommandiert vom Marquis de Vaudreuil, übrig geblieben. Als die *Tonnant* sich schließlich ergab, war sie nur noch ein ausgebranntes Wrack voller Toter und Verletzter. Ein zwanzigjähriger Wachposten, Monsieur de Suffren, weinte vor Wut und wehrte sich wie wild dagegen, dass man die Heckflagge einholen wollte.«

»Und wo befanden Sie sich, Monsieur?«

»Ich war der Erste Offizier von Vaudreuil, der mit seinem Schiff ein verzweifeltes Manöver wagte und unter feindlichem Feuer wendete, obwohl seine Wanten und Stützbalken von den Geschossen zerstört worden waren. Dann brachte er ein Boot zu Wasser, das von der *Intrépide* zwei Taue zur *Tonnant* brachte, um das manövrierunfähige Schiff vor der Nase der Engländer abzuschleppen. Glücklicherweise erreichte wenigstens der Konvoi der Handelsschiffe unbeschadet die Antillen, die daraufhin nicht mehr unter einer Hungersnot leiden mussten.«

Eine heitere Stimme ertönte. »Papa, Sie werden sich nie ändern! Sie halten Vorträge, trinken Ihren schrecklichen Alkohol und langweilen unseren Gast mit Ihren vergangenen Heldentaten.«

Der Comte machte ein zerknirschtes Gesicht, doch seine Tochter warf sich ihm an den Hals und küsste ihn.

»Da sehen Sie, wie eine im Kloster aufgewachsene Tochter ihren alten Vater behandelt! Weißt du, Aimée, dass unser Freund Guillaume Semacgus kennt, von dem ich dir so oft erzählt habe und dem ich es zu verdanken habe, dass ich noch auf beiden Beinen stehe? Was für ein erfreulicher Zufall! Dafür verzeihe ich dir deinen Leichtsinn.«

»Er ist ein sehr lieber Freund, der mir sehr viel bedeutet«, fügte Nicolas erklärend hinzu.

»Wo wohnt der alte Pirat?«

»In Vaugirard, in der Nähe der Croix-Nivert.«

»Monsieur, mir fällt gerade ein, dass ich morgen ein Abendessen zu Ehren von Monsieur de Sartine, dem Marineminister, gebe. Würde es Ihnen Freude machen, daran teilzunehmen?« Der Comte warf ihm einen bedeutungsvollen Blick zu. »Ich erwarte ein Kommando. Vielleicht trägt dieser Abend ja dazu bei. Sartine war, heißt es, Ihr Fürsprecher beim verstorbenen König. Allein Ihr Name genügt, dazu die Glanzleistungen, die man Ihnen zuschreibt ... Zweifellos würde der ehemalige Polizeipräfekt sich freuen, Sie wiederzusehen.«

»Monsieur le Comte, ich weiß nicht, ob ich so ...«

»Kommen Sie, ich werde keine Ausflüchte dulden. Das ist ein Befehl. Oder besser gesagt, eine Bitte.«

»Der ich mich anschließe«, sagte Aimée d'Arranet.

Ihr Lächeln nahm ihm die Entscheidung ab.

»In dem Fall«, sagte er, »nehme ich an.«

Als er, nachdem er sich verabschiedet hatte, wieder in seiner Kutsche saß, existierte für ihn nichts anderes mehr als das Gesicht der jungen Frau.

Als die Sonne aufging, hatten die Böen ihren Höhepunkt erreicht. Sobald der Wagen den Platz in unmittelbarer Nähe des Schlosses erreicht hatte, an dem sich seine Unterkunft befand, blieb er noch eine Weile in der Kutsche sitzen, um fasziniert das Schauspiel zu beobachten, das die aufgewühlte Natur ihm bot. Die stolzen Gebäude wurden von zuckenden Blitzen erhellt, die wie von unsichtbaren Geschützen abgefeuert zu sein schienen. Die Kapelle zeichnete sich dunkel vor einem schieferblauen Himmel ab. Das Rot der Fassade des Marmorhofs schien in Brand zu stehen, wenn Blitze sie beleuchteten, wohingegen der Flügel der Minister wie in flüssiges Gold getaucht wirkte. Nach und nach verschoben sich die Kräfteverhältnisse, und die Sonne setzte sich gegen das Unwetter durch und ließ die unzähligen Fenster des Schlosses funkeln. Ein Regenbogen erstrahlte und verblasste sofort wieder, denn innerhalb weniger Minuten war es vorbei mit Stille und Ruhe, am Himmel entlud sich erneut ein Blitzgewitter, dem kurz darauf dumpfes Donnergrollen und ein heftiger Regen folgten, der sich wie ein flüssiger Vorhang vor den prächtigen Anblick des Schlosses schob, seine Konturen aufweichte und den gesamten Komplex auf eine wabernde Masse reduzierte, die sich jeden Augenblick auflösen könnte.

Nicolas begab sich ins unmittelbar in Schlossnähe gelegene Hôtel de la Belle Image. Er hatte Erfahrung mit dieser Art von Unterkunft. Die Zimmer waren winzig, dabei stets sauber und ordentlich, und die Wanzen bevölkerten die Bettwäsche sehr viel weniger als woanders. Nicolas' erste Sorge war es, einen Boten zu finden, der die Einladung des Comte d'Arranet an Semacgus überbringen sollte. Er kritzelte ein paar erklärende Bemerkungen auf eine Seite aus seinem schwarzen Heft, die er mit Siegelbrot verschloss, und übergab sie einem Weinhändler, der gerade nach Paris zurückkehren wollte und über Vaugirard fuhr. Nicolas, den der morgendliche Rum von innen gewärmt hatte, lud ihn zu einem kleinen Imbiss aus Eiern mit Speck ein, womit er sich die lebenslange dankbare Verbundenheit des Mannes erwarb. Anschließend ging er in sein Zimmer hinauf, um sich um sein Gepäck zu kümmern. Er hatte Zeit genug, da er an der Jagd, die an diesem Vormittag stattfand, sowieso nicht mehr teilnehmen konnte. Wenn er sich jedoch ein wenig sputete, würde er sich vielleicht dem königlichen Gefolge anschließen können, wobei er keine allzu große Eile an den Tag legen durfte, weil das gegen die Regeln der Schicklichkeit verstieß. Es war besser, sich zu informieren, statt sich so einfach in die tückischen Sümpfe des Hofes zu wagen. Welche Kleidung wurde beispielsweise erwartet? Für die einfache Jagd hatte der verstorbene König geduldet, dass man sich nach Lust und Laune kleidete, ganz anders verhielt es sich hingegen bei der Jagd auf Rehbock, Hirsch oder Schwarzwild. Zudem stand der neue Herrscher in dem Ruf, diesbezüglich strenger als sein Großvater zu sein. Für Großwild war der blaue Jagdanzug mit goldenen Tressen Pflicht, wobei die Anordnung der Tressen von der Art des Tieres abhing, das gejagt wurde. Wenngleich ganz schön merkwürdig, waren diese scheinbar unbedeutenden Details durchaus vielsagend. Immerhin waren sie ein Hinweis darauf, dass man einen Namen trug, der einem das Recht gab, in die Karossen des Königs zu steigen – ein Privileg, auf das Nicolas stolz war. Gewiss, er verdankte es seiner Geburt, mochte sie auch unehelich sein, aber vor allem war es ihm von Ludwig XV. auf ewig gewährt worden.

Kritisch betrachtete er seine Gewehre. Flecken auf der Platine ärgerten ihn. Nichts sollte den Glanz des königlichen Gewehrs trüben. Er bemühte sich, sie zu entfernen. Im Geist ging er jeden Gegenstand durch. Wie lange würde es dauern, bis ihm solche Lappalien gleichgültig würden? Wenn er vor langer Zeit mit seinem Freund Pigneau de Behaine, der mittlerweile Bischof der Mission in Cochinchina war, aus den Concerts spirituels gekommen war, einer in Frankreich wegweisenden Konzertreihe, hatte dieser ihm die buddhistischen Religionsführer beschrieben, die ihre Anhänger den Verzicht auf alles und das Kappen aller Bindungen lehrten, um die höchste Gleichgültigkeit und den höchsten Seelenfrieden zu erreichen. Diese Vorstellung hatte ihn empört, da er sie für einen unerreichbaren Traum gehalten hatte, eine Art von moralischem Selbstmord in einer Welt, in der nichts mehr einen Preis und einen Sinn hatte. Obwohl Pigneau ihn vorsichtig zu bekehren versucht hatte, war diese Lehre ihm fremd geblieben. Nicolas beschloss, sich zum Stiefelausziehen des Königs zu begeben. Dort würde er die neuesten Nachrichten hören, sich über die Art der Jagd am nächsten Tag informieren und Nachforschungen über diese eigenartige Geschichte im Garten von Trianon anstellen können. So geregelt es sein mochte, er wusste sehr gut, dass jedes Programm am Hof Launen und Zufällen unterworfen war.

Nicolas wählte eine der Halbtrauer gemäße Kleidung und nahm sich vor, zu Fuß zum Schloss zu gehen. Als er die Schlammlöcher in der Chaussee sah, wurde er sich sofort seines Irrtums bewusst und begriff, dass seine Garderobe durch den Matsch erheblich in Mitleidenschaft gezogen würde. Wohl oder übel entschied er sich, eine Sänfte zu nehmen, ein Transportmittel, das er zutiefst verabscheute, da ihm von dem Geschaukel übel wurde. Außerdem kam ihm die Tatsache, dass er von seinesgleichen getragen wurde, wie ein Angriff auf ihre und seine Würde vor.

Er passierte alle Kordons wie ein Duc et Pair, eine der höchsten Würden, die gleich nach jener der Prinzen von Geblüt rangierte, und fand sich am Fuß der Botschaftertreppe wieder. Von dort begab er sich zum Saal des Stiefelausziehens, wo einige Fragen an die Leibwächter ihn überzeugten, dass ihm bis zur Rückkehr der Jagdgesellschaft noch etwas Zeit blieb, um ein wenig durch das Schloss zu bummeln. Er ging ins Erdgeschoss hinunter, wo die Galerie basse diejenigen aufgenommen hatte, die der Regen aus dem Park vertrieben hatte. Müßige Höflinge unterhielten sich in kleinen Gruppen und schielten nach hübschen Bürgerfrauen und Dienstmädchen, die gekommen waren, um zu bewundern, was der Ort ihrer Begierde zu bieten hatte. Nicolas erinnerte sich an Besucher, die zu ihrer Verblüffung entdeckten, dass es hier einen ständigen Warenmarkt gab. Seit Langem nämlich wurde geduldet, dass sich im Schloss Läden und Verkaufsbuden einnisteten, die Vestibüle, Korridore und sogar die Absätze der großen Treppen bevölkerten, und man hatte sich zumeist an die Schandflecke so gewöhnt, dass man sie nicht mehr sah. Als Dauphine war die Königin häufig vor diesen Auslagen stehen geblieben, zur großen Empörung von Mesdames Victoire, Sophie und Adélaïde. Die drei unverheirateten Tanten des Königs erreichten immerhin, dass ein Parfumhersteller, der in der Vorhalle seinen Stand hatte, das Weite suchen musste. Unterstützt hatten sie die Prinzen von Geblüt und die Marschälle von Frankreich, die als Einzige das Recht hatten, mit ihren Karossen bis zur großen Marmortreppe im Vestibül vorfahren zu dürfen.

Nicolas spürte plötzlich einen Blick auf sich ruhen. Er drehte sich um und bemerkte eine Person, die eine merkwürdige weiße Perücke trug. Als der kleine, dickbäuchige Mann sich beobachtet fühlte, setzte er sofort seine getönte Brille auf, drehte sich um sich selbst und verschwand in der Menge. Eigentlich wollte Nicolas sich an seine Verfolgung machen, um herauszufinden, warum der Mann sich so sonderbar verhielt, doch eine Hand hielt ihn zurück. Sie gehörte der Satin, die ihn mit einem Ausdruck sanfter Anbetung ansah.

»Antoinette, du bist es, Was machst du in Versailles! Du hast mich … Na ja, egal.«

»Es hat sich eine Gelegenheit geboten, mein kleines Geschäft zu vergrößern …« Sie sprach sehr schnell, als wäre sie außer Atem. »Ich habe Geschäfte gemacht mit Marie Mercier, einer Witwe, die mit ihrer Schwester eine Parfümerie in der Rue de Satory in Versailles betreibt.«

»Wie hast du sie kennengelernt?«

»Sie fahren oft nach Paris, um ihre Vorräte aufzufüllen. Meine Artikel haben ihnen gefallen. Wir haben uns unterhalten, und nach und nach ist die Idee entstanden, dass wir uns zusammentun. Nach jeder Saison verkaufen die Dames d'atours, die Hofdamen dritten Ranges, und die Königin ihre Kleider und Spitzengarnituren, die sie nur einmal getragen haben. Wir haben den exklusiven Verkauf bekommen.«

»Natürlich, das ist für alle eine gute Sache. Und was machst du in dieser Zeit mit deinem Laden in der Rue du Bac?«

»Ich bin lediglich zwei Tage in Versailles, während denen sich meine Haushaltshilfe um den Laden kümmert.«

Nicolas wusste nicht, was er sagen sollte. Einerseits freute er sich, dass Louis' Mutter sich mit solcher Leidenschaft in ihr neues Leben stürzte, andererseits missfiel ihm ihre Anwesenheit in Versailles. Es nutzte nichts, es zu verbergen: Dass ihre Welten sich vermischten, störte ihn in höchstem Maße, und er machte ihr im Geheimen deswegen Vorwürfe. Um das Thema zu wechseln, sprachen sie über ihren Sohn und seine Eingewöhnung im Kolleg. Beide warteten mit Ungeduld auf seine ersten Briefe. Trotzdem blieb die Mauer zwischen ihnen bestehen, und sie verabschiedeten sich wie Fremde.

Die Flucht des Unbekannten mit der Perücke fiel ihm wieder ein. Inzwischen war er sich sicher, dass es sich um Lord Ashbury, ein Mitglied des britischen Geheimdienstes handelte. Was machte er in Versailles, und warum war er geflohen, als er auf ihn zugegangen war?

VII

Diese Welt

Maurepas kehrt triumphierend zurück
Und bekommt seine Ohnmacht zu spüren.
Der König küsst ihn und sagt:
Wenn man sich ähnelt,
Muss man zusammenleben.

ANONYM, 1774

Nicolas ging mit großen Schritten durch die Galerie basse, ohne einen Blick zu Antoinette zurückzuwerfen, die ihm betrübt nachschaute. Niedergedrückt durch eine Missstimmung, deren Gründe herauszufinden er sich weigerte, versuchte er, sich abzulenken, indem er die sonderbaren Sitten des Hofes beobachtete. Ehemänner begegneten ihren Frauen und grüßten sie mit den gleichgültigen Blicken, die sie Unbekannten schenkten. Heutzutage, dachte er bei sich, sind die Männer tatsächlich damit beschäftigt, die Anzahl ihrer Eroberungen zu steigern, während die Frauen es zu genießen scheinen, sich in aller Öffentlichkeit von ihren Liebhabern zu trennen. Obwohl sie offiziell zusammenwohnten, begegneten sie sich kaum, nahmen niemals dieselbe Kutsche und traten niemals gesellschaftlich gemeinsam in Erscheinung, außer bei Hof. Erobern trieb die Männer an, sich trennen die Frauen. Sich lieben ohne Lust, sich hingeben ohne Kampf, sich verlassen ohne Bedauern. Pflicht als Schwäche, Ehre als Vorteil, Feingefühl als Fadheit zu bezeichnen, das waren die Sitten, die Nicolas als aufmerksamem Beobachter auffielen. Die Verführung hatte ihren Code und die Unmoral ihre Grundsätze.

Der Zeitpunkt war gekommen, sich zum Stiefelausziehen des Königs zu begeben. Als er den Saal betrat, in dem sich schon eine kleine murmelnde Gesellschaft von Höflingen, Wachen, Dienern und denjenigen drängte, deren Amt ihre Anwesenheit verlangte, stieg ihm ein beißender und zugleich süßlicher Geruch von Moschus, Parfum und Puder in die Nase, und eine Krallenhand packte ihn an der Schulter. Kein Zweifel, das war der Maréchal de Richelieu. Vor dreizehn Jahren hatte er genauso gerochen, als Monsieur de Sartine seinen neuen Kommissar zum ersten Mal Ludwig XV. vorgestellt hatte und Richelieu ebenfalls dort gewesen war.

»Der kleine Ranreuil, Sie leben noch«, rief der alte Grandseigneur. »Sehr erfreut, Sie wiederzusehen. Wie geht es Noblecourt?«

Bei seiner Antwort beging er einen Fehler. »Bestens, Monseigneur, wie seinen Altersgenossen eben.«

»Ich danke Ihnen, Monsieur«, knurrte der Duc mit einer schrecklichen Grimasse, »ich bin jünger als er, beträchtlich jünger! Was führt Sie in diese Welt?«

»Die Jagd. Möge der erste Kammerjunker Seiner Majestät mir erlauben, nach der morgigen zu fragen.«

Diese Wahrung der Formen schien Richelieu zu entzücken; er erhob stolz sein mit Bleiweiß und Rouge geschminktes Gesicht, und sein grinsender Mund entblößte ein völlig zerstörtes Gebiss.

»Sie müssen wissen, Monsieur, dass man heute ein riesiges Wildschwein verfolgt hat, ein Geschöpf des Teufels, das sich normalerweise im Grand Parc aufhält. Die Bestie hat eine Spur zu den Gärten gelegt und unsere Leute mit ihren blutunterlaufenen Augen erschreckt. Der König als echter Bourbone hat Befehl gegeben, das Tier zu treiben. Die Fußspur von heute Morgen hat das Übrige getan. Alles deutet darauf hin, dass man ihm in diesem Augenblick die letzte Ehre erweist.«

»Und morgen?«

»Morgen wird man zur Unterhaltung des Königs Haar- und Federwild in der Ebene von Grenelle jagen.«

Er stellte sich auf die Absätze und hängte sich an Nicolas' Hals, um ihm etwas ins Ohr zu flüstern, wobei er nach wie vor so laut sprach, dass jeder ihn vermutlich hören konnte.

»Ich werde Ihnen die letzte Posse erzählen, die sich hier abgespielt hat. Der Abbé Salm hat gestern in Begleitung einiger Freunde den Salon de l'œil de bœuf, ein früheres Vorzimmer im Appartement des Königs, durchquert. Ein paar Stutzer, die sich dort aufwärmten, konnten es sich, so unglaublich es klingt, nicht verkneifen, ihn recht laut zu verspotten: ›Da kommt Äsop mit seinem Hof!‹ Sie kennen ja die Missgestalt des Mitraträgers! Aber er ließ sich nicht im Geringsten aus der Fassung bringen, und die Spötter bekamen die Quittung für ihre Dreistigkeit. ›Meine Herren‹, antwortete er ihnen, ›die Parallele ist sehr schmeichelhaft für mich, denn Äsop ließ die Tiere sprechen.‹«

»Leider«, sagte Nicolas, »scheint es Länder zu geben, in denen

Lächerlichkeit und Achtung sich so eng berühren, dass man das eine am besten dann erlangt, wenn man sich ganz dem anderen hingibt.«

»Sie sind mir der rechte Kritiker«, bemerkte der Marschall.

»Ein wenig Herzenskummer? Glauben Sie mir, in dieser Welt genügt es nicht zu wissen, dass man, um Erfolg zu haben, lächerlich sein muss, man muss zudem sorgfältig die Welt studieren, in die unser Rang uns gestellt hat, die Lächerlichkeiten, die am meisten unsere Lage betreffen, mit einem Wort, diejenigen, die Ansehen genießen, und dieses Studium erfordert mehr Scharfsinn und Aufmerksamkeit, als man glaubt.«

Der Ton des Duc de Richelieu überraschte Nicolas. Allerdings hatte der Wind gedreht, und er war zum Relikt einer vergangenen Zeit geworden. Als Page hatte er den großen König gekannt und Madame de Maintenon ... Er konnte das ganze Jahrhundert aufblättern. Ungeachtet der Tatsache, dass ihn das derzeitige königliche Paar nicht schätzte, hielt er stolz an seinen Privilegien fest und drängte dem Hof, wo sich inzwischen jeder von ihm abwandte, seine Anwesenheit auf. Nicolas konnte nicht anders, als Mitgefühl zu empfinden mit diesem alten Mann, der sich verbissen daran klammerte, einem auf ewig zementierten Befehl zu gehorchen.

»Sagen Sie mir, sagen Sie mir«, fuhr der Duc fort, »hat Ihre Anwesenheit hier mit dem Drama zu tun, über das alle sprechen?«

Als er merkte, dass Nicolas nicht wusste, was er meinte, erklärte er es ihm. »Die Angorakatze von Madame de Maurepas ist umgebracht worden. Seitdem herrscht ein einziges verzweifeltes Gejammer, und man fordert den Kopf des Schuldigen. Nein, ich sehe, etwas anderes führt Sie her.«

Wieder einmal erkannte Nicolas, dass man nicht gut daran tat, Richelieu zu unterschätzen.

»Ja, ich ahne, dass Sie wegen einer überaus unerfreulichen Angelegenheit hier sind, die Monsieur de Saint-Florentin betrifft. Werden Sie mir sagen ... Oh, bemühen Sie sich nicht, ich durchschaue Sie. Sie sagen nichts, dafür sind Ihre versiegelten Lippen umso beredsamer. Können Sie wenigstens ...«

Die Rufe der Türhüter und das dumpfe Geräusch der auf den Boden gestoßenen Hellebarden, die den Zug des von der Jagd zurückkehrenden Königs ankündigten, retteten Nicolas vor der Hartnäckigkeit des einst ruhmreichen Marschalls von Frankreich, von dem er sich nun mit einer respektvollen Verbeugung verabschiedete.

Um sich herum sah er nichts anderes als devot gebeugte Rücken. Der König, der eine lebhafte Gesichtsfarbe hatte und dessen Anzug vor Nässe tropfte, ließ seinen Blick über die Versammlung wandern. Normalerweise würde er fast alle mit seiner Größe, die durch die Jagdstiefel noch verstärkt wurde, überragen, doch da er sich nicht ganz gerade aufrichtete, verzichtete er auf die majestätische Wirkung, die dieser Vorteil ihm verschaffte. Man hatte überdies das Gefühl, dass er jeden mit zusammengekniffenen Augen anblickte, ohne irgendwen zu erkennen. Zögernd ging er mal ein paar Schritte vorwärts, dann wieder zurück, die Arme baumelten herab. Sein Profil erinnerte durchaus an das des verstorbenen Königs, fand Nicolas, etwas weicher vielleicht. Der Hals, trotz seiner Jugend leicht specknackig, saß tief zwischen den Schultern. Den unergründlichen blauen Augen fehlte das dunkle Samtige, das bei seinem Großvater so auffällig gewesen war. Ein ausdruckloses, fast unschuldiges Lächeln umspielte seine Lippen. Als er Nicolas erreichte, beugte er sich zu ihm vor und betrachtete ihn aufmerksam.

»Ranreuil, folgen Sie mir, wenn ich mich in mein Arbeitszimmer begebe.«

Die wenigen Worte erregten Aufsehen. Alle Blicke wandten sich demjenigen zu, dem die königliche Aufmerksamkeit galt. Jeder wusste, dass der Monarch kurzsichtig war und Mühe hatte, die Leute zu erkennen. Der Maréchal de Richelieu hielt es für angebracht, aus diesem Grund auf sich aufmerksam zu machen.

»Sire«, sagte er, »erlauben Sie dem Ersten Kammerjunker ...«

Der König wandte ihm den Rücken zu, ohne zu erkennen zu geben, ob er ihn gehört hatte oder nicht. Es war allgemein bekannt, dass Ludwig und Marie Antoinette den Duc bewusst schlecht behandelten, um ihn dadurch zur Aufgabe seines ihm auf Lebzeiten zustehenden Amtes bei Hof zu veranlassen. Nichts vermochte ihn indes dazu zu bewegen, er schaltete auf stur und tat so, als verstünde er die Zeichen nicht, die ihm signalisierten, dass er in Ungnade gefallen war, und ignorierte geflissentlich die zahlreichen Anfeindungen.

Diener kleideten den König jetzt neu ein, nachdem er sich mit feuchten Tüchern erfrischt hatte. Dabei kam hinter der majestätischen Fassade gelegentlich der Zwanzigjährige zum Vorschein, der er im Grunde seines Herzens noch war. Lachend wich er etwa dem Hemd aus, das man ihm hinhielt, und hüpfte von einem Bein auf das andere. Die Diener waren derartige Späße gewöhnt und spielten gutmütig mit. Erst die Ankunft einer neuen Person setzte dem Spaß ein Ende. Nicolas erkannte Monsieur de Maurepas, der den jungen Herrscher förmlich begrüßte, Richelieu einen komplizenhaften Blick zuwarf und Nicolas inquisitorisch anstarrte.

Groß und schlank, edle Haltung, dünne Beine, hohe Stirn und ein blasses Gesicht mit blauen, offenen Augen, lächelte der Ankömmling, ohne seinen kleinen Mund zu öffnen. Er bot das lässige, selbstsichere und beruhigende Bild eines eleganten, gutmütigen und wohlwollenden älteren Herrn. Richelieu zog Nicolas nach hinten und flüsterte ihm, sich erneut an seinen Arm klammernd, einen leisen Kommentar ins Ohr. »Wissen Sie, dass das Gerücht, er sei impotent, mehr als begründet ist? Er hat sogar alle Fehler der Eunuchen, was bedeutet, dass er die Frauen liebt, um sie zu quälen, ohne sie zu befriedigen ... Er hasst nichts so sehr, als in die Enge getrieben zu werden. Ins Bett, sollte man wohl besser sagen«, schloss er mit einem hämischen Lachen.

Nicolas schwitzte Blut und Wasser vor Angst, man könnte die rasselnde Stimme des Marschalls hören. Zum Glück achteten alle auf den König, der von seiner Jagd und dem alten Wildschwein erzählte, dem er persönlich mit einem gut gezielten Dolchstoß den Rest gegeben hatte. Ein anerkennendes Murmeln folgte dieser Mitteilung. Der Minister begann, leise mit dem Herrscher zu sprechen. Nicolas betrachtete dieses merkwürdige Gespann aus einem Repräsentanten der Vergangenheit und einem der Zukunft. Er wusste, was man sich erzählte, sei, dass der Comte de Maurepas auf dem Staatsschiff eher Passagier als Steuermann und dass er, wenn überhaupt, als Letzterer zwei Personen in sich vereine, eine, die sehe, und eine, die steuerte. Leider verbreitete sich das Gerücht weiter, sei die erste scharfsinnig und aufgeklärt, die zweite hingegen wankelmütig und unentschlossen. Und Letztere war es, die ihn offenbar am meisten mit dem König verband, der sich in dem alten Mann wie in einem Spiegel erkannte.

Mit der Gewandtheit eines halben Jahrhunderts Erfahrung ließ der Erste Minister und königliche Berater den König nicht mehr vom Haken. Er redete wie ein Wasserfall, denn das Reden war für den eloquenten Maurepas, der zudem über eine spitze Zunge verfügte, seine eigentliche Waffe. Dafür stand er in dem Ruf, ein schlechter Zuhörer zu sein und erst zu reden, bevor er dachte. Nicolas beobachtete die Szene und fragte sich, welche Rolle er hier als Ermittler für die besonders schwierigen Fälle spielte. Gewiss, er war aufs Beste vertraut mit den Umwegen, den Gepflogenheiten, den echten oder falschen Gesichtern, den Fallen aller Art. Aber ein Reisender, der die Stürme dieser Welt kannte, fühlte er sich fremd in ihr. Wie ein Zuschauer seiner selbst, der die erforderlichen Worte und Gesten beherrschte, spielte er seine Partie so kaltblütig und gründlich wie möglich, ohne sich von störenden Gefühlen ablenken zu lassen. In dieser Gesellschaft, in der die subtilsten Unterschiede zählten und in der eine komplizierte, kaum verständliche Hierarchie der Stellungen und Privilegien beachtet werden musste, tanzte er auf stürmischen Fluten, gewohnt an eine Musik, deren Tonleitern er vor langer Zeit in den Salons seines Vaters im Château de Ranreuil gelernt hatte. Geschickt darin, Gefahren abzuwenden, darauf bedacht, niemals etwas zu sagen, wofür man ihn zurechtweisen könnte, Höfling aus Verpflichtung, Diener aus Notwendigkeit, Mann des Königs aufgrund seines Standes, treu aus Leidenschaft, beherrschte er ohne Hemmungen und ohne Vergnügen den Umgang mit dieser Welt und diesen

Leuten und war dennoch getrennt von ihnen durch eine unsichtbare Mauer. Ob diese Barriere Teil eines Angriffs oder einer Verteidigung war, wusste er selbst nicht so recht. Egal, er war frei in der Rüstung, die sein Amt ihm verlieh, ihn konnte so schnell nichts berühren – kein Wort, so tödlich es in diesen Zeiten der Häme und der Intrige sein mochte, erreichte ihn wirklich. Er fühlte sich einzig verantwortlich dem König gegenüber. Und dass er im Grunde so frei war, das bescherte ihm einen Hauch von Glück und Stolz. Ja, dachte er, das Schicksal hatte ihn zwar in einen Rahmen gestellt, ihm aber zugleich die Möglichkeit gegeben, diesen zu verlassen. Auf diese Weise behauptete er sich an seinem rechtmäßigen Platz innerhalb eines starren Systems, in dem der geringste Fehltritt einen Ruf zu zerstören, einen Namen zu beschmutzen und eine Karriere zu beenden vermochte. Diesem Dickicht von Fußangeln stellte Commissaire Le Floch die Stärke einer höflichen Gleichgültigkeit und einer gründlichen Erfahrung entgegen.

Maurepas redete noch immer in einem fort auf den König ein, und Nicolas verglich ihn mit Noblecourt. Eindeutig gleichaltrig, hatten sie einst gemeinsam die Feste der Régence unsicher gemacht, jener Zeit, als Philippe I., Duc d'Orléans, zehn Jahre lang die Regentschaft für den unmündigen Ludwig XV. geführt hatte.

Der eine schien weiterzuleben, ohne etwas zu lernen, während der andere, um einen Ausspruch von Montaigne zu verwenden, zu »dieser kleinen Zahl hervorragender und auserlesener Männer« gehörte, »die, begabt mit einer schönen und besonderen natürlichen Stärke, diese noch durch gute Behandlung, Studium und Geschick verstärkt und geschliffen und zur höchsten Stufe der Klugheit geführt haben«.

Nicolas' Meinung über Maurepas entsprach dem öffentlichen Urteil: Gut rasiert, gut gepudert, gut verjüngt, schien er über nichts gründlich nachzudenken. Das Geräusch der Hellebarden, das den Aufbruch des Königs ankündigte, brachte Nicolas in die Wirklichkeit zurück. Er beeilte sich, ihm zu folgen auf genau dem Weg, den er bei seinem ersten Besuch in Versailles genommen hatte. In seinen Gemächern angekommen, drehte der König sich um und bedeutete dem Kommissar, ihm in einen noch privateren Bereich zu folgen. Am Ende einer kleinen Galerie stiegen sie eine Wendeltreppe hoch und gelangten in ein großes Mansardenzimmer, wo es stark nach Feilstaub, Leder und Seilen roch. Überall standen und lagen Schiffsmodelle, Navigationsinstrumente, auseinandergenommene Uhren, Schlösser und andere mechanische Gegenstände herum, dazu Bücher und Karten. Alles bezeugte Interesse und Neugier des königlichen Besitzers, der sich in dieser Umgebung sichtlich entspannte. Allerdings war sein Begleiter ihm sehr vertraut.

»Werden Sie morgen an der Jagd teilnehmen?«, fragte er.

»Ja, Sire. Die mir von Ihnen überlassenen Gewehre haben mich nach Versailles begleitet.«

»Wir schätzen es sehr, dass diese Erinnerungsstücke an unseren Großvater sich in den Händen eines seiner treuesten Diener befinden. Wie steht es mit der Untersuchung beim Duc de La Vrillière?«

Er wusste also Bescheid, Nicolas hatte auch nichts anderes erwartet.

»Die Elemente fügen sich zusammen.«

»Sie sind erfahren, Sie werden es schaffen.«

Der Herrscher wirkte plötzlich verlegen wie ein ertapptes Kind. Er bedeutete seinem Gast, sich zu setzen. Nicolas spürte, dass er dem König helfen musste, sich auszudrücken.

»Ihre Majestät kennt meine Treue. Was kann ich für Sie tun?«

Ludwig atmete tief durch. »Monsieur, Sie müssen mir aus der Patsche helfen ... Ab und zu schieße ich von der Loggia vor diesem Zimmer aus auf die Katzen, von denen es auf den Dächern bloß so wimmelt. Sie stören unsere Nachtruhe ...«

Sonderbarer Zeitvertreib, dachte Nicolas, dem unwillkürlich seine geliebte Mouchette in den Sinn kam.

»Leider«, fuhr der König fort, »habe ich dabei eine erschossen, bei der es sich offenbar um die Angorakatze von Madame de Maurepas handelte. Was raten Sie mir?«

»Sire, ich fürchte, dass allein das Eingeständnis der Wahrheit statthaft ist. Ihr Großvater hat einen Pagen aus seinem Dienst entlassen, der seine Katze gequält hatte. Es sei denn ...«

»Was wollen Sie sagen?«

»Es sei denn, Majestät erlaubt mir, in Ihrem Namen zu sprechen, dann werde ich zu Madame de Maurepas gehen und den ersten Angriff über mich ergehen lassen. Sie wird zweifellos vernünftig genug sein, um zu verstehen, dass der Unfall nicht absichtlich geschah. Sie haben auf Tauben geschossen, eine Katze kam vorbei ...«

»So ist es, genauso ist es«, stimmte der König erleichtert zu.

Er verschob den Zeiger einer Uhr, um deren Läuten zu lauschen, rieb sich die Hände mit einer tiefen Befriedigung und wechselte das Thema, dem er sich mit ermüdender Weitschweifigkeit widmete.

»Sie müssen wissen, mein lieber Ranreuil, dass ich viele Bücher lese, die Gelehrte und Forscher mir schicken, und ich korrespondiere mit ihnen. Ein Schweizer hat mich neulich in einem Brief Zierde des Menschengeschlechts genannt. Wegen meiner Grundsätze der Angemessenheit, Gerechtigkeit und Menschlichkeit. Welcher römische Kaiser wurde so genannt?«

»Titus, Sire.«

»So ist es. Ich habe große Lust, die entsprechenden Gazetten und die Auszüge aus diesen Briefen an Monsieur La Harpe zu schicken, der im *Mercure* das Werk meiner Vorgänger kritisiert.« Der König echauffierte sich sichtlich, und sein Gesicht rötete sich zunehmend. »Bedenken Sie, er hat vor nichts Respekt. Es kommt ihm übrigens nicht so sehr darauf an, die Regierungsgeschäfte anzugreifen, dieser Philosoph hat es vor allem auf die Religion abgesehen. Nachdem er das Volk mit einem Haufen gottloser Schmähschriften überzogen hat, zerstört er jetzt noch den alten Glauben an die göttliche wie die königliche Majestät und die Treue ihnen gegenüber.«

Der Monarch trat an eines der Fenster, wirkte erneut unbeholfen und verlegen. Er fragte Nicolas, ob er schon darum ersucht habe, die Königin zu sprechen, was dieser verneinte.

»Regeln Sie so schnell wie möglich diese Trianon-Sache, die bereits zu lange dauert. Ich lege Wert darauf, dass nichts die Ruhe meiner Frau stört. Die Gerüchte müssen zum Schweigen gebracht werden.« Er hielt inne, bevor er unvermittelt ein anderes Thema ansprach. »Aus dem Bericht eines unserer Marineoffiziere habe ich Informationen über Ihren Freund Pigneau erhalten.«

Nicolas fuhr zusammen. Wie konnte der König wissen, dass er den Missionar kannte? Dahinter steckte mit Sicherheit Monsieur de Sartine.

»Seine Weihe«, fuhr Ludwig XVI. fort, »ist lange Zeit verschoben worden, weil der Bischof nicht in Pondicherry gewesen ist. Freuen Sie sich zu erfahren, dass sie im letzten Februar in São Tomé, in der Nähe von Madras, stattgefunden hat. Gott, wie langsam erreichen uns die Nachrichten, auf ungewöhnlichen Routen.«

»Die gewöhnliche Routine ist ein unvermeidliches Übel, leider!«

Der König musste lachen. »Ein Wortspiel, das ich mir merken werde.«

»Ihre Majestät möge mir verzeihen«, erwiderte Nicolas mit einem leisen Lächeln.

»Keineswegs, ich bin Ihnen dankbar für diese Ablenkung und verstehe, dass mein Großvater Sie nicht zuletzt deswegen schätzte. Ihr Freund schickte sich an, nach Cochinchina zurückzukehren. Wir wünschen ihm Freude mit diesen Glückseligen dort. Hat er wenigstens Charakter?«

»Einen überaus starken, Sire, gesalbt mit einem scharfen Verstand.«

»Monsieur, ich schätze Ihr Urteil und Ihre Menschenkenntnis. Versprechen Sie mir, uns immer die Wahrheit zu sagen. Ich brauche ehrliche Leute um mich herum. Man muss mir helfen …«

Nicolas war gerührt von diesem so direkt ausgedrückten Appell. Er warf sich dem König zu Füßen, der ihn ergriffen hochzog und ihn mit entwaffnender Natürlichkeit zu der kleinen

Treppe begleitete. In seiner Verwirrung versuchte Nicolas vergeblich, sich rückwärtsgehend nach unten zurückzuziehen, wie es die Etikette verlangte.

Zurück im Labyrinth der Gänge, dachte er über die Begegnung nach. So bewegend es gewesen sein mochte, die Unkompliziertheit des Herrschers warf auch Fragen auf. Dem Privatmann gereichte sie zur Ehre, doch was war mit dem Herrscher als Symbol des Staates? Respektierte man ebenso sehr, was man allzu gut kannte? Die Liebe zur Krone verlangte eine grenzenlose Wahrung der Formen. Obwohl äußerster Gehorsam und demütigste Ergebenheit natürlich nichts mit Unterwürfigkeit zu tun hatten, wenn sie demjenigen galten, der als Vertreter Gottes auf Erden eines nahen Tages in Reims zum König gesalbt würde.

Nicolas begab sich zum Petit Trianon, einem der Lustschlösser im Park von Versailles. Er verspürte Herzklopfen, an diesen Ort zurückzukehren, wo ein paar Monate zuvor der verstorbene König, auf seinen Arm gestützt, in seinen Wagen gestiegen war, um ein letztes Mal zum Schloss zu fahren. Der Herbst tauchte den Park in eine melancholische Stimmung, und der durchdringende Geruch von Buchsbäumen stieg von den kunstvoll angelegten Beeten auf. Als er die große Freitreppe des Schlösschens erreichte, sah Nicolas sich um.

Zu seiner Linken öffnete sich eine kurze Allee, an deren Ende eine Treppe zur Kapelle führte. Ein Mann rechte dort das welke Laub zusammen. Nicolas fragte ihn, wo er seinen Chef finden könne. In dem Treibhaus auf der gegenüberliegenden Seite, erhielt er zur Antwort. Dort hatte Ludwig XV. sich bemüht, exotische Früchte und Pflanzen zu züchten. Von der feuchten Schwüle dieser Masse eingesperrten Grüns überfallen, bemerkte er zwei Männer, die sich über eine Werkbank beugten. Als er sich näherte, erkannte er in dem älteren Claude Richard, den Obergärtner, dem er früher einige Male begegnet war. Der andere war sein Sohn. Eines indes machte ihn stutzig – ihre Kleidung. Er war es gewöhnt, Richard in der rot-blau-weißen Livree des Königs zu begegnen. Da jetzt die junge Königin über das Petit Trianon verfügte, hätten sie deren rot-silberne Livree tragen müssen. Plötzlich dämmerte ihm, dass sie mit der braunen Kleidung auf ihre Weise der Trauer um ihren Herrn Rechnung trugen.

Der Gärtner hob den Blick.»Monsieur, ich glaube, ich erkenne Sie. Wenn ich mich recht erinnere, habe ich Sie einige Male mit dem König gesehen, ich meine, mit unserem verstorbenen Herrn ...« Er musterte ihn aus auffällig hellen Augen.»Er nannte Sie den kleinen Ranreuil«, fügte er hinzu.

»Sie haben ein gutes Gedächtnis. Verzeihen Sie mir, dass ich Sie bei Ihrer Arbeit störe. Sind Sie gerade mit einer außergewöhnlichen Sache beschäftigt?«

»Ich habe Wurzeltriebe auf dieser Pflanze gesammelt.« Als er den fragenden Blick seines Besuchers sah, fuhr er fort:»Wurzeltriebe sind Sprösslinge, die man von der Mutterpflanze abtrennt und wieder einpflanzt.«

»Und dieser Strauch?«

»Das ist eine Akazienart, eine Robinie, die stark duftende weiße Blütentrauben und hülsenförmige Früchte hervorbringt. Und was verschafft mir die Ehre Ihres Besuchs, Monsieur le Marquis?«

Nicolas wedelte mit der Hand, als würde er eine lästige Fliege verscheuchen.»Nicht Marquis, bitte, ich bin hier als Commissaire des Châtelet. Seine Majestät hat sich dem Polizeipräfekten gegenüber beunruhigt gezeigt wegen eines merkwürdigen Vorfalls, von dem die Königin ihm berichtet hat. Es handelt sich um diese Personen, denen Sie in den Gärten begegnet sind und deren Anwesenheit Sie gemeldet haben. Könnten Sie so genau wie möglich wiedergeben, was sich zugetragen hat?«

Richard nahm einen langen Stock, auf den er sich stützte, und ging mit seinem Besucher zu einer Holzbank, auf die er sich schwer fallen ließ.

»Im Herbst werden meine Schmerzen wieder schlimmer, vor allem wenn ich mich nicht genug bewege«, begann er. »Also. Am zehnten August gingen wir, mein Sohn und ich, durch die Gärten zu der Promenade, als wir zwei Frauen begegneten. Selbst wenn sie uns nicht angesprochen hätten, wären wir überrascht gewesen, sie zu sehen.«

»Wie das?«

»Ihre Kleidung, Monsieur le Marquis, ihre Kleidung! Wir sind hier weit weg von den Moden, aber verdammt noch mal, wir begegnen der Königin und ihren Frauen, ohne die Augen zu verschließen. Eine solche Kleidung hingegen hatten wir noch nie gesehen. Unförmige Kleider ohne Appretur und Körperform, Hemden mit Ärmeln, aufgebläht wie Ballons, quadratische mit Etamin bezogene Hüte, Brillen … Und ein Akzent, ein Akzent …«

»Sie haben mit Ihnen gesprochen?«

»Ja, mit einem Akzent, der mich an die englischen Besucher erinnerte, die seit dem Frieden in Scharen kommen.«

»Können Sie sie skizzieren, Monsieur Richard?«

»Das gehört zu meinem Beruf.«

Der Gärtner zog ein gefaltetes Blatt Papier und ein Stück Kohle aus der Tasche und zeichnete zwei Gestalten, die verblüffend realistisch wirkten. Sie sahen wie niemand aus, den er kannte. Und selbst während seines Aufenthalts in London war er keiner Person begegnet, die entfernt in solch merkwürdiger Bekleidung herumgelaufen wäre.

»Was haben sie Sie gefragt?«

»In welcher Richtung das Schloss liegt und wie sie dorthin gelangen.«

»War das alles?«

»Sonst nichts, dann sind sie verschwunden.«

»Verschwunden? Sie haben sich zurückgezogen, entfernt ...«

»Nein! Ich sage bewusst: verschwunden. Jeder hat, wie Sie wissen, Zugang zu den Gärten. Deswegen habe ich manchmal Angst um meine Blumen und um die Ruhe der Königin. Und daher wollte ich wissen, wohin sie gingen. Und bei der Biegung der Allee ... Mein Sohn kann es Ihnen bestätigen, nicht wahr, Antoine?«

Der junge Mann nickte energisch. »Mein Vater sagt die Wahrheit, Monsieur le Marquis, sie befanden sich nicht mehr dort, wo sie vorher gewesen waren.«

»Übrigens«, ergriff Claude Richard wieder das Wort, »einer meiner Gehilfen, der in entgegengesetzter Richtung unterwegs war, ist ihnen nicht begegnet.«

»War es heiß?«

Nicolas dachte an gewisse Berichte von Semacgus über das Phänomen der Luftspiegelungen bei heißem und trockenem Wetter in den Wüsten, was allenfalls eine optische Sinnestäuschung erklären würde, die Existenz der beiden Frauen hingegen nicht infrage stellen konnte. Schließlich hatten sie sich nach dem Weg erkundigt.

Der Gärtner dachte nach. »Das war gegen vier Uhr nachmittags, da brannte die Sonne noch ganz schön.«

»Haben Sie die beiden ein weiteres Mal gesehen?«

»Nie mehr, bis heute nicht.«

»Wenn so etwas noch einmal vorkommen sollte, rufen Sie mich bitte sofort. Ich danke Ihnen für Ihre Auskünfte und nehme Ihre Skizze mit.«

Nicolas war ratlos. Er hielt Richard für einen erfahrenen und besonnenen Mann. Seine Aussage klang plausibel, nur war sie mit dem Verstand nicht zu erklären. In seinem tiefsten Inneren neigte Nicolas dazu, diese Sache mit der Anwesenheit von Lord Ashbury in Versailles in Zusammenhang zu bringen. Warum? Er wusste es selbst nicht. Sicher, zwischen beiden Nationen herrschte seit dem Ende des Siebenjährigen Krieges vor einigen Jahren Frieden, der aber voller Vorbehalte und Misstrauen war. Vertrauen gab es keines, zumal sich die beiden Länder nach wie vor als politische Gegner auf dem amerikanischen Kontinent gegenüberstanden, wo Frankreich die Unabhängigkeitsbestrebungen der englischen Kolonien unterstützte.

Immer mehr Fragen stellten sich. Was hatten die beiden Frauen damit zu tun? Waren sie Werkzeuge der großen Politik und ihrer Intrigen? Warum hatten sie so auffällige Kleidung getragen hatten, wenn sie womöglich Böses gegen die Königin im Schilde führten. Und schließlich: Wie erklärte sich dieses Phänomen ihres Verschwindens? In ihm weckte es schlimme Erinnerungen, und das Entsetzen kehrte zurück, welches er einst angesichts des Unerklärlichen empfunden hatte, das verbunden war mit einem quälenden, nicht nachlassenden Ärger, weil er nicht imstande gewesen war, eine rationale Erklärung für diese Manifestationen zu finden.

Der Nachmittag war weit fortgeschritten, als Nicolas durch den Spiegelsaal wanderte, unschlüssig, ob er die Königin besuchen oder bei Madame de Maurepas vorsprechen sollte. Gedankenverloren rempelte er eine Person an, die ihn mit freundschaftlicher Kraft an sich drückte.

»Sachte, Monsieur Le Floch, wohin des Weges mit dieser ratlosen Miene?«

Es war Monsieur de Ville d'Avray, der Erste Kammerdiener des Königs. Er hatte das Vergnügen gehabt, ihn kennenzulernen, als dieser das Amt von Monsieur de La Borde übernommen hatte.

»Begleiten Sie mich«, sagte er und nahm Nicolas' Arm, »und erzählen Sie mir, was Sie beschäftigt. Ich bin auf dem Weg zu Monsieur de Maurepas, um ihm ein Schreiben zu überbringen.«

»Sehr gern. Ihr liebenswürdiger Vorschlag vertreibt meine Unsicherheit. Ich zögerte zwischen der Königin und dem Ersten Minister, Sie haben mir glücklicherweise die Entscheidung abgenommen.«

»Das trifft sich ja ausgezeichnet. Anschließend werde ich zur Königin gehen. Seine Majestät hat eine Überraschung für sie vorbereitet und mich gebeten, mich darum zu kümmern. Sie werden mit mir kommen, wenn Sie Ihre Angelegenheiten geregelt haben. Sie sehen, es fügt sich alles ganz von allein, man muss lediglich die richtige Person treffen.«

»Monsieur, ich bin Ihr Diener.«

»Und ich der Ihre. Ich fand den König sehr ruhig, nachdem Sie bei ihm waren. Seit gestern war er mir sehr bedrückt vorgekommen. Eine Katzengeschichte ...«

Nicolas nickte. »Genau das ist eines der Dinge, die mich beschäftigen. Ich muss Madame de Maurepas davon überzeugen, dass der Schuss eigentlich einer Taube galt.«

»Einer Taube? Es wird nicht leicht sein, der guten Dame das begreiflich zu machen. Kennen Sie sie?«

»Sie ist erst seit Kurzem in Versailles, während ich seit einiger Zeit immer weniger hier war ...«

»Nun, jetzt sind Sie zurück und gelten wieder was bei Hof! Lassen Sie sich auf keinen Fall von Madames abstoßendem Äußeren abschrecken. Im Grunde hat sie ein großes Herz, selbst wenn sie sich gerne aufplustert und über die Miseren ihres Hauses jammert – alle materiell, beruhigen Sie sich –, über die Launen der Zeit und das Unglück, in Versailles zu sein. Sie bedient sich übrigens noch der alten Sprache aus der Zeit der Régence, in der sie offenbar weiterlebt, und täuscht dabei eine plebejische Ader vor.«

»Ich fürchte das Schlimmste«, erwiderte Nicolas lächelnd.

»Keine Sorge. Sie besitzt einen wachen Geist, der ihr erlaubt, diejenigen zu lenken, die ihn nicht haben, und falls sie grantig sein sollte, sie wird Sie auf jeden Fall mögen. Weil sie sehr schnell die Aufrichtigkeit derer erkennt, die sich an sie wenden.«

Die Worte des Kammerdieners beruhigten Nicolas nicht gerade. War seine Idee mit der Taube wirklich die richtige? Er würde es bald erleben. Maurepas' Gemächer lagen in der Nähe der königlichen, und sie wurden in einen Salon geführt, in dem sie die Stimme einer älteren Frau von seltener Hässlichkeit empfing, die in einem Lehnsessel saß, umringt von mehreren Damen, während Monsieur de Maurepas, an den Kamin gelehnt, mit Richelieu plauderte. Offenbar versuchte die Dame, die Aufmerksamkeit ihres Gatten zu erregen.

»Sie fliehen vor mir, weil ich die Leute schikaniere, wie Sie sagen, und weil ich immer rummeckere. Bitte schön, was soll ich sonst machen? Ich hatte mich daran gewöhnt, es in Pontchartrain vierzig Jahre lang mithilfe von Lettres de cachet zu machen, widerwillig und murrend, und jetzt soll ich es in Versailles nicht machen? Die ganze Zeit sparen, um Ihre Schulden zu bezahlen und die von Monsieur de Pontchartrain, der den Salomon spielt, und die von Monsieur de La Vrillière, meinem Bruder, den Gott vor Scham erröten lassen möge! Und dann die des Erzbischofs von Bourges, der sich Schlösser bauen lässt für seinen Dummkopf von Bruder, und sogar die vom Marquis de Phélypeaux, einem weiteren Verwandten, der zufällig Schulden hat …«

»Sie wird die ganze Familie durchhecheln«, flüsterte Ville d'Avray Nicolas ins Ohr.

»Ich habe Millionen bezahlt und musste selbst knausern. Dabei hatte ich hundertdreizehn Domestiken.«

»Liebling …«, setzte Maurepas an.

»Ich weiß, was ich sage. Hundertdreizehn Domestiken zu bezahlen und hundertzehn Personen zu ernähren, jeden Tag, den Gott werden lässt. Es ist empörend, den ersten Stein auf mich zu werfen. Lachen Sie, lachen Sie getrost, Sie haben kein Herz, kein Mitgefühl, keine Einfühlungsgabe, keine Eier in der Hose, sonst hätten Sie mich nicht nach Versailles geschleppt, wo man meine Katze tötet! Mein Gott, was habe ich für ein Pech, dass ich mich in einen schlechten Kerl wie Sie verliebt habe, der mich ohne Ende misshandelt.«

Sie warf einen prüfenden Blick auf die Neuankömmlinge.

»Da kommt der Held des Tages«, erklärte Richelieu an Nicolas gewandt. »Ich erzählte Ihr abenteuerliches Leben gerade Maurepas, der sich geradezu Sorgen um Sie gemacht hat.«

Das Ärgerliche am Duc, dachte Nicolas, ist diese Selbstgefälligkeit, die bei allem, was er sagt, durchschimmert, selbst wenn es wohlwollend ist. Er verbeugte sich vor Maurepas.

»Monsieur«, sagte dieser, »was der Maréchal uns erzählt, veranlasst uns, Sie besser kennenzulernen. Meine Abwesenheit vom Hof hat mir nicht erlaubt … Sagen Sie, kommt es vor, dass Sie Schmähschriften, Lieder oder andere aufrührerische Schriften beschlagnahmen?«

»Das kommt in der Tat häufig vor.«

»Gut, gut! Denken Sie bei Gelegenheit an mich. Ein Exemplar genügt mir. Ich habe seit Jahren die Marotte, derartige Schriften zu sammeln. Clairambault, der Genealoge der königlichen Orden, hat mir schon eine Kopie seiner Sammlung geschenkt. Wenn Sie mir helfen, sie zu bereichern, wird sie eine echte Geschichte des Jahrhunderts darstellen.«

»Ich werde daran denken, Monsieur le Comte.«

»Dass er ja nicht denkt, er hätte meine Besucher für sich gepachtet!«, rief Madame. »Kommen Sie näher, junger Mann, und sagen Sie mir, was mir die Ehre Ihrer Anwesenheit verschafft.«

»Madame, Seine Majestät …«

»Das reicht, Monsieur. Kein Wort mehr.«

Hatte sie verstanden? Wusste sie Bescheid? Sie stand auf, stützte sich gekrümmt auf Nicolas' Arm, scheuchte die anderen

Damen mit einer herrischen Geste auseinander und zog ihn in ein angrenzendes Boudoir, wo sie sich vor Schmerz seufzend und trotzdem mit strengem Blick auf ein kleines Sofa fallen ließ.

»Madame, ich will nicht lange drum herumreden. Der König ist so unglücklich über den Verlust Ihrer Angorakatze, dass er nicht wagt, mit Ihnen darüber zu sprechen. Er hat den brennenden Wunsch, dass Sie die Wahrheit erfahren. Ich muss zu meiner großen Schande gestehen, dass ich ihm geraten habe, eine verfehlte Taube als Ausrede zu benutzen.«

Langes Schweigen folgte. »Monsieur, sagen Sie dem König, dass mein Kummer groß ist, diese langjährige Gefährtin verloren zu haben, die auf meinem Schoß fraß und schlief. Aber dass er mich richtig versteht: Ich hätte lieber zweimal meine Katze verloren, als zu erfahren, dass der König lügt. Mag ihm meine Vergebung auch egal sein, ich empfehle mich ihm. Er ist ein guter Junge, und Sie sind es ebenfalls. Geben Sie acht auf Monsieur Maurepas.«

Sie streckte ihm ihre Hand zum Kuss hin, zum Zeichen, dass er entlassen war.

»Kein Eklat, keine Schreie, ich glaube, ich bin ein guter Prophet gewesen«, meinte Ville d'Avray, als Nicolas in den Salon zurückkehrte. »Sie haben die Dame verhext.«

»In Sachen Exorzismus kenne ich mich aus«, erklärte er ein wenig rätselhaft. »Ich bin Ihrem Rat gefolgt und gut damit gefahren. Darf ich Sie bitten, Seiner Majestät auszurichten, dass die Angelegenheit geregelt ist, mit der ganzen Wahrheit ...und ohne Taube. Und dass Madame de Maurepas sich ihm empfiehlt.«

Der Erste Kammerdiener verbeugte sich. »Danke, dass Sie

mich zum Herold einer so guten Nachricht machen. Ich hoffe, dass Ihre Mission bei der Königin weniger heikel ist.«

»Das denke ich schon. Ich habe ihr auf Bitten des Königs eine Information zu überbringen, mehr nicht.«

»Zögern Sie nicht, auf mein Wohlwollen zu setzen. Ihr Freund La Borde hat Sie bei Ihren Aufenthalten in Versailles beherbergt. Seien Sie versichert, dass es immer ein Bett für Sie geben wird. Der König hat die Räume in den Zwischengeschossen, die früher von der Comtesse du Barry bewohnt wurden, teilen lassen. Einen Teil hat er Madame de Maurepas gegeben, und den Rest, der sich über seinem Kopf befindet, mir. Ich bin ihm seit seiner frühesten Kindheit verbunden, und er ist mir gegenüber sehr gütig.«

»Ich danke Ihnen für Ihr Angebot.«

Nicolas verschob es auf später, sich darüber klar zu werden, ob dieses Angebot sich an eine Person richtete, von der man eventuell etwas erwartete, oder ob es sich um einen einfachen und ehrlichen Ausdruck von Entgegenkommen handelte.

»Wie Sie festgestellt haben«, fuhr Ville d'Avray fort, »versammeln sich alle bei Madame de Maurepas. Das ist der wahre Hof, ein angenehmer Ort, um über Politik zu reden. Alles, was zählt – allen voran die Minister –, verkehrt an diesem überaus gefragten Versammlungsort, und das Königreich wird dort jeden Abend neu erfunden.«

Vom Absatz der Marmortreppe im ersten Stock aus erreichten sie, bevor sie Marie Antoinettes Appartement betreten konnten, in den Raum für die Wachen. Ein kleiner, adretter, schwarz gekleideter alter Mann wartete auf einer Bank, das Kinn auf den

Griff seines Stockes gestützt. Zwei Diener trugen etwas, das in Tüchern aus purpurrotem Samt verborgen war. Nicolas erkannte Monsieur Jacques de Vaucanson von der Académie Royale des sciences, einen renommierten Ingenieur und Hersteller bewunderungswürdiger Automaten. Sartine, der sich dadurch auszeichnete, alles wissen zu wollen, hatte ihn einst unter irgendeinem Vorwand zu dem genialen Konstrukteur geschickt, damit er versuchte, hinter das Geheimnis der magischen Puppen zu kommen. Ein paar im richtigen Augenblick an seine Diener verteilte Louisdor hatten ihm erlaubt, klarer zu sehen.

Ville d'Avray erklärte ihm, dass der König den Mann herbestellt habe, damit er der Königin mit der Vorführung einiger seiner Meisterwerke eine Freude bereite. Daher betrat eine kleine Prozession das erste Vorzimmer im Grand Appartement, wo die Präsentation stattfinden sollte. Die Diener stellten die außergewöhnlichen Maschinen mit unendlicher Behutsamkeit auf einen zu diesem Zweck aufgestellten Tisch. Ein großer Sessel erwartete Marie Antoinette, die, von einem Türwächter angekündigt, umgeben von ihrer Entourage eintrat.

Ihr Gang war unvergleichlich. Es erfüllte Nicolas mit Bewunderung, wie sie, geschmeidig mit ihrem Körper hin und her schwingend, über das Parkett glitt. Dieser Eindruck wurde noch verstärkt durch die stolze Haltung ihres Kopfes, der Nicolas an einen Schwan denken ließ. Seit ihrer ersten Begegnung vor vier Jahren hatte er sie nur von ferne gesehen. Er fand, dass sie ein wenig zugenommen hatte, kein Kind mehr war, sondern eine junge Frau. Nicht sehr groß und mit einem strahlenden Teint, beherrschte sie die Situation und richtete den Blick aus ihren blauen Augen, die wach und ausdrucksvoll waren, auf jeden der

Besucher. Die hohe, gewölbte Stirn erinnerte an die Porträts ihres verstorbenen Vaters, des Kaisers Franz. Ihr Mund und ihr Lächeln hatten etwas leicht Herablassendes. Sie trug ein weißes Taftkleid, verziert mit getupfter Gaze, Ärmelaufschlägen aus dem gleichen Stoff, und dazu einen englischen Hut. Als Antwort auf die Reverenzen ihrer Besucher neigte sie anmutig ihren Kopf. Eine ihrer Hofdamen flüsterte ihr ein paar Worte ins Ohr, woraufhin die Königin Nicolas anblickte.

»Sie erregen die Neugier meiner Ehrendame, Madame de Noailles, Monsieur«, sagte sie zu ihm. »Sie weiß nicht, dass wir alte Freunde sind, Monsieur le Cavalier de Compiègne. Monsieur le Marquis, seien Sie willkommen.«

»Madame«, sagte der Erste Kammerdiener des Königs, »Seine Majestät hat es für nützlich und angenehm gehalten, Ihnen die in ganz Europa berühmten Automaten von Monsieur de Vaucanson vorzuführen. Er ist persönlich hergekommen, obwohl seit drei Jahrzehnten ein eigenes Unternehmen mit seinen Automaten die Länder bereist, aber sie Ihrer Majestät vorzustellen mochte er sich nicht entgehen lassen.«

»Er ist meinen Wünschen zuvorgekommen. Niemand hat mehr als ich gehofft, den Schöpfer dieser beweglichen Geschöpfe kennenzulernen, von denen meine Mutter mir so oft in Wien erzählt hat.«

»Madame, das ist zu viel der Ehre für einen alten Mann.« Vaucanson machte eine tiefe Verbeugung. »Erlauben Sie mir, Ihnen meine Kinder vorzustellen.«

Er schlug mit seinem Stock auf den Boden, woraufhin die Diener eine erste Maschine auspackten.

»Bei diesem Automaten«, erklärte er, »dem Flötenspieler,

handelt sich um eine Holzstatue, eine Kopie des Fauns von Antoine Coysevox, der Querflöte spielt. Sie kann mit der größten Präzision zwölf verschiedene Melodien wiedergeben. Die Finger dieser Figur führen die notwendigen Bewegungen aus. Der Automat vermag, die Luft zu verändern, die in das Instrument dringt, indem er die Geschwindigkeit erhöht oder verringert. Dafür variiert er die Stellung der Lippen, die ein Ventil, ähnlich einer Zunge, bewegen, das es erlaubt, all das künstlich zu imitieren, was der Mensch tut.«

Er näherte sich dem Automaten und drückte auf einen kleinen Knopf, woraufhin der Spieler plötzlich lebendig wurde. Die Augen bewegten sich, und er führte die Flöte an die Lippen, während seine agilen Finger die Tasten bedienten. Der leicht geneigte Kopf schien vom Gefühl der Musik beseelt zu sein, die ertönte.

Die Versammlung sah und hörte fasziniert zu, wie die kleine, dem Genie ihres Konstrukteurs entsprungene Gestalt sich bewegte und spielte. Sie ahmte perfekt die Aktivitäten eines Menschen nach. Die Melodie endete, und der Flötenspieler nahm mit einem Augenzwinkern wieder seine Ausgangsposition ein. Den Kopf zur Seite geneigt und auf die Hand gestützt, schien die Königin sichtlich beeindruckt zu sein und klatschte begeistert. Sämtliche Damen folgten ihr, mit Ausnahme von Madame de Noailles, die dieses Schauspiel ganz offensichtlich empörte und die, Selbstgespräche führend, vor sich hin murmelte. Nicht umsonst, dachte Nicolas mit leichtem Grinsen, hatte die Königin der Comtesse, die schon Ehrendame bei ihrer Vorgängerin gewesen und mit dem Verwalter der Schlösser und Hauptmann der Jagden verheiratet war, den wenig schmeichelhaften Spitznamen Madame d'Étiquette verpasst.

»Monsieur«, wandte Marie Antoinette sich mit ihrem österreichischen Akzent an Vaucanson, »ich danke Ihnen für diesen schönen Augenblick und die Einfühlungsgabe, mit der sie eine Musik von Gluck, dem Kaiserlich-Königlichen Hofkomponisten in Wien, gewählt haben.«

Monsieur de Vaucanson verbeugte sich und gab seinen Dienern ein Zeichen, die daraufhin den Flötenspieler wieder einpackten und eine zweite Maschine enthüllten. Sie war kleiner und verwirrender. Überraschtes Gemurmel erhob sich beim Anblick einer reglosen Ente in einem Becken aus Porzellan, in das jetzt der Inhalt einer großen Wasserflasche gegossen wurde. Das Tier wirkte täuschend echt.

»Möge Ihre Majestät dieses zweite Exemplar betrachten«, sagte der Erfinder. »Diese Ente, im Augenblick noch leblos, wird sich auf meinen Befehl hin auf ihre Füße erheben und sich wie ein Federvieh im Hühnerhof benehmen.«

Er setzte den Mechanismus in Gang. Der Schwimmvogel richtete sich auf, schüttelte sich, drehte seinen Kopf nach links und nach rechts, planschte und gackerte, als würde es ihn erschrecken, sich in so adliger Gesellschaft zu befinden. Alle natürlichen Verhaltensweisen wurden exakt nachgeahmt. Vaucanson holte einen kleinen Beutel mit Körnern aus seiner Tasche und näherte sich der Königin.

»Möchte Ihre Majestät dieses Tier füttern?«

Die junge Monarchin erhob sich mit der Begeisterung eines Kindes beim Anblick eines neuen Spielzeugs und wehrte mit einer Handbewegung den Versuch von Madame de Noailles ab, sie an diesem Vergnügen zu hindern.

»Was muss ich machen, Monsieur?«

»Ich werde Körner in die Hand Ihrer Majestät schütten, und Madame halten sie vor den Schnabel der Ente. Es besteht, das versichere ich Ihnen, keine Gefahr.«

Sie näherte sich und streckte die Hand nach der Ente aus, die ihren Hals vorstreckte und mit einem Zittern die angebotenen Körner aufnahm, um sich mit ihnen vollzustopfen. Die gekitzelte Königin brach in Gelächter aus, bevor sie zu ihrem Sessel zurückkehrte. Vaucanson ließ ein paar Augenblicke verstreichen, dann packte er die Ente und setzte sie auf ein Silbertablett. Der Vogel erstarrte und schied auf natürlichem Weg sein Futter perfekt verdaut wieder aus. Madame d'Étiquette schien einer Ohnmacht nahe zu sein, während alle anderen von ausgelassener Fröhlichkeit erfüllt waren.

»Monsieur«, sagte die Königin lächelnd, »ich werde diese Vorführung niemals vergessen, und ich werde dem König sagen, wie sehr sie mich interessiert und amüsiert hat. Diese letzte Erfahrung, die Ausdruck Ihres Genies ist, hat mich in höchstem Maße erstaunt. Was ist das Geheimnis dieser perfekten Verdauung?«

»Ihre Majestät möge mir verzeihen, aber das ist ein Geheimnis des Lebens.«

»Einverstanden. Dann sind Sie also ein bisschen so etwas wie ein Zauberer, Monsieur.«

Sie reichte ihm die Hand, die er ergeben küsste, bevor er sich zurückzog. Nicolas wollte ihm mit Ville d'Avray folgen, doch die Königin machte ihm ein Zeichen.

»Ich wünsche, den Marquis de Ranreuil zu sprechen. Man lasse uns allein«, befahl sie und brachte ihre Hofdame, die erneut widersprechen wollte, mit einer herrischen Kopfbewegung zum Schweigen.

»Die Königin will es, die Königin verlangt es.« Madame de Noailles zog sich folgsam zurück, während Nicolas sich näherte.

»Ich glaube, Monsieur, dass Sie mir etwas zu sagen haben«, eröffnete Marie Antoinette das Gespräch.

Daraufhin erklärte er ihr, dass er auf Bitten des Polizeipräfekten Le Noir beim Petit Trianon Nachforschungen angestellt und mit den Gärtnern gesprochen habe. Er versicherte ihr, dass derartige Vorfälle sich nicht wiederholen dürften und dass es vielleicht angebracht sei, den Zugang zu den Gärten für die gewöhnlichen Besucher einzuschränken. Außerdem werde er auf jeden Fall zur Überwachung polizeiliche Informanten postieren, die jede verdächtige Person oder jeden beunruhigenden Vorfall zu melden hätten, der sich auf dem Besitz Ihrer Majestät zutrage.

»Danke, dass Sie sich darum kümmern«, erwiderte die Königin. »Allerdings wünsche ich nicht, dass man den Bürgern den Zugang zu den Gärten verbietet. Das Volk hat das Recht, sich seinen Herrschern zu nähern, und ich möchte nicht eingesperrt sein und meine Vergnügungen hinter Gittern verbergen wie ein Tier im Zoo. Machen Sie weiter und berichten Sie mir. Ich will nicht, dass der König damit behelligt wird.« Sie lächelte ihm zu. »Sie, der Sie alles wissen: Können Sie mir vielleicht verraten, wie diese Ente von Monsieur de Vaucanson das Korn verdaut, das man ihr gibt? Ich begreife es nicht und werde nicht ruhen, bis ich das Geheimnis kenne.«

»Die Königin darf eine vertrauliche Mitteilung anhören«, meinte Nicolas lachend, »aber auch sie weiß, dass sie deren Inhalt nicht weitererzählen darf.«

»Einverstanden, Monsieur. Ihre Bedingungen sind ganz schön hart …«

»Monsieur de Sartine, einst von Madame de Pompadour befragt zu dieser berühmten Ente, beauftragte mich seinerzeit, Nachforschungen anzustellen und die Antwort herauszufinden. Wie lässt sich die Rekonstruktion der natürlichen Funktionen – fressen, verdauen, ausscheiden – erklären? Die dem Automaten gegebenen Körner fallen in eine Dose unter ihrem Bauch, eine Art Schublade, die nach drei oder vier Vorführungen geleert wird, und die Ausscheidung wird vorher vorbereitet. Eine Art Brei aus grün gefärbter Brotkrume, der durch eine Pumpe rausgedrückt und als Produkt einer künstlichen Verdauung deklariert wird. Der Rest ist eine Sache der Mechanik, Räder, Federn, Schlüssel zum Aufziehen, ein perfektes Uhrwerk.«

»Wir teilen also von nun an ein Geheimnis … Ich verstehe, dass der König sich dafür interessiert. Monsieur, sind Sie bereits lange am Hof?«

»Meine Ämter binden mich vor allem an Paris. Dennoch, Madame, war ich seit 1762 häufig am Hof, da ich neben den besonderen Ermittlungen zugleich die Aufgabe hatte, mich um die Sicherheit des Königs und der königlichen Familie zu kümmern.«

»Und Handlanger einer Marquise und einer Comtesse zu sein?«

Das hatte gesessen, es war eine Anspielung auf die Geliebten von Ludwig XV., die Pompadour und die Du Barry. Nicolas schien es sinnlos, Ausflüchte zu suchen. »Ich gehorchte, Madame, den Befehlen des verstorbenen Königs.«

»Beruhigen Sie sich, man hat mir erzählt, wie sehr er Ihre Loyalität schätzte. Wissen Sie, dass der Duc de La Vrillière mich nicht mag?«

Eher das Gegenteil war richtig, sie verzieh ihm nicht, dass er Madame du Barry unterstützt hatte. Nicolas dachte bei sich, dass die Königin die ihr als Dauphine zugefügten Kränkungen nicht vergessen konnte.

»Ich werde von ihm nicht ins Vertrauen gezogen.«

»Kann ich auf Sie zählen, Monsieur?«

»Ich bin Ihr Diener und derjenige des Königs. Ihre Majestät möge sich davon überzeugen.«

Sie fand ihre Ruhe wieder und reichte ihm die Hand. Was konnte er ihr verweigern? Nicolas war glücklich und beunruhigt zugleich. Glücklich, weil seine Rückkehr an den Hof von Ereignissen geprägt war, bei denen die offenkundige Gunst des Königs seine Position sowohl beim Duc de La Vrillière als auch beim Polizeipräfekten festigte, und beunruhigt, weil ebendiese Gunst ihm zahlreiche Gegner einbrachte, deren gefährlichste nicht die sichtbaren waren. Jeder wandte sich an ihn, um sich seiner Treue zu versichern und seine Unterstützung sowie seine Dienste einzufordern. Konnte er sie alle befriedigen? Zuerst dem König zu dienen musste seine Devise und sein Maß sein. Danach würde er je nach Fall entscheiden.

Nachdenklich kehrte er in seine Unterkunft zurück. Der Wind hatte sich noch immer nicht gelegt, sondern wirbelte die welken Blätter wild umher. Inmitten einer lärmenden Tischgesellschaft, die er mit seinem Schweigen vor den Kopf stieß, aß er ein Hühnchen vom Spieß und danach Mandelpudding, zu dem er Cidre trank. Anschließend begab er sich zu Bett und träumte von Mademoiselle d'Arranet.

Donnerstag, den 6. Oktober 1774

Am Tag darauf fand Nicolas sich zur vereinbarten Zeit am Treff-punkt zwischen Schloss und Park ein, wo sich die Kutschen des Königs für die bevorstehende Jagd versammelten. Seit Jahren an das stets gleiche Zeremoniell gewöhnt, beobachtete er mit nach-sichtiger Neugier die schüchterne Unbeholfenheit der neu Vor-gestellten. Er hatte es immer eigenartig gefunden, dass ausge-rechnet die Jagd dafür gewählt wurde und die Vorstellung eines Mannes darin bestand, an einem Jagdtag in die Kutschen des Königs klettern zu dürfen. Nicolas entrichtete zehn Louisdor an den Pikör, der ihm das Pferd präsentierte, und zehn Louisdor an den Kutscher. Bis zur Ebene von Grenelle, wo sein Posten nicht weit von dem des Königs war, döste er vor sich hin.

Dort angekommen, machte der kurzsichtige König ihm strah-lend ein kleines Zeichen mit der Hand, um ihm zu verstehen zu geben, dass er in die Ferne besser sah als in der Nähe. Er war umringt von Pagen des Marstalls, die ihre blauen Anzüge mit Tressen aus purpurroter und weißer Seide gegen Jacken aus blauem Drillich und Ledergamaschen getauscht hatten. Sie reichten den Teilnehmern die geladenen Waffen und übergaben sie nach dem Schuss dem Arkebusier, der sie neu lud. Inzwi-schen ließ der erste Page das bereits erlegte Wild einsammeln und schrieb die genaue Zahl auf kleine Tafeln. Der König, ein großer Jäger wie seine Vorfahren, schoss bei jeder Jagd mehrere hundert Stück Feder- wie Haarwild.

Plötzlich vernahm Nicolas zu seiner Linken eine Explosion, die lauter war als die üblichen Schüsse. Schreie ertönten. Er sah Kutscher, die losstürzten und blutverschmiert zurückkamen. Als er nach der Jagd wieder in seine Karosse stieg, erklärte sein

Nachbar ihm, was geschehen war. Einer der Debütanten dieses Tages, ein junger Adliger aus der Provinz Berry, hatte eine alte Familienwaffe mitgebracht, die, da lange nicht benutzt, explodiert war und ihm eine Hand weggerissen hatte.

»Es bleibt ihm nichts anderes übrig, denn als Main d'argent um die Adresse des Silberschmieds zu bitten.«

»Main d'argent?«

»Ja, Monsieur de Saint-Florentin, oder besser der Duc de La Vrillière, hatte vor ein paar Jahren den gleichen Unfall, und der verstorbene König hat ihm daraufhin eine Ersatzhand geschenkt. Und seitdem hat er den Spitznahmen Main d'argent, die silberne Hand.«

Nicolas drückte sich schweigend in die Ecke und dachte nach. Könnte dieses Loch, das im Hals der beiden Opfer klaffte … Die Sache kam ihm so ungeheuerlich vor, dass er den Gedanken nicht zu Ende zu denken wagte.

VIII

Navigation

Was ist eine Seeschlacht? Man schießt mit Kanonen aufeinander, man trennt sich, und das Meer bleibt ebenso salzig wie vorher!

JEAN-FRÉDÉRIC DE MAUREPAS

Nicolas kehrte zum Schloss zurück, starr vor Entsetzen. Wie hatte er dieses besondere Merkmal des Ministers der Maison du Roi vergessen können? So viele Jahre hatte er in seiner Umgebung verbracht, und doch … Es war gerade diese Nähe, Ergebnis des unaufhörlichen Spieles von Routine und Gewohnheit, die das Gedächtnis und die Schärfe des Verstands täuschte. Er hatte sich oftmals Gedanken über die Anhänglichkeit gemacht, die der verstorbene König für den kleinen, unscheinbaren, dabei ausschweifenden Monsieur de Saint-Florentin empfunden hatte, der in der königlichen Familie eigentlich verhasst war … Mesdames Adélaïde und Victoire machten ihn in einem fort herunter und ließen keine Gelegenheit aus, ihn in der Öffentlichkeit zu demütigen. Und die junge Königin mochte ihn aus anderen Gründen genauso wenig. Nicolas dagegen rechnete ihm die Treue

hoch an, die er als Minister der Maison du Roi Ludwig XV. un-
verbrüchlich bewiesen hatte, ganz zu schweigen von der Unterstützung, die ihm persönlich in entscheidenden Situationen
gewährt worden war.

Noch hielt der neue König gegen den heftigen Widerstand der
meisten bei Hof und zahlloser Intrigen an ihm fest, wenngleich
er seine Geliebte, die Comtesse de Langeac, allgemein die schöne
Aglaé genannt, ins Exil geschickt hatte und Saint-Florentin selbst
auf Distanz hielt. Er würde ihn nicht mit der Pinzette anfassen,
wurde in der Gerüchteküche von Versailles getuschelt. Aus welchen Gründen entließ er ihn dann nicht? Hatte der Duc de La
Vrillière aufgrund seiner Ämter Zugang zu Staatsgeheimnissen?
Barg die eventuelle Trennung von ihm zu viele Risiken? Oder
verlangte seine Verwandtschaft mit Maurepas, seinem Schwager und Verwandten innerhalb der großen Familie Phélypeaux,
der immerhin Ludwigs Erster Minister und Hauptberater war,
eine vorläufige Nachsicht? Sartine, der ihm lange treu gewesen
war, hatte sich nach und nach von ihm entfernt, weil er sich bewusst war, dass Saint-Florentin gern seine Dienste nutzte, ohne
im Gegenzug die gleiche Unterstützung zu gewähren.

Im Grunde waren Nicolas all diese Manöver herzlich egal, deren Wechselfälle er lediglich aus großer Ferne verfolgte. Dennoch verfügte er jetzt über ein Indiz, vielleicht sogar ein Beweisstück, dessen Bedeutung sich noch erweisen musste. Da man
zudem nicht ausschließen konnte, dass es sich um einen Zufall
handelte, war größte Vorsicht geboten. Überdies war durchaus
möglich, dass man es mit einer betrügerischen Benutzung der
silbernen Hand zu tun hatte, weil der Duc sie beim Schlafen sicher ablegte. Oder konnte man so weit gehen und unterstellen,

dass jemand eine Kopie der künstlichen Hand hatte anfertigen lassen, um dem Minister die Verbrechen in die Schuhe zu schieben? Andererseits stand dieser keineswegs als über jeden Verdacht erhaben da, denn eindeutig hatte er nicht die Wahrheit über seinen Aufenthalt in jener Nacht gesagt. Nach Aussagen, die sogar seine Frau bestätigt hatte, war er nicht in Versailles gewesen, was ihn entlastet hätte, sondern in Paris.

Sein Privatleben, das man mit Fug und Recht als ausschweifend bezeichnen konnte, war für niemanden ein Geheimnis. Warum also bemühte er sich in diesem besonderen Fall zu verbergen, wo er sich in der Mordnacht aufgehalten hatte? Gab es etwas Unaussprechliches zu vertuschen? Und wenn man unterstellte, dass bei den Ereignissen dieser Nacht falsche Spuren gelegt wurden, stellte sich natürlich die Frage, ob man ihm, Nicolas, bewusst diese Mission anvertraut hatte, weil man hoffte, er werde als ein in Ungnade gefallener und kaltgestellter Beamter ein fügsames Werkzeug sein und sich das gewünschte Ergebnis seiner Untersuchung diktieren lassen? Ein Gedanke, bei dem das Blut in seinen Schläfen zu pochen begann. Es nutzte nichts, sich mit Vermutungen verrückt zu machen, er musste seine Anstrengungen intensivieren, um ein wenig Licht in einen Fall zu bringen, der mehr und mehr durch neue Tatsachen verdunkelt wurde und in dem es vor Unwahrheiten nur so wimmelte.

Zunächst war es besonders dringlich herauszufinden, ob der Duc die ihm vom König geschenkte Silberhand ständig trug. Wie konnte er das anstellen? Sollte er ihn ganz unbefangen darauf ansprechen, ungeachtet seiner eventuellen Reaktion? Während Nicolas seine Strategie vorbereitete, wurde er sich immer mehr der Ungeheuerlichkeit dieser Spekulation bewusst: Ob er es wollte oder nicht, sie führte dazu, aus Saint-Florentin den Hauptverdächtigen des in seinem eigenen Haus verübten Verbrechens zu machen. Diese Erkenntnis wurde dadurch verstärkt, dass mittlerweile ein zweites Opfer entdeckt worden war, das die gleiche charakteristische Verletzung am Hals aufwies.

Die beiden Morde schienen mit ein und derselben Waffe ausgeführt worden zu sein, und das deutete darauf hin, dass der Täter des ersten Mordes auch der des zweiten sein konnte. Insofern musste er unbedingt den Tagesablauf des verdächtigen Duc überprüfen. Nicolas war gespalten. Zum einen schimpfte er mit sich selbst, dass er sich in derartig abstrusen Hypothesen erging, zum anderen schien es ihm unabdingbar, ihnen nachzugehen, sonst würde er sich am Ende in fruchtloser Aufgeregtheit verlieren.

Der Duc de La Vrillière stand als zuständiger Minister für den königlichen Haushalt dem Département de la Maison du Roi vor, dessen einzelne Abteilungen sich um militärische und religiöse Belange kümmerten sowie um die Organisation des Haushalts selbst, dessen wichtigste Abteilung die Bouche du Roi war, die Überwachung der königlichen Mahlzeiten. Folglich verbrachte Saint-Florentin den größten Teil seiner Zeit in Versailles und saß als Gewohnheitsmensch, der gegen ein Uhr sein Mittagessen einnahm, gerade bei Tisch.

Nicolas sagte sich, dass dies ein günstiger Zeitpunkt sei, um empfangen zu werden. Sich vorher umzuziehen schien ihm nicht nötig, zumal sein Jagdanzug seine privilegierte Stellung am Hof zum Ausdruck brachte. Ein Vorwand war schnell gefunden: Er würde ihm einen neuen Überblick über die Untersuchung des Verbrechens in seinem Haus geben.

Im Flügel der Minister wurde er wie ein alter Bekannter empfangen, und von einem langjährigen Diener in das Arbeitszimmer La Vrillières geführt. Wie Nicolas sich gedacht hatte, nahm er an einem Tischchen am Fenster sein Essen ein. Ein kräftiges Feuer loderte im Kamin und erzeugte eine höllische Hitze.

»Was denn, was denn«, sagte der Minister und musterte seinen Aufzug. »Wird die Jagd womöglich im Schloss fortgesetzt? Seit wann sind Sie in Versailles?«

»Seit gestern Morgen, Monseigneur. Auf Anweisung von Monsieur Le Noir.«

»Und da geruhen Sie, erst heute zu mir zu kommen?«

»Seine Majestät wollte mich unbedingt sehen, dann Monsieur de Maurepas und schließlich die Königin. Überdies wünschte der König meine Anwesenheit bei der Jagd.«

»Aha! So werden meine Leute also von der Arbeit abgehalten ...«

Der Duc betrachtete Nicolas mit zusammengekniffenen Augen und nicht ohne eine gewisse Unruhe. »Ich höre.«

»Monseigneur, ich möchte Ihnen kurz von meiner Ermittlung berichten. Ihre Diener verzerren zumeist die Wahrheit, wenn sie nicht sogar lügen. Der Selbstmord Ihres Maître d'hôtel hat sich als harmlose Schnittwunde herausgestellt und kann mit dem vielen Blut in der Küche nichts zu tun haben. Monsieur Missery erinnert sich angeblich an nichts.«

»Wie das, wie das?«, sagte Saint-Florentin ungehalten. »Und das reicht Ihrer Meinung nach aus, ihn zu entlasten?«

»Das sage ich nicht. Ich stelle lediglich fest, dass die Verdachtsmomente gegen ihn nicht ausreichend begründet sind. Keine bedeutsamen Fakten und keine Beweise, die zusammenpassen ...«

»Kommen Sie, kommen Sie, es kann nur er gewesen sein! Sie müssen einen Schritt zulegen, Monsieur.«

»Justitia, Monseigneur, hält Schritt mit der Wahrheit, vorsichtig und bedächtig.«

Der Duc versteifte sich auf seinem Stuhl. »Sie werden mir wohl nicht etwa eine Lektion erteilen wollen, Commissaire Le Floch?«

»Gott bewahre! Das war einfach so dahingesagt. Viele andere denken wie Sie und drängen mich, zum Ende zu kommen.«

Der kleine, rundliche Mann aß Oblaten, die er in eine Tasse Schokolade tauchte. Das Tischchen und damit das Geschirr wackelten ein wenig. Die behandschuhte rechte Hand bewegte sich nicht, sie lag flach neben der Tasse. Wenn sein Ärger sich steigerte und er auf den Tisch schlagen würde, fiel mit Sicherheit alles um. Mit ein wenig Glück …

»Was denn, was denn? Wer sind diese anderen? Warum wird eine Angelegenheit, die hätte geheim bleiben sollen, öffentlich diskutiert? Mit wem haben Sie gesprochen? Können Sie nach all diesen Jahren Ihre Zunge nicht im Zaum halten? Mit Sartine natürlich! Er hat keinen Einfluss mehr, verstehen Sie? Absolut keinen!«

Das feiste Gesicht war rot vor Wut geworden, sodass Nicolas sich um einen gemäßigten Ton bemühte.

»Monseigneur irrt. Es ist möglich, dass Monsieur de Sartine es weiß, er ist stets über die kleinste Kleinigkeit informiert. Das Gegenteil anzunehmen wäre illusorisch. Ich dachte eher an den Duc de Richelieu, der im Spiegelsaal herumläuft und die Nachricht von Gruppe zu Gruppe trägt. Er hat mich natürlich ausgefragt, aber ich habe so getan, als wüsste ich von nichts. Was den

König betrifft – nun, er meinte, ich würde den Fall bestimmt lösen.«

Violette Flecken erschienen auf dem Gesicht seines Gegenübers. »Richelieu! Der wird nie aufhören, den Wichtigtuer zu spielen! Warum kann er sich nicht zurückziehen nach sechzig Jahren am Hof! Verflucht sei dieser Mensch! Und was den König betrifft ...«

Er hob seine behandschuhte Hand, die gleich darauf schwer auf das Tischchen zurückfiel. Das Möbelstück schwankte, die Tasse klirrte verräterisch, und der Krug mit der restlichen Schokolade kippte um, wobei das dunkle Getränk sich über den Seidenhandschuh ergoss. La Vrillière erhob sich und zog sich zurück. Nicolas sah, was er hatte sehen wollen: Die künstliche Hand war aus Holz, nicht aus Silber.

Die Aufregung, die auf den Zwischenfall folgte, erlaubte ihm, über sein weiteres Vorgehen nachzudenken. Der Duc war zu seinem Schreibisch geeilt, um einen anderen Handschuh aus der Schublade zu nehmen, während ein Diener die Unordnung beseitigte und das beschmutzte Tischchen hinaustrug. Nicolas setzte gelassen seinen Bericht fort.

»Da ist noch eine merkwürdige Tatsache, die ich Ihnen mitteilen muss, Monseigneur ...«

»Bitte rasch, rasch.«

»Die Untersuchungen, die unsere Leute in der Basse-Geôle vorgenommen haben, erlaubten, einen Gipsabdruck von dem Gegenstand zu machen, mit dem die beiden Opfer getötet wurden.«

»Welche zwei Opfer? Soweit ich weiß, ist mein Maître d'hôtel nicht tot. Sie sagten vorhin, er sei kaum angekratzt. Was nun, Sie reden dummes Zeug!«

»Leider nein! Ein weiteres junges Mädchen ist Dienstagmorgen in der Impasse Glatigny gefunden worden, auf die gleiche Weise umgebracht wie Ihre Kammerzofe. In beiden Fällen ist, wie soll ich sagen, dieselbe Waffe benutzt worden.«

Er hatte den Eindruck, dass diese Mitteilung nicht ohne Wirkung blieb.

»Dann haben Sie also die Waffe gefunden und einen Abdruck vor ihr gemacht?«, erkundigte sich La Vrillière betont kühl.

»Nein, wir haben einen Abdruck von der Form der Verletzung gemacht. So, wie man von einem Siegel den Stempel abnehmen kann.«

»Und was ist daran so merkwürdig?«

»Es gibt da eine Merkwürdigkeit, die die folgende Frage rechtfertigt, die Sie mir hoffentlich verzeihen werden: Der Abdruck hat nämlich die Form einer Hand, wobei eine lebendige Hand derartige Verletzungen unter keinen Umständen verursachen kann. Also muss es sich um eine künstliche gehandelt haben. Wie ich soeben festgestellt habe, tragen Sie heute eine Hand aus Holz. Wo befindet sich die silberne, die unser verstorbener König Ihnen geschenkt hat?«

Der Minister der Maison du Roi verzog keine Miene. Er blickte Nicolas in die Augen, als bemühte er sich zu erraten, was dieser genau mit dieser kompromittierenden Frage bezweckte.

»Monsieur Le Floch, ich trage, was mir beliebt. Die Hand, die mir unser schmerzlich vermisster Herr geschenkt hat, verwende ich lediglich bei besonderen Anlässen.«

»Welche Hand auch immer, sie wird stets von einem Handschuh versteckt ... Sie werden mir zweifellos gestatten, das wertvolle Original näher zu untersuchen. Die Tatsache, dass Sie

264

sich manchmal davon trennen, ist geeignet, Spekulationen zu nähren. Stellen Sie sich vor, man hätte sie ausgeliehen oder Schlimmeres ...«

Saint-Florentin schien innerlich zusammenzusacken. »Gewiss, gewiss ... Ich habe nie behauptet, dass sie noch in meinem Besitz ist. Um die Wahrheit zu sagen ... Ich habe sie verlegt, vergessen vielleicht, verloren.«

»Monseigneur sollte sich an den Ort zu erinnern versuchen, wo dieser Verlust passiert sein könnte.«

»Ja, ja, sicher. Bei Madame de Cusaque, in der Normandie«, erwiderte er zögernd.

»Wäre es denkbar, dass man Ihnen diesen Gegenstand, der in mehr als einer Hinsicht wertvoll ist, gestohlen hat?«

Der Duc wirkte zunehmend verstört. »Was weiß ich! Alles ist möglich.«

»Ein letztes Detail noch. Welcher geschickte Künstler hat diese Hand aus Silber hergestellt? Überdies wäre eine genaue Beschreibung über die Form der Hand hilfreich für mich.«

»Monsieur de Villedeuil. 1765 war er Mechaniker an der Place Royale. Inzwischen ist er gestorben, glaube ich.«

Er nahm eine Feder, tauchte sie ins Tintenfass und begann zu schreiben. Nicolas begriff, dass die Audienz beendet war.

Die Hofkarosse brachte ihn ins Hôtel de la Belle Image zurück, wo seine Ankunft in dem prächtigen Gefährt nicht unbeträchtlich zu seinem Ansehen beitrug. Er schloss sich sofort in seinem Zimmer ein, reinigte mit fast zwanghafter Sorgfalt seine Gewehre und dachte über das nach, was er gehört hatte, um seine Eindrücke, die die Begegnung mit dem Duc de La Vrillière hinterlassen hatte, zu verarbeiten, solange sie noch frisch waren. Seine erste und nicht geringste Feststellung betraf die mangelnde Offenheit und Ehrlichkeit des Gesprächs, die zweite das Problem der künstlichen Hand.

Die Behauptung, im Alltag ein Modell aus Holz zu benutzen, klang plausibel, und wahrscheinlich war das Original tatsächlich verschwunden. Allerdings fand Nicolas es ziemlich nebulös, dass der Duc nicht wusste, unter welchen Umständen und wo die Hand abhandengekommen war. War das wirklich in Caen geschehen, wo seine Geliebte, die schöne Aglaé, seit ihrer Verbannung vom Hof lebte? Wobei das ohnehin nichts nützen würde für die Wahrheitsfindung, denn so weit von Paris Nachforschungen anzustellen war schwierig, und ein Wort La Vrillières würde genügen, um die Diskussion darüber zu beenden.

Und für Nicolas selbst konnte die neue Entwicklung ebenfalls Folgen nach sich ziehen, die ihm nicht unbedingt angenehm waren. Würde er vielleicht der Bitte des ehemaligen Polizeipräfekten Sartine nachgeben und ihn über alles informieren müssen, was den Minister der Maison du Roi betraf? Selbst wenn ihm das nicht gefiel, würde er es Sartine, dem er alles verdankte und dessen Handeln immer von der größten Sorge um die Interessen des Thrones geprägt war, nicht abschlagen können. Bei näherem Nachdenken kam es ihm jedoch wie ein Wink des Schicksals vor, dass er durch das Umfallen des Kruges mit der Schokolode überhaupt erst auf das Fehlen der Silberhand aufmerksam gemacht worden war.

Um seinen aufgeregten Geist zu beruhigen, beschloss Nicolas, seinem Sohn zu schreiben. Wie würde dieser für sein Alter besonnene, reife Junge, in dem er erfreut Spuren seines eigenen

Vaters, des Marquis de Ranreuil, wiedererkannte, reagieren? So außergewöhnlich seine Situation sein mochte, er schien sie mit lobenswerter Unkompliziertheit und mit Augenmaß zu beherrschen. Trotzdem quälte ihn der Gedanke an die Umstände, die seine frühe Jugend geprägt hatten. Erst war er das Kind gewesen, das in einem Freudenhaus verwöhnt worden war, um plötzlich zum klugen und kultivierten Schüler zu werden, der mit seinem Wissen brillierte und jeden, der ihm begegnete, entzückte.

Nicolas musste anerkennen, dass die Satin es verstanden hatte, trotz der fragwürdigen Umstände, unter denen er aufgewachsen war, das Beste aus ihm herauszuholen. Natürlich war Louis stolz auf die ruhmreiche Familie, der er entstammte, bloß war er sich der Ambivalenz seiner Stellung in der Welt bewusst? Man hatte den steilen Weg der Wahrheit für ihn gewählt, der ihm möglicherweise viele Hindernisse in den Weg legte. Obwohl Nicolas fürchtete, dass er unter alldem leiden könnte, hoffte er, dass die Spannung, der diese junge Seele ausgesetzt war, ihn härten würde, so, wie das Wasser der glühenden Klinge gleichermaßen Biegsamkeit und Härte verlieh. Es war also ein zärtlicher Brief voller kluger Ratschläge – ähnlich denen, die er vor zwanzig Jahren vom Marquis de Ranreuil bekommen hatte. Er korrigierte ihn sorgfältig und schrieb ihn ins Reine, und nachdem er ihn versiegelt hatte, widmete er sich seiner Toilette für das Souper beim Comte d'Arranet.

Als er sich rasierte, dachte er erneut an den Marquis. Dieser hatte ihm, da für den Stiftsherrn Le Floch jede Form der Körperpflege ein Werk des Teufels gewesen war, die entsprechenden Grundkenntnisse beigebracht und ihm eine kleine Abhandlung über Pogotonomie geschenkt, die ihn gelehrt hatte, wie man sich gefahrlos selbst rasierte, welche Steine sich zum Schleifen der Klingen eigneten und wie man Leder präparierte, um es als Streichriemen für das Schärfen der Klingen zu benutzen. Er wählte einen dunkelgrauen Anzug in der Farbe Suie de cheminée de Londres, Londoner Kaminruß, ein neues Modell aus dem Atelier von Maître Vachon, dessen unauffällige Eleganz gut zum Ende der Trauerzeit passte. Aus seinem Portemanteau nahm er Manschetten aus feiner Malines-Spitze sowie eine Krawatte und ein Hemd in strahlendem Weiß, das Ergebnis der vereinten Bemühungen von Catherine und Marion. Er frisierte sein Haar, prüfte den Sitz seiner Perücke, puderte sie, schob die Haare, die hervorschauten, mit einer kleinen Hand aus Achat darunter und überprüfte das schmeichelhafte Bild, das der fleckige Spiegel der Frisierkommode ihm zeigte. Zum Schluss legte er den alten Paradedegen seines Vaters um, den ein Bote aus der Bretagne in eine Decke gehüllt ohne ein Wort der Erklärung vor zwei Jahren in der Rue de Montmartre abgegeben hatte. Wahrscheinlich auf Veranlassung seiner Halbschwester Isabelle, die ihm schon kurz nach dem Tod seines Vaters den Siegelring mit dem Familienwappen gegeben hatte. Sehnsucht nach seiner Heimat überkam ihn für einen kurzen Augenblick. Er schloss die Augen und sah wieder das wilde Gestade des Meeres vor sich und glaubte beinahe, die Schreie der Seevögel über ihm zu hören …

Nachdem er fertig war, bat er den Besitzer seiner bescheidenen Unterkunft, ihm eine Lohndroschke zu bestellen, die ihn zum Hôtel d'Arranet bringen würde. Nächtlicher Abendtau hatte sich auf die friedliche Landschaft gesenkt, und der Wind war abgeebbt. Der Hotelbesitzer überhäufte ihn mit Aufmerksamkeiten, schien überzeugt, es mit einer bedeutenden Persönlichkeit zu tun zu haben, die inkognito reiste.

Als er sein Ziel erreicht hatte, wurde er dem berüchtigten Matrosenlakai empfangen, der heute den Lakaien vertrat und ihn mit einem komplizenhaften Zwinkern begrüßte.

»Mein Edelmann, der Admiral, befindet sich in der Bibliothek und feiert das Wiedersehen mit diesem verdammten Metzger. Zugegeben, er hat mir die Fresse ordentlich zusammengenäht, die mir ein Biscayer hundsgemein entzweigehauen hat. Ich hab ganz schön fest in ein mit Rum getränktes Stück Leder gebissen. Ah, dieser verfluchte Kerl, er verstand sein Handwerk. Und sapperlot, es ist verdammt schön, ihn wiederzusehen!«

»Tribord, Sie gefallen mir«, sagte Nicolas und drückte ihm einen doppelten Louisdor in die Hand. »Docteur Semacgus ist übrigens mein Freund.«

Der Diener öffnete die Tür zur Bibliothek. In den warmen Geruch der Kerzen mischte sich das exotische Aroma des karibischen Alkohols. Vor einem der offenen Fenster unterhielt sich der Comte d'Arranet mit Semacgus. Ihr Gespräch wurde immer wieder von lautem Gelächter unterbrochen. Nicolas war überrascht von der glanzvollen und majestätischen Erscheinung des altgedienten Marineoffiziers, der aus gegebenem Anlass Uniform trug. Feuerrote Hose, Wams Ton in Ton mit goldenen Tressen und goldener Stickerei und blauer Uniformjacke, über der, unter dem rechten Schulterstück hindurchgeschoben, das Band des Saint-Louis-Ordens hing. Das Licht der Kerzen betonte den Eindruck noch, und es war nicht schwer, ihn sich in stolzer Haltung am Bug eines Kriegsschiffs vorzustellen. Semacgus, in schwarzem Anzug und mit gepuderter Perücke, wirkte erheblich bescheidener, schließlich war er kein Kriegsheld, den man vergötterte.

»Da kommt Ranreuil!«, rief der Comte. »Sie beide sind ja alte Bekannte.«

Die drei wollten gerade eine Unterhaltung beginnen, als der Lärm von Kutschen, die vor der Außentreppe hielten, sie unterbrach. Der Gastgeber stellte sein Glas ab und eilte nach draußen, um die Neuankömmlinge zu empfangen. Sartine und La Borde erschienen in einer Sinfonie aus Grau, die Nicolas in der Wahl seines Anzugs bestätigte. Monsieur d'Arranet stellte Semacgus dem Marineminister vor, der humorvoll daran erinnerte, dass er die Freude gehabt habe, den Marinechirurgen vor vierzehn Jahren in einem Kriminalfall, bei dem er zu Unrecht in der Bastille eingesperrt worden sei, zu entlasten. Er behauptete das mit der zufriedenen Selbstsicherheit, die Nicolas stets rasend machte, obwohl er daran gewöhnt war, dass der ehemalige Polizeipräfekt die Erfolge seiner Leute gerne als seine eigenen ausgab.

Etwas anderes verstimmte ihn mehr: dass Mademoiselle d'Arranet nicht zum Abendessen erscheinen würde, weil es sich um einen Herrenabend handelte. Getränke wurden serviert, und die Gespräche begannen. La Borde zog Nicolas sofort in den Garten, um ihm sein Herz auszuschütten. Die Gesundheit seiner jungen Frau besserte sich trotz gründlicher Behandlung nicht. Ihre Nervenreizung dauerte an, wurde begleitet von Krämpfen und einer Melancholie, die durch nichts zu vertreiben war. Kaum möglich, sie aus ihrer Apathie herauszuholen. Nicolas war zutiefst bestürzt, seinen Freund so besorgt zu sehen. Ausgerechnet jetzt, wo er nach wie vor unter dem Verlust des Königs litt. Nicolas hatte sich ein paar Tage zuvor bei Noblecourt nicht klargemacht, dass La Bordes gute Laune nicht echt, sondern gespielt gewesen war, allein aus dem Feingefühl heraus, den Abend, der zu Ehren von Louis gegeben worden war, nicht zu trüben. Er versicherte ihn seines Mitgefühls und seines Wunsches, Madame de La Borde vorgestellt zu werden, sobald es ihr besser gehe. In diesem Moment rief Tribord zu Tisch.

Die Tafel war mit auf Hochglanz poliertem, wappengeschmücktem Silber gedeckt, zwischen das sich in weiße Korallen gesteckte Blumen mischten, unbestritten ein Werk von Aimée. Tribord überwachte die fünf Diener, die hinter den Gästen standen, um ihnen die Speisen zu servieren und die Getränke einzuschenken. Die ersten Gänge der reichen Speisenfolge umfassten Moules à la poulette, panierten Steinbutt à la Sainte-Menehould und eine riesige Forelle in Aspik, begleitet von dünnen Pfannkuchen mit rosa Garnelen und kunstvoll geschnittenem Gemüse. Champagner und weißer Burgunder warteten in Weinkühlern aus vergoldetem Silber.

»Admiral«, sagte Sartine, »Sie erfreuen mich mit einer ungewöhnlichen Kreatur der Tiefe, wie ich es in dieser Größe nicht mehr gesehen habe seit den kleinen Abendessen des verstorbenen Königs. Wie viel wiegt der Fisch? Zwölf, fünfzehn Pfund?«

»Mehr«, erklärte Arranet stolz. »Er wiegt gut und gern seine zwanzig Pfund und schwamm gestern noch im Genfer See. Ich mag frischen Fisch, all jenen zum Trotz, die behaupten, man müsse ihn einige Tage liegen lassen, damit er seinen vollen Geschmack entfalte.«

»Das gilt für den Rochen«, räumte Semacgus ein, »der am ersten Tag ungenießbar ist. Man muss in jedem Fall aufpassen und das richtige Maß finden. Eine Kleinigkeit zu lange, und das Tier fängt an zu stinken.«

»Angelt man auf unseren Schiffen?«

»Auf langen Reisen kann das eine willkommene Ablenkung sein und den Alltag an Bord angenehmer machen. Ich sehe Semacgus noch vor mir, wie er vor Tarent mit der Angel nacheinander fünfzehn Thunfische fing! Die Mannschaft glaubte, sie würde frisches Fleisch essen. Das war auf der Fregatte *Cassiopée*.«

»Ansonsten gibt es immer Rindfleisch und Pökelfleisch?«, wollte Sartine wissen.

»Immer«, bestätigte der Comte, »oft madig und vergammelt. Man müsste die Versorgung an Bord weiß Gott reformieren.«

»Nehmen Sie niemals lebendes Vieh oder Geflügel mit?«

»Doch, natürlich! Bei der Abfahrt und bei jedem Zwischenaufenthalt. Leider man hat nicht lange was davon, bei der ersten Seeschlacht gibt es ein Massaker. Eine Kanonenkugel, und das war's mit dem Kleinvieh.«

»Als zuständiger Minister ist es für mich betrüblich zu hören, »dass es keine Kleinigkeit ist, die Marine zu versorgen. Ich habe dieses Amt übernommen und muss offensichtlich noch viel lernen, zumal ich nie zur See gefahren bin.«

»Ich auch nicht«, sagte La Borde.

»Was mich betrifft, so habe ich immerhin den Ärmelkanal auf einem Passagierschiff überquert«, warf Nicolas ein.

»Monsieur le Comte«, meldete Sartine sich erneut zu Wort, »Sie, der Sie ein erfahrener Seemann sind und nicht einer dieser Vorzeige- und Vorzimmeroffiziere, Sie verstehen mich ... Welche Ratschläge würden Sie mir geben?«

»Der Himmel bewahre mich, dass ich mir jemals erlauben würde, einem königlichen Minister Ratschläge zu erteilen! Bestenfalls kann ich Ihnen mit ein paar Feststellungen weiterhelfen. Die erste ist die, dass man der Marine wieder Hoffnung machen muss, nachdem, ungeachtet der Bemühungen von Monsieur de Choiseul, die letzte Zeit eher verhängnisvoll gewesen ist und wir keine Vorherrschaft auf den Weltmeeren erreichen konnten, was für die Größe Frankreichs so notwendig wäre.«

»Das liegt an einer falschen Strategie, die ignorante Berater dem verstorbenen König vorschlugen«, erwiderte Sartine lebhaft. »Nicht Sie, Admiral, andere. Die Wahrheit ist, dass man immer mit Einsparungen und Wirtschaftlichkeit argumentierte, worüber sich Ludwig XV. bitter beklagt hat. Letztlich haben wir nach politischen Entscheidungen gelebt, die bereits zu Zeiten der Régence unter Philippe II., Duc d'Orléans, getroffen und von Kardinal Fleury in seinem Sinne fortgesetzt wurden. So löblich viele seiner innenpolitischen Maßnahmen waren, außenpolitisch vernachlässigte er die Armee und die Marine, wodurch Frankreich schlecht auf die anstehenden Kriege vorbereitet war.«

»Und auf welchen Prinzipien beruhten diese Entscheidungen?«, fragte La Borde.

»Um Ihre Frage zu beantworten«, fuhr Sartine fort, »muss man verstehen, dass unsere Politik in gewisser Weise eine Vermeidungstaktik betrieb. Man wollte verhindern, dass die Seemächte, insbesondere England, missgünstig und misstrauisch wurden, und ihnen keinen Grund geben zu denken, dass von Frankreich Gefahr drohe. Somit tat man alles, um den fragilen Frieden zu erhalten, und hielt die Marine klein.«

»Monseigneur«, rief Arranet inbrünstig, »es ist gegen die Ehre und die Interessen des Königreichs, unsere Marine im immer gleichen Zustand der Schwäche und eines desolaten Erscheinungsbilds zu halten!«

»Leider. Wie ich Ihnen sagte, eine verbreitete Unfähigkeit, die allgegenwärtige Finanzkrise, das quälende Schuldenproblem und die ständige Opposition der regionalen Parlamente haben dazu beitragen, alles zu gefährden«, gestand Sartine. »Bis 1749, mehr als zwanzig Jahre lang, war Monsieur de Maurepas für die Marine zuständig und hat nichts ausrichten können. Er, der sich ein Verhältnis von eins zu drei im Vergleich zur englischen Flotte wünschte! Werde ich es schaffen? Sie können mir glauben, dass ich diesen Weg hartnäckig verfolgen werde, und das umso mehr, als die Ereignisse, die sich in den englischen Kolonien in Amerika abspielen, uns veranlassen, die Hand auf dem Degengriff zu lassen. Habe ich damit Ihre Frage beantwortet, Admiral?«

»Gewiss! Mein zweiter Vorschlag allerdings ist verwegener. Ich fürchte, dass wir generell über unsere Strategien und Taktiken nachdenken müssen. Ich will das genauer erklären. Wir Franzosen kämpfen in Linie und versuchen, im Wesentlichen auf die Masten zu schießen, anstatt den Gegner manövrierunfähig zu machen. Dies führt zur Routine und erstickt im Keim jeden Versuch, den jeweiligen Umständen Rechnung zu tragen und uns einen Vorteil zu schaffen. Ganz anders die Engländer: Sie zielen mit ihren Kanonen direkt auf den Rumpf. Die Schäden sind verheerend und hinterlassen eine blutige Schneise, denn die Holzsplitter, zu denen die Schiffswände werden, wenn ein gut gezielter Schuss in eine Geschützbatterie eine Explosion auslöst, wirken wie Dolche … Und was soll man sagen, wenn ein gegnerisches Schiff Ihre Lage gepeilt hat und Ihr Heck durch Beschuss in Flammen versetzt? Der Verlust an Menschenleben ist dramatisch. Ganz zu schweigen davon, dass es lange dauert, bis man die erfahrensten Offiziere ersetzt hat.«

»Und was schlagen Sie vor?«, fragte Sartine.

»Dass man darüber nachdenkt! Das Leben auf See erfordert Mut, Ausdauer, Sachkenntnis, dazu kühles Kalkül und Entschlussfreudigkeit. Ich bin überzeugt, dass man sich nicht auf eine einzige Taktik festlegen darf, sondern flexibel bleiben und selbst verschiedene Optionen nacheinander ausprobieren sollte. Dafür braucht man kampferprobte Offiziere und Mannschaften. Zum Beispiel müssten wir uns an den Engländern ein Beispiel nehmen und die verschiedenen Situationen trainieren. Angesichts der größeren Schlagkraft des Feindes haben wir unser mangelndes Training sehr teuer bezahlt!«

»Da stimme ich zu«, sagte Semacgus. »Wenn es zur Schlacht kommt, zählt die auf See verbrachte Zeit mehr als das Kaliber der Kanonen!«

»Was die Kanonen betrifft«, nahm Arranet das Stichwort auf, »wage ich zu hoffen, dass man Ihnen, Monseigneur, zur Kenntnis gebracht hat, dass ein englischer Ingenieur einen neuen Typ von Kanone erfunden hat: die Karronade, die schon von der Navy verwendet wird.«

»Ich habe davon gehört«, erwiderte Sartine, »wobei mir ihre Nützlichkeit nicht so ganz klar ist.«

»Sie ist kürzer, besitzt keine Räder, und ihre Lafette besteht aus zwei Holzgestellen, die übereinandergleiten können. Darüber hinaus ist ihr großer Vorteil, dass sie einen Hebel mit einer

Gewindestange besitzt, der erlaubt, die Kanone in den gewünschten Schusswinkel zu bringen. Doppelt geladen oder mit Geschossen vollgestopft, richtet die Karronade verheerende Schäden an ...«

Sartine dachte nach und blickte sich um, ob sich ein unerwünschter Zuhörer im Raum befand. »Ich habe vor, meine Freunde, einen Dienst zu schaffen, der den Auftrag hat, die Informationen über die englische Flotte und über das, was diese Herren der Admiralität ausbrüten, zu sammeln. All das ist noch ein wenig vage. Für das Wohl des Staates scheint es mir jedenfalls wichtig, besser informiert zu sein. Man muss sich umsehen und die geeigneten Männer für dieses große Projekt finden.«

Er warf einen langen, vielsagenden Blick auf Nicolas. In diesem Moment kamen die Diener wieder herein, und der Graf wechselte das Thema.

»Die Fregatte ist die Königin der Kämpfe«, erklärte er, »schnell und wendig. Sagt man zumindest. Dabei werden sie leicht zu manövrierunfähigen Ungeheuern, deren Verluste proportional zu ihrer Masse sind. Bedenken Sie: zum Teil bis zu neunhundert Mann an Bord! Man darf nicht alles auf eine Karte setzen ... Schließlich, Monsieur, noch eine letzte Sache: Es scheint mir notwendig zu sein, eine Infanterie auf unseren Kriegsschiffen zu etablieren. Auf See sind unsere Mannschaften nicht bewaffnet, man teilt Gewehre und Handspeichen an sie aus. Wäre es nicht zweckdienlich, ein Korps an Bord zu haben, das im Nahkampf oder beim Entern die Mannschaft unterstützt?«

»Ein gut gezielter Schuss, der den Kommandanten tötet, kann den Ausgang eines Kampfes beeinflussen«, warf Semacgus ein. »Das ist gelegentlich vorgekommen.«

Die nächsten Gänge wurden aufgetragen: Speckkuchen, Soufflées aus italienischem Käse, Rebhuhn mit Püree, Ente à l'espagnole, Kalbsbrüste mit Bengal-Curry, gratinierte Gemüseartischocken und frittierter Stangensellerie.

Der Marineminister rückte mit beiden Händen seine Perücke zurecht, eine Geste, die bei ihm Ausdruck großer Genugtuung war.

»Wir haben die Frage nicht erschöpfend behandelt. Aber Ihre Überlegungen haben mich ganz ungemein erbaut. Ich erwäge, mir vor Ort ein Bild zu machen und mit einer Reise in die Bretagne zu beginnen, um dort die Verwaltung unserer Häfen und Arsenale zu inspizieren. Darüber hinaus fasse ich ins Auge, neue Hafenbecken ausheben zu lassen und die Kapazitäten für den Bau von Linienschiffen zu erhöhen. Was würden Sie davon halten, verehrter Admiral, mir bei den Vorbereitungen zu helfen und mich zu begleiten? Ich brauche unbedingt den kundigen Blick und die Meinung eines Mannes, der zur See gefahren ist, der gekämpft und kommandiert hat. Später, wenn ein Plan ausgearbeitet ist, werden wir einen weiteren kompetenten Offizier hinzuziehen, den Chevalier de Fleurieu. Im Augenblick perfektioniert er unsere Präzisionsgeräte, mit denen sich die Längengrade mit großer Genauigkeit bestimmen lassen. Der Mann wird dem König gefallen, der diese Art von Forschungen bekanntlich sehr schätzt.«

»Monseigneur, ich stehe Ihnen zur Verfügung«, erwiderte Arranet ebenso entzückt wie bewegt und erhob sich halb aus seinem Stuhl.

»Dann ist es also abgemacht! Finden Sie sich so bald wie möglich in meiner Abteilung ein. Meine Gehilfen werden Ihnen ein

Büro ganz in meiner Nähe geben, damit wir gemeinsam arbeiten können. Nicolas, erzählen Sie uns den Tratsch der Stadt, er fehlt mir. Das wird uns nach diesen ernsthaften Gesprächen aufheitern.«

»Die Gerüchte beziehen sich wie immer auf die Oper und das Theater! Sie berichten, dass man am Wiener Hof Zuneigung zum Ritter Gluck gefasst habe und nicht mehr zulasse, dass dieser Musiker die Stadt verlasse. Um ihn noch enger an sich zu binden, hat Joseph II. ihm eine Pension von zweitausend Talern gewährt. Aus Rücksicht auf seine Schwester, unsere Königin, und um den Komponisten nicht der Vergünstigungen zu berauben, die er in Frankreich genießt, erlaubt ihm der österreichische Kaiser, jedes Jahr hierherzukommen, um einige seiner Werke zur Aufführung zu bringen.«

»Ihre Majestät wird die Art und Weise, wie ihr Bruder ihren Lieblingsmusiker behandelt, kaum schätzen.«

»Sie hat Monsieur de Vaucanson gestern von ganzem Herzen für seine Wahl gedankt, nachdem sein Flötenspieler, diese mechanische Figur, eine Arie von Gluck gespielt hat.«

»Man muss übrigens erwähnen«, brachte la Borde Nicolas ins Gespräch, »dass Ranreuil Aufsehen am Hof erregt. Ganz Versailles spricht in höchsten Tönen von ihm. Privataudienz beim König, Gespräch unter vier Augen mit Madame de Maurepas, dann mit ihrem Mann, dem Ersten Minister, und als Krönung des Ganzen eine Unterhaltung mit der Königin ohne den inquisitorischen Blick von Madame de Noailles. Und nicht zuletzt, so heißt es, Unterhändler und gütliche Beilegung eines internen Dramas.«

»Für einen jungen Ehemann, der sich von der Welt zurückgezogen hat, sind Sie erstaunlich gut informiert«, spottete Nicolas. »Sie verletzen meine Diskretion. Sprechen wir lieber von den Abenteuern unserer Schauspielerinnen. Das zweite Gerücht betrifft nämlich den Streit zwischen Mademoiselle Arnoux und Mademoiselle Raucoux, der in einen offenen Krieg ausgeartet ist. Nehmen Sie zur Kenntnis, dass der Sieur Bellenger, Intendant der Menus-Plaisirs, also aller Zeremonien am Hof, und Liebhaber der Arnoux, für sie eingetreten ist gegen den Marquis de La Villette, den Galan der Raucoux. Der Streit eskalierte, und Bellenger, den Groll des Marquis fürchtend, erstattete Anzeige beim Strafgericht. Es kam zu einem Schlichtungsverfahren, und in einer ziemlich lächerlichen Übereinkunft wurde vereinbart, dass die beiden Rivalen mit dem Degen in der Hand gegeneinander antreten und sofort getrennt werden sollten. Eine groteske Versöhnung.«

»Und wo bleibt die Ehre bei alldem?«, rief der Comte d'Arranet. »Dieser Scherz provoziert geradezu die Frage, wieso wegen einer banalen Geschichte alle in einen Wahn verfallen.«

»Als ehemaliger Polizeipräfekt erinnere ich Sie daran, meine Herren«, sagte Sartine lachend, »dass das Duell verboten wurde und der König entschlossen ist, niemals den geringsten Ungehorsam diesbezüglich zu verzeihen.«

Nachdem die Diener die Überreste der letzten Gänge und das Geschirr abgeräumt hatten, kamen zum Abschluss süße Häppchen und Süßigkeiten auf den Tisch. Anschließend bat der Gastgeber in die Bibliothek. Sartine zog Nicolas in eine Ecke des Raumes.

»Die Marine ist nicht die Polizei«, begann er, als spräche er zu sich selbst. »Ich bin dort allein, beobachtet und ohne Unterstützung. Maurepas' Egoismus wird mit dem Alter schlimmer, und ich fürchte, dass das einzige Ziel seines Ministeriums darin besteht, jede Erschütterung zu vermeiden, die seine Ruhe gefährden könnte. Er wünscht sich nichts anderes, als seinen Platz zu behalten und in Ruhe sein Leben zu beenden. Doch wie weit sind Sie mit Ihrem Fall?«

»Es ist ein erster Erfolg zu verzeichnen, was die Tatwaffe betrifft.« Nicolas taktierte vorsichtig, war sich nicht sicher, wie viel er Sartine zu diesem Zeitpunkt anvertrauen sollte. »Es handelt sich, lachen Sie nicht, eindeutig um eine künstliche Hand wie diejenige, die der verstorbene König einst Monsieur de Saint-Florentin nach seinem Jagdunfall geschenkt hat ...«

»Die Silberhand, sieh mal an«, murmelte Sartine nachdenklich.

»Der Duc de La Vrillière wurde aufgefordert, diesen Zufall zu erklären«, antwortete Nicolas vage und ausweichend. »Ich habe entdeckt, dass er derzeit eine Nachbildung aus Holz benutzt, und auf meine Nachfrage hat er behauptet, nicht zu wissen, wo sich das Original befinde. Angeblich weiß er nicht einmal, wo und wie genau die Hand verloren ging und ob es möglicherweise ein Diebstahl war. Er meint, es könnte bei Madame de Cusacque in der Normandie passiert sein.«

»Die schöne Aglaé, soso! Das sind Neuigkeiten, ich gratuliere Ihnen. Und Sie denken, dass ...«

»Ich hüte mich zu denken, Monseigneur. Ich stellte nur fest, dass der gute Saint-Florentin jetzt zu den Verdächtigen gezählt werden muss, umso mehr, als er sich weigert anzugeben, was er in dieser Nacht gemacht hat und wo er gewesen ist.«

»Hat der König mit Ihnen über diesen Fall gesprochen?«

»Er hat sich in der Tat danach erkundigt.«

»Bitte informieren Sie mich, sobald es etwas Neues gibt, Nicolas«, bat Sartine und wollte sich zu den anderen begeben, wurde aber von Nicolas zurückgehalten.

»Noch etwas?«

»Ja, Monseigneur. Eine unerwartete Begegnung, die ich zur Kenntnis bringen will. Ich habe gestern in der Galerie basse im Schloss einen Mann erkannt, der mir geschminkt vorkam und eine Brille mit getönten Gläsern trug. Er ist geflüchtet, als er mich näher kommen sah.«

»Sie behaupten, Sie hätten ihn erkannt? Wer war er?«

»Lord Ashbury, mein Gesprächspartner in London. Die bewusste Mission ...«

Sartine dachte einen Augenblick nach. »Der Chef des englischen Geheimdienstes in Paris, soso. Das ist gleichermaßen merkwürdig wie beunruhigend und gefällt mir gar nicht. Informieren Sie umgehend Le Noir. Man soll unter den Ausländern suchen, die in unsere Häfen und nach Paris gekommen sind, und herausfinden, hinter welchem Decknamen er sich verbirgt. Nicolas, wir haben nie aufgehört, miteinander zu arbeiten ... Vergessen Sie deshalb die Nachforschungen über Bourdier nicht. Die Marine wartet auf sein Dechiffriersystem.«

Nicolas zweifelte nicht an der Aufrichtigkeit und Verschwiegenheit seines ehemaligen Vorgesetzten. Obwohl er ihm die wahren Gründe für sein Handeln häufig verheimlichte, hatte ihn die tägliche Arbeit an seiner Seite seit so vielen Jahren von seiner Rechtschaffenheit überzeugt. Natürlich hielt Sartine einen gewissen Vorrat an Geheimnissen fest verschlossen, wozu nicht zuletzt seine freimaurerischen Aktivitäten gehörten. Brachte seine Arbeit in der Loge ihn womöglich dazu, sich mit den Thesen der Parti philosophique zu identifizieren? War das ein Zugeständnis an den Zeitgeist, oder interessierte er sich für diesen okkulten Einfluss, um ihn besser kontrollieren zu können?

Was Nicolas letztlich mit Sartine über eine dankbare Treue hinaus verband, war die Gewissheit, dass dieser aus Barcelona stammende Franzose, der nicht dem Hochadel angehörte, wie er eine starke Verpflichtung gegenüber dem König und eine große Liebe zu ihm empfand. Der Hermelin, der seine Robe als Polizeipräfekt geschmückt hatte, symbolisierte im übertragenen Sinn die Autorität und Ausübung einer Gerichtsbarkeit, die ihm vom Monarchen übertragen worden war.

Was Nicolas betraf, so begriff er sich als eher unpolitisch. Die religiöse Debatte, die das Jahrhundert wie ein Wetterleuchten durchzog, beschäftigte ihn ausschließlich als Ursache öffentlicher Unruhen. Im Grunde empörte er sich über die Vermischung der Interessen und die widernatürliche geheime Absprache zwischen den Devoten, den Jansenisten und den Parlamenten. Diese anhaltende und gehässige Opposition hatte sich aus den mittelalterlichen Gerichtshöfen, den Cour du Roi oder Cour de parlement, entwickelt und sich in Form von Regionalparlamenten neben Paris übers ganze Land verteilt. Da ihr Anspruch, für die Gerichtsbarkeit zuständig zu sein, sie ständig in Konflikt mit dem König brachte, kam es immer wieder zu Verboten. Unter der Kanzlerschaft Maupeous waren die Parlamente zuletzt verboten worden, um nicht lange darauf von Maurepas mit Zustimmung des jungen Ludwig für Paris wieder in ihren alten Rechten bestätigt zu werden. Was Nicolas ein wenig auf die Unerfahrenheit des Königs schob und ihn für die in einen ungewissen Nebel gehüllte Zukunft fürchten ließ. Egal, wie es kommen mochte, er würde seine Pflicht tun und versuchen, ungeachtet der Kompromisse, die sein Amt verlangte, ein anständiger Mann zu bleiben.

Mitternacht war nicht mehr fern, als der Comte d'Arranet Sartine zu seinem Wagen begleitete. Die Diener stellten sich im Halbkreis mit Fackeln auf. Semacgus bot Nicolas an, ihn am Hôtel de la Belle Image abzusetzen. La Borde fuhr nach Paris zurück, wo ihn seine junge Frau erwartete. Als er das Haus verließ, glaubte Nicolas, oben auf der Treppe ein Gesicht zu erkennen. Das von Aimée? Der Admiral war bester Laune, nachdem Sartines Angebot versprach, die Periode der Untätigkeit zu beenden. Nicht selbstverständlich für Marineoffiziere seines Alters und seines Ranges, denn viele fürchteten, nie mehr dienen zu können. Dann verabschiedete man sich und bestieg die verschiedenen Kutschen. Sie kamen nicht weit. Als Semacgus' Gefährt gerade aus dem Portal fahren wollte, hielt es jäh an.

Freitag, den 7. Oktober 1774

Ferne Stimmen dröhnten in seinem Kopf. Sie wurden leiser, um dann umso deutlicher wiederzukehren. Eine Art Druck lastete auf seiner linken Schläfe. Wo befand er sich? In was für einer Art Traum? Es vermochte seine Lider nicht zu heben, zu schwer … Eine unbezähmbare Lust, sich fallen zu lassen, überkam ihn, ein Strudel, der ihn langsam in ein bodenloses Loch zog. Sinken, immer tiefer sinken …

»Zum Teufel! Er wird wieder ohnmächtig. Geben Sie mir noch mal den Essig, Mademoiselle.«

»Zum Glück«, ertönte Arranets Stimme, »hat er einen harten

Schädel, und der Schuss ist danebengegangen. Und dass Sie da sind, mein lieber Semacgus, ist perfekt.«

»Sie müssen meinem Kutscher gratulieren, er hat rasch reagiert, ohne ihn hätten wir einen Toten zu beklagen.«

»Meine Gäste ermorden, vor meiner Haustür, in Versailles, ein Skandal! Könnte es sein, dass dieser Anschlag dem Minister gegolten hat?«

»Nein.« Der Wundarzt schüttelte den Kopf. »Der saß ja nicht einmal in meiner Kutsche. Ohnehin war es nicht das erste Mal, dass man Le Floch nach dem Leben trachtete. Ein schlimmes Jahr. Wenn ich richtig zähle, ist es das dritte Mal. Ah, er bekommt wieder Farbe.«

Nicolas öffnete die Augen. Er lag auf einem Bett in einem prächtig eingerichteten Zimmer. Semacgus betrachtete ihn besorgt, der Comte d'Arranet stand neben ihm. Aimée saß auf der Bettdecke und hielt seine Hand. Er versuchte, sich aufzurichten, sein Kopf schmerzte wie früher, als er heftige Schläge beim Jeu de Saule, einem beliebten Sport in der heimischen Bretagne, eingesteckt hatte.

»Bewegen Sie sich nicht«, befahl sein Freund. »Eine Kugel hat Sie an der Schläfe gestreift. Diese Art von Verletzung führt zu heftigem Bluten und zu Bewusstlosigkeit. Gottlob haben Sie bereits Schlimmeres überstanden. Ich werde Sie verbinden. Mademoiselle wird Ihr schönes Hemd zerreißen.«

Nicolas stellte verwirrt fest, dass sein Oberkörper nackt war.

»Und Sie werden hier schlafen, Monsieur«, ließ sich Arranet vernehmen, »das ist ein Befehl. Einfach die Leute bei mir zu ermorden, hat man so was je gesehen! Ich fühle mich für Ihren Zustand verantwortlich ...« Als Nicolas zu protestieren versuchte, unterbrach er ihn. »Kein Wort. Ich werde die Umgebung sichern. Heute Nacht werden alle im Wechsel Wache halten. Tribord wird sich darum kümmern. Semacgus, Sie bleiben ebenfalls hier, ich dulde keinen Widerspruch.«

»Warum hat man mich verfehlt?«

»Himmel!« Semacgus lachte. »Sie scheinen ja gar nichts mitgekriegt zu haben. Mein Kutscher war überrascht, als er diesen Typen mit Leichenbittermiene auftauchen sah, und hat dem Kerl mit seiner Peitsche eins übergezogen. Die Schnur war ganz blutig. Hüten Sie sich von nun an vor Narbengesichtern. Dadurch ist die Kugel glücklicherweise von ihrer Bahn abgelenkt worden.«

»Und Sie haben ihn nicht erwischt?«

»Verdammt, ich pfeif drauf, dass der Kerl entwischt ist«, fuhr Semacgus fort und deutete auf sein blutbespritztes graues Wams. »Sie sind in meine Arme gefallen, sterbend vielleicht. Sollte ich Sie da etwa im Stich lassen und den Täter verfolgen? Denken Sie lieber nach, ob man es wegen Ihrer aktuellen Untersuchungen auf Sie abgesehen hat «

»Entschuldigen Sie, Guillaume. Ich bin noch nicht wieder ganz da.«

Der Arzt brannte die Wunde mit Rum aus, was ihn an seine Behandlungen während der Seeschlachten erinnerte, die er miterlebt hatte. Anschließend flößte er seinem Patienten einen kräftigen Schluck ein, verband ihm den Kopf, schärfte ihm ein zu schlafen und löschte die Kerzen. Morgen würde nichts mehr zu sehen sein. Anschließend empfahl er sich, um sich ein Zimmer zuweisen zu lassen, und kurz darauf versank das Hôtel d'Arranet in einen tiefen Schlaf, bewacht von den Dienern des Comte, die mit Laternen im Park patrouillierten.

Nicolas schreckte aus dem Schlaf. Das Parkett knackte so laut, dass ein Irrtum ausgeschlossen schien. Jemand war ins Zimmer eingedrungen. Sein Herz begann wie wild zu schlagen. Er zwang sich, sich nicht zu rühren, und bemühte sich, seine Atmung zu kontrollieren, der Schmerz in der Schläfe war weitgehend verschwunden. Überrascht stellte er fest, dass er keine Angst verspürte. Ein Geruch von Eisenkraut und erhitztem Körper war wahrzunehmen, und ein warmer Finger legte sich auf seinen Mund, während eine Hand über seine Brust glitt. Ein hastig ausgezogenes Kleid schien zu Boden zu fallen. Verwirrt wartete er. Plötzlich überschwemmte ihn eine Flut von Haaren. Er streckte die Hände aus und packte einen nackten Körper, der sich sogleich auf seinen legte. Sein Mund fand Lippen, die sich öffneten. Die seidige Sanftheit einer Schulter erregte ihn. Langsam drehte er sich um. Die Küsse ließen den Seufzern kaum Zeit zu entschlüpfen, sie dienten von nun an als Sprache. Zärtlicher, zahlreicher, glühender antworteten sie auf die Empfindungen und markierten ihre Stufen, und der letzte von allen, eine Weile in der Schwebe, sagte Nicolas, dass er der Liebe dankbar sein musste …

Eine tiefe Stimme neben ihm schreckte Nicolas hoch.

»Großer Gott«, schimpfte Semacgus. »Sie haben wohl gegen Windmühlen gekämpft! Ihr Bett ist völlig verwüstet. Das muss wohl das Fieber gewesen sein … Sie haben sogar Ihre Hose dabei verloren.«

Verwirrt schlug Nicolas das Laken zurück. Sein Freund untersuchte die Wunde unter dem Verband, seine Augen lächelten mehr als ironisch.

»Das sieht alles gut aus, die Wunde hat sich geschlossen und ist verschorft. Eine weitere Narbe. Sie tragen wahrlich die Spuren Ihres Dienstes am Körper. Was Ihre natürliche Verführungskraft sicherlich steigert.«

Nicolas fragte sich, was in der Nacht geschehen war. Hatte er geträumt? Und was war mit all den Details, die ihm wieder einfielen? Hafteten ihm nicht ein leichtes Parfum und der Geruch eines anderen Körpers an? Zweifellos hatte der scharfsinnige Semacgus das bemerkt und sich von daher ein wenig über ihn lustig gemacht. Bedurfte es erst eines Anschlags auf sein Leben, um in diese Lage zu kommen? Nicolas seufzte. Was immer geschehen sein mochte, er musste nach Paris zurückkehren.

Nachdem er in ein Hemd des Admirals geschlüpft war, zog Nicolas seinen befleckten grauen Anzug an und ging hinunter, um sich zu verabschieden. Der Comte d'Arranet lud ihn ein, jederzeit wiederzukommen und sein Haus wie sein eigenes zu betrachten. Von Aimée entdeckte er keine Spur, vermutlich schlief sie noch. Semacgus ging er ein wenig aus dem Weg, sorgsam darauf bedacht, nicht die kleinste Anspielung auf die Ereignisse der Nacht zu provozieren. Inzwischen war er überzeugt, dass alles real und kein Traum gewesen war. Er bemühte sich, nicht daran zu denken und die Analyse einer Situation, deren Konsequenzen sich im Augenblick sowieso nicht abschätzen ließen, auf später zu verschieben. Zu viele unterschiedliche Gefühle stürmten auf ihn ein, darunter die Skrupel, das Vertrauen des Comte missbraucht und die Gesetze der Gastfreundschaft verletzt zu haben.

Schweigend erreichten sie das Hôtel de la Belle Image. Nicolas zog sich schnell um, bezahlte seine Rechnung, und auf dem Weg nach Paris tat er, als würde er vor sich hin dämmern, um ja nicht über die vergangene Nacht reden zu müssen. Erst als sie die Porte de la Conférence passiert hatten, richtete er sich auf und bat, ins Châtelet gefahren zu werden. Er hatte keine Zeit mehr zu verlieren, die Ermittlungen mussten wiederaufgenommen werden, und er hoffte, dort seinen Inspektor anzutreffen.

In der Tat empfing Bourdeau ihn unmittelbar an der Tür zum Bereitschaftsbüro und informierte ihn mit ernstem Gesicht, dass in den frühen Morgenstunden ein drittes Opfer des »Handmörders« auf der Île des Cygnes gefunden worden sei.

IX

Annäherungen

*Die Gerechtigkeit des Kampfes wird die Inbrunst
herausfordern.*

PETRARCA

Semacgus wollte mitkommen und stellte ihnen seine Kutsche
zur Verfügung. Nicolas informierte seine Begleiter, ohne ein Detail auszulassen, über die Ereignisse in Versailles und den Stand
seiner Ermittlungen. Das, was er über die künstliche Hand des
Duc de La Vrillière herausgefunden hatte, verblüffte sie. Der
Inspektor räumte ein, dass es sich um ein Indiz von größter Wichtigkeit handle, das die Ermittlungen in unerwartete Richtungen
lenken könnte. Und er stellte die gleiche Frage, die Nicolas sich
längst gestellt hatte: Warum war ausgerechnet er, der als Sartine
treu ergeben galt, ausgewählt worden, diese diffizile Untersuchung zu leiten?

Semacgus brachte erste Spekulationen vor: Entweder wollte
der Duc die Untersuchung so genau wie möglich kontrollieren
mithilfe eines Mitarbeiters, den er gut kannte, oder er hielt
den Fall für so ernst, dass allein Nicolas seiner Meinung nach

imstande war, ihn zu lösen, ohne dass das Ansehen seines Hauses Schaden nahm. Nicolas wandte ein, dass La Vrillière, wenn es sich so verhielte, eigentlich hätte bestrebt sein müssen, ihm gegenüber vollkommen offen zu sein und damit jeden Verdacht ihm gegenüber im Vorfeld auszuräumen, was nicht der Fall sei. Ganz im Gegenteil.

Die drei Freunde schwiegen lange nachdenklich, während die Kutsche die Seine überquerte und an den Quais des linken Ufers entlangfuhr, durch das Quartier de Grenelle und das Quartier du Gros Caillou, um in die Faubourgs flussabwärts der Stadt zu gelangen.

»Wie haben Sie überhaupt von der Entdeckung des dritten Leichnams erfahren?«, erkundigte sich Nicolas bei seinem Assistenten und dachte zugleich daran, dass er kaum darum herumkäme, den Besitzer und Träger der silbernen Hand zu den Verdächtigen zu zählen.

»Ich hatte alle Commissaires und Inspektoren sowie die Männer der Nachtwache gebeten, jede Entdeckung dieser Art an das Bereitschaftsbüro zu melden«, erwiderte Bourdeau.

»Verfügen Sie inzwischen über ein paar Details?«

»Um die Wahrheit zu sagen, sie sind grauenvoll. Sie wissen, wie es an dem Ort aussieht, an dem das Opfer entdeckt wurde. Hunderttausend Ochsen, die für die Versorgung von Paris hier ankommen, lassen nach der Schlachtung vierhunderttausend Füße zurück, ganz zu schweigen von den Hörnern und Eingeweiden. All das wird eingesammelt, fortgekarrt und fällt in die großen, ständig dampfenden Kessel dieser Hölleninsel, um daraus Öl für die Lampen und Nachtlichter zu machen, außerdem Schmieröl für Maschinen und Räder sowie, halten Sie sich fest, Frittieröl für die Küche. Das ist die Île des Cygnes!«

»Insel der Schwäne, welch hübscher Name für einen unschönen Ort«, meinte Semacgus. »Wir scheinen uns ihm zu nähern, den infernalischen Ausdünstungen nach zu urteilen, die mir in die Nase steigen. Das stinkt ja schlimmer als die Latrinen eines Kriegsschiffs mit drei Batteriedecks.«

Die Kutsche bog nach rechts ab zu einer kleinen Brücke, die den Kanal überquerte, der die Insel vom Ufer trennte. Mehrere, von Rauch eingehüllte, provisorisch errichtete Schuppen erhoben sich inmitten einer tristen, spärlichen Vegetation, die im Grunde lediglich aus ein paar Pappeln bestand. Sie sahen Pferde, eine Bahre, einen leeren Karren und eine Gruppe Männer, die zu warten schienen.

Nicolas erkannte Rabouine, seinen besten Spitzel, den Bourdeau vermutlich hergeschickt hatte, um die Dinge im Auge zu haben, und Baroliot, einen Mann der Nachtwache, der sich ihnen näherte, um sie zu begrüßen.

»Eine scheußliche Geschichte, Monsieur le Commissaire.«

Er zog ihn in einen kleinen Hof, wo ein Karren stand, vor den ein grauer Klepper gespannt war. Eine Plane bedeckte seine Ladung, doch der Gestank, der von ihr ausging, ließ keinen Zweifel, um was es sich handelte. Hinter ihm erhob sich ein Schuppen, in dem sich, hinter einer halbhohen Tür sichtbar, ein riesiger Kessel verbarg, aus dem dicker schwarzer Rauch quoll.

»Die Innereienmetzgerei der Île des Cygnes«, sagte Rabouine und entfernte gemeinsam mit Baroliot die Plane, woraufhin der Gestank noch unerträglicher wurde. Der Inspektor holte schnell eine Pfeife hervor und zündete sie eilig an, während Nicolas eine kräftige Prise aus seiner Schnupftabakdose nahm.

Der Karren enthielt auf den ersten Blick eine Anhäufung von Füßen, Hörnern und Eingeweiden, bedeckt von einem dicken schwarzen Fliegenteppich. Erst aus der Nähe erkannte man einen in diesem Grauen eingesunkenen Körper mit einem bleichen, fast gelben Gesicht. Die Augen waren geöffnet, und ein Ausdruck panischer Überraschung lag auf den jungen, fast kindlichen Zügen. Nicolas befahl, den Leichnam von dem Wagen zu holen. Arbeiter wurden gerufen, die ihn mit gewaltigen Holzschaufeln vorsichtig freilegten, herausfischten und auf eine Bahre legten. Semacgus wedelte mit einem Zweig, den er von einem Strauch abgerissen hatte, um den summenden Schwarm von Insekten abzuwehren, und beugte sich über den ausgestreckten Körper.

»Ein Mädchen oder eine junge Frau von ungefähr achtzehn, zwanzig Jahren … Pockennarbig. Blaue Augen, soweit man das noch sagen kann. Klaffende Wunde am Hals. Spärlich bekleidet. Hemd, gestreiftes Negligé.«

»Todeszeitpunkt?«, fragte Nicolas.

»Schwer zu sagen. Die Obduktion wird uns genauere Auskunft geben, hoffe ich.«

»Wer hat sie gefunden?«

Ein dicker Mann eilte herbei. »Die Männer der Morgenschicht, die die Kippwagen leeren.« Er deutete auf die hohe Tür. »Da gibt es eine Schräge. Die Eingeweide gleiten direkt in den Kessel. Ein Wunder, dass sie überhaupt bemerkt wurde. Schließlich verrichten die Leute hier ihre Arbeit ganz mechanisch und schauen nicht hin.«

»Dann war also irgendetwas ungewöhnlich?«

Der Mann öffnete die Hand und reichte Nicolas einen runden Gegenstand. »Die Strahlen der aufgehenden Sonne sind auf dieses Teil hier gefallen, da haben sie nachgeschaut und das Gesicht gesehen.«

»Eine Bonbonniere.«

Nicolas ließ den Gegenstand im Licht schimmern. Er war aus Gold, verziert mit einer Girlande aus grünen Steinen, und die Emailmalerei auf dem Deckel stellte vier Amoretten dar, die einen Vogel aus einem Käfig befreiten. Darunter standen unter dem Titel *Amor als Ziseleur* vier Zeilen in einer winzigen Schrift:

Amor dachte in der Kindheit
Nur an die Freiheit der Vögel.
Unser Herz macht die Erfahrung,
Dass sie normale Freuden brauchen.

Nicolas bat Semacgus um seine Brille und benutzte sie wie eine Lupe, indem er die Gläser übereinanderlegte. Als er das Kästchen in alle Richtungen drehte, entdeckte er eine Punze, die eine Bracke, einen Hundekopf, darstellte, und öffnete es.

»Meine Freunde, das scheint in Wirklichkeit eine Pillendose zu sein, denn darin befinden sich ...« Er stieß einen Schrei der Überraschung aus. »... getrocknete Spanische Fliegen! Was hat dieses Potenzmittel bei einem jungen Mädchen zu suchen?«

»Vielleicht war sie ein Freudenmädchen«, warf Semcgus ein, »und hatte das Zeug dabei für diesbezüglich schwächelnde Kunden. Bei anderen kann es genauso gut eine regelrechte Reproduktionswut auslösen.«

Die Erfahrungen des Wundarztes auf diesem Gebiet schienen umfangreich zu sein, wobei Nicolas nicht wusste, ob es die der Quacksalber waren oder ob sie von seinem früheren ausschweifenden Lebenswandel herrührten. Immerhin tauchte dieses Aphrodisiakum zum zweiten Mal im Rahmen dieser Ermittlung auf, zum ersten Mal bei Jean Missery. Er ging in seinen Überlegungen noch ein Stück weiter.

»Rabouine«, fragte er, »hast Du eine Idee, wieso die Arbeiter diesen Gegenstand überhaupt sehen konnten? Man muss ihnen übrigens für ihre Ehrlichkeit danken.«

»Er muss aus der Tasche ihres Negligés geglitten sein … Es ist eins mit Tasche.«

»Ich brauche den genauen Weg, den dieser Karren genommen hat, und den Zeitplan, wenn möglich. Und holen Sie mir den Kutscher.«

Der dicke Mann wurde gesprächig. »Sie müssen wissen, Monsieur le Commissaire, dass die Transporte pausenlos den ganzen Tag stattfinden. Der letzte Wagen kommt hier gegen drei Uhr morgens an, und der Fuhrmann holt ihn gegen sieben Uhr leer ab. Heute ist er nicht erschienen …«

»Das ist eine interessante Bemerkung, die die Zeitspanne, in der der Mord begangen wurde, begrenzt«, sagte der Inspektor. »Wenn Semacgus die Sache noch präzisieren kann, werden wir von der Wahrheit nicht weit entfernt sein.«

»Ganz recht, Pierre«, bestätigte Nicolas. »Machen wir einen Schlachtplan. Den Leichnam bringen wir so schnell wie möglich in die Basse-Geôle, wo Semacgus ihn eingehender untersuchen wird. Pierre und Rabouine«, fuhr Nicolas fort, »ihr findet mir den Kutscher, der den Karren hergefahren hat und ihn hätte abholen sollen. Ich will ihn befragen. Was diese kleine Bonbonniere oder Pillendose betrifft, suchen Sie einen Experten, der die Herkunft bestimmt. Das ist ein wertvoller Gegenstand, deshalb zweifle ich nicht, dass man den Hersteller ausfindig machen wird. Und dann …«, er blickte auf seine Uhr, »treffen wir uns im Châtelet um sechs Uhr, um Zwischenbilanz zu ziehen. Bourdeau, etwas Neues über das zweite Opfer?«

»Was dieses Mädchen betrifft, so war uns das Glück hold. Meine Informanten haben sich im Milieu der Prostitution umgehört, wo jeder jeden kennt. Selbst die geringste Abwesenheit oder eine Änderung der Gewohnheiten fallen auf in diesem Hühnerhof.« Er zog ein Papier aus seiner Tasche und begann, es vorzulesen. »Die Demoiselle Julie Jeanne Marot ist gebürtig aus Suzonnecourt in der Champagne, neunzehn Jahre alt. Nach dem Tod von Vater und Mutter, Weinbauern an dem genannten Ort, ist sie vor einem Jahr nach Paris gekommen, um eine Stellung anzunehmen. Sie wurde von der Dame Larue aufgenommen, einer Hebamme in der Rue Bourg-l'Abbé und bekannt für Zuhälterei, die sie sofort an einen alten Kunden vermittelte, der ihr trotz ihres Protests die Unschuld raubte. Da das Frauenzimmer sie rücksichtslos ausnutzte, verließ Julie sie und zog zu der Hilaire, Cul-de-sac Saint-Fiacre, die sich ihrer in besonderer Weise annahm, weil sie sie geeignet fand, ihren Serail zu schmücken. Infolgedessen erhielt sie den Namen L'Étoile und wurde allen als der neue Stern angekündigt. In die Welt der Bacchanalien eingeführt, nahm sie an Orgien und Soupers mit den wildesten Ausschweifungen teil.«

»Meinen Glückwunsch! Das muss vertieft werden. Wer hat sie ausgehalten? Waren es mehrere? Neben den notwendigen Verpflichtungen muss es eigentlich, um das Nützliche mit dem Angenehmen zu verbinden, einen gut aussehenden Liebhaber gegeben haben. Wo verkehrte sie? Die üblichen Nachforschungen. Sie verstehen sich ausgezeichnet darauf, mein lieber Bourdeau, besser, als ich es je machen könnte.«

Der Leichnam wurde jetzt von dem Mann der Nachtwache auf einen Karren gelegt und erneut mit einer Plane zugedeckt. Dann setzte er sich, gefolgt von Semacgus' Kutsche und der der Polizisten Richtung Paris in Bewegung. Nicolas sah zum heruntergelassenen Fenster hinaus und beobachtete die Gegend. »Vergessen wir nicht die Boucherie des Invalides. Wir sollten darauf achten, ob der Karren dort hält.« Da er mehr vor sich hin zu reden schien, antwortete ihm niemand. »Es ist von größter Wichtigkeit herauszufinden, wann und wo der Leichnam auf die Eingeweide von der Schlachtung gelegt worden ist. Sei es, um entdeckt zu werden, sei es um ohne Spuren im Kessel der Île des Cygnes zu verschwinden.«

»Und diese Bonbonniere?«, fragte Semacgus. »Ein so wertvolles Stück trägt oft den Namen des Spenders oder desjenigen oder derjenigen, die das Geschenk erhält.«

»Da liegt der Hase im Pfeffer! Nichts, keine Widmung. Und die Punze weist bloß auf den Hersteller hin. Warum sich von einem solchen Schatz trennen? Und was tut sie bei einem halb nackten Mädchen? Ich vermute, dass man die Dose absichtlich dort platziert hat, um neugierig zu machen.«

»Das beantwortet Ihre vorherigen Fragen. Man wollte, dass die Tote entdeckt wurde.«

»Vermutlich. Rekapitulieren wir. Der Mörder legt den Leichnam auf die Eingeweide. Auf die eine oder andere Weise hat er die Bonbonniere dabei. Man nimmt an, man hofft sogar, dass sie entdeckt wird.«

»Gut, aber leider liefert die Dose uns nicht den geringsten Hinweis auf einen Namen.«

»Eben, eben!«

Nicolas versetzte dem verwirrten Semacgus einen freundschaftlichen Stoß. »Besteht die subtilste aller Listen nicht darin, so zu tun, als tappte man in die Fallen, die einem gestellt werden?«

»Ich verstehe Sie nicht.«

»Sollten wir es vielleicht zufällig mit einem subtilen Geist zu tun haben? Diese Bonbonniere ruft uns auf, stimuliert uns, auf unsere Intelligenz zu setzen.«

Semacgus begann, sich Sorgen wegen des kryptischen Geredes zu machen: Ein heftiger Anfall als Folge der nächtlichen Verletzung? Möglich, da der Freund ihm insgesamt fiebrig vorkam.

»Ich vermag Ihnen immer weniger zu folgen.«

»Denken Sie bitte mal nach. Wenn diese wertvolle Dose uns mit einem deutlichen Hinweis direkt zu einem Besitzer oder derjenigen führen würde, der sie geschenkt wurde, müssten wir an der Echtheit dieses Hinweises zweifeln, das wäre zu plump und damit völlig unlogisch. Dass wir keine Tatwaffe haben«, fuhr er fort, »mag unsere Aufgabe zwar schwieriger gestalten, wird den Wahrheitsgehalt unserer Entdeckungen hingegen erhöhen. Ich erinnere Sie daran, dass der Duc de La Vrillière wegen der besonderen Art des Mordwerkzeugs vorerst unser Hauptverdächtiger bleibt. Vor allem weil die silberne Hand verschwunden ist, ohne dass er uns sagen kann oder will, wie und wohin. Außerdem hat er für das erste Verbrechen bislang kein Alibi. Folglich müssen wir uns bemühen, dieser Frage für die beiden folgenden Morde nachzugehen, sobald wir einen Zeitpunkt für den letzten haben.«

»Wenn ich Sie richtig verstehe, fürchten Sie, für keinen dieser drei Morde irgendein Alibi zu finden?«

»Das fürchte ich in der Tat. Wenn nämlich unsere Hypothese stimmt, haben wir es mit einem harten Burschen zu tun, dem kein Trick und keine Intrige fremd sind.«

Ein langes Schweigen folgte. Nicolas war von einem inneren Feuer erfüllt, war mit Leib und Seele der zu allem entschlossene Polizeikommissar, ein Jagdhund, der eine Fährte aufgenommen hatte und diese Spur nie mehr verlassen würde. Er war so konzentriert, dass er nicht mal auf belanglose Zwischenfragen antwortete, bemühte sich stattdessen verbissen, jeden noch so flüchtigen Gedanken festzuhalten. Alles konnte sich als wichtig erweisen, und er meinte, dass da irgendwas war, woran er sich erinnern sollte.

Selbst in der Basse-Geôle grub er weiter in seinem Gedächtnis, während Semacgus die Instrumente ausbreitete, die er sich vom diensthabenden Arzt des Châtelet hatte borgen müssen. Die Zeit drängte. Seine eigenen zu holen hätte zu lange gedauert. Da Nicolas ein rasches Ergebnis brauchte, hatte er darauf verzichtet, Sanson hinzuzubitten. Ein paar Tage zuvor hätte man ihm zweifellos noch jede Unterstützung verweigert, da er für diese Kleingeister in der Polizeipräfektur als vom Dienst suspendiert und quasi ausgemustert galt. Jetzt, nachdem das Gerücht von seiner Rehabilitierung sich wie ein Lauffeuer verbreitet hatte, war alles anders.

Als Erstes betrachtete Nicolas das Negligé, das der Wundarzt soeben der Toten ausgezogen hatte, ohne wirklich bei der Sache zu sein. Irgendetwas ließ ihm keine Ruhe. Er ärgerte sich über seine Schusseligkeit, die in seinem Beruf einer Schwäche gleichkam, und nahm das kleine schwarze Heft aus seiner Tasche, blätterte ungeduldig darin herum. Plötzlich schlug er sich gegen die Stirn. Wieso hatte er nicht früher daran gedacht? Le Noir hatte ihn zusätzlich zu seinen Ermittlungen im Palais von Monsieur de Saint-Florentin mit anderen Aufgaben zu überhäufen versucht, die er erst mal zur Seite geschoben hatte. Jetzt fiel es ihm wie Schuppen von den Augen. Bei einem Fall ging es darum, zwei junge Mädchen zu finden, die aus Brüssel verschwunden waren. Er suchte die Seite, auf der er die Personenbeschreibung notiert hatte. Die Ältere war pockennarbig, hatte blaue Augen, schwarze Augenbrauen. Und dann las er, was unbewusst seine Erinnerung geweckt hatte: Unter den vielen Kleidungsstücken wurde ein Negligé aus blau-grau gestreiftem Satin erwähnt. Er warf einen Blick auf den von Schmutz und Blut besudelten Fetzen, der genau der Beschreibung entsprach.

»Guillaume«, rief Nicolas seinem Freund zu, »weist das Gesicht Pockennarben auf?«

»Sicher, das sagte ich Ihnen gleich draußen, als wir sie im Karren anschauten. Blaue Augen, schwarze Augenbrauen und pockennarbig. Ansonsten …« Der Wundarzt goss sich aus einem Tonkrug Wasser über Arme und Hände. »Die Ärmste war kein Straßenmädchen. Sie ist erst vor Kurzem defloriert worden und wurde vermutlich mehrfach vergewaltigt, von vorn und von hinten. Was für ein Trauerspiel!«

»Sind Sie ganz sicher?«

»Ich würde es, ohne mit der Wimper zu zucken, vor einem Staatsanwalt beschwören.«

»Todeszeitpunkt?«

»Ungewiss. In Anbetracht mehrerer Fakten, die zu berücksichtigen sind: nächtliche Temperatur, Wärme, die eine Anhäufung von verwesendem Tierfleisch ausstrahlt, halte ich es für wahrscheinlich, dass der Tod um etwa zwei Uhr morgens eintrat. Zwischen ein Uhr und zwei Uhr morgens.«

»Wir wissen, dass der Karren gegen drei Uhr auf der Île des Cygnes eingetroffen ist ... Also müssen wir wissen, wo er um etwa zwei Uhr gewesen ist.«

Nicolas dachte angestrengt nach, aber Semacgus war noch nicht fertig. »Das ist nicht alles, es gibt ein weiteres Detail, über dessen Bedeutung ich mir nicht im Klaren bin und das Sie, dessen bin ich mir sicher, in höchstem Maß stutzig machen wird. Das Opfer ist vor seinem Tod in eine Seifenlösung getaucht worden. Es genügt, die Haut anzufeuchten, um es zu bemerken und noch Reste eines Parfums wahrzunehmen.«

»Drücken Sie sich etwas klarer aus, Guillaume, Sie sprechen mit jemandem, dessen Schädel gelitten hat und dessen Nacht ...«

Er verstummte unter Semacgus' spöttischem Blick und spürte, wie er rot wurde.

»Die junge Frau hat ein Bad genommen«, erklärte der Wundarzt. »Mit einem wohlriechenden Duftzusatz!«

»Ich hüte mich wohlweislich, aus dieser Beobachtung die Schlüsse zu ziehen, zu denen sie Anlass gibt, stelle stattdessen etwas anderes fest, worauf Sie mich mit Ihrem Gerede von Wasser gebracht haben. Alle drei Morde ereigneten sich nicht weit vom Fluss entfernt. Das Hôtel Saint-Florentin liegt ein paar Meter von der Seine entfernt, die Rue de Glatigny und die Île des Cygnes befinden sich direkt am Ufer.«

»Das macht es noch wichtiger zu erfahren, wo der Karren seine traurige Ladung erhalten hat.«

»Eine weitere Entdeckung?«

»Die letzte. Ich habe ein Stückchen Fingernagel gefunden, an dem noch etwas Fleisch hing; ich gebe Ihnen dieses Beweisstück. Die Aussicht, denjenigen zu finden, zu dem es gehört, ist vermutlich äußerst gering, doch wer weiß? Vielleicht kann es Ihnen ja wider Erwarten weiterhelfen ...«

»Obwohl Sie es bislang nicht erwähnt haben, nehme ich an, dass die Tatwaffe ...«

»... die künstliche Hand ist. Zumindest passt die Gipsform in die Wunde. Ein Zweifel ist nicht möglich. Was werden Sie jetzt tun?«

»Ich habe die Begegnung mit der angeheirateten Familie des Maître d'hôtel mittlerweile viel zu lange verschoben. Und anschließend werde ich mich nach Bicêtre begeben, um mich nach dem abgewiesenen und verrückt gewordenen Verlobten des ersten Opfers, Marguerite Pindron, zu erkundigen.«

Nachdenklich kehrten sie ins Bereitschaftsbüro zurück, wo sie vom alten Marie, dem Amtsdiener, empfangen wurden, der seiner Freude, dass Nicolas in den Dienst zurückgekehrt war, unentwegt Ausdruck verlieh. Er übergab ihm ein kleines versiegeltes Schreiben, auf dem er sogleich die drei Sardinen des Wappens von Monsieur de Sartines erkannte. Die Botschaft war kurz und bündig: »Der Mann, über den ich mit Ihnen gesprochen habe, Monsieur Bourdier, wohnt mit seiner Familie in einer möblierten Unterkunft in der Rue Galante.«

Nicolas, der in einer Kammer der Präfektur immer Kleidung zum Wechseln und frische Wäsche hatte, zog sich um und beauftragte den alten Diener, seinen grauen Anzug zum Reinigen zu bringen.

»Père Marie«, fügte er hinzu, »ich bin knapp an Männern. Könnten Sie mir einen Gefallen tun, den ich Ihnen absolut zutraue?«

»Bei Gott, ich würde für Sie aus dem Fenster springen! Mich allerdings auf das Fensterbrett zu hieven mit meinen verdammten Schmerzen ...!«

»Das verlange ich gar nicht von Ihnen.« Nicolas lachte. »Ich werde Ihnen eine Dose mit kampferhaltigem Biberfett besorgen, mit dem Monsieur de Noblecourt, wie er sagt, sehr zufrieden ist. Sie langweilen sich nicht in Ihrem Käfig?«

»Na ja, Monsieur Nicolas! Ich habe meine Pfeife und mein Stärkungsmittel. Ansonsten langweile ich mich zu Tode.«

»Gut, gut. Was würden Sie davon halten, im Register der Ausländer nach einem Engländer reiferen Alters von mittlerer Größe und unbestreitbarer Leibesfülle zu suchen? Er trägt eine Klappbrille mit getönten Gläsern und spricht ziemlich gut Französisch. Hilfreich wäre mir darüber hinaus die Liste der Ausländer, die in den kleineren Hotels in Paris und Versailles wohnen.«

»Es wäre ganz schön unvorsichtig, in bekannten Etablissements zu wohnen«, bemerkte Semacgus.

»Bei Einheimischen zu wohnen wäre es noch mehr, und es könnte zudem sein, dass er bei seinem Botschafter untergekommen ist. Lord Ashbury ist ein scharfsinniger Mann. Wir werden sehen ... Also, Père Marie, trauen Sie sich das zu?«

»Ich werde die Register unverzüglich einsehen.«

Als Nicolas ihm ein paar Louisdor in die Hand drückte, wehrte der Alte ab. »Das ist viel zu viel.«

»Heben Sie das Zuviel für Tabak und Stärkungsmittel auf«, sagte er und ging mit schnellen Schritten hinaus.

»Sie wissen, wie man mit Leuten umgeht«, meinte Semacgus anerkennend.

»Ich tue nicht viel dafür«, wiegelte Nicolas ab. »Er ist ein braver Mann und obendrein Bretone. *Evit ur baoninqenn, kant modigenn*, für eine kleine Mühe hundert Annehmlichkeiten, wie man bei uns sagt. Ich fahre jetzt in die Rue Christine zu den Duchamplans. Begleiten Sie mich? Ich kann leider nicht zum Mittagessen gehen …«

Der Wundarzt verzog das Gesicht beim Gedanken an diesen Verzicht.

»Stellen Sie sich vor, ich werde ohnmächtig wegen letzter Nacht …«, machte Nicolas sich lustig.

»Sie lassen mir keine Möglichkeit zur Verteidigung. Ich werde also Ihnen zuliebe fasten. Dafür werden Sie alle heute Abend meine Gäste sein.«

Die Karosse des Doktors wartete auf sie unter dem Portal, und dem Kommissar fiel mit einem Mal ein, dass er dem Kutscher noch danken sollte, der ihm durch seine Geistesgegenwart vermutlich das Leben gerettet hatte. Sichtlich gerührt, erklärte dieser, dass er ihre Abwesenheit genutzt habe, um an einem der Stände auf dem Platz einen Korb mit kleinen, heißen Pâtés champenois und zwei Flaschen leichten Wein zu kaufen, da er sich schon gedacht habe, dass die Herren zu beschäftigt seien, zum Essen zu gehen. Ihm wurde zweifach gedankt für seine Initiative, und Nicolas steckte ihm ein paar zusätzliche Écu zu.

Während sie ihren Heißhunger stillten, überquerte die Kutsche die Seine und erreichte die Rue Christine, die zwischen der Rue des Grands Augustins und der Rue Dauphine lag. Eine ruhige Straße, in der sich große Bürgerhäuser aneinanderreihten. Das der Duchamplans stach nicht gerade heraus mit seiner nüchternen Fassade, deren einziger Schmuck der Fratzenkopf eines pausbäckigen Triton war, des mythischen Meeresgottes. Das Haus umfasste sechs Stockwerke mit Dachböden, wobei die drei obersten möblierte Unterkünfte zu sein schienen. In der Toreinfahrt saß ein Wächter auf einem Schemel, dessen Strohsitz sich auflöste, und puhlte Bohnen. Er erklärte ihnen, dass Monsieur Duchamplan der Ältere im ersten und zweiten Stock wohne und Monsieur Duchamplan der Jüngere im Hochparterre, im Augenblick indes nicht da sei, und das seit mehreren Tagen nicht, ohne dass es eine Erklärung für seine Abwesenheit gebe. Sein Bruder jedenfalls sei sehr beunruhigt. Linker Hand fanden sie eine elegant geschwungene Treppe, die offenbar lediglich vom Hausherrn benutzt wurde, während die Bewohner der oberen Etagen gewiss einen bescheideneren Aufgang benutzten, wie er in der Regel Dienstboten, Lieferanten, Wasser- und Holzträgern zur Verfügung stand.

Nicolas wies seinen Begleiter darauf hin, dass der Zufall das konstanteste Element der Ermittlungen bleibe und dass einem sogar Dinge erzählt würden, die zu erfahren man sich gar nicht bemüht habe. Insofern wäre es nicht schlecht, die Unterhaltung mit einer Person fortzusetzen, die nicht weniger gesprächig als der Wächter sei. Nachdem sie an der Schnur gezogen hatten, öffnete ihnen ein Diener mittleren Alters. Nicolas bat, vom Hausherrn empfangen zu werden.

Dieser erschien nach ein paar Minuten und machte einen undefinierbaren Eindruck, selbst vom Aussehen her. Er war weder groß noch klein, weder dick noch dünn, trug einen schwarzen, altmodisch geschnittenen Anzug, und in dem blassen Gesicht mit den wässrigen Augen fand Nicolas etwas von den aufgedunsenen Zügen seiner Schwester, der Nonne, wieder. Die Hände, unter weiten Manschetten verborgen, schienen gefaltet zu sein, als versuchte der Mann, eine gewisse Aufgeregtheit zu kontrollieren.

»Nicolas Le Floch, Commissaire im Châtelet. Doctor Guillaume Semacgus.«

»Bitte treten Sie sein, meine Herren.«

Monsieur Duchamplan führte sie in einen großen, prächtig eingerichteten Salon. Die Vorhänge an den Fenstern zur Straße hin waren halb zugezogen und tauchten den Raum in ein dämmriges Licht. Er forderte sie auf, in großen Sesseln mit hoher Rückenlehne aus dem vorigen Jahrhundert Platz zu nehmen.

»Ich höre, Monsieur«, begann Nicolas.

»Sie überrumpeln mich ein wenig, Monsieur le Commissaire. Ich habe von dem schrecklichen Drama gehört, das sich beim Minister Roi abgespielt hat, und von der Verletzung meines Schwagers Missery erfahren.«

»Würden Sie mir verraten, wer Sie über diese Ereignisse informiert hat?«

»Meine Schwester Hélène, Nonne bei den Filles de Saint-Michel. Das wissen Sie ja, nachdem Sie mit ihr gesprochen haben«, erwiderte er in einer Art bitterer Ironie, von der Nicolas nicht so recht wusste, gegen wen oder was sie sich richtete.

»Wurden Sie ebenso über die schweren Anschuldigungen informiert, die gegen Ihren Schwager erhoben worden sind?«

»Ich kann einfach nicht glauben, dass er fähig sei soll, so etwas Schreckliches zu tun. Brutal, gewiss, ein schwieriger Charakter, mimosenhaft, nicht sehr ehrlich, ausschweifend bis zum Exzess, ein Mörder hingegen, das glaube ich wirklich nicht.«

Als erfahrener Polizist würdigte Nicolas die Geschicklichkeit, mit der er den Maître d'hôtel herabsetzte, ohne ihn zu beschuldigen. Gleichwohl zeichnete er ein rabenschwarzes Bild von ihm.

»Haben Sie seit dem Tod seiner Frau weiterhin ein enges Verhältnis zu ihm?«

»Nein, wir sehen uns eher selten.«

»Aber immer noch?«

»Zuletzt beim Gedenkgottesdienst für meine verstorbene Schwester.«

»Gemeinsame Interessen vielleicht? Um auf den Punkt zu kommen: Sie müssen wissen, dass ich alles über Ihre Familienangelegenheiten weiß. Missery verfügt über das Vermögen Ihrer Schwester. Korrigieren Sie mich, wenn ich mich irre. Es soll bei seinem Tod an Ihre Familie zurückfallen.«

»Ganz gleich, ob er sich wiederverheiratet hat und Kinder bekommt oder nicht, Monsieur. Das ist nicht wichtig.«

»Sie spielen vermutlich auf die Gefahr an, die die Liebesbeziehung zu einer Kammerzofe des Hôtel Saint-Florentin bedeutete?«

»In der Tat. Reden wir ganz offen: Wenn Sie andeuten wollen, dass mein Schwager wegen eines Interessenkonflikts ermordet wurde, sind Sie auf dem Holzweg. Haben Sie meiner Schwester nicht gesagt, dass es sich um eine oberflächliche Verletzung handelt?«

Er sprach nach wie vor ruhig und besonnen, ohne Nicolas in die Augen zu schauen.

»Das ist alles schön und gut, Monsieur. Jedenfalls ist Ihre Familie naturgemäß sehr an dieser Vermögensfrage interessiert. Üben Sie selbst irgendeine Tätigkeit aus?«

»Ich verwalte mein Geld, den Erlös aus den Rentes sur l'Hôtel de ville und den Gewinn aus Beteiligungen an Gesellschaften, deren Verwalter ich bin.«

»Welche?«

»Könnte es sein, dass Sie gerade Ihre Kompetenzen überschreiten? Ich bin ein Protégé des Prince de Condé.«

»Bekleiden Sie ein Amt in seinem Haus?«, hakte Nicolas mit einem Hauch von Spott nach.

»Der Fürst und ich«, entgegnete Duchamplan herablassend, »sind Geschäftspartner bei einem Projekt, bei dem es um die Wasserversorgung der Stadt geht.«

»Ich kenne nur ein einziges: das der Brüder Périer, das vom Duc d'Orléans unterstützt wird.«

»Sie sind schlecht informiert, es gibt andere.«

»Nun gut, sind Sie an weiteren Unternehmen beteiligt?«

»An einer Transportgesellschaft.«

»Und sonst?«

»Ich bin Verwalter des Hôpital Royale de Bicêtre.«

»Gut, ich nehme an, wir haben die Frage erschöpfend behandelt. Wo waren Sie in der Nacht von Sonntag auf Montag?«

»Hier mit meiner Frau und meiner Schwester.«

»Sie sind nicht aus dem Haus gegangen?«

»Zu keinem Augenblick. Wir haben uns gegen elf Uhr zum Schlafen zurückgezogen.«

Nicolas stellte fest, dass kaum ein Widerspruch zu der Aussage der Schwester bestand, die behauptet hatte, um zehn Uhr schlafen gegangen zu sein. Keiner von beiden hatte den jüngeren Duchamplan erwähnt.

»Wenn Sie sagen ›wir‹, schließt das Ihren Bruder Eudes mit ein?«

»Mein Bruder ist ein junger Mann, der seinen eigenen Vergnügungen nachgeht, in die wir uns nicht einmischen. Er wohnt im Hochparterre mit eigenem Eingang. Nein, er war nicht anwesend.«

»Und ist er am nächsten Tag zurückgekehrt?«

»Ich habe nicht die geringste Ahnung. Er kommt, schaut vorbei, geht, kehrt zurück. Er ist der reinste Irrwisch, unsere hauptsächliche Verbindung besteht darin, dass ich für seinen Unterhalt aufkomme.«

Bei diesen Worten verzerrte sich sein Mund zu einer Grimasse, die eigentlich ein Lächeln sein sollte.

»Ich würde gern mit Ihrer Frau sprechen«, erklärte Nicolas.

»Sie besucht gerade jemanden.«

Die Antwort kam wie aus der Pistole geschossen. Mehr würde er bei diesem Besuch nicht erreichen, erkannte er und erhob sich.

Semacgus hob nur die Hand. »Mit Ihrer Erlaubnis, Monsieur le Commissaire, Monsieur Duchamplan hat eine Transportgesellschaft erwähnt. Um welche handelt es sich?«

»Ein Kutschenunternehmen.«

»Ein einziges verfügt über das Transportmonopol in Paris. Handelt es sich um dieses?«

Duchamplan sah Nicolas mitleidig an. »Muss ich Ihnen wirklich sagen, dass dieses Monopol längst überholt ist? An die tausend Kutschen und siebenhundert Mietkarossen sind unterwegs, und die Aktiengesellschaften werden immer zahlreicher. Es genügt, dass die Wagen nummeriert und registriert sind.«

»Ich verstehe. Und ich wäre Ihnen dankbar, wenn Sie mir Bescheid geben würden, sobald Ihr Bruder wieder auftaucht.«

»Das werde ich tun, obwohl er manchmal sehr lange fort ist.«

Beim Tor wurden noch immer Bohnen gepuhlt. Nicolas bot dem Portier eine Prise Schnupftabak an, der mit Begeisterung annahm und anschließend ein paarmal kräftig nieste.

»So macht man die Leute gesprächig«, flüsterte Semacgus Nicolas ins Ohr, der ihm daraufhin zuzwinkerte.

»Wann hat Madame Duchamplan heute das Haus verlassen?«, fragte er den Portier ganz direkt.

»Das Haus verlassen? Die Ärmste! Blass, wie sie ist, und mit diesem Husten würde mich das wundern. Sie belieben zu scherzen, mein werter Herr. Meines Wissens hütet sie seit Tagen das Bett.«

»Seit wann genau?«

»Montag, glaube ich.«

»Und die Schwester von Monsieur Duchamplan?«

»Oh, die … Für eine Nonne sollte sie ihren Hochmut besser in den Griff kriegen. Niemals ein Gruß, niemals ein Lächeln. Das letzte Mal war sie am Sonntag zum Abendessen hier.«

»Und wann ist sie gegangen?«

»Gegen zehn. Ich musste ihr einen Wagen rufen und durch die Kälte laufen, in meinem Alter!«

»Wir danken Ihnen.«

»Zu Ihren Diensten. Dieser Tabak ist wirklich gut. Keine Krümel. Sie können sich immer auf mich verlassen. Ich bin der alte Taqueminet.«

Als sie auf die Rue Christine hinaustraten, stieß Nicolas, der in die Richtung der Rue des Grands Augustins blickte, plötzlich einen Schrei aus und begann zu Semacgus' Verblüffung loszurennen. Es sah aus, als versuchte er, eine Kutsche einzuholen, die sich rasch entfernte und soeben an der Kreuzung der beiden Straßen verschwand. Außer Atem und wütend, kam Nicolas zurück und musste sich erst wieder erholen, bevor er erklären konnte, was geschehen war. Er nahm seinen Dreispitz ab, um sich die Stirn abzuwischen, die nach wie vor halb von einem Verband bedeckt war. Als der Arzt einen Blutfleck auf dem Stoff entdeckte, schimpfte er sanft mit seinem Patienten.

»Hat man Worte, sich so aufzuregen. Ihre Wunde ist wieder aufgeplatzt. Wir müssen was dagegen tun und einen Apotheker finden. Verdammt, Sie sind ganz schön aus der Puste gekommen.«

Nicolas brach in Gelächter aus. »Tut mir leid, ich bin nicht mehr zwanzig. Vermutlich habe ich geträumt, dennoch bin ich sicher, dass ich dieselbe Person in diese Kutsche habe steigen sehen, die sich vorgestern in der Galerie basse des Schlosses bei meinem Annähern aus dem Straub gemacht hat. Ich habe Ihnen davon erzählt. Lord Ashbury vermutlich, ich habe ihn gerade erneut gesehen, als er aus einem Haus kam … Einer der wichtigsten britischen Spione, wenn nicht der wichtigste. Ist das Fieber oder Wirklichkeit?«

Semacgus nahm sein Handgelenk und holte seine Uhr hervor, betastete sodann seine Stirn. »Absolut nicht. Der Puls ist gut, nachdem Sie wieder zu Atem gekommen sind, und die Stirn ist kühl.«

Nicolas zog ihn mit sich. »Sehen wir uns dieses Haus an, ich will der Sache auf den Grund gehen. Wie dumm ich bin! Wir hätten in unsere Kutsche springen sollen …«

»Machen Sie sich nichts draus, sie hätte umdrehen müssen, und damit wäre es ohnehin zu spät gewesen.«

Sie gingen die Rue Christine entlang bis zu einem Doppelhaus von stattlichem Aussehen. Laut der Inschrift auf dem Giebel handelte es sich um das Hôtel de Russie. Eine bürgerlich gekleidete Dame empfing sie.

»Meine Herren, seien Sie willkommen. Wahrscheinlich möchten Sie sich zur Pension einmieten in unserem Haus, das einen so guten Ruf hat, dass der Pariser *Almanach* uns den Ausländern und Besuchern unserer Stadt empfiehlt …«

Sie sprach so schnell, dass es Nicolas unmöglich war, ihren Redeschwall zu unterbrechen.

»Wir beherbergen nur Personen ersten Ranges, die eine Equipage haben, und verfügen über prächtig eingerichtete Appartements, Schlafzimmer, Garderoben und Gesellschaftsräume, die mit Damast tapeziert und dazu passenden Ornamenten geschmückt sind. Und auf jeder Etage gibt es sehr saubere stille Örtchen. Sie können Schuppen und Ställe für Ihre Kutsche benutzen. Wir selbst bieten kein Essen an, können Ihnen aber natürlich alles Notwendige von den besten Traiteurs des Viertels holen lassen, oder wir informieren Sie, welches die besten Wirtshäuser der Stadt sind. Ich stehe jederzeit zu Ihrer Verfügung.«

Sie vollführte einen Hofknicks, um den sie jede Duchesse beneidet hätte.

»Madame«, sagte Nicolas, »Sie täuschen sich in den Gründen für unsere Anwesenheit. Wir sind gekommen, weil wir Sie um ein paar Auskünfte über den Gast bitten möchten, der vor etwa fünf Minuten das Gebäude verlassen hat und in einen Wagen gestiegen ist.«

Diese Worte verdüsterten das freundliche Gesicht der Hotelbesitzerin, das jetzt einen vorsichtigen und zugleich scheinheiligen Ausdruck annahm.

»Von wem sprechen Sie? Soviel ich weiß, ist niemand hinausgegangen.«

»Madame«, schlug Nicolas einen strengen, behördlichen Ton an, »ich hätte es vorgezogen, Sie nicht an Ihre Pflichten erinnern zu müssen. Ich bin Commissaire im Châtelet und glaube mich zu erinnern, dass die Hoteliers und Betreiber von Pensionen und anderen Etablissements fristgerecht alle Ausländer melden müssen, die bei ihnen absteigen. Innerhalb vierundzwanzig Stunden will der Polizeipräfekt wissen, wie der Gast heißt, woher er kommt, was der Grund für seinen Aufenthalt ist, wo er wohnt, mit wem er in Briefkontakt steht und wen er empfängt. Diese Anweisungen zu befolgen ist ein Zeichen Ihrer Ergebenheit dem König und seiner Interessen gegenüber. Habe ich mich verständlich ausgedrückt? Wenn Sie das anders sehen, werden Sie uns, fürchte ich, an einen weniger angenehmen Ort folgen müssen, um Sie zu verhören und verschiedene Überprüfungen vorzunehmen.«

Es sah so aus, als würden seine Worte Wirkung zeigen, die Dame brach in Schluchzer aus und hörte auf, die Spröde zu spielen.

»Bitte nicht, Monsieur le Commissaire. Wollen Sie mich ruinieren, mich arme Witwe, die eine Familie zu ernähren hat und sich abplagt, dieses Haus am Leben zu erhalten? Es stimmt, ich habe aufgrund meines guten Herzens meine Pflichten gelegentlich vernachlässigt. Dieser ausländische Herr, ein Engländer, glaube ich, hat mir sogar verboten, seine Anwesenheit zu melden. Er hält sich in Frankreich auf, um ein Kind zu finden, das er einst mit einer französischen Dame hatte, die heute verheiratet ist. Bedenken Sie die Diskretion, mit der ein solcher Vorstoß behandelt werden muss.«

»Madame, ich fürchte, es handelt sich da um ein Märchen aus Tausendundeiner Nacht, das Sie in Ihrer Gutgläubigkeit für bare Münze genommen haben. Unter welchem Namen hat diese Person sich vorgesellt?«

»Er hat mir gesagt, er heiße Francis Sefton und handle mit Rennpferden, dabei bat er mich zugleich mit einem drohenden Unterton, es für mich zu behalten.«

»Nicht ungeschickt, die Mode der Pferderennen breitet sich immer mehr aus. Wann ist er angekommen?«

»Am zwanzigsten September.«

»Hatte er Gepäck?«

»Mehrere Portemantaux. Das Zimmermädchen hat mir von zahlreichen sehr unterschiedlichen Anzügen, Perücken und sogar Frauenkleidern erzählt. Angeblich, um sie nach der Rückkehr auf seiner Insel zu verkaufen.«

»Hat er jemanden empfangen?«

»Niemanden.«

»Verfügt er über eine Equipage?«

»Eine Kutsche hat ihn abgeholt.«

»Ein regelmäßiges Leben?«

»Gewiss nicht! Er kam oft erst am frühen Morgen zurück, und manchmal schlief er auswärts. Er bezahlte regelmäßig jede Woche. Heute Morgen ist er in aller Eile weggegangen, nach zwei Tagen Abwesenheit, und hat eine zusätzliche Woche im Voraus beglichen. Bei dieser Gelegenheit hat er mich erneut gebeten, seinen Aufenthalt nicht zu melden, weil der Mann seiner ehemaligen Freundin informiert worden sei, dass er sich in Paris aufhalte.«

»Sehr gut, Madame. Sollte er wieder auftauchen, bitten Sie sofort den Kommissar des Viertels, dass er Commissaire Le Floch im Châtelet Bescheid sagen soll. Und zu Ihrer Information: Sie riskieren die Schließung Ihres Hotels und strafrechtliche Verfolgung, sollten Sie den behördlichen Anweisungen weiterhin zuwiderhandeln. Und jetzt, Madame, zeigen Sie uns bitte das Appartement von diesem Monsieur Sefton.«

Sie führte sie im ersten Stock in eine luxuriöse Zimmerflucht, die aus einem Schlafzimmer, einem Badezimmer und einem kleinen Salon bestand. Nicolas bemerkte eine Flasche Porto und zwei Gläser auf einem Tischchen. Er schnüffelte und näherte sich dem Kamin; ein Haufen Papiere war dort verbrannt worden. In der Asche entdeckte er die Ecke eines Blattes, die nicht verkohlt war und auf der noch ein paar gedruckte Buchstaben zu lesen waren: BEI IHR. Zeitung, Staatspapier oder Reklamebroschüre, das musste ermittelt werden. Nicolas deutete auf die beiden Gläser.

»Hatte er Besuch?«

»Nein.«

Er roch an den Gläsern. »Ich würde sagen, heute Nacht ... Nein, er war ja nicht da ... Heute Morgen also. Können Sie versichern, dass Sie vierundzwanzig Stunden hinter Ihrem Schreibtisch gesessen haben?«

Die Hotelbesitzerin zögerte. »Sicher bin ich nicht ... Um die Wahrheit zu sagen, ich weiß es nicht mehr, wann ich dort war und wann nicht.«

Wieder brach sie in Schluchzen aus. Nicolas zuckte die Achseln, bestürzt über so viel Leichtfertigkeit. Semacgus deutete mit dem Finger auf den Rand eines der Gläser, der Lippenstiftspuren aufwies.

»Das sagt gar nichts«, meinte Nicolas. »Heutzutage schminken sich die Männer manchmal mehr als die Frauen. Man schmiert sich Rouge und Bleiweiß ins Gesicht. Nehmen wir es zur Kenntnis.«

Zurück in ihrer Kutsche, zu der sie die in einem fort jammernde Hotelbesitzerin begleitet hatte, versuchte Nicolas, ein paar Schlüsse aus ihrem Besuch in der Rue Christine zu ziehen.

»Unter falschem Vorwand hält Lord Ashbury sich seit zwei Wochen in Paris auf. Durch die Naivität dieser Frau und die mangelnde Aufmerksamkeit unserer Leute – was sich, wie ich fürchte, seit Sartines Ausscheiden aus dem Amt des Polizeipräfekten verschlechtert hat – konnte er der Überprüfung durch die Polizei entgehen. Er kommt und geht vollkommen ungehindert, bewegt sich mit einem falschen Namen und einem erfundenen Beruf in der Stadt, trifft sich, mit wem er will, und entfleucht nach Versailles für weiß der Teufel welche Intrige. Dort steht er mir fast von Angesicht zu Angesicht gegenüber, ergreift die Flucht, findet trotzdem die Zeit und die Mittel, mich verfolgen zu lassen, und hat offensichtlich den Befehl erteilt, mich zu ermorden. Der Anschlag beim Comte d'Arranet war kein Zufall. Der Grund für all das? Er ahnt, dass ich ihn verfolgen will, eilt nach Paris, empfängt einen Kumpan, packt seine Sachen und sucht das Weite. Jetzt sucht er notgedrungen einen neuen Unterschlupf.«

»Warum sollte er nicht einfach den Weg nach Calais nehmen und sich absetzen?«

»Weil seine Mission noch nicht beendet ist. Auf die eine oder andere Weise bin ich ihm in die Quere gekommen. Die Frage ist: Was hat er vor? Ich sage Ihnen: Es gibt keinen Zufall …«

Nicolas schlug mit der Faust auf den Plüsch der Sitzbank und wirbelte kleine Staubwolken auf. »Niemand wird mir einreden, dass Lord Ashbury alias Francis Sefton zufällig in einem Hotel absteigt, das nur vier Häuser vom Domizil der Duchamplans entfernt liegt. Ich habe keine Ahnung, warum dieser Kerl das tut, aber ich werde es herausfinden.«

»Es ist in der Tat von entscheidender Bedeutung, die Gründe für seine Reise nach Frankreich zu klären, die sicherlich geheim ist«, stimmte Semacgus zu. »Bleiben noch diese Duchamplans, die mir in all diese Geheimnisse eingeweiht zu sein scheinen.«

»Ich wollte die Sache nicht auf die Spitze treiben, deswegen habe ich darauf verzichtet, zur Ehefrau hinaufzugehen. Man muss sie in Sicherheit wiegen. Es schadet nicht, sie zappeln zu lassen. Was den jüngeren Bruder betrifft, so glaube ich, dass er nicht so schnell zurückkommen wird. Ich kann einfach nicht glauben, dass Eigennutz hinter dem Mord im Hôtel Saint-Florentin steckt. Diese Leute sind wohlhabend. Doch was ist es dann?« Nicolas hielt inne. »Ich fürchte, wir müssen wieder bei null anfangen. Le Noir hat mir so viele Missionen aufgebürdet, dass ich darüber ganz den Faden der wichtigsten verloren habe. Ich muss unbedingt die Befragung von Missery fortsetzen, um zu erfahren, woher er Marguerite Pindron kannte, und mich außerdem mit der Duchesse de La Vrillière unterhalten. Ihre angeblich guten Beziehungen zu ihrer Schwägerin Madame de Maurepas werden mir vielleicht helfen … Und schließlich ist es an der Zeit, den Liebhaber der Pindron zu finden. Sehr mysteriös ist auch dieser Aide, den das kleine Dienstmädchen erwähnt hat.«

»Hatte sie den Akzent ihrer Provinz, der Normandie?«, fragte Semacgus verschmitzt.

»Ja, sehr ausgeprägt sogar.«

»Dann haben wir Ihren Liebhaber gefunden. Ihr Aide ist niemand anders als Eudes, was der Vorname des jüngeren Duchamplan ist. Missery müsste Ihnen das, wenn er aufrichtig ist, bestätigen. Zumindest würde das vieles erklären.«

»Danke, mein lieber Guillaume. Zweimal haben Sie mir heute spontan geholfen. Und Ihr Kutscher hat mir das Leben gerettet. Selbst wenn uns das weiterbringt, löst es nicht alle Probleme. Es gibt Elemente, die in den Bereich der Vorspiegelungen gehören.«

Semacgus rief dem Kutscher zu, in die Rue de la Joaillerie zu fahren, zu Monsieur Nicaise, dem Apotheker.

Bicêtre

Ich wusste nicht, dass Bicêtre errichtet wurde, um Krank-
heiten zu produzieren und Verbrechen hervorzubringen.

HONORÉ GABRIEL DE MIRABEAU

Nicolas erkannte Monsieur Nicaise sogleich wieder, denn er
hatte ihn früher schon einmal verbunden, nach einem Abenteuer
im Zusammenhang mit dem Verschwinden seines Kollegen Lardin. Semacgus und der Apotheker berieten sich kurz, nachdem
sie die Wunde untersucht hatten. Sie verwarfen alkoholische
Flüssigkeiten, Tinkturen und Balsame, da es sich um keine
schwere Verletzung handelte und diese Mittel bisweilen unan-
genehme Begleiterscheinungen hatten. Obwohl sie den Blutfluss
stoppten, machten sie die verletzten Partien schwielig. Die beiden Herren reinigten deshalb die Wunde mit kalziniertem Alaun
und legten schließlich einen agglutinierenden Salbenverband
aus Brotkrume und Milch, verknetet mit Olivenöl, an, der drei-
mal am Tag gewechselt werden musste. Als er ihnen so zuhörte,
fühlte Nicolas sich wie ein Suppenhuhn, über dessen Zuberei-
tung man diskutierte.

Der Abend brach herein, als die Kutsche sie unter dem Portal des Grand Châtelet absetzte. Bourdeau und Rabouine erwarteten sie bereits. Der Inspektor machte sich immer noch Vorwürfe, weil er in einem so gefährlichen Augenblick nicht an seiner Seite gewesen war.

»Bourdeau mag es, dass man Sie ermordet, um Sie besser retten zu können«, spottete Semacgus und erntete allgemeines Gelächter.

»Also, meine Spürhunde«, ergriff Nicolas das Wort, »was gibt es Neues?«

»Erstens«, begann Bourdeau, »haben wir uns wegen der Bonbonniere in die Rue Saint-Merry begeben, ins Hôtel de Johac, wo es ein beeindruckendes Geschäft mit wertvollen Tabakdosen und Ähnlichem in erstaunlicher Auswahl gibt, jede anders und nach der neuesten Mode. Aus Gold, Silber, emailliert, aus Pappmaché, Schildpatt, Elfenbein, aus irischem Leder, Fischleder und was weiß ich!«

»Wie ich sehe, waren Sie davon geblendet.«

»Eher empört über einen Überfluss an sinnlosem Luxus, mit dessen Kosten man für so viele hungrige Mäuler Brot kaufen könnte.«

»Aha«, kommentierte Semacgus süffisant, »da kommt Rousseau wieder zum Vorschein.«

»Machen Sie sich nur lustig, der Tag wird kommen … Aber das ist jetzt nicht der Augenblick. Also, wir haben die Dose gezeigt. Einer der Verkäufer meinte, bei dem edlen Stück, das leider nicht signiert sei, handle es sich um die Arbeit eines gewissen Robert-Joseph Auguste, einem sehr berühmten Künstler, wohnhaft in der Rue de la Morgue. Wir haben ihn angetroffen und befragt. Er ist Goldschmied, Gießer und Ziseleur, beliefert die wichtigsten Höfe Europas und hat das Kästchen eindeutig wiedererkannt. Der Brackenkopf auf der Punze ist sein Signet.«

»Und der Käufer?«

»Ich komme gleich darauf«, sagte Bourdeau, amüsiert über Nicolas' Ungeduld. »Obwohl es Sie überraschen wird, der Auftraggeber ist der Comte de Saint-Florentin, Duc de La Vrillière und derzeit Minister der Maison du Roi.«

»Der Reihenfolge nach. Ist man sich sicher, dass es sich um ihn persönlich handelt?«

»Keineswegs! Er ist nicht persönlich erschienen, sondern hat jemanden geschickt. Immerhin will der Meister, der freien Tisch bei Hof zu haben scheint, in diesem Abgesandten eine Person von Rang erkannt haben, die übrigens umstandslos bar bezahlt hat.«

»Was nicht unbedingt typisch ist für einen Edelmann unserer Zeit«, bemerkte Nicolas lächelnd. »Hat er Ihnen eine Beschreibung gegeben?«

»Mittelgroß, hochmütige Miene, hervortretende Augen, Kleidung von bester Qualität. Gepuderte Perücke.«

»Das bringt uns nicht sehr weit. Aber sapperlot, gute Arbeit!«

»Und dann noch etwas ganz Merkwürdiges«, fügte Rabouine hinzu und richtete sich auf. »Stellen Sie sich vor, dass der mit den Schlachtabfällen beladene Karren an diesem Abend allein das linke Flussufer abgefahren ist, ab dem Pont des Tournelles. Wir haben den Fuhrmann ausfindig gemacht. Raten Sie mal, wo? Beim Posten der Nachtwache am Port aux Tuiles. Er hat uns ein Märchen erzählt ...«

»Noch eins!«

»Heute Morgen gegen ein Uhr oder ein Uhr dreißig hatte er das Bedürfnis, Wasser zu lassen, in der Nähe des Fort des Tournelles. Er hatte seine Runde außerhalb der Mauern seit Kurzem begonnen und dabei Belanglosigkeiten ausgetauscht mit einem Mann, der um Feuer für seine Pfeife gebeten hatte. Zum Dank lud der Kerl ihn ein, etwas mit ihm in einer verräucherten Schänke zu trinken. Unser Fuhrmann behauptet, einen über den Durst getrunken zu haben und sich nach dieser Zecherei an nichts mehr zu erinnern. Er habe sich auf einer Uferböschung wiedergefunden, seiner Kleider und einiger Kupfermünzen beraubt, umringt von Kindern und wütenden Weibern, die ihn Bettscheißer schimpften. Leider konnte er keine weiteren Angaben machen.«

»Kurz gesagt«, ergriff Bourdeau das Wort, »er hat keine Ahnung, was mit seiner Ladung passiert ist. Tatsache ist, dass ein Unbekannter ihn betrunken gemacht, ausgeraubt und ihm vermutlich seine Kleider angezogen hat, um die Nachtwächter auf der Île des Cygnes zu täuschen. Und die Metzgereien auf der normalen Route, werden Sie fragen. Kein Einsammeln der Abfälle vom Quai Saint-Bernard bis zum Gros Caillou, sämtliche Betroffenen haben sich gewundert, dass sie nicht abgeholt wurden.«

»Und wieso, zum Teufel«, gab Semacgus zu bedenken, »hat der Bewacher des Innereienkessels auf der Île des Cygnes nichts bemerkt?«

»Er schläft sogar im Stehen, wenn er das Portal öffnet. Es war dunkle Nacht. Wir haben zurzeit Neumond.«

»Das ist alles, meine Herren. Fassen wir zusammen. Die Tode

wurde irgendwann zwischen ein Uhr und spätestens zwei Uhr morgens von einem Unbekannten, der den Kutscher außer Gefecht gesetzt hat, auf den Karren gelegt. Was übrigens ziemlich genau der von Semacgus vermutete Todeszeitpunkt ist. Also können wir mit ziemlicher Sicherheit davon ausgehen, dass der Mord in der Nähe, unweit des Quai de Tournelles, begangen wurde, wo man sie dann rasch auf den Karren laden konnte.«

»Ich frage mich, was diese übertriebene Inszenierung soll.« Semacgus machte einen ratlosen Eindruck. »Schließlich hätte es genügt, den Leichnam irgendwo zu verstecken, wenn man ihn unauffällig im Siedekessel verschwinden lassen wollte.«

»Gerade das«, entgegnete Nicolas, »wollte der Verbrecher nicht. Hätte er nicht dafür gesorgt, dass der Karren nach Aufladen der Toten nicht mehr anhielt, deshalb also lediglich ein Flussufer abfuhr, dann wäre der Körper des unglücklichen Opfers einfach versunken in den Abfällen, ohne jemals entdeckt zu werden. Und das kostbare Schmuckstück garantierte zusätzliche Sicherheit. Gewiss, es bestand ein nicht unbeträchtliches Risiko, doch die Wette ging auf, und der Leichnam wurde gefunden. Fügen wir hinzu, dass der Urheber dieser Inszenierung genau über die normale Einsammelrunde Bescheid wusste und sie für seine Zwecke umgestaltet hat. All das lässt darauf schließen, dass die Lösung des Rätsels in dem Viertel um den Pont des Tournelles zu suchen ist.«

»Das Wasser, folglich der Fluss«, erinnerte Semacgus, »spielen wie erwähnt eindeutig eine große Rolle in diesem Fall. Und vergessen Sie nicht, meine Freunde, dass der Körper des Opfers, das vergewaltigt wurde, von verdunstetem Seifenwasser bedeckt war. Macht das das Geheimnis nicht noch größer?«

Der alte Père Marie erschien mit dem grauen Anzug, der perfekt gereinigt war. Nicolas vergewisserte sich, dass die Blutspuren keine Ränder hinterlassen hatten und das Meisterwerk von Maître Vachon in die Altkleidersammlung befördert hätten. Trotz des Lobes schüttelte der Amtsdiener traurig den Kopf.

»Ich habe nichts über Ihren Unbekannten gefunden, Monsieur Nicolas. Dabei habe ich in allen Registern gesucht, wahrscheinlich ist er durchgerutscht.«

»Beruhigen Sie sich. Ich habe ihn zufällig ein zweites Mal auf der Straße gesehen und konnte ihn in seinem Hotel identifizieren. Er nennt sich Francis Sefton, ist um den zwanzigsten September nach Paris gekommen und gibt sich als Händler von Rennpferden aus. Und um das Maß vollzumachen, kann ich Ihnen mitteilen, dass der ominöse Liebhaber der Pindron aller Wahrscheinlichkeit nach der junge Duchamplan ist, Eudes mit Vornamen.«

»Sapperlot! Woher zum Teufel wissen Sie das alles?«, erkundigte sich Bourdeau.

»Was den normannischen Akzent angeht, von Doctor Semacgus.«

Semacgus lud die Gesellschaft zum Abendessen in ein Wirtshaus in der Rue Montorgueil ein, das er ebenso wegen seines gastronomischen Rufes wie wegen seiner Nähe zum Hôtel de Noblecourt ausgesucht hatte. Er wollte Nicolas, der aufgrund seiner Verwundung ohnehin geschwächt war, nicht überstrapazieren. Anfangs drehte sich das Gespräch der vier Tischgenossen ausschließlich um den Fall, was sich erst änderte, als ein Korb Austern sie auf andere Gedanken brachte und sie nach Herzenslust ihrer Vorliebe für dieses Schalentier frönten. Eine Makkaronipastete nach italienischer Art folgte, und gekrönt wurde das Festmahl von einer Platte aus in Papier gebackenen Hammelzungen, die sie so begeisterten, dass sie den Wirt einluden, mit ihnen anzustoßen, und ihn baten, der Tradition zu genügen und Schritt für Schritt das Rezept dieser Köstlichkeit preiszugeben.

Man müsse, erklärte er, die halbierten Zungen in gutem Öl mit Petersilie, gehackten Schalotten, Frühlingszwiebeln und klein geschnittenen Pilzen, Salz, Pfeffer und Muskat anbraten, damit sie Geschmack annähmen, und sie erst mal abkühlen lassen. Danach genüge es, sie Stück für Stück mit zwei Scheiben Speck, eine oben, eine unten, in Papier zu wickeln und in den Ofen zu schieben. Wenn das Gericht singe, werde es mit Kalbsjus übergossen und serviert. Allgemeiner Beifall war dem Wirt sicher, der zum Abschluss noch eine Schale mit späten Weinbergpfirsichen brachte, die Mund und Kopf erfrischten.

Satt und zufrieden, ließ Nicolas sich nach dem opulenten Mahl von Semacgus in der Rue Montmartre absetzen, schlich sich leise in sein Zimmer, um niemanden zu wecken, und legte sich in sein Bett, wo Mouchette, erst beleidigt über seine Abwesenheit, dann erfreut über seine Rückkehr, ihm bald schnurrend Gesellschaft leistete.

Samstag, 8. Oktober 1774

Nicolas erhob sich ausgeruht nach einer traumlosen Nacht und ließ sich von Catherine, die ihn dabei mit Fragen bombardierte, den Verband erneuern. Da Monsieur de Noblecourt zu dieser frühen Tageszeit noch nicht geläutet hatte, hinterließ er ihm eine

Nachricht, die ihn knapp über die Entwicklung seiner Untersuchung informierte. Anschließend kleidete er sich sorgfältig an, denn der Besuch in Bicêtre verlangte, dass er mit der ganzen Würde seines Amtes dort erschien. Das bedeutete, sich seine schwarze Richterrobe überzuwerfen, wobei er in den Ärmeln zwei geladene Pistolen versteckte. Als Letztes griff er nach seinem Elfenbeinstab, Symbol seiner Autorität. Einzig auf die Perücke verzichtete er, da sie zu sehr auf seine Wunde drückte.

Die Überlegung, dass die Anwesenheit von Lord Ashbury in Paris Vorsichtsmaßnahmen notwendig mache, veranlasste ihn, trotz seiner unbequemen Kleidung das Hôtel de Noblecourt auf ungewöhnlichem Weg zu verlassen. Mit der Hilfe von Poitevin stellte er die Gartenleiter gegen die Mauer zum Grundstück des Nachbarhauses und kletterte hinüber, sodass er auf eine andere Straße gelangte, auf die Rue du Jour, gegenüber dem Kloster der Filles de Sainte-Agnès.

Von dort aus begab er sich in die Rue Coquillière, wo er eine Kutsche für den ganzen Tag mietete, und verließ Paris durch den erwachenden Faubourg Saint-Marceau. Wie jedes Mal überraschte ihn das lebhafte Treiben in den kleinen Läden und in den unzähligen Schenken, die gepanschten Schnaps und Tresterwein oder Cidre an allerlei Gesindel und manchmal sogar an Kinder ausschenkten.

Etwa eine Meile war Bicêtre vom Stadtzentrum entfernt. Als Nicolas durch das Wagenfenster rechts von der Straße nach Fontainebleau einen Hügel sah, auf dem sich ein gewaltiges Gebäude erhob, wusste er, dass er sein Ziel erreicht hatte. Auf ihn wirkte das Krankenhaus fast wie ein Palast, der mit seinen gewaltigen hellen Mauern die umgebende Landschaft mit ihren

Weinbergen und Mühlen überragte. Nicolas schätzte, dass diese privilegierte Lage zum Vorteil für die Kranken war. Die reine Luft, die hier herrschte, war sicher nicht zu vergleichen mit den üblen Ausdünstungen, die die Hospitäler der Stadt einhüllten. Sein Eindruck änderte sich indes, als ihm nach und nach ein Gestank in die Nase stach, der ihn an die große Abdeckerei von Montfaucon und die Innereiensiederei auf der Île des Cygnes erinnerte.

Kaum war die Kutsche vor dem Hauptportal stehen geblieben, hielt ein elegantes Coupé vor ihnen an. Ein schwarz gekleideter Mann stieg aus und winkte ihm freundlich zu. Nicolas erkannte in ihm Doktor Gévigland, der Jean Missery im Hôtel Saint-Florentin behandelt hatte. Er nahm seinen Dreispitz ab und erwiderte seinen Gruß.

»Ich hätte nicht gedacht, Sie so rasch wiederzusehen, und bin über alle Maßen erfreut. Besuchen Sie einen kranken Patienten?«

Der Arzt lächelte verlegen. »Ob Sie es glauben oder nicht«, murmelte er, »ich will ein paar Leichen kaufen.«

Nicolas, vom häufigen Aufenthalt in der Basse-Geôle abgehärtet, verzog keine Miene. »Für anatomische Studien, nehme ich an?«

Géviglands schwarze Augen verschatteten sich noch mehr und sahen aus, als würden sie in Traurigkeit ertrinken.

»Ach, das wäre schön. Nein, ich studiere seit Langem die Leichen von Geschlechtskranken beziehungsweise nehme, genauer gesagt, Obduktionen vor, um die Risiken der Medikamente besser einschätzen zu können, die man ihnen verabreicht und an denen sie meist sterben. Es ist beinahe, als wären die Heilmittel noch tödlicher als der Verlauf der Krankheit.«

»Welche Therapien benutzt man bevorzugt?«

»Einreiben mit Quecksilberpomade, das ergänzt wird mit Schwefelbädern und einer Diät. Man setzt die Kranken mehrere Stunden in eine Badewanne, zu viert, weil die Anzahl der Wannen beschränkt ist. Außerdem muss man sparsam mit Wasser umgehen, es existiert lediglich ein einziger großer Brunnen. Ist das Ihr erster Besuch hier?«

»Mein Amt hatte mich bislang nie hergeführt, wenngleich ich natürlich wusste, dass Bicêtre Gefängnis und Heilanstalt in einem ist.«

»Das eine für den abscheulichsten Abschaum der Menschheit, das andere für die schrecklichsten Krankheiten und als Grab für die unheilbar Verrückten. Darf ich Ihnen anbieten, den Ort in meiner Begleitung zu besichtigen, es sei denn, dringende Pflichten halten Sie davon ab?«

»Ich bin hier im Zuge meiner Untersuchung des bewussten Falles. Ich suche einen jungen Mann, den ehemaligen Verlobten des Opfers. Angeblich ist er verrückt und geschlechtskrank geworden. Ich weiß nicht einmal, ob er noch hier ist. Ansonsten folge ich Ihnen gern.«

»Lassen Sie mich machen, ich kenne hier alle. Das Haus wird von einer Mutter Oberin geleitet, die Amtsschwestern und eine Armee von Hilfswilligen unter ihrer Fuchtel hat. Der Bestand der Insassen fluktuiert und kann im Winter durchaus die Anzahl von viertausendfünfhundert Personen erreichen, die zu betreuen sind.«

Nicolas folgte beklommen seinem Cicerone, der ihm ganz ruhig die grauenhaften Szenen erklärte, die sich vor ihren Augen abspielten. Der Teil des Gebäudes, den sie zunächst besuchten,

war jenen vorbehalten, die unter einer akuten Infektion litten.
Sie gingen an unzähligen Sälen mit dicht gedrängten Bettenreihen vorbei, wobei sich häufig fünf bis sechs Bedauernswerte ein Bett teilen mussten und in ihren Exkrementen lagen. Die Luft war so verpestet, dass Nicolas fast übel wurde. Viele Aussätzige, die übersät waren mit grässlichen Geschwüren und Wunden, krochen auf die Besucher zu und streckten ihnen die Hände entgegen.

»Sie ziehen den harten Boden der Enge und dem Schmutz der Betten vor.«

»Werden sie gezwungen, in dieser Hölle Zuflucht zu suchen?«, fragte Nicolas entsetzt.

»Die meisten sammelt die Polizei an verrufenen Orten auf. Andere kommen von sich aus. Manche reservieren ihren Platz sogar im Vorhinein, solange sie noch unter leichten Symptomen leiden. Wenn sie herkommen, hat die Krankheit häufig das Endstadium erreicht.«

»Kann man sie heilen?«

»Manchmal, wobei die Regeln dieser Einrichtung verlangen, dass die Heilung innerhalb eines bestimmten Zeitraums erfolgen muss, was meistens nicht gelingt. Also landen viele Patienten, nachdem sie mit nutzlosen Medikamenten gequält wurden, wieder auf der Straße mit Folgen, die Sie sich vorstellen können.«

Sie gingen durch lange, hallende Gänge. Durch die Fenster sah man den großen Brunnen auf dem zentralen Hof. Sie stiegen Stufen hinauf und wieder hinab und erreichten schließlich die abgesperrte Abteilung für die Irren und die Gefangenen. Gévigland wies sich aus, damit das Gitter geöffnet wurde.

»Hier beginnt der letzte Kreis der Hölle«, sagte er. »Alles, was Sie bis jetzt gesehen haben, war nichts dagegen. Diese Sektion ist kein Krankenhaus, sondern eine Art Jahrmarkt der Geistesgestörten. Das Schlimmste ist, dass die normalen Gefangenen mit den Verrückten zusammengesperrt werden. Das führt dazu, dass diese Menschen zusätzlich zu ihrer Strafe den Aggressionen und Beschimpfungen von Tobsüchtigen ausgesetzt sind. Dadurch wird der Aufenthalt in diesem Zuchthaus häufig und zwangsläufig zu einem langsamen Abstieg in den Wahnsinn.«

»Was tun die verantwortlichen Ärzte dagegen?«

»Sie machen wohl Scherze! Man hat Insassen nie welche zugeteilt. Viel schlimmer noch, ist der Ort eine Schaubühne für die bessere Gesellschaft, deren Mitglieder von Zeit zu Zeit hier auftauchen, den Wärtern ein paar Kupfermünzen geben und sich an diesem entwürdigenden Theater verlustieren. Die Kranken, Irren und Gefangenen werden wie Zirkustiere bestaunt, und man muss es gesehen haben, um zu glauben, wie manche dieser Besucher die bedauernswerten Kreaturen ärgern, als wären sie Raubtiere im Käfig, die sie reizen und vollends aggressiv machen.«

»Eine Schande, da bin ich Commissaire im Châtelet und habe von all diesem Grauen keine Ahnung«, erklärte Nicolas starr vor Entsetzen, als ihre Anwesenheit ein wahres Pandämonium von obszönen Schreien und Gesten auslöste.

»Das überrascht mich nicht«, beruhigte ihn der Arzt. »Den meisten Parisern, vor allem den höchstgestellten und den aufgeklärtesten, sind die direkt vor den Toren der Stadt begangenen Grausamkeiten ebenso fremd wie diejenigen, die von den wilden Völkern der Neuen Welt begangen werden.«

»Und die Kirche?«

»Die Kirche ist leider der Ansicht, dass die Kranken aus Barmherzigkeit in dieser Institution aufgenommen werden und dass die Gefangenen für ihre Fehler büßen müssen. Verstehen Sie mich richtig: Jeder folgt der Logik seines Denkens. Die Philosophen lehnen sich gegen diese Vermischung von Gefangenen und Verrückten auf, wobei sie sich aus reiner Menschlichkeit zu Recht für die Lage der Gefangenen interessieren, hingegen zu Unrecht die erbarmungswürdige Lage der Geisteskranken vergessen, für die das Grauen des Kerkers zu der Last ihres Wahnsinns hinzukommt. Um sie kümmert man sich am wenigsten, hindert sie höchstens daran, den anderen zu schaden, obwohl man sie verstehen und behandeln sollte.«

Anschließend betraten sie das Gebäude, das den Kindern unter zwölf Jahren vorbehalten war.

»Ich nehme an«, sagte Nicolas, »dass es sich um Waisenkinder handelt, die von der öffentlichen Wohlfahrt hier untergebracht wurden?«

»Keineswegs, sie sind tatsächlich Gefangene, und die Eltern dieser Unglückseligen leben.«

»Wie können Kinder dieses Alters Opfer der Justiz werden, verurteilt von Richtern. Wenn sie Straftaten begangen haben, soll man sie zu ihren Eltern zurückschicken und es denen überlassen, sie zu bestrafen.«

»Sie müssen wissen, dass diese Kinder in keiner Weise die Gesetze des Königreichs verletzt haben, sondern sich bloß verzeihlicher häuslicher Fehler schuldig gemacht haben. Die Eltern bringen sie hierher.«

»Und diese furchtbare Behandlung bessert sie natürlich nicht, oder?«

»Sie haben es erraten. In der Tat verlassen sie das Gefängnis eines Tages schlimmer, als sie es betreten haben. Hundertmal schlimmer. Isoliert in ihren Zellen, können sie einander sehr wohl verderben und sich gegenseitig zu einem lasterhaften Leben anstacheln. Am Ende werden die Eltern häufig selbst zu Werkzeugen der Verderbtheit ihrer eigenen Kinder.«

Das Schlimmste stand Nicolas noch bevor, als der Arzt ihn in die Mitte des Krankenhaushofs führte. Er erschauerte beim Anblick der blassen, furchterregenden Gesichter, die hinter den Gittern der Fenster zu sehen waren und wüste Beschimpfungen brüllten. Gévigland stampfte mit dem Fuß auf den gepflasterten Boden.

»Stellen Sie sich vor, Monsieur, dass sich zwanzig Fuß unter der Erde, direkt unter der Stelle, wo wir stehen, verschiedene Arten von Kerkern befinden, wahre Gräber. Sie sehen da und dort Spalten, durch die ein kümmerliches Licht nach unten dringt. Aber beileibe nicht in die Kerker selbst, sondern in die Durchgänge, die von einer Gruft zur anderen führen. Sollte das Unglück es allerdings wollen, dass ich in so eine beklagenswerte Situation geriete, würde ich die Grabeseinsamkeit dieser Verliese dem Gemeinschaftssaal im Gefängnis vorziehen.«

»Wieso das?«

»Der Gefangene ist dort den abscheulichsten Exzessen ausgesetzt, selbst öffentlich praktizierten Perversitäten, die zu nennen der Anstand mir verbietet. Man erzählt mir, dass zahlreiche Gefangene *simillimi faeminis moeres* sind, ohne jedes Schamgefühl.«

»Und wer sind diese Unglücklichen, die in diese Hölle gestürzt werden?«

»Das fragen Sie?«, sagte Monsieur de Gévigland mit bitterer Ironie. »Üble Subjekte, die sich der Straßenschlägerei, der Trunksucht, der Schamlosigkeit, der Zügellosigkeit und was weiß ich noch alles schuldig gemacht haben. Keiner befindet sich dort, weil er richtige Verbrechen begangen hat und von einem regulären Gericht verurteilt wurde, sie sind alle hier wegen dem, was man Vergehen gegen die Polizei nennt.« Er lächelte und fügte hinzu: »Beziehen Sie diese Feststellung nicht auf sich. Ich erkenne und schätze Ihre noble Empörung.«

»Ich fühle mich umso weniger betroffen, als ich mich erinnere, zu Beginn meiner Karriere einen Bericht für Monsieur de Sartine, damals Polizeipräfekt, verfasst zu haben, aus dem sich ergab, dass die Gefangenen von Bicêtre von den Justizbehörden der Prévoté verhaftet wurden, insbesondere wegen Wilderei. Seien Sie überzeugt, dass Monsieur Le Noir von mir über die Verhältnisse hier informiert werden wird.«

»Bis jetzt wurde nicht einmal der geringste Vorstoß gewagt, um dieser Schande ein Ende zu bereiten.«

Sie schwiegen eine ganze Weile, während ihre Anwesenheit weiterhin einen Tumult von Schreien und Beschimpfungen provozierte.

»Ich glaube, dass Ihre Robe an diesem Empfang nicht ganz unschuldig ist«, bemerkte Gévigland. »Sie erkennen einen Kommissar ... Lassen wir das, ich habe Ihre Zeit vermutlich schon zu lange in Anspruch genommen und werde Sie zur Mutter Oberin führen, die Sie dann mit den Kerkermeistern bekannt macht. Das sind die, die am besten über die Insassen Auskunft geben können.«

Sie stiegen eine elegante Treppe in den ersten Stock des Hauptgebäudes hinauf, wo eine Schwester mit hallenden Schritten auf sie zueilte. Nicolas bat sie, ihn der Mutter Oberin zu melden, und verabschiedete sich von Monsieur de Gévigland. Man geleitete ihn in eine kleine Zelle, deren ganze Einrichtung aus einem einfachen Holztisch und zwei Schemeln bestand. Eine kleine, von schwarzen Schleiern verhüllte Frau betrachtete ihn, die Hände in ihren Ärmeln verborgen.

»Viele Kommissare kommen in dieses Haus«, sagte sie mit ungewöhnlich hoher Stimme, »aber höchst selten will einer mit mir sprechen. Ermittelt man immer noch wie anno 1770? Kann es sein, dass die Nächstenliebe, die diese Einrichtung auszeichnet, nicht genügt, um ihre Existenz zu rechtfertigen? Will man uns etwa erneut Ärger machen?«

Sie machte eine Handbewegung, als wollte sie Fliegen verscheuchen.

»Beruhigen Sie sich, ehrwürdige Mutter«, erwiderte Nicolas, »ich bin nicht wegen einer Inspektion nach Bicêtre gekommen. Vielmehr suche ich im Rahmen einer Mordermittlung nach einer Person, die, wie ich glaube, Insasse dieses Hauses war oder ist.«

»Ein Verrückter oder ein Geschlechtskranker?«, fragte sie schroff.

»Ein Geschlechtskranker laut unseren Quellen. Und das in den letzten sechs oder acht Monaten. Er heißt Anselme Vitry, ein Gärtner aus Popincourt, zwischen zwanzig und dreißig Jahre alt.«

»Ist er freiwillig hergekommen oder von der Gendarmerie der Prévoté hergebracht worden? Das ist von Bedeutung.«

»Ohne sicher zu sein, würde ich zur zweiten Hypothese neigen.«

Die Oberin klatschte in die Hände, woraufhin sofort die Schwester erschien, die ihn hereingeführt hatte und wieder verschwand, nachdem sie die Anweisungen ihrer Vorgesetzten erhalten hatte.

»Kennen Sie die Familie Duchamplan, ehrwürdige Mutter?«, fügte Nicolas hinzu.

Sie schien sich zu entspannen bei der Nennung dieses Namens. »Ja, gewiss! Monsieur Duchamplan der Ältere ist Verwalter von Bicêtre, und wir können uns immer auf sein Wohlwollen verlassen. Was seine Schwester betrifft, Louise de l'Annonciation von den Filles de Saint-Michel, so schreiben wir uns manchmal. Gelegentlich schickt sie uns unglückliche Geschöpfe zur Behandlung, und hin und wieder veranlasst ihr grenzenloses Mitgefühl sie, geheilten Kranken eine Stellung zu verschaffen.«

»Sie haben vermutlich auch den jüngeren Bruder kennengelernt?«

Sie lachte. »Er ist so charmant, besucht gelegentlich unsere Kranken, unterhält sich mit ihnen und bringt ihnen Süßigkeiten mit.«

»Ist das nicht ein sehr merkwürdiges Verhalten für einen jungen Mann in seinem Alter?«

»Nächstenliebe kennt kein Alter«, beschied die Nonne ihn pikiert.

Die Schwester kam zurück und wandte sich an Nicolas. »Monsieur le Commissaire sollte mich in die Verwaltung begleiten.«

Nicolas verabschiedete sich von der Mutter Oberin und folgte der Schwester zum Büro des Amtsschreibers, einem zurückhaltenden Mann, der Anselme Vitry in seinen Unterlagen aufstöberte. Ein paar Randbemerkungen neben seinem Namen gaben

Auskunft über seine Situation. Verhaftet bei einer Razzia in einem Freudenhaus in Gesellschaft eines infizierten Mädchens, war er nach Bicêtre gebracht worden, wo man feststellte, dass er sich nicht angesteckt hatte. Da man nicht so recht wusste, was man mit ihm machen sollte, wurde er nach kurzem Aufenthalt im Gefängnistrakt auf freien Fuß gesetzt.

»Ich erinnere mich gut an ihn, Monsieur le Commissaire«, versicherte der Amtsdiener. »Er erzählte seine Geschichte jedem, der sie hören wollte. Dass er von seiner Verlobten betrogen worden und seine Verzweiflung so groß gewesen sei, dass er seine Eltern und seinen geliebten Garten verlassen habe. Er hatte wirklich Glück, der Kerl.«

»Und wie äußerte sich dieses Glück, mein Freund?«

»Er hat es verstanden, einen jungen Herrn für sein Schicksal zu interessieren, der uns häufig besuchte. Und da dieser Gönner gerade einen Kutscher suchte und der Gärtner mit Pferden umgehen konnte, hat er ihn eingestellt.«

»Könnten Sie mir eventuell den Namen des unverhofften Retters nennen?«

Der Mann schaute erneut in sein Register. »Es handelte sich um Monsieur Duchamplan.«

Nachdem er dem Amtsdiener eine Belohnung zugesteckt hatte, verließ Nicolas Bicêtre. Noch lange hatte er das Gefühl, dass der widerliche Geruch des Ortes ihn verfolgte. Wie er es geahnt hatte, war also ein weiterer Verdächtiger im Mordfall Marguerite Pindron aufgetaucht. Anstatt die Untersuchung zu vereinfachen, eröffnete diese Entdeckung beunruhigende neue Aspekte. Beispielsweise den Beweis, dass es eine Verbindung zwischen dem ehemaligen Verlobten des Opfers und der Familie des Maître d'hôtel gab. Es erwies sich daher als unbedingt notwendig, Eudes Duchamplan zu befragen und den jungen Vitry zu finden. Nicolas befahl seinem Kutscher, zum Grand Châtelet zu fahren, wo ihm der alte Marie mit leiser Stimme mitteilte, dass ein seltsamer Besucher im Bereitschaftsbüro auf ihn warte. Als er eintrat, wurde er von einem Mann mit kränklichem Gesicht und Bibermütze begrüßt, den er gut kannte, da er ihm bei einer früheren Untersuchung geholfen hatte.

»Monsieur Restif, ich grüße Sie«, sagte er und zog seine schwarze Robe aus. »Hat die Eule eine Beute in die Falle gelockt, die sie der Polizei verehren möchte?«

»Machen Sie sich nicht lustig, Monsieur Le Floch. Das Schicksal hat mir übel mitgespielt, seit wir uns das letzte Mal getroffen haben. Das Dach meiner Wohnung im Hôtel de Presles ist eingestürzt. Zurzeit wohne ich in der Rue de Fouarre. Ich werde von Gläubigern verfolgt, die die Schulden meiner Frau, die mich verlassen hat, von mir eintreiben und den Bankrott meines Verlegers verringern wollen. Außerdem leide ich unter den Nachwirkungen eines Trippers, der sich gewaschen hatte. Sie wissen hoffentlich noch, dass ich stets für die gute Sache im Bordell war. Seit Jahren kümmere ich mich schließlich um eine vernünftige Organisation der Unzucht in Paris. Mit einem Wort, um Ordnung in der Unordnung.«

Nicolas Edme Restif de la Bretonne war Nicolas wohlbekannt. Der Verfasser von etwa zweihundert Romanen verstand sich gerne als Sozialutopist, da er sich in seinen Werken, die seine Gegner als Pornografie betrachteten, mit den Lebensbedingungen der niederen Stände befasste. Nicht zuletzt deshalb hielt er gerne Moralpredigten. Bevor er damit loslegte, unterbrach ihn der Kommissar sofort.

»Kurz und gut, man weiß, dass Sie sich für Ordnung und Moral auf unseren Straßen einsetzen, und das schätzt man, glauben Sie mir. Haben Sie mir diesbezüglich etwas Besonderes mitzuteilen?«

Der Schriftsteller senkte den Kopf und betrachtete seine abgetragenen Schuhe in einer Haltung, die Nicolas überraschte, weil der Mann sich sonst durch Aufschneiderei hervortat.

»Sie kennen meine Gewohnheit, einsam herumzuirren durch die Finsternis dieser riesigen Stadt. Ich versuche, Gutes zu tun, und manchmal gelingt es mir, ein Geschöpf zu retten, das sich verliert. Vor einer Woche sah ich an der Kreuzung der Rue Pavée und Rue de Savoie einen Mann, der mit einem etwa zwanzigjährigen Mädchen unterwegs war. Sie wirkte eher neugierig als verloren. Ich näherte mich und stellte mich wie üblich vor. Ihm sagte ich auf den Kopf zu, dass er sich überaus schändlich verhalte, wenn er seine Niedertracht so weit treibe, ihr anzubieten … Nun ja, ihr gegenüber argumentierte ich mit Begriffen wie Ehre und Schamgefühl und flehte sie an, sich dem Verführer nicht auszuliefern. Der Mann machte sich auf zu anderen Schandtaten, das Mädchen beschimpfte mich und schickte mich zum Teufel … Und nun stellen Sie sich meine Überraschung vor, als ich in der Nacht von Sonntag auf Montag am Ende der Impasse Glatigny auf den Stufen, die zum Wasser hinunterführen, den Körper ebendieser Person mit aufgeschlitztem Hals entdeckte.«

»Und warum haben Sie nicht sofort die Nachtwache gerufen?«

»Nichts hätte sie wieder zum Leben erweckt, und dort, wo sie sich befand, musste sie bei Tagesanbruch entdeckt werden.

Übrigens, Sie kennen ja meine kleinen Ticks ... ich konnte nicht widerstehen ... «

Er zog aus seinem braunen Gehrock ein Paar Ballschuhe hervor, die genau denen glichen, die Marguerite Pindron getragen hatte, die gleiche elegante Machart.

»Was Sie mir da erzählen, ist hochinteressant. Aus diesem Grund sehe ich darüber hinweg, dass Sie der Polizei des Königs Informationen und Hinweise vorenthalten haben. Sind Sie sich dieses Fehlers bewusst?«

»Ich wage zu hoffen, Monsieur le Commissaire«, versicherte Restif scheinheilig, »dass der Wert meiner Aussagen und dessen, was ich Ihnen noch zu sagen habe, Ihren berechtigten Ärger besänftigen wird.«

»Ich höre.«

»Fakt ist, dass ich nicht nur das Mädchen wiedererkannt habe – ich kann Ihnen auch den Mann beschreiben, der mit ihr geredet hat.«

»Was das Mädchen betrifft, sind wir noch nicht fertig miteinander«, stellte Nicolas richtig. »Sie werden mich in die Basse-Geôle begleiten müssen, um den Leichnam zu identifizieren und sich einen zweiten anzuschauen.«

»Wird man ihre Füße sehen?«

»Das reicht, Monsieur! Spucken Sie den Rest aus, ich höre.«

»Der Verführer der Rue Pavée«, sagte er und rieb sich die Hände, »ist für mich kein Unbekannter. Ich habe ihn mehrfach bei seiner infamen Vorgehensweise ertappt.«

»Kennen Sie seinen Namen?«

»Nein. Ich kann ihn leider nicht einmal beschreiben, da er normalerweise einen Mantel mit hochgeschlagenem Kragen trägt und den Hut ins Gesicht drückt. Immerhin konnte ich ihm zweimal folgen. Er benutzt eine zweirädrige Lohnkutsche und lenkt sie, ob Sie es glauben oder nicht, selbst.«

»Haben Sie zufällig die Nummer erkannt?«

»Das habe ich.« Restifs Stimme klang triumphierend. »Es ist die 34 NPP.«

Nicolas zuckte zusammen. Sollte durch einen unglaublichen Zufall das Gefährt, mit dem er nach Popincourt gefahren war und dessen Nummer ihn an sein Alter erinnert hatte, zu jemandem gehören, der bei diesem Verbrechen, das immer weitere Kreise zu ziehen schien, eine unheilvolle Rolle spielte? Manchmal erhöhte der Zufall das Glück der Spürhunde.

»Denken Sie, dass er für sich selbst auf Kundenfang geht und Mädchen anspricht?«

»Das kann ich mir nicht vorstellen! Die Art, wie er sich verhält, hat für mich einen Beigeschmack von versteckter Unzucht zugunsten einer Gruppe. Die Puffmütter kennen sich auf diesem Gebiet mit Sicherheit viel besser aus als ich. Fragen Sie sie.«

Es klopfte an der Tür des Bereitschaftsbüros, und mit vergnügten Gesichtern erschienen Sanson und Semacgus. Restif erblasste beim Anblick des Henkers und musste sich setzen, als würde er gerade einen Schwächeanfall erleiden. Nicolas bat den alten Marie, den Besucher mitzunehmen und ihm einen Schluck von seinem Stärkungsmittel anzubieten, dann wandte er sich an seine beiden Freunde.

»Meine Herren, Sie machen einen recht munteren Eindruck auf mich. Mir scheint, Sie haben es eilig, mir etwas anzuvertrauen.«

»Das ist allzu wahr«, ergriff Sanson das Wort. »Der Doktor und ich haben unsere Untersuchung der beiden Opfer fortgesetzt. Und die Leichenöffnung hat uns erlaubt, eine Feststellung zu treffen, die Sie mit Sicherheit überraschen wird.«

»Diese Feststellung«, fügte Semacgus hinzu, »hätte uns selbst bei einem Opfer überrascht. Natürlich weniger als bei zweien.«

»Spannen Sie mich nicht unnötig auf die Folter«, rief Nicolas ungeduldig.

»Wir haben im Magen beider Opfer Spuren ihres letzten Mittagessens gefunden.«

»Weiter!«

»Ohne Monsieur Semacgus, der die Welt bereist hat und dessen botanisches Wissen beträchtlich ist«, sprach jetzt Sanson weiter, »hätte ich nicht weiter darauf geachtet, trotz der Ungewöhnlichkeit der Entdeckung.«

»Um es kurz zu machen«, sagte Semacgus, »sie hatten sich beide mit Ananas vollgestopft. Nun ist in unseren Breiten und selbst wenn sie im Treibhaus angebaut werden, der Reifegrad dieser Frucht ungewiss und ihre Verdauung daher eher mühsam. Daraus zu schließen, dass sich beide Mädchen am selben Ort befunden haben, überlasse ich dem Scharfsinn eines gewissen Commissaire im Châtelet.«

Nicolas schwieg einen Augenblick.

»Was würde ich ohne Sie machen? Semacgus, wo findet man Treibhausananas in Paris?«

»Mit Sicherheit im jardin du roi. In ein paar Adelsresidenzen und außerhalb der Mauern bei manchen Privatpersonen.«

Bourdeau erschien, gefolgt von Rabouine. Restif wurde aus dem Nebenzimmer geholt, dann machte sich eine kleine Prozession auf den Weg in die Tiefen des ehemaligen Kastells, das im Mittelalter zur Sicherung des Flussübergangs erbaut worden war. Restif identifizierte ohne Schwierigkeiten das Mädchen aus der Impasse Gatigny. Um sicherzugehen, bat Nicolas, der Toten die Schuhe anzuziehen, und man stellte fest, dass sie aufs Haar denjenigen glichen, die in der Fleischküche des Hôtel Saint-Florentin gefunden worden waren. Den anderen Leichnam erkannte der Schriftsteller nicht. Während er zum Ausgang geleitet wurde, setzten die anderen ihre schwierigen Beratungen im Bereitschaftsbüro fort.

»Um den Radius meiner Ermittlungen zu verkleinern, schlage ich vor, die Palais und den Jardin du Roi in Versailles außer Acht zu lassen. Wir können sie immer noch einbeziehen, sollten unsere Nachforschungen ergebnislos bleiben. Angesichts der Tatsache, dass die Leichen in Paris entdeckt worden sind, liegt die Lösung in der Stadt oder in den Faubourgs.«

»Was beabsichtigen Sie jetzt zu tun?«, wollte Bourdeau wissen.

»Restifs klugem Rat folgend, werde ich dem *Dauphin couronné* einen Besuch abstatten, um ein paar Gerüchte über die anrüchigen Pariser Soirees und diejenigen, die sie organisieren, zu erfahren. Ich bin sicher, dass die Präsidentin genannt wird, mir einiges erzählen kann. Was Sie betrifft, Pierre, so würde ich Sie bitten, Nachforschungen über Monsieur Bourdier anzustellen, diesen Ingenieur, der an der Ecke der Rue des Canettes wohnt. Man möchte ihn für eine mehr als geheime Arbeit gewinnen, und Monsieur de Sartine wünscht zu erfahren, ob er sich auf die Loyalität dieser Person verlassen kann.« Er blickte auf seine Uhr, die halb drei anzeigte. »Wir treffen uns um sieben wieder hier.«

Als Nicolas zu seiner Kutsche zurückkehrte, bemerkte er, dass ein neuer Laufbursche den alten ersetzt hatte. Sie fuhren an der Rue Royale vorbei, was ihn an die verhängnisvolle Katastrophe von 1770 erinnerte, als bei dem Feuerwerk zu Ehren der Vermählung des Dauphins mit der österreichischen Kaisertochter Marie Antoinette eine Panik ausbrach, die viele Tote und Unmengen von Verletzten forderte. Inzwischen war von der Verwüstung der Place Louis XV. nichts mehr zu sehen.

In Gedanken versunken, stieg er bei dem Edelbordell aus. Das *Dauphin couronné* weckte Erinnerungen an seine ersten Jahre in Paris. Die kleine Negerin, die ihm einst geöffnet hatte, war jetzt eine große junge Frau, die sich ihm übermütig an den Hals warf.

»Madame wird glücklich sein, Monsieur zu sehen.«

Eine Aussage, die ihn ein wenig überraschte, denn seine Beziehungen zu der neuen Matrone, der Präsidentin, wie sie sich gerne nannte, waren eigentlich eher distanziert. Heute war er ihr wenigstens dankbar für eine gezielte Indiskretion, ohne die er niemals erfahren hätte, dass er vor Jahren Vater geworden war.

Es kam alles anders. Auf einer Chaiselongue liegend, schlief La Paulet, die ehemalige Besitzerin, gehüllt in einen Satinschal mit Blütenranken. Ihr schlaffes Gesicht ließ die Verwüstungen, die das Leben als Prostituierte bei ihr angerichtet hatte, deutlich hervortreten. Inzwischen vermochten die Schichten von Creme und Rouge die Falten nicht mehr zu verdecken, ließen sie vielmehr aufplatzten und tiefe Rillen in der Schminke bilden. Der Morgenrock war verrutscht und entblößte enorm geschwollene Beine, die mit rosa Stoffbinden umwickelt waren. Nicolas wähnte, vor einem Blumenstand zu stehen, aus dem absurderweise geschwollene Füße ragten.

Als er hustete, um sich bemerkbar zu machen, schüttelte die Masse sich, und die Person von früher mit den kleinen inquisitorischen Augen kam wieder zum Vorschein. Ein zweideutiges Lächeln erhellte das aufgedunsene Gesicht. Die Paulet hob ihre Perücke hoch, um sich den kahlen elfenbeinfarbenen Schädel zu kratzen. In alten Zeiten hatte sie dem Rest ihrer Haare eine sorgfältige Pflege angedeihen lassen und sie täglich mit Pomade aus Rindermark und Orangenblütenwasser massiert. Die Jahre waren vergangen ... Sie erriet seine Gedanken.

»Da guckst du, mein armer Kopf«, sagte sie mit ihrer üblichen Vertraulichkeit. »Es sind noch ein paar strohblonde Büschel übrig, der Schwamm reicht jetzt. Hat durchaus seine Vorteile: kein Ungeziefer, kein Schorf. Alles glatt. Verdammt, steh nicht da und halt keine Maulaffen feil! Ich spüre, dass du überrascht bist, mich hier zu sehen. Tja, ich bin zurückgekehrt und habe vor, noch ein paar Jährchen zu machen.«

»Aber ... die Präsidentin?«

Die Paulet bekreuzigte sich. »Anstatt sich um den Laden zu kümmern, wie ich es von ihr verlangt habe, spielte sie sich als Herrin auf, betrog, soff wie ein Loch, verschwendete ihre Zeit mit Belanglosigkeiten. Wenn das in dem Tempo weitergegangen wäre, dürfte die ganze Mühe, die ich hier reingesteckt habe, beim Teufel gewesen sein.«

»Und nun?«

»Du kennst mich. Ich bin nicht im Geringsten nachtragend, doch wenn die Milch überkocht und der Gerichtsvollzieher droht, dann reicht es. Also habe ich den Ruhestand und meine Armen verlassen, um die Bude zu retten. Sonst, paff, der Untergang. Du kannst mir glauben, dass ich mich ganz schön abstrampeln musste, um Ordnung zu schaffen. Die Katastrophenfrau hatte nichts im Griff gehabt, was ganz gewaltig an den Ruf und die Substanz des Hauses gegangen war. Deshalb habe ich trotz meiner Zipperlein die Geschäfte wieder übernommen. Wie ich die Satin vermisse«, fügte sie vorwurfsvoll seufzend hinzu.

»Mir kommen Sie recht rüstig vor«, bemerkte Nicolas lächelnd.»Ein wenig dicker vielleicht, aber immer noch mit roter Gesichtsfarbe.«

»Du bist ganz schön frech, dich über mich lustig zu machen! Das ist alles deine Schuld. Musstest du die Satin unbedingt verlassen? Ich war einfach zu gutmütig. Was für eine bescheuerte Idee, mich von diesem honigsüßen Schmeichler einlullen zu lassen, diesem Monsieur de Noblecourt, den ich überhaupt nicht kannte. Er hat mich ganz schön um den Finger gewickelt. Madame Paulet hier, Madame Paulet da. Ich hätte mich an meine Devise halten sollen: nur die Wahrheit glauben, die ich selber herausfinde und mir nichts aufschwätzen lassen. Er hat eine Scharade mit der alten Paulet gespielt und auf meine Gutmütigkeit gesetzt, auf meine Zuneigung zu dem Kleinen und auf mein Bestreben, einem alten Freund wie dir einen Gefallen zu tun. Und wofür? Jetzt kümmere ich mich wieder ums Geschäft und ruiniere meine Gesundheit.«

Sie tat so, als würde sie weinen, dabei floss keine einzige Träne.

»Kommen Sie«, ermunterte er sie,»Sie haben die Satin und mich glücklich gemacht. Das wird gewaltig zählen in den Augen des Herrn.«

»Rede du mir nicht von der Satin«, entgegnete sie mit einem grimmigen Gesichtsausdruck.»Du machst sie ziemlich unglücklich. Ich habe sie gestern in der Rue du Bac besucht. Du wolltest, dass sie dieses Geschäft aufmacht, als könnte weiße Spitze die Vergangenheit auslöschen ... Also lass sie machen, wie es ihr beliebt. Du neigst zu sehr dazu zu vergessen, dass dein Sohn aus der Aristokratie der Hurenhäuser stammt und dass er, ob du es willst oder nicht, dort weiden wird, wo er laufen gelernt hat. Monsieur le Marquis, wirklich ...«

Nicolas biss sich auf die Lippe, um nicht antworten zu müssen. Es würde zu nichts führen, sich in die Haare zu kriegen, zumal er zugeben musste, dass die scharfen Worte der alten Puffmutter ein Körnchen Wahrheit enthielten. Er sollte wirklich darauf verzichten, Dinge zu sagen, die nicht wiedergutzumachen waren.

»Das ist Privatsache«, beschied er sie, »wir werden darauf gelegentlich mit einem kühlen Kopf zurückkommen. Für den Augenblick bitte ich meine Freundin, nicht zu vergessen, dass ihr Haus die besondere Nachsicht der Polizei genießt und dass sie, wenn sich das nicht ändern soll ...«

Sie lächelte gezwungen. »Und jetzt eine Flötenmelodie ... Ich habe das Gefühl, dass du die alte Paulet etwas fragen willst?«

»Die schöne Paulet, Sie verstehen die Menschen. Früher organisierten Sie Orgien in gewissen wohlhabenden Häusern und Theaterstücke, gespielt mit natürlicher Leidenschaft. Wie ist das heute?«

»Das tue ich nach wie vor, obwohl die Zeiten sich geändert haben und die Liebhaber das mittlerweile unter sich ausmachen.«

»Was meinen Sie damit?«

Die Lider ihrer kleinen Augen flatterten, als träfe sie ein zu grelles Licht, und sie zögerte, bevor sie sich zum Sprechen aufraffte.

»Ein junger Mann ist mehrmals gekommen, der wollte, dass ich ihm junge Dinger für seinen Serail und gut gebaute Hengste liefere, die ausdauernd sind ... Nur macht die Paulet so was nicht.«

»Seine Beschreibung?«

»Jung, der übliche Gigolo.«

»Wenn er noch einmal auftaucht, würden Sie mich verständigen?«

»Das ist nicht meine Art, mein Junge. Ich habe meine eigenen Moralvorstellungen, das habe ich dir oft genug gesagt. Leider wird es zunehmend schlimmer, die Mädchen strömen von allen Seiten herbei und fördern so das Verlangen nach Frischfleisch. Die Zeiten der familiären Häuser sind vorbei. Wir leben in der Zeit der Zuhälter.«

»Und wie immer bleibt die Paulet ihren Grundsätzen treu«, fasste Nicolas lächelnd zusammen. »Gut geführtes Haus, kein Glücksspiel, reguläre Mädchen und beste Beziehungen zur Polizei. Adieu.«

»Mach dich nicht über deine arme Freundin lustig«, knurrte sie. »Du hast mir ständig nichts als Ärger gemacht.«

Sie regte sich furchtbar auf, während die Chaiselongue unter ihrem Gewicht krachte.

»Das ist das erste Mal, dass Sie mir keinen Ratafia anbieten.«

Er hörte hinter sich einen Fluch und das Geräusch von Porzellan, das an einer Wand zerschellte.

Um sieben Uhr trafen sich Bourdeau und Rabouine mit Nicolas im Châtelet. Sie waren auf den Gedanken gekommen, einen Botaniker des Jardin du Roi zu konsultieren, um herauszufinden, wer versucht hatte, sich Ananaspflanzen zu besorgen. Auf diese Weise hatten sie eine Liste von fünfzehn Häusern zusammenbekommen, die sie am nächsten Tag überprüfen würden.

Anschließend hatten sie sich in die Rue des Canettes begeben, wo sich die Werkstatt des Herstellers der Perückenorgel von Monsieur de Sartine befand. Dessen Familie war am Rand der Verzweiflung. In die Enge getrieben, offenbarte Bourdier ihnen, dass er den drängenden Bitten eines Engländers ausgesetzt sei, der ihn mit fantastischen Angeboten veranlassen wolle, nach England zu kommen, um sein Wissen in den Dienst einer Baumwollweberei zu stellen. Mit seiner Erfahrung werde er die Technik zugunsten der Fabriken der Ostindienkompanie verbessern können. Die Beschreibung seines Gesprächspartners entsprach dem Steckbrief von Lord Ashbury alias Francis Sefton. Nicolas überlegte einen Augenblick.

»Dieser Mann wird bedroht, und unsere Interessen werden es nicht weniger. Ihm bleibt kaum etwas anderes übrig, als den Versprechungen von der anderen Seite des Ärmelkanals letzten Endes nachzugeben. Nehmen Sie die notwendigen Kutschen und bringen Sie ihn mit seiner Familie hierher. Ich werde mit Sartine besprechen, was zu tun ist.«

Bourdeau setzte sich und begann, seine Pfeife zu stopfen. »Das ist natürlich längst geschehen«, sagte er spöttisch. »Die Familie Bourdier erwartet Sie unten.«

XI

Manöver

Und die Freiheit, die unsern Rang begleitet,
stopft allen Splitterrichtern den Mund.

WILLIAM SHAKESPEARE

Nicolas setzte sich an die Spitze eines Zuges von drei Wagen. Im mittleren umarmte der Ingenieur in panischer Angst seine Frau und seine vier Kinder. In der Rue Neuve-Saint-Augustin war der Minister zwar noch nicht aus Versailles zurückgekehrt, seine Rückkehr war jedoch schon angekündigt, da die königliche Familie sich anschickte, ihre Jagdquartiere in Fontainebleau zu beziehen. Kurz überlegte Nicolas, zum Hôtel von Monsieur Le Noir ganz in der Nähe weiterzufahren, aber in dem Moment, als er sich dazu entschlossen hatte, fuhr eine Equipage vor, aus der Sartine stieg. Er nahm ihn mit in sein Arbeitszimmer, wo er mechanisch mit seiner Perückenorgel zu spielen begann und ein prachtvolles, strahlend blondes Exemplar mit fünf eingerollten Haarlocken erscheinen ließ.

»Sie kommt aus Wien, vom Lieferanten des Fürsten von Kaunitz, ein großer Perückenliebhaber wie ich«, sagte er und streichelte sie zärtlich. »Abbé Georgel, der Sekretär des Prince de Condé, hat sie mir geschickt. Genug, erklären Sie mir erst mal den Aufruhr, den Sie da in meinem Hof veranstalten. Was gibt es Neues bei Ihren Ermittlungen? Wie üblich eine Flut von Leichen, die ihre Helfershelfer nach allen Regeln der Kunst untersuchen, oder irre ich mich diesbezüglich?«

»Haben Sie sich jemals geirrt, Monseigneur? Erstens wirkt der Orgelbauer sehr ehrlich auf mich, selbst wenn man versucht hat, mit fadenscheinigen Vorwänden und verführerischen Angeboten seine derzeitige Notlage auszunutzen und ihn nach England zu locken.«

Der Marineminister ließ seine Perücke fallen, die sich wie eine Krake, die ihre Tentakel ausrollt, auf dem Schreibtisch ausbreitete.

»Sagen Sie mir nicht, dass der englische Geheimdienst ihn für sich gewonnen hat«

»Leider ist es so, wenigstens hat er es darauf angelegt. Und das ist das Werk von Lord Ashbury alias Francis Sefton. Um genau das zu verhindern, habe ich die Initiative ergriffen oder vielmehr Bourdeau, der unseren Mann und seine Familie sofort in Sicherheit gebracht hat. Ich habe dem Ärmsten versprochen, dass wir über sein Schicksal wachen würden und dass er in eine Residenz des Staates gebracht werde, in der er, seine Familie und seine Arbeiten sicher seien.«

»Sehr gut. Dann ist das also diese schreiende und jammernde Schar, die mich im Hof empfangen hat? Sie sollen für heute Nacht hier untergebracht werden. Ich werde die nötigen Anweisungen erteilen, damit sie morgen an einen sicheren Ort gebracht werden. Und Ihre Untersuchung?«

»Alles läuft darauf hinaus, den Verdacht gezielt auf den Duc de La Vrillière zu lenken, wobei es bislang nichts gibt, was mich von seiner Schuld überzeugt. Natürlich sind da nach wie vor Dinge, die sich nicht greifen lassen, nichtsdestotrotz habe ich das Gefühl, mich der Wahrheit zu nähern. Schritt für Schritt. Übrigens haben wir inzwischen drei Opfer, und ich zweifle nicht …«

Über das beherrschte Gesicht des Ministers huschte ein Lächeln. »Sie meinen, dass es nicht bei dreien bleibt? Ich wünsche meinem Nachfolger in der Präfektur viel Vergnügen … Wie kommen Sie mit ihm aus?«

»Die letzte Audienz war wohlwollend und ohne jede Boshaftigkeit.«

Nachdem er die Bourdiers hinsichtlich ihres Schicksals beruhigt hatte, fuhr Nicolas in die Rue Montmartre, um sich endlich etwas Ruhe zu gönnen. Er nahm einen schnellen Imbiss zu sich und begab sich früh zu Bett. Fast beim Einschlafen, erschienen drei Gesichter vor seinem inneren Auge: das seines Sohnes, das der Satin und das von Aimée d'Arranet.

Sonntag, den 9. Oktober 1774

Nicolas wurde vom fernen Trillern einer Flöte geweckt. Wenn Monsieur de Noblecourt auf diese Weise übte, verhieß das Gutes für seine Gesundheit und seine Stimmung. Sobald er seine Toilette beendet und gefrühstückt hatte, ging er zu ihm. Ein Anblick wie gemalt! Das Morgenlicht tauchte den alten Staatsanwalt in ein goldenes Licht. Mit dem Fuß den Takt markierend, spielte er mit gewohnter Bravour eine ländliche Tanzweise, dabei aufmerksam beobachtet von Cyrus und Mouchette. Nicolas stand reglos da, ließ sich vom Frieden dieses Augenblicks gefangen nehmen und wartete das Ende des Stückes ab, bevor er sich bemerkbar machte.

»Zu meiner größten Freude sehe ich, dass Sie wiederhergestellt sind«, sagte er.

Noblecourt ließ sich auf seinen Lieblingssessel sinken. »He, heißt das etwa, dass ich in schlechter Verfassung war? Das sind wohl eher Sie, wenn ich Sie so ansehe.«

»Oh, mit Kugeln habe ich bereits vor Ewigkeiten Bekanntschaft geschlossen. Als ich zehn war, hätte ein Gast meines Vaters mich beinahe getötet, weil er mich mit einem Rehbock verwechselt hat. Seitdem haben die Kugeln sich angewöhnt, mich zu liebkosen.«

»Spielen Sie nicht den Geistreichen. Erzählen Sie mir lieber von Ihren neuen Abenteuern. Das wird mich erheitern und eine willkommene Erholung von diesen Trillern sein. Sie können sich nicht vorstellen, wie unerhört schwierig es ist, zwei aufeinanderfolgende auf genau die gleiche Weise zu modulieren.«

Nicolas berichtete über die Einzelheiten seines Aufenthalts in Versailles und schilderte die Ereignisse, die den Fortgang seiner Untersuchung beeinflusst hatten. Sein alter Freund hörte ihm interessiert und nachdenklich zu.

»Haben Sie sich eigentlich überlegt, was dieser Anschlag auf Sie bedeutet? Wenn man ausschließt, dass er mit den Anschlägen vom Anfang des Jahres zusammenhängt, muss man wohl davon ausgehen, dass die Angreifer unbedingt verhindern wollten, dass Sie Ihre Ermittlungen fortsetzen. Wer bedroht Sie also, und welche Interessen werden durch Ihre Untersuchung durchkreuzt? Dieser geheimnisvolle Engländer? Sein Verhalten ist zumindest rätselhaft, denn Klugheit und Vernunft würden eigentlich verlangen, dass er sich nicht zu erkennen gibt, dass er sich verkriecht, wie es für Leute seiner Art typisch ist.«

»Nun ja …«

»Gut, ich ahne Ihren Einwand: Sie haben ihn in der Galerie basse erkannt trotz seiner schäbigen Kleidung. Wenn er Sie attackiert, so heißt das, dass Ihre Untersuchung einen sensiblen Bereich berührt, in dem Ihre und seine Interessen unvereinbar sind. Und da Sie ohnehin eine Serie von Morden untersuchen, die mehr und mehr einen der höchsten Minister des Königs involvieren, bedeutet das, wenn Sie meinem Gedankengang folgen wollen, dass besagter Engländer gemeinsame Sache mit den Mördern macht. Ihr Scharfsinn bedroht die Interessen seiner Mission, die, wenn ich richtig liege, eine wichtige Persönlichkeit der französischen Diplomatie im Visier zu haben scheint. Bedenken Sie, dass Monsieur de Saint-Florentin Sie kaum gerufen haben dürfte, um einen Mord zu untersuchen, den er selbst begangen hat. Was sage ich, Verbrechen? Mehrere Verbrechen. Und anschließend versucht er, Sie auszuschalten! Das ergibt keinen Sinn. Hinter dieser unerklärlichen Folge von Ereignissen steckt etwas anderes.« Er schien in einer Art in sich gekehrten Nachsinnens zu versinken. »Irgendwie ziehen Sie die Vorspiegelung falscher Tatsachen geradezu magisch an, lieber Nicolas. Seit vierzehn Jahren führen Sie einen endlosen Kampf gegen Schatten. Eigennutz, Rache, Ehrgeiz, Wollust und Hass umgeben Sie wie ein Wald des Verbrechens, und die Toten haben für Sie das doppelte Gesicht des antiken Gottes.«

»Himmel«, seufzte Nicolas, »Sie erinnern mich an einen gewissen Micmac, einen indianischen Eingeborenen, der Trommel spielend die Geister befragte! Sie spielen Flöte, das macht sie zur Pythia der Rue Montmartre!«

»Machen Sie sich ruhig lustig! In meinem Alter habe ich die Lizenz, mir ein paar Launen zu gönnen. Und wenn es mir gefällt, erratisch zu sein ...«

»Niemand wird Ihnen dieses Recht jemals streitig machen können.«

»Er soll es versuchen! Und jetzt ist die Wahrsagerin hungrig. Man bringe mir gefälligst meine Suppe und meine Croquets.«

Von der Straße drang ein Gassenhauer über den Duc de La Vrillière, den ein Sänger grölte, durch das offene Fenster zu ihnen herauf.

Minister ohne Talent und Mensch ohne Tugend.
Erniedrigter, als ein Minister sein kann.
Worauf wartest du, antworte uns.
Dich zurückzuziehen?
Ich sehe, man möge dich aus dem Fenster stürzen.

»Schlecht gedichtet und boshaft«, kritisierte Noblecourt. »Letzteres ist verständlich, Saint-Florentin ist nie geliebt worden, wenn ein Minister überhaupt geliebt werden kann. Würden Sie mich vielleicht zum Hochamt in Saint-Eustache begleiten?«

»Mit Vergnügen, falls die Musik und die Speisung den Ärger des Kirchenvorstands auf jene vertrieben haben, die die Privilegien des geweihten Brotes widerrechtlich für sich beanspruchen. Und falls Sie nicht fürchten, einen Mann an Ihrer Seite zu haben, der seit einiger Zeit den Verbrechern als Zielscheibe dient.«

»Wenigstens würde ich in hochadliger Gesellschaft sterben, Monsieur le Marquis …«

Um die wenigen Meter zurückzulegen, die ihr Haus von der Kirche trennten, wollte Nicolas durch die Sackgasse gehen, die zu einem Seiteneingang führte, Noblecourt hingegen bevorzugte einen auffälligeren Einzug durch das Portal. Der Staatsanwalt wurde dort von zahlreichen Gemeindemitgliedern empfangen, während er seinen Hut vor der erst kürzlich angebrachten Grabplatte von General François de Chevert zog, einem berühmten Heerführer und Feldmarschall im Siebenjährigen Krieg, der letzten großen Auseinandersetzung zwischen den europäischen Staaten, und begab sich sodann unter respektvollem Gemurmel zur reservierten Bank für den Kirchenvorstand.

Nicolas wählte einen Stuhl ein paar Schritte weiter hinten an einem Pfeiler, an dem eine Art Plakat angebracht war. Eine Mitteilung des Pfarrers von Saint-Eustache, der seine Schäfchen über die Kosten für Beerdigungen informierte. Ihm fiel die beträchtliche Höhe auf, die sich vermutlich am Reichtum des Viertels orientierte. Alles war einzeln aufgeführt, die Öffnung des Grabes, die Grabstelle, der Grabschmuck und der Schmuck des Hauptaltars, der kleine Chor und der große Chor, der Beichtvater, die weißen Handschuhe, der Sarg mit dem Hinweis, dass man ihn beim Kirchenvorstand der Gemeinde und nicht beim Schreiner kaufen müsse. Es herrschte ein veritables Geschäft mit dem Tod in diesem Gotteshaus, das ihm zu denken gab.

Die Messe begann, und Nicolas ließ sich vom Ablauf der Liturgie tragen, betrachtete dabei die Decke des Kirchenschiffs und das Grab aus schwarzem Marmor hinter dem Chor, in dem Jean-Baptiste Colbert ruhte, der berühmte Finanzminister des Sonnenkönigs. Die Predigt des heutigen Tages war den Almosen gewidmet:

»Wer weiß nicht, dass alle Güter ursprünglich allen Menschen gemeinsam gehörten, dass die Natur weder Besitzen noch Teilen kannte?«

Unwillkürlich musste Nicolas an Bourdeau denken, dem diese Einleitung sicher gefallen hätte. Es war ihm unmöglich zu sagen, ob die immer häufigeren Meinungsäußerungen des Inspektors die Folge eigener Beobachtungen oder Ausdruck eines immer ausgeprägteren Willens waren, die Traditionen der Gesellschaft und einer Macht auf den Kopf zu stellen, der er dennoch ohne zu zögern diente.

Als er gerade beschlossen hatte, diese Gedanken nicht weiterzuverfolgen, hörte er ein lautes Krachen. Das Hauptportal war aufgesprengt worden, und ein wild gewordener Ochse stürmte in das Kirchenschiff, warf links und rechts alles um, was ihm im Weg war, und sein Brüllen ließ den Gesang der Gemeinde verstummen. Eine gute halbe Stunde bemühte sich Nicolas, Hilfe zu organisieren. Es stellte sich heraus, dass das schlecht betäubte Tier aus der Fleischbank eines Metzgers entkommen war. Nachdem der Ochse sowie die Verletzten hinausgebracht worden waren, wurde der Gottesdienst fortgesetzt.

Nicht lange danach kam es zu einem weiteren Zwischenfall. Ein schwarz gekleideter großer, dünner Mann in Stiefeln tauchte im Mittelgang von Saint-Eustache auf, der ganz offensichtlich jemanden suchte. Einige Gläubige schimpften wütend über sein geräuschvolles Eindringen, der Schweizer stieß seine Hellebarde auf die Bodenplatten, als Nicolas Rabouine erkannte. Er stand auf und bedeutete ihm, ihm zu folgen.

»Was rechtfertigt diesen unheilvollen Auftritt?«

»Ich hatte keine Wahl. Bourdeau hat mich geschickt, Sie aus der Rue Montmartre zu holen. Man hat eine verlassene Droschke in der Nähe des Sommer-Vauxhall gefunden. Darin befindet sich der Leichnam eines Mannes, und alles deutet darauf hin, dass es sich um den Schwager von Jean Missery handeln könnte.«

»Um Duchamplan den Älteren?«

»Nein, den Jüngeren. Es ist alles ins Châtelet gebracht worden, wo der Inspektor Sie erwartet. Ich bin mit der Kutsche gekommen, um Sie hinzubringen. Sie wartet in der Sackgasse.«

Nicolas verständigte Monsieur Noblecourt, erklärte ihm die Situation und sagte ihm, dass er nicht mit ihm rechnen könne.

Vor dem Eingang des Grand Châtelet versuchte eine aufgeregte Menge, einen Kordon von Gardes-françaises und Männern der Nachtwache zu durchbrechen, der die Kutsche umringte. Der kleine Laufbursche versuchte vergeblich, das panisch gewordene Pferd zu beruhigen. Nicolas sprang, gefolgt von Rabouine, aus dem Wagen. Von außen konnte man nichts erkennen, dazu waren die an manchen Stellen gesprungenen Scheiben zu blind.

»Merkwürdig«, war Nicolas' erster Kommentar.

»Öffnen Sie, und Sie werden es besser verstehen«, forderte Rabouine ihn auf.

Er gehorchte der Aufforderung seines Spitzels. Obwohl häufig mit grauenhaften Szenen konfrontiert, hatte er höchst selten etwas derart Widerwärtiges gesehen. Der ganze Kutschkasten war mit geronnenem Blut bedeckt. Auf der Sitzbank lag mit ausgebreiteten

Armen ein Körper mit zerborstenem Schädel, der jedes menschliche Aussehen verloren hatte. Schwärzlicher Brei besudelte den Boden, und zwischen den Füßen lag eine großkalibrige Kavalleriepistole. Rabouine folgte dem Blick seines Chefs und nickte.

»Selbstmord auf den ersten Blick.«

Nicolas schloss langsam die Tür. Das Pferd wieherte immer noch leise, und schlug mit den Hinterbeinen aus, und seine Augen waren schreckgeweitet. Er näherte sich ihm, flüsterte ihm ins Ohr und massierte ohne jede Furcht sein Zahnfleisch. Das Tier schlug heftig mit dem Kopf, bevor es sich schließlich beruhigte.

»Sie können gut mit Pferden umgehen«, sagte Rabouine bewundernd.

Nicolas nickte. »Das alles muss so schnell wie möglich den Blicken der Menge entzogen werden, sonst nimmt die Sache ein schlimmes Ende. Man räume den Hof des Gefängnisses, damit der Wagen hineingebracht werden kann, spanne das Pferd aus und bringe den Leichnam in die Basse-Geôle, damit er als Erstes gesäubert wird.«

Bourdeau war zu ihnen getreten. »Heute am Sonntag Leute zu finden … Schwierig, selbst wenn wir die Wachen anfordern. Schätzungsweise werden wir uns selbst die Finger schmutzig machen müssen.«

»Das werden wir, es gab schlimmere Momente in der Vergangenheit. Der alte Marie soll aus dem Raum für die peinliche Befragung ein paar dieser Lederschürzen holen, die Sansons Gehilfen manchmal benutzen. Und vergessen Sie nicht, die Waffe einzusammeln und das Innere der Kutsche zu untersuchen. Die Leichenöffnung wird morgen stattfinden, Sanson muss verständigt werden, Rue d'Enfer, unverzüglich. Ein Mann der Nachtwache soll sich darum kümmern.«

Was nun folgte, sollte eine der schlimmsten Erinnerungen für Nicolas bleiben. Sobald der Leichnam auf einer Bahre in die Basse-Geôle transportiert worden war, untersuchte er mit äußerster Gründlichkeit den Kutschkasten. Die Untersuchung zog sich so sehr in die Länge, dass Bourdeau, der seinen Chef kannte, zu dem Schluss kam, er habe womöglich ein Indiz entdeckt. Wie so oft zog Nicolas es vor zu schweigen, bis er sich seiner Sache sicher war. Anschließend widmete er den Rädern und dem Pferd die gleiche Aufmerksamkeit, holte ein kleines Taschenmesser hervor und kratzte Schlamm oder Erde von den Radachsen, wickelte das Material vorsichtig in Papier und steckte es in seine Tasche.

Als Nächstes stieg er mit seinem Assistenten in die Tiefen des Châtelet hinab zum Raum der Leichenöffnungen, wo sie sich Lederschürzen umbanden und mit behutsamer Sorgfalt den blutigen Leichnam reinigten. Bourdeau wies, eine Fackel in der Hand, auf die Tasche des Anzugs, in der sich jener Brief befand, der es erlaubt hatte, den Mann zu identifizieren. Es handelte sich um eine Verabredung in Versailles: »Treffen Sie sich mit uns dort, wo sie kennen.« Das Datum entsprach dem seiner eigenen Ankunft am Hof, und die Grammatik war falsch, woraus Nicolas sogleich seine Schlüsse zog.

»Das ist also der Beweis, der Rabouine erlaubt zu behaupten, dass es sich um Duchamplan den Jüngeren handelt?«

»Zumindest steht dieser Name samt Anschrift auf dem Schreiben. Der Brief muss überbracht worden sein, es gibt keinen Poststempel.«

Sie fuhren fort, den bekleideten Leichnam mit reichlich Wasser zu waschen, das mit einem widerlichen Geruch von Metall wie eine purpurrote Quelle vom Tisch rann. Das zerschossene Gesicht lieferte keinerlei Aufschlüsse. Man würde Sansons Schlussfolgerungen abwarten müssen, um weiterführende Hypothesen aufstellen zu können.

Als sie in den Hof des Châtelet zurückkehrten, betrachtete Nicolas automatisch die Kutsche, und erneut entdeckte er zu seiner Verblüffung die Nummer 34 NPP. Sollte das tatsächlich dasselbe Gefährt sein, das ihn nach Popincourt gebracht hatte? Er schloss die Augen und versuchte, sich die Gesichtszüge des Kutschers zu vergegenwärtigen. Vergeblich. Er erinnerte sich lediglich an eine Sitzbank voller Flecken, die sehr gut Blutflecke gewesen sein könnten.

»Bourdeau«, sagte er, »was würden Sie zu einem Sprung zum Boulevard Saint-Martin und anschließend in die Rue Christine zu den Duchamplans sagen?«

»Ich würde sagen, dass meine Waisen ihren Vater heute nicht zu sehen bekommen und dass Madame Bourdeau …«

»… den Commissaire Le Floch und das Châtelet verfluchen wird, und das zu Recht.«

Am Boulevard Saint-Martin ließ er sich den Ort zeigen, wo die Patrouille der Nachtwache die Lohndroschke gefunden hatte. Nicolas schnüffelte mit der Nase am Boden herum, betrat das große Viereck der Vauxhall und sammelte Erde und Schlamm ein. Nachdem das erledigt war, stiegen sie wieder in ihre Kutsche, und während sie Paris durchquerten, dachte Nicolas nach, das Kinn in die Hände gestützt, die Augen halb geschlossen, und pfiff eine Opernarie, zu der er mit dem Fuß den Takt schlug.

Als sie den Fluss auf dem Pont-Royal überquerten, wandte er sich an Bourdeau.

»Diesmal kein Zögern, das hat bereits zu lange gedauert.« Der Inspektor versuchte nicht herauszufinden, worauf sein Chef anspielte.

»Kommen wir direkt zur Sache. Diese Wohnung im Hochparterre ... Ich will unverzüglich herausfinden, was sie enthält. Es müsste mit dem Teufel zugehen, wenn sie uns keine Auskünfte über ihren Bewohner gäbe. Haben Sie Ihr Sortiment Dietriche dabei?«

Bourdeau schlug auf die Tasche seines Anzugs, und ein metallischer Klang ertönte.

»Gut. Nehmen Sie mir mein Schweigen nicht übel, Pierre. Es ist nichts anderes als der Spiegel meiner Unsicherheit. Man muss alle offenen Fragen gemeinsam enthüllen, um zu einem Gesamtbild zu kommen.«

»Haben Sie heute Morgen zufällig mit Monsieur de Noblecourt gesprochen?«, erkundigte sich Bourdeau lächelnd. »Sie klingen nach ihm.«

»Man kann Ihnen nichts verbergen. Wie er zu sagen pflegt, das Offensichtlichste ist oft das, was sich am wenigsten verbirgt.«

»Dann nehme ich mal an, dass die Lösung nicht mehr fern ist.«

»Viel näher, als wenn sie Ihnen in Reichweite zu sein schien.«

In der Rue Christine war der Hof des Hauses Duchamplan menschenleer, keine Spur war von dem Wächter zu sehen. Aus den oberen Stockwerken drang ein Ehestreit. Die beiden Beamten stiegen in aller Eile die Treppe zum Hochparterre hinauf, wo

Bourdeau nicht lange brauchte, um die Wohnungstür zu öffnen, hinter der ein kleines, sehr dunkles Vorzimmer lag. Kaum hatten sie die Wohnung betreten, trieben Knackgeräusche und eilige Schritte sie weiter hinein. Sie bemühten sich, sich einigermaßen in der Dunkelheit zu orientieren, öffneten erst eine Tür, die in eine Garderobe führte, dann eine zweite, hinter der sich ein stinkender Abort befand. Die dritte Tür war die richtige, sie öffnete sich auf einen Salon, in dem alle Tische und sonstigen Ablageflächen vollgestellt waren mit Essensresten und leeren Flaschen. Am Ende des Raumes, wo das Licht durch ein Fenster zum Hof hereinfiel, zog eine weitere Tür ihre Aufmerksamkeit auf sich. Da sie sich nicht öffnen ließ, benutzten sie eine kleine Kommode als Rammbock. Die Tür splitterte, und eine ohrenbetäubende Explosion ertönte, die Intarsien- und Marmorstücke in die Mitte des Salons schleuderte. Sogar Bourdeaus Perücke war vom Kopf geflogen und nunmehr gespickt mit Splittern wie ein Nadelkissen.

»Ich glaube«, sagte er blass und außer Atem, »dass ich Ihnen mein Leben verdanke.«

»Nicht der Rede wert, ich stehe nach wie vor in Ihrer Schuld.«

»Wieso haben Sie das gewusst?«

»Intuition. Irgendwie hatte ich den Verdacht, dass hinter der Tür jemand mit einer Waffe lauerte.«

Als sie das kleine Zimmer betraten, entdeckten sie einen raffinierten Mechanismus, nämlich ein Gewehr, das schräg in einen an der Wand befestigten Griff geklemmt war, während der Türflügel durch eine Schnur aus Rosshaar, die auf einer Seilrolle lief, mit dem Abzug der Waffe verbunden war. Eine todsichere Vorrichtung.

»Wo ist der Schurke?«, fragte Nicolas und schaute sich um. »Dieser Raum hat keinen Ausgang, das Fenster ist verschlossen, er konnte nicht verschwinden. Schauen Sie im Kamin nach, vielleicht ist es so einer wie der von Richelieu.«

Der für seine Amouren berühmt-berüchtigte Duc war bei einem heiklen Liebesabenteuer durch einen drehbaren Kamin entkommen.

Bourdeau holte ein Klappmesser hervor, öffnete es und untersuchte die Umrandung des Kamins, ohne etwas zu finden. Nicolas sah unter dem Bett nach und in einer Kammer, die auf einen schmalen Flur ging, wo es eine weitere Tür gab. Nachdem er sie vorsichtig geöffnet hatte, entdeckte er eine steinerne Wendeltreppe.

»Das erinnert an Sartines diskreten Ausgang im Châtelet«, meinte er.

Die Treppe führte in einen Keller, hinter dem sich ein kleiner Obstgarten befand. Der Vogel war tatsächlich ausgeflogen. Unverrichteter Dinge stiegen sie zurück ins Hochparterre. Zufällig trat Nicolas im Dunkeln auf einen Gegenstand. Er bückte sich und hob eine zerbrochene Brille mit getönten Gläsern auf.

»Suchen wir nicht weiter«, verkündete er, »Lord Ashbury hat hier offenbar Zuflucht gesucht, nachdem wir ihn im Hôtel de Russie aufgespürt hatten.« Er schlug sich mit der Faust an den Kopf. »Machen Sie sich nicht noch einmal über Noblecourt lustig! Ist es nicht offensichtlich, dass das sicherste Versteck dasjenige ist, das nicht mehr als ein paar Schritte vom Hôtel entfernt liegt? Er hat uns ganz schön reingelegt.« Wie im Fieber fuhr er fort. »Wer hat ihn aufgenommen? Allem Anschein nach sein Komplize. Damit ist Eudes Duchamplan vermutlich einer seiner

Agenten. Warum hat er ihn getötet, sofern er es war? Hat er ihn sich vom Hals geschafft, bevor er sich hier verkrochen hat? Der Gedanke, dass er inzwischen schon weit weg sein könnte, macht mich rasend.«

»Wer hat ihm Essen gebracht?«, stellte Bourdeau eine ganz praktische Frage.

»Er ist ein Meister der Verkleidung, und über den geheimen Ausgang konnte er problemlos von drinnen nach draußen und zurück gelangen.«

Nicolas inspizierte die Garderobe im Eingang genauer. Er nahm ein Paar Schuhe und gab es Bourdeau.

»Halten Sie die für mich, sie könnten uns nützlich sein.«

Anschließend räumte er alles weg, bis eine hölzerne Rückwand mit Zierleisten sichtbar wurde. Eine davon ließ sich drehen. Als er sie vorsichtig bewegte, löste er einen Mechanismus aus, der die Hinterwand wie eine Geheimtür öffnete. Dahinter verbarg sich eine Kleiderkammer voller Damengarderobe: Kleider, Negligés, Röcke, Schals, Spitzenhauben, Oberteile, Mäntel, Casaquins, lange Jacken und Caracos, Schößchenjacken, dazu eine Sammlung von Perücken, die Monsieur de Sartine vor Neid hätte erblassen lassen. Sie hingen an Nägeln: Frauenperücken, Männerperücken, Perücken mit zwei Zöpfen, Beutelperücken, im Nacken zusammengebundene, wie natürliches Haar aussehende, Abbéperücken, Knotenperücken und Brigadierperücken.

»Das erinnert mich an unsere Kostümkammer«, kommentierte Bourdeau sarkastisch.

Neben Perücken gab es auch Frauenschuhe. Nicolas nahm die, die er Bourdeau gegeben hatte, wieder an sich und verglich sie mit ihnen, die Größe war identisch.

Bourdeau lachte. »Donnerwetter, das haben Sie also auch vorausgesehen.«

»Nicht ganz«, räumte Nicolas ein, der in Wahrheit einen Zufallstreffer gelandet hatte.

In einer Ecke lag ein zu einer blutigen Kugel zusammengerolltes Männerhemd. Nicolas überlegte: Seit Beginn seiner Ermittlungen häuften sich zahlreiche widersprüchliche Indizien, die kein roter Faden wirklich miteinander verband. Und jetzt dieses Hemd, das keinen Sinn zu machen schien. Er kam nicht weiter mit seinen Gedankenspielen, denn in diesem Augenblick betraten zwei Personen die Wohnung, und Nicolas und Bourdeau blickten in die verängstigten Gesichter des älteren Duchamplan und einer Frau mit geröteten Augen, alterslos und blass, in einem grauen Kleid und einer Mantilla in der gleichen Farbe.

»Darf ich Sie, Monsieur le Commissaire, nach dem Grund Ihrer Anwesenheit bei meinem Bruder fragen? Ein schrecklicher Knall hat uns alarmiert.«

Nicolas stand vor der Tür der Garderobe und versperrte die Sicht auf den Inhalt.

»Haben Sie Ihren Bruder seit meinem letzten Besuch wiedergesehen?«

»Nein. Was ist passiert?«

Er versuchte, Nicolas beiseitezuschieben, um zu sehen, was sich in der Kammer befand, aber Bourdeau hatte schnell die Kerze ausgeblasen.

»Jemand hat hier heimlich gewohnt«, erklärte Nicolas streng. »Wussten Sie das?«

»Gewiss nicht.«

Auf ein Zeichen hin zündete der Inspektor die Kerze wieder an.

»Diese Rumpelkammer sagt Ihnen nichts? Dieser Kleiderschrank inspiriert Sie zu keinem Kommentar?«

Duchamplan warf einen Blick, der mehr Bestürzung als Überraschung ausdrückte, auf die Kleidersammlung. Die Frau, die sich genähert hatte, klammerte sich zitternd an den Arm ihres Mannes. »Sie müssen es sagen«, drängte sie ihn. »Sie können nicht schweigen. Sie haben schon zu lange gezögert.«

»Was sagen?«, knurrte Nicolas drohend. »Und diese Frauenkleider?«

»Irgendwelche alten Sachen aus den Beständen meiner Frau«, versuchte Duchamplan, sich rauszureden.

»Aha! Ich gratuliere Ihnen, Madame, dass Sie Brigadierperücken tragen und sich von Kleidungsstücken trennen, die praktisch neuwertig sind. Wie diese Schuhe, nicht wahr?«

»Gewiss, Monsieur.«

»Wenn dem so ist, dann wollen wir mal sehen, Madame. Würden Sie sie bitte sofort anprobieren?«

Er reichte ihr die mit weißer Spitze überzogenen feinen Ballschuhe.

»Also wirklich, Monsieur, was erhoffen Sie sich von einem solchen Vorgehen?«

»Ich rate Ihnen, Madame, zu tun, was ich sage.«

Sie zögerte und sah händeringend ihren Mann an, brach schließlich in Schluchzen aus.

»Monsieur«, sagte sie, »ich will die Justiz nicht belügen. Diese Schuhe gehören mir nicht, ebenso wenig wie die Kleider.«

»Danke, Madame, das wollte ich von Ihnen hören. Es war nicht zu übersehen, dass sie Ihnen nicht passen. Also, wem gehören sie? Trug Ihr junger Schwager manchmal Frauenkleider?«

»Das kam gelegentlich vor«, gab Duchamplan verlegen zu. »Es war vermutlich ein Spiel seinerseits, ein Karnevalsscherz, eine übermütige Maskerade für einen Maskenball ...«

»Oft?«

»Mehrmals pro Woche«, gestand die Frau mit unverhohlener Ablehnung dieser Gepflogenheiten.

»Ich muss leider befürchten«, fügte Duchamplan hinzu, »dass mein Bruder eine perverse Veranlagung hatte. Er verkleidete sich für Soireen, von deren Ablauf ich keine Ahnung habe ... Der Zustand, in dem er sich befand, wenn er zurückkam, erschreckte mich allerdings.«

»Wusste Ihre ältere Schwester davon?«

»Sie hat Eudes vor einiger Zeit ertappt. Er hat daraufhin irgendeine wirre Geschichte erfunden, dass er dem Duc de La Vrillière helfe, irgendwelche Geschöpfe zu zähmen, wobei der Vermittler niemand anderer als unser Schwager Missery gewesen sein kann.«

»Dann wusste Ihre Schwester also ...« Kurz zog er eine neue Möglichkeit in Betracht: Schwester Louise hatte die Neuigkeit von der Duchesse erfahren, diese machte dem Minister eine Szene ... Nein, das führte nicht sehr weit. »Ich sollte Sie beide einsperren lassen, solange dieser Fall nicht abgeschlossen ist«, sagte er. »Wenngleich ich bereit bin, Ihrer Ehrlichkeit zu vertrauen, stehen Sie vorerst unter Hausarrest. Nehmen Sie zur Kenntnis, dass Sie Tag und Nacht von meinen Männern bewacht werden. Und jetzt dürfen Sie sich empfehlen.«

Sobald das Paar die Wohnung verlassen hatte, hob Nicolas das blutige Hemd auf und notierte etwas in seinem kleinen schwarzen Heft.

»Wären die beiden nicht besser im Châtelet aufgehoben?«, gab Bourdeau zu bedenken.

»Sie werden womöglich noch von anderen als uns überwacht, insofern will ich kein Misstrauen wecken. Was wir in dieser Wohnung erlebt haben, zeigt jedenfalls, dass ich nicht der Einzige bin, der aus purer Vorsicht die Hinterausgänge nimmt. Wird die englische Botschaft eigentlich überwacht?«

»Rund um die Uhr seit dem Frieden. Leider wird sich mittlerweile Routine eingeschlichen haben.«

»Lord Ashbury kann dort Zuflucht finden, wir müssen die Überwachung verstärken. Wie weit sind wir mit dem Ananasanbau?«

»Rabouine arbeitet die Liste im Châtelet ab und überschwemmt Paris und die Vororte mit Spitzeln. Vielleicht hat er mittlerweile gefunden, was Sie suchen.«

»Ich fürchte für Ihren Sonntag, Pierre. Ihre Familie wird mich verfluchen.«

»Das geht nun schon ein Vierteljahrhundert so!«

Sie verschlossen den Geheimgang, verbarrikadierten ihn, um zu verhindern, dass er von außen benutzt wurde, und brachten Siegel an der Eingangstür an. Kurz darauf waren sie wieder im Châtelet, wo Rabouine sie aufgeregt erwartete.

»So stolz, wie Sie schauen«, sagte Nicolas, »nehme ich an, dass Ihre Nachforschungen von Erfolg gekrönt waren.«

»Urteilen Sie selbst«, sagte Rabouine und wedelte mit einem Papier. »Von allen Häusern auf unserer Liste hat lediglich ein einziges meine Aufmerksamkeit erregt, und das aus zwei Gründen.«

»Erzählen Sie.«

»Der erste war, dass die Person, die dort wohnt, bei uns registriert ist. Sie taucht in den täglichen Berichten auf. Früher in denen für Monsieur de Sartine, jetzt in denen für Monsieur Le Noir. Der Mann gehört in die Welt der Erotik und der Skandale und nähert sich den unscharfen Grenzen, an denen Laster und Verbrechen sich sehr nahe kommen.«

»Er macht uns den Mund wässrig«, beschwerte sich Bourdeau, die Ellbogen auf den Tisch und den Kopf in die Hände gestützt.

»Also, um es kurz zu machen, es stellte sich heraus, dass besagter Mann Großmeister einer Gesellschaft von Libertins ist, die sich Ordre de la Félicité nennt. Ihre Mitglieder versprechen, sich gegenseitig glücklich zu machen. Diese hermaphroditische Gesellschaft praktiziert Partnertausch und die Mischung der Geschlechter …«

»Und wo kommen sie zusammen?«

»Manchmal im Haus des Großmeisters in Montparnasse, und genau da befindet sich just ein Treibhaus mit exotischen Pflanzen. Und manchmal in den Steinbrüchen von Vaugirard oder an anderen versteckten Orten, die wir erst noch ermitteln müssen.«

»Das ist in der Tat äußerst merkwürdig! Und der zweite Ihrer Gründe?«

»Dieser Liebhaber von frischem Fleisch, dessen Einfluss in der Gesellschaft von Tag zu Tag zunimmt, ist niemand anderer als der Marquis de Chambonas, ein bekannter Freidenker, der Mademoiselle de Lespinasse-Langeac geheiratet hat, die uneheliche Tochter des Duc de La Vrillière und der schönen Aglaé.«

»Donnerwetter.« Bourdeau ließ sich auf einen Stuhl fallen. »Was Sie nicht sagen!«

»Zumal diese Verbindung«, fuhr Rabouine fort, »das einzige

Ziel hatte, sein kümmerliches Vermögen aufzubessern. Weil diese Erwartungen des Marquis nicht erfüllt wurden, hat er seinen Schwiegervater mit einem fatalen Geheimnis erpresst, das er wie auch immer entdeckt hat: Die schöne Aglaé soll einst einen gewissen Sabatini geheiratet haben, der auf Befehl von Saint-Florentin grundlos auf eine Gefängnisinsel verbannt wurde, damit er selbst an das Objekt seiner Begierde herankam. Das hätte natürlich bei Bekanntwerden seinem Ruf gewaltig schaden können.«

»Verlieren wir keine Zeit. Das Haus des Marquis de Chambonas muss sofort unter Überwachung gestellt werden. Was Rabouine uns da gerade berichtet hat, passt wunderbar mit den Hinweisen von Restif, den Andeutungen der Paulet und dem Ergebnis unserer Hausdurchsuchung in der Rue Christine zusammen. Bourdeau, Sie werden dieses Hemd nehmen und sich unverzüglich ins Hôtel Saint-Florentin begeben. Finden Sie heraus, ob dieses Hemd dem Hausherrn gehört. Und schlussendlich möchte ich so schnell wie möglich einen genauen Bericht über die Fahrten von La Vrillière in der letzten Woche, um überprüfen zu können, ob er Alibis für die Tatzeiten hat oder nicht.«

»Das ist nicht mehr nötig, Monsieur Nicolas«, meldete sich Rabouine erneut zu Wort. »Ich habe seit einiger Zeit eine Zechbeziehung mit dem Kutscher des Ministers der Maison du Roi, habe ihm ein bisschen Honig ums Maul geschmiert – die Kostenabrechnung werde ich Ihnen zukommen lassen – und konnte ihm die nötigen Informationen entlocken.«

»Rabouine, du wirst deine Auslagen bekommen und eine Prämie obendrauf!«

»Der Despotismus ist reich an unsittlichen Prämien«, spottete Bourdeau säuerlich.

»Es kommt vor«, belehrte Nicolas ihn, »dass die Menschen, von denen man glaubt, sie hätten keine Grundsätze, stark durchdrungen sind vom Glauben an die Wirksamkeit, Monsieur l'Inspecteur. Wir hören dir zu, Rabouine.«

»Es ist so, dass Seine Hoheit, der Duc de La Vrillière, seit einigen Monaten nicht zu Hause schläft ...«

»Das ist nichts Neues. Da gibt es die schöne Aglaé und zahlreiche andere Kurtisanen vor ihr.«

»Vielleicht, vielleicht nicht. Er lässt sich nachts an verschiedene Orte fahren, schickt seine Equipage fort und verschwindet. Das ließ seinen Leuten keine Ruhe, und sie haben versucht, ihm zu folgen, leider vergeblich. Jedenfalls bedeutet das, dass besagter Minister kein Alibi für die drei beziehungsweise vier Morde besitzt, die wir untersuchen.«

»Verdammt!« Bourdeau war alarmiert. »Wir wissen, dass diese Verbrechen miteinander in Verbindung stehen, und wer weiß, was für Gräueltaten möglicherweise begangen wurden, bevor wir ins Hôtel Saint-Florentin gerufen wurden.«

»Das unterstreicht«, fügte Nicolas hinzu, »die Wichtigkeit Ihrer Mission. Wir müssen, mein lieber Pierre, um jeden Preis herausfinden, ob dieses Hemd Saint-Florentin gehört.«

Nicolas blieb allein im Bereitschaftsbüro zurück. Er brauchte diese Pause, um Bilanz zu ziehen, und nahm sein kleines schwarzes Heft. Während er darin las, listete er auf einem losen Blatt die Punkte auf, die ihm, wie er hoffte, helfen würden, einen intelligenten und logischen Weg zur Wahrheit zu finden. Je länger er seine Notizen studierte, desto bewusster wurde ihm, dass die Zeugenaussagen, die sie nach dem Mord an Marguerite Pindron im Hôtel Saint-Florentin aufgenommen hatten, seinen Blick verfälscht, seinen Scharfsinn getäuscht und ihn in seinem Vorgehen verwirrt hatten. Ja, er musste wieder am Anfang beginnen und die fragwürdigen Zeugen in die Enge treiben, wobei er dem Mittel der Folter, die seitens der Justiz erlaubt war, distanziert gegenüberstand. Er hoffte, dass die Androhung der peinlichen Befragung ausreichte, die Dickköpfigsten zum Einlenken zu bewegen. Trotzdem hatte er hier ebenfalls Vorbehalte – er glaubte nämlich, dass eine solche Drohung letztlich zum Eingeständnis der Schuld führte, selbst wenn es nicht den Tatsachen entsprach.

Er hatte keine Wahl und beschloss, es mit diesem Täuschungsmanöver zu versuchen. Dabei dachte er gründlich darüber nach, wie er das am besten und überzeugendsten anstellen sollte. Ein einziger Fehler konnte sein ganzes Konzept zum Einstürzen bringen. Mit wem von den nicht ehrlichen Zeugen sollte er anfangen? Mit der Duchesse de La Vrillière? Schwierig. Vielleicht lieber mit ihrer Kammerfrau. Eugénie Gouet schien ihm ausgezeichnet für diese Strategie geeignet zu sein. Anschließend käme Jacques Blain, der in Marguerite verliebt gewesene Concierge, infrage. Eine Bemerkung von Bourdeau fiel ihm ein: Warum ein Ragout aus drei Kaninchen ohne das Blut in der Sauce? Und schließlich würde eine freundliche Unterhaltung mit der kleinen Jeanette Le Bas erlauben, etwas mehr über das Leben der armen Marguerite zu erfahren. Im Grunde erhoffte sich Nicolas von alldem eine Beschleunigung der Untersuchung – mit einem einzigen Faden, der aus dem Gewebe des Verbrechens gezogen würde, ließe sich sukzessive alles aufdröseln.

Nicolas wollte sich eine kleine Pause gönnen, da er im Augenblick sowieso nichts Entscheidendes unternehmen konnte. Die

Klugheit gebot abzuwarten, mit welchen Ergebnissen seine Leute zurückkamen. Außerdem machte sich Hunger bemerkbar. Kaum verließ er das düstere Gebäude, lockte ihn ein Geruch an, der einem Kessel unter freien Himmel entstieg und in dem Kapaune in einer Brühe mit grobem Salz schwammen. Mit Genuss verschlang er eine Schale dieser mit Fleischstücken angereicherten Bouillon, deren Salzkörner zwischen den Zähnen krachten. Er schloss die Augen. Bilder seiner Kindheit tauchten auf, die im Sonnenlicht glitzernden Salinen von Guérande und der Junge, der seinen Finger hineinhielt und ihn ableckte, um die Salzkristalle zu schmecken. Sobald er zu Ende gegessen hatte, machte er einen langen Spaziergang. Die körperliche Anstrengung half ihm oft, wirre und widersprüchliche Gedanken zu klären und auf diese Weise geistig Tabula rasa zu machen, um aufs Neue Theorien aufzustellen und zu überprüfen.

Sein Weg führte ihn am Observatorium vorbei. Zwar zögerte der Portier angesichts der späten Stunde, noch einen weiteren Besucher auf das Gelände zu führen, aber dessen Stand und das Versprechen einer nicht unbeträchtlichen Belohnung zerstreuten rasch seine Bedenken. Gemeinsam drangen sie in die Stadt der Finsternis ein. Er wusste, wo er einen Eingang in die Steinbrücke fand, die es in diesem Viertel zahlreich gab, und betraten ein kompliziertes Labyrinth. Die Gefahr, sich zu verlaufen, war groß, und der Portier sparte nicht mit Warnungen. Nicolas, den das Gefühl des Eingesperrtseins bedrückte, fürchtete vor allem, dass die Fackeln ausgehen und sie in Dunkelheit versinken könnten. Staunend entdeckte er eine riesige unterirdische Stadt mit Straßen, Kreuzungen und Plätzen. Galerien führten nach oben und nach unten, und teilweise waren sie so niedrig, dass man gezwungen war, sich zu bücken. Stellenweise tauchten Stalaktiten auf, und nach Aussagen des aufschneiderischen Portiers befanden sie sich unter der Seine, was Nicolas stark bezweifelte.

Jahrelang hatte er von der ständigen Gefahr gehört, die diese unterirdische Anlage für die Stadt bedeutete, jetzt sah er Pfeiler, die unter dem Gewicht, das auf ihnen lastete, Risse hatten und zusammenzubrechen drohten, und solche in der unteren Ebene, die auf dem unebenen Grund keinen festen Halt hatten und damit keine wirklichen Stützen mehr waren.

Nicolas begann ein Gespräch mit seinem Führer. Er erfuhr, dass Familien, die zu den ärmsten der Stadt gehörten, an diesem Ort Zuflucht suchten, insbesondere während der großen Winterkälte. Andere versteckten sich dort und kamen nachts heraus, um nach Essen zu suchen oder sich dem Verbrechen hinzugeben. Es handelte sich um entflohene Häftlinge, Deserteure und eine Ansammlung von Gaunern, die in geheimnisvollen Ecken einen echten Cour des Miracles bildeten, wie man die zahlreichen Slumdistrikte nannte, die Bettlern und anderen Randgruppen der Gesellschaft einen sicheren Unterschlupf boten. Der Mann senkte die Stimme, als er Gerüchte über merkwürdige Versammlungen erwähnte, deren Mitglieder sich verbotenen Praktiken hingaben. Genaueres erfuhr Nicolas zu seinem Bedauern nicht.

Trotzdem beeindruckte ihn dieser Besuch und machte ihm zugleich klar, wie gefährlich ein Aufenthalt hier letztlich war. Es schien ihm unerlässlich, dass diese unterirdische Stadt von den Ingenieuren des Königs gründlich erforscht wurde, damit die Schwächen der Konstruktion behoben wurden. Unter Umständen würde man dann zugleich die missbräuchliche Nutzung der

Anlage durch asoziale oder kriminelle Elemente unterbinden können. Was seine gegenwärtige Untersuchung betraf, so fand er auf jeden Fall die Gerüchte bestätigt, die Rabouine ihm über Versammlungen gewisser Kreise an geheimen Orten berichtet hatte.

Zurück in der Rue Montmartre, traf er Monsieur de Noblecourt in die Lektüre einer Abhandlung von Monluc vertieft an, einem Historiker und Marschall von Frankreich aus dem sechzehnten Jahrhundert. Mouchette kletterte an ihm empor, bevor sie ihren Lieblingsplatz auf seinen Schultern einnahm.

»Ich komme geradewegs aus der Hölle«, erklärte er.

Der alte Staatsanwalt lächelte. »Monsieur de Sartine hat recht, Sie ziehen Katastrophen an. Das ganze Viertel spricht von nichts anderem als dem Hochamt heute Morgen und dem unerfreulichen Auftritt des Teufels in der aufreizenden Gestalt eines fetten, dummen und wütenden Ochsen. Das hätte es verdient, denke ich, in Marmor gemeißelt zu werden, in goldenen Buchstaben. Etwa so: »Hier besiegte Nicolas Le Floch den Minotaurus, eine Heldentat, die er seinen zahlreichen Arbeiten hinzufügte.«

»Machen Sie sich nur lustig, ich habe sehr wohl gesehen, dass Sie wie ein junger Mann über Ihre Bank gesprungen sind. Was mich betrifft, nachdem ich dem Tier getrotzt hatte, musste ich die Qualen des Labyrinths und den Schrecken des Eingesperrtseins ertragen«, sagte er und berichtete von seinem Ausflug in die Steinbrüche des Observatoriums.

»Das waren seit jeher Orte, die alle Arten von Praktiken begünstigten und eine Bühne für unheilvolle Zusammenkünfte boten. Der Régent, Philippe II., Duc d'Orléans, versuchte dort einmal, den Teufel erscheinen zu lassen. Mir unbegreiflich! Wie kann man in unserem Jahrhundert noch an solchen Unsinn glauben? Fast eine Regierung lang, in der man sich mit der Zunge und der Feder wegen des Inhalts einer Bulle oder eines Beichtzettels gegenseitig zerfleischt hat, trotzt das Parlament von Paris der souveränen Autorität und bedient sich der düsteren Prophezeiungen fanatischer Aufrührer. Ist das wirklich der Sieg der Vernunft und der Philosophie? Es muss ein Gleichgewicht gefunden werden. Sehen Sie sich den Regenten an, scheinbar ein starker Geist, Chemiker, Ingenieur, ausgezeichneter Musiker und Staatsmann, warum ist er für solche Entgleisungen anfällig? Jeder versucht derzeit, die Grenzen des Wissens zu überschreiten, und bemüht sich, die ungewissen und gefährlichen Regionen des Gartens des Bösen zu erforschen. Ich sage Ihnen, wir werden noch so einiges erleben, bevor dieses Jahrhundert zu Ende geht!«

Er war derart laut geworden, dass Cyrus schaurig zu heulen begann.

Es folgten ein leichtes Abendessen und eine lange Diskussion darüber, wie Triller in Musikstücken bestimmter Meister zu spielen seien. Aus der Küche drang der köstliche Geruch von Quittengelee herauf.

XII

Erklärungen

Assistieren Sie mir und bleiben Sie in meiner
Nähe, weil ich Sie angreifen will.

BLAISE DE MONTLUC

Montag, den 10. Oktober 1774

Sanson arbeitete unter den aufmerksamen Blicken von Nicolas,
dem die morgendliche Leichenöffnung Übelkeit bereitete. Lag
es an dem zerstörten und blutigen Gesicht oder an dem Gefühl,
dass er sich dem Ziel seiner Untersuchung näherte? Müdigkeit
und Ungeduld setzten ihm zu.

»Ein ungefähr fünfundzwanzigjähriger Mann«, erklärte der
Henker. »Gut gebaut. Das Gesicht wurde von einer Ladung
Schrotblei zerfetzt. Ich halte es für unmöglich, dass es sich bei
der Pistole, die Sie in der Nähe des Leichnams gefunden haben,
um die Waffe handelt, mit der diese furchtbare Verletzung verursacht wurde.«

»Die Untersuchung des Kutschkastens hat mich in der Tat

stutzig gemacht: Der Streuwinkel des Schrots war so groß, dass selbst die Scheiben zerbrochen waren. Daraus schließe ich …«

»… dass es sich ganz offensichtlich nicht um einen Selbstmord handeln kann.«

»Was für eine Waffe könnte Ihrer Meinung nach verwendet worden sein?«

»Ich halte ein Jagdgewehr für wahrscheinlich, ohne völlig überzeugt zu sein. Man hätte aus sehr großer Entfernung schießen müssen, um eine derartige Streuung zu erreichen. Ich tippe eher auf eine Art Donnerbüchse mit breitem Trichter.« Unter dem verblüfften Blick von Sanson, der seine Arbeit unterbrochen hatte, begann Nicolas, laut nachzudenken. »Das ist seltsam. Bereits der Anblick dieses Blutbads löste einen doppelten Eindruck bei mir aus. Ich hatte irgendwie das Gefühl, dass es sich um eine bewusste Inszenierung handelte, die bei einer oberflächlichen Untersuchung nicht erkennbar war. Alles wurde so arrangiert, dass sich ein Selbstmord geradezu aufdrängte. Wobei mir gleich zu Anfang leichte Zweifel an dieser Theorie kamen: das im Kutschkasten verteilte Schrot, der Leichnam selbst. Mein Freund …«

Bei dieser Anrede leuchtete das Gesicht des Henkers, der das nicht oft zu hören bekam, auf. »Könnten Sie die Hände und Füße des Leichnams untersuchen und mir die Ergebnisse Ihrer Beobachtungen mitteilen?«

Sanson nahm eine gründliche Untersuchung der betreffenden Körperteile vor, blickte dann unentschlossen auf. »Ich weiß nicht, was Sie suchen. Alles, was ich sagen kann, ist, dass wir es hier mit dem Körper eines jungen Mannes aus dem Volk zu tun haben, trotz der prächtigen Kleidung, die er trägt. Eher ein Tagelöhner als ein gut situierter Bürger. Ich würde sogar sagen, ein Bauer. Die Hand ist schwielig und zerkratzt von Dornen, die Nägel sind schwarz und schmutzig von Erde. Die großen Füße weisen darauf hin, dass der Mann gewohnt war, barfuß zu laufen. Insgesamt macht er keinen sehr gepflegten Eindruck. Stellt Sie das zufrieden?«

»Das bestätigt meine eigenen Zweifel. Und wenn man weiß, was beziehungsweise wen dieser Leichnam darstellen sollte, muss man sich sehr wohl Gedanken machen über das Märchen, das man uns da auftischen wollte. Hinzu kommt, dass wir, abgesehen von einem Brief, der uns liebenswürdigerweise die Identität des Leichnams lieferte, in den Taschen seines Anzugs nichts entdeckt haben von den Dingen, die man gewöhnlich so mit sich trägt. Nichts, nicht das Geringste!«

»Nicht mal ein kleines schwarzes Heft?«, sagte Sanson lächelnd.

»Nein, absolut nichts. Aus alldem ergibt sich einerseits, dass wir es mit einem Versuch zu tun haben, die Justiz in die Irre zu führen. Andererseits kommt mir diese Inszenierung so platt vor, dass ich mich frage, ob man nicht wollte, dass wir die Täuschung bemerken.«

Ein Gedanke ging ihm durch den Kopf, den er nicht vorschnell formulieren mochte. Nicht, solange er nicht sicher war, alles gesehen zu haben, oder ausschließen konnte, dass weitere Elemente auftauchten. Nein, es war zu früh. Dieser arme Leichnam gab nicht viel her. Alles deutete darauf hin, dass es sich nicht um Eudes Duchamplan handelte. Vielmehr glaubte Nicolas, dass sie es mit Anselme Vitry zu tun hatten, dem Gärtnerssohn, der nach seiner Entlassung aus Bicêtre von Duchamplan als Kutscher und

Gehilfe für weiß der Teufel welche finsteren Aufgaben angeheuert worden war. Und er war es auch gewesen, der ihn zufällig nach Popincourt gefahren hatte, wie die Nummer der Kutsche eindeutig bestätigte.

Nicolas dankte Sanson und bereitete zusammen mit ihm die Befragung vor, der er einige Dienstboten des Hôtel Saint-Florentin zu unterziehen beabsichtigte. Unter der vorgetäuschten Absicht einer peinlichen Befragung. Zu diesem Zweck würde man ihnen die Werkzeuge dieser scharfen Tortur zeigen und hoffen, dass sie das abschreckte und bewog, freiwillig mit der Wahrheit herauszurücken. Außerdem setzte er darauf, dass diese Zeugen kaum wussten, welche Möglichkeiten der Justiz zur Verfügung standen, um sie vom Lügen abzuhalten, und deshalb jeder Widerstandswille allein durch eine derartige Drohung gelähmt werden konnte.

Bourdeau, der mit einem Paket in der Hand auftauchte, riss ihn aus seinen Überlegungen.

»Na, Pierre, was gibt es Neues?«

»Ich habe dem Personal von Monsieur de Saint-Florentin die Hölle heißgemacht, und nachdem ich mir die Weißnäherin in der Waschküche vorgeknöpft hatte, bekam ich schließlich, was wir wollten.«

Er öffnete den Packen und holte zwei Hemden heraus, eines davon blutig, das andere frisch gebügelt und identisch mit dem anderen.

»Genau das, was ich brauche«, konstatierte Nicolas zufrieden, bevor er das Ergebnis der Leichenöffnung für den Inspektor zusammenfasste.

»Da komme ich nicht ganz mit«, erhielt er zur Antwort.

»Aus gutem Grund, aber überlegen wir mal«, fuhr Nicolas fort. »Nehmen wir an, unsere Schlussfolgerungen waren falsch und dieser Leichnam ist Eudes Duchamplan. Wer hätte ein Interesse daran, ihn zu töten? Und wenn es sich doch um Anselme Vitry handelt, den ehemaligen Verlobten von Marguerite Pindron, was dann? Ich bin geneigt, die These aufzustellen, dass man ihn als Mittel zum Zweck nutzte, um uns mithilfe des blutigen Hemdes weiszumachen, dass der Duc de La Vrillière in ein weiteres Verbrechen verwickelt ist. Und damit in alle, die sich ähneln.«

»Wie hätte man voraussehen können, dass wir eine Hausdurchsuchung in der Rue Christine durchführen?«, wandte Bourdeau ein.

»Diese Annahme ergab sich von selbst durch den Brief, der auf dem Leichnam gefunden wurde und der uns zwangsläufig in die Rue Christine führte. Womit man indes nicht gerechnet hat, war die Schnelligkeit, mit der wir sogar Lord Ashbury überrascht haben.«

»Und wenn der Duc wirklich bei alldem seine Hand im Spiel hatte? Was für eine bessere Möglichkeit könnte es für ihn geben, uns Gründe auf dem Silbertablett zu servieren, die ihn von dieser Anklage freisprechen? Vielleicht steckt er mit Eudes Duchamplan ja unter einer Decke, weil sie womöglich dieselben verrufenen Orte frequentieren, und der Maître d'hôtel fungiert als Mittelsmann. Das würde sich mit dem decken, was der ältere Bruder angedeutet hat.«

»Spinnen wir nicht zu sehr herum«, warnte Nicolas, »halten wir uns lieber so eng wie möglich an die Tatsachen. Wir haben einen Leichnam, den man uns als den eines Selbstmörders verkaufen wollte. Wir finden ein blutiges Hemd in der Wohnung des mutmaßlichen Opfers. Wen beschuldigt es? Den Duc de La Vrillière.« Nicolas ging hin und her. »Möglich ist ebenfalls, dass wir in etwas hineingeplatzt sind, für das der Epilog noch gar nicht geschrieben war.«

»Was haben Sie jetzt vor?«

»Unser Freund Sanson hat entsprechende Anweisungen erhalten.«

»Und ich werde alles vorbereiten und der Befragung den gewünschten stimmungsvollen Rahmen geben.«

»Dass Sie sich zu so etwas hergeben«, sagte Bourdeau mit missbilligender Miene.

»Ich habe keine andere Wahl, das ist lediglich eine Irreführung, ein Schattenspiel.«

»Hoffentlich haben Sie bedacht, dass ein Geständnis oft schlicht und ergreifend ein Mittel ist, um den Schmerzen zu entgehen.«

»Ich bin nicht unbedingt an Geständnissen interessiert, sondern an Informationen, die der Justiz verschwiegen werden. Zu diesem Zweck maße ich mir an, unter Missachtung jeder Regel zu handeln. Und da diejenigen, die ich vorlade, keine Beschuldigten sind, maße ich mir auch an, die Regeln ein bisschen an meine Bedürfnisse anzupassen. Es kommt einzig darauf an, alle aus der Defensive zu locken, sie zu überrumpeln und ihnen notfalls zu drohen, denn manche sind, fürchte ich, im Besitz von zahlreichen Geheimnissen.«

»Dann muss man sie verhaften«, meinte Bourdeau.

»Nein, das nicht. Sie werden sie erst mal auffordern, Ihnen unverzüglich zu einer Unterredung mit Commissaire Le Floch ins Châtelet zu folgen.«

Nicolas riss eine Seite aus seinem schwarzen Heft, kritzelte ein paar Zeilen darauf und reichte sie Bourdeau. Dieser nahm sie entgegen, nickte und entfernte sich wortlos, während Sanson noch in seiner Höhle blieb und sein Feuer schürte wie Vulcanus in seiner Schmiede. Nicolas ging ins Bereitschaftsbüro hinauf und vertiefte sich, den Bleistift in der Hand, in die Lektüre seiner Notizen.

Eine Stunde später kam Bourdeau leicht erschöpft zurück. »Ich musste mich mit diesem weiblichen Drachen auseinandersetzen, den ich, um die Etikette nicht zu verletzen, Duchesse de La Vrillière zu nennen gezwungen war. Sie hat mit Zähnen und Klauen gekämpft, um mich daran zu hindern, irgendwelche Verhaftungen vorzunehmen. Wie alle Frauen hat sie als letzte Karte einen Anfall von Unwohlsein ausgespielt. Ich habe ihn genutzt, um sie der Fürsorge dienstbarer Geister zu übergeben und die anderen zusammenzutreiben.«

»Gut«, sagte Nicolas. »Sie wird es überleben. Wir werden noch mehrere Akte in diesem Drama erleben. Lassen Sie die Leute in den Gang führen und berichten Sie mir, ohne die Tür zu schließen. Wir bereiten uns auf eine überzeugende kleine Rede vor.«

Alles geschah, wie Nicolas befohlen hatte, dann kehrte der Inspektor zurück.

»Was sind Ihre Absichten, Monsieur le Commissaire?«, stellte er die erste verabredete Frage.

»Erklären Sie den Zeugen – ich sage Zeugen, obwohl ich besser Verdächtige sagen sollte –, dass sie im Raum der peinlichen Befragung zu erscheinen haben. Ich nehme an, der Henker und seine Gehilfen sind bereit zu beginnen?«

»Sie sind es.«

»Wir tun so, als würde es sich um die Vorstufe der Schreckung handeln.«

»Für die außergewöhnliche peinliche Befragung?«

»Nein. Die gewöhnliche, ich denke, das wird ausreichen.«

»Fünf oder sechs Zinnkessel. Den auf ein Brett gebundenen Angeklagten ins Wasser zu tauchen löst in der Regel seine Zunge.«

Sie lachten.

»Und weiter?«

»Die spanischen Stiefel natürlich. Es muss darauf geachtet werden, dass die Beine fest in den Rahmen geschnürt werden, nachdem die Kniescheiben und die Knöchel von zwei kräftigen Brettern getrennt worden sind. Es wäre sinnvoll, bei den Keilen dazwischen bis zur erlaubten Zahl von zwölf zu gehen. Aus Holz für die Frauen, aus Eisen für die Männer. Auch sollte an Schlägen mit dem Holzhammer nicht gespart werden. Das ist alles. Lassen Sie die Leute hinunterbringen, ich komme gleich dazu.«

Nicolas folgte Bourdeau nach ein paar Minuten und gesellte sich zu der von Männern der Nachtwache umringten Gruppe, die auf steinernen Bänken in dem dunklen Gang wartete. Aus der Folterkammer waren seltsame Geräusche zu vernehmen, die all jene erschrecken mussten, die die Anweisungen des Nicolas' gehört hatten. Eugénie Gouet, die Kammerfrau von Madame de La Vrillière, die höchstgestellte weibliche Bedienstete im Hôtel Saint-Florentin, würde als Erste befragt werden. Entgegen der Hoffnung, dass die bedrohliche Atmosphäre sie einschüchtern würde, kam sie sehr aufrecht herein, scheinbar völlig unbeeindruckt, auch wenn ihr Gesicht grau wirkte und sie auf den

Wangen hektische rote Flecken hatte. Sie warf Nicolas einen herausfordernden Blick zu. Als sie sich umschaute in dem großen gotischen Gewölbe, merkte man, dass sie nicht so souverän war, wie sie tat. Der Mann im grünen Anzug, der Henker von Paris, und seine Gehilfen schüchterten sie sichtlich ein. Bourdeau stand, die Feder in der Hand, hinter einem Pult, bereit, das Protokoll des Verhörs zu führen.

»Sie erscheinen hier«, begann Nicolas mit eintöniger Stimme, »als Zeugin und Verdächtige des Mordes, der am 2. Oktober 1774 im Hôtel Saint-Florentin begangen wurde. Die Instrumente der Justiz, die uns umgeben, sollten Sie veranlassen, meine Fragen mit der größten Aufrichtigkeit zu beantworten – die einzige Haltung, die den Richter, der ich bin, zufriedenstellen und Sie vor den schlimmsten Konsequenzen bewahren kann.«

Ihre einzige erkennbare Reaktion bestand darin, krampfartig die linke Hand zu ballen, ein Detail, das Nicolas auch bei ihrer ersten Befragung aufgefallen war und das er in seinem schwarzen Heft notiert hatte.

»Maître Sanson, bitten Sie Ihre Gehilfen, ruhig zu sein.«

Die Anwesenden erstarrten, und allein das Knistern der Kohle im Kohlenbecken erfüllte das Gewölbe in den Tiefen des Châtelet.

»Fangen wir an«, sagte Nicolas monoton. »Sie waren die Geliebte von Jean Missery, zumindest bevor die Leidenschaft ihn in die Arme des Opfers trieb.«

Sie antwortete nicht, hielt die Augen zu Boden gesenkt.

»Darf ich Ihr Schweigen als Geständnis verstehen?«

Endlich hob sie den Kopf. »Ich ziehe es vor, Ihnen die Wahrheit zu sagen. Ja, Jean war mein Liebhaber und hatte mir die Ehe versprochen.«

»Genau das hat die Duchesse de La Vrillière einer Freundin anvertraut, die mir wiederum diesen Sachverhalt mitgeteilt hat«, log Nicolas mit einer Dreistigkeit, die Bourdeau in Staunen versetzte.

Die Kammerfrau wurde unruhig, drehte den Kopf nach links und nach rechts wie ein in einer Schlinge gefangenes Tier.

»Sie geben es also zu. Wir wissen darüber hinaus, dass dieser selbst ernannte Don Juan einige Mühe hatte, seine neue, junge Freundin zu befriedigen, und nicht immer imstande war …«

»Nicht mit mir«, unterbrach sie ihn empört.

»Ich glaube Ihnen, aber stellen Sie sich vor, dass jemand diesem armen Mann einen beruhigenden Trank besorgt, der es ihm, um die Wahrheit zu sagen, unmöglich macht, im Bett seinen Mann zu stehen. Sollte dieser Schlaftrunk, den Madame de La Vrillière in Unmengen zu sich nimmt, nicht ganz im Sinne einer verlassenen und eifersüchtigen Geliebten sein, weil er die Leidenschaft für die Rivalin zum Erlöschen bringt?«

Eugénie schwieg, zeigte keine Regung.

»Und stellen wir uns weiterhin vor, dass der arme Mann, um diese ihm unverständliche Schwäche zu beheben, zu äußerst wirksamen Gegenmitteln greift – musste da die Dosis des Trunks nicht verdoppelt werden, um zu verhindern, dass er nach wie vor zu seiner jungen Geliebten ins Bett kriecht? Ich fordere Sie auf zu reden, oder ich übergebe Sie auf der Stelle dem Henker, der, das verspreche ich Ihnen, die Wahrheit nach allen Regeln der Kunst aus Ihnen herauspressen wird. Ich beschuldige Sie, gewusst zu haben, dass Marguerite Pindron an dem Abend in den Küchenräumen war. Um sich mit wem zu treffen?«

Erneut bewegte sie den Kopf nach links und nach rechts, hielt erst inne, als sich das Geräusch eiliger Schritte näherte und die

Tür des Folterraums abrupt geöffnet wurde. Le Noir erschien, außer Atem und mit hochrotem Gesicht.

»Monsieur, ich befehle Ihnen, dieses Verhör sofort abzubrechen, das ungerechtfertigt ist und allen Regeln widerspricht. Setzen Sie diese unglückliche Frau unverzüglich auf freien Fuß, ebenso wie die anderen Zeugen, die draußen Ihrem böswilligen Treiben harren.«

Nicolas gab Bourdeau ein Zeichen, woraufhin dieser die Kammerfrau, Sanson und die Gehilfen nach draußen begleitete. Der Polizeipräfekt betrachtete Nicolas mit strenger Miene.

»Sie führen also, Monsieur le Commissaire, unberechtigterweise eine polizeiliche Befragung durch, die nicht vom Lieutenant criminel angeordnet wurde und über die ich nicht informiert wurde. Ich weiß, dass Monsieur Testard du Lys Ihre wilden Vorgehensweisen schon in anderen Zusammenhängen hat ertragen müssen! Wie soll ich eine solche Haltung nennen, die gegen alle Grundsätze verstößt und die Majestät der Gesetze verletzt? Sie sagen nichts?«

Nicolas spürte, wie Ärger in ihm hochstieg, und er ausfällig zu werden drohte. In letzter Minute beherrschte er sich. Das Erscheinen Le Noirs, als Präfekt zugleich Lieutenant-général de police, bewies, dass er, Nicolas, in der Polizeibehörde nicht nur Freunde hatte und der Neid stets sein Unwesen trieb. Es sei denn, was er indes nicht glaubte, die Duchesse de La Vrillière hatte keine Zeit verloren. Oder der Duc selbst ... Im Grunde war es ihm egal.

»Monseigneur«, sagte er, »ich bin hier auf Befehl des Staatssekretärs, der mich ausdrücklich mit dieser Untersuchung beauftragt hat. In dem Moment, als Ihr ungelegener Auftritt das

Verhör unterbrochen hat, war ich kurz davor, entscheidende Informationen für das Verständnis eines Falles zu bekommen, dessen nähere Umstände Ihnen alles andere als bekannt sind und für dessen Lösung allergrößte Schnelligkeit geboten ist.«

»Ihre Unverschämtheit ist bodenlos. Mit fehlen die Worte. Was erzählen Sie mir da? Wenn ich schlecht informiert bin, wer bitte ist schuld daran?«

»Schuld sind diejenigen, die sich mit der Krone und ihren Dienern anlegen. Wie viel Zeit stand mir Ihrer Meinung nach zur Verfügung zwischen einer Untersuchung, bei der es im Augenblick um drei Leichen geht, darunter zwei junge Frauen, die eine fast noch ein Kind, und die verflochten ist mit Staatsaffären, Geheimbünden, den Schandtaten der Großen und den Interessen einer feindlichen Macht? Es ist sehr unvorsichtig, aus der Ferne einem Untergebenen Anweisungen zu erteilen, der, da er alles selbst sieht, die Schwierigkeiten ahnt. Nachdem man ihm eine Mission anvertraut hat, muss man sich auf ihn verlassen und ihn nicht an der Durchführung notwendiger Maßnahmen hindern.«

»Monsieur!«

Nicolas war nicht mehr zu bremsen. »Sie sabotieren eine Untersuchung, bei der ich selbst Ziel eines Anschlags war, dem ich mit knapper Not entkommen bin«, fuhr er fort. »Wie soll ich eine solche Folge von Ereignissen nennen und wie können Sie, der Sie nicht wissen, wie sich alles abgespielt hat, mich beschuldigen, gegen Gesetze zu verstoßen, denen ich seit vierzehn Jahren unter der Autorität des verstorbenen Königs und Ihres Vorgängers, Monsieur de Sartine, diene?«

»Ich bitte Sie, leiser zu sprechen«, entgegnete Le Noir schroff. »Sie reden wirres Zeug! Wie können Sie glauben, dass man sich unter einem gutmütigen König und meiner Autorität berechtigt fühlen kann, ohne dass die Justiz sich einmischt, diese Mittel zu benutzen, von denen jeder weiß, dass sie zu Geständnissen führen, die durch nichts zu beweisen sind?«

»Sie stellen mir die Frage, statt anzuklagen, das ist gut. Ich habe diese eindrucksvolle und erschreckende Vorführung der Folterinstrumente inszeniert, gerade um sie nicht einsetzen zu müssen. Damit wollte ich die Zeugen davon abbringen zu lügen. Meine Methode hatte zum Ziel, aus der Tiefe des erschreckten Gewissens das kaum verschwiegene Geständnis und die lange zurückgehaltene Aussage hervorzulocken. Und jetzt, Monsieur, erlauben Sie mir, Ihnen zu sagen, dass Ihre Worte mich nicht überraschen, da sie von einem Mann kommen, der mir von Anfang an nichts als Ablehnung und Zurückweisung entgegengebracht und der meine treue Ergebenheit verschmäht hat.«

Nicolas wusste, dass er übertrieb, aber er musste diese Kränkung ansprechen, ansonsten würde sich niemals Vertrauen zwischen ihnen einstellen, und er würde seine Selbstachtung verlieren.

»Sie vergessen sich, Monsieur«, erwiderte Le Noir, und sein breites Gesicht färbte sich purpurrot.

»Ich sage, wie es ist. Wenn Sie mich von dieser Untersuchung abziehen möchten, befehlen Sie es. Wenn Sie wollen, dass ich die Polizei verlasse, verlangen Sie es. Wenn Ihnen daran gelegen ist, die Wahrheit zu verschleiern und diesen Fall ungelöst zu lassen, behindern Sie weiterhin die Arbeit Ihrer Ermittler. Der verletzten Loyalität ist alles gleich. Ich werde mit Seiner Majestät sprechen, der hoffte, dass ich erfolgreich sein werde, und sollte er mich nach dem Verlauf der Untersuchung fragen, werde ich ihm kurzerhand gestehen, dass er auf Befehl des Polizeipräfekten nicht mehr auf seinen Kommissar für die besonderen Fälle zählen kann. Schluss mit Commissaire Le Floch. Der Marquis de Ranreuil wird auf Hirschjagd gehen in Fontainebleau. Ich grüße Sie. Ihr Diener!«

Als Nicolas zur Tür eilte, versperrte ihm Le Noir den Ausgang. »Monsieur, warum haben Sie nicht früher so mit mir geredet? Ich werfe mir vor, Ihnen das Bild eines Chefs vermittelt zu haben, der Sie nicht schätzt«, verteidigte der Polizeipräfekt sich. »Die Fälle, mit denen Sie seit so vielen Jahren zu tun hatten, offenbarten einen Charakter, der ein irrationales Gefühl des Misstrauens in mir vergrößert hat. Jetzt fürchte ich, dass ich mich geirrt und Sie zu sehr verletzt habe. Es sei denn, Sie haben Verständnis dafür, dass die wenigen Informationen, die ich bekam, mich unsicher gemacht haben. Außerdem bin ich hinsichtlich der peinlichen Befragung getäuscht worden, was ich sehr bedauere. Sie sind ein ehrlicher Mann – wer sonst hätte es gewagt, so mit mir zu reden, wie Sie es getan haben? Mit einer solchen Herablassung … Haben Sie es übrigens jemals bei meinem Vorgänger versucht?«

»In gewisser Weise ja«, gestand Nicolas, dessen Wut sofort verflogen war, »immerhin habe ich Monsieur de Sartine einmal meine Kündigung präsentiert. Das war zu Beginn meiner Karriere, als er mich als Spielball in einer Intrige benutzte. Daraufhin bekam er von mir ein paar bittere Wahrheiten zu hören.«

»Und wie hat er es aufgenommen?«

»Die Polizeipräfekten folgen aufeinander und ähneln sich. Am Ende leistete er wie Sie Abbitte, worauf ich ihm das Gleiche antwortete wie Ihnen: ›Ich bin empfänglich für Ihre Worte, und ich bin Ihnen ergeben.‹ Die Zeit drängt, Monseigneur. Setzen Sie sich neben das Kohlenbecken dort, damit Sie sich in dieser Gruft nicht den Tod holen, und dann werde ich Sie aufklären.«

Nicolas sprach lange im tanzenden und bläulichen Licht der glühenden Kohlen. Manchmal hob Monsieur le Noir überrascht den Kopf, stellte ein paar Fragen und dachte nach.

»Monsieur, ich erkenne, dass ich Ihre geschickte Inszenierung verdorben habe. Man fängt die Vögel nicht zweimal mit der gleichen Falle. Diese Angelegenheit kann unvorhersehbare Folgen haben, die jede Vorstellungskraft übersteigen. Wissen Sie, dass Monsieur de Chambonas, Saint-Florentins Schwiegersohn, der seit Längerem meine Aufmerksamkeit erregt, einflussreiche Freunde hat? Den Duc de Villars, den Duc de Bouillon, den Comte de Noailles und andere seines Ordens arbeiten für ihn ... Seien Sie auf der Hut, der Mann verfügt über Kontakte zu Meuchelmördern, die gerne bereit sind, Schwätzer zum Schweigen zu bringen. Sollten Ihre Annahmen sich als begründet erweisen und Sie die Zielscheibe des englischen Feindes bleiben ...« Er schwieg einen Augenblick. »Monsieur, ich bin glücklich, dass dieses Missverständnis die Missstimmung zwischen uns beseitigt hat, die durch nichts gerechtfertigt war und von meiner Seite einzig der ständigen Sorge um den Dienst am König entsprang. Seien Sie versichert, dass der Polizeipräfekt Ihnen künftig voll und ganz sein Vertrauen schenkt. Darüber hinaus bitte ich Sie, mich so zu schätzen, wie Sie Monsieur de Sartine geschätzt haben.«

Nicolas verbeugte sich lächelnd. »Es wäre unangebracht, dieser Bitte nicht zu entsprechen. Es ist so, Monseigneur, dass ich meinen Platz immer bei Ihnen gesehen habe. Meine Situation ist eine ganz besondere, über die Jahre entstanden durch meine Beziehung zum verstorbenen König, durch meine Geburt und durch die besonderen Fälle, mit denen ich zu tun hatte. Ich strebe ehrlich gesagt nach nichts anderem, als mit Ihrer Hilfe wieder zum Instrument des Dienstes für den König zu werden, das einzige Anliegen, das mich beseelt und befriedigt.«

»Was beabsichtigen Sie zu tun?«

»Die Beschattungen fortzusetzen und ausgehend von den Ergebnissen, die sie uns liefern, die Schuldigen schließlich zu überführen.«

»Glauben Sie, dass der Duc de La Vrillière in diese Serie von Verbrechen verwickelt ist?«

»Ich glaube nichts, Monseigneur, verstehe hingegen Ihre berechtigte Angst bezüglich des Duc. Ich werde nichts tun, was eine dem Thron so nahestehende Person unnötig in Zweifel ziehen würde, und nichts unternehmen, ohne Sie ordnungsgemäß zu informieren. Die Entscheidung käme vermutlich dem König zu. Im Ernstfall würde die Klugheit es gebieten, die Sache nicht öffentlich zu verhandeln, da es der Würde des Staates widerspräche und somit andere Maßnahmen in Betracht gezogen werden müssten.«

»Monsieur le Commissaire, Sie sehen mich voll und ganz zufriedengestellt. Sie haben Seine Majestät erwähnt …«

»Der König ist über diesen Fall informiert und hofft auf einen raschen, erfolgreichen Abschluss der Ermittlungen. Der Marineminister ebenso. Die Anwesenheit eines englischen Spions und der Anschlag auf mich, von dem man zunächst angenommen hat, dass er dem Duc gegolten habe, all das …«

»Gut, gut. Das ist wunderbar, und wir sprechen nicht mehr darüber. Bis bald, mein lieber Commissaire.«

Le Noir zog sich zurück, seine Miene war freundlich wie nie

zuvor, und Nicolas atmete befreit durch. Es war, als wäre ihm eine große Last von der Brust genommen worden. Die notwendige große Aussprache hatte stattgefunden und mit ihrer Heftigkeit und Nachdrücklichkeit die dunklen Winkel einer hierarchischen Beziehung aufgehellt, die nur in einer Atmosphäre gegenseitigen Vertrauens gedeihen konnte. Der Rest war höfisches Weihwasser gewesen. Von nun an durfte er hoffen, dass er zumindest an dieser Front geschützt und frei in seinen Bewegungen war. Dennoch hatte das plötzliche Eindringen des Polizeipräfekten in die Folterkammer schwerwiegende Konsequenzen. Die Durchtriebensten unter den Zeugen – zu denen die Goulet eindeutig gehörte – würden sich verschließen wie Austern. Er rief Bourdeau heran, dessen Gesicht zugleich Bewunderung und Sorge ausdrückte.

»Monsieur Le Noir ist an mir vorbeigegangen, mit hochrotem Kopf zwar, aber erstaunlich heiter. Welcher Teufel hat Sie geritten und Sie in dieses brüllende, schimpfende Ungeheuer verwandelt?«

»Übertreiben Sie nicht«, mahnte Nicolas, »wir haben ein paar Worte gewechselt, und ich habe ein wenig die Stimme erhoben.«

»Ja, laut wie die Posaunen von Jericho.«

»Nichts, was gegen die Regel verstößt oder dagegen, was sich ein Untergebener von gewissem Rang seinem Vorgesetzten gegenüber herausnehmen darf.«

»Und weiter?«

»Es ist sehr gut aufgenommen worden, und ich habe Anlass zu glauben, dass es uns die Arbeit erleichtern wird. Aufrichtigkeit zahlt sich letztlich aus ... Sie wissen ja, Pierre, es besteht immer die Gefahr, dass man sich mit einer anderen Gewichtsklasse misst: der Tontopf gegen den Eisentopf. Niemand entkommt dem im Laufe eines Lebens, in dem Ungewissheit das Zeichen einer untergeordneten Position darstellt. Wenn einen in diesem entscheidenden Augenblick die Charakterstärke verlässt, wird man sie nie mehr wiederfinden, und man wird nie mehr in der Lage sein zu überzeugen. An dieser Wegkreuzung standen wir. Jetzt sind die Wolken vertrieben, schade, dass uns unsere Scharade und unser Verhör verdorben wurden.«

»Die Gouet hat sich in aller Eile aus dem Staub gemacht, in Begleitung des Concierge«, sagte Bourdeau. »Ich habe sie nicht daran gehindert, da ich Monsieur Le Noir nicht zu sehr verärgern wollte. Einzig die kleine Jeannette, die die ganze Zeit zitterte und schluchzte, hat sich nicht von der Stelle gerührt.«

»Führen Sie sie herein. Wer weiß, vielleicht wird sie uns ja helfen.«

Kurz darauf erschien zitternd das junge Mädchen und blickte sich verstört um. Nicolas fasste sie sanft am Arm und ließ sie auf einem Schemel Platz nehmen.

»Also, Jeannette, du bist nicht wie die anderen, du bist ein braves Mädchen, und wir wollen dir nichts Böses, sei ganz beruhigt. Ich will nur, dass du mir Auskunft über ein paar Details gibst, verstehst du?«

Mit kleinen, krampfartigen Zuckungen kam sie wieder zu Atem. Die verklebten Locken ihres Haares erinnerten ihn an die durchnässte Aimée d'Arranet. Er fasste sich, holte sein Taschentuch hervor und wischte ihr die Nase, wie man es mit einem Kind macht. Diese einfache Geste schien Jeannette zu entspannen, und sie deutete ein zaghaftes Lächeln an.

»Na, jetzt geht's gleich wieder besser, oder? Hör gut zu, was ich dich fragen werde. Du hast nichts mitbekommen, du hast geschlafen, du hast niemanden gesehen, du hast nichts gehört. Schön, ich glaube dir. Allerdings warst du die Freundin von Marguerite, und neulich, bevor du dich plötzlich unwohl fühltest, hättest du mir beinahe etwas gesagt.«

Sie senkte den Kopf und wirkte wieder verschlossen und weit weg.

»Deine Freundin hatte an dem Abend eine Verabredung. Mit einem Liebhaber vermutlich. Hat sie dir davon erzählt, du warst immerhin ihre Vertraute?«

Sie verdrehte anfallartig die Augen, ihr Kopf zuckte heftig hin und her. Erst als Nicolas in die Hände klatschte, benahm sie sich wieder normal.

»Beruhige dich. Gib es zu: Marguerite hat dir gesagt, dass sie eine Verabredung hatte.«

Sie sah ihn lange an, bevor sie sich zu reden entschloss. »Ja, hat sie, und dass ihr das gar nicht gefalle, sie aber leider keine andere Wahl habe.«

»Gut! Handelte es sich um ihren jungen Liebhaber? Um den, den du Aide nennst?«

»Nein, das war der Alte, der Maître d'hôtel.«

»Bist du sicher? Hast du gehört, wie sie sich mit ihm verabredet hat?«

»Natürlich nicht. Ich hab zufällig die Nachricht gesehen, dass sie abends in der Küche sein sollte.«

»Hast du sie gelesen?«

Sie schüttelte den Kopf. »Ich kann ja nicht lesen, hab die Buchstaben gesehen.«

»Gut. Und wie waren die Buchstaben?«

»So senkrechte Striche, die erkenn ich als einzige. Und alles auf einem Stück Papier, mit dem man Kerzen einwickelt.«

»Und hat Marguerite dieses Stück Papier aufgehoben?«

»Sie wollte es nicht mehr, hat es in kleine Stücke gerissen und aus dem Fenster geworfen.«

»Ich danke dir. Hast du mir womöglich noch etwas zu sagen?«

»Nein, Monsieur.«

»Du kannst gehen. Willst du, dass eine Kutsche dich zurückbringt?«

»Lieber nicht, ich würd mich zu sehr schämen.«

»Wie du willst. Erzähl niemandem von unserem Gespräch, es geht um deine Sicherheit. Vergiss das nicht.«

Während sie ging, blickte sie immer wieder verängstigt hinter sich, als fürchtete sie, zurückgerufen zu werden.

Der Kommissar wirkte zufrieden. »Ich fange an zu glauben, dass wir vorankommen.«

»Ein schönes Jagdtableau, in der Tat«, sagte Bourdeau. »Und eine Premiere das mit dem Polizeipräfekt. Ach, übrigens, ich wusste gar nicht, dass Sie neuerdings Ihren Adelstitel in Anspruch nehmen.«

»Das war ein spontaner Einfall, sozusagen das Tüpfelchen auf dem i meiner Redekunst. Ich glaube, Monsieur Le Noir ist empfänglich für Titel, je höher, desto besser. Um auf unseren Fall zurückzukommen, fassen wir noch einmal zusammen. Die Leiche aus der Droschke ist mit Sicherheit nicht Eudes Duchamplan. Er hat keinen Selbstmord begangen. Wahrscheinlich handelt es sich um den Gärtner Vitry, den ehemaligen Verlobten von Marguerite Pindron.«

»Das ist eine Information, die uns nicht weiterbringt«, wandte der Inspektor ein.

»Gewiss, immerhin verengt sich der Radius unserer Ermittlungen dadurch. Wie sieht es mit den geheimnisvollen Nächten des Duc de La Vrillière aus, wohin führen ihn seine Ausflüge? Welche Ergebnisse liefert die Überwachung von Chambonas' Haus? Dort laufen, da bin ich mir sicher, die Fäden zusammen. Und wo befindet sich das zweite Mädchen aus Brüssel?«

Bourdeau sah Nicolas überrascht an. »Welches zweite Mädchen?«

»Habe ich diesen Punkt Ihnen gegenüber nicht erwähnt?«, fragte Nicolas, als er den Gesichtsausdruck des Inspektors bemerkte. »Die Kleidung und das Aussehen der Leiche, die beim Siedekessel auf der Île des Cygnes gefunden wurde, haben mich an einen Fall erinnert, auf den Monsieur Le Noir mich kürzlich angesetzt hat. Es ging um das Verschwinden zweier Mädchen aus Brüssel, die offensichtlich ein Abenteuer in Paris suchten. Sie stammten aus gutem Haus. Das Opfer ist eines von ihnen, und ich nehme an, dass wir für ihre Schwester ähnlich Schlimmes befürchten müssen. Es gibt noch eine Chance für sie, nämlich wenn sie noch eine Weile gefangen gehalten wird und ... Denken wir lieber nicht daran. Dennoch dürfte es letztlich eine Frage der Zeit sein. Meinem Gespräch mit Monsieur Le Noir entnehme ich, dass der Marquis de Chambonas protegiert wird und es daher kaum möglich ist, sein Haus zu durchsuchen. Überdies scheint es wahrscheinlich, dass er Vorsichtmaßnahmen ergriffen und andere Treffpunkte für seine abendlichen Zusammenkünfte gewählt hat.«

»Ich bin ganz Ihrer Meinung. Mit anderen Worten: Wir sind auf unsere Spitzel, unsere Beschattungen und alle Mittel einer gut funktionierenden Polizei angewiesen.«

»Und wir müssen, schlimmer noch, abwarten, bis erneut irgendetwas geschieht. Anschließend werden wir die Hydra verfolgen, treuer Iolaos, mein Gefährte und Wagenlenker.«

»Die vielköpfige Hydra.«

»Ja, mit Sicherheit. Mein nächster Schritt wird aus diesem Grund erst mal sein, Monsieur de Saint-Florentin aufzusuchen und mir endlich Gewissheit über ihn zu verschaffen.«

»Ist das wirklich klug?«

»Ich riskiere ja nichts. Er weiß von meinem Verdacht. Meine Fragen in Versailles nach seiner silbernen Hand haben bestimmt jeden Zweifel zerstreut, den er noch gehabt hat. Entweder ist er schuldig, nun ja, dann sind extreme Reaktionen die Folge, oder er ist unschuldig, dann muss er uns weitere Nachforschungen erlauben, damit wir das zweifelsfrei beweisen können.«

Seltsam befreit, verließ Nicolas das Châtelet. Etwas war verschwunden, das seit dem Tod von Ludwig XV. auf ihm gelastet hatte: eine Art ständig wiederkehrende Scham und Trauer, die dazu führten, dass er sich schuldig fühlte für etwas, das er nicht begangen hatte. Bin ins Innerste verletzt durch das Gefühl betrogener Loyalität und verschmähten Vertrauens.

Die Erbitterung, die seine harsche Abrechnung mit Monsieur Le Noir befeuert hatte, rührte vermutlich von diesem berechtigten Groll her. Der Polizeipräfekt schien seinen Schmerz verstanden zu haben, und die Art, wie er seine durchaus übertriebenen

Worte aufgenommen hatte, rehabilitierte in seinen Augen einen Mann, der bis dahin mit Wertschätzung ihm gegenüber sehr gegeizt hatte. Nicolas hoffte, sich nicht zu irren – zu groß war sein Wunsch, an die einstige Ergebenheit und Treue anknüpfen zu können.

Seine Schritte führten ihn ans Ufer des Flusses, und er beschloss, sich von der Wahl seines Unterbewusstseins leiten zu lassen. Mit unbeschwertem Geist und aufmerksamem Blick genoss er das Treiben auf den Straßen. Am Quai de la Mégisserie fielen ihm einige Werber auf, die junge, arglos aussehende Burschen verfolgten. Mädchen, das Spiel, Alkohol und Schlemmergelage leisteten als Köder gute Dienste. Weiter entfernt zündete eine Frau ihr Stövchen an und räucherte die Passanten ein. Der Geruch, der ihm beim Vorbeigehen in die Nase stieg, ließ ihn vermuten, dass sie, um ihre Beignets auszubacken, statt guten Öls oder Schmalz gebrauchtes Schmieröl verwendete, das sie vermutlich den Kutschern klaute, die damit die Räder der Karossen einfetteten. Ein stämmiger Tagelöhner mit schwarzer Körperbehaarung und O-Beinen verschlang eine dieser glühend heißen und klebrigen Köstlichkeiten. In der Kolonnade des Louvre betrachtete er den Altkleidermarkt. Eine mittellose Bevölkerungsschicht frequentierte diesen Ort, wo alte, zerlumpte Kleidungsstücke wie armselige Gehängte an Schnüren im Wind schaukelten. Die Polizei zerstreute die Menge gelegentlich aus hygienischen Gründen, da hier schließlich auch die Lumpen von an Schwindsucht, Geschlechtskrankheiten oder anderen Infektionen Gestorbenen verhökert wurden und das Risiko einer Epidemie vergrößerten.

Am Eingang des Hôtel Saint-Florentin nannte Nicolas dem

Concierge seinen Namen und stieg die große Treppe hinauf, wo er prompt der Duchesse begegnete, die seinen Gruß mit einem erschrockenen Blick erwiderte. Sie schien geweint zu haben und schickte sich an, das Haus zu verlassen, gehüllt in einen weiten grauen, schwarz gefütterten Umhang und mit einem grauen Kaleschenhut auf dem Kopf. Er war bereits an ihr vorbei, als er hinter sich Gemurmel hörte. Madame war stehen geblieben und sah ihn flehend an.

»Monsieur le Marquis ...«

Noch eine, dachte er. Offenbar glaubten alle, ihn für sich einzunehmen, wenn sie ihn mit seinem Titel ansprachen. Sogleich rief er sich zur Ordnung: Hatte er nicht Monsieur Le Noir gegenüber die gleiche Strategie benutzt?

»Meine Schwägerin und Cousine, Madame de Maurepas, schätzt Sie sehr, wie sie mir sagte«, begann sie zögernd. »Darf ich eine Bitte äußern?«

»Madame, ich bin Ihr Diener.«

»Helfen Sie dem Duc. Auf mich hört er nicht. Er hat übrigens nie auf mich gehört.«

»Sie werden ihm helfen, indem Sie mir helfen. Ich bin überzeugt, dass Sie über diese Angelegenheit mehr wissen, als Sie bisher zuzugeben bereit waren.«

Sie drehte an einem Band ihres Hutes. »Ich kann Ihnen nichts sagen. Man darf nichts anderes tun ...«

»Was tun? Madame, ich beschwöre Sie.«

»Retten Sie ihn, Monsieur.«

Die Duchesse drehte sich mit einer Bewegung um und flog mehr, als dass sie ging, die Stufen hinunter.

Er hatte also recht damit, dachte Nicolas, unbedingt mit dem

Duc sprechen zu wollen, und wandte sich an den Kammerdiener, der seine Überraschung nicht verhehlte und sich zunächst weigerte, ihn seinem Herrn zu melden, der angeblich nicht gestört werden wollte. Nicolas schob ihn energisch beiseite und ging weiter zum Arbeitszimmer des Hausherrn, in dem dieses ganze Abenteuer begonnen hatte. Ohne eine Antwort auf sein Klopfen abzuwarten, trat er ein. Monsieur de Saint-Florentin saß zusammengesackt in einem Sessel am Kamin. In Hose und Hemd, mit offener Krawatte, über den Schultern ein dickes, bunt gemustertes Tuch, dessen Zipfel er über der Brust zusammenhielt. Sein kahler Schädel glänzte im Schein der Flammen. Er bot den erbärmlichen Anblick eines kranken und gebrochenen alten Mannes, mit dem man Mitleid empfinden musste.

»Was denn, was denn«, murmelte er. »Warum stört man mich, wer hat Ihnen das gestattet?«

Da er seinen Besucher nicht erkannt hatte, beugte sich Nicolas zu ihm hinab. »Es eilt, Monseigneur. Was ich Ihnen zu sagen habe, duldet keinen Aufschub.«

»Ich bin müde.«

Ohne auf seinen Einwand zu achten, gab er ihm einen vollständigen Bericht über den Stand seiner Untersuchungen, ließ nicht das geringste Detail aus. Selbst die nicht, die ihn in Verdacht brachten. Darüber hinaus trug er verschiedene Hypothesen vor, kommentierte sie und stellte hin und wieder Fragen, die zumeist unbeantwortet blieben. Vorsichtshalber verzichtete er darauf, die konkreten Maßnahmen zu erwähnen, die er und seine Leute ergriffen hatten, um die Hintermänner zu entdecken. Stattdessen mahnte er noch einmal, dass es wirklich und wahrhaftig genug sei, wenn vier Menschen, die gar nicht involviert seien in die komplizierten Verstrickungen, unschuldig als Mittel zum Zweck ihr Leben lassen müssten. Zum Schluss erinnerte er ihn daran, dass der neue König den dringenden Wunsch habe, dieses Drama aufgeklärt zu sehen, und wie beunruhigend er es finde, wenn ein ausländischer Spion in einen Kriminalfall verstrickt sei, in dem so viele berühmte Namen eine Rolle spielten.

Sein Gesprächspartner ließ niedergeschlagen den Kopf auf die Brust sinken. »Leider, leider kann und will ich Ihnen nichts sagen. Der verstorbene König mochte Sie und schenkte Ihnen sein volles Vertrauen. Wenn ich jemandem ein Geheimnis anvertrauen müsste, wären Sie es, den ich seit Jahren kenne und schätze. Doch wie können Sie diesen gemeinen Verleumdern glauben und auf ihre blutigen Machenschaften hereinfallen? Ich maße mir nicht an, ein Heiliger zu sein, trotzdem geht es zu weit, mich mit diesen furchtbaren Verbrechen in Verbindung zu bringen. Ich habe nichts, das schwöre ich Ihnen, mit diesen Gräueltaten zu tun. Können Sie mir glauben, Monsieur le Commissaire Le Floch – Sie, den der verstorbene König für den reinsten seiner Diener hielt?«

»Monseigneur, es genügt, wenn Sie mir wenigstens eines sagen: Wo waren Sie zum Zeitpunkt besagter Verbrechen? Das ist eine einfache Frage, und ein Wort von Ihnen genügt.«

Als der Duc ihm das Gesicht zuwandte, sah er zu seiner Verblüffung Tränen rinnen.

»Das werde ich Ihnen nicht sagen, selbst wenn ich den hundertfachen Preis für mein Schweigen bezahlen müsste. Monsieur de Chambonas … Nichts kann mich zwingen zu enthüllen, was ich für mich zu behalten wünsche.« Er stieß einen abgrundtiefen Seufzer aus. »Das ist der einzige Teil von mir, der mir sehr wichtig ist, abgesehen von meiner Treue zum verstorbenen König ... Lassen Sie mich bitte allein.«

Eine Sänfte brachte Nicolas ins Châtelet zurück, wo ein langes Warten begann. Erneut brachte er seine Notizen auf den neuesten Stand und versuchte, keines der Details zu vergessen. Nicht ganz einfach, denn mittlerweile hatte er so viel Material angehäuft, dass die schiere Masse ihn überforderte und es ihm schwerfiel, alles in einen Zusammenhang zu bringen. Insofern war er froh, als der alte Père Marie ihm anbot, sein Mittagessen mit ihm zu teilen, ein Ragout aus Kuheutern, das beim einfachen Volk als billiges Essen sehr beliebt war. Dazu gab es einen leichten sauren Wein, der Nicolas so müde machte, dass er, den Kopf auf dem Tisch zwischen seinen Armen, einschlief. Die Aufregungen des Vormittags forderten ihren Tribut, dazu die Fahrten kreuz und quer durch Paris während der vergangenen Woche.

Um fünf Uhr nachmittags tauchten Bourdeau und Rabouine auf und weckten ihn aus einem merkwürdigen Traum. Er hatte einen Unbekannten gesehen, der einen Automaten wie diejenigen von Vaucanson in Gang setzte und dessen rechter Arm in einer Silberhand endete, mit der er einer anderen Puppe die Kehle durchschnitt. Einer Puppe mit dem Gesicht der Königin.

»Es gibt Neuigkeiten«, holte Bourdeau ihn in die Realität zurück, »und nicht einfach irgendwelche, sondern an allen Fronten.«

»Was langsam Zeit wurde.« Nicolas war schlagartig hellwach. »Langsam begann ich zu verzweifeln.«

»Ich hoffe, Sie sind nicht enttäuscht. Wir haben zwei Informationen bekommen, die uns, wie ich glaube, Stoff zum Nachdenken geben und uns weiterbringen sollten.«

»Spannen Sie mich nicht länger auf die Folter. Nach dem Schlaf kann ich ein bisschen Anregung gebrauchen. Ich höre.«

»Also: Rabouine, der trotz seiner schlaksigen Statur ein ganz hübscher Junge ist, verbindet manchmal das Nützliche mit dem Angenehmen. Die Demoiselle Madeleine Josse, bekannter unter ihrem Künstlernamen La Roussillon, eine reizvolle Brünette mit einem hübschen Gesicht, hat ein Faible für unseren Spitzel, den sie ständig neckt und den sie gern, sofern er einverstanden wäre, zu ihrem Liebhaber machen würde.«

Rabouine errötete und senkte den Kopf.

»Kurz gesagt«, fuhr Bourdeau fort, »ist sie zudem eine unverbesserliche Klatschbase, die nichts von dem, was sie entdeckt, verschweigen und für sich behalten kann, und eins führt zum anderen. Na ja, und wie sie so erzählt, empört sich das Gewissen ihres Informanten immer mehr über das, was bei den Orgien passiert, die organisiert werden von … Na, raten Sie mal, von wem?«

»Dem Marquis de Chambonas?«

»Nein. Von einem Galan, den sie Rabouine beschrieben hat. Er wird jetzt weitererzählen.«

»Die Beschreibung könnte dem Steckbrief von Anselm Vitry entsprechen, im Licht dessen, was Sie entdeckt haben, handelt es sich aber eher um Eudes Duchamplan.«

»Und aus welchen Gründen sträubt sich dieses Mädchen, an Abenden teilzunehmen, die Teil ihrer üblichen Tätigkeit sind?«

»Als anständige Frau, die sie zu sein behauptet, erträgt sie manche der schändlichen Dinge, die dort begangen werden, nicht mehr. Außerdem hat eine ihrer Gefährtinnen aus dem Kreis der Freudenmädchen sich dort eine furchtbare Krankheit eingefangen, die man sich nicht im Kloster oder im Zölibat holt. Sie will sich nicht mehr zu solch schmutzigen Ausschweifungen hergeben. Heute Nacht ist La Roussillon wieder eingeladen.«

»Alles schön und gut«, sagte Nicolas, »nennen Sie mir ein paar wohlbegründete Argumente, damit wir uns in diese Sache einschleichen können. Wo, wann, wie?«

»Ich muss Ihnen gestehen, Monsieur Nicolas«, warf Rabouine ein, »dass sie mir einige geheime Schlüssel zum Aufbewahren gegeben hat für den Fall, dass ihr etwas Schlimmes passieren sollte. Um in gewisser Weise auf Nummer sicher zu gehen.«

»Ja, ich verstehe. Und weiter?«

»Eine bestellte Kutsche wird sie heute Abend um zehn an der Ecke der Rue des Vieilles Tuileries und der Passage du Manège abholen. Den Ort des Treffens kennt sie nicht. Bei den letzten Malen handelte es sich um Privathäuser und Verstecke in den unterirdischen Steinbrüchen. Außerdem hat sie bemerkt, dass sie nicht automatisch jedes Mal eingeladen wird.«

»Und wie kommt es, dass sie ungeachtet ihrer Vorbehalte akzeptiert hat hinzugehen?«

»Ich habe sie überredet.«

»Womit?«, hakte Bourdeau nach.

»Indem ich ihr unseren Schutz und unsere Unterstützung versprochen habe. Sie war so klug, sich eine kleine Rücklage zu schaffen, und will nach Bordeaux zurückgehen, wo sie herkommt, um sich dort eine anständige Beschäftigung zu suchen.«

»Gut«, sagte Nicolas nachdenklich, »das ist möglich. Gibt es sonst noch etwas, das uns helfen könnte?«

»Ja! Diejenigen, die zu dieser Soiree eingeladen sind, müssen eine Maske tragen und ein in der Mitte halb zerrissenes Herz-Ass vorzeigen. Auf diese Weise könnte sich dort einer von uns Zutritt verschaffen.«

Nicolas nahm ein Blatt Papier und begann zu schreiben, während er weitersprach.

»Rufen Sie unsere Leute zusammen. Verständigen Sie die Gardes-françaises und die Nachtwache. Postieren Sie Männer im Viertel rund um das Observatorium und Spitzel, die jede ungewöhnliche Kutschenbewegung registrieren. Ich bezweifle, dass die Überwachung einfach sein wird. Es ist wahrscheinlich, dass diese Leute nicht den offiziellen Eingang benutzen, und ich weiß, dass zahlreiche Privathäuser in den Kellern über spezielle Zugänge verfügen, das ist unser Pech. Darüber hinaus brauchen wir mehr Leute als gewöhnlich in Montparnasse und einige in der unmittelbaren Umgebung des Hôtel Saint-Florentin. Diesmal dürfen wir den Duc auf keinen Fall aus den Augen verlieren, nachdem er aus der Kutsche gestiegen ist. Ich will das Ziel seiner nächtlichen Ausflüge wissen, deren Gründe er so hartnäckig verschweigt. Zudem sollen zusätzliche Wagen und ein gutes Pferd für mich am Châtelet bereitgehalten werden. Kein nervöses, tänzelndes Tier wie letztes Mal, mit dem ich auffalle.«

»Beabsichtigen Sie etwa, sich persönlich einzuschalten?«, fragte Bourdeau beunruhigt.

»Das beabsichtige ich in der Tat.«

»Das ist Wahnsinn! Erlauben Sie zumindest, dass ich Sie begleite.«

»Kommt nicht infrage, mein lieber Pierre. Sie werden im Châtelet bleiben und die Seele der Operation sein. Sie dort zu wissen wird für mich eine Beruhigung sein und mir die Gewissheit geben, dass alles nach meinen Wünschen verläuft.«

»Weil Sie sich, wenn ich Sie richtig verstehe, heimlich dort einschleichen wollen, wohin die Roussillon uns führt? Sie werden auf der Stelle erkannt. Mit Konsequenzen … Sie sind einfach zu bekannt.«

»Ein schlechtes Argument. Ich werde eine Maske tragen und bewaffnet sein. Man soll mir ein Herz-Ass und einen weiten Umhang mit einem Kragen besorgen. Dann kann ich einen alten Lustgreis spielen, der sich mit einer blonden Perücke, Bleiweiß und viel Rouge jünger macht.«

»Schön, ich eile, um die Vorbereitungen zu organisieren, obwohl ich Ihre Unvorsichtigkeit missbillige. Wo werden Sie die Dinge in die Hand nehmen?«

»In der Rue des Tuileries, versteht sich, dort, wo die Roussillon verabredet ist. Ansonsten ist die Gelegenheit verpasst. Also das Pferd für mich und ein zweiter Reiter, der mir in einem gewissen Abstand folgt und am Zielort mein Pferd übernimmt. Ein dritter Reiter für alle Fälle, der bereitsteht, um Botschaften zu überbringen oder Hilfe zu leisten. Er wird den Auftrag erhalten …«

»Der zweite Reiter«, unterbrach Bourdeau ihn energisch, »werde ich sein, ob es Ihnen gefällt oder nicht.«

»Auf keinen Fall!«

»Im Gegenteil, das ist von entscheidender Wichtigkeit, und ich wende mich an Sie als einem vernünftigen Mann. Bedenken Sie die Zeit, die nötig ist, mich über Ihr Ziel zu informieren, und das anschließende Hin und Her.«

Nicolas musterte den Inspektor nachdenklich. »Schön, ich

ergebe mich. Es braucht in der Tat mindestens eine Dreiviertel-stunde, um den Ort der Operation zu umstellen.«

Nicolas hatte nicht aufgehört zu schreiben, während er sprach, faltete das Blatt jetzt und reichte es, ohne es zu versiegeln, Rabouine mit der Bitte, es unverzüglich zum Polizeipräfekten in der Rue Neuve-Saint-Augustin zu bringen.

Der Tag endete mit Vorbereitungen und dem Durchspielen der verschiedenen Möglichkeiten, die sich aus der Situation ergeben konnten. Monsieur Le Noir hatte sich beeilt, Nicolas zu antwor-ten, und ihm freie Hand gegeben. Darüber hinaus war Nicolas erfreut, dass die Nachricht mit einem herzlichen Wort endete, das der Sorge des Polizeipräfekten Ausdruck gab, er solle sich bei diesem Abenteuer nicht zu sehr in Gefahr begeben. Um acht Uhr war alles vorbereitet, und Nicolas erschien vor den erstau-nen Blicken Bourdeaus und Rabouines als alter, gebeugter Beau, geschminkt à la Richelieu und mit einer rotblonden Perücke auf dem Kopf. In der Hand hielt er ein zerrissenes Herz-Ass.

Dann ging alles seinen Gang. Nicolas postierte sich mit sei-nem Pferd in einer Toreinfahrt, etwas abseits vom Treffpunkt. Die Straße war menschenleer und wenig beleuchtet, weil bei Neumond eine eingeschränkte Straßenbeleuchtung vorgeschrie-ben war. Kurz vor zehn erschien eine Gestalt, die Roussillon dem Anschein nach. Sie ging die Straße entlang wie ein Soldat bei einer Parade, eine Feder als Schmuck in ihrer aufgetürmten Frisur, hatte eine Maske vor dem Gesicht und trug ein Kleid à la polonaise, dessen Schnitt ihre Taille betonte. Ein paar Minuten nach zehn tauchte eine gewöhnliche Kutsche auf und hielt an. Die junge Prostituierte näherte sich ihr und wechselte ein paar

Worte, bevor sie ihre Röcke raffte und einstieg. Nicolas wartete einen Augenblick und ritt erst los, als die Droschke fast die Rue du Cherche-Midi erreicht hatte. Hinter sich hörte er in gehörigem Abstand Bourdeau und den dritten Reiter.

Welcher Apokalpyse ritten sie wohl entgegen?

XIII

Fallen

Schweigen Sie! Sagt man diese Dinge?

Antoine de Rivarol

Die Karawane nahm die Rue du Four, gelangte zur Place Saint-André-des-Arts und durch die Rue de la Huchette zum Port au Tuiles. Der Wagen passierte die Tournelles. Die Kutsche fuhr jetzt langsamer, bog plötzlich zu den Uferböschungen ab und hielt ein paar Meter davor. Nicolas sah, wie die Roussillon ausstieg und mit zögernden Schritten durch den Schlamm zum Fluss ging, der aufziehende Nebel schien sie zu verschlingen.

Für einen Moment gaben die Nebelschwaden den Blick frei auf zwei umgebaute Lastkähne, die durch ein Portal in der Mitte miteinander verbunden waren.

Eine brennende Laterne zeigte den Eingang an. Das Mädchen verschwand im Innern.

Versteckt hinter einem Holzstapel, blickte Nicolas im Licht seines Feuerzeugs auf die Uhr. Es war zehn Uhr dreißig vorbei.

Kurz darauf sah er, wie Bourdeau sich zu Fuß näherte, den Zügel seines Pferdes ums Handgelenk geschlungen.

»Das ist also der Ort«, flüsterte er.

»Außerhalb der Stadtmauern und damit nicht kontrolliert«, ergänzte Nicolas.

»Wir werden unseren Plan auf jeden Fall durchführen, oder?«

»Ja, nur gehen Sie zu unserem Kurier, er soll seinem Pferd die Sporen geben und Rabouine im Châtelet Bescheid geben. Klarmachen zum Gefecht. In einer Dreiviertelstunde, das heißt ...« Erneut blickte er auf seine Uhr. »Um elf Uhr zwanzig müssen alle an ihrem Platz sein. Und Boote sollen sich geräuschlos von der Île Saint-Louis aus nähern. Am Quai d'Orléans sind immer welche vertäut, man darf den Fluss als möglichen Fluchtweg nicht außer Acht lassen. Ich möchte, dass die Falle sich vollständig schließt. Beeilen Sie sich, Pierre, und kommen Sie so rasch wie möglich wieder zu mir in dieses Versteck. Es werden mit Sicherheit weitere interessante Gäste eintreffen.«

Nachdem er sich vergewissert hatte, dass der Weg frei war, zog Bourdeau los, kehrte allerdings bald zurück. Dann begann das Warten. Angespannt beobachteten sie die Teilnehmer der Soiree, die nacheinander eintrafen. Nicolas konnte seine Ungeduld nicht verhehlen. Endlich tauchte Rabouine auf und berichtete, dass der Plan in allen Details befolgt werde, dass alle an ihrem Platz seien und sechzig Mann das Vergnügungsschiff großräumig umstellt hätten. Teils vom Ufer, teils vom Fluss aus mit Booten, die im Nebel patrouillierten, was ihnen erlaubte, sich den Kähnen so weit wie möglich zu nähern. Man konnte es betreten, aber nicht verlassen.

Für Nicolas war der Augenblick gekommen, das schwimmende Bordell zu betreten. Er rückte seinen Dreispitz zurecht und tastete nach der Taschenpistole, die in einem der Flügel seines Hutes versteckt war. Dieses Geschenk seines Inspektors hatte ihm mittlerweile mehr als einmal aus der Patsche geholfen.

Er vergewisserte sich schnell, dass er seinen Degen nicht vergessen hatte, drückte Bourdeau und Rabouine die Hand und begab sich mit festem Schritt zum Anlegesteg, an dessen Ende eine Art Pult aufgebaut war, an dem er von einem Diener empfangen wurde, der wortlos sein zerrissenes Herz-Ass überprüfte. Nach wie vor stumm, deutete er auf seinen Hut, seinen Umhang und seinen Degen. Nicolas zögerte einen kurzen Augenblick, legte seinen Degen auf das Pult, nahm umständlich seinen Dreispitz ab, hakte seinen Umhang auf und schaffte es, die Pistole in die Tasche seines Anzugs gleiten zu lassen.

Durch eine Eingangshalle gelangte man zu zwei symmetrischen Treppen, die nach unten in einen Saal führten, aus dem die bei einem Fest üblichen Geräusche drangen. Dort angekommen, entdeckte er eine Menge maskierter Leute, die tranken. Die hölzernen Wände waren verhüllt von rosa Taft, verziert mit Silberborten. Überall brannten Kerzen, die ein schmeichelndes Licht verbreiteten. In einer Ecke entdeckte Nicolas eine kleine Bühne.

Zwei junge Leute, ein Mädchen und ein Junge, stellten sich mit obszönen Sprüchen zur Schau. Jeder Satz war mit Zweideutigkeiten, vulgären Scherzen und einer tiefen Verdorbenheit gespickt, die von ihren Gesten und Bewegungen noch verstärkt wurde. Nach und nach veränderte sich die Atmosphäre. Die Blicke hinter den Masken wurden lüsterner, die Provokationen direkter. Paare bildeten sich und manchmal Gruppen, die sich zu den Badekabinen auf den Weg machten, die eine besondere Attraktion dieses Schiffes darstellten. Nicolas hielt nach der Roussillon, ihrem Lockvogel, Ausschau und war froh, als er sie entdeckte. Sie wirkte beunruhigt, war ständig in Bewegung und lehnte alle Einladungen ab. Er näherte sich ihr und flüsterte ihr ins Ohr, dass Rabouine ihn schicke und dass er mit ihr reden müsse. Vielleicht in einer Kabine, um sich den Blicken der Neugierigen zu entziehen. So würden alle glauben, sie hätten sich gefunden, um zur Sache zu kommen.

Nach mehreren missglückten Versuchen, die Schreie und Proteste auslösten, fanden sie schlussendlich eine freie Kabine. Im Innern gab es eine Badewanne aus Kupfer, eine Bank, ein Tischchen, auf dem eine Flasche in einem Kühler wartete, eine Toilette und eine Chaiselongue. Nicolas fiel ein merkwürdiges Utensil auf, das er schon einmal bei einer Schauspielerin gesehen hatte. Es handelte sich um eine Art Waschschüssel auf einem Holzfuß, der mit Maroquin überzogen war und auf dem sich außer der Schüssel ein Schwamm und zwei Glasfläschchen befanden. Er erinnerte sich, dass dieses Utensil Bidet genannt wurde und dass sein Freund Semacgus, der gern frivole Bemerkungen machte, es »Schenkelbecken« genannt hatte.

Kaum waren sie eingetreten, brachte ein in blauen Drillich gekleideter Diener ihnen Handtücher, Bergamotteseife und Pantoffeln. Er kam noch ein paarmal und leerte Kannen mit heißem Wasser in die Wanne. Als er damit fertig war, fragte er Nicolas mit unangenehm anzüglicher Miene, ob sie seine Dienste in Anspruch nehmen wollten, die Demoiselle und er. Er machte keinen Hehl aus seiner Enttäuschung, als er mit dem üblichen Trinkgeld fortgeschickt wurde.

»Das ist einer der Lustknaben, die sich der Laster der einen und der Impotenz und Ermüdungserscheinungen der anderen annehmen«, klärte ihn die Roussillon auf.

»Sie sollen wissen, Mademoiselle«, sagte Nicolas, »dass wir Ihre Hilfe nicht vergessen und dass Rabouine sie uns, falls doch, schleunigst in Erinnerung rufen würde. Ich werde nicht in dieser Kabine bleiben. Mein Ziel ist es, wie Sie sich denken können, dafür zu sorgen, dass der Organisator nicht erneut tödlichen Schaden anrichtet. Er hält ein Mädchen fest, dessen Schwester bereits umgebracht wurde. Ich muss ihn finden. Sie sind eine patente junge Frau, und ich bin sicher, dass Sie mir helfen werden. Was meinen Sie, wo befindet er sich?«

»Ich werde tun, Monsieur, was Sie wünschen. Ich bitte Sie dafür um Ihren Schutz, da ich viel riskiere bei diesem Unternehmen. Wir befinden uns auf der linken Seite des Ganges. Die Separees auf der rechten Seite sind für die bekannten Kunden reserviert. Ich habe Anlass zu der Vermutung, dass sich dort die Geheimnisse abspielen, nach denen Sie suchen und bei denen nicht jeder zugelassen ist.«

Nicolas versuchte mit geschlossenen Augen, sich einen vernünftigen Plan zu überlegen. »Wir werden so tun, als gehörten wir zum Kreis der Auserwählten …«

»Es wäre mir ein Vergnügen gewesen mit Ihnen, Monsieur«, sagte sie mit einem angedeuteten Knicks.

»Ich mag Rabouine zu sehr, um ihm das anzutun«, sagte Nicolas lachend. »Wir blockieren die Tür mit der Bank für den Fall, dass man die Echtheit unserer Liebesspiele nachprüfen will, und dann werde ich durch das Fenster verschwinden und mich zum Heck des Schiffes begeben. Wie viele Zimmer gibt es auf jeder Seite?«

»Fünf oder sechs. Sie haben nicht alle Badewannen. Es gibt ebenfalls welche mit Schwitzkästen.«

»Schätzungsweise laufen Planken um den Schiffsaufbau herum, oder?«

»Der Rand ist allerdings sehr schmal und schwer begehbar, vor allem bei hohem Wasserstand wie derzeit, wenn das Schiff ständig schwankt.«

»Gut. Während ich mich bemühe, aufs Heck zu gelangen, machen Sie die Geräusche, die nötig sind, um diejenigen, die uns ausspionieren könnten, zu überzeugen, dass wir mitten im Liebesspiel sind.«

Die Roussillon lächelte, die Aussicht schien sie zu amüsieren. Als Nicolas das Fenster öffnete, ließ eine kalte, feuchte Bö die Flammen der Kerzen flackern. Das Holz des Fenstersimses war nass, sodass er beinahe ausgerutscht und gefallen wäre. Sobald er draußen war, nahm er ein Plantschen im Wasser und lustvolles Stöhnen wahr. Er konnte sich auf die Roussillon verlassen. Vorsichtig tastete er sich voran und versuchte, nicht an die dunklen, kalten Fluten zu denken, die ein paar Meter weiter unten gegen das Schiff schlugen. In der Mitte angekommen, erwartete ihn eine böse Überraschung: ein mit Spitzen versehenes Eisengitter versperrte den Weg, auf beiden Seiten geschützt durch geschliffene gusseiserne Rossharnische. Nicolas dachte so angestrengt nach, dass ihm trotz der Kälte der Schweiß ausbrach.

Was nun? Umkehren käme einer Kapitulation gleich, und wenn er eines der Boote rief, die unsichtbar in den dichten Nebelschwaden trieben, riskierte er die Aufmerksamkeit der Wachen auf dem Schiff zu erregen. Im Laufe seiner Karriere hatte er sich häufig in gefährlichen Situationen befunden und immer einen Ausweg gefunden. Sein erfinderischer Geist spielte auch jetzt mit Lösungen, von denen eine utopischer als die andere war, bis ein Missgeschick ihm einen Geistesblitz bescherte. Als er mit dem Anzug an einer der Spitzen des Gitters hängen blieb, durchzuckte ihn eine Idee: Er würde die Anzugjacke ausziehen und sie als eine Art Seil benutzen, das ihm erlaubte, sich von außen um das Gitter herumzuschwingen. Sofort begann er, die Taschen zu leeren und ihren Inhalt in einer Innentasche seiner Hose zu verstauen, die ihm normalerweise als sicheres Versteck für Dokumente oder Münzen diente.

Dann stellte er sich auf die Zehenspitzen und band den Kragen der Jacke an den Spitzen des Gitters fest, darauf hoffend, dass die Nähte der Lehrlinge von Maître Vachon, seinem Schneider, der extremen Spannung standhielten. Probeweise zog er heftig an dem Ganzen. Jetzt musste er präzise seinen Anlauf abschätzen, denn jeder Irrtum wäre fatal und er würde unweigerlich aufgespießt. Er trat ganz an den Rand, spannte die Notleine, drückte sich mit dem rechten Fuß kräftig von der Wand des Schiffsaufbaus ab und schwang sich ins Leere, flog durch die Luft und drehte sich dabei so, dass er auf die andere Seite des Gitters gelangte. Dort legte er eine harte Landung hin und prallte mit dem Kopf gegen die Schiffswand. Benommen kippte er nach hinten und rutschte auf dem nassen Holz in Richtung Rand, konnte sich zum Glück festhalten und sein Gleichgewicht wiederfinden. Mit baumelnden Beinen und außer Atem saß er auf den schmalen Planken. Mit einem Mal spürte er, wie sich eine warme Flüssigkeit auf seinem Bauch ausbreitete, begleitet von einem stechenden Schmerz. Die schwachen Lichter hinter den Fenstern reichten nicht aus, um etwas zu erkennen. Deshalb tastete er mit der Hand unter sein Hemd und führte sie dann zum Mund: Es handelte sich tatsächlich um Blut. Offenbar hatte er beim Flug eine Klinge der Hellebarden gestreift. Er nahm seine Krawatte ab und band sie sich wie einen Verband um seinen Bauch, um die Blutung zu stillen, wartete noch ein paar Minuten, bis sein Atem sich beruhigte, und dann wurde es ernst.

Nicolas war bereit, sich auf die Suche nach dem geheimnisvollen Organisator des Abends zu machen. Hoffentlich kalkulierte er richtig, und der Mann befand sich in einer der Kabinen hier auf der dem Fluss zugewandten Seite, die vom Ufer aus nicht einzusehen war. Vorsichtig schlich er weiter, immer in Angst, unversehens ins Wasser zu rutschen. Die erste Kabine, ein Schwitzbad, war leer. In der zweiten trieben es zwei Paare in gewagten Stellungen, in einem Mann meinte er, eine hochgestellte Persönlichkeit des Königreichs zu erkennen. Hinter dem dritten Fenster war alles dunkel, doch als er sich dem vierten näherte, hörte er erstickte Schreie. Nach einem raschen Blick in die Kabine, an der er gerade vorbeiging, eilte er weiter, die Klagelaute verstärkten sich, schienen aus einem toten Winkel zu kommen. Er zögerte. Handelte es sich etwa um eine dieser Vorführungen, die auf diesem Schiff zur perversen Freude gewisser Gäste vorgeführt wurden? Er sah eine Frau, die mit hasserfüllter Heftigkeit eine Reitgerte schwang und auf jemanden einschlug – auf eine Person, die er nicht sehen konnte, die er der Stimme nach für ein junges Mädchen hielt. Etwas machte ihn stutzig: Unter den Rüschen des Rockes waren Reitstiefel zu erkennen. Es handelte sich also um einen Mann, der da peitschte, und das änderte alles. Was sollte er jetzt tun? Den Rückweg antreten? Nein, dann musste er noch einmal das Gitter überwinden. Die Polizeiboote rufen? Genauso wenig eine Lösung, schließlich wollten sie die Übeltäter in flagranti erwischen. Bei einer Polizeirazzia dagegen, die schnell bemerkt wurde, blieb ihnen die rechtzeitige Flucht. Es war an ihm, im Namen des Königs, verantwortungsbewusst zu handeln. Konnte er durch das Fenster ins Zimmer hechten? Der schmale Rand bot ihm kaum Platz für den nötigen Anlauf. Behutsam drückte er gegen die Scheibe für den unwahrscheinlichen Fall, dass sie sich öffnen ließ. Vergeblich. Was nun? Wie sollte er nach drinnen gelangen, ohne Aufmerksamkeit zu erregen und das Moment der Überraschung zu verspielen? Flüchtig dachte er daran, durch die Fensterscheibe auf den Unbekannten zu schießen, verwarf es aber sofort wieder, da es ihm als anständigem Menschen wiederstrebte, ohne triftigen Grund auf einen Verdächtigen zu schießen. Andererseits musste er diesem jungen Mädchen zu Hilfe kommen, das vielleicht eine der beiden flüchtigen Schwestern aus Brüssel war.

Eine Variante fiel ihm ein. Er könnte auf den Fenstergriff zielen und sich, sobald das Fenster aufsprang, kopfüber ins Zimmer werfen. Der Anblick des Martyriums, dem das Opfer ausgesetzt war, überzeugte ihn, dass unverzügliches Handeln nötig war.

Er schoss, woraufhin der wenig stabile Fensterrahmen zersplitterte. Ohne Zögern schmiss er sich ins Innere und rollte sich ab. Das alles geschah blitzartig. Gerne hätte er sich sofort um das junge Mädchen gekümmert, das gefesselt bäuchlings auf dem Bett lag, den Rücken voller blutiger Striemen, was zu seinem Bedauern nicht möglich war. Der Peiniger hatte sich sofort umgedreht, nach seinem Degen gegriffen und näherte sich Nicolas, der, noch am Boden liegend, geistesgegenwärtig nach einem Schemel griff, um ihn wie einen Schutzschild zu benutzen. Nicht lange, und der Degen bohrte sich in das weiche Holz, wobei der Angegriffene so heftig dagegendrückte, dass die Scheide sich bog und mit einem Knall zerbrach. Zu seinem Glück. Der Übeltäter schleuderte ihm den wertlos gewordenen Degen ins Gesicht und ging mit den Händen auf ihn los, packte ihn am Kragen und versuchte, ihn zu erwürgen. Lange war der Kampf unentschieden, und Nicolas merkte schon, wie seine Kräfte zu schwinden begannen, als das Schicksal eingriff. Bei ihrem Kampf auf Leben und Tod waren sie vor dem zerstörten Fenster gelandet, fielen, einander in mörderischer Absicht umklammernd, dagegen, sodass der Rahmen herausbrach und die Kontrahenten eng umschlungen in den Fluss stürzten.

Das Eintauchen in das eiskalte schwarze Wasser war furchtbar für Nicolas, der die Dunkelheit hasste; er hatte das Gefühl, in ein Grab zu stürzen. Das schlammige Wasser schloss sich um seinen Hals, drang in Mund und Nase. Die Luft blieb ihm weg, rote und gelbe Blitze tanzten vor seinen Augen. Irgendwann schwanden seine Sinne, und er verlor das Bewusstsein.

»Er bewegt sich! Er bewegt sich!«, ertönte eine vertraute Stimme aus dem Nebel. »Zweimal zu Bewusstsein zu kommen innerhalb weniger Tage. Er ist wirklich ein bretonischer Sturschädel! Ich hatte ihm gesagt, er solle vorsichtig sein. Typisch, dass er nicht auf mich gehört hat …«

»Einen willensstarken Charakter kümmern Bedrohungen nicht. Aber ich habe mir genau wie Sie Sorgen um ihn gemacht«, ließ sich eine andere Stimme in bedächtigem Ton vernehmen.

Nicolas spürte die Wärme eines Feuers neben sich. Um ihn herum wurde geflüstert – was, das verstand er nicht wirklich.

Bis auf eine lautere Stimme, die von einem Stärkungsmittel schwadronierte, dem er viel zu verdanken habe. Plötzlich fiel ihm siedend heiß etwas ein.

»Mein Heft!«, schrie er. »Wo ist es? Man gebe mir mein kleines schwarzes Heft!«

»Sieh an«, sagte die erste Stimme, »er hat seinen gesunden Menschenverstand nicht verloren und denkt als Erstes an das Wichtigste.«

Das freundliche Gesicht seines Assistenten beugte sich über ihn. »Segnen Sie die Innentasche Ihrer Hose«, sagte Bourdeau, »sie hat kein Wasser durchgelassen. Das Heft ist unversehrt.«

Als Nächstes tauchte jemand in seinem Blickfeld auf, den er hier nicht unbedingt erwartet hätte.

»Monsieur, ich bin sehr froh, dass Sie es geschafft haben«, erklärte Monsieur Le Noir ehrlich erleichtert. »Was würden wir ohne Sie machen?«

»Monseigneur, ich bin …«

»Sprechen Sie nicht! Sie müssen ruhig bleiben und sich erholen.«

»Ich will trotzdem wissen, was passiert ist, nachdem mich diese Kreatur fast erwürgt hätte und ich schon glaubte zu ersticken.«

»Der Inspektor wird Ihnen alles haarklein berichten.«

»Sie sind gestürzt, während Sie mit Ihrem Angreifer gekämpft haben«, begann Bourdeau. »Das Geräusch, als sie beide ins Wasser geplatscht sind, hat die Leute auf einem unserer Boote alarmiert, und Sie wurden beide mit Bootshaken rausgefischt. Man hat Sie, bewusstlos, wie Sie waren, ins Châtelet gebracht, und der alte Marie hat sie ausgezogen, abgetrocknet, sie in Decken gewickelt und das Feuer neu entfacht.«

Nicolas machte eine Handbewegung. »Und der andere?«

»Beruhigen Sie sich, er ist in sicherer Verwahrung, angekettet in seinem Verlies.«

»Gut bewacht? Nicht, dass er sich etwas antut, wir brauchen seine Aussagen.«

»Keine Sorge, es wird nichts passieren wie damals mit dem alten Soldaten, der sich in seiner Zelle erhängt hat. Zurück zu unserem Sturm auf dem Schiff der Sünde. Bei dem ausgepeitschten Mädchen handelt es sich tatsächlich um die Schwester unseres letzten weiblichen Opfers, sie wurde ins Hôtel-Dieu gebracht. Die Unglückliche hat unglaubliche Misshandlungen ertragen müssen. Leider haben sich einige Gäste ...«

»Deren Namen geheim gehalten werden müssen«, warf der Polizeipräfekt ein.

»Was ich sagen wollte«, fuhr Bourdeau fort, »manche Gäste haben sich verdrücken können, ohne belästigt zu werden. Unter anderem Lord Ashbury, der uns anfangs sogar ins Netz gegangen ist.«

»Wir haben ihn nicht dabehalten können«, erklärte Le Noir entschuldigend. »Schon eine Stunde später ist wie von Zauberhand der englische Botschafter in der Rue Neuve-Saint-Augustin aufgetaucht und forderte mich auf, ihn ihm als Bevollmächtigtem des Königs, der Immunität besitzt, zu übergeben. Unser Spion hat mit arroganter Herablassung hinzugefügt, Commissaire Le Floch bleibe ein Feind seines Landes, selbst wenn er bei seinem Aufenthalt in England verschont worden sei – er solle weiterhin auf der Hut sein.«

»Dafür war«, fuhr Le Noir fort, »die Beschattung des Duc de La Vrillière erfolgreich. Wir wissen endlich, wohin er sich nachts begibt. In eine kleine Wohnung im zweiten Stock eines Hauses in der Rue des Tournelles ...«

»Wie? Die Rue des Tournelles?«

»Ja, gegenüber dem Kloster, fast an der Ecke der Rue Neuve-Saint-Gilles.«

»Quai des Tournelles, Rue des Tournelles. Warum taucht dieser Name immer wieder in diesem Fall auf? Könnte es sein, dass Duchamplan das Geheimnis des Duc gekannt hat? Genau wie Ashbury? War da nicht so ein Fetzen verbranntes Papier im Kamin?«

»Das Anwesen wird überwacht«, sagte Bourdeau. »Wir lassen ihn aus dem Haus gehen, ohne einzuschreiten, erst dann werden wir Nachforschungen über das Ziel und die Art dieser nächtlichen Besuche anstellen.«

»Ich werde mich auf der Stelle dorthin begeben«, warf Nicolas ein.

»Dazu sind Sie kaum in der Lage«, mischte sich der Polizeipräfekt eine Spur zu hastig ein.

Bourdeau widersprach. »Ich meinerseits glaube, dass der Platz des Commissaires dort ist und dass es, falls sein Zustand es ihm erlaubt, besser und zweckdienlicher wäre ...«

»Diesmal, Pierre, werden Sie mich begleiten«, unterbrach Nicolas ihn.

Im Grunde verstand er die Sorge seines Chefs. Was würden sie in dieser Wohnung entdecken? Je weniger Zeugen es gab, desto besser wäre es für das Ansehen eines der engsten Berater des Königs. Vermutlich hätte er die heikle Angelegenheit lieber allein und unter Ausschluss seiner Mitarbeiter erledigt.

Dienstag, den 11. Oktober 1774

Nicolas begab sich ins Bereitschaftsbüro, um sich aus seiner Kleiderreserve trockene Sachen anzuziehen. Nach einem letzten Dank an Père Marie, der sich rührend um ihn gekümmert hatte, verabschiedeten er und Bourdeau sich und bestiegen die wartende Kutsche.

»Wie hat sich Eudes Duchamplan verhalten?«, erkundigte sich Nicolas. »Er war schließlich der Folterknecht in Frauenkleidern, davon bin ich überzeugt. Ich nehme an, er hat nicht die Stirn besessen, seine Identität zu leugnen, oder?«

»Nun, Ihr Beinahemörder war sehr von oben herab und hat seinen Namen nicht genannt. Nachdem die Schminke entfernt war, habe ich bemerkt, dass er blutete, aus einer Verletzung auf der linken Gesichtsseite. Das hat mich stutzig gemacht.«

»Warum, was schließen Sie daraus?«

»Dass es sich um die Narbe einer kaum verheilten Verletzung handelte, die wieder geöffnet wurde, vielleicht sogar absichtlich. Beim Anblick der Wunde ist mir der Bericht über Ihren Angreifer in Versailles eingefallen. Wenn ich mich recht erinnere, hat Semacgus' Kutscher den Schurken mit einem Peitschenhieb getroffen, und zwar just an der linken Wange.«

»Das ist in der Tat richtig. Haben Sie ihn darauf angesprochen? Und wenn ja, wie hat er reagiert?«

»Merkwürdigerweise hat er von sich aus, bevor ich ihn danach fragen konnte, behauptet, diese Verletzung stamme von dem Kampf mit Ihnen auf dem Schiff. Außerdem erklärte er, dass er es bei Ihrem gewaltsamen Eindringen in das Zimmer mit der Angst zu tun bekommen habe.«

»Und das junge Mädchen? Hat er seinen Angaben zufolge Süßholz mit ihr geraspelt?«

»Er hat behauptet, sie sei nur wegen der Vergnügungen da, die bei dieser Art von Abenden üblich sei. Angeblich hat er sie vorher nicht gekannt.«

»Kurz, er ist ein sanftes Lämmchen, das alles leugnet. Er wird sich einbilden, dass man ihm von höherer Stelle zu Hilfe eilen wird.«

»Als würden diejenigen, die mit der Hand vor dem Gesicht geflohen und in der Nacht verschwunden sind, um in ihre Karosse zu steigen, sich einschalten und ihn da rausholen! Er hat eine merkwürdige und naive Verstellung vom Mitgefühl der Großen!«

»Wir sollten«, fuhr Nicolas fort, »so schnell wie möglich ein Verhör in Anwesenheit von Le Noir und dem Lieutenant criminel organisieren, der immerhin für eine Anklage zuständig wäre. Monsieur Testard du Lys muss man bei so etwas immer ein bisschen auf die Sprünge helfen. Ich wette, dass der Polizeipräfekt uns diesmal keinen Strich durch die Rechnung machen wird. Ich plane erneut eine kleine Inszenierung, über die ich mit Ihnen noch sprechen werde.«

»Ich mache mir Sorgen wegen Ihrer Gesundheit …«

»Es geht mir ausgezeichnet. Ein bisschen leer im Kopf, eine schmerzende Wunde am Bauch, das ist alles. Das Stärkungsmittel des alten Marie weckt offenbar Tote auf.«

»Die Rue des Tournelles beginnt an der Bastille, sehe ich das richtig?«, erkundigte sich Bourdeau.

»Sicher! Und führt bis in die Nähe der Place Royale, mit der sie durch die Rue du Pas-de-la-Merle verbunden ist.«

»Ihre Kenntnis der Stadt erstaunt mich immer wieder. Die Bastille und die Place Royale! Der Zusammenhang ist amüsant, wenn nicht vielsagend. Die Tournelles führen zu der einen oder zu der anderen.« Bourdeau hielt kurz inne. »Übrigens möchte ich Ihnen noch danken ... Ich hatte durchaus begriffen, dass Monsieur Le Noir mich auszuschließen versuchte.«

»Schweigen Sie, Sie Unglücksmensch. Man muss die Ungewissheit zu ertragen wissen.«

Schweigend setzten sie die nächtliche Fahrt durch die Stadt fort. Ein paar späte Spaziergänger waren unterwegs, an den Grenzsteinen lungerten Mädchen herum, die auf Freier warteten, und zwielichtige Gestalten, die beim Vorbeifahren der Kutsche im Schatten verschwanden. Außerdem sahen sie Patrouillen der Nachtwache und einen Priester, der einem Sterbenden die Sakramente spendete. Bald erreichten sie die Rue des Tournelles.

»Der Duc«, sagte Bourdeau, »hat seine Equipage an der Place Royale verlassen und sich argwöhnisch umgeschaut, bevor er sich auf den Weg zu seinem Ziel machte.«

»Kann er irgendetwas bemerkt haben?«

»Natürlich nicht! Andernfalls wären wir jetzt nicht hier. Unsere Leute haben sich abgelöst, immer zu dritt, einer hinter Monsieur de Saint-Florentin, einer vor ihm und der dritte für alle Fälle. Er konnte ihnen nicht entwischen.«

Sie hielten in der Rue Saint-Gilles, etwas abseits, mit Blick auf ein hohes, schmales Haus in der Rue des Tournelles. Aus einem Fenster im zweiten Stock drang schwaches Licht, Schatten bewegten sich hinter einem Vorhang.

»Er ist immer noch da«, flüsterte Bourdeau. »Und unsere Spitzel ebenfalls, ich erkenne sie.«

»Sie haben gute Augen!«

»Sie sind grau«, erwiderte der Inspektor lachend und blickte auf seine Uhr, die fast zwei zeigte.

»Es wurde Zeit, dass wir kommen«, flüsterte er und drückte seinen Arm.

Ein Mann in einem schwarzen Mantel, den Dreispitz tief ins Gesicht gezogen, verließ das Haus. Einen Augenblick zögerte er, spähte ringsum in die Dunkelheit und stellte sich dann unter die Laterne an der Kreuzung der beiden Straßen. Er warf einen vorsichtigen Blick auf die Droschke am Straßenrand, aber die Reglosigkeit des Kutschers, der sich schlafend stellte, schien ihn zu beruhigen, und so eilte er mit langen Schritten die Rue des Tournelles entlang.

»Er geht zweifellos zur Place Royale«, sagte Bourdeau, »wo seine Kutsche ihn vermutlich abholt.«

»Ich nehme an, man wird sich vergewissern, dass er wirklich in den Schoß der Familie zurückkehrt?«

»Das ist vorgesehen. Ich denke, Sie haben jetzt keine andere Wahl, als hineinzugehen. Währenddessen werde ich vor dem Eingang des Hauses Wache halten. Vergessen wir nicht die englischen Drohungen.«

Nicolas schätzte die Umsicht seines Assistenten, die ein stillschweigendes Einverständnis zum Ausdruck brachte, das durch viele gemeinsam gemeisterte Prüfungen gestählt worden war. Sobald er das Haus betreten hatte, entzündete er sein Feuerzeug, um sich zu orientieren. Im zweiten Stock klopfte er an die einzige Tür, die einen Türklopfer besaß. Sofort ertönte eine beunruhigte Stimme.

»Sind Sie es, Charles?«

»Ich bin Commissaire Le Floch und muss mit Ihnen sprechen.«

Langsam wurde die Tür geöffnet, und eine blonde junge Frau in einem lila Negligé, die einen Kerzenleuchter in der Hand hielt, sah ihn ängstlich an. Sie war vermutlich kaum älter als zwanzig.

»O mein Gott, Charles ist sicher etwas passiert. Wie oft habe ich ihm gesagt, er soll nicht in der Nacht herkommen. Ist es so, Monsieur? Verschweigen Sie mir nichts.«

Als er eintrat, sah er sich in der Wohnung um. Sie war klein, dabei mit exquisitem Geschmack möbliert und strahlte einen Luxus aus, der von draußen in keiner Weise zu erahnen war.

»Madame, beruhigen Sie sich. Nichts Schlimmes, das versichere ich Ihnen. Ich möchte mich lediglich über den Mann informieren, der gerade eben dieses Haus verlassen hat.«

»Was hat er getan? Warum interessiert man sich überhaupt für ihn?«

»Seine nächtlichen Fahrten haben unsere Aufmerksamkeit erregt.«

»Der arme Mann! Dabei ist er der beste und großzügigste Freund.«

»Was macht er, und wie heißt er?«

»Charles Gobelet. Er ist Gerichtsdiener im Châtelet.«

Nicolas musste unwillkürlich lächeln, als er hörte, welchen Beruf der Duc de La Vrillière gewählt hatte.

»Und was ist er für Sie, Madame? Darf ich das vielleicht erfahren?«

Sie senkte den Kopf, war ganz rot geworden und flüsterte in vertraulichem Ton: »Er ist mein Freund und der Vater meines Kindes.«

Sie zog ihn am Ärmel in ein kleines weißes Zimmer, in dessen Mitte eine mit Musselin bedeckte Wiege aus Korbweide stand. Sie entfernte den Stoff, und ein schlafender Säugling wurde sichtbar. Leise gingen sie in die Diele zurück.

»Wie haben Sie ihn kennengelernt?«

»Ich heiße Marie Meunier und stamme aus Meaux. Vor einem Jahr habe ich meine Mutter verloren, die seit Langem Witwe war. Da ich nicht wusste, wovon ich leben sollte, bin ich nach Paris gekommen, um zu betteln. Kurz nach meiner Ankunft sprach mich ein äußerst höflicher Mann an, brachte mich hierher und hat sich als Charles vorgestellt. Er behauptete, er wolle mir helfen und mich unterstützen. Dank ihm habe ich ein Heim und Brot gefunden.«

»Und das Kind?«

Sie errötete. »Charles hat mich von der Aufrichtigkeit seiner Liebe überzeugt, ich verdanke ihm alles. Es ist unser Kind, und sein Vater beweist uns in jedem Augenblick eine rührende Aufmerksamkeit und Liebe.«

»Madame, diese Auskünfte reichen mir. Es ist nicht nötig, Monsieur Gobelet zu beunruhigen. Erzählen Sie ihm nichts von meinem Besuch.«

»Ich werde Ihrem Rat folgen, Monsieur. Charles' Seelenruhe ist mir überaus wichtig. Er wirkt manchmal schrecklich besorgt.«

»Eine letzte Frage. Warum verbirgt er so sorgfältig Ihr Heim und seine Besuche?«

»Das hat leider, Monsieur le Commissaire, damit zu tun, dass er Kinder aus einer ersten Ehe hat. Sie würden es nicht akzeptieren …«

»Ich verstehe, danke für diese Erklärung.«

Sie begleitete ihn zur Tür. »Beschützen Sie ihn, Monsieur. Er ist dermaßen vorsichtig, dass ich manchmal glaube, er fühlt sich bedroht.«

Nicolas dachte an die letzte Bitte der Duchesse de La Vrillière. Alle seine Frauen wollten ihn beschützen.

»Wir werden uns darum kümmern«, versprach er.

Nachdenklich kehrte Nicolas zu Bourdeau zurück und stieg mit ihm in die Kutsche, um ihm von seinem Besuch zu erzählen.

»Das ist es also«, schloss er seinen Bericht. »Der reine Teil eines unreinen Mannes.«

»Himmel! Hören Sie bitte auf zu noblecourtisieren und übersetzen Sie mir das so, dass ich es verstehe.«

»Ganz einfach, der Duc hat eine kleine, heimliche Familie: eine charmante junge Frau und ein etwa einjähriges Kind. Diesen Teil seiner Existenz will er offensichtlich um jeden Preis bewahren. Daher die nächtlichen Ausflüge und der unbedingte Wunsch, diese Doppelexistenz geheim zu halten.«

»Was für ein Mann!«, rief Bourdeau. »Würde man das glauben, wenn man ihn sieht? Die schöne Aglaé, unzählige Prostituierte, Verantwortung für den Staat und was sonst noch alles.«

»Was mich betrifft«, erwiderte Nicolas mit ernster Miene, »ich habe keine Ahnung, wo sich die Wahrheit eines Menschen befindet. In seinem ausschweifenden Leben oder in diesem Garten der Unschuld, der noch so ist wie vor dem Sündenfall?«

»Wenn man Sie so hört, könnte man glauben, je mehr von einem Teufel in einem steckt, desto mehr sehnt man sich danach, den Garten Eden wiederzufinden.«

Nicolas verzog das Gesicht. »Reizen Sie mich nicht zum Lachen, das zieht an meiner Wunde. Zum Glück gibt es derzeit ohnehin nicht viel zum Lachen. Ich werde mich nach Hause begeben, ein paar Stunden schlafen, und wir sehen uns bei Tagesanbruch im Châtelet.«

»Haben Sie irgendwelche Anweisungen?«

»Schicken Sie Männer in die Rue Christine, sie sollen die Garderobe von Duchamplan dem Jüngeren einsammeln und mir bringen. Und der Leichnam des unglücklichen Vitry, zumindest was von ihm übrig ist, muss identifiziert werden. Obwohl das nicht leicht sein wird, hege ich kaum Zweifel, dass es sich um den jungen Gärtner handelt. Ich werde Le Noir und Testard du Lys aufsuchen. Nicht zu vergessen Sartine, falls er in Paris ist. Ich werde meine Schlussfolgerungen verfeinern. Schon übermorgen werden wir einen Verdächtigen präsentieren.«

»Der vorerst allein unzüchtiger Handlungen an einer Minderjährigen beschuldigt wird.«

»Eine Beschuldigung, zu der die der Kindesentführung hinzukommt, die ihm wenigstens die Peitsche, die Brandmarkung, das Halseisen und lebenslängliche Haft in einem Zuchthaus einbringt.«

»Das steht außer Zweifel. Gleichwohl müssen wir nach wie vor Haarspalterei und Einmischungen fürchten, die unsere Vorgehensweise behindern sollen.«

»Genau deswegen halte ich es für unerlässlich, dass wir so schnell wie möglich und unverzüglich handeln. Nicht anders als Sie erwarte ich nämlich das Schlimmste.«

»Und Chambonas?«

»Leider fürchte ich, dass wir an ihn nicht herankommen. Der Polizeipräfekt hat seit Langem Beweise für seine okkulten

Aktivitäten. Wenn wir ihn in die Sache verstricken, ziehen wir möglicherweise die Fäden einer Angelegenheit, die uns in eine gefährliche Nähe zum Thron führen könnte.«

»Wird irgendwann die Zeit von Gesetzen kommen, die auf alle anwendbar sind?«

»Wenn die Bourdeaus herrschen würden, sicherlich«, sagte Nicolas und gab seine letzten Anweisungen, speziell für die Befragung Duchamplans.

Einen Schlachtplan zu enthüllen, der bislang überwiegend auf reiner Intuition beruhte, schien ihm gefährlich und unverantwortlich. Da zog er es vor zu schweigen. Sein Aberglaube, dass er es sonst würde büßen müssen, bewog ihn dazu, verbunden möglicherweise mit dem egoistischen Streben des Meisterpolizisten, alles auf einmal wie ein Künstler zu enthüllen.

In der Rue Montmartre schliefen alle bis auf Mouchette, die kleine fragende Schreie ausstieß und witterte mit missbilligender Miene den Geruch des brackigen Wassers, der an Nicolas haftete. Ein Grund mehr, sich gründlich mit dem warmen Wasser zu säubern, das immer auf dem Herd stand. Catherine, die wieder wach geworden war, überraschte ihn, wie er nackt in der Küche stand. Sie stieß einen Schrei aus beim Anblick des blutigen Verbands, dann nahm sie die Sache resolut mit der Unerschrockenheit einer Marketenderin in die Hand, seifte ihn ein, wusch ihn ab, trocknete ihn ab und erneuerte den Verband. Zum Abschluss bereitete sie noch eine mit Schnaps und Zimt versetzte Eiermilch zu. Nachdem er sie getrunken hatte, ging er nach oben und schlüpfte unter die Decke, um sich ein paar Stunden zu erholen.

Der nächste Tag war nicht weniger anstrengend. Erst sprach er mit Le Noir, der seinen Plan billigte, dann mit Monsieur Testard du Lys. Wie immer wirkte der Lieutenant-criminel, eine lange und bleiche Gestalt, die für die Anklageerhebung zuständig war, überfordert, und entsprechend sträubte er sich gegen Nicolas' Pläne, kritisierte Praktiken, in denen er sich nicht wiedererkannte. Nicolas musste ihn daran erinnern, dass er sich in der Vergangenheit niemals über seine Vorgehensweise zu beklagen gehabt habe, die, selbst wenn sie ungewöhnlich gewesen sei, stets zur Überführung der Schuldigen geführt und damit beim König den Ruf einer Justiz gefestigt habe, deren hervorragendster Repräsentant der Lieutenant criminel sei. Testard du Lys, von eher schlichtem Gemüt, fiel auf die Schmeicheleien herein, sonnte sich im angeblichen Glanz vergangener Großtaten und gab seine Zustimmung.

Nachdem er das geregelt hatte, begab Nicolas sich ins Hôtel-Dieu und befragte das junge Mädchen, das er auf dem Vergnügungsschiff entdeckt hatte. Sie bestätigte ihm alle seine Vermutungen. Sie und ihre Schwester waren halb verhungert und verloren in Paris von Duchamplan aufgelesen worden, der sie unter fadenscheinigen Vorwänden in ein unbekanntes Haus gebracht hatte, um sie anschließend an verschiedenen Orten der Lüsternheit von Kumpanen auszuliefern.

Schließlich ließ Nicolas sich zum Quai des Tournelles fahren, wo er, beobachtet von Bourdeaus Spitzeln, die seine Sicherheit gewährleisten sollten, mit der Nase am Boden merkwürdige Dinge trieb. Im Châtelet beriet er sich ein letztes Mal mit seinem Assistenten. Es folgte eine Inspektion des Raumes der Basse-Geôle, der für eine geheime Gerichtssitzung am nächsten Tag hergerichtet worden war. Schließlich unterzeichnete er einen Passierschein für die Roussillon alias Madeleine Josse, damit sie wie gewünscht Paris verlassen konnte, um sich anderswo ein besseres Leben zu suchen.

Erneut kehrte er sehr spät in die Rue Montmartre zurück. Diesmal hatte Catherine ein Gericht für ihn vorbereitet, das aus gedünstetem Kohl mit Speckwürfeln und einem neuen Gemüse bestand, das man Kartoffel nannte und das die Köchin hartnäckig in ihrem Küchengarten kultivierte. Dieser Eintopf offenbarte Nicolas die Weichheit der neuen Wurzel, die noch betont wurde durch das Knackige des Kohls und die Vollmundigkeit des Specks, das Ganze überzogen von einer Kruste, die durch das lange Kochen bei großer Hitze entstanden war. Dieser kräftige Imbiss, begleitet von einer Flasche Burgunder aus Irancy, den Monsieur de Noblecourt den Wein des großen Königs zu nennen pflegte, erlaubte ihm einen friedlichen und erholsamen Schlaf.

Epilog

So werden Sie vielleicht starke Einwände gegen
die Grundsätze haben, die ich gerade aufgestellt
habe. Teilen Sie sie mir mit, und ich werde sie
dankbar aufnehmen, weil ich in höchstem Maß
gutgläubig die Wahrheit suche.

LAMOIGNON DE MALESHERBES

Mittwoch, den 12. Oktober 1774

Die Inszenierung war sorgfältig geplant. In einem Raum in der
Nähe der Basse-Geôle war so etwas wie ein Gerichtssaal eingerichtet worden: ein langer Tisch, zwei Sessel und Schreibblöcke, einer
für Nicolas und einer für Bourdeau, der das Protokoll führen
würde. Auf dem Deckel einer Truhe, die in der Mitte vor der Anklagebank stand, waren die Beweisstücke angeordnet. Gegenüber
dem großen Tisch stützten zwei Böcke einen halb geöffneten Sarg,
in dem mit blutleerem Gesicht der Leichnam des jungen Mädchens lag, der auf der Île des Cygnes entdeckt worden war, bevor
er in dem Siedekessel für Schlachtabfälle landen konnte. Zwei
Kerzenleuchter flankierten ihn. Aufmerksam wie immer, hatte
der alte Marie es für angebracht gehalten, eine Art Kohlenbecken
aufzustellen, auf dem Weihrauch glühte. Fackeln, die in Ringen
an der Wand steckten, warfen ihr flackerndes Licht auf das Ganze.

In Richterrobe traten der Polizeipräfekt und der Lieutenant criminel ein und nahmen Platz, nicht ohne einen erschrockenen Blick auf den Sarg geworfen zu haben. Nicolas ging zu ihnen.

»Meine Herren, wir sind heute in einem Raum des Grand Châtelet zu einer außerordentlichen und geheimen Gerichtssitzung zusammengekommen, um einen Fall abzuschließen, der vier Personen das Leben gekostet hat. Ich werde mich bemühen, die Hintergründe eines Rätsels aufzudecken, das auf unentwirrbare Weise menschliche Leidenschaften mit Perversität verbindet und durch die schändliche Handlungsweise der Agenten einer ausländischen Macht noch komplizierter gemacht wurde ...«

»Erlauben Sie mir«, rief Monsieur Testard du Lys, »dass ich mich über ein so überzogenes Verfahren der Rechtsprechung wundere. Ich wagte zu hoffen, dass wir unter einer neuen Regentschaft, die bereits zu einigen Veränderungen geführt hat, von nun an darauf verzichten würden, von solchen beklagenswerten Verirrungen Gebrauch zu machen.«

»Monsieur le Commissaire Le Floch war auf Befehl des Königs, auf meine Anweisungen hin und mit meiner Unterstützung gezwungen, angesichts der Umstände ein so unkonventionelles Vorgehen zu wählen«, belehrte ihn Le Noir.

»Aber musste er uns deswegen zu einer so unangenehmen Gegenüberstellung zwingen?«, murmelte Testard und führte ein dünnes Taschentuch aus Batist an seine Nase.

Nicolas überhörte geflissentlich diesen Wortwechsel und fuhr mit seinen Ausführungen fort.

»Erlauben Sie mir, meine Herren, Sie an die Bedingungen zu erinnern, unter denen ich zu diesem Fall gekommen bin. Der Duc de La Vrillière, Minister der Maison du roi, hat mich durch

Monsieur Le Noir in sein Haus in der Nähe der Place Louis XV. rufen lassen, um mich zu informieren, dass Marguerite Pindron, Kammerzofe der Duchesse, in den frühen Morgenstunden mit durchschnittener Kehle in den Küchenräumen aufgefunden worden war. Neben dem Leichnam lag, bewusstlos und verletzt, Jean Missery, der Maître d'hôtel. Schon die ersten Untersuchungen waren sehr aufschlussreich. Es gab keine Waffe, die der schrecklichen Wunde des Opfers entsprochen hätte – Misserys Verletzung hingegen war ganz anderer Art. Dennoch gingen wir anfangs fälschlich davon aus, dass er, nachdem er seine junge Geliebte ermordet hatte, sich das Leben zu nehmen versuchte. Wobei uns sofort auffiel, dass das Küchenmesser, das neben ihm gefunden wurde, lächerlich wirkte angesichts der schweren Verletzung des jungen Mädchens.«

Nicolas hielt inne und ließ den ersten Teil seiner Erläuterungen erst einmal sacken.

»Also widmete ich mich zunächst anderen Dingen. Blutige Fußspuren führten hinauf in den zweiten Stock und zu einem Balkon, der auf den Platz hinausgeht und von dem man sich über einen Sims zum großen Eingangsportal vortasten kann, um von dort aus hinunterzuklettern, was offensichtlich jemand getan hat. Ferner fand ich in der Küche einen feinen Silberfaden und entdeckte, dass die Schuhe von Marguerite Pindron zu luxuriös für eine Kammerzofe waren, so etwas tragen Damen der Aristokratie auf Bällen. Allerdings waren die ersten Zeugenaussagen geprägt von Panik und einer gewissen Irritation hinsichtlich des zeitlichen Ablaufs der Ereignisse. Manche sprachen von tiefer Nacht, andere hatten das Gefühl, es sei bereits Tag gewesen, als die Leiche entdeckt wurde. Etwas überraschte mich:

Jeder bemühte sich, mir sein schlechtes Verhältnis zum Maître d'hôtel verständlich zu machen. Einige gaben zu, dass Marguerite Pindron sie nicht gleichgültig gelassen habe.«

»Dieser Maître d'hôtel war gar nicht tot?«, unterbrach ihn der Lieutenant-criminel. »Haben Sie ihn befragt?«

»Er konnte sich an nichts erinnern, außer dass er eingeschlafen war. Überdies war er nur leicht verletzt, gerade mal ein Kratzer, der die Größe der Blutlache um ihn herum nicht erklärte.«

»Woher wissen Sie, dass all das Blut nicht vom Körper der jungen Frau stammte?«

»Die beiden Blutlachen unterschieden sich sehr deutlich voneinander. Ansonsten stieß ich, wie immer in einem großen Haus, auf die üblichen Unstimmigkeiten unter dem Personal.«

»Aber die Sache war doch einfach«, warf Testard du Lys ein. »Sie hatten einen Schuldigen in der Person des Maître d'hôtel. Die Art der Verletzung scheint mir unerheblich. Warum einfach, wenn es auch umständlich geht?«

»Leider, Monseigneur, ist die Wirklichkeit komplizierter, und mehrere Entdeckungen veranlassten mich, eine so einfache Lösung zu verwerfen. Inspektor Bourdeau wurde von Jacques Blin, dem Concierge des Hauses, zu einem Kaninchenragout eingeladen.«

Der Lieutenant criminel richtete sich auf seinem Sitz auf, rot im Gesicht und aufs Höchste verärgert. »Noch so eine dieser zahlreichen Spinnereien im Repertoire von Monsieur Le Floch. Was wollen Sie uns diesmal weismachen?«

»Nichts, ich will Ihnen einfach erklären, Monseigneur, dass ein gutes Kaninchenragout nicht zubereitet werden kann, ohne dass das Blut des Tieres zusammen mit einem Schuss Essig in die Sauce gerührt wird.«

»Und? Ich kann Ihnen nicht folgen.«

»Diese Sauce enthielt kein Blut. Ist es wirklich üblich, dass man mitten in der Nacht drei Kaninchen aus dem Stall holt, sie tötet, ausbluten lässt und zubereitet? Das müsste ein Concierge sein, der an Schlaflosigkeit leidet und einen ungeheuren Appetit hat.«

»Und was schließen Sie daraus?«, fragte Le Noir.

»Ich werde Ihnen eine Geschichte erzählen. Die arme Marguerite Pindron, über die ich Nachforschungen im Faubourg Saint-Antoine angestellt habe, ist, nachdem sie die Verlobung mit dem jungen Gärtner Vitry gelöst und ihre Familie verlassen hatte, lange in Paris herumgeirrt. Ich weiß nicht, was ihr widerfahren ist, jedenfalls findet sie sich als Kammerzofe der Duchesse wieder. Wer hat sie in dieses vornehme Haus gebracht? Aufgrund meiner Nachforschungen kann ich behaupten, dass es Eudes Duchamplan war, der Schwager von Jean Missery, dem Maître d'hôtel. Dieser, ein Witwer, beruft sich auf das Recht der ersten Nacht mit dem weiblichen Personal des Hauses und verliebt sich wahnsinnig in sie. Warum hätte er sie also töten sollen? Ahnte er etwas von der Beziehung zwischen Marguerite und Eudes? Ärgerte er sich über das Verlangen, das die anderen Diener nicht verbargen? Ich glaube nichts von alldem. Die Obduktion des Opfers hat erlaubt, die Art der Tatwaffe zu bestimmen – sie entspricht der Form einer Hand und zielte darauf ab, den Duc de La Vrillière zu belasten, der infolge eines Jagdunfalls eine künstliche Hand aus Silber trägt, ein Geschenk des verstorbenen Königs.«

»Ein weiteres Märchen!«

Nicolas überhörte den Einwurf des Lieutenant-criminel. »In Wirklichkeit sollte Marguerite Pindron verschwinden. Zahlreiche Gründe sprechen dafür. Entweder war sie Zeugin einer Szene, die sie nicht hätte sehen sollen und die sie zu erpresserischen Zwecken hätte nutzen können, oder sie stellte eine finanzielle Bedrohung für die Duchamplans dar, falls der Schwager sie in zweiter Ehe geheiratet hätte. Weil allein im Fall, dass er kinderlos starb, das Vermögen seiner Frau an die Familie zurückfallen würde. Im Übrigen war Eudes, denke ich, ein willkommener Gast im Hôtel Saint-Florentin und brachte vermutlich die silberne Hand an sich. Ich gehe davon aus, dass er sich am Sonntag Zutritt zum Haus verschaffte und dort auf Marguerite traf, die aufgefordert worden war, sich am Abend in den Küchenräumen einzufinden, um dort ihren alten Liebhaber, also den Maître d'hôtel, zu treffen.«

»Woher wollen Sie das alles wissen?«, fragte Testard du Lys argwöhnisch.

»Aussage von Jeanne Le Bas, genannt Jeannette, eine Kammerzofe, die die Nachricht gesehen hat, anonym und in Druckbuchstaben. Marguerite war überzeugt, dass es sich bei dem Verfasser um Missery handelte. Und sie begab sich in die Küche, wo sie umgebracht wurde.«

»Wenn man den Duc de La Vrillière belasten wollte«, wandte Le Noir an, »warum hat man dann die Tatwaffe nicht am Tatort gelassen?«

»Das hätte ein falsches Bild ergeben. Ein Schuldiger lässt nichts am Tatort zurück, was eindeutig ihm zuzuordnen ist. Der Täter ist viel subtiler vorgegangen. Indem er die silberne Hand verschwinden lässt, kann er den Verdacht viel besser auf den Duc lenken, zumal der keine Erklärung hat, wo ihm die Hand entwendet wurde. Gleichzeitig müssen natürlich andere Hinweise präsentiert werden, die den Hausherrn belasten. Und deswegen finde ich einen Silberfaden, der, wie man annehmen kann, vom Anzug des Duc stammt, den er in der Abschlussphase der höfischen Trauer getragen hat. Und dieses schöne Räderwerk wird in Gang gesetzt durch die Initiative einer eifersüchtigen Frau.«

»Also, das klingt sehr nach Crébillon, dem größten unserer Dramatiker.«

»Die Literatur ist nichts im Vergleich zum wahren Leben, Monseigneur«, erwiderte Nicolas lächelnd. »Eugénie Gouet, die Kammerfrau der Duchesse, war lange Zeit die Geliebte des Maître d'hôtel und hatte vermutlich gehofft, ihn eines Tages heiraten zu können. Das zunehmende Alter und die Tatsache, sitzen gelassen worden zu sein, verstärken den Groll auf ihre junge Rivalin. Das Gespräch zwischen Marguerite und Jeannette über das Treffen am Abend wird von dieser verbitterten Frau belauscht, die plötzlich eine Möglichkeit sieht, sich zu rächen. Oh, es handelt sich nicht um ein Verbrechen, sondern um eine Gemeinheit. Sie nimmt den Schlaftrunk von Madame de Saint-Florentin an sich – später wird sie behaupten, das Fläschchen sei zerbrochen – und verabreicht ihn ihrem ehemaligen Geliebten.«

»Auf welche Weise?«, fragte Le Noir. »Das ist nicht so leicht, und es braucht einen Vorwand.«

»Den hat sie, Monseigneur. Eugénie war mit Jean Missery liiert und weiß, dass sein unersättliches Verlangen immer wieder von peinlichen Potenzstörungen durchkreuzt wird. Da sie so tut, als wäre sie immer noch seine Freundin, berät sie ihn auf diesem Gebiet und bringt ihn dazu, die Mixtur anstelle der üblichen Aphrodisiaka zu schlucken. Wir haben Spanische Fliegen in seinem Zimmer gefunden. Jedenfalls fällt er in einen tiefen Schlaf. Eugénie will Marguerites Enttäuschung natürlich genießen und geht über den Dienstbotengang in die Küchenräume, sieht dort einen Mann in grauem Anzug. Sobald der sie entdeckt, flieht er durch den Korridor zur Dienstbotentreppe und von dort aus in die oberen Etagen. Wegen des Anzugs glaubt Eugénie Monsieur de La Vrillière gesehen zu haben. Sie geht weiter zur Fleischküche, hört kein Geräusch, zündet eine Kerze an und entdeckt Marguerites leblosen Körper.«

»Halten wir einen Augenblick inne«, bat Monsieur Le Noir. »Wenn der unbekannte Mörder ins Haus eingedrungen ist, wie kommt es dann, dass er über die oberen Stockwerke fliehen musste?«

Nicolas ging zu dem großen Tisch und reichte den beiden Richtern Unterlagen. »Das sind Pläne des Hôtel Saint-Florentin, gezeichnet von seinem Architekten Monsieur Chalgrin. Sie werden auf dem Plan des Erdgeschosses bemerken, dass jemandem, der die Küchenräume verlassen will, ohne den Dienstbotenausgang zum Hof zu nehmen, nichts anderes übrig bleibt als die Dienstbotentreppe nach oben. Die Kammerfrau ist fest entschlossen. Sie dient der Familie Saint-Florentin seit frühester Jugend. Ihre Ergebenheit ist grenzenlos, sie weiß, dass Gut und Böse oft dicht beieinanderliegen. Was spielt sich in ihrem Geist ab? Man kann es sich vorstellen. Sie denkt, dass sie alles tun muss, um ihren Herrn zu schützen, dessen Geliebte sie vielleicht sogar zeitweilig war. Vermutlich zögert sie eine Weile, ist überzeugt, dass der Duc das Haus verlassen hat, und eilt zu ihrer Herrin, um sich ihr anzuvertrauen. Daraufhin beschließt diese, einen Gegenschlag zu organisieren. Man berät sich. Eugénie Goulet gesteht ihr das Komplott gegen Jean Missery. Die Bewusstlosigkeit, in der er sich befindet, erscheint ihnen als Rettungsanker. Sie beschließen, ihn in die Küchenräume hinunterzubringen. Da der Mann leider zu schwer ist für zwei Frauen, sind sie gezwungen, andere Dienstboten ins Vertrauen zu ziehen. Den Concierge. Man fügt dem Maître d'hôtel eine oberflächliche Verletzung zu, damit es glaubhafter aussieht, und schüttet große Mengen Blut der frisch geschlachteten Kaninchen um seinen Körper herum aus. Das hat Blain bewerkstelligt. Als der Duc frühmorgens nach Hause kommt – die genaue Zeit lässt sich aufgrund widersprüchlicher Zeugenaussagen nicht genau bestimmen –, findet er das Haus in heller Aufregung vor. Niemand wagt, ihm gegenüber die Ereignisse der Nacht zu erwähnen. Madame de Saint-Florentin sucht Schwester Louise de l'Annonciation, die Schwägerin von Jean Missery auf, um sich ihr anzuvertrauen.«

»Haben Sie nicht lange die Möglichkeit ausgeschlossen, dass der Duc der Täter ist?«

»Aus gutem Grund! Er behauptete, aus Versailles zu kommen. Nach und nach haben wir jedoch herausgefunden, dass er in Paris war. Unglücklicherweise war es unmöglich, für die drei Verbrechen, die nacheinander begangen wurden, seine Alibis zu überprüfen. Als ich bemerkt hatte, dass er unter seinem Handschuh eine Hand aus Holz und nicht aus Silber trug, fragte ich ihn natürlich nach dem Grund. Er vermochte mir weder zu sagen, wo sich das Original befand noch, ob es gestohlen oder verlegt worden war.«

»Und der mutmaßliche Mörder? Wie ist er geflohen? Blieb er im Haus?«, fragte der Lieutenant criminel in etwas freundlicherem Ton.

»Man brauchte lediglich den blutigen Fußspuren zu folgen, die ich zu Beginn meiner Erklärungen erwähnt habe. Er hat sich vom Sims des Portals am Gitter heruntergehangelt, was, nebenbei bemerkt, auf einen gelenkigen jungen Mann hindeutet.«

»Ein letzter Punkt«, sagte Testard du Lys. »Warum hatte der Maître d'hôtel nur eine Schnittwunde? Wenn man ihm den Mord anhängen wollte, wäre es zweckmäßiger gewesen, ihn zu töten.«

»Monseigneur, bedenken Sie das Grauen dieser verhängnisvollen Nacht und dass diese beiden verstörten Frauen nach einer Möglichkeit suchten, den Duc zu entlasten. Mehr als eine leichte Schnittwunde kam für sie nicht infrage. Sie sind schließlich keine Kriminellen.«

Der Polizeipräfekt hob die Hand. »Bis zu diesem Punkt Ihres Berichts, Commissaire Le Floch, klingen die Gründe und Konsequenzen plausibel. Wobei dieses ganze Gedankengebäude in Wirklichkeit überwiegend auf Ihrer deduktiven Intelligenz und Ihrer Intuition beruht, um nicht zu sagen Vorstellungskraft. Gewiss, es gibt zahlreiche übereinstimmende Indizien, trotzdem brauchen wir Beweise oder offensichtliche Übereinstimmungen, die uns überzeugen, dass Eudes Duchamplan, der mutmaßliche Mörder des jungen Gärtners, zugleich verantwortlich ist für die anderen Morde. Zumindest weist bei allen drei Mädchen, bei Marguerite, der Prostituierten und der kleinen Belgierin, die Vorgehensweise auf ein und denselben Täter hin. Nur bei Anselme Vitry wurde eine Feuerwaffe benutzt. Monsieur le Commissaire, wir hören.«

»Für Jeanne Marot, genannt Étoile, verfüge ich über ein über-einstimmendes Indiz, weil die Eule …«

»Was hat dieses Tier hier zu suchen?«

»Monsieur le Lieutenant-criminal weiß vermutlich nicht«, sagte Le Noir mit einem Hauch Ironie, »dass es sich um den Decknamen eines unserer berühmtesten Schreiberlinge handelt, um Monsieur Restif de la Bretonne. Sein ausschweifendes Leben und seine gute Kenntnis des sittenlosen Milieus veranlassten ihn bisweilen, der Polizei ein paar willkommene Aufmerksamkeiten zu erweisen.«

»Wollen Sie damit andeuten, dass Sie die Augen schließen vor manchen seiner Verirrungen?«

»Gewiss, wenn das im Interesse der öffentlichen Ordnung ist.«

»Kurz gesagt«, fuhr Nicolas fort, »die Eule, ein Schuhfetischist, hatte die Schuhe des toten Straßenmädchens an sich genommen, die vollkommen identisch waren mit denen, die wir bei Marguerite Pindron gefunden haben.«

»Die Tatsache, dass Schuhe Schuhen gleichen, überzeugt mich nicht«, brummte Testard du Lys ungeduldig.

»Dabei springt es geradezu ins Auge, wenn zwei Mädchen aus einfachen Verhältnissen oder gar aus dem Milieu Bekleidungsstücke haben, die absolut nicht zu ihrer Schicht passen«, sagte Nicolas und deutete auf die beiden Paare. »Falls Sie das nicht überzeugt, ich kann Ihnen zusätzlich noch etwas anderes bieten.« Er ging zu der Truhe und breitete einen jadegrünen, mit falschen Steinen geschmückten Anzug aus. »Schauen Sie sich diesen Anzug an, meine Herren. Er wurde ordnungsgemäß in der Garderobe von Eudes Duchamplan konfisziert. Auf der

Knopfleiste bemerken wir eine Reihe falscher bläulich weißer Steine, wobei einer fehlt.«

Unter den erwartungsvollen Blicken der anderen zog er aus seiner Tasche ein kleines, zweimal gefaltetes Papier, das er öffnete und auf den Tisch legte. »Da ist der fehlende Stein. Er wurde auf der Böschung gefunden, neben dem Leichnam der Jeanne Marot.«

Langes Schweigen folgte auf Nicolas' Beweisführung.

»Zum Glück hilft der Himmel manchmal der Justiz«, fuhr er fort. »Er erlaubt, dass man einen Silberfaden entdeckt, der absichtlich von einem Mörder zurückgelassen wurde, und dass man einen von demselben Mörder versehentlich verlorenen Stein findet. Nebenbei gesagt hilft der Himmel auch den Ermittlern, die, durch hervorragende Ärzte unterstützt, das Unsichtbare in den geheimen Tiefen des menschlichen Körpers entdecken. Es hat sich nämlich herausgestellt, dass die Marot und das junge Mädchen von der Île des Cygnes kurz vor ihrem Tod, wie die Untersuchung des Mageninhalts ergab, größere Mengen der Ananasfrucht zu sich genommen haben, die hierzulande angesichts des hohen Preises überwiegend in adligen Häusern auf den Tisch kommt. Im Treibhaus beim Trianon werden sie sogar gezüchtet.«

»Abgesehen von all den widerwärtigen Details«, empörte sich Testard du Lys, dessen bleiches Gesicht beim Gedanken an die Perspektiven, die sich da eröffneten, immer länger wurde, »werden Sie hoffentlich nicht behaupten wollen, dass diese Opfer in königlichen Häusern zu Gast waren?«

»Natürlich nicht! Aber wo dann? Immerhin haben wir entdeckt, dass diese Frucht im Haus des Marquis de Chambonas in

Montparnasse kultiviert wird – einer Person, auf die unsere Aufmerksamkeit von einer Puffmutter gelenkt wurde. Betrüblicherweise bewegt sich dieser Mann von hohem Stand in einem Milieu, in dem verrufene nächtliche Zusammenkünfte organisiert werden. Das Bäderschiff, auf dem Duchamplan verhaftet wurde, hat uns eine gewisse Vorstellung von diesen Abenden gegeben.«

»Sie müssen wissen, Monsieur«, sagte Le Noir zum Lieutenant-criminel, »dass diese Person der Polizei gut bekannt ist als undurchschaubarer Exzentriker. Er ist der Großmeister einer von seinem Vater gegründeten Gesellschaft von Libertins, hat gewaltige Schulden und einen mehr als zweideutigen Ruf. Verheiratet ist er, wie Sie vielleicht wissen, mit der Tochter der Marquise de Langeac, der schönen Aglaé, und unseres Monsieur de Saint-Florentin, er ist also im Grunde der Schwiegersohn des Duc. Gerüchte besagen, dass er seine Frau schlecht behandelt und es auf nichts anderes abgesehen hat als auf finanzielle Unterstützung durch seine neuen Verwandten und später auf ein reiches Erbe.«

»Verstehe«, sagte Testard du Lys. »Oder eigentlich nicht, denn dieser Wust an Informationen vergrößert noch die Verwirrung in meinem Geist. Was für ein Zusammenhang besteht nun konkret zwischen all diesen Verbrechen?«

»Monseigneur, lassen Sie mich zunächst betonen, dass man Monsieur de La Vrillière mit einer Reihe von Verbrechen kompromittieren wollte. Das erste, der Mord an Marguerite Pindron, verfolgte mehrere Ziele. Von ihrem jungen Liebhaber zu Soireen mitgenommen, die sie wegen ihrer kriminellen Exzesse empörten, war sie, nehme ich an, zu einer Gefahr geworden. Sei es, weil sie reden würde, sei es, weil sie ihr Wissen als Mittel zur Erpressung nutzen wollte. Darüber hinaus war es für einen Duchamplan von Vorteil, eine mögliche Heiratskandidatin für Jean Missery zu beseitigen und auf diese Weise einem eventuellen Verlust des Vermögens vorzubeugen. Und da der erste Versuch, alles dem Duc anzulasten, fehlgeschlagen zu sein schien, wurden weitere Morde begangen, die die gleiche Handschrift trugen wie der an Marguerite. Im Grunde fürchte ich, dass Eudes Duchamplan ein Ungeheuer ist, das an diesem Komplott die Befriedigung seiner perversen Neigungen fand. Ich habe 1mit eigenen Augen auf dem Schiff gesehen, wie er ein junges Mädchen mit geradezu krankhaftem Vergnügen gefoltert hat. Die Irren in Bicêtre haben weiß Gott einen menschlicheren Gesichtsausdruck als er.«

»Ich stelle mir vor, ich denke, ich glaube …«

Der Lieutenant criminel bewegte sich in seinem Sessel wie ein von einer Feder angetriebener Hampelmann. Nicolas verbeugte sich, bevor er weitersprach.

»Ich muss jetzt ein neues Element ins Spiel bringen, das direkt die Interessen des Königreichs berührt. Diese Verschwörung ist keine reine Familienangelegenheit, die von einem Verrückten geregelt wird, sondern das Ergebnis geheimer Intrigen, die unter der Hand von den obskuren Vertretern einer ausländischen Macht angezettelt wurden. Lord Ashbury, Mitglied des britischen Geheimdienstes, wurde von mir in der Galerie basse in Versailles erkannt. Als ich auf ihn zuging, floh er. Unsere Untersuchung hat uns erlaubt, ihn im Hôtel de Russie in der Rue Christine wiederzufinden, ein paar Meter vom Haus der Duchamplans entfernt. Gesucht von allen Polizisten des Königreichs, verkriecht er sich in diesem Haus – vermutlich in dem Glauben, dass man ihn dort als Letztes suchen würde. Ich habe dort übrigens ein Stück Papier entdeckt, auf dem eindeutig die Tournelles erwähnt werden. Schließlich wird er in dem Gedränge, das wir an der Anlegestelle des schwimmenden Bordells organisiert haben, verhaftet.«

»Warum sollte diese Geschichte eigentlich auf den Duc de La Vrillière abzielen?«, fragte Le Noir, der sich Notizen machte.

»Erlauben Sie mir einen Ausflug in die große Politik. Obwohl offiziell Frieden herrscht zwischen uns und England, fürchtet man auf der Insel, wir könnten die zunehmenden Unruhen in den amerikanischen Kolonien unterstützen. Es verdächtigt uns, dass wir uns auf diese Weise für den Vertrag von Paris nach dem Siebenjährigen Krieg und den Verlust Neufrankreichs rächen wollen. Wenn Lord Ashbury alias Francis Sefton in Paris ist, so deswegen, weil er eine Verschwörung anzetteln will, die eine Schwächung des Königreichs zum Ziel hat. Und der Duc de La Vrillière ist ein ideales Opfer wegen seines Lebenswandels und seiner Verwandtschaft mit dem Comte de Maurepas, dem Ersten Minister. Gelänge es, ihn schwer zu kompromittieren, würde das sukzessive zum Sturz der Regierung und zu einem Skandal führen, der die Stufen des Thrones beschmutzt.«

»Bedenken Sie, Nicolas«, warf Le Noir ein, »dass in diesem Fall auch die Gefahr besteht, dass der Duc de Choiseul zurückgeholt wird, trotz der vielen Feinde, die er sich gemacht hat.«

»Das ist eine Eventualität, die sie nicht in Betracht ziehen, da sie überzeugt sind, dass der König seine Rückkehr niemals akzeptieren würde nach den Rivalitäten, die Choiseul mit seinem

Vorgänger hatte. Nein, sie setzen auf das Chaos, das ausbrechen würde, falls es ihnen gelänge, das Gefüge des Staates ins Wanken zu bringen. So viel zu dem Einwand. Ich glaube, dass der englische Geheimdienst, der das Leben unserer Großen in allen Einzelheiten kennt, folgendermaßen vorgehen wird: Lord Ashbury nimmt Kontakt zu dem Marquis de Chambonas auf und macht vermutlich gemeinsame Sache mit dem jungen Duchamplan. Wollen Sie einen Beweis? Am Tag nachdem ich Ashbury erkannt habe, versuchte man, mich in Versailles zu ermorden. Der Schuldige? Duchamplan, dessen linke Wange noch die Spur des Peitschenhiebs trägt, die Semacgus' Kutscher ihm geistesgegenwärtig versetzt hat. Ja, es gibt tatsächlich Bestrebungen im Ausland, die schrecklichen Winkelzüge privater Rache und Korruption in unserem Königreich skrupellos für die eigenen Zwecke auszunutzen.«

»Bleibt das letzte Verbrechen. Wie erklären Sie das?«, drängte Monsieur Testard du Lys.

»Das ist wohl der am schwierigsten zu erklärende und aufzuklärende Mord«, räumte Nicolas ein. »Duchamplan rekrutierte den jungen Anselme Vitry, den abgewiesenen Verlobten von Marguerite Pindron, der fälschlich bei den Geschlechtskranken in Bicêtre gelandet war. Sein Bruder ist Verwalter der Einrichtung, und er hat sie, wie mir berichtet wurde, häufig besucht. Aus perverser Neugier an den verschiedenen Manifestationen des Wahnsinns. Er verpflichtete ihn als Kutscher im Transportunternehmen seines Bruders und setzte ihn ständig für allerlei Dienste ein. Möglicherweise fuhr Vitry ihn in der Nacht des Verbrechens zum Hôtel Saint-Florentin. Mich hat er jedenfalls durch einen unglaublichen Zufall nach Popincourt kutschiert, wo ich

Nachforschungen über seine Braut anstellte. Im Inneren des Gefährts sind mir Flecke aufgefallen. Blut vermutlich. Zudem wunderte ich mich, dass der Kutscher konsequent sein Gesicht verbarg. Kein Wunder, wenn es sich um Vitry handelte, der nicht erkannt werden wollte in einem Viertel, in dem er aufgewachsen war. Auch wenn der Leichnam, der in der Nähe von Vauxhall gefunden wurde, noch nicht eindeutig identifiziert ist, bin ich sicher, dass es sich um den jungen Gärtner handelt. Der Schlamm, der am Geschirr des Pferdes gefunden wurde, ist von derselben Art wie der in der Nähe des Pont de la Tournelle. Was war die Absicht des Mörders von Vitry? Bedenken Sie, meine Herren, dass er versucht hat, uns einen Selbstmord vorzugaukeln, um vor den Augen der Welt zu verschwinden. Und um den Verdacht erneut auf den Duc zu lenken, tränkte er ein Hemd, das er im Hôtel Saint-Florentin gestohlen hatte, mit dem Blut des Ermordeten. Ich spüre, dass Monsieur le Lieutenant criminel eine Frage bewegt. Warum beseitigte Duchamplan Vitry? Man könnte sagen, aus reiner Grausamkeit oder weil er die Leiche eines jungen Mannes brauchte, um seinen eigenen Tod zu inszenieren. Genauso wenig halte ich es für ausgeschlossen, dass er sich einfach einen lästigen Zeugen vom Hals schaffen wollte. Mit dieser furchtbaren Feststellung endet meine Beweisführung. Ich bin überzeugt, dass Duchamplan zum einen in eine Verschwörung gegen den Staat verwickelt war und zum anderen drei Morde an den armen Mädchen und einen an dem armen Vitry begangen hat.«

Tiefe Stille senkte sich über den Raum, bis der alte Marie hereinkam, um das Kohlenbecken zu schüren und neuen Weihrauch auf die Glut zu werfen. Die beiden Richter saßen reglos da, vertieft in ihre Überlegungen. Endlich ergriff Monsieur Testard du Lys das Wort.

»Monsieur le Commissaire, ich habe Ihnen aufmerksam zugehört. Meine Einwürfe, so unpassend sie Ihnen vorgekommen sein mögen, dienten ausschließlich dem Ziel, der Wahrheit konkreter auf die Spur zu kommen. Sosehr ich mich bemühe, Ihre Ausführungen und Argumente aneinanderzureihen und die diffusen Elemente dieser Intrige zusammenzufügen – zu überzeugen vermag mich das alles nicht. Deshalb stelle ich Ihnen zwei grundsätzliche Fragen, bevor ich zustimme. Wenn Monsieur de La Vrillière unschuldig ist, wo sind seine Alibis? Und trotz aller Notizen, Mutmaßungen, Annahmen und einem wüsten Durcheinander von Details haben Sie nicht einen einzigen hieb- und stichfesten Beweis, dass Duchamplan der Täter ist. Einzig und allein, wenn Sie mir den liefern, werde ich die Anklagen, die Sie erhoben haben, für wahr und gerechtfertigt erklären.«

»Monsieur«, schaltete sich Le Noir ein, »bevor Commissaire Le Floch Ihrer Bitte entspricht, werde ich zuerst antworten. Sie haben mein Wort, dass der Duc de La Vrillière über unwiderlegbare Alibis für die Zeitpunkte verfügt, zu denen die vier Verbrechen begangen wurden. Allerdings sehe ich mich auf Befehl des Königs außerstande, sie Ihnen mitzuteilen. Und jetzt, Monsieur Le Floch, sind Sie wieder dran.«

»Ich bitte darum, Eudes Duchamplan hereinzuführen«, sagte Nicolas.

Ein junger, mit Ketten gefesselter junger Mann trat ein, umgeben von Männern der Nachtwache. Er trug ein Hemd und eine braune Hose. Nicolas war verblüfft, wie sehr er hinsichtlich Gestalt und Größe dem jungen Vitry ähnelte. Mit der Ausnahme, dass die langen, schmalen Hände nicht die eines Gärtners waren. Auf seiner linken Wange hatte er ein Pflaster. Herausfordernd blickte er die beiden Richter an.

»Ich protestiere, meine Herren!«, rief er. »Ich werde gegen meinen Willen festgehalten.« Mit dem Kinn deutete er auf Nicolas. »Ich bin das Opfer dieses Herrn geworden, der versucht hat, mich im Verlauf einer privaten Soiree zu ertränken.«

»Ersparen wir uns die Details«, erwiderte Le Noir schroff. »Sie werden der Verschwörung gegen den Staat und der Morde an Marguerite Pindron, an der Prostituierten Marot und an einem aus Brüssel entflohenen Mädchen sowie an Anselme Vitry angeklagt. Hinzu kommen das Verbrechen der Entführung Minderjähriger und des versuchten Mordes an einem Beamten des Königs. Das Wort hat Commissaire Le Floch.«

Der Mann sah Nicolas in die Augen. Dieser sah plötzlich den Blick der Natter aus Brière, die grünen Augen von Mauval und diejenigen seines Bruders wieder. Das Böse war weiterhin unterwegs.

»Monsieur Duchamplan, es ist normal, dass ich die Anklagen, die gegen Sie erhoben werden, detailliert beschreibe. Das ist ermüdend für uns, ebenso wie für Sie. Daher werde ich mich erst einmal auf eine einzige Beweisführung beschränken. Wenn diese allgemein als stichhaltig angesehen wird, so ist davon auszugehen, dass Sie sämtlicher Morde schuldig sind, da die Methode immer die gleiche war.«

Nicolas stand auf und ging langsam zu Duchamplan. Das tanzende Licht der Fackeln projizierte Schatten auf die Wand. Er packte den jungen Mann am oberen Teil seines Hemdes, hob ihn von der Anklagebank hoch und schleppte ihn unter lautem

Kettengerassel zum Sarg. Mit einem Faustschlag stieß er den Deckel auf den Boden und zwang Duchamplan, den Kopf zu senken, bis er beinahe den des Leichnams berührte.

»Betrachte dein Werk, dieses ausgeblutete Gesicht, diese eingesunkenen Augen! Betrachte dein Opfer und wage es ja nicht zu behaupten, dass du das Mädchen nicht getötet hast!« Er ließ ihn los und kehrte zu dem großen Tisch zurück. »Meine Herren«, fuhr er fort, »ich bitte Sie, sich diesen Mann genau anzuschauen. Als wir das Opfer in einem Karren mit Abfällen vor dem Innereienkessel entdeckten, fand ich in Gegenwart von Inspektor Bourdeau im Negligé des jungen Mädchens einen menschlichen Überrest. Einen Fingernagel, der im Stoff hängen geblieben und zusammen mit einem Stück Haut herausgerissen worden war. Das ist er.«

Nicolas holte sein kleines schwarzes Heft hervor und entfaltete sorgfältig ein Seidenpapier, das ein Stück Nagel und getrocknete Haut enthielt.

»Eudes Duchamplan, wenn Sie bitte näher kommen wollen. Man nehme ihm die Ketten ab.«

Wie von einer irrationalen Hoffnung gepackt, richtete Eudes sich auf und fand zu seiner Arroganz zurück.

»Zeigen Sie Ihre Hände«, verlangte Le Noir.

»Aus welchem Grund sollte ich Ihnen meine Hände zeigen?«

»Diskutieren Sie nicht.«

Die beiden Richter beugten sich vor. Duchamplan hatte eher lange Nägel. Einzig der Mittelfinger der rechten Hand zeigte einen abgebrochenen Nagel und eine noch frische Wunde an einem seiner Ränder. Nicolas näherte sich und hielt seine Hand fest. Das abgebrochene Stück passte exakt.

»Was bedeutet das?«, stammelte Duchamplan.

»Das bedeutet, Monsieur«, erklärte der Lieutenant criminel würdevoll, »dass die Beweise, die Commissaire Le Floch zusammengetragen hat, die gegen Sie erhobenen Anklagen bestätigen. Man führe ihn ab.«

Dezember 1774

»Also, Nicolas«, sagte Noblecourt und stellte vorsichtig eine dünne Porzellantasse ab, »das Jahr endet besser, als es begonnen hat! Was für eine schreckliche und unfassbare Folge von Ereignissen!«

Es war zwei Monate her, dass Nicolas Duchamplan im Grand Châtelet überführt hatte. Seufzend hob er den Kopf.

»Leider ist die Sache noch nicht ausgestanden. Ich habe gerade überraschende Neuigkeiten erfahren.«

»Erzählen Sie.«

»Duchamplan, der insgeheim von einem Ad-hoc-Gericht verurteilt wurde, ist der Todesstrafe entkommen. Galeerensträfling auf Lebenszeit, damit sind seine Verbrechen nicht sehr teuer bezahlt.«

»Da wusste ich, Geheimnisse werden selten gut gehütet … Ich habe verstanden, dass Ihre brillante Beweisführung die gelehrte Versammlung nicht gänzlich zu überzeugen vermochte. War das ein Vorwand, wie ich fürchte, um den Kopf einer Person zu retten, die für manche zu viel wusste?«

»Mag sein. Was Sie noch nicht wissen, ist Folgendes: Auf dem Weg nach Toulon, zur Häftlingsgaleere, ist Duchamplan erstickt neben seinem Kettengenossen, der nichts bemerkt hat, gefunden worden. Der Staub des Strohs im Gefängnis von Clamecy soll daran schuld gewesen sein.«

»Wird es eine Leichenöffnung geben?«

»Natürlich nicht! Er ist sofort in einem Massengrab beerdigt worden.«

»Hat man sich vergewissert, dass es wirklich er war?«

»Das will ich hoffen, im eigenen Interesse. Mit Mauval und Camusot, die frei herumlaufen, von meinen englischen Freunden ganz zu schweigen, sind derzeit eine Menge Leute hinter mir her, vor denen ich mich vorsehen muss.«

»Sie haben schwere Zeiten durchgemacht: 1774 wird für Sie das Jahr der Trauer und der Verleumdung bleiben ... Diese Machenschaften gegen Sie und La Vrillière. Hat der Duc Ihnen wenigstens seine Dankbarkeit ausgedrückt dafür, dass Sie ihn aus diesem Schlamassel gerettet haben?«

»Das habe ich gar nicht erwartet. Es hat sich eine Art Verlegenheit zwischen uns eingestellt. Ich weiß inzwischen zu viel über ihn. Dabei ahnt er das Wichtigste noch gar nicht. Er behält seinen Posten, bloß behandelt ihn der König angeblich ausgesprochen kühl, sogar kühler als früher. Die Duchesse hingegen hat mir eine liebenswürdige Nachricht von ihrer Schwägerin Madame de Maurepas zukommen lassen, die immer noch ganz vernarrt sei in den kleinen Ranreuil.«

»Sie sind also angenommen am neuen Hof. Bei Philemon und Baucis ... In gewisser Weise bei der Frau des Totengräbers.«

Nicolas verstand die Anspielung nicht. »Wieso Totengräber?«

»Ach, mein Freund, so nahe ich den Parlamenten und seinen Würdenträgern gewesen sein mag, ich habe mich immer für die Rechte und Vorrechte der Krone gegen die Übergriffe und

Fantastereien einer Körperschaft eingesetzt, die uns dazu gebracht hat, unter anderem die Jesuitenpater zu vertreiben. Und am zwölften November, einem gut gewählten Tag für den Namenstag des heiligen René ...«

»Der Vorname des Comte de Maupeou.«

»Ganz recht! Unser junger König hat an diesem Tag eine Verfügung erlassen, die den Totenschein für die Reformen Maupeous zugunsten der Rückkehr des Pariser Parlaments darstellte.«

»Das war ein Fehler, wenn man es recht bedenkt.«

»Ein Fehler, ganz sicher. Es wird sich in den Köpfen des Volkes festsetzen, dass die Regionalparlamente eine Macht darstellen, die man nicht dauerhaft brechen kann. Ganz Paris wiederholt den Kommentar des Kanzlers Maupeou: ›Ich habe dem König einen Prozess gewonnen, der seit dreihundert Jahren andauert. Er will ihn wieder verlieren, aber er ist der Verantwortliche dafür.‹«

»Ich verstehe besser, was mir der englische Botschafter sagen wollte«, kommentierte Nicolas. »Monsieur Le Noir, mit dem mich wieder ein ungetrübtes Vertrauensverhältnis verbindet, hat mich gebeten, ihm einen Auszug aus einer abgefangenen Depesche von Lord Stormont zu übersetzen.«

»Und was steht darin?«

»Im Wesentlichen, dass der junge König dachte, seine Autorität sei trotz der Wiedereinsetzung des Pariser Parlaments ausreichend etabliert. Er schloss mit dem auf Maupeou bezogenen Satz: ›Ganz offensichtlich wird er von dem Ende seiner Herrschaft enttäuscht sein.‹«

»Möge der Himmel mir ersparen, das zu erleben! Niemals hätte der verstorbene König den Parlamenten nachgegeben, dessen bin ich mir sicher.«

»Um auf unseren Fall zurückzukommen«, sagte Nicolas, »das junge Mädchen aus Brüssel ist nach Hause zurückgekehrt, ihre Mutter hat sie sofort abgeholt. Sie sind traurig weggefahren mit der sterblichen Hülle ihrer Schwester und Tochter. Sie wissen ja, welche Rolle dieser Leichnam gespielt hat.«

»Ja, das war alles geschickt arrangiert. Und Chambonas?«

»Der Marquis rekrutiert, in jeder Hinsicht.«

»Und diese geheimnisvollen Gestalten, von deren merkwürdigem Auftauchen beim Trianon Sie mir berichtet haben?«

»Sie sind zweimal gesehen worden, immer unglaublich gekleidet. Man sieht sie, ohne sich ihre Anwesenheit erklären zu können. Als das letzte Mal Alarm geschlagen wurde, sind die Gärten des Trianon von Wachen und Dienern umstellt worden. Nichts! Niemand! Diesbezüglich zweifelt man an meinem Scharfsinn. Die Königin verspottet mich auf nette Weise. Was soll ich tun?«

Sie schwiegen einen Augenblick. Ein Holzscheit zerfiel im Kamin zu Asche.

»Und Ihr Sohn, wie geht es ihm?«

»Oh, er ist ein Bretone, der gut gewappnet ist gegen Schwierigkeiten, wobei er vermutlich den schlimmsten Schikanen ausweicht. Trotzdem wird er hin und wieder Prügel einstecken und austeilen.«

»Er scheint die Verführungskraft seines Vaters zu besitzen«, sagte der alte Staatsanwalt lächelnd.

»Und seines Großvaters! In seinem letzten Brief beauftragte er mich, Ihnen nochmals für dieses außergewöhnliche Quittengelee aus Cotignac zu danken, das Sie ihm geschenkt haben. Es versüßt ihm den Übergang vom Tag zur Nacht und entschädigt ihn für das grässliche Schulessen: hartes Brot, ständig Dörr-fleisch, Bohnen in ranzigem Öl, Linsen mit Steinen, Reis vermischt mit Rüsselkäfern, hartes Gemüse und Desserts, die durch Abwesenheit glänzen. Ich zitiere ihn.«

»Da hat sich leider nichts geändert in unseren Kollegien. Ihr Sohn beschreibt plastisch und anschaulich. Ich sage voraus, dass er eine gute Feder führen wird. Der Vater weiß zu erzählen, der Sohn wird zu schreiben wissen. ›Ein guter Rassejagdhund‹, wie unser seliger König zu sagen liebte. Ich bin manchmal ungerecht ihm gegenüber gewesen. Trotz vieler Schwächen war er ein guter Herrscher.«

Der Abend brach an, und die beiden Männer benutzten diesen friedlichen Augenblick zum Träumen. Cyrus und Mouchette schliefen zusammengerollt auf einem Paradekissen beim Kamin. Poitevin trat ins Zimmer, zwei Schreiben in der Hand, die er Nicolas überreichte. Ein Bote hatte das erste gebracht, das zweite wurde mit einer prächtigen Karosse abgeliefert. Er bat Noblecourt, ihn zu entschuldigen, und begann zu lesen.

Sein alter Freund öffnete die Augen, als sein Mitbewohner seufzte. »Schlechte Nachrichten?«

»Eine schlechte und eine gute.«

»Das gleicht sich aus.«

»Das ist sehr zu bezweifeln.«

Erneut Schweigen, dann begann Nicolas widerwillig zu sprechen. »Ich habe hier eine Nachricht von Antoinette, Louis' Mutter. Sie informiert mich darüber, dass sie Paris verlässt. Nachdem sie ihr Geschäft in der Rue du Bac verkauft hat, geht sie nach London, um dort ein Geschäft für Spitzen zu eröffnen. Sie hat die Stadt vor zwei Tagen verlassen, nachdem sie Louis noch einmal in Juilly umarmt hat …« Er verstummte, seine Kehle war wie zugeschnürt. So viele Bilder und Erinnerungen stiegen plötzlich aus der Vergangenheit hoch. »Sie hat es vorgezogen, mich nicht noch einmal zu sehen. Sie gibt Louis in meine Obhut.«

Noblecourt richtete sich mit ernster Miene in seinem Sessel auf. »Was ist passiert, das dieses unerwartete Verhalten erklärt?«

»Ich glaube, es zu wissen, und bin allein dafür verantwortlich. Als ich im Oktober im Zuge meiner Ermittlungen nach Versailles gefahren bin, habe ich sie in der Galerie basse des Schlosses getroffen. Sie machte dort ein paar Tage in der Woche Geschäfte mit einem Stand. Ihre Anwesenheit hatte mir nicht gefallen, und ich konnte meine Verärgerung wohl nicht ausreichend vor ihr verbergen. Außerdem hatte ich gerade Lord Ashbury erkannt und mich an seine Verfolgung gemacht … Ein unglückseliges Zusammentreffen von Umständen.«

»Ich ahne, was Sie sagen wollen, Nicolas. Sie bedachten nicht die unangenehmen Folgen für Sie, nicht wahr?«

»Natürlich nicht! Mir ging es allein um Louis, den letzten der Ranreuils. Ich weiß nicht einmal, ob meine Halbschwester Isabelle verheiratet ist und Nachkommen hat … Neuerdings habe ich mir plötzlich, ein wenig unbesonnen, Louis als Page des Königs oder als Leibwächter vorgestellt, was sein Name erlaubt … Seine Mutter hingegen mit einem Trödelladen in der Galerie …«

Noblecourt dachte nach, wiegte den Kopf hin und her. »Mein Freund, ohne Sie von einer vorschnellen Reaktion freizusprechen, bedenken Sie, dass die Satin die Situation vollkommen richtig verstanden hat. Sie hat es vorgezogen, eine so heikle Situation von vornherein zu vermeiden. Da das Unglück geschehen war, hat sie beschlossen, ihre Liebe als Frau und Mutter für die Zukunft ihres Sohnes zu opfern. Sie hat intuitiv verstanden und sich zu einer Art Heroismus aufgeschwungen, für den Sie ihr dankbar sein müssen. Es würde zu nichts führen, jetzt Gewissensbisse zu haben. Die einzige Haltung, die sie von Ihnen erwarten kann, ist, dass Sie ihrem stummen Appell entsprechen und Louis eine Zukunft ermöglichen, die dem ruhmreichen Namen würdig ist, den er mit Sicherheit eines Tages tragen wird. Antoinette hat die richtige Entscheidung getroffen. Vergessen Sie nicht, dass sie jung genug ist, um neue Wege zu gehen. Genau wie Sie. Das Leben liegt noch vor Ihnen und ihr. Sie hat das Recht auf eine zweite Chance. Schwierig, wenn sie in Ihrem Schatten bliebe, dem Schatten des Mannes, den sie geliebt hat.«

»Und Louis? Was wird er denken? Wird er mir Vorwürfe machen?«

»Ich bin sicher, dass seine Mutter ihre Begegnung mit Ihnen mit keinem Wort erwähnt hat. Die Gründe, die sie genannt haben dürfte, werden den Sohn nicht gegen den Vater aufhetzen. Louis ist reif genug, um zu verstehen, dass Ihre Beziehung längst beendet war. In seinem Alter braucht er Sie. Beruhigen Sie ihn und beruhigen Sie sich. Und die gute Nachricht?«

»Oh, ein Detail: Der Comte d'Arranet lädt mich in drei Tagen zum Abendessen nach Versailles ein.«

»Das ist vielversprechend, profitieren Sie von Ihrem Alter. Er hat, heißt es, eine charmante Tochter.«

Noblecourt wusste nichts, ahnte indes wie immer alles. Nicolas seufzte: Das Glück war niemals perfekt, man musste es sehr teuer bezahlen. Ein schreckliches und schmerzerfülltes Jahr ging zu Ende. Die Zeit rieselte wie Sand durch die Finger und verlieh der Seele dennoch Kraft. Nicolas schloss die Augen und atmete tief durch. Die Gestade seiner Kindheit tauchten wieder vor seinem inneren Auge auf, wind- und gischtgepeitscht. Ganz hinten am Horizont sah er vage Neues auftauchen. Eine Spitze? Er würde sie erreichen müssen, bevor er die nächste entdeckte. Der Weg wirkte eben und frei, doch er wusste jetzt, dass er mit den Widerständen des Lebens rechnen musste, die ihm entgegenströmten. Das verstanden zu haben nährte gleichermaßen seine Angst und seine Hoffnung.

Danksagung

Mein Dank richtet sich zuallererst an Isabelle Tujague, die mit außergewöhnlicher Sorgfalt sogar in ihrer Freizeit den Text druckfertig gemacht hat.

Er gilt auch Monique Constant, Conservateur général du Patrimoine, für die Ermutigungen, mit denen sie diese langwierige Arbeit begleitet hat.

Maurice Roisse, dem unermüdlichen Korrekturleser meiner Manuskripte.

Und meinem Verleger und seinen Mitarbeitern für ihre Freundschaft und ihre Unterstützung.